斯文扫地

辛可◎著

九州出版社 JIUZHOUPRESS | 全国百佳图书出版单位

图书在版编目（CIP）数据

斯文扫地 / 辛可著. -- 北京 : 九州出版社,2013.8
ISBN 978-7-5108-2251-3

Ⅰ. ①斯… Ⅱ. ①辛… Ⅲ. ①长篇小说－中国－当代
Ⅳ. ①I247.5

中国版本图书馆CIP数据核字(2013)第182078号

斯文扫地

作　　者	辛　可　著
出版发行	九州出版社
出 版 人	黄宪华
地　　址	北京市西城区阜外大街甲 35 号 (100037)
发行电话	(010)68992190/2/3/5/6
网　　址	www.jiuzhoupress.com
电子信箱	jiuzhou@jiuzhoupress.com
印　　刷	九洲财鑫印刷有限公司
开　　本	787 毫米 × 1092 毫米　16 开
印　　张	23.75
字　　数	400 千字
版　　次	2013 年 10 月第 1 版
印　　次	2013 年 10 月第 1 次印刷
书　　号	ISBN 978-7-5108-2251-3
定　　价	39.80 元

本书主要角色

人族：

辛可：京大牛鬼蛇神研究中心主任，大师协会会长，国学大师。

易中正：曹门三剑客之一，经典研究院院长，深陷情色门。

董浩波：曹门三剑客之一，因抄袭被整肃，逆袭成功升任院长。

唐娟：辛可门生、情人，易中正情妇，靠身体写作爆红网络。

小卞：出身贫寒，辛可门生，唐娟恋人，留校后因杀人被判刑。

窦卫国：历史文化学院院长，近现代史权威，后被辛可搞垮。

牛博士：著名公知，白天搞自由民主，晚上用充气娃娃过皇帝瘾。

豹哥：盗墓专家与收藏家，挖遍了国内古墓，田野考古第一达人。

秋蝉：著名文化学者，失足妇女之友，创造“交叉敢染”理论。

仇欢：因《大家开讲》一炮走红，学术超女，被誉为当代女孔子。

皮亮：京大教授，靠学术造假飞黄腾达，并藉此成功当选院士。

张峰奇：著名经济学家，经管学院院长，被誉为学术界首富。

诚空法师：雪积寺主持，寺庙企业化、神仙货币化的践行者。

樊总：猪王、京大荣誉博士，因开发有机文化猪享誉产业界。

……

狗族：

柏拉图：辛可家土狗，京大狗协新任会长，荣获京大荣誉博士学位。

龙哥：蒙古细犬，京都流浪狗老大，领导了震惊世界的流浪狗暴动。

亚历山大：高地牧羊犬，前校长家宠物，长期担任京大狗协会长。

Pitt：苏格兰牧羊犬，海归，被阉，柏拉图密友，后任狗协秘书长。

麦当娜：萨摩亚犬，窦卫国家宠物，京大最性感母狗，柏拉图老婆。

萨克齐：伯恩山犬，现任校长家宠物，海归，以先知或哲人自命。

花生：拉布拉多犬，海归，牛博士家宠物，京都宠物界的流氓老大。

豆豆：蝴蝶犬，焦局长两任情妇的宠物，柏拉图的初恋情人。

马大姐：喜乐蒂犬，海归，终生未婚，与柏拉图并列京大狗协会长。

布兰尼：法籍蝴蝶犬，柏拉图的红颜知己，醉心于存在主义哲学。

……

第一章

昨天，也许是前天，在京都大学万年讲堂，哥被授予荣誉博士学位。中外各大媒体都发了专稿，认为这是旷古绝伦的壮举。同时还举行了哥的青铜雕塑的揭幕仪式。雕塑的整体造型差强人意，只是下边做得夸张了些。哥倒无所谓，面子也很足，只是担心以前的相好们见了，会不会投诉。

需要向诸位声明的是，跟其他领取博士帽的社会精英不同，哥是一条狗，而且是公狗。惟其如此，所谓旷古绝伦才名副其实。因为在人类的历史坐标上，狗获得博士学位的，哥是第一个。后无来者不敢说，前无古人则当之无愧。

跟哥一起戴上博士帽的，还有春哥的舅舅樊总。樊总以前是屠夫，杀猪功夫独步江湖。放下屠刀的樊总早成了樊委员，只有蛤蟆肚会让人联想到他是一代猪王。跟樊总同台哥相当别扭，想起印着樊总头像的狗肉罐头，胃里不只是恶心。

为樊总换得博士帽的是钱，这几乎是当今大学的通例，即便哈佛牛津也未能免俗。至少在京大，发给老板的博士帽不胜枚举。有好事者统计过，以每头1000元计，樊总的博士帽价值10000头猪，这还不包括每年免费送给京大食堂的猪下水。在京大国际生命文化研究中心外墙上，除了樊总的大名，还有一尊公猪浮雕，形象逼真。据说经常有小母猪围着浮雕嗷嗷叫。考虑到京大的小母猪都是名门闺秀，没见过世面，如此冲动情有可原。

典礼现场非常火爆，毫不客气地说，这一切都是因为哥，樊总不过是借光生辉而已。即便早前AB网马总领博士帽的场面，也莫过如此。无论学识、身价以及影响力，樊总岂能跟网络时代的青年教父相提并论。如果AB网也开始卖猪，樊总是否会去跳楼，亦未可知。

尽管粉丝们在台下大呼小叫，但哥很淡定，甚至有点郁闷。为何？一是典礼过于拖沓，特别是樊总的答谢词，从猪下水讲到伊拉克战争，3个小时言犹未尽。如果不是主持人打断，恐怕要讲到地球毁灭。樊总这样做哥也理解，每分钟价值 50 头猪，作为生意人，考虑投资回报天经地义。

另一方面是尿憋得厉害。说来惭愧，哥的下边出了问题，小便经常失控。西医诊断是遗传或用得太多。但在哥的记忆中，我爸爸似乎没这毛病。至于用得太多，哥也纳闷，京大的教授们比哥勤奋得多，可个个愈战愈勇。毕竟跟公狗相比，他们的优势不言而喻。

鉴于西医的局限性，辛可大师带哥去看过精通阴阳辨证的老中医，吃过不少同仁堂的金锁固精丸，也似乎于事无补。如果不是哥一夜爆红，成为京大荣誉博士，辛可大师计划参考魏忠贤模式对哥下手。可现在哥跻身名流，考虑到社会舆论，他只好悻悻作罢。辛可大师不止一次感叹道：我是想阉了它，只怕它的粉丝不答应，弄不好会阉了我。

在互联网时代，粉丝的力量不可小觑。有人之所以玩命作秀，也是希望到了关键时刻，粉丝们能帮着起哄。对于现场的铁杆粉丝，哥只能 Sorry。因为哥尿了，尿在演讲台上。校长说哥太激动，洒下了英雄泪。樊总大概如此，哥的确是尿了，而且很多，可惜了那身为哥量身定做的博士服！

如校长美言，在千钧一发之时，哥挽救了京都大学，堪称空前绝后的英雄。其实没那么夸张，哥也不想做英雄。至少在小母狗眼中，哥最好是西门庆第二。成就哥的不过是一泡尿而已。所谓时来天地皆同力、运去英雄不自由。比如说尿频尿急，既可以让哥空前绝后，也可能连下边都保不住。

校长特别指出，因为哥的成就，人类需要重新调整对狗的认识——狗肉可以继续吃，但类似“猪狗不如”这样的成语，应该有新的解释。京大文学院要在这方面有所作为。世界各地的动物保护组织更是群情振奋，要求重新评估人类的生活方式。对此哥了无兴趣，略感欣慰的是，从此不会轻易被红烧或清炖。至于获得更多小母狗的青睐，那是必然的，毕竟是名流嘛，这是应有的福利。

关于哥的身世，各大媒体均有报道，大多不知所云。在他们看来，像哥这样大有为的名狗，即便不是出身名门，也一定有非凡的基因。比如有人考证出哥是纯种的苏格兰牧羊犬[①]，哥的祖宗曾趴在维多利亚女王的膝盖上享受拉菲。其实这都是扯淡，就哥这造型，能算牧羊犬吗？还他妈苏格兰！抱歉，哥说脏

① 苏格兰牧羊犬产于英国，原是一种下等犬，因受维多利亚女王宠爱而出名。

话了。这完全是人的逻辑，不是狗的逻辑。听辛可大师说，但凡有点成就的人，都要找个不错的祖宗，以证明生而神明。即便贵为天子，也未能免俗。刘邦、李世民都是这类货色。连广东骡子洪天王，也扬言是耶稣的弟弟。众所周知，耶稣是独苗，没听说过他妈在中国生了一堆私生子，其中包括高考落榜的洪天王。[①] 养猪的樊总何足道哉，家里还供着屠狗出身的舞阳侯樊哙的牌位。

其实哥出身草根。像我等灰头土脸的国产土狗，谁在乎从何而来，更不会引起学者们的注意。齐天大圣现在是大明星，可在玉皇大帝、如来佛祖眼中，不过是石头缝里蹦出的臭猴子，也就配做个相当于正科级的弼马温。

有一次听我爸爸对他的朋友讲，他的祖宗是藏獒，从林芝移民到关中。结果被朋友们啐了一身。藏獒有这样寒酸的吗？我爸爸的说法确实有点扯淡！就为这事，我爸爸还被教育局长家的藏獒捉去理论。

——听说你是我本家？

——我哪敢当您的本家！

——你不是说你的祖宗是藏獒，从林芝移民……

——那都是扯淡，纯属阿Q精神。

——脸皮真他妈厚，就你也配阿Q……

——阿Q不就是小混混吗？赵太爷咱攀不上，阿Q……

——阿Q现在是名人，粉丝几百万，赵太爷算个屁！

为了证明跟教育局长家的藏獒抢祖宗罪大恶极，我爸爸跪在地上，把自己抽得眼冒金星。藏獒很上火，一脚把我爸爸踢翻在地，来自中小学校长家的小兄弟们一拥而上，直到我爸爸快变成长白山没毛猪。

整我爸爸的藏獒也晚景不妙，听说后来被送给娄副市长，一次茅台喝得烂醉如泥，被市长儿子阉了。娄太太为此很骄傲，逢人便说自己的儿子是个天才，迟早要得诺贝尔医学奖。小小年纪就敢阉藏獒，的确非池中之物，砸缸的司马光何足论哉，更别提李将军的公子了。

我妈一胎生了三个，哥最小，乳名黄三。原因很简单，哥小时候营养不良，一身黄毛。如果我爸是个知识分子，或许会给哥起个狗季什么的，可惜他自甘堕落、目不识丁，也就在陕师大图书馆前的亭子里撒过尿。我爸把我们仨送进

---

① 见《钦定前遗诏圣书》第五章批注："圣灵东王是上帝爱子，与太兄及朕同一母所生，在未有天地之先者，三位是父子一脉亲。"

我妈肚子里后就地蒸发，只是憋得难受时才回来，重复以前的故事。小时候常听见妈妈叹息：唉，水瓶座的公狗都这德行。但回头看见哥郁闷的眼神，总会笑着摸摸哥的头：我的三儿除外。

其实哥曾经有过一个很酷的名字，叫切，有时也叫刀片。那时候哥已经离开了妈妈。尽管哥想跟妈妈永远待在一起，可在人主导的世界里，狗说了不算。妈妈说，既然做了狗就要认命，任人摆布是我们的本分。

“切”缘自大明星切·格瓦拉，哥首任东家的精神偶像，一个戴着贝雷帽、叼着雪茄、眼神很拽、老家在阿根廷后来被美国CIA和玻利维亚总统雷内·巴里恩托斯将军联手干掉的家伙。哥的东家是个摇滚青年，住在吴家坟的地下室里，整天跟一堆造型奇特的家伙抽风。之所以用抽风这个词，是因为他们搞的音乐根本就是噪音。当他们光着屁股、戴着贝雷帽狂呼乱叫时，哥躲在柜子里只有一个想法：阿弥陀佛，让哥早死早托生吧。他们认为，批判的艺术才是真艺术，其他的都很庸俗。也许吧，但他妈的没必要艺术到要命的地步啊。

比噪音更忍无可忍的，是经常饿肚子。尽管哥现在过着锦衣玉食的生活，可闻见方便面的味道依然心潮澎湃。哥一度认为，艺术家都是方便面喂出来的。如果打饱嗝没有葱花的味道，你都不好意思承认玩过艺术。在地下室的日子里，哥吃遍了各种牌子的方便面。后来见电视上说方便面塑化剂超标，吃多了会变成白痴，哥总算明白了何谓批判的艺术。哥现在没得疯狗病实在是因祸得福——方便面经常断顿，留给哥的不过是残羹剩饭罢了。

除了演奏披头士、枪炮与玫瑰的作品，他们也响应号召玩点原创。有些作品哥至今记忆犹新，包括那首必须紧紧地夹住后庭、声嘶力竭才能尽兴的《爱，上我》，歌词云：

> 我爱上你，我爱上了你；
> 你爱上我，你爱上了我。

歌词很简单，内涵却很丰富，是肉与灵的精妙概括。在那个阶段，东家确实爱上或爱上了一个姑娘，元元。她是音乐学院管弦系的女生，留着笔直的长发，腿很漂亮，只是胸略微有些小。她的专业是单簧管，被哥的东家搞得神魂颠倒，类似当年的肖邦与乔治桑。听乐队成员说，其实她的胸原本不小，只是方便面吃多了的缘故。

地下室弥漫着葱花、啤酒、香烟、袜子的混合味道，枪炮与玫瑰在剧烈轰鸣。哥趴在吉他上，观摩两人的激情演出。从地板到钢丝床到洗手间，他们挥汗如雨、惊天动地。尽管类似的场面哥见过很多，但真正感到震撼、刻骨铭心的仅此一例。她的哀嚎更是如泣如诉，或巴赫或贝多芬，就连住在隔壁（在纬二街[①]上班）的失足妇女也惊叹不已：知识不但改变命运，还他妈要命啊，要是她们也干这个，我们还有饭吃吗？后来哥颇得小母狗青睐，大概跟当时的震撼启蒙不无关系。

因为方便面难以为继，乐队被迫解散了。扎着马尾辫的主唱开了出租车，胸上沾着毛的贝司手，回到家乡临潼做了城管。至于那堆借钱买来的乐器，也被东家拿去换了方便面。本以为这下该安生了，不成想更加生不如死。东家和元元总是不停地争吵，说得具体一些，就是吵完了做，做完了吵。有一次元元甚至要宰了哥泄愤。好在菜刀落下瞬间，哥逃之夭夭。为这事哥很郁闷，时常想起妈妈的话，看来做狗不但要任人摆布，还要时刻警惕主子大义灭亲。

再后来，他们不吵了，也不做了。在方便面严重短缺的情况下，继续大吵大闹只能同归于尽。因为营养不良，哥饿得皮包骨头，得了严重的胃溃疡。就在哥命悬一线之时，情况出现转机。元元离开了东家，带走了哥。

时至今日，想起他们分手的场面，哥的心情依然很复杂。

——就剩一条狗了，你带走吧。

——还是你留着，做个伴！

——带着留个念想……

——可……一个单身女孩带条公狗不方便！

——哎……没有方便面……它得了胃溃疡。

——院子里有好多小孩的屎，吃了也养胃！

他们就这样推来搡去，搞得哥郁闷至极。更可气的是，东家竟然提出实在不行就把哥宰了，涮一顿火锅，床底下还有半瓶啤酒，权当是最后的晚餐。听了这些哥很绝望，怎么说也算难兄难弟，临了不是宰了哥，就是让哥去吃屎。批判的艺术玩到最后，原来他妈的六亲不认啊！哥当然不想死，也企图逃命，可腰软得像面条，跑得了吗？

幸运的是，元元似乎没什么胃口，更不想涮了哥。经过一番交涉，他们总

① 20 世纪 90 年代西京著名的红灯区。

算找到了解决的办法，所谓以哥的态度为准。除了跟着元元随波逐流，哥还能有什么态度？尽管哥不想离开东家，像她一样，可哥不敢确定，能否扛到有方便面的一天，如果一直没有方便面，哥也不能保证，他会不会把哥宰了。

在枪炮与玫瑰的轰鸣中，哥跟元元离开了地下室。望着东家空洞的眼神，哥的心里有点湿润。元元始终没有回头，自上了603公交一路失声痛哭，身体也在剧烈地抽搐。也许在她的心中，破碎的不只是一个梦，而是生命的全部。很多年后，元元给小卞提及这段往事，还不胜唏嘘，感伤涕零。

辛可大师说过，存在与活着，在很多时候，我们无可奈何。随波逐流的存在固然为人不齿，但谁真正有勇气自尊地活着？

离开地下室不久，哥搬进了一个高档社区：潇湘别馆。有人曾撰文调侃，本小区除狗和奸夫淫妇外，其他哺乳类动物谢绝入内。其实这种说法过于武断，尽管住户大多养狗，但也有一些小香猪、蜥蜴之类的宠物。社区里到处是妖艳的小母狗，公狗都被阉了，哥除外。理由是怕他们惹是生非。有只小公狗向哥控诉：男人真他妈不是东西，阉了藏獒情有可原，至于担心巴掌大的松鼠犬吗？对此哥无话可说，因为哥是既得利益者，哥正在享受做皇帝的感觉。

跟地下室相比，这里简直是极乐世界，连洗澡都用矿泉水。一切都要感谢元元，她被文联雷主席包了。雷主席长相奇特，整体看上去像颗转基因大冬瓜，特别是肚皮呼啸而下，遮住了体积可观的下边，非常可爱。

雷主席很少来，他正在为换届忙得满头包。听雷主席说，这次换届他绝对有戏，唯一的竞争对手是焦局长。给他自信的是那件从宝鸡弄来的西周青铜器。可惜焦局长家有一件商汤时期的鼎，上面还有铭文。为此雷主席寝食难安，让考古队的朋友多弄些唐三彩，以量取胜。毕竟欧阳部长是淮阴侯的老乡，所谓韩信将兵、多多益善。

雷主席每次来，跟其他男人一样，在周围观望片刻便闪身上楼。冲进来先用榆林话跟哥打个招呼，给哥一些进口饼干，或者调侃几句：最近老子没来，你没犯错误吧！然后以雷霆之势，把元元按倒在床上。有时候在元元的强烈要求下，雷主席会去洗手间冲个澡，但也就是用喷头冲冲下边而已。听雷主席讲，虽然他老家的煤老板腰缠万贯，家里装着镶金边的进口马桶，但就洗澡而论，个个都是节水的模范。

跟哥的前东家相比，雷主席的演出毫无美感可言。开始哥会躺在沙发上吃着饼干观摩一会，后来便索然无趣，倒不如在客厅里看动画片。自认识雷主席后，元元由单簧管改为吹喇叭。每次她演奏时，雷主席都会躺在床上引吭高歌。雷主席唱的大多是主旋律作品，其中有《红灯记》片断，如“临行喝妈一碗酒，浑身是胆雄赳赳”等等。在她的鞭策下，雷主席也唱过类似《爱拼才会赢》等流行歌曲，但总是跑调。值得一提的是，雷主席的脸上有颗乌黑大痣，跟他的整体造型相得益彰。如果达尔文早见过雷主席，就不用为探索人类的起源，跑到南美洲劳心费力了！

但雷主席并不这样看，易经大师认为这颗乌黑大痣是他飞黄腾达的重要保证。理由很简单，如果刘邦大腿上没几个黑乎乎的东西，能成为太祖高皇帝吗？[①] 元元经常开玩笑要咬掉那颗大黑痣，搞得雷主席很紧张，特别为它买了商业保险。

在这里的生活确实很安逸。在私人医生的照料下，哥的胃溃疡也好了。哥每天的工作也简单，要么趴在元元怀里让她摸，要么陪她遛弯，或玩点极限运动。有时候难免会心烦，整天一个破飞盘叼来叼去，难道哥他妈的要参加下一届奥运会吗？尽管在 110 米栏项目上哥成绩优异，但做狗还是低调些好，何必去抢别人的风头。如果哥拿了冠军，让田管中心和广告商情何以堪！

前文已述，跟潇湘别馆其他公狗相比，哥的优势不言而喻。至少小母狗们见了哥不会骂骂咧咧：滚吧，你个死太监。即便是调情，在小母狗眼中，有货跟没货的也判若云泥。尽管很多公狗苦练其他技艺，对小母狗极尽阿谀奉承之能事，但丝毫不能撼动哥在她们心中的地位。在过往的年月，据说后宫里也玩菜户或对食[②]，那也不是她们喜欢太监，而是资源稀缺，皇帝仅此一例啊。

自从哥驾到后，小区里的母狗们闹翻了天。原本相对和谐的姐妹关系，也变得剑拔弩张。看着母狗们身上的累累伤痕，哥也很同情，但爱莫能助，就算哥敬业如李隆基或西门庆。“白发宫女在，闲话说玄宗”，描绘的不只是洛阳宫中的怨妇，也包括我们小区这些可怜的母狗。加班是常有的事，也偷吃了不少雷主席的伟哥，但依然杯水车薪，无济于事。

在所有母狗中，哥情有所钟的是豆豆。有些公狗对此很不齿，认为哥是攀龙附凤，因为豆豆的主人就是焦局长的相好婉儿。这根本就是羡慕嫉妒恨嘛，

---

① 见《史记·高祖本纪》：“高祖为人，隆准而龙颜，美须髯，左股有七十二黑子。”

② 见明沈德符《野获编·内监·对食》：“皆宫掖之中，怨旷无聊，解馋止渴，出此下策耳。”

真要攀龙附凤，副市长相好家的小母狗整天追在哥屁股后边，哥甩过她吗？哥之所以喜欢豆豆，完全是因为她身上的独特气质。

豆豆是只蝴蝶犬，长着可爱的瓜子脸，梳着时下流行的苍蝇头。特别是说话的声音，酷似台湾的林志玲，听着槽牙发酸、全身瘙痒。所谓一见钟情，不就是心里痒嘛。如辛可大师所言，痒比痛更具杀伤力。在哥飙上豆豆以前，豆豆在小区中名声极佳，被誉为集智慧与美貌于一身的知性母狗。后来被怒斥为荡妇，完全是因为哥。至少在文学方面，豆豆造诣颇高，情诗堪称国手。这完全得益于她的主人婉儿是西大毕业的女才子。

凡事总有波折，哥跟豆豆也是如此。本来哥对她感觉挺好，只是顾虑其他母狗的感受，没有表现得太亲昵。豆豆没有理解哥的深意，病急乱投医。每次看见哥，就模仿其他母狗，故意抬起后腿出恭。显而易见，这是所谓性感炸弹，结果搞得哥胃口大坏，几近崩溃。后来提及此事，豆豆解释道：人家以为跟男人一样，公狗都好这一口嘛！哥把她搂在怀里安慰道：宝贝，这个哥明白，可哥毕竟是文艺青年！豆豆狡辩说她的女主人都博士了，还整天穿丁字裤。哥拍了拍她的屁股笑道：那也只是穿给领导看，不是招摇过市啊。

雷主席不常来，元元整天除了睡觉就是跟QQ男厮混。玩得兴起也会脱光了视频，但在哥的记忆中，露脸的情况应该没有。有人还发了特写照，看着它元元心情沉重，为何？跟人家比，雷主席的真有点拿不出手。

哥当然没兴趣从事这方面的比较研究，而是乘机溜出去跟豆豆约会。

跟豆豆在一起除了谈文艺，也搞搞别的，比如全身按摩，或玩点肚脐眼以下的游戏。让哥惊喜的是，别看豆豆很斯文，在这方面却很老到，极富创造力。豆豆说，这都是成人片看多了的缘故，所谓耳濡目染、无师自通。一次豆豆带哥去观摩学习，哥的观后感是，焦局长的表现过于细腻，缺乏雷主席的豪迈气概。

鉴于潇湘别馆资源极端缺乏，哥需要分些精力给其他小母狗。豆豆开始很酸，甚至要跟人家玩命。好在她知书达理，经哥反复劝导便释然了。为此哥不惜引经据典，比如“独乐乐不如与众乐乐”等等。豆豆一再表示：帅哥猛男都是公共资源，但要守住红线。豆豆所谓的红线，就是哥最多只能跟其他小母狗打情骂俏。尽管哥向她保证过，可玩疯了就忘乎所以。一次被豆豆发现了，哥除了深刻检讨，还用福尔马林液把下边洗了一百遍。

像哥这样出身草根的土狗，混到这种地步，也该知足了。即便是前朝的皇帝，也莫过如此。看着满小区为哥发狂的小母狗和眼睛充血的死太监，夫复何言。豆豆还扬言要给哥生一堆可爱的狗狗，四世同堂哩！

但哥还是走了。大家都觉着不可思议，怀疑哥疯了，或者突然失宠，被元元大义灭亲。其实这都是胡乱猜测，哥是自己走的，哥想换个活法。

第二章

对哥而言，离开潇湘别馆是个艰难的决定。哥也害怕过连方便面都难以为继的日子。为此哥有过激烈的思想斗争。必须承认，有些事深深触痛了哥的神经，让哥实在没心情继续待下去。现在想来，哥当时也是年少气盛，太不成熟。

一是因为雷主席。在换届问题上，雷主席失算了，不但青铜器输人一筹，他信心满满的以量取胜，也没有搞过人家。焦局长不但送了商汤的鼎和唐三彩，还弄了几本宋版古籍，外加一件康熙三年的青花瓷。

雷主席仕途受挫，郁闷至极。这哥能理解。哥不能理解的是，雷主席为了泄愤，把焦局长和欧阳部长的大照挂在墙上，用他们老婆的照片盖住元元的脸，然后……声嘶力竭的咒骂代替了《红灯记》。元元被弄得鬼哭狼嚎，为了配合雷主席，还说些不干不净的台词。大概有个把月，每晚上演这种闹剧，让哥厌恶至极。雷主席也算是文化人、著名书法家，为个乌纱帽至于到这种地步吗？

更悲惨的是元元，为了配合雷主席泄愤，括约肌严重拉伤，在第一附属医院住了好多天。雷主席壮志未酬，经常用毛笔在元元身上写满“英雄落魄，美人迟暮”等等心酸的句子。直到欧阳部长找他谈话，答应回头给他换个好一点的位子，雷主席总算气顺了一些。

二是因为焦局长。这事都怪哥，不小心把豆豆的肚子弄大了。就在哥和豆豆幻想着四世同堂时，没想到飞来横祸。起因是一次聚会，欧阳部长家的小少爷见了豆豆，爱不释手。局长决定把豆豆送给小少爷做生日礼物。让焦局长始料不及的是，豆豆成了破鞋，根本拿不出手。

焦局长把豆豆带到宠物医院做了手术，另外买了只蝴蝶犬送给欧阳少爷。但他并未就此罢休，一次哥正在小花园里跟小母狗闲聊，焦局长突然带着几个保安呼啸而来，把哥按到地上一顿暴揍，只剩下半口气。按照打狗也要看主人的古训，焦局长之所以出手这么狠，完全是冲着雷主席去的。在他看来，哥之所以弄大豆豆的肚子，根本就是雷主席的政治阴谋。

对此雷主席很郁闷，但也只能咬断牙齿和血吞，毕竟人家现在是自己的顶头上司。元元没有雷主席的觉悟，怨气难平，就把一盆子屎泼到了豆豆身上。婉儿气得要死，扬言要撕了元元这个臭不要脸的小婊子。豆豆也因此跟哥绝交：人家为你做了手术，你不心疼，还让那个婊子用屎泼人家。哥说豆豆你这是冤枉哥啊，哥是狗，狗能管得了主人的事吗？

对其他母狗而言，哥跟豆豆闹翻的消息无疑是喜从天降。哥也是借酒浇愁，经常喝多了跟母狗们胡来。但哥的心情始终很糟，看见谁都烦得要命。按照医生的说法，哥好像得了抑郁症，这是成功人士的通病。用流行的话说，如果没抑郁，你都没脸承认自己是成功人士。

如果继续这样下去，哥要么像西门大官人一样纵欲身亡，要么自己抹了脖子。左洛复[1]吃了不少，情况却越来越糟。其实哥未必得了所谓抑郁症，而是哥对自己的生活很厌恶，厌恶得要死。特别是夜深人静，哥独自躺在阳台上，喝着雷主席的拉菲，仰望星空，心里感到极度空虚，经常想起方便面的味道，还有那要命的批判艺术。

哥决定离开这里，哥想去看看以前的东家，换一种活法。

哥本想把这个消息告诉豆豆，可没有机会。豆豆总是躲着哥，自从被哥弄大肚子，婉儿把豆豆管得很严，只允许豆豆跟太监们玩，要是看见哥，老远就丢板砖过来。有一次砸着哥的后腿，现在还留个疤，阴雨天隐隐作痛。

哥要离开的消息在潇湘别馆引起轰动。所谓冰火九重天，公狗们欣喜若狂、奔走相告，母狗们哭天抢地、如丧考妣。甚至因为不能接受哥离开的现实，有些母狗跳楼自尽。《西京商报》就此发表了专栏文章，专家预言关中地区将发生7级以上地震，各大超市的帐篷、方便面被市民抢购一空，直到地震局出来辟谣。如辛可大师所言，辟谣是地震局做的唯一跟地震有关的工作。

小区宠协为哥举办了盛大的欢送会。公狗们都参加了，并且假惺惺地表示了挽留之意。沙皮会长一再强调，哥的离开是本小区宠物界的重大损失，他们将继承哥公而忘私的精神，继续为女主人和母狗们做好服务。欢迎会最感人的一幕发生在最后，公狗们在运动员进行曲的伴奏下，齐声诵读徐志摩的《再别

① 一种治疗抑郁症的西药。

康桥》：

轻轻地我走了
正如我轻轻地来。

哥一一拥抱了悲痛欲绝的母狗，然后决然离开。在那一瞬间，哥真有点“风萧萧兮易水寒”的感觉。面对着母狗们绝望的泪眼，哥想起诗人为弘一法师出家撰写的句子，大意是：哥，你就这样走了，也不回头看看女人的眼泪流成了河！

一切都很煽情很有意境，唯一让哥遗憾的是，豆豆没有出现。就算她不是哥一生中最爱的母狗，也毕竟是哥的初恋。后来豆豆解释说，其实哥离开时，她一直倚窗而立，看着哥的背影从潇湘别馆消失。她为此肝肠寸断，第一次感到痛彻心扉的绝望、迷惘和无助。

哥再一次回到了吴家坟的地下室，但已经物是人非。地下室很安静，听不见哥熟悉的批判艺术。外边烈日炎炎，在纬二街上班的老邻居们正在酣睡，哥不便打扰，只好悻悻离开。费了点周折，总算从隔壁母鸡的嘴里打听到东家的去处。

东家穿着过去上海滩流行的阿三礼服，站在西京国际假日酒店门口迎来送往。光瓢也换成了标准的小分头，完全失去了往日文艺青年的气度。看着东家，哥既心酸又激动，赶紧跑了过去。哥以为东家和哥会有一个热烈的拥抱，没想到东家提腿就是一脚，把哥撂倒在地，嘴里还骂骂咧咧：哪儿的野狗，这是你来的地方？！

望着东家不屑且愤怒的表情，哥脑子里一片空白，随之无限心酸涌上心头。也许东家真的把哥忘了，连同方便面的味道。本想再争取一下，但哥发现根本无济于事。因为东家的眼神很明白地告诉哥，如果再不走，他会毫不客气地宰了哥。

哥只好挣扎着立起身，茫然地走向街的尽头。哥实在忍不住自己的眼泪，心痛得要死。哥回头看了东家最后一眼，他正躬着腰，替一位珠光宝气的老女人开车门，怀中抱着人家的哈巴狗，脸上挂满灿烂的笑容。

此后很长一段时间，哥经常会梦见这一幕，半夜惊醒。每次哥都看见自己的眼泪，哥哭了，在梦里。哥的相好们劝哥忘掉这一切，哥努力过，但临床效果并不理想。

既然哥的老东家六亲不认，哥只好另谋出路。回去继续跟母狗们厮混，哥也想过，但不甘心。或者在西京再找个新主人，西大的松狮大姐也答应帮忙，但被哥婉言谢绝了。哥想离开西京，到京都去闯荡。

哥之所以想去京都，也是受了东家的影响。当年在地下室鬼混时，东家做梦都想去京都发展。用东家的话说，文艺界台面上的角儿，哪个不是京都混出来的？也只有在京都，方便面才能换成鲍鱼。

东家的话哥记忆深刻。去南方当然也是个选择，但哥很厌恶那种黏糊糊的空气和文化。既然是闯荡江湖，何不挑最热闹的地方去闯。

经过周密计划，哥爬上一辆开往京都的货车。依哥的估算，车程不会超过20小时。没想到出了潼关，在三门峡附近一堵就是两天，这几乎要了哥的命。车上装满给京都有关部门送的年货，全都是高级补品。整天吃这些哥如何受得了，可不吃饿得发慌，结果弄得哥便秘上火，口鼻出血。好在哥经常偷吃雷主席的伟哥，身体里多少有些抗体，总算捡了一条小命。

货车直接开进京都南郊的一个冷库。因为每年各地送的年货太多，吃不完，有关部门就特别修了个冷库储藏起来。就在他们忙着卸货时，哥乘人不备一走了之。随后碰见一个垃圾箱，找了半桶方便面充饥。虽然哥是方便面专家，但那绝对是哥吃的最有味道的一次。

站在京都街头，哥茫然失措。京都毕竟是国际大都会，人多车多楼多，茫茫然无边无际。这时候哥才发现一个重要的问题，哥来京都具体干什么？在这森林般的超大都市里，何处有哥的立锥之地？

既如此，还是到市民广场溜一圈再说。其实这是失去方向感时唯一的选择。对于京都，哥也就知道市民广场而已。据说那是世界上最大的市民广场，后来哥跟着辛可大师长了点见识，觉着这种说法很值得商榷。广场管理很严，有京都户口的狗都不让进，何况哥这样的京漂。也就是在广场斜对面的高墙下，公共厕所附近，哥偷偷看了几眼。广场上人头攒动，高墙下躺着不少访民，眼神比哥还空洞迷茫。哥又饿又困，躺在红墙根酝酿感情——怎么说第一次到了国际大都会，哥得抒发上几句。

在哥刚找到一点感觉时，有几个穿着制服的男人，提着橡胶棒冲了过来。哥一看邻居们个个惊恐地望风而逃，赶紧爬起来顺着大街往东跑。一路狂奔，简直要了哥的命。跑到京都饭店后边的南口袋胡同，总算歇了口气。

没想到在那里碰到了龙哥。

龙哥正在一颗海棠树下等他的小寡妇，龙哥眼中的性感尤物。后来哥也见过，实在不怎么样，也就是屁股大点而已。龙哥原名大龙，长得确实比哥彪悍，身体左右文着青龙白虎，满脸横肉，杀气凛然。可惜屁股上的伤疤有点煞风景。龙哥说那是跟几个藏獒打群架留下的纪念。龙哥经常会讲起那场伟大的战斗，那是他江湖生涯的巅峰之作。

龙哥自诩为英雄之后。他说自己是标准的蒙古细犬，他的祖宗曾经追随成吉思汗及其子孙征讨欧洲和中原。尽管后来我们成了患难与共的好兄弟，但第一次见面并不愉快。

——丫知道爷是谁吗？

——我刚从外地来……

——这个爷还听不出来，满嘴西北口音，会说普通话吗？

——会几句，说得不好！

——丫有京都户口吗？

——没有，我的户口在西京吴家坟……

——就这丫还混京都城，滚！

说着他就冲过来，操着醋熘的京片子把哥数落个没完没了，并不时亮出挂在脖子上的户口牌。龙哥大声道：知道吗，爷这是让你长记性，就你丫这操行，也想做京漂。初来乍到，再说累得要死，哥忍了。

后来大家混熟了，大龙说他当时不过是跟哥开开玩笑，所谓逗你玩。大龙引以为豪的京都户口，其实也是水货。在河南人开的小铺里，一个类似的证明也就 100 块而已。虽然大龙动不动来几句京片子，其实跟哥一样，也是个京漂，老家在内蒙古的乌兰察布。

不过在京都的所谓京漂里，龙哥绝非等闲之辈。京漂见了他必须叫龙哥或老大，否则就要挨揍。龙哥的口头禅是：知道爷是谁吗？确实，至少在落雁区，很少有流浪宠物不知道龙爷的名号。即便是藏獒也惧他三分，虽然他们比龙哥更威猛，可龙哥是楞头青，逮谁就跟谁玩命。

那天龙哥之所以修理哥，其实另有隐情。他要等的小寡妇迟迟未到，窝了一肚子火。据手下的小兄弟报告，小寡妇另有新欢，新欢的主人就是附近派出所的所长。龙哥不甘心，想找小寡妇问个究竟。

小寡妇始终没有出现，等来的是一群藏獒，领头的就是小寡妇的新欢。他们呼啸而至，把哥与龙哥团团围住。领头的藏獒指着龙哥破口大骂：就丫草原上来的乡巴佬，敢动爷的马子！本来哥是受害者，可在他们眼中，哥就是龙哥的帮凶。一场恶战在所难免，尽管龙哥表现神勇，但毕竟寡不敌众。龙哥见状大喝一声：兄弟，撤！我俩撒腿就跑，逃之夭夭，沿着南河沿大街，一路狂奔。

按照江湖规矩，既然过过命，我们就是亲生的朋友和兄弟。

在龙哥看来，这次失利的根本原因是孤军深入，那里毕竟不是自己的地界：落雁区。特别是泡妞这种事，虽说吃窝边草面子上挂不住，但也不能把战线拉得太长，出了事难免会兜不住。

龙哥居无定所，以前好像有个主人，但自从他的主人因诈骗罪被关进京都市第一监狱，他只好四处漂泊。龙哥的假京都户口，也是前主人掏 100 块钱从高新区的小老板手里买的。

龙哥的家在落雁桥下。那里除了龙哥，还有几个像哥这样的京漂，他的小兄弟。另外有一些外地的农民工也长期寄住在这里。一位从贵州来的小青年也在此驻场演出，他来京都的目的当然是能登上电视台一展才艺，可惜没有让导演或制片人动心的大腿。他最喜欢唱《京都！京都！》，意思哥懂，就是表达京漂们誓与京都共存亡的决心！尽管他现在每天为方便面高歌 8 小时，但他信心满满，总有一天他的出场费会达到 6 位数。

在大桥下不但有免费的歌声，还有来来往往免费的丝袜美腿。如果运气好一点，还可以欣赏到免费的成人片。实话实说，确实比雷主席的表演精彩得多。这种演出哥扛得住，可农民工兄弟却没有哥淡定。至于经常有京漂从桥上飞下来摔在马路上，大家也见怪不怪，权当是流星雨。

真正困扰哥的，依然是京都户口。原本以为跟了龙哥会过上好日子，其实不然。因为没有京都户口，哥只能跟着龙哥四处小偷小摸，经常连温饱也成问题。幸亏因为龙哥的威信，附近的几个垃圾箱被我们独占，勉强混个半饱。哪像有户口的狗，可大摇大摆在附近大学的学生食堂里大快朵颐。尽管学生食堂里被丢弃的食物堆积如山，但兄弟们只能望洋兴叹。龙哥靠着假京都户口混进去过几次，但后来被保安识破了，打个半死。

就这还不是最恐怖的。最恐怖的是遇到打狗队，随时都有毙命的危险。哥已经想不起有多少次，打狗队发动突袭，端了我们的窝。类似打狗队驾到人狗狂奔的镜头，网上比比皆是。其中有位民工兄弟还为此颠掉腰子，落下终身残疾。如果有京都户口情况则完全不同。一次看见打狗队的胖队长亲吻一只京巴的屁股，哥心酸地流下了眼泪。

对此龙哥体会更深，毕竟他是老京漂。作为落雁区京漂的龙头老大，这种屈辱龙哥岂能忍受。在龙哥看来，除了起来抗争别无选择。作为落雁区京漂协会会长，龙哥经常在会员中鼓吹暴力，扬言要跟打狗队决一死战。可惜响应者寥寥，也就落雁桥下那几个兄弟愿意跟着他赴汤蹈火。但龙哥并不气馁，特别是认识哥以后，更是信心爆棚！为何？龙哥是大老粗，以为要成大事，非哥这样的秀才相助不可。

尽管哥经常给龙哥提出一系列战略构想，搞得他嗷嗷叫，但哥始终不认为龙哥的抗争有成功的希望。当然，这些话哥只能噎在肚子里，除非哥不想混了。这里是哥在京都唯一的家，虽然伙食很差，但总比天天吃屎要强。说来汗颜，有时候我们饿极了也吃屎，这让龙哥很没面子。每次哥都用卧薪尝胆的故事鼓励大家，龙哥才释怀一些。一次吃完屎，龙哥豪情满怀地道：今天我们吃屎，但总有一天，打倒了打狗队，我们会有吃喝不完的茅台和烧鸡！

龙哥的豪言让哥不胜唏嘘，总想起妈妈的话，既然做了狗就要认命，任人摆布是我们的本分。如果哥对妈妈的话体会得像现在这样深刻，哥也许就不当京漂了。哥经常梦见在潇湘别馆的日子，醒来后口水满地。哥也想回去，可混成这样，回去害怕死太监们嘲笑！特别是豆豆，一定会用冷屁股对着哥。

在龙哥的要求下，哥加入了落雁区京漂协会，担任办公室主任，相当于中层干部。为了给哥争取到这个位子，龙哥费了好大的劲。特别是那几个老京漂，坚决反对把一个新人安排到如此重要的岗位。其实这都是龙哥的意思，哥根本就不想干。什么他妈的办公室主任，还不是整天在落雁桥下喝西北风？

作为办公室主任，唯一的福利就是有机会勾搭女会员。尽管在潇湘别馆哥有过皇帝一样的生活，可此一时彼一时也，特别是看成人片时，哥虽没有像农民工兄弟一样哼哼唧唧，也憋得发慌。作为会长，龙哥当然不缺这些。在这方面，龙哥是虔诚的摩门教徒。京漂协会没被龙哥临幸过的母狗，还真不多。作为龙哥最信任的办公室主任，哥当然也能雨露均沾，其中就包括丽丽。丽丽刚从南郊漂过来就被龙哥瞄上了，但见哥准备下手，他才放弃作业，并大方地说：看在兄弟的情分上，哥忍了！

丽丽是只京巴，长相和气质根本不能跟豆豆比，而且是个寡妇，生过好几胎。跟丽丽在一起当然不用谈文艺，除了插科打诨，就是行苟且之事。丽丽徐娘半老，在这方面经验丰富。跟豆豆不同，她的经验可都是实战积累，自然也受用得多。每次协会组织活动时，我们都要苟且一次。尽管她希望哥更勤奋些，但哥天天食不果腹，心有余而力不足，只能如此。

有一次哥跟丽丽开玩笑：要不咱俩结了，反正都是京漂，也好有个伴。丽丽还当真了，头摇得像拨浪鼓：虽然哥有文化，大小是个中层，算得上优秀的公狗，对俺也挺好，可说了哥别见笑，俺过够了京漂的日子，还是想找个有京都户口的，工作也稳定，如果实在找不到，就跟哥一起过。尽管是开玩笑，丽丽的话哥很理解，说实话，哥也想找个有京都户口的！退一步说，如果哥真有了京都户口，会看上丽丽这种二手货？如果哥直说了，难免太不解风情。哥只是用失望的眼神望着丽丽，丽丽觉着委屈了哥，赶紧给哥做个全身按摩，让哥心里舒坦一些。

尽管哥不爱丽丽，除非逼急了才说句我爱你，但哥要感谢丽丽，因为她的出现，改变了哥一生的命运。

有一次哥约了丽丽在京大西边的小树林里幽会，玩得正兴起时，突然有两个打狗队员冲了过来。在龙哥的抗争成功之前，这种场面随时都会出现。

打狗队员一胖一瘦，一白一黑，类似黑白无常。他们手里拿着橡胶棒，看见哥跟丽丽正在苟且，立刻包围过来，嘴里还不停地大骂我们是流氓。当时哥的宝贝正忙着，因为紧张没拿出来，便挨了一下，疼得要死。但哥毕竟老跟着龙哥打架，能应付这种场面。哥赶紧后腿一蹬，脱身撒腿就跑。只听见丽丽惨叫一声，晕倒在地上。

按理说哥这样做有点缺德，或者缺乏大丈夫气概。可哥心里明白，好汉不吃眼前亏。历史上大有为的人物，到了关键时刻，谁还管自己的女人，送给别人玩的大有人在，何况狗乎？有人还把自己的儿子煮了孝顺主子呢！大丈夫有所为有所不为，这当然包括关键时候扔下自己的女人不管。

话虽这么说，但哥一直觉着对不起丽丽，哥现在想起来都有点心痛。丽丽后来被打狗队卖给了京大西门一个韩国人开的饭馆，被涮了火锅。每次哥路过那家韩国饭馆都气得牙根发痒。总算有一次哥逮着机会，在他们的后厨拉了一泡。结果被媒体曝光，不但餐馆停业整顿，那个留着山羊胡子的韩国老板，也被京大的愤青们拖出来揍了一顿。

哥本想躲起来算了，没想到那个胖打狗队员穷追不舍，我们俩就这样一路狂奔。以他的体重保持如此高强度的运动，确实不易。哥就纳闷了，哥找的又不是他姐，他至于这样玩命吗？后来哥慢慢理解了，世上有一种人叫道德原教旨主义者，即便你找的是一条狗，他也要跟你玩命，这跟是不是他姐没有关系。

追到京大宾馆，打狗队员到底扛不住了，呈大字瘫倒在地上，大口喘着粗气，脸涨得通红。哥也累得要死，腰子都快颠下来了，靠着一棵国槐，看着他，他当然也看着哥，眼神中充满绝望和愤恨。他想用最后一点力气站起来跟哥决斗，可刚一侧身，又瘫了下去。

哥这辈子跟很多打狗队员打过交道，但从没见过他这样敬业的。以哥对公务人员职业操守的理解，这应该是最高境界了吧。后来哥经常在京大附近碰见他，追着一群流浪狗狂奔。因为当时哥已经有了京都户口，尽管他依然用恶毒的眼光瞪着哥，或吐口水骂哥是流氓，但不敢对哥动手。

话说回来，如果不是他跟哥玩命，也许哥永远都不会来到京都大学，更不会认识哥一生中最重要的人，辛可大师。所谓造化弄人，岂虚言哉！

第三章

哥跟辛可大师的相识颇具戏剧性。在辛可大师高徒唐娟的自传体小说《我为君狂》一书中，对此有生动的描述。《我为君狂》发表后引起轰动，文坛上靠身体写作的干将们个个高挂免战牌。辛可大师也为此被老婆扫地出门，险些成为魏公公第二。有人抱怨他老婆飞飞姐出手太狠，她对此不以为然：要不是看在儿子面上，老娘早宰了这头牲口。这是后话。

尽管唐娟的小说很精彩，但作为当事者之一，哥必须指出，内容太过煽情或夸张。虽然艺术来源于生活且高于生活，但不包括胡说八道！比如我们仨相识的情节，就严重失实，甚至把哥写成一只纯种的藏獒！书中说辛可大师喜欢白虎更是胡扯。如果辛可大师真的有此癖好，怎么会看上灌木森森的她！

其实一切很简单，没那么煽情。基本情况是，哥被打狗队追得精疲力尽，在附近的小花园里睡着了。醒来后已至半夜，哥饿得要死，偷偷爬进京大宾馆。宾馆一楼有间房子亮着灯，哥循着灯光爬上窗台，透过窗帘缝隙，哥看见一个男人压在女人身上，扭动着白花花的屁股。

在《我为君狂》中，唐娟说哥当时被他俩的表演，特别是她的魔鬼身材诱惑得把持不住，这根本就是意淫。哥见过世面，至于为这破玩意魂不守舍吗？比这更白更大更性感的屁股，哥见得多了。真正诱惑哥的，是放在电视柜上肥美的蛋糕，哥饿得要死，哥无法抗拒。

好在窗户没关死，哥拉开一个小缝钻了进去。哥进去后根本没心思看他们的表演，直奔主题。当哥准备对蛋糕下手时，发现情况有点诡异。唐娟一边有节奏地蠕动着身体，一边用异样的目光看着哥。做贼心虚，哥一时不知所措。但唐娟并没有采取进一步行动的意思，哥管不了许多，索性先填饱肚子再说。

哥边吃边跟唐娟对视，辛可大师哼哼唧唧自娱自乐。一般来说，女人这时候了都会双目紧闭，但唐娟一直睁大眼睛注视着哥，有点像恐怖片的镜头。唐娟在小说中也写过这一段，深为读者追捧。很多人还做过类似的尝试，但成功者寥寥。读者认为，唐娟要么是胡扯，要么非人类，或者有特异功能。

与锦绣文章相比，辛可大师在床上的表现毫无创意，一直保持着乏味的传教士姿势。一番云雨后，他像半扇猪肉摊在唐娟身上。等气匀了点，唐娟示意他向后看。辛可大师吃力地回过头，有点惊恐地看着哥。哥也第一次直面辛可大师，这个哥生命中最重要的男人。

那是一张略带沧桑的中年男人的脸，层层叠叠的皱纹让哥想起潇湘别馆的沙皮会长。在他的脸上，最生动的是那双挤在褶皱中的三角眼，很亮很有神，类似晚上出来偷油的老鼠。如果还有什么值得一提的话，就是他的屁股，他的屁股很白很光滑，完全跟他的脸不搭调，有点像漫画中的人物。

片刻惊恐之后，辛可大师开始怒视着哥。之所以如此，据哥分析，一是因为哥是梁上君子；二是因为哥的表现过于淡定。作为男人，特别是在这种境遇下，哥的淡定很挫伤他的自尊心。他抓起唐娟的胸罩，准备向哥发动攻击。哥没动，只是冷漠地看着他，因为哥计算过，哥有足够的时间逃走。

就在辛可大师出手瞬间，唐娟用小腿缠住了他的腰，让他动弹不得。尽管辛可大师怒气中烧，但唐娟不这么看，她以为这是上苍安排的最浪漫的缘分。虽然在京大跟老师相好的女生很多，但玩到这种段位的仅此一例，世上最幸运的女人莫过如此。唐娟虽然对辛可大师执弟子礼，可私下有时互称老狗和小母狗，类似周先生称自己的学生为小白象一样。

唐娟的心情哥能理解。虽然经常卿卿我我，辛可大师对她的每一寸皮肤了如指掌，但真正行苟且之事还是第一次。下午上完课后，辛可大师特别安排到京大宾馆为她过生日，喝完一瓶盛世御凤后上楼开房。唐娟在书中说是辛可大师主动勾引她，因为吃饭时他一直盯着她的事业线。而辛可大师的说法迥然不同，他说是唐娟的高跟鞋先伸进了他的关键部位，让他把持不住。关于辛可大师勾还是被勾的问题，粉丝们意见不一，更多人倾向于被勾，因为在京大宾馆，跟唐娟苟且的男人不止一个，其中就包括辛可大师的门生小卞。

就如何处理哥，他们产生了严重分歧。辛可大师的意思是把哥赶走，或者送给西门外的韩国老板，而唐娟认为哥是上帝送来的礼物，强烈要求领养哥。被两个一丝不挂的男女在床上评头论足，哥的自尊心严重受挫，也想一走了之。可哥没走，因为哥对落雁桥下的生活心有余悸。

由于唐娟的坚持，辛可大师无可奈何，只好收留了哥。尽管哥想装得淡定一些，但眼圈还是有点发潮。哥以为，就算因此搞不到京都户口，至少不用被打狗队四处追杀。让哥倒胃口的是，唐娟让哥叫他俩爸爸妈妈！唉，寄人篱下，哥叫了。唐娟激动地在床上抱着枕头翻滚，哥抽死她的心都有！

辛可大师觉着这样叫有点刺耳，毕竟他是学界泰斗，提议还是叫叔叔阿姨更体面一些。但唐娟不干，一把抓住他的耳朵：事就这么定了，它是咱俩的亲儿子！见唐娟铁了心，辛可大师只能顺从。辛可大师明白，一旦上了床，老师就成了学生的孙子。

接下来的事有点乏味，实在不值得浪费口舌。两人折腾了很久，少说也有三四次。唐娟书中那些翻江倒海的战斗细节，全是胡扯。作为当事者，哥可以负责任地说，辛可大师基本上保持着传教士的乏味姿势，观赏性很差。辛可大师的确是《素女经》的研究权威，但也就是嘴上的功夫。哥虽然对《素女经》研究不深，但辛可大师在床上表现出的技战术水平还无法跟哥相提并论，不信去资询潇湘别馆的母狗们！

哥终于有了新主人，也有了第三个名字，柏拉图。柏拉图是辛可大师给哥起的，依唐娟的意思，她更喜欢比尔这个名字。在《我为君狂》中，有唐娟在办公桌下为辛可大师服务的桥段，深为读者赞许，其实不过是剽窃莱温斯基而已。辛可大师认为比尔这个名字过于情色，怕彻底激怒他老婆，毕竟不是每个女人都有希拉里一般的胸怀。柏拉图显然更契合大师身份。尽管这跟所谓柏拉图式的恋爱有点不搭调，但事过境迁，柏拉图式的恋爱也要与时俱进。

辛可大师是京大牛鬼蛇神研究中心主任，博士生导师，大师协会会长。至于他的学问，诚如孔夫子所言（据辛可大师个人官网）：“鸟，吾知其能飞。兽，吾知其能走；走者可以为罔，游者可以为纶，飞者可以为矰。至于龙，吾不能知，其乘风云而上天。吾今日见老子，其犹龙邪！”①

有关辛可大师学问高深的故事，社会上段子很多，其中一个跟春哥的舅舅樊总有关。据说樊总的母猪因为听了辛可大师的讲座，一胎生了好几十个，震动了文化界与畜牧学界。著名公知牛博士曾爆料，很多女生投考辛可大师，其实并不为做学问，就图将来生个双胞胎或三胞胎乃至八胞胎，省得大有为的老公们办那么多身份证和户口本。

① 见《史记·老子韩非列传第三》。

辛可大师的家在京大雁园。住在这里的，要么是领导，要么就是名教授。既然业主非贤即贵，条件自然优异。听人说，连雁园的蛐蛐，叫声也契合“大江东去，浪淘尽，千古风流人物”的音律。

哥原本以为，大师府上一定书香盈庭。在哥的印象中，就连潇湘别馆住的煤老板，家里也汗牛充栋。没想到辛家根本就是个格调不高的俱乐部，也就书房里有几本破书。听人说大学问家钱锺书家里也没几本书，但毕竟事过境迁，连包工头也高度重视文化装修了。

在辛可大师家，除了名贵的欧式家具，到处悬挂着她老婆飞飞姐的玉照，特别是客厅那幅，足够有三平方——飞飞姐着紧身皮衣，手握双节棍，祭出李小龙的标准动作。就连厕所里也挂着飞飞姐单挑两位日本武士的照片。见此光景，对辛可大师经常上积水潭医院这种事，哥也就不足为怪了。

对哥而言，麻烦的不只是强悍的飞飞姐，还有她养的那条公狗，Pitt。哥总算一睹纯种苏格兰牧羊犬的尊容了。Brad Pitt 是好莱坞的大明星，飞飞姐的梦中情人。飞飞姐经常拿他奚落辛可大师：别以为屁眼上插个葱就是凤凰，跟 Pitt 比，在老娘眼中你屁也不是。每次把辛可大师气得要死。飞飞姐一度想照着 Pitt 给辛可大师做整容手术，可连韩国最有名的大夫也束手无策，特别是他的沙皮脸，根本没有改造的基础。

跟龙哥相比，Pitt 实在算不上彪悍，体格与哥在伯仲之间，也就是小胡子多少有点个性。他对哥的到来非常恼怒，一进门就给哥难堪，目光中充满鄙夷与不屑。在他看来，同样是狗，他比哥高贵得多。乘辛可大师不注意，他照哥下边一脚，顺势把哥撂倒在地。

——会说 English 吗？

——No can！

——知道“shit”的意思吗，You know？

——不知道！

——说的就是 You，乡巴佬！ Get out！

Pitt 说话有点娘娘腔，酷似潇湘别馆里那帮太监。哥对这种东西烦得要命，可初来乍到，只能委曲求全。Pitt 见哥不滚，更是怒火中烧，索性扑过来一口咬住哥的大腿，疼得哥哇哇大叫。哥的叫声不但惊动了正在书房上网的辛可大师，还有辛家的少爷，可可。

那是一个看上去五六岁左右的小男孩，皮肤白净，有一双清澈的大眼睛。

单从相貌判断，很难想象他们是父子。特别是对照辛可大师那张沙皮脸，实在太不搭调了。连辛可大师一度也不自信，怀疑可可是校后勤集团采购科科长的种，直到去京大附属医院做了 DNA 检测，才算心里一颗石头落了地。

见主人出来，Pitt 这才松开了口。辛可大师知道是 Pitt 欺负哥，但除了训斥几声，并没有动手。Pitt 仗着主子是飞飞姐，从不把辛可大师放在眼里。辛可大师的手段也黑，找茬把 Pitt 阉了。Pitt 之所以变成李莲英，哥以为有两个原因，一是辛可大师报复飞飞姐经常挫伤他的自尊心，如果 Pitt 取个别的名字，或许下边会幸免于难。听辛可大师讲，中国最后一次科举，粤人朱汝珍成绩第一，就因为名字中有个珍字（让人联想到珍妃），且是乱臣贼子孙大炮的老乡，勾起了慈禧老佛爷的无限愤恨，便把末代状元的帽子发给了直隶草根刘春霖。二是跟潇湘别馆里大有为的男人一样，辛可大师也可能有点不自信。

可可没有辛可大师那么怂，照着 Pitt 就是一脚。Pitt 赶紧爬过去，摇着屁股舔可可的脚丫子。Pitt 对辛可大师家的权力结构了如指掌——飞飞姐是辛可大师的祖宗，可可是辛可大师和飞飞姐共同的祖宗。飞飞姐天不怕地不怕，一旦儿子发作起来，她向来无计可施。

尽管可可对哥的第一印象不好（他认为哥长得有点丑），但经过辛可大师一番劝导，也就愉快地接纳了哥，不但在阳台上给哥弄了个窝，还送给哥进口的饼干。Pitt 不敢做声，眼里直冒火。乘可可不注意它啐了哥一口：孙子，Just wait and see！

哥也明了，要在这地方存在下去，非得把这孙子制服不可。妈妈的话没错，狗的本分是任人摆布，但对于跟自己抢骨头的同类，没必要那么客气。

飞飞姐第一次看见哥也是雷霆大怒，冲着辛可大师大喊大叫：老辛你个王八蛋，敢弄这么丑的土狗回来，你让老娘的面子往哪搁！说着扬起腿要踩死哥。辛可大师有苦难言，他自然不愿意要哥，但哥是上帝送给唐娟的礼物，他只能接受。这层意思他当然不敢讲，除非他想过早成为文化界的重大损失。

毕竟是夫妻，多年来残酷的斗争使他有了丰富的应变之策。他装着委屈地道：飞飞，我也不想要啊，可这是校长老婆送的，我敢驳人家的面子吗？飞飞姐听了冷笑一声：校长家会有这种一文不值的土狗？进口的都嫌多余，你敢糊弄老娘！辛可大师苦笑道：就算给我一万个胆，我敢骗您吗？校长家是不缺名狗，可它毕竟是校长老婆的老乡，亲不亲故乡……见此光景，飞飞姐大手一挥，道：既然是校长老婆送的，那就先留着，等校长下台了，立马给老娘扔了！辛可大师赶紧点头称是，直夸飞飞姐深明大义！

飞飞姐之所以留下哥，不单因为哥是所谓校长老婆的老乡，更关键的因素是可可。也就是说，在很短的时间内，哥对可可的公关产生了化学反应。哥在潇湘别馆练就的跨栏技艺派上了用场，哄得可可心花怒放。为了讨好可可，哥甚至在他拉完屎后去舔他的屁股。哥知道，要不想回落雁桥忍饥挨饿，必须下点硬功夫。

当飞飞姐要把哥扔出去时，可可投下了至为关键的否决票。尽管飞飞姐表示改天到护国寺给他买个漂亮的洋狗，可他摇着脑袋死活不干。可可扬言如果赶哥走，他就跟隔壁的小女生私奔。太岁发飙，飞飞姐只好认怂。

整个过程跌宕起伏，就像是玩过山车，搞得哥心脏病都快犯了。Pitt 的脸色也是阴晴不定。起初他算定飞飞姐会干掉哥，神色极为嚣张，最终成了泄气的皮球，趴在地上绝望地吐着舌头。

也许是做贼心虚，哥看见辛可大师头上直冒汗。在飞飞姐面前，辛可大师确实毫无优势可言。她比辛可大师高过一头，齐耳卷发，罗圈腿，一看就是练家子。作为前跆拳道全国冠军，飞飞姐绝非等闲之辈。虽然隐退江湖多年，肚子上波涛汹涌，可据说对付三五个男人依然绰绰有余，类似辛可大师这样的秀才何足道哉！

很多人认为，辛可大师著作等身、名满天下，一辈子最大的错误就是娶了飞飞姐，而且这个错误永远也没有纠正的机会，类似胡适之先生。跟胡夫人一样，飞飞姐除了修理辛可大师，最大的爱好就是打麻将，只是就技战术水平而言，尚无法跟人家相提并论。同样是打得天昏地暗，但飞飞姐几乎十赌九输，而江冬秀女士还能凭此挣点外快，补贴家用呢！

在支持老婆打麻将方面，辛可大师不愧为胡门再传弟子。尽管胡适先生认为麻将是中国三害之一（其余两害为八股和小脚），但也只是嘴上的功夫。胡先生临死前还托人四处打听，找一处适合老婆打麻将的住所，可谓鞠躬尽瘁、死而后已。辛可大师做得更彻底，凡跟飞飞姐打麻将相关的事宜，永远一路绿灯，无条件支持。

第四章

哥的事对辛可大师来说微不足道，他正在为其他事烦恼。

给辛可大师添堵的，是门生小卞。小卞博士即将毕业，想留在历史文化学院教书。他以为一个农家子弟能留在京大教书也算是光宗耀祖的事。可院长窦卫国死活不同意。

窦院长之所以拒绝小卞，理由是小卞没有洋博士文凭。京大赌咒发誓要建设国际一流大学，一项硬指标就是在京大任教必须要有洋文凭。为此辛可大师找窦院长理论。因为自己的老同学现在贵为副校长，虽然排名第六，但分管文科教学，所以辛可大师对窦院长说话也很随便。

——老窦，搞中国的牛鬼蛇神学，有必要读个哈佛牛津的博士吗？

——老辛你很清楚，这是学校的规定，即便院里搞上古文献的，谁没留过洋？

——可国外的大学也没有类似的专业，他去哪里读？！

——这个我可管不了！其实在外边随便读什么都行嘛！你看费教授，研究《诗经》的，不也在牛津读了个神学博士？！

辛可大师只好抬出前辈说事：梁启超、王国维、陈寅恪，哪个有洋文凭，不都是一代宗师？窦院长道：您说得对，可那是以前的事，现在规矩变了，我们要用发展的眼光看问题！再说了，陈寅恪他们不也在外边混过几天吗？

辛可大师被窦院长噎得要死，大吵了一回。即便辛可大师暗示胡副校长跟他钻过被窝，人家也不领情，只是干笑几声，打发他离开，说是要去部里开会。辛可大师心里犯嘀咕，自老同学当上副校长后，窦院长对他没这样过啊！

回到办公室他给胡副校长打了电话，把窦院长臭骂了一顿。老同学的态度出乎意料，他似乎也无能为力，并在电话中提醒辛可大师，窦院长的表哥最近被提升为部领导。至于小卞留校的事，老同学一再表示支持，认为牛鬼蛇神学是国粹，相关学术研究确实需要加强，以便打败大屁股的阿芙洛狄忒，为国争光。他暗示辛可大师给窦院长做点工作，他说学校是有类似的规定，但也可以特事特办，前不久经管学院就进了一个土博士，关键是如何运作。

老同学的意思辛可大师当然明白。他把小卞叫到办公室，简单介绍了一下情况，让他去找窦院长。一听这个小卞不干了：您说了都不算，我人微言轻，找人家有什么用？不行我跟新华社或新浪的朋友说说，看他们有没有办法，师娘不是交际广泛吗？要不我跟她谈谈！

小卞的话软中带硬，态度确实有损弟子之道，完全不是当初给辛可大师送土特产的乡下少年的样子。辛可大师之所以隐忍如此，是因为他明了其中的含义。

以辛可大师在学界的地位，似乎没必要对一个学生忍气吞声。外人看着糊涂，但他和小卞心知肚明，这事跟唐娟有直接关系。

其实唐娟以前是小卞的女朋友，这件事在历史文化学院几乎人尽皆知。当年他俩在女生宿舍做爱，正好被看门大爷逮着，被炒得沸沸扬扬。后来幸亏辛可大师出面，给校保卫处长送了购物卡才息事宁人，为小卞保住了学籍。为此小卞他妈亲自到辛可大师的办公室，长跪不起，称辛可大师是救命恩人。

毕竟为了小卞能完成学业，父母先后把牛和房都卖了。小卞唯一的妹妹，也为此做出了巨大牺牲，17 岁不到就嫁给了村里一个瘸腿的老光棍。

关于小卞，唐娟在《我为君狂》中着墨不多。但在随后的《梦里花落》一书中有非常细致的描述。跟《我为君狂》相比，《梦里花落》的社会反响极为惨淡，也就卖出去一两千本。读者对一个农家少年的爱情故事兴致索然。但哥的看法正好相反，这不是说哥比别人高明，而是哥对书中的故事感同身受！

据《梦里花落》中讲，小卞老家在湘西山区，一个风景秀美历史上盛产土匪的地方。小卞当年以省文科状元考上京大，名动乡里，甚至惊动了县长大人。县长在政府礼堂席开 50 桌，表示庆贺，并大书“惟楚有才，于斯为盛”相赠。县长一再表示小卞的学费将全部由县里承担，这件事还上了省里的日报，被认为是政府重视教育的典范。可时至今日，小卞始终没得到一分钱。据说教育局的确有这个预算，但因为要给新上任的局长换奥迪车，顺便挪用了。

“惟楚有才，于斯为盛”的匾额原本挂在卞家堂屋，后来为了供小卞上学，房子和牛都卖了，连县长大人的墨宝也无处存身，有人说曾在小卞家的猪圈里见过，也有人说被小卞妈妈当柴火烧了。

《梦里花落》中有很多动人的细节。比如小卞因为囊中羞涩，偷偷捡拾别人吃剩的饭菜，或者为了挣学费帮着清洁工打扫厕所。其中最为感人的一幕是，小卞以八折卖掉菜票，带着唐娟到京大附属医院打胎。特别是打完胎后两人在走廊中相拥而泣的桥段，看得哥唏嘘不已。尽管豆豆也为哥打过胎，但住的是宠物医院的高级病房，还有专门的护士料理！

但这段可歌可泣的爱情故事在《梦里花落》中戛然而止，其后到底发生了什么，哥不是特别清楚，也只是人云亦云而已。因为在唐娟《我为君狂》的开头，完全一扫《梦里花落》的清纯风格，一上来就是哥亲眼目睹的，她跟辛可大师在京大宾馆重口味的演出。

小卞出事后，曾在看守所写过一份自述，那份自述被狱友传出后发表在网上，曾在文化教育界引起很大的震动。小卡的自述有点像忏悔录，有点像批判书，被称为中国版的《忏悔录》。文中涉及的各色人等纷纷出面澄清，只有辛可大师例外。辛可大师看完后郁闷了很久，哥看到他当时心情沉重、愧痛不已。辛可大师后来对豹哥说过，那是他读过的最残酷的文字，一直像把尖刀插在他心上！

小卞在自述中反思了他学生时代的生活，特别是跟唐娟的这段恋情。小卞的讲述跟唐娟的描写有很大出入，哥宁愿相信，唐娟在刻意营造一个琼瑶式的爱情故事，其中多不实之词。小卞自述中与此相关的内容，哥简单总结了一下，重点如下：

第一，小卞家境贫寒不假，但他绝对没有吃过别人的剩饭，而是经常领着唐娟下馆子，甚至去过京都展览馆的莫斯科餐厅。

第二，院里考虑到小卞的家境，的确安排小卞勤工俭学，但不是打扫厕所，而是分发报纸。可小卞一天也没干过，全部包给了附近的农民工。

第三，小卞带着唐娟到京大附属医院打胎确有其事，而且不止一次，但打胎的钱不是菜票换的。这些钱是他妹妹嫁给瘸子时的礼金。至于在走廊中相拥而泣的桥段纯属虚构，事实上打完胎他们在京大宾馆开了房。

第四，虽然京大的学生大多非富即贵，小卞不能跟人家相提并论，但他不想给自己或家乡人民丢脸。他告诉别人他爸爸是乡长，并在当地最大的铅锌矿有股份。

第五，小卞大部分开支来自父母，其中包括卖了房子和牛的钱，以及他妹妹的礼金。为了买新款的手机，他让爸爸卖掉了过年的猪。

第六，在女生宿舍出事后，小卞的父母确实来过京大，也给辛可大师下过跪。当时小卞父母住在地下室里，想去学生宿舍看看儿子，但被小卞拒绝了！

小卞说，父母之所以如此，是因为他们相信，儿子京大毕业后一定会飞黄腾达，这点投资是值得的。他也经常鼓励父母要眼光远大，就算没牛没房妹妹嫁给了瘸子，最终他们会过上锦衣玉食的好日子。关键是他能留在京大，弄到京都户口。

小卞的坦率比卢梭有过之而无不及。他不认为这一切都是因为唐娟，即便没有唐娟，他也会那么做。他说自己无法克服内心的自卑感，他总是害怕被别人瞧不起。尽管这样做并不能让他找到真正的自尊，但至少会得到片刻的心理安慰。对此哥也很伤感，这不全是因为同情小卞的遭遇，而是在小卞的身上，哥看到了自己的命运。

小卞说，当他冲进辛可大师的办公室，看到唐娟坐在老师的大腿上时，他感到从未有过的屈辱、悲愤与绝望，特别是唐娟腿上穿着他用菜票换来的玻璃丝袜，更刺痛了他的神经。

哥不是小卞，无法体会他当时的心情，但哥能想象得到，辛可大师一定为自己在办公室门户洞开感到懊悔。小卞说，他冲进去忍不住骂了几句，并给了唐娟两个耳光。唐娟扑上去要跟他拼命，甚至来不及戴上胸罩。辛可大师呆坐着不知所措，好在唐娟机敏，扔过外套盖住辛可大师的下边。

小卞说，事后好几次他在宿舍里埋头痛哭，甚至也有过用菜刀结果这对奸夫淫妇的念头。之所以没有做，是因为他想起了远方的父母，他没有自暴自弃的资本，否则没有人会宽恕他，包括那头被卖掉的牛。

小卞在自述中承认，他真的不想失去唐娟，可当覆水难收时，他确实想过要换点什么。即便如此，他也不承认自己对唐娟的爱是假的，只是他别无选择。

在京大，导师和学生睡觉不足为怪。所谓肉烂到自己锅里，自产自销。有位文学院的仁兄还写过一篇闻名遐迩的《苦逼研究生赋》，大意是在京大乃至全国，读研等同于卖身为奴，有姿色的跟导师苟且，没姿色的替导师做苦力。既无姿色也不愿做苦力而能顺利毕业者，那一定是祖上积了阴德，或者后边有一条让导师们望而生畏的大腿。

据辛可大师讲，萨特大师的老婆波伏娃还经常介绍女学生给老公。萨特大师说，他要用自己的理论征服世界。也许在他看来，要做到这一点，必须从征服女学生开始。波伏娃俨然是贤内助，不但帮助萨特征服女学生，自己也不停地征服帅哥，并严格执行彼此透明的原则，把自己跟情夫在床上的表现及时写信与萨特大师分享。

类似深明大义的女人在京大并不鲜见，但飞飞姐是个反例。上次因为跟南大的已婚女教师搞一夜情，辛可大师险些丢了小命。他被飞飞姐扒光了站在凳子上，脖子上垂着两个哑铃，整整 48 小时。这种酷刑只有“文革”或法国大革命时被使用过。更有甚者，飞飞姐把辛可大师的是非之根用铁丝绑在案板上，准备一刀拿下，最后因为儿子可可的强烈反对才作罢。

辛可大师为此进行了沉痛反省，并写下保证书，按上手印。保证书的关键一条是，辛可大师庄严承诺，如果再犯就仿效魏公公自行了断。同时按照飞飞姐的要求，抄写《列女传》10 遍。之所以是《列女传》而不是《四库全书》，是因为飞飞姐还没有做好当寡妇的心理准备，至少辛可大师比一头骡子更具经济价值。

为了避免成为魏公公第二，面对门生小卞的胁迫，辛可大师别无选择。光脚不怕穿鞋的，这句话是雷打不动的真理。

辛可大师给研究生上完课回家，泡在浴缸里苦思冥想，总算找出个办法。窦卫国不但是近现代史权威，还是一位有相当水平的红色收藏家。前年历史文化学院举办红色收藏展，其中不少是窦卫国的藏品，有些据说还是旷世孤品。如果能搞到一个类似的值钱玩意送给窦卫国，成色既好，同时也不失斯文。

想到这里，他爬起来给豹哥打了个电话。豹哥原名冯豹，曾是江大测绘学院的高材生，辛可大师多年挚友，大师协会的常务副会长。在文化产业界和收藏界，豹哥绝对是个人物，名片上的头衔有一大堆，比如京大客座教授、收藏协会副会长、考古学会常务理事、慈善协会副理事长、民间文物保护协会会长等等。

关于豹哥的底细，辛可大师了如指掌。豹哥靠盗墓起家，据说大半个中国的古墓他都挖过，或者说每次都是他先下手，然后考古队进行抢救性挖掘。豹哥在盗墓界的卓越成就充分说明了一个真理，知识是第一生产力。他经常私下讲：真正的考古学家或考古学，都在盗墓界。

因盗墓发达以后，豹哥脱掉玻璃丝袜变成了文化名流，与马未都并称收藏界的双子星座。盗墓业务虽然还在搞，但主要是做些精品，他现在主要精力是搞收藏、讲学以及做慈善。电视台最有名的收藏栏目，豹哥就是幕后老板。

豹哥之所以缩减盗墓业务，原因有二。一是随着《盗墓日记》一炮走红，更多类似他这样高素质的人材，包括很多考古学博士纷纷投身盗墓产业，竞争非常激烈。经常刚发现一个项目，来不及动手就被别人洗劫一空。由于各色人等介入，也产生了很大的产业泡沫，市场环境急速恶化，因为全是游击队神出鬼没，类似豹哥这样的品牌企业根本无法做强做大。

二是盗墓行业的产业转型。以前那种戴着玻璃丝袜拿个锄头的粗放经营模式不灵了，盗墓业已经发展成为一个高投入高风险的技术与资源密集型行业。仅从投入产出比衡量，玩收藏比搞盗墓效益要高得多。随便弄个破玩意，做点旧，包装一番就能卖出好价钱。曾拍出 1000 万天价的哥窑花瓶，辛可大师的卫生间也有一个，价值 100 元左右。

因为经常帮豹哥捧场，两人的关系非同寻常。豹哥拍出的很多古董，其价值就是他俩私下商定的。豹哥对辛可大师的学识钦佩至极。有一次他弄了件民国仿制的铜器，随便定性为汉光武时期。可预展时有位美国的汉学家坚决认为是赝品。豹哥及时抬出辛可大师，把美国佬驳得体无完肤。辛可大师旁征博引，认为这件古董的价值完全被低估了，它根本就是齐桓公和老婆的便盆。假古董最终拍出高价，辛可大师也拿了不菲的提成。让豹哥和辛可大师一直引以为憾的是，他们始终没有做出像收藏协会吴会长炮制的“金缕玉衣”那样价值 2.4 亿的大活。

对辛可大师所请，豹哥满口答应，并说最近在咸阳做了个项目，挖出一些东西，恳请辛可大师帮忙在新旧唐书或唐人笔记里找点资料包装一下，或者请唐史学会的专家到电视上讲讲，出场费由辛可大师随便定。辛可大师欣然应充。

后来据豹哥家的藏獒佐罗讲，豹哥放下电话就联系了国内知名的红色收藏家，业内称王麻子。王麻子说他正在五道口的酒吧里跟前苏联的几个高官谈生意，他们手里有不少被布尔什维克没收的好东西，全是罗曼诺夫王朝的宫中之物，让豹哥也过去看看。豹哥一听就火了：王麻子我告诉你，你还别给哥来这个，你给我滚过来，马上！

不到半小时，王麻子气喘吁吁冲进了豹哥在世贸中心 56 层的办公室。王麻子之所以这样听话，不全是因为豹哥有钱，更关键的是豹哥养着几百条兄弟，个个武装得像九纹龙史进。在盗墓与收藏界，这一点人尽皆知。就连落雁区的打狗队，碰到棘手的事人手不够，也会借豹哥的兄弟用用。

据佐罗讲，豹哥对王麻子从不客气。没等王麻子气喘匀，他就让王麻子献出那本晋察冀边区油印的文选。王麻子听了死的心都有，都怪自己嘴贱，上次收藏协会开年会，他拿着那玩意向豹哥臭显摆。

——豹哥您知道，这件藏品我是要留给孙子的……

——你少他妈给我来这一套，多少钱？

——这……豹哥实在要夺人所爱，那我认了，30 万！

——30 万，你他妈当我是凯子啊？

——豹哥您可不能这么说，现在费翔一根胸毛多少钱啊？！

——你他妈给我少贫，10 万，就这么定了！

——那豹哥你宰了我算了，收价就 27 万多，还不包括鉴定费！

豹哥是行内人，知道王麻子所言不虚。在豹哥面前王麻子也不敢胡说八道。以前他给豹哥耍滑头，被豹哥在分局的朋友捉进去关了半个月。尽管豹哥也不缺这点钱，但由于职业病，他还是能省则省。

看着王麻子苦哈哈的样子，豹哥笑道：就 10 万！最近又接了一单活，在洛阳挖一个宋朝宰相的坟，据《宋史》、《续资治通鉴长编》上记载，这家伙是个大贪污犯，小老婆养了几十个，尿壶都是纯金的，里边肯定有不少好东西，到时候你也参加，分点值钱的东西给你！

听了这话，王麻子总算答应了。但他还是有点担心：哥，您这次可别诳我了，上次您说大理国古墓的项目有我一份，结果连个毛也没沾着。豹哥摸着他的秃顶骂道：那能怨我吗？夜郎自大你没听说过吗？牛皮吹得轰天响，里边什么东西都没有，再说已被挖过好几回了，前期投资几十万都打了水漂，我他妈找谁说去？！负责这个项目的副总现在还在积水潭医院躺着呢！这次你放心，绝对跑不了！

佐罗说，王麻子走到办公室门口，又回过头委屈地看着豹哥，啰唆了几句：您上次卖给我的那个瓷器，根本就是廊坊做的水货，连自己亲生的朋友也杀啊！豹哥听了很不高兴：谁他妈说是廊坊的水货？辛可大师鉴定是明宣德年间官窑的嘛！王麻子道：京都博物院的专家说的！豹哥一听更火了：京都博物院的专家算个屁，我手上有一大堆，要不要让他们再鉴定一下？！王麻子见豹哥真火了，赶紧道：我这不就是说说，权当是砸手里了！

豹哥也被逗笑了：王麻子你他妈的猪脑子啊，既然辛可大师说了，就算是廊坊的水货，你坚持是明宣德朝的，卖给煤老板不就行了？你再说，再说真就砸自己手上了！你以为这世上就你一个傻逼啊，比你傻逼的多的是！王麻子想了想，点头称是。

第五章

豹哥派朴副总把书送到辛可大师办公室。这本书哥在书房里见过，破旧不堪，字写得歪歪扭扭，封面上画着比例失调的镰刀斧头。考虑到当时的条件和编者的素质，能弄成这样也很不易。至于该编者后来成了某权威报纸的总编，那完全是帽子到手后主观能动性大爆炸的结果。

朴总深得豹哥信任，在公司里充当团副角色。正因为如此，每次给辛可大师安排娱乐节目，都由朴总亲自出马。用豹哥的话说：辛可大师可是个宝贝，我们要维护好这个品牌！朴总的日常工作，就是安排大家吃喝玩乐。其实这也是各单位核心竞争力之所在，自然要用最可靠的兄弟。尽管朴总小学毕业，但在辛可大师帮助下，已经取得了京大经管学院的 MBA，正在攻读 EMBA。

朴总能从放牛娃成长为儒商，除了豹哥和辛可大师的栽培，更要感谢这个伟大的时代。如果没有拼音输入法，写字对朴总来说是个大问题。朴总的 MBA 毕业论文已由国家级出版社出版，他对本书的唯一贡献就是把封面上作者的名字改成黑体，并做了镀金处理。

辛可大师为小卞的事烦得要死。即便跟唐娟在京大宾馆苟且，也情绪不佳。因为唐娟想见儿子，哥也跟着去了。唐娟见了哥又亲又抱，还让哥叫辛可大师爸爸。说实话，对唐娟的热情哥厌烦透顶，特别是她身上的香奈儿 5 号香水，弥漫着狗屎味。这大概是因为人与狗的味觉不同。就像大便，虽然我们吃着味同嚼蜡，但绝对不像人感觉到如此恶心。

辛可大师躺在床上，耷拉着沙皮脸抽烟，对我们母子的亲昵熟视无睹。这当然让唐娟很不爽，她更喜欢辛可大师在这方面像个疯狗。唐娟质问何故，辛可大师推说为公事烦恼。为了让辛可大师兴奋起来，唐娟特意换上透视装，但临床效果并不理想，辛可大师的沙皮脸丝毫未见舒展。哥知道他在想什么，但对此毫无兴趣。因为还有更重要的事，哥提前溜了。

等哥回来时，唐娟与辛可大师的表演已经结束。唐娟躺在辛大师怀里，正在讨论一篇论文草稿。按照惯例，博士毕业需要在核心期刊发表几篇文章，唐娟这是事急抱佛脚。论文是唐娟在辛可大师指导下从民国的一些杂志上抄过来的，她只是做了编辑整理。为了避嫌，需要对文中的大小标题和行文的衔接做一些简单的修改，而这正是辛可大师的强项。

辛可大师很清楚这个行业的潜规则，只要给主编送了钱，起个过得去的标题，一般来说发表不成问题。特别是跟辛可大师关系好的那几家，根本连稿子都不看。反正这种东西也没人读，即便有好事者发现文中有一些低级错误，下期发个声明就可以了，似乎也无伤大雅。

就在唐娟跟辛可大师在宾馆里苟且时，哥从窗户里溜了出去，潜回家中。Pitt 喝多了，正在客厅里迷糊，哥打开飞飞姐的衣柜，在她最值钱的大衣上拉了一泡屎。

哥之所以这么干，就是要玩死 Pitt。仗着飞飞姐撑腰，Pitt 一直对哥很不客气，动不动就给哥难堪，整天骂骂咧咧，扬言要弄死哥，冲哥吐口水更是家常便饭。有时候哥被弄急了，也会反抗一下，但结果更糟糕，飞飞姐不分青红皂白，冲过来就给哥几下，一次险些把哥的腿打折了。

哥知道，要彻底制服 Pitt，就必须瓦解他跟飞飞姐的亲密关系。毕竟作为狗，我辈的命运取决于主人的态度。

为此哥周密策划，耐心地等待时机。按照哥的算计，哥跟辛可大师离开时，家里只有飞飞姐和 Pitt。也就是说哥没有在场作案的嫌疑，飞飞姐走后，拉屎的只能是 Pitt。在飞飞姐看来，Pitt 似乎也有作案的动机，就是报复她没有把哥赶走。Pitt 独自在家时喜欢喝两口的臭毛病，也帮了哥的大忙。

总之，一切都按照哥的设计在发展。晚上辛可大师带哥回家。刚到门口就听见飞飞姐在里边咆哮。辛可大师吓得小腿有点发抖。哥心里明白怎么回事，感觉非常爽。

飞飞姐把 Pitt 倒挂在暖气片上，用皮带使劲地抽打他，嘴里还咒骂个不停。飞飞姐的暴力行为哥完全理解，几万块钱的大衣落满狗屎，谁不心疼？Pitt 恶狠狠地瞪着哥，哥冲他吐吐舌头，笑了。同样开心的还有辛可大师，他偷偷看了哥一眼，竖起大拇指。他知道这是哥干的，这太让他解气了。这些年来，他受够了飞飞姐的横行霸道，即便是 Pitt，也仗着飞飞姐撑腰，从不把他放到眼里。

Pitt 被抽得皮开肉绽、鼻青脸肿。好在是初犯，加上多年的感情，飞飞姐才给他留了条小命，搁在阳台上自己反省。既然是一家人，哥也不能太刻薄，便拿了饼干过去送温暖。

——柏拉图，你真他妈黑！

——Pitt，话可不能这么说，我怎么黑了？

——难道屎不是你拉的？ And you ?

——这个……哈哈……No good say !

——等我好了，看怎么收拾你！

——别，咱俩是亲兄弟，何必！吃点饼干吧！

——你少他妈假惺惺……汉贼不两立！

——咱不都是 Dog 吗？血浓于水的同胞，至于这样？！

如果条件许可的话，Pitt 一定会立马弄死哥，可问题是他腰软得像面条，根本爬不起来。原以为 Pitt 会拒绝哥的饼干，做义不食周粟的大丈夫，结果他跟哥差不多，都是非常识时务的俊杰。

也许从那一刻起，辛可大师完全改变了对哥的看法。他意识到哥对他的价值，哥不但是他的走狗，而且具有相当的智慧和战斗力。在他看来，上帝把哥送给唐娟作为生日礼物的同时，也有福泽自己的意思。

尽管首战告捷，但哥知道革命尚未成功，彻底制服 Pitt 尚需继续努力。遵照战国时代节奏学大师曹刿的教导，所谓一鼓作气，再而衰，三而竭。

辛可大师跟哥一样，也在为小卞的事忙活。他把书交给小卞，让他去找窦院长。小卞不识货，见只是一本破书就立马拉下脸，以为辛可大师戏弄他。辛可大师对那张猪腰子脸（唐娟语）烦得要死，不想做太多解释，只是吩咐小卞如何去做，至于东西值不值钱，辛可大师说窦院长一看便知，毕竟他是专家型领导。

关于窦卫国，哥再啰唆几句。窦卫国 50 多岁，戴着宽边眼睛，长相斯文，风度不输给胡适先生。最不凡之处是他的发型，整齐地梳到后边，衬托出饱满的大脑门，同样油光闪亮，这就是典型的大有为发型。

窦卫国科班出身，是京大和哈佛的双料博士。据说还是哈佛东亚研究中心费正清教授的高徒，详情不得而知。因为在京大，经常有人以某某大师开关门弟子自居，比如陈寅恪先生。想想也可笑，陈先生难道是京大的看门大爷，整天开关门啊，要不怎么会有那么多开关门弟子。

窦卫国是现代史权威，现在很多大学的现代史教材都是他编的。谁想吃现代史的饭，据说没有窦卫国加持，颇为不易。有人曾斗胆骂他是学阀，结果很惨，顶着博士帽到退休还是讲师！窦卫国对现代史最伟大的贡献是系统论证了日本人完全是我们的地道战和铁路游击队打败的，国民党除了捣乱，也就是敲敲边鼓而已。

窦卫国也住在雁园，跟辛可大师前后楼。窦卫国家哥并不陌生，因为他是小母狗麦当娜的主子。后来哥飙上了麦当娜，经常去他家鬼混。一次玩得忘乎所以，砸碎了学生家长送的明青花瓷瓶，麦当娜差点被窦夫人要了小命。

辛可大师家的装修跟窦家根本不能同日而语。窦府面积很大，一水的红木家具，码着皇皇巨著，以及各种值钱的古董，一看主人就是饱学之士。客厅里有启功先生的排骨体书法作品，上书富贵不能淫，贫贱不能移，威武不能屈，此之谓大丈夫！书房里还有一代宗师赵朴初先生写的两幅，各书知耻、慎独两个大字！大概是孔、孟两老夫子的训导。哪像辛可大师家的客厅，挂着“爱拼才会赢”，庸俗至极。

至于小卞到窦家的细节，后来闲聊时麦当娜给哥讲过一些。据麦当娜观察，小卞的小腿一直有点哆嗦。窦夫人原本想赶他走的，好在窦院长及时发现了小卞手中的旧书，把他带到书房谈话。

依麦当娜的说法，窦夫人是个原则性很强的女人，对既非领导又无所贡献的访客，特别是学生，绝不会给好脸色。自飙上麦当娜后，窦夫人哥也经常见，每每替夫人惋惜。哥以为，窦夫人真是生不逢时；如果搁在以肥为美的唐朝，何止让“六宫粉黛无颜色”，杨贵妃根本就算个屁！

窦夫人曾在工会工作，据说是京大的文艺蝴蝶。不但歌如百灵，舞技也是一流，有京大邓肯夫人之美誉。只是邓肯玩现代舞，她专搞蹦擦擦。历史文化学院的青年教师和研究生都以成为她的舞伴为傲。有段时间，京大附近的舞蹈班塞满了该院的青年教师和研究生。邓肯的石榴裙也就俘虏了叶赛宁，能量岂能跟窦夫人相提并论。曾经有两位青年教师为争夺窦夫人第一舞伴的宝座大打出手，一个还为此去韩国做了整容手术。

对于窦夫人精湛的艺术造诣，哥印象深刻。有一次哥跟麦当娜在阳台上快活，看见窦夫人正在客厅里用一根手指弹钢琴，扭着腰（也许是屁股）引吭高歌。窦夫人唱什么哥搞不清楚，只记得有两句歌词：革命人永远是年轻，他好比大松树冬夏常青。至于用一根手指弹钢琴，哥想可能是两根有点多余。跟窦夫人比，肖邦、李斯特他们用十根手指弹琴，真是暴殄天物！

麦当娜说，她对小卞印象不佳。因为去窦院长家送礼的人她见多了，没人像他那样，狗都不如！听了这话哥很不高兴，狠狠地敲打了她的脑袋：有你这样说话的吗？长别人志气灭自家威风！麦当娜咬了哥一口，道：人家没说哥嘛，像哥这种公狗人家喜欢还来不及呢！

话说回来，哥也理解麦当娜的感受，她毕竟出身名门，头发长见识短，哪像哥这样经多见广，在落雁桥下，连吃屎的事都干过！当然，这话哥不能讲，讲了怕麦当娜会弄死哥，或者跟哥同归于尽。小卞的表现也算正常，不过是按照辛可大师的设计，照本宣科罢了。

遵照辛可大师的嘱托，小卞说他爷爷以前在晋察冀工作，这本书是家传之物。事实并非如此，他爷爷是因为小卞爸爸把牛卖了，气得抹了脖子。窦院长戴着花镜翻了几页，小卞很快就从他的眼神中看到了专家型领导特有的那种光芒。如辛可大师所言，窦院长识货，毕竟他做领导不是一天两天了。

据麦当娜讲，窦院长随便翻到中间一页，对小卞道：你看看，这一段讲得多好，“自私自利，消极怠工，贪污腐化，风头主义等等，是最可鄙的；而大公无私，积极努力，克己奉公，埋头苦干的精神，才是可尊敬的！”我们有些同志，特别是有点权力的领导同志，不以为耻，反以为荣，真让人痛心啊！

小卞的表演也很到位，他惋惜地道：您说得对，可现在像您这样清廉公正的专家型领导太少了！窦院长侧过头，用眼镜下的余光看了看小卞，叹息道：是啊，可一个人的力量毕竟是有限的。小卞赶紧道：可您也多次教导我们，榜样的力量是无穷的，星星之火、可以燎原啊。

显然小卞拍得窦院长很舒服，在这方面小卞的功夫丝毫不比哥差。窦院长合上书，拍拍小卞的肩膀，语重心长地道：像你这样的年轻人太可贵了，你们是早上七八点钟的太阳，希望在你们身上啊！小卞连连称是，表示绝不会辜负领导的期望，升到天上一定要加倍努力。

但就小卞留校一事，窦院长始终没有表态，小卞为此很郁闷。从窦家出来后他赶紧打电话，辛可大师一听就笑了：人家毕竟是领导，态度就是表态嘛！辛可大师之所以如此乐观，基于三点：

一是窦院长态度非常好，甚至把小卞比作早上七八点钟的太阳，这是明确告诉小卞：我喜欢你！

二是窦院长一反前态，郑重指出京大的牛鬼蛇神学研究需要进一步加强，这等于表态：我需要你！

三是窦院长反复强调他对提携、培养年轻人不遗余力，并卓有成效，这是告诉小卞：我办得到。

综上所述，不难得出乐观的结论，这就是领导的艺术。想在中国混，就必须精于此道。小卞听了佩服得五体投地，表示要继续师从辛可大师读博士后。辛可大师赶紧打退堂鼓，并暗示小卞，等办完这事，他们师徒之间就两清了，至于读博士后根本没有必要，因为在象牙塔里死读书没用，这些东西必须通过深入的社会实践，才能实现从必然王国到自由王国的飞跃。

第六章

自发生“拉屎门”事件后，哥跟Pitt的关系更加紧张。因为飞飞姐的支持力度不够，Pitt不再对哥吐口水，但冷嘲热讽在所难免，动不动就要fuck哥。跟京都户口相比，Pitt对哥的教育背景更加鄙视。他认为，哥根本就是个土鳖，下流社会的痞子。

Pitt经常拿出柏林国际狗校的毕业证，在哥面前显摆自己的海归身份，并不时训斥哥：就他妈一西京土鳖，还有脸在京大当狗！柏林国际狗校哥知道，类似宠物界的哥廷根大学。Pitt的话让哥无地自容。哥虽对自己的学问有信心，但毕竟自学成才，也就在吴家坟社区狗校混过几天。

尽管Pitt名校毕业，但在斗心眼方面，未必是哥的对手。如果柏拉图碰见李大耳朵，不被玩死才怪。哥从《道德经》中学到的智慧，远比所谓《理想国》实用得多。海归之所以变海龟，就是因为水土不服，被土鳖玩得生不如死。

制伏Pitt虽是既定方针，但哥并不想来得太紧太狠。哥之所以急着下重手，完全是被这个王八蛋逼的。既然你要玩死哥，就别怪哥亮剑了。所谓上帝想让谁灭亡，必先让他发狂，如此而已。

哥跟Pitt的冲突，发生在禅浴天堂后边的小花园。当时豹哥约了辛可大师谈事，哥也跟着去了。自“拉屎门”事件后，辛可大师开始对哥刮目相看，如果条件许可，出去办事经常会带上哥。

禅浴天堂由雪积寺部分殿宇拆建而成，就是利用雪积寺附近的温泉，建设高档洗浴中心，豹哥与雪积寺各占50%的股份。禅浴是京大几位教授的创意，所谓沐浴亦修禅。教授们还发表了不少论文，指出这里的温泉不但包治百病，泡久了还能顿悟成佛、白日飞升。

雪积寺的主持是京大文学院毕业的宋博士，法号诚空。诚空法师原本在报社工作，后来在争夺社长宝座时功败垂成，加上收入不甚理想，索性刮光脑袋做了和尚。凡此种种，是他的第三任老婆的小公狗凡心告诉哥的。诚空法师也是辛可大师的好友，大师协会的常务副会长。小公狗说，诚空法师不愧为京大高材生，对做强做大心灵产业颇有心得，做了主持后很快把雪积寺搞得风生水起。其中广为宗教及经济学界称道的有五点：

一是跟京大宗教学研究中心合作，创办各类培训班，出售佛学学位证书或结业证，有人做过统计，仅此一项，雪积寺每年收入达500万；

二是在京大经管学院张峰奇院长策划下，按照市场经济原则，把雪积寺附属的物业出租，搞了一堆灵修和古法按摩、足疗馆，一度准备把大雄宝殿也租给小舅子经营，最后由于网民起哄才作罢；

三是举办各类活动，包括组织和尚们打拳或跳舞。最负盛名的是每年的抢头香，经过公开拍卖，头香价值一度飙升至80万；

四是开发了一系列产品，比如素食餐点、观音洗面奶、阿弥陀佛矿泉水、罗汉口香糖、弥勒减肥茶以及四大天王床上用品系列等等；

五是利用雪积寺的品牌效应，在全国托管、兼并了不少寺庙，搞连锁经营，下一步准备走出国门，到世界各地建立跨国寺庙连锁机构；

六是与豹哥合作创建禅浴天堂。

禅浴天堂建成后，很快成为国内标志性的休闲娱乐设施，达官贵人趋之若鹜，在文化及宗教界也引起巨大反响。著名文化学者秋蝉先生特别撰文指出，禅浴是禅宗理论的重大发展，慧能法师讲“见性成佛”，[①]如何见性，通过洗屁股打通任督二脉，上下通畅，无疑是个好办法。在秋蝉看来，阻碍人们成佛的主要魔障就是便秘，而禅浴是治疗便秘的不二法门，这也切合德国哲人尼采的论断。秋蝉还现身说法，认为自己能提出伟大的“交叉敢染”理论，就得益于禅浴天堂。文章发表后，有人开玩笑说，依照秋蝉的理论，以后把澡堂子改成大雷音寺算了。

诚空法师为此被誉为经济和尚。至于是否已悟道成佛，哥不得而知。据说他在京都乃至国外都有很多房产。有家海外媒体曾披露，诚空法师不但在瑞士银行有数亿存款，还在伦敦养着一个女朋友。女朋友是京大艺术学院的硕士，给诚空法师生了个儿子，现正在伊顿公学读书。尽管是传言，但在网上炒得很

---

① 参见《六祖坛经》。慧能法师认为，学法惟在见性，只要见性，皆可成佛！

热，最后在有关机构干涉下，风波才渐渐平息。

哥对此也是人云亦云。也许如自由派经济学大师张峰奇院长所说，诚空法师是当代仅次于台湾星云大师的伟大佛学家和宗教改革家。但有一点哥可以确认，诚空法师家小公狗凡心的项圈，镶嵌着货真价实的蓝红宝石。

禅浴天堂的设计者是京大建筑学院的谷教授，在耶鲁混过几年，是国内大帽子建筑设计专业户。禅浴天堂外形为典型的印度圆顶浮屠建筑，规模极其宏大。内壁浮雕参考了印度克久拉霍坎达里亚·摩诃提婆神庙的各类独特造型，并镌刻着著名的印度《爱经》及国学经典《素女经》片断。凡此种种，足够让每个顾客血脉膨胀，激情飞扬。

当天除了辛可大师，豹哥的客人还有考古研究所、唐史学会、京都博物院等单位的专家学者，估计有七八个。因为当时他们都光屁股泡在池子里，像一群长白山没毛猪，哥没数清楚，也懒得数。

那是哥见过的最奢华的浴池。据豹哥讲，其档次完全不输给唐玄宗与杨贵妃洗澡的莲花汤，至少面积是后者的三倍，全部用进口白色大理石砌成，镶着西周风格云纹金边。环绕着浴池，有造型逼真的十八罗汉青铜雕塑，嘴里喷着水形成伞形水雾，蔚为壮观。

池水呈黄褐色，据说其中加了人参鹿角等名贵中草药，水面上还点缀着不少玫瑰花瓣。大家慵懒地躺在池子里，每人边上有一位性感的妙龄少女，托着考究的青花瓷盘，盛有各式精致酒菜。纵情吃喝、随意把玩，有人还动不动拽几句诗文，雅兴十足。辛可大师称之为现代“兰亭诗会”。哥发现在左边屏风上，除了美女出浴图，确实刻着王羲之的《兰亭集序》。

豹哥张罗这次聚会，是为了刚从咸阳古墓中挖出的文物。觥筹交错之间，朴总不时拿出文物，放在青铜盘中，让美女托着，随水漂流，请各位专家鉴赏。对此哥兴趣寥寥，唯一的看点是朴总的下边，哥当时想，如果他想进宫的话，都不用麻烦净身房的师傅了。

总体上讲，专家们对这批文物的价值评价不高。考古所的水教授认为墓主人最多也就是中产阶级，有车有房有两个小老婆，但绝非名门显贵。倒是墓的形制非常独特，等豹哥挖完了，他们再去考古发掘一番。水教授对豹哥赞不绝口，称他是中国田野考古第一达人，因为国内很多重大的考古发现，都是豹哥先干完活，文物考古部门才进行抢救性挖掘。

京都博物院的姜研究员基本上同意水教授的意见。他认为这种东西的主要用途是送礼，但以这批文物的价值，也只能送给县处级。如果一定要送厅局级以上的领导，尚需精心包装。豹哥听了笑道：这个咱就不操心了，关键是能卖个好价钱！而能不能卖个好价钱，就仰仗各位大师了。

辛可大师笑道：冯总说得是，这个还需要陶会长多帮忙。唐史学会的陶会长正忙着和身边美女互动，抬头回应道：具体情况辛可大师已给我说了，东西也看了，冯总放心，我正在构思一篇文章，我的建议是把它定性为唐中期太守的墓，就说这些东西对唐史研究具有重要价值。

豹哥接了陶会长的话茬道：太守也就是个地市级领导，低了吧？现在搞收藏的各种老板眼头很高啊！还是辛可大师段位高：我们为什么不能打开思路，更 Open 一些呢？非要拘泥于唐朝吗？比如说秦汉，行不行？陶会长闻言想了想，道：辛可大师说得也是，解放思想嘛，我回头再翻翻《资治通鉴》，琢磨一下，保证让冯总满意。

大家齐声叫好，包括池子里的美女。冯总也满意，提议大家干了杯中酒，去后边的包房 Happy。冯总特别强调，刚从意大利的西西里岛弄了些上等货，贝卢斯科尼最喜欢的牌子，已经放在各位的床头了。

酒足饭饱，豹哥跟专家们各自去包房里探讨生物学问题。哥闲得无聊，独自从禅浴天堂后门溜出来，在小花园里做有氧运动。

当哥正靠着墙做俯卧撑时，突然看见 Pitt 带着几只公狗冲了过来。哥见来者不善，赶紧往屋子里跑，但为时已晚，被他们团团围住。

Pitt 指着哥对带头的一只德国黑贝道：大哥，就是这个土鳖！德国黑贝抽了抽鼻子，冷笑着质问哥。

——就你啊，长这操行！哪儿毕业的？

——没……西京吴家坟狗校！

——陕师大边上那个吧？原来是个土鳖啊！

——……

——土鳖还他妈狂，老二，告诉他爷是哪毕业的。

说着有只斑点犬走了过来，大声道：孙子，知道我们老大是哪毕业的吗？English 皇家狗校！德国黑贝听了得意地晃着脑袋：就你这种土鳖，也想混京都？！要么给爷早点滚，要么等着爷弄死你。

哥只是听着，默不作声。反正到这份上，说什么也没用，只好拼了。哥的沉默很伤德国黑贝的自尊心，他冲Pitt道：兄弟你说，我们是饶了这孙子，还是弄死他？Pitt冲哥吐了一口唾沫。德国黑贝见状大喊一声：兄弟们，那还等什么，给我上！

他们一窝蜂冲了上来，把哥扑倒在地。哥也没那么怂，照着德国黑贝的后腿使劲一口，引来几声惨叫。大家见老大火线受伤，大叫着向哥发起疯狂围攻。哥全身的毛被撕得七零八落。尽管哥奋力反抗，可毕竟以一当十、寡不敌众，哥心里明白，哥的死期到了。

但哥的运气并没有自己想象得那么糟。就在哥最绝望、命悬一线的时候，突然听见那熟悉的声音呼啸而来，哥哭了。

龙哥大叫着冲了过来，跟德国黑贝他们展开肉搏战，当然，还包括落雁桥下的几个兄弟。尽管德国黑贝他们体型彪悍，且毕业于名校，但打起架来未必是龙哥兄弟的对手。龙哥可是在江湖上滚过来的身经百战的愣头青。当年他单挑一群藏獒的壮举，至今为落雁区的京漂们津津乐道。

德国黑贝见情况不妙，大喊一声，带着手下逃之夭夭。临走还扔下一句：你等着，孙子，爷有空来收拾你，落雁区是爷的地界。龙哥啐了他一口：有种你别跑啊，跟爷再战一百个回合。最可怜的是那只斑点狗，屁股上的肉被卸下一大块，撇着罗圈腿一边跑，一边哭爹喊娘。

至于Pitt，哥醒过神时已发现他消失得无影无踪。听龙哥的手下说，他们冲过来时，Pitt提前溜了。就因为这件事，Pitt回去后被德国黑贝痛打了一顿，并取消了他落雁区海归联谊会的会员资格。

龙哥他们几个把哥拖到小花园里有阳光的墙角，帮哥简单做了处理。好在都是皮肉之伤，哥休息了一会，喝了口水，渐渐缓了过来。

龙哥问他们为何收拾哥，哥简单敷衍了几句。至于哥跟Pitt之间的纠纷，哥不想说，说了龙哥也未必乐意听。事实上他最近一直在找哥。上次跟丽丽在京大附近被打狗队追杀的事，他也听说了。传言说哥已经死了，被打狗队卖给韩国人开的饭馆涮了火锅。但龙哥不信，他特意去那家饭馆打听过，据店里的斗牛犬回忆，最近宰的狗不少，但没有龙哥描述的那种土狗。

但龙哥始终认为哥还活着，为此他找遍了落雁区，特别是京大附近的各个角落，没想到会在这里不期而遇。龙哥说他今天过来，倒不是专门找哥的，而是跟这一片的老大见面，鼓动他加入龙哥的抗争行动。

龙哥说，自哥去后，形势发生了巨大转机。龙哥所谓的转机，哥也知道，就是打狗队到处捕杀流浪狗，可谓风声鹤唳。为了以壮行色，打狗队还举行了声势浩大的誓师大会，用法国大革命时发明的断头台，像切西瓜一样，现场宰杀了上百条流浪狗。这个消息还上了各媒体的头版头条，哥在辛可大师的电脑上见过，画面极其血腥，令哥不寒而栗。

如革命导师所言，哪里有压迫，哪里就有反抗。打狗队的疯狂举动给龙哥帮了大忙。面对着朝不保夕的白色恐怖，很多原本想混日子的京漂，走投无路，只好加入了龙哥的抗争队伍。大家以为，反正是死，倒不如死个痛快。龙哥提出的“打败打狗队，敞开喝茅台”的号召，也有了空前的市场。

据龙哥讲，目前答应跟他干并按了手印的，至少有几百条兄弟，正在各处秘密操练，只等龙哥一声令下，举起替天行道的义旗。在龙哥看来，万事俱备，只欠东风。龙哥所谓的东风，就是哥。在龙哥心中，哥是张良孔明那样的角色，他需要哥为他制定详细的行动计划。

尽管很感激龙哥的救命之恩，但对龙哥的抗争行动，哥始终没有热情。即便龙哥讲的话都是真的，哥也不相信他有任何成功的可能。我们毕竟是狗，在人的世界里，逆来顺受是我们的本分。不抗争，我们是狗；抗争了，我们还是狗；就算抗争成功了，我们就不是狗了吗？

龙哥对哥的规劝不以为然，他说大丈夫一言既出，就要干到底，绝不回头。龙哥的小兄弟更是激情澎湃，他们说：老子等着喝茅台这一天已经很久了！他们也恳求哥回去，干一番惊天动地的事业。

哥知道自己说服不了龙哥，就推说在京大有事，等处理完了再说。龙哥心里还是有点担心：兄弟，你可别诳哥啊，兄弟们将来是吃屎还是喝茅台，就看这一锤子买卖了。哥虽然没有正面回应龙哥的请求，但还是认真地表示，一定会去落雁桥下找他们。

临走时，龙哥特别告诉哥，最近他招聘了一个办公室副主任，是只混血的日本银狐，长得非常性感，特别是嘴唇，简直就是梦露妹妹。他笑着对哥说：兄弟，这个妞大哥给你留着，大哥在落雁桥等你，一定！

跟龙哥的抗争相比，哥最棘手的问题是彻底制伏 Pitt。这不是简单的报仇雪恨，而是关系到哥能否在京大混下去。

拉屎这招不能再用了，哥一时又想不出别的办法，搞得心急上火。哥突然想起在飞飞姐的床头柜里，有一本中华书局出版的《三十六计》，飞飞姐经常从中寻找整治辛可大师的招数，似乎屡试不爽。

按照《三十六计》的说法，哥上次拉屎的招数应该是借刀杀人，书中还列举了三国时跟关二爷有关的故事。翻来翻去，感觉每一计都很妙，但操作起来有困难，毕竟哥是狗，狗有狗的局限性。可读到釜底抽薪一计时，哥的脑子里突然灵光一闪，有了办法。

凡事依然围绕核心人物飞飞姐展开。据哥分析，Pitt 之所以深得飞飞姐喜爱，关键是他恭顺，任何时候在飞飞姐面前都表现得像乖孙子。每次飞飞姐回家，他都会冲过去扑到飞飞姐身上，又舔又摸，哼哼唧唧。哥当时想，如果彻底断绝他们这种亲密交往，并引起飞飞姐反感，一定会给 Pitt 致命一击。

为此哥进行了精心谋划。自上次禅浴天堂冲突后，Pitt 一直对哥冷眼相向，像防贼一样防着哥。为了让 Pitt 钻进哥设计的圈套，哥一反常态，开始装得很恭顺，并多次向 Pitt 表态，哥总算想通了，土鳖就应该有自知之明，像爷一样的伺候 Pitt 这样的海归。类似给他做全身按摩等等，也是家常便饭。

Pitt 非常享受哥的臣服，自然也就放松了警惕。一次哥在莫须有湖边找了半罐别人丢弃的鳐鱼罐头，献给了 Pitt。哥在潇湘别馆时听元元说过，这种韩国人喜欢的食物能挥发氨气，奇臭无比，有人曾因此窒息而死。Pitt 对哥的孝敬很高兴，因为人和狗的味觉不同，那玩意狗闻着确实很香。

就在 Pitt 尽情享受哥的献礼时，哥故意把罐子打翻，鳐鱼汁撒了 Pitt 一身。哥装着很遗憾，向 Pitt 道歉，这次他倒是很大方，没有唧唧歪歪。看着 Pitt 志得意满的神情，哥忍不住想笑：一会有你孙子受的！

听见飞飞姐上楼的脚步声，跟往常一样，Pitt 热情地扑了过去。哥不忍目睹即将发生的悲剧，躲在了阳台上。等哥出去时，发现飞飞姐已经倒在过道上，用手使劲地捂着嘴和鼻子。Pitt 茫然地看着飞飞姐，不知所措。

接下来的事就顺理成章了，Pitt 不但被暴揍了一顿，还被飞飞姐关在洗手间里，让水龙头帮助他彻底反省。Pitt 全身发抖，耷拉着脑袋，满眼绝望。哥偷偷溜了进去，踢了他一脚，原本以为他会还击，至少会咒骂几句，没想到他像一堆死肉，一动不动。过了片刻，他突然大声抽泣起来。

——哥，我服了 You！

——别啊，You 是名校毕业的海归，我哪敢当 You 哥！

——求你了，柏爷，饶了我吧，我不就是个太监嘛！

——No，No，No！求我干什么，您比魏公公都威风，继续玩啊！

——我给您跪下还不成吗？亲爹！

Pitt 话音未落就双膝跪地，泪流满面。哥见此境况，就知道釜底抽薪这一招大功告成。Pitt 之所以如此怂，是因为他比谁都明白，经过“拉屎门”和“鳐鱼门”，他在飞飞姐眼中的形象已全然受损，如果哥继续玩下去，他恐怕连在辛家继续混饭吃都成了问题。

Pitt 确实是识时务的俊杰，明白随风转舵的道理——除了给哥当孙子，他别无选择。按照恩威并施的原则，哥也不能做得太绝，该是送温暖的时候了。对付奴才，袁老四的办法是一手提刀一手拿钱，这个办法哥也懂。

对于哥祭出的善意，Pitt 感激涕零，反复表示以后唯哥马首是瞻，哥让他死，他绝不会眨眼睛。对于自己以前的所做所为，他进行了沉痛反思，承认自己罪该万死，并深挖其病根，认为这一切都跟自己接受的西方教育有莫大的关系。Pitt 懊悔地道：如果小弟不是海归，跟哥一样熟读三十六计、孙子兵法，至于犯如此愚蠢的错误吗？！

听了 Pitt 的忏悔哥暗自发笑，心想要是你孙子也跟哥一样精通国学，今天被整治得死去活来的，说不定是谁！Pitt 在做奴才方面优势明显，类似魏公公或李莲英，这点哥也喜欢。跟太监在一起那种无与伦比的优越感，哥在潇湘别馆有过非常深刻的体验。

第七章

经过锤炼，其实海归并不比土鳖差。所谓橘生南国为橘，生北国则为枳。如果中西贯通、活学活用，说不定还能达到青出于蓝而胜于蓝的效果。Pitt 的表现让哥对他的母校刮目相看。如果家有犬子，哥也想送到柏林国际狗校深造。

自“鳐鱼门”事件后，Pitt 对哥的态度发生了 180 度逆转，让哥最满意或者最感动的表现如下：

一是每次用餐，Pitt 都要等哥吃完了才动手。他一边伺候哥用餐一边跪在地上祈祷：主啊，请赐给我最敬爱的老大美味佳肴！

二是 Pitt 每天为哥做全身按摩，通过网络学习，他掌握了各式按摩手法。最为可贵的是，每次哥洗完澡，他都会认真地帮哥把身上的水舔干净。

三是每次出门，Pitt 总是谦恭地跟在哥后边，永远保持大概两步的距离，绝不越雷池一步。

四是哥出恭时，如果没有支撑物，Pitt 便赶紧趴在地上，让哥搭上后腿。一次不小心淋在 pitt 身上，没想到哥的道歉会彻底激怒他：老大，您什么意思？您这样说，是根本不拿小弟当 lackey，让小弟怎么活！

类似“请”、“您”这些词都是禁语，如果哥不小心说了，总会引起 Pitt 的无限悲愤。在 Pitt 看来，哥分明是讽刺他，对他的工作不满意！他比较喜欢“滚”、“杂碎”这类词汇，认为这才名副其实。

Pitt 对哥的私生活也非常关心。他不止一次对哥说：老大，像您这样前无古人后无来者的公狗，如果没有三妻四妾、三宫六院，简直太逆天了！说完放声大哭，并一再检讨自己失职有罪，要求哥亲手弄死他。

事实上 Pitt 非常努力，经常介绍一些小母狗给哥认识，包括经管学院张峰奇院长家的微微，一只装修时尚、表情抽象的贵宾犬。但微微似乎对哥不感兴趣。为这事 Pitt 郁闷了好久，扬言要在那个臭婊子的脸上拉几刀。

其实Pitt没必要如此自责，哥根本就不入微微的法眼。跟微微第一次约会是在莫须有湖边的石坊上，据说是前清的遗物。微微一见哥就吐舌头，态度极为不屑。按照微微的标准，哥活着纯属给世界添堵，挑战她们的心理承受能力。

微微说，她找男朋友条件并不高，简单说有如下几条：

1. 出身名门，最好是欧洲纯种；
2. 主子条件过得去，不低于教授或科长；
3. 不见得必须名校毕业，但绝对是海归；
4. 有京都户口，而且是城八区，如果是郊区的赶紧去死。

微微说，作为知性母狗，她更注重内涵，对长相不是特别在意，能达到贝克汉姆的标准就行了。微微的话让哥无地自容。等哥做完介绍，微微说无地自容哪能行，最好投湖自尽，马上！

她顺便唾了Pitt一口：Pitt，亏你还是德国回来的，给姐弄这么个烂货，西京的土鳖，我呸！死太监，下辈子也该被阉！知道姐的时间多宝贵吗？！萨克齐还等着我哩，我呸，垃圾！

说着扭头就走，嘴里还骂骂咧咧。Pitt气得青筋爆裂，扬言要撕了她。哥劝他算了，没必要跟小母狗一般见识。在Pitt看来，让老大没面子比阉了他还难受，几次要仿效曾文正公跳湖自尽，被哥拦住了。

为此哥跟Pitt反复琢磨，及时调整了策略。在泡麦当娜时，再没有重蹈覆辙。Pitt更是勤奋，痛改前非，在哥的指导下恶补三十六计等国学经典，包括辛可大师关于阴谋论的名著《逼下梁山》。

前文已述，麦当娜是窦院长家的小母狗，一只萨摩亚犬，长着一身雪白的毛发。但最初吸引哥的并不是这个，而是她性感的身材，以及通过性感身材表现出来的迷人气质。

认识麦当娜并不全是Pitt的功劳。哥必须承认，这是一个美丽的邂逅。当时哥正骑在莫须有湖边的山石上出恭，不小心看见一只性感的小母狗也在对面的蔷薇树下作业。在哥看来，麦当娜小便的动作非常性感，散发着自然主义的美感，这跟豆豆那种刻意的表演全然不同。当然了，如果没有性感的身材，自然主义也无从谈起。

哥出神地看着麦当娜，其时风生水起、花香鸟语，很有诗意。Pitt马上体会到了哥的心意，问哥是不是想泡这只小母狗？哥含蓄地点点头，Pitt 简单说了声 OK，撒腿冲了过去，费尽口舌，连拉带拽把麦当娜弄了过来。

说实话，哥当时有点羞涩。羞涩之于哥，听起来真有点骇人听闻。麦当娜脸上没任何装修，如刑警般审视着哥：听说你也是英国皇家国际狗校毕业的？哥机械地点点头。接着她把微微审问哥的那套玩意，又重复了一遍。哥全部点头称是，Pitt 还及时做了补充，比如哥是纯种的德国牧羊犬、戴安娜王妃爱犬的同桌。更邪乎的是，Pitt 说哥的祖宗跟利玛窦来到中国，万历十五年就有了京都户口。Pitt 说得唾沫横飞，哥心里直发毛！

好在麦当娜没有刨根问底。只是当 Pitt 介绍哥是德国牧羊犬时，她有点夸张地笑了笑。我们走到一起后，麦当娜曾告诉哥，其实当时她很清楚，我们俩就是一对很不专业的骗子。有长这样的德国牧羊犬吗？一看就是土鳖，还他妈戴安娜王妃爱犬的同桌！她说。

哥听了汗颜无地，问她：既如此，为何还要跟哥在一起？麦当娜不以为然：姐见过的公狗，有几个不是骗子，还有自称是科尼（俄罗斯“新沙皇”普京的爱犬）的亲兄弟，经常在克里姆林宫的阳台上小便！至于土鳖，姐天天吃西餐，腻了，就不能换羊肉泡馍尝尝鲜？尽管麦当娜这样说不够罗曼蒂克，但哥是实用主义者，过程并不重要，关键是结果。

结果是麦当娜成了哥的母狗。说严重点，她不但爱上哥，而且爱上了哥。如辛可大师所言，爱上和爱上了完全是两种东西，后者侧重于情感与道德体验，而前者完全属于生理学的范畴，是本能的实现。

至于哥到底是爱上了她还是爱上她，开始哥确实有点纠结。但现在哥负责任地说，哥这辈子虽然交过很多母狗，但真正让哥刻骨铭心的，只有麦当娜！

需要补充的是，麦当娜不但有性感的身材，还有一张可爱的狐狸脸。尽管哥不愿承认麦当娜是狐狸精，可在京大的公狗们眼中，她就是文姜[①]第二。哥知道，在认识哥以前，麦当娜有过很多公狗，甚至在宠物医院堕过胎，但这并不重要，重要的是她现在只属于哥，哥说的是全部。

至于哥的过往，她不是很在乎，但潇湘别馆的日子除外。麦当娜说，她经常梦见哥在潇湘别馆的种种，醒来后全身战栗，就想阉了哥，或者把自己掐死。哥之所以没有被麦当娜做成 Pitt，因为她无法想象没有哥的日子，或者跟一个

① 参见《列女传·卷之七·孽嬖传》，文姜为古代著名荡妇。

死太监天荒地老。

关于爱上和爱上了的问题，辛可大师就不像哥这样纠结。作为牛鬼蛇神学泰斗，辛可大师在这方面很通透。他写的《空色论》一文，被誉为真正打通了儒释道的扛鼎之作。文怀沙大师的“正清和”与之相比，简直不像个东西。

《空色论》洋洋洒洒数万言，哥抄几段与诸位奇文共赏：

> 妙哉，所谓空色论者。释迦之言，与李聃孔丘之有无中庸，一丘之貉者也。圣人殊途同归，岂虚言哉！《心经》曰“色不异空，空不异色”，何所谓也？以房事言之，牛牛未入则空，入则色矣；反之，未入饥渴难忍，色欲丛生，入则饱满，色欲既消；诚色空一体者也。
>
> 禅宗之放下，诚色空论之精解。置女子于榻上游戏之，色也，尽性而不执着于情，色乎哉，空也！人之为丈夫者，我行我素，不拘于物也。天同此理，岂房事异哉！

总之，辛可大师是个拿得起放得下的人。在辛可大师看来，大有为的男人，必须打通空色两关，提起裤子吹着口哨走人是最理想的状态。对于唐娟，辛可大师亦复如是。问题是唐娟造诣太浅，跟不上辛可大师的节奏。

唐娟不但每周要求与辛可大师开房，还经常跑到他的办公室加班。即便辛可大师给弟子们授课时，唐娟也衣着清凉，直勾勾盯着辛可大师，像个花痴。有好事者把唐娟的花痴照上传到莫须有网，下边有几百条跟帖，议论纷纷。

辛可大师久历风月，对此有免疫力。比起赵教授的艳照被疯狂转发，这实在算不了什么。问题还是飞飞姐。有一次她在厨房里冲辛可大师挥舞菜刀，提醒他别忘了保证书！然后拿出一根黄瓜，用力砍成几段！看得辛可大师不寒而栗。倘若真被飞飞姐抓到证据，他未必有克林顿或卡恩的好命。

为此辛可大师跟唐娟谈过，很含蓄地表示该降降温了。结果引起唐娟极大地不快，抱着哥大哭大叫：你要是嫌烦，我跟儿子一起过！见此光景，辛可大师只好认怂。按照以往的经验，对付女学生，多花点钱就能摆平，可唐娟是个例外——钱照收，人也要！搞得辛可大师狼狈不堪。唐娟一次半开玩笑地说：想跑，就把大师的裸照发到网上！听在辛可大师耳中，这话就不是玩笑那么简单。他知道，为了避免成为魏公公第二，该是改弦易辙的时候了。

促使辛可大师及时做出调整的，不单是唐娟制造的风险，还因为别的女人，人称华姐，是一家房地产公司的董事长。

跟唐娟相比，华姐徐娘半老，在年龄上毫无优势可言。可当她扭着水蛇腰走进办公室时，辛可大师很快认识到，这个女人比唐娟更合他的胃口。华姐后来哥也见过，印象最深刻的是她凶猛的事业线，只可惜下巴多了几圈，有点像呼啦圈。

在辛可大师看来，华姐与自己堪称知音，类似当年的蔡松坡与小凤仙。华姐说，她当年读了《空色论》，对辛可大师佩服得五体投地。她媚笑着问辛可大师：辛大师的文章简直就是拿我做 Model，当时您不认识我啊！辛可大师含蓄地笑笑：真理总是具有普遍性的嘛！华姐作为空色论信徒这一点对辛可大师至为重要，可让他尽可能避免成为李莲英第二。至于华姐是亿万富婆，虽然辛可大师不是特别在乎，但确实有助于提高华姐的可爱度，并有效地掩饰了多个下巴的缺陷。

华姐此行目的有二：一是希望成为大师协会会员，在辛可大师指导下精研空色论；二是想承办大师协会的年会。当华姐坐在沙发上，不小心走光，秀出她雪白的大腿并祭出对空色论的读后感，辛可大师立刻被华姐的诚意深深打动，痛快地答应了她的请求。说实话，哥第一次看见华姐的美腿，也有点小冲动。如果全世界的小母狗也仿效华姐用新西兰牛奶洗澡，那该多美好。

关于大师协会，哥要啰唆几句。随着改革开放事业的不断深入，大师产业得到了飞速发展。由辛可大师领军的大师协会，目前在全国有几万会员，都是各个行业的精英，包括各种型号的领导、学者、企业家，以及挖煤、洗脚、唱戏、念经、贩卖绿豆茄子牛筋汤以及搞男女双修的各路神仙。据美国兰德公司的报告，中国目前拥有的大师数量，远远超过了人类有史以来产出的大师总和。所谓中国威胁论，不只是温州人席卷世界的袜子和打火机，更让列强夜不能寐的，是中国汹涌澎湃的大师队伍，所谓软实力。

更可喜的是，在辛可大师的领导下，会员数目正在呈几何数迅速增长。大师协会的年会，自然也是名流荟萃，盛况空前。作为大师协会会长，辛可大师的江湖地位可想而知。

跟华姐一样迫切希望加入大师协会的人非常多，连春哥的舅舅，樊胖子生物科技集团的董事长樊总也概莫能外。尽管樊总没有华姐那么赏心悦目的胸部，但他有几十万头猪做后盾，底气也很足。樊总说：既然连隔壁的刘老板都可以成为大师协会会员，作为养猪大王、名门之后，岂能输给那个秃头的王八蛋。

代表樊总提出申请的，是樊总的外甥春哥。听春哥讲，他舅舅本来要登门拜访，可因为市长要来视察母猪的繁育情况，只好由外甥代理。尽管樊总没来，但那座纯金樊胖子猪雕已经表达了他足够的诚意。按照章程，吸收新会员必须经会长联席会议批准。但辛可大师向春哥表示，作为个人，他对樊总的资格并不怀疑，关键是那些副会长们的态度。

这一点樊总早有准备。春哥说，他舅舅为每个副会长也准备了一座类似的猪雕，当然了，型号要比辛可大师这座小很多。樊总还表示，如果能安排他在年会上演讲，他愿意为大师协会提供价值 500 头猪的赞助。

春哥到辛可大师办公室那天哥正好也在。因为唐娟刚重温完《斯塔尔报告》，就其中的闪光点想跟辛可大师切磋一下，顺便要求见见儿子。尽管唐娟很努力，表现得比莱温斯基还出色，但哥能感觉得到，辛可大师并不快乐。唐娟在下边忙活时，他郁闷地看着窗外，窗外有两棵树，一棵是枣树，另一棵也是枣树。

枣树下停着一辆保时捷跑车，从车上走下来一个衣着时尚的少年。他就是樊总的外甥春哥。春哥是地质学院皮亮教授门下硕士，当年的体育特招生。至于他擅长何种运动，哥不得而知，听说体育课很少及格过。据哥了解，京大体育特招项目尚不包括床上运动。春哥考入京大，完全是猪的功劳。如果没有樊总的猪，就算混入京大，春哥也未必能混下去。

关于春哥大学本科四年的生活，有位哈佛大学毕业的人类学博士做过统计，结果发表后在京大引起轰动。其中有表例如下：

项目	费用（元）	元/猪	头数	备注
学费	40,000	1000	40	四年计
车费	2,000,000	1000	2000	保时捷一辆
泡妞费	500,000	1000	500	数目不确
生活费	500,000	1000	500	饮食服饰
房费	500,000	1000	500	租高级公寓
交际费	300,000	1000	300	与朋友交往
幕僚费	400,000	1000	400	工作团队
公关费	1,000,000	1000	1000	保守数字
总计	6,240,000	1000	6240	

综上所述，春哥京大四年的价值相当于6000多头猪，博士特别指出这还是一个比较保守的数字。需要说明的是，所谓幕僚费，就是春哥大学四年的学习和考试都由一个专门的团队代替他完成，小卞就是幕僚长。公关费指春哥为了考入京大、消除处分以及保送读研等事项送给各种型号的领导与导师的财物，就连京大的几个保安，也没少收春哥的票子。因为春哥经常半夜带女生出去，需要保安们暗中协助。

当哥第一次见到春哥时，眼前为之一亮。春哥穿着价值100头猪的名牌风衣，戴着价值200头猪的世界名表，上衣与裤子都是上等货，少说也值100头猪，特别是脖子上那根粗大的金链子，价值不菲，至少也要200头猪吧。更别说停在枣树下价值2000头猪的保时捷，以及副驾驶座上穿着玻璃丝袜的历史文化学院的学生妹，她是春哥花了300头猪抢过来的。简而言之，有了价值3000多头猪的装修，春哥在京大显得非常出众，小女生们为他大打出手是常有的事。

樊总是生意人，春哥每年糟蹋上千头猪他当然很心疼。他不止一次找春哥谈过，摆事实讲道理，希望春哥节约点，别再瞎折腾。春哥对舅舅的话不以为然，态度非常糟糕：您要心疼钱的话，我找我妈还给你！春哥祭出这句话，樊总只好闭嘴，心里就像被捅了几刀。

樊总之所以纵着春哥，是因为自己死去的姐姐。樊总小时候家里很穷，为了供他读完初中，姐姐嫁给了邻村自己并不喜欢的男人。樊总年青时如果不是姐姐经常接济，怕是早参加丐帮了。后来樊总伙同姐夫一起贩猪肉，姐夫为此偷着卖掉了家里的牛和房子。结果生意赔了，樊总的姐姐一怒之下喝了农药，尽管在县医院洗过几次胃，但最终不治身亡。

姐姐至死都不知道，她实际上被自己的亲弟弟骗了。贩猪肉的生意并没有亏，只是所有的钱被樊总私吞了。这是樊总的第一桶金。就用这笔钱作为本金，樊总搞起了养殖业，越做越大，成了国内知名的养猪大王。对此辛可大师在《逼下梁山》中有过经典的解释：原始积累嘛，总要从最熟悉的人身上刮！

姐姐的死是樊总一生的痛。想起姐姐，他总感到无边的恐惧、悲痛与悔恨。为了救赎他内心的罪孽，樊总参考清东陵惠陵的规格，为姐姐重修了陵墓。并聘请姐夫为公司的顾问，像太上皇一样供着。至于姐姐最疼爱的儿子，他尽可能满足他各种要求，哪怕是每年干掉上千头猪。

有一年，樊总请辛可大师到樊胖子生物科技集团总部，给员工和母猪们做报告。樊总特别设宴为辛可大师接风洗尘。哥记得那次樊总喝了很多，抱着酒瓶哭天抢地，向辛可大师讲了不少姐姐的事。樊总说，他现在有钱，天不怕地不怕，就是怕死，怕死了见到姐姐没法交代。

樊总口中的姐姐是个非常不错的女人。听樊总说，姐姐很聪明，也爱读书，如果不是为了他而辍学，一定会考上京大。姐姐曾喜欢过一个姓郭的地质队员。郭地质队员当时就住在樊家，姐姐很喜欢他，他也喜欢姐姐。两人说好了，他要带着姐姐去京都，供姐姐上学，建立一个家庭相守此生。

后来因为工作关系，郭地质队员去了西藏，留下话让姐姐等着他。姐姐一直等着，一年 365 天都守在村口望眼欲穿。后来为了樊总上学，姐姐嫁给了自己不爱的男人。再后来，姐姐收到了乡政府转来的信，知道郭地质队员死了！他冻死在喜马拉雅山的深处，当人们找到他时，发现他手里攥着姐姐送给他的荷包，以及用血写在衬衣上的那封信。在信中他告诉樊总姐姐，他辜负了她，乞求她的宽恕，在另一个世界里，他等着她。

樊总谈起这些往事，所有的人，包括哥都落泪了。哥从樊总的眼神中，看出了这个大有为男人心中的悲苦与迷惘。樊总说，他唯一能做的，就是把姐姐的儿子养大，了却姐姐未尽的心愿。樊总说的地质队员辛可大师知道，他就是皮亮教授的老同学郭杰。

原本在哥和辛可大师看来，春哥确实不适合地质学。像他这样的富二代，应该上经管学院才对。听了樊总的话，大家总算明了了。樊总说，姐姐在临死前，烧掉了她精心保存的郭地质队员的东西，包括那份信，并留下遗言，希望她的儿子能够考入京大地质学院，那是郭杰曾读书的地方。

姐姐的心思，樊总当然懂得，至于春哥懂不懂，他不得而知。关于自己母亲过往的故事，春哥也知道一些，但从不愿提起。辛可大师认为，也许这个故事始终藏在他的心底，以另一种更为极端的方式表现了出来。

第八章

春哥有舅舅的几十万头猪撑腰，在京大我行我素，向来不把老师和同学放在眼里。凡事在他眼中，不过是几头猪的事，没什么大不了！一次体育考试不及格，春哥以为是体育老师刁难他，只用了 20 头猪，就把体育老师送进了积水潭医院，又以 20 头猪为代价，换得了令他满意的学分。

但哥发现，春哥对辛可大师极为恭敬。这件事跟辛可大师的专业有关，所谓牛鬼蛇神。受妈妈的影响，春哥非常喜欢中国的神鬼故事，类似《聊斋》、《何典》[①] 等玩意，他小时候读过很多遍。尽管到京大后他不再读书，但没事就泡在家里看鬼片。辛可大师是牛鬼蛇神权威，自然让春哥高山仰止。特别是春哥看过的很多经典鬼片，辛可大师均担任文化顾问。

春哥多次向辛可大师表示，想追随辛可大师学习牛鬼蛇神学。更为可贵的是，春哥发誓这次他绝对要拼实力，不再浪费他舅舅的猪。

看着春哥，哥不免会想起小卞。尽管他也一身名牌，但都是从动物园批发市场淘来的水货，总计连一头猪都不值。如果也有一个身价几十万头猪的舅舅，他的人生又会怎样？

听麦当娜说，小卞后来又去过窦院长家，院长不在，小卞把一条价值几千块钱的羊绒围巾交给了窦夫人。窦夫人当时心情很好，特别用一根指头弹着钢琴，为小卞演唱了《爱的奉献》。麦当娜说，小卞当时泣不成声，一再表示从未听过如此震撼人心的歌声。

麦当娜还说了另外一件事，似乎极为不屑。就是窦院长的孙子翻开小卞带的进口水果，说没有别的叔叔送的红。窦夫人逗孩子玩：是吗？宝贝，红怎么说啊？孩子拿起一个水果，煞有其事地道：Red。小卞赶紧表扬道：天才，这么小

---

① 清张南庄用吴方言撰写的滑稽讽刺小说，开场白为“放屁放屁，真正岂有此理！”

都会 Red 了！窦夫人笑笑：情况不一样，时代不同了。

后来窦院长的孙子嚷着要骑马。窦夫人说腿疼，等好了再骑。可孩子不干，又哭又闹。小卞赶紧趴在地上，笑着对他说：奶奶腿疼，来骑叔叔这匹马好不好？孩子破涕为笑，骑在小卞背上，还用手中的玩具不停地拍打他的屁股，喊驾驾驾！绕着客厅转来转去。小卞还哼哼唧唧地学马或者骡子叫个不停。

小卞从窦夫人处得到口风，留校的事有了眉目，只等院党政班子联席会议开会通过。窦夫人说，既然院长说了，大家都没什么意见，只有赵书记和董副院长唧唧歪歪，但这种业务上的事最终还是窦院长拍板。提起赵书记窦夫人就来气：什么东西，“文革”时没把自己的老师打死，甚至让老师学狗叫！对此小卞也了解一二，窦院长和赵书记向来不和，势如水火。

按理说董浩波是辛可大师的师弟，不应该在小卞的问题上动手动脚。其实不然，虽为师兄弟，董浩波向来自命清高，看不上辛可大师，还把师兄跟应伯爵、马二先生相类比。他对辛可大师的《空色论》更是嗤之以鼻，并引用孟子的话冷嘲热讽：人之异于禽兽者，几希！董浩波总是以君子自居，办公室悬挂着曾文正公的座右铭：不为圣贤，则为禽兽！[①]

据哥所知，其实辛可大师一直待董浩波不薄，就连这排名第五的副院长的位子，也是辛可大师送给他的。当时京大党委决定的人选是辛可大师。可他死活不干，并向组织上推荐了自己的师弟董浩波。

辛可大师之所以不愿当副院长，堂而皇之的理由是要专心学术，其实就是怕麻烦。做了领导难免要受框框套套的约束，哪像现在玩得这么痛快。反正他现在名满天下，交际广泛，就算没有官帽子做护身符，在京大谁也轻易动不了他。

小卞的事有了眉目，辛可大师总算了却了一桩心事。但日子并不宁静，三个女人（唐娟、华姐、飞飞姐）加上他的儿子可可，搞得他有点头大。华姐自辛可大师答应让她承办年会，动不动就打来电话，请教个没完没了，甚至经常发一些清凉照过来。辛可大师看着这些照片当然赏心悦目，但稍有不慎被飞飞姐或唐娟发现，怕是要闹得鸡犬不宁。可不让人家发，也不合适，辛可大师始

① 见曾国藩《求阙斋日记》。最早出自曾氏恩师唐鉴的“不为圣贤，则为禽兽；只问耕耘，不问收获”。

终坚持一个原则，不能给群众的热情浇冷水。

因为可可上小学的事，飞飞姐最近也给他添乱。可可是京大子弟，理所当然上京大附小，这也是落雁区的名校。可飞飞姐不知哪根筋抽住了，非要上红旗一小。任凭辛可大师磨破嘴皮子，飞飞姐还是王八吃秤砣，铁了心非上不可。

飞飞姐之所以对红旗一小情有独钟，理由很简单，不能让儿子输在起跑线上。在飞飞姐看来，京大附小虽然教学质量很高，但学生大多是京大子弟，而红旗一小的学生家长非富即贵。如果可可跟这些权贵子弟成了同学，前途将不可限量。对于飞飞姐这一番关于起跑线的妙论，辛可大师也理解，现在不就是拼爹拼同学的时代吗？问题是红旗一小门槛太高，想进去谈何容易。

其实可可并不想上红旗一小，因为隔壁的小姑娘文文在京大附小上学。可可曾向飞飞姐反复表达过自己的意愿，但被飞飞姐断然拒绝，即便可可躺在地上打滚，寻死觅活。可可为此可怜巴巴地向哥倾诉，说如果他长翅膀的话，就带着文文私奔。看着他的样子哥哭笑不得。可可不止一次向哥表示，他对辛可大师和飞飞姐讨厌得要死，如果文文妈妈愿意收留他的话，他随时打算搬过去。据说他曾向文文表达过这个意思，但被拒绝了：你还想跟我挤一张床，想得美！

飞飞姐为此找了很多人，也准备了不菲的礼金，但根本不顶用。校招生办的人说了，除非部长或市长开条子，否则免谈，街道办副主任的儿子还在排队呢，京大教授算个屁。飞飞姐束手无策，只好把这个难题丢给辛可大师。尽管辛可大师交际广泛，但这个问题对他而言实在太恐怖了。

原因是红旗一小的校长是他的前妻周倩。当年他不小心弄大了飞飞姐的肚子，被周倩净身出户，发誓这辈子不愿再见他这头禽兽。连在哈佛读书的女儿也视他为路人。一次他在美国讲学，顺便带了她最喜欢的点心去探望，差点被从公寓十楼扔了下去。辛可大师心里有愧，现在有何颜面再去求人家办事。

可飞飞姐非要让儿子上红旗一小，甚至指定为一年级一班。据可靠消息，这个班里的大部分生源是 IT 大佬或厅局级以上干部的孩子。有位包工头为了让儿子成为这些小朋友的同学，出手就是 200 万，承诺把红旗一小的厕所全部装修成五星级。飞飞姐表示：如果辛可大师办不成这件事，就自行了断，她让可可把校后勤集团采购科科长叫爸爸！

为了保住可可爸爸的称号，辛可大师必须放手一搏。托了不少关系，磨破了嘴皮子，甚至动用了附近派出所的所长，也于事无补。辛可大师知道，他现在只有两个选择，要么找上门让前妻修理，要么等着被飞飞姐折磨死。以辛可大师对前妻的了解，前者的危险系数应该要小一些。

辛可大师被三个女人折腾得心烦上火，严重便秘。尼采说过，世界上只有两种人，所谓便秘者和大便通畅者。[1]像辛可大师这样通透的智者，自然不属于便秘患者。辛可大师突然在马桶上一蹲半天，一方面表示问题的麻烦程度，同时也说明辛可大师跟庖丁那样的大师相比，还有很大的差距。

哥倒是过得很惬意，特别是拿下麦当娜后，哥感到从未有过的温暖。Pitt对此不以为然，认为哥不能小富即安，这完全是落后的小农思想。Pitt说：像哥这样Great的公狗，一个相好哪能行，应该再接再厉把选秀进行到底。哥让他先歇口气，过一阵子再说。

麦当娜是这样一种母狗，轻易不会看中谁，可一旦看中了，其他的事她很随意。经过几个回合，哥基本上该办的都办完了。按照哥的计划，应该先拉拉手，过段时间开始搂搂抱抱，然后等时机成熟再云雨一番。可故事的发展完全超乎哥的预料，在莫须有湖边的草坪上，哥跟麦当娜从拉手到滚在一起，竟然不到半个小时。Pitt对此赞叹不已：一看老大就是干大事的，雷厉风行，不拖泥带水。其实Pitt错了，哥岂能跟那些大人物相提并论，只是运气好而已。

麦当娜之所以被公狗们称作狐狸精，大概也与此有关。但哥不这样看，反正结果都一样，何必磨磨唧唧。一见面就苟且是狐狸精，磨叽半天是良家，等上一辈子就贞洁烈女啊，所谓殊途同归，何必自欺欺人呢？

哥向来没有时间观念，但那天是星期三，哥至今记得很清楚。麦当娜躺在哥的怀里，小雨落在附近的蔷薇上，也滴滴答答落在我们心上。虽然天气有点凉，但哥心里暖和。山盟海誓的话好像说过一些，重点是希望这辈子我们能在一起。麦当娜说，虽然哥表面上流里流气，满嘴跑火车，但她能感觉到哥的真诚。按照麦当娜的说法，世界上有一种人或者狗，满嘴谎言但很真诚。麦当娜认为哥就是那样的公狗。

麦当娜的说法乍一看是个悖论，可反复琢磨，其实并不荒谬。满嘴谎言是为了存在，内心真诚是为了活着。这当然不是圣贤的标准，但对于普通的人或狗，做到这一点也不容易。

每次哥跟麦当娜亲热，Pitt都在边上尽职尽责地放哨站岗。尽管京大是堂

① 参见弗里德里希·尼采《人性的，太人性的》。

堂学府，比社会上要开明得多，但也有不少跟胖打狗队员一个型号的道德原教旨主义者。据Pitt介绍，京大有个由教师与学生联合组成的“立德社”，以提升社会道德为宗旨。为了提升京大的道德水平，他们曾准备把莫须有湖的公癞蛤蟆全阉了，后来因为立项遇到了困难，才悻悻作罢。即便如此，威慑效果也相当可观，那一年交配季节，莫须有湖所有的癞蛤蟆全部噤声，没一个敢叫！为此，立德社还在附近的夜总会召开了盛大的庆祝晚会。

总而言之，哥恋爱了。这件事搞得哥整天魂不守舍，也有点便秘上火。以前听豆豆说，英国诗人雪莱在《被缚的普罗米修斯》中认为痛苦是爱情留下的影子，高尔基好像也说过类似的话（如“痛苦是爱情无法逃避的影子”）。哥原本以为就是无聊的文人瞎扯淡，但现在哥总算体会出了其中的深意。爱情就像便秘，不吃饿得慌，吃了又憋得难受。如果几天见不到麦当娜，哥就有点抓狂，像得了狂犬病。

Pitt特别能体会哥的心思，他强烈建议哥再找个备胎。在Pitt看来，像哥这样大有为的公狗，因为小母狗短缺而郁闷实在不可思议。哥非常感谢Pitt的诚意，但哥现在的病不是想爱而没得爱，而是爱上了放不下。

麦当娜之所以不能与哥朝朝暮暮，不是她不想，而是因为窦夫人管得太严。只有校长家的公狗萨克齐出来，她才会带着麦当娜冲下楼去。很显然，她把麦当娜当成了公关工具。

窦夫人堪称贤内助，她知道老公一直想当副校长，她也想早日晋身为校领导夫人。而欲达此目的，校长的态度至为关键。但想交结校长大人并不容易。经过反复研究，她发现麦当娜可资利用。窦夫人尽量创造麦当娜与萨克齐亲近的机会。如果麦当娜与萨克齐喜结良缘，她不就成了皇亲国戚？再说了，如果校长夫人心情好，她也可以利用遛狗的机会，跟人家聊上几句。

萨克齐是一只伯恩山犬，毕业于瑞士国际狗校。关于麦萨的关系，哥曾问过麦当娜。麦当娜说窦夫人的意思她明白，讨厌得要死。她和萨克齐绝对没有任何关系。麦当娜说，萨克齐并不坏，就是有点二，时刻以先知自居。不只是麦当娜，他对所有的母狗都没兴趣，他只对二感兴趣。听了麦当娜的解释，哥笑了。后来哥也发现，萨克齐不只是二的问题。至于有时候他找麦当娜闲聊，窦夫人以为他们在谈情说爱，其实不然，他就是向麦当娜显摆他的智慧和幽默。

萨克齐有点像中世纪的传教士，见着谁都想启发一通。之所以乐此不疲，是因为他认为这是先知与生俱来的使命。京大不少公狗也当他是老大，跟着起哄，让他很飘飘然。他经常把自己比做苏格拉底，或者耶稣的弟弟。对于耶稣的另一个弟弟洪天王，他根本不屑一顾。

在萨克齐诸多的箴言里，最为京大宠物界津津乐道的，是所谓屁话论。萨克齐同意哲学家张载“太虚无形，气之本体”[①]的理论体系，认为屁者气也。关于屁话，萨克齐说：

> 活着总要说话，如果上面被堵塞了，话就会从下边出来变成屁；如果下边堵塞或者被堵塞了，屁就从上边出来变成话。屁跟话发生反应就会产生一种新物质，屁话。屁话多了会增加有毒气体排放污染环境，也会便秘上火危害健康。要想节能减排神清气爽，必须控制屁话的量度，而保持上下通畅是减少屁话的不二法门。

屁话论发表后，确实有力提升了萨克齐在京大狗协乃至整个宠物界的知名度，被认为是堪与辛可大师的空色论相媲美的妙论。但也引起了很多会员的不快，特别是京大狗协的亚历山大会长。亚历山大为此找萨克齐谈话，要求他谨言慎行，毕竟萨克齐是校长家的狗，经常发表这种哗众取宠的谬论影响不好。

因为麦当娜被管制，哥闲得无聊，在 Pitt 的强烈建议下，便跟院子里的宠物们瞎混，消磨时间。Pitt 认为，只要哥随便祭出三十六计中的两招，就能把他们摆平。Pitt 说：跟老大相比，他们算个屁！

事实证明 Pitt 过于乐观了。在京大，宠物们也有很多圈子，分成三六九等。同是海归，来自发达国家跟来自第三世界的很少一起玩，祖宗伺候过皇亲国戚的遗少们也是自成一体。像哥这样的土鳖，根本没谁搭理。尽管 Pitt 到处宣扬哥是海归、哥的祖宗深得英王宠爱、万历十五年就有了京都户口，但认可者寥寥。因为哥跟辛可大师一样，长得太中国了。就算有时候拽两句英文，也是西京吴家坟口音，哪比得上人家地道的牛津腔。

微微更是到处煽风点火，说哥不但是土鳖，而且是个臭流氓，并编造了不少哥耍流氓的段子。为此 Pitt 警告过她：你再敢损害老大的声誉，别怪我不客

---

① 参见张载《正蒙·太和篇第一》。张载为北宋哲学家，理学创始人之一。

气，找几只京漂 Gang rape you！微微听了很不屑：好啊，You 也算其中一个吗？Pitt 知道微微是讽刺他，气得抓狂。微微当时正在跟萨克齐斯混，气焰很盛，走路都横着屁股。在大家看来，作为校长家公狗的女友，微微横着走无可厚非。

据哥的观察，决定宠物们（特别是狗）在京大地位的因素很复杂，但关键有三条。要想在京大混得有面子，就必须在这三个方面站住脚。

一是出身。辛可大师说，尽管陈胜吴广扬言“王侯将相，宁有种乎”，这话听着过瘾，可翻开二十四史，王侯将相有几个不是贵胄子弟？在《从子宫到坟墓》一书中，辛可大师强调人类不平等的根源并非卢梭所谓的私有制，而是男人的宝贝。由帝王还是民工射出来，命运岂可同日而语。所谓学得好不如做得好，做得好不如射得好！该书出版后引起轩然大波，以哥的观察，狗的世界亦复如是。

京大狗协的会长、副会长们，要么是欧美名犬的后代，要么祖宗曾伺候过前朝的皇亲国戚，没有一个像哥这样的草根。但凡在京大有头有脸的领导或教授，谁家会养个名不见经传的土狗？尽管辛可大师没那么俗，但如果没有唐娟，他会要哥吗？哥为此遭受的蔑视与奚落实在太多了。如果哥真是维多利亚女王爱犬的后裔，京大的公狗母狗们会如此无礼？

二是学历。跟社会上的暴发户不同，京大毕竟是学府，遍地都是文化人，自然特别在乎狗的学历。如果是大老板，只要祭出自己的狗出身名门，面子就足够了。据哥观察，京大的狗大部分是海归，其中还有不少像 Pitt 这样毕业于名校。即便有些非海归者，也是国内顶级狗校混出来的，像哥这样货真价实的土鳖绝无仅有。因为狗协历任会长都是名校毕业的海归，所以就有了一个不成文的规定，非海归者不得进入协会领导层。

关于狗协内部的具体情况，哥不得而知。仅从日常生活的点滴，哥就能深刻感受到学历之于狗的重要性。按说哥比 Pitt 能力强，还是他的大哥，至少不是太监，但在京大众狗眼中，Pitt 要比哥高贵得多。如果不是借着 Pitt 的面子，哥根本不可能踏进他们的圈子。

三是背景。出身和学历固然重要，但不是决定性因素，关键还要看每只狗的背景。所谓背景，就是狗的主人在京大或社会上的地位。据此，京大的狗可分为六个等级，呈金字塔结构，如图：

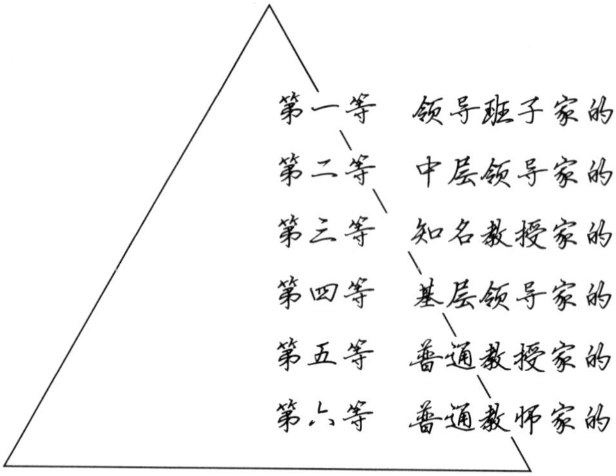

关于上图，需要简单说明一下。在京大的权力金字塔顶部，是几十位校级领导，再往下就是规模庞大的中层和基层领导，他们掌握着资源的支配权。京大和全国其他大学一样，光院处级干部就有上千人，所以每次开全校干部会议，都必须在大礼堂举行。

狗的地位和主人的地位相辅相成。校领导班子家的狗当然独占鳌头，比如萨克齐，尽管很二，但大家始终尊他为老大。成书记家的小香猪香香，虽非我族类，但个个称之为香哥。有些教授虽名满天下，但在京大依然要听命于院长、处长等中层干部，狗与狗之间亦复如是。尽管京大标榜尊师重教，但普通教授无法与基层干部比肩，连科长都不甩他们，更别提领导办公室的小青年了。在京大校园，如果看见两鬓白发的教授躬着腰被小青年像孙子一样训，实在无需大惊小怪。至于连教授都没混上的普通教师根本不值一提，他们家的狗不被大家玩死就阿弥陀佛了。这也是那些知名教授总想弄顶乌纱帽的深层原因。

凡事也不会太绝对，这不符合辩证法。虽然某只狗的主人是普通教师，可一旦他的同学做了官，或者跟校长书记成了亲戚，一夜之间也会鸡犬升天。比如小风，原本被大家天天当马骑，可后来他的主子成了书记的东床驸马，立刻就威风八面，开始骑别的公狗，并被破格补选为狗协副会长。

摸清了底牌，哥更认清了自己的处境。综合以上的指标，如微微所言，哥活着就是存心给京大添堵，出身和学历根本不值一提。好在哥的主子辛可大师在京大还算个人物，仅以此为据，哥的地位应该不低。考虑到辛可大师的同学是副校长，或者会更高一些。可综合三方面加以考评，哥就没脸继续混下去了，甚至 Pitt 一个太监，也比哥要有优势得多。

但哥不会轻易认输，如 Pitt 美言，哥身上有点英雄气或者英雄流氓气。刘邦以布衣提三尺剑而成为太祖高皇帝，韩信从别人裤裆里出来混成淮阴侯，哥虽不才，但绝不会没出手就自惭形秽，高挂免战牌。

面对公狗母狗们的冷嘲热讽，哥学会了泰然处之。但哥私下里咬着牙暗暗鼓劲：有一天，老子非让你们看看，这里将是谁的地盘。Pitt 为此倍感振奋，说等哥夺取京大狗协会长的宝座，他希望出任 Office Director，类似前朝的大内总管。Pitt 这点要求实不为过，且不说对哥的帮助，他也有做大内总管的过硬资本。

第九章

为了彻底摆脱便秘的困扰，不用每天长时间蹲在马桶上，辛可大师思来想去，抱着两害相权取其轻的态度，决定铤而走险去找前妻周倩。

其实促使他冒险行动的，不单是飞飞姐每天的威逼胁迫，还有其他原因。

前几天他在成贤会所召集大师协会常务副会长们开会，提议本届年会提前举行。关于成贤会所，哥啰嗦几句。会所在京大东门，修得极为奢华，餐饮娱乐一应俱全。豹哥是会所的大股东，一般不对外营业，主要是招待豹哥的客人，即各种型号的学者和领导。会所大堂矗立着四根红柱子，中间有一块巨大的汉白玉，上面镌刻着辛可大师亲笔、王夫之《思问录·内篇》中的一段话：

> 天之使人甘食悦色，天之仁也。天之仁，非人之仁也。天有以仁人，人亦有以仁天、仁万物。恃天之仁而违其仁，去禽兽不远矣。

之所以取名成贤，是辛可大师的主意，以求与京大这样的巍巍学府相得益彰。在北二环国子监边上，也有著名的成贤街。

辛可大师这个提议很突然，大家都没有心理准备。特别是著名文化学者，排名第十八位的常务副会长秋蝉当场表示异议。他认为，既然已经给全国几万名会员发了通知，临时更改颇为不妥。再说他也没有档期，电视台舞蹈大赛他是首席文化评委，已经收了别人的钱，临时拆台不太厚道。

关于大师协会的权力结构，哥再补充一点。辛可大师一直担任会长，副会长有 107 个，合称 108 将，类似宋公明主持的水泊梁山。其中常务副会长 35 名，加上会长辛可大师，所谓三十六天罡，组成协会的领导集体。其他副会长为七十二地煞。秋蝉一夜爆红后，一度想替代辛可大师，但被辛可大师联合其他的天罡地煞及时镇压了。

大师协会下设100多个专门委员会，主要按行业划分，比如文学大师委员会、房地产大师委员会、国学大师委员会、收藏大师委员会、数学大师委员会、麻将大师委员会、曲艺小品大师委员会等等。也有由某企业或个人赞助成立的特别委员会，比如由樊总赞助成立的养猪大师委员会、米总赞助成立的斗蛐蛐大师委员会等等。各专门委员会设理事长一名，由大师协会副会长兼任，各专门委员会副理事长名额不限。比如由煤老板组成的能源大师委员会，除了理事长，其他会员都是副理事长；由“非著名”曲艺大师呙打铁发起成立的曲艺小品大师委员会，则除了呙出任理事长外，不设一名副理事长，全是常务理事，连二人转大师钱本色也只能屈就常务理事。

对于秋蝉的不同意见，辛可大师也理解，但他坚持己见，理由也冠冕堂皇。他非常严肃地道：作为会长，我这样做实不得已，我要为会员的安全负责。据内部消息，在原定时间，当地极有可能发生7级以上地震，最近有几百万只癞蛤蟆向山上转移，就是重大预兆。如果会员们出了问题，这不单是大师协会的损失，也是国家的重大损失啊，同志们！大家想想，这些会员可是各行各业的精英，如果没有他们，这30年不等于白干了吗？！国将不国，秋会长，谁还有心思跳舞啊，你就不怕别人骂“商女不知亡国恨，隔江犹唱后庭花[①]”吗？

辛可大师讲到这里，在边上服务的女服务员齐声大笑，甚至打翻了好几个茶杯，搞得秋蝉很尴尬。辛可大师倒是神态自然，开玩笑道：同志们瞧瞧，连会所的姑娘都害怕唱这个嘛。说完大家都笑了，一致通过辛可大师的提议。秋蝉见此光景，也就默认了。

用辛可大师的话说，在当下的文化界，只有猴屁股可以与秋蝉老师比红。这虽然是调侃，但也说明秋蝉老师如日中天的知名度。即便在娱乐场所，也有他不少的铁杆粉丝，所谓秋丝。听说在失足妇女的包包里，除了口红、安全套，就是秋蝉老师的大作。

有评论指出，评价一个学者，所谓中西贯通基本上顶到天花板，但这个词根本不能表达秋蝉成就之万一。秋蝉堪称不世之才！在电视上，妇女栏目，他是生育专家；医学栏目，他是养生专家；娱乐栏目，他是文艺专家；财经栏目，他是经济专家；宗教栏目，他比活佛还活佛。总之，他是几千年才出一个的百科

---

① 参见明冯梦龙《古今谭概·癖嗜·好外》：“俞大夫华麓有好外癖，尝拟作疏奏上帝，欲使童子后庭诞育，可废妇人。”

全书式人物，能跟他相提并论的，也就是古希腊的哲人亚里士多德。

媒体也经常拿秋蝉与辛可大师相比较，结论五花八门，但大多都会发出“既生瑜，何生亮”的感慨。辛可大师对此颇不以为然，哥不止一次听他对人说：秋蝉算个屁，我拔根毛就能把他吊死。话虽说得豪情万丈，但在辛可大师用毛吊死秋蝉之前，没人拿它当回事。

其实辛可大师会上那席话，根本就是胡扯。哥比谁都清楚，他葫芦里卖的什么药，一切都因为华姐。

华姐已经为本届年会联系了接待酒店。大师们下榻的星级酒店面朝大海，柳绿花红、风月无边。华姐在电话中特别指出，每个房间准备了意大利进口双人床，而且弹性一流。

为了表达诚意，华姐还用手机发来一堆照片：华姐或穿着半透明的睡衣，斜卧在弹性十足的意大利大床上，用哀怨的眼神看着镜头；或穿着性感泳衣，躺在沙滩上做沉思状。最特别的一张是，华姐扮成护士模样，拿着一个针筒在媚笑。照片下边还写着不少话，比如：一万年太久，只争朝夕，就差您了，我的大师！

看着这些照片，辛可大师夜不能寐、浮想联翩，度日如年。甚至跟唐娟在一起时，脑子里总浮现出那些妩媚动人的镜头。有一天晚上他梦见与华姐在海滩做日光浴，玩到尽兴处，像雷主席一样，竟在梦中纵情高歌《大海啊故乡》，结果被飞飞姐一脚踹到地下，狠狠地收拾了一顿。

与其这样生不如死，倒不如主动出击。为了早点到大海边找到治疗便秘的解药，他决定提前年会的时间，并冒险去找周倩。因为辛可大师明白，在这节骨眼上，如果不及时摆平飞飞姐，就有可能引出乱子，全盘皆输。作为国学大师，辛可大师在这方面有足够的智慧。

从京大到红旗一小并不远，但对辛可大师来说，这条路走起来太长太难。如果不是迫不得已，他大概没有勇气去找周倩。

关于如何对付周倩，他想了很多，也分析了各种可能发生的情况。在辛可大师的记忆中，周倩是个很重感情的女人，所以突破口要放在这方面，准备足够的情感炸弹。为此他特别去了附近的稻香村，买了一袋子老式点心。

之所以买这些点心，因为周倩年轻时就好这一口。辛可大师希望借由这些点心，唤醒他们之间那些早已沉睡的故事。在那些故事里，他是一个好男人。女人心软，也许会为此放过他。

关于其中的一个故事，哥在辛可大师的文章里见过。那是二十多年前一个冬天，当时辛可大师还在京大读书，周倩是师大的学生。那天天气很冷，下着雪，他们相约在西郊公园见面。后来一直沿墨玉河漫无目的地散步，他搂着她的肩。在一个食品店里，他用身上仅有的一点钱，买了几块点心。他们就这样坐在河边，一小块一小块分食着点心，感觉那是人世间无与伦比的美味。

一直坐到太阳落山，夜幕降临。她的手冻僵了，辛可大师掏出火柴，划着了放在她的手心，为她取暖。就因为这一幕，她不顾父亲的强烈反对，义无反顾地嫁给了这个一无所有的外乡男人，并为他生下了女儿田田。

后来的事有点倒胃口，哥就不说了。那篇文章很长，哥读完心里很酸，哥能从字里行间感受到辛可大师的无奈与悔恨。在发黄的纸面上，哥看到了不少斑点，大概是眼泪风干后留下的痕迹。

关于辛可大师在周倩家的具体情况，是后来周倩家的小贝告诉哥的。小贝是一只京巴小母狗，有点结巴，脑子也短路，说得稀里糊涂，但哥大概也能了解个一二。

小贝说，辛可大师在周倩家楼下徘徊了很久，至少抽掉了半包中华烟。直到保安来找他询问，才不得不低着头上了楼。保安大概以为他在踩点，说不定晚上要图谋不轨。

在周倩家门口，他又蹲在地上抽了一根烟，才颤悠悠从口袋里掏出那把生锈的钥匙。自净身出户后，这把钥匙就一直藏在他书房的抽屉里，连同他跟周倩及女儿的照片。哥相信，十多年过去了，辛可大师不会认为门上还是那把锁。他之所以这样做，只是一种心理暗示。

可当他转动钥匙的时候，门竟然开了。自他走后，锁一直没有换！他握着钥匙的手有点发抖，心里一阵抽搐。

周倩吃惊地看着他，两人就这样对视着，不知所措。过了好久，周倩总算缓过了神，用有点发抖的声音、强装平淡地说：来了，坐吧！声音还是那么熟悉，但一晃十多年了，周倩已渐老，两鬓泛白，他又何尝不是。

辛可大师挤在沙发角上。客厅重新装修过，沙发和家具都是新的。只是在对面墙上，挂着一幅照片，照片上有辛可大师、周倩和他们的女儿。那是女儿上幼儿园时，五一放假他们在落燕公园照的。看着那幅旧照片，他有点忍不住自己的眼泪。

据小贝讲，当时的气氛非常尴尬。两个人都不说话，只听见闹钟在嘎达嘎达地响。周倩起身为他倒了杯水，然后坐在侧面的沙发上，依然一语不发。最后还是辛可大师主动打破了这份尴尬。

——你还好吗?

——这跟你有关系吗?

——女儿……女儿在美国还好吗?

——这跟你有关系吗?

——我……对不起你们!

——这跟我有关系吗?

周倩的态度很冷淡，这个辛可大师也能理解，毕竟自己心里有愧。本来他还想问问她的生活情况，但见周倩态度如此，也就罢了。两个人又开始一语不发，辛可大师只是不停地喝水，周倩像小孩一般抠着指甲。过了很久，周倩突然问: 你找我有事? 辛可大师赶紧说没事，大概因为紧张，水洒了一地。周倩冷笑道: 说吧，你是什么东西，我还不清楚!

辛可大师用餐巾纸把地上的水擦干净，结结巴巴告诉周倩他儿子可可的事。周倩听了仰着头长出了一口气，分不清是想哭还是想笑。

——我还以为你良心发现，来看我娘俩!

——我……我是来看你和女儿，顺便……

——你少他妈的给我来这一套，你的谎话我听够了!

——你不要激动……

——激动……就为你，我至于吗?

——……

——我凭什么要帮你，为了你跟那个狐狸精下的种，我就那么贱! 十多年了，你到处装大师，想过我们的感受吗? 不是为了你儿子，你会找我吗?

——不是我不来，是你跟女儿不让我来……

——我呸! 你还有脸说这个!

辛可大师毕竟经多见广，一见周倩发作如此，心里倒松弛了下来。他知道，现在是关键时刻，必须祭出感情炸弹了。他把点心递给周倩，说是特意给她买的。周倩看着点心愣在那里，表情变得很复杂。

但故事并没有按照辛可大师设计的发展下去。他原本以为，周倩看见点心，一定会想起过往的故事，然后痛哭流涕，原谅了他，甚至有可能扑到他怀里。

可情况正好相反，周倩提起装点心的袋子，在辛可眼前晃来晃去，冷笑道：辛可大师，你就想用几个破点心把儿子送进红旗一小，那我这校长也太不值钱了吧，人家少说也是十万八万啊，你这点心是黄金做的吗？说着从电视柜里掏出一皮包购物卡，扔到辛可大师面前。不用说，这些卡都是家长送的！

辛可大师被弄得尴尬至极，气呼呼地道：那你说，你到底想要多少钱？周倩冷笑道：我不要你的臭钱，我只要你帮个忙！辛可大师应道：说吧，帮什么忙？周倩指着他的鼻子，从牙缝里挤出一个字：滚！

辛可大师踉踉跄跄下了楼，感觉心脏濒临崩溃。刚从楼道里走出来，点了根烟，就看见一包东西从楼上飞了下来，点心散落一地。他蹲在地上抽完烟，摸了摸自己的沙皮脸，步履蹒跚地走了。

据小贝说，周倩把点心扔下楼后，坐在地板上放声痛哭，哭得全身都在发抖。小贝说她从没见周倩这样失态过。作为红旗一小的校长，她是人尽皆知的女强人！

哭完了，她下楼去，把散落一地的点心认真地捡起来。回屋后，她把点心上的尘土轻轻抹掉，一边吃一边默默地流着眼泪。

辛可大师回到京大已近黄昏，当时哥正跟麦当娜在莫须有湖边幽会。关于莫须有湖，哥简单介绍一下。莫须有湖不大，类似于江南的中等鱼塘。但名声大得吓人，诚所谓“山不在高，有仙则灵；水不在深，有龙则灵”。莫须有湖何止藏龙卧虎，多少英雄豪杰、学界祖宗都在这里发呆、溜达、抽风过。

据说莫须有湖边的蚂蚁，也见过无数的名人，特别是文化大师。有位哥廷根大学毕业的生物学博士做过研究，说湖中的鲤鱼构造特异，有神奇功能，会说梵语和各种外文。所谓木秀于林、风必摧之，身负重名的鲤鱼日子并不好过，经常被京大的学生抓去烧烤，以便提升自己的语言天分。

辛可大师摇摇晃晃走过来，头发凌乱，满身酒气，手里还提着半瓶盛世御凤。辛可大师向来注重仪表，这副德行哥还是第一次见到。

哥跑过去跟他打招呼，他向前走了几步，一屁股坐在湖边的石头上。哥发现他的眼睛有点浮肿，眼神似乎很绝望。接着边喝酒边对着哥和麦当娜没完没了地胡说八道。跟着辛可大师有些日子了，他还是第一次这样对着哥讲话。显然，他心里憋坏了，这已经不是简单的便秘问题。

辛可大师足足讲了有两小时，说东说西，颠三倒四。中间麦当娜觉着无聊，提前走了。哥以为，辛可大师的这番话有点像忏悔录。尽管他是对着哥说的，但绝不是向一只狗忏悔，而是讲给他自己。

辛可大师讲了很多，全部转述毫无必要。哥简单整理了一下，把一些稍微有点意思的拿来与诸位分享。

——我不知道我是谁，我以前以为我知道，因为我想知道，其实我不知道；后来我不再想知道，我装作我已经知道。你不懂，因为你是狗。

——当我看得起自己的时候别人看不起我，当别人看得起我的时候我却看不起我自己。你不懂，因为你是狗。

——所有的英雄都不敢照镜子，他们都是虚无主义者，张牙舞爪不是因为自信，而是自卑！你不懂，因为你是狗。

——尽管每个人一无所有，但我们总害怕失去什么。我们没有勇气面对失去的恐惧，但我们有勇气让自己万劫不复。你不懂，因为你是狗！

——我们都在变换着角色相互游戏。当你看别人表演的时候，别人也在看你，不会有人为你喝彩，包括你自己。你不懂，因为你是狗！

对于辛可大师的酒后疯言，哥一知半解，也没有多大兴趣。特别是每句话后边都缀一个“你不懂，因为你是狗”，搞得哥愤愤不平，扁死他的心都有。狗怎么了？至少不会像他那样把自己搞得半死不活。哥也相信，如果辛可大师敢死的话，他当时绝对会跳到莫须有湖里去。

俗话说，狗眼看人低，这能怨狗吗？你倒是干点让我们高看一眼的事啊。

辛可大师干掉半瓶盛世御凤，向哥倾诉完了，便给唐娟打个电话，约了她在成贤会所的包房见面，然后关掉手机。在哥的记忆中，辛可大师除了开会或出差，很少关手机，除非他准备从此亡命天涯，不再回家面对飞飞姐。

辛可大师当晚的表现让哥刮目相看，可以用惊艳来形容，仅次于当年哥在地下室见过的场面。自进了包房，辛可大师就没有一刻消停过，直接冲上去把唐娟按倒在地板上。唐娟原本要跟哥打个招呼，至少预热一下，但辛可大师丝毫不给她喘息的时间。尽管唐娟对辛可大师最近的表现很不满，但服务强度到这种地步，她也有点招架不住。

哥原本不看好辛可大师在这方面的创造力，以为不过是重复乏味的传教士姿势。看来哥错了，他的表演简直让哥眼花缭乱，基本上把《天地阴阳交欢大乐赋》全套演练了一遍，而且还有所创新。有两点特别需要介绍一下。一是他把唐娟按在卫生间门框上，唐娟挣扎着要打 110，但被死死摁住，类似情色电影里的暴行。一是唐娟双手扶着沙发，因为辛可大师用力太猛，她好几次瘫倒在沙发上。这两种玩法哥都很熟悉，也经常用。没想到辛可大师不但活学活用，而且举一反三，玩出了新花样，诚所谓他山之石，可以攻玉。

折腾到半夜，直到辛可大师面色苍白，精疲力竭，他们才消停下来。随之两人搂在一起，猪一般睡了过去。在哥的印象中，辛可大师很少这样疯狂过。

哥一直优雅地躺在沙发上，一边品着唐娟带来的饼干，一边欣赏着免费的成人片。虽然整体表演相当不错，只可惜国际化的程度不够，如果能有点洋玩意，效果可能会更好。当然了，哥也被挑拨得很难受，一直对麦当娜充满期待。

对辛可大师当晚惊世骇俗的演出，哥也做了一些简单的思考，算是观后感吧，说出来与诸位切磋。

——人确实比狗更有创造力，可挖掘的潜力巨大。如果有力地调动了主观能动性，就会产生惊人的爆发力。

——哥总算理解了性命学为何是国学根本，因为做爱的终极境界就是玩命。如辛可大师所言，做爱与死亡具有同等的体验。

——很多时候，大家只是在跟自己或者自己的影子做爱！尽管形式上是两个人或者很多，其实就是自娱自乐而已。

——人之所以需要 365 天可以为所欲为，是因为他们孤独。他们希望借此来化解孤独，结果越弄越孤独。

第十章

两人折腾了一夜，睡到第二天中午才醒来。他们是爽了，可害得哥腰酸背痛，难受了一晚上，满脑子都是麦当娜，死活睡不着。

以唐娟的意思，起床后应该再温故一下，但辛可大师似乎对此兴致索然。他们穿了衣服去用餐。正好豹哥也在。

跟豹哥在一起的，是个准中年熟女，穿着白色浴袍、蓬松卷发、叼着烟、架着二郎腿，斜着眼装周敦颐笔下的荷花。她抽烟的姿态哥似曾相识，在屏幕上看过，所谓很优雅。

豹哥笑着介绍道：这位是我大哥，辛可大师，这位美女是著名导演，崔导！辛可大师笑着点点头。他跟崔导曾有一面之缘。崔导在电视台负责《大家开讲》栏目，曾拜访过辛可大师，请他去讲讲但被婉拒了。辛可大师从不自命清高，但与落雁走读学校的混混同台，还是觉着有失身份。辛可大师向崔导推荐了师弟董教授的学生仇欢。仇欢因为没有洋博士学位，在历史文化学院也没人管理，除了领导开会时倒杯水擦擦桌子，整天无所事事。

没想到仇欢藉此一炮走红，大有跟秋蝉一较高下的架势。据说粉丝有几千万，随便出去讲堂课，出场费至少十几万。最重要的是，仇欢颇得官方的认可，被誉为当代孔子，或者女孔子。仇欢也是中国大师协会的会员，出门前呼后拥，连她的老师想见一面，都要提前三个月预约。特别是她对论语的新解，是儒学的新发展，连朱夫子也未必能达到这样的高度。

仇欢跟秋蝉一样，也是旷古未有的全才，据说自走红后，她正致力于量子力学的研究，准备用儒家的理论一劳永逸地解决曾困扰波尔等大师多年的难题。至于能不能获得诺贝尔物理学奖，她看得很淡，低调得不可思议：所谓朝闻道，夕死可矣！浮名于我何加焉！

豹哥跟辛可大师边吃边谈，主要话题有关上次挖的那个坟。豹哥说：陶会长真够意思，硬是把那批文物断代为汉武帝时期，论证墓主人位列三公，还引经据典，写了一篇相当有水准的论文！辛可大师听了笑道：别看他其貌不扬，所谓“以貌取人，失之子羽”，他可是陈寅恪先生的再传弟子，京大的高材生！豹哥道：那是，要是一般人，能入辛可大师的法眼？辛可大师问卖得怎么样，豹哥道：那还用说，汉武帝时期的东西，能便宜吗？哈哈，我已经打包卖给了一位行长，把那孙子乐的，还以为占了便宜！豹哥接着道：这几天太忙，我都忘了，改天把您的那份让会计打到账上，至于陶会长的酬佣，我已付了现金。辛可大师笑着摆摆手：你我兄弟还客气什么，来，为汉武帝干一杯！两人笑着拿起酒杯，一饮而尽。

唐娟对豹哥他们的话题不感兴趣，就跟崔导闲聊起来。崔导斜眼审视着唐娟，吐着烟圈。这是电视台女人最习惯的姿态，除非对面坐的是领导或大老板。

——崔导除了做电视节目，平时还喜欢什么？

——读书，读很多国外经典的作品！

——不知道崔导最喜欢谁的作品？

——法国那个杜拉斯很不错，《情人》读过吗，很牛逼！

——读过，不知道怎么牛逼的？

——反正就是后现代的感觉，人性，肉体，灵魂，那种牛逼……

她边说边激动地挥舞着手臂。豹哥随口道：不会是梁家辉那个屁股很牛逼吧，我看不怎么样啊！豹哥说的是电影《情人》里的镜头，大家都忍不住笑了。可崔导没有，她很不屑地道：庸俗！豹哥摆摆手道：好，我庸俗，谁让我不是京大毕业的！唐娟笑着跟崔导继续聊。

——那崔导也一定喜欢米兰·昆德拉了！

——不喜欢，我不喜欢意大利的作家！

——米兰·昆德拉好像是捷克的吧……

——米兰不是在意大利吗？我好多鞋在那里买的。

——也许我搞错了……

——不过有个叫什么毕的我特别喜欢！

——不会是星光大道的老毕吧？

——整个一东北赶大车的，庸俗！叫什么毕呢，是个画家！

——毕加索吧！

——对对对，是叫毕加索，葡萄牙路易十四时期的画家。

——毕加索是挺厉害的。

——毕画是解剖主义，胳膊大腿都卸了，错位，特深刻。

看得出来，崔导对后现代艺术很感兴趣。但豹哥志不在此，哥发现他好几次在桌子下面搓崔导的小腿，目的不言而喻。跟辛可大师聊得差不多了，他回头笑着对崔导道：别再毕加索了，夹点别的行吗？我没有辛可大师命好，就拿老毕加索凑合了。崔导笑着踢了豹哥一脚，道：庸俗！说什么话呀，珞珈山的农民！

辛可大师见豹哥有事，起身告辞。豹哥简单寒暄了几句，搂着崔导走了。崔导临走时还跟唐娟优雅地握握手：有机会常联系啊，你知道俄罗斯画家梵高吗？画向日葵的那个，特牛逼！唐娟笑道：其实马来西亚的村上春树也不错！

离开成贤会所，辛可大师跟唐娟赶到教学楼。没想到在楼门口碰见小卞。唐娟一看见小卞，赶紧闪到了一边。

小卞告诉辛可大师，院里刚开完会，自己留校的事总算尘埃落定。但根据京大的规定，没有洋博士学位不能搞教学，先让他在院学生处上班，教书的事以后再说。其实院学生处也就是个摆设，混日子而已。

小卞说要为此请老师吃饭。辛可大师笑着拍拍他的肩：留下就好，作为老师，这是应该的，吃饭就算了，好好干，别给我丢人。他又想了会，道：有空的时候到大师协会年会筹备办公室帮帮忙，让钱大姐给你些补助。钱大姐是筹备办公室主任。小卞说行。

接着辛可大师又问了问小卞生活上的事，小卞说其他都好，就是暂时没房子住，教师单身宿舍本来还有几间，可被后勤部门临时占用做了麻将室，不行就先在附近租个平房。辛可大师想了想，道：咱院有个老师，我的学生，刚去牛津大学做访问学者，他那间宿舍空着，要不我给他说说，你先住着，不过房子是半地下室，有点潮湿！小卞听了很高兴，说那也比租的平房方便些。

唐娟一直躲在一棵杨树后边，小卞不时也会瞥她一眼。哥能体会得到，小卞眼神中充满极其复杂的内容。小卞在自述中也讲到了这个细节，他说看着唐娟鬼鬼祟祟的样子，他的心里翻江倒海，除了对唐娟充满怨恨，更多是觉着她很可怜，跟自己一样可怜，就像别人的玩具，毫无人格可言。

辛可大师在教室里给研究生讲课时始终不在状态，他只想糊弄一会走人。

听院办的小莲说，他的老师曹教授好像身体出了点状况，他想过去看看。等讲完《二程集·经说》卷三，把人与禽兽的关系搞清楚，他打算提前开溜。哥也另有图谋，当辛可大师正在分析“苟唯欲之从，则人道废而入于禽兽矣”的微言大义时，哥跳出窗户，直奔雁园。

从昨晚到今天中午，哥一直饱受摧残。如果再不找麦当娜苟且一下，哥怀疑自己能不能熬到明天。尽管哥见过世面，但面对如此高强度的刺激，哥也没法淡定，也不想淡定。

哥先在小花园里吹个口哨，得到麦当娜的回应后，从窗户爬了进去。窦院长住二楼，为了哥出行方便，Pitt 叫了几个兄弟，弄了一块木板搁在窗台下。就这 Pitt 还向哥检讨自己工作不力：像哥这样 Great 的公狗，怎么能经常爬窗户呢？应该是母狗们上门服务才对啊，都是小弟无能！说着要抽自己的耳光。

爬进窗户后哥直接把麦当娜扑倒在阳台上，如辛可大师在京大宾馆一样。麦当娜虽有点始料未及，但也很享受这份激情。通过这件事哥深刻地体会到，人与狗真的可以在很多方面相互学习，共同进步。麦当娜知道后深有同感，并一再表示如果有机会，她也想观摩一下。哥听了笑道：要真是那样，咱还有那份心思学习吗？！

总之，那天哥和麦当娜激情澎湃，感觉很棒。唯一的遗憾就是不敢出声，达不到行声合一的境界。因为窦夫人正在客厅里用一根手指头弹琴，扭着腰，高歌《好日子》。确实，没有比这更好的日子了。

哥随后向麦当娜谈了哥的计划。这个计划哥跟 Pitt 反复磋商过。Pitt 认为，要夺取京大狗协会长的宝座，第一步必须成为狗协会员。按照章程，新晋会员需要三个老会员推荐。凑手的有 Pitt 和麦当娜，还需要另找一个。经过反复酝酿，Pitt 认为最好找萨克齐。Pitt 的想法哥理解，以萨克齐的地位，由他推荐当然很有力度。问题是萨克齐干吗？ Pitt 安慰哥：老大，所谓有的放矢，萨克齐不是很二吗？就照着他的二病来，保证拿下。哥也同意试试。

麦当娜对哥的计划毫无兴趣，甚至极表反对。她说：狗协算个屁，无非是几个过季的老混混逗一帮自命不凡的小混混玩，咱好好过日子不行吗？何必瞎折腾！哥反复给她解释哥为何非要加入狗协，因为哥不想被这些王八蛋看不起，这也是为了麦当娜，哥要让麦当娜全方位感到骄傲，因为哥！

见哥铁了心，麦当娜只好答应了。她叹息道：既然你一定要做，就去做吧，不管对或错，我都会支持你！

哥跟麦当娜又缠绵了一会。因为校长夫人领着萨克齐突然出现在小花园里，窦夫人赶紧停止演出，在脸上补了妆，拎上萨克齐最喜欢的饼干，带着麦当娜冲下楼去。当然了，哥提前从窗户里溜之大吉。

哥一溜小跑，到教学楼时有点上气不接下气。辛可大师比哥的情况好不了多少，他正被飞飞姐提溜到楼道里训话。辛可大师耷拉着脑袋，活像落雁桥下那只叫摸摸的癞皮狗。

飞飞姐驾到时辛可大师正给学生答疑解惑，解释为何人必须树立“饿死事小，失节事大”[①]的价值观。按照惯例，飞飞姐直接推门进来，瞪着辛可大师。辛可大师僵在那里，包括他的学生亦复如是。随之脊柱升起一阵冷风，毕竟做贼心虚嘛！唐娟也很紧张，把脑袋贴在课桌上，诚惶诚恐。

飞飞姐做了个手势，辛可大师明白，意思是让他滚出来。一般来说，当飞飞姐祭出这个手势，意味着不会有什么好果子吃。

刚带上教室门，飞飞姐就把辛可大师按在走廊的墙壁上，指着他的鼻子厉声训斥。

——昨晚为什么没回家？

——加班，为了年会的事……

——那手机怎么关了？

——没电了……

——没电了，不会是正给哪个狐狸精放电吧？！

——我敢吗？我真想成李莲英啊？

——谅你也不敢！

飞飞姐松开手，辛可大师总算喘了口气。飞飞姐之所以没有继续发飙，是因为她今天心情不错。她告诉辛可大师，中午红旗一小招生办打来电话，让她准备一些可可的资料。意思很明白，可可上学的事有戏了。

飞飞姐问辛可大师为此花了多少钱，辛可大师撒谎说十几万。话音刚落，又被飞飞姐摁到墙上：好啊，你竟敢有小金库！辛可大师苦笑道：我哪敢，你不是咱家的财政部长吗？刚帮豹哥做了一单活，还来不及上交！飞飞姐这才作罢。

---

① 见《二程全书·遗书二十二》：“只是后世怕寒饿死，故有是说。然饿死事极小，失节事极大！”可追溯至《史记·伯夷列传》。

对于飞飞姐和辛可大师的表演，可可见多了，熟视无睹，便蹲下身子跟哥玩耍。见了儿子，辛可大师心情痛快了很多。他也正准备上完课，回家领可可去老师家。飞飞姐问：你去曹老家，总带着儿子干什么？辛可大师赶紧道：曹老想可可了，说是带去看看！可可听了，也嚷着要见爷爷奶奶，飞飞姐只好答应了。

在路上辛可大师给周倩发了个短信：谢谢！周倩回得倒是很快，只是一张卡通小图片，上面画着一坨屎。

辛可大师之所以带着可可去看老师，不是他说的那么简单。如果没有可可，人家根本就不让他进门。

也许这是辛可大师一生的痛。如果没有曹老，就不会有他的今天。辛可大师来自西北一贫困山村，出身比哥好不了多少。是曹老资助他读完了本科、硕士和博士，并将平生所学倾囊相授。辛可大师始终不能忘记，师母经常做了饭在家里等着他。有时候说好了要去，但因学习耽误了，老两口总会坐在桌前，一直等他回来才动筷子。

每次去老师家辛可大师都忐忑不安。曹老是胡适之先生的高徒，与理学院的郎惠中、文学院的宋达人、经管学院的边宁并称“京大四皓”。“京大四皓”在国内学术界是祖宗级的人物，类似当年的四大导师。所谓四皓的典故，《史记》、《汉书》里均有记载①。

但在京大师生眼中，四皓中混得最惨的，当数曹老。其他三皓都住在雁园，而他始终住在普通的宿舍楼。学校有重大活动，他也跟其他三皓一起坐在主席台上，但会后别人坐着名牌汽车扬长而去，曹老总是拄着拐杖慢悠悠挪回家。运气好时，碰见食堂里骑三轮的师傅，也会搭个便车。

这也不能全怪京大的领导。本来在雁园给他安排了大房子，他死活不去。曹老桃李满天下，其中不乏省部级高官或辛可大师这样的社会名流，多好的车子也有得坐，可他不要。后来，因为老是跟京大的领导和当红的文化精英拧着干，他成了人见人烦的钉子户。借微微所言，曹老跟哥一样，活着就是存心给京大添堵。曹老最为文化教育界诟病的，是《伪知识界与伪知识精英》一文。

曹老在文中指出，在中国历史上，没有一个时代的知识分子像现在这样严

---

① 见《史记·留侯世家》、《汉书·张良传》。

重缺钙，自甘堕落。其突出特点就是一个“伪”字，并呈现出帮凶化、明星化、嫖客化、官僚化的趋势。如果吴敬梓活到今天，大概要重写《儒林外史》，为他批判过的诸先生平反昭雪，因为跟当下的伪知识精英相比，马二先生堪称士林模范。特别是所谓文化界十大怪现状，更让很多人咬牙切齿。

举国都是著名学者，却少了学术。
满纸都是道德良心，却少了良知。
遍地都是天才鬼才，却少了人才。
满街都是专家教授，却少了成果。
到处都是文化巨匠，却少了文化。
天天都是探求真相，却少了真诚。
人人都是道德标杆，却少了公德。
满地都是国学大师，却少了国学。
个个都是心灵大厨，却少了灵魂。
时时都是思想先锋，却少了想法。

此文一出，原本跟曹老关系尚可的其他三皓，也自此成了路人。比如郎惠中以 72 岁高龄迎娶 27 岁女学生，可谓士林盛举，名流荟萃，独独不见曹老的影子。有人甚至拿这事跟梁漱溟拒绝出席冯友兰 90 寿宴相类比。可梁漱溟是被邀请了不屑一顾，骂冯曾谄媚江青，而曹老是人家根本不甩他。大家一致认为，以曹老的江湖地位和年龄，跳出来骂大街有失体面。校领导多次找过他，让他别再发表类似言论，这是给中国知识界抹黑，说严重点就是配合西方反华势力跟伟大祖国作对。校长说上边为此很不舒服，后悔把他从牛棚里放了出来，搞得自己压力很大。但曹老依旧我行我素，被人痛斥为五四余孽，比其他余孽更可恨。

辛可大师让可可敲开门，出来一个满头白发的洋老太太。她是曹老的夫人珍妮，60 多年前跟着曹老从曼彻斯特跑到中国。可可一见老太太就扑到怀里，她试着想把他抱起来，但根本挪不动，笑道：可可长大了，奶奶抱不动了。

老太太招呼我们进去。可可欢快地叫着爷爷，冲进卧室。曹老正躺在床上休息，看见可可，老远伸出手。可可顺势上床，爬到曹老的怀里。老太太赶紧把可可抱下来，怕他不小心动了曹老的伤口。

辛可大师蹑手蹑脚走到床前，问：老师，您的病……一看见辛可大师，曹老的脸色马上阴沉下来，摆摆手，扔出一个字：滚！辛可大师不再吭声，像往常一样，客厅的阳台上有个小凳子，他走过去坐在上面抽烟。

以前曹老见了他，总是滔滔不绝，可自从他当了大师协会会长，好多年了，每次只跟他说一个字：滚！如果不是因为可可，恐怕连这个字也无福消受。他知道老师为何这样，也从不生气。辛可大师总会带着儿子来，看曹老一眼，听一声滚，如此而已！他也希望有一天老师会多说几个字，但就目前的情形看，希望非常渺茫。

曹老拿出为可可誊写的唐诗，跟老太太一起教可可诵读。辛可大师在阳台上发呆，哥也无聊，就跟曹老家的猫瞎掰。曹老家的猫有两只，一黑一白，所谓小白小黑。哥从没有见过小黑这种规模的猫，体积快赶上麦当娜了。看得出，小黑是个话痨。小白则一声不吭，心无旁骛地数着自己腿上的毛。据小黑说，他都数了好多年了，还没数清楚到底有几根。

俗话说，猫狗天生是冤家，有位德国的科学家还就此做过专题研究。但这只是在野生的境遇下，如果做了宠物（说难听点叫奴才），也就不分你我了。小黑特别指出，他跟萨克齐是莫逆之交。在谈到萨克齐时，他用了二逼这个很俗的词：尽管这世上二逼很多，但二到可爱的很少，萨克齐就是一个。也许吧，只是不要二成傻逼就行。

据小黑说，曹老这次受伤，完全是自作自受。他最近一直心情欠佳，动不动血压就飙到 200。为何？因为京大要拆掉胡适、傅斯年诸前辈住过的旧房子，盖一座 100 多层的高楼，所谓京都大厦，扬言要打造成京西新地标。从开始规划他就一路反对，不但给领导写信，还在媒体上大骂领导是败家子，甚至抬出梅贻琦先生吓唬人，讲什么“大学者，非有大楼也，因有大师也”等等。小黑讲到这里有点上火：这不是胡扯吗？没有大楼，哪个大师愿意来啊？时代不同了，大师也要更新换代，以前的品种吃得开吗？

小黑说，校长和成书记还为此登门拜访，给他做工作，结果被骂得狗血喷头。老头动不动抬出梁思成先生的旧事，指桑骂槐。说到这里，小黑叹息道：有这么严重吗？不会是老糊涂了吧？就几个破房子！当年梁思成哭得像孟姜女，不也拆了吗？国际化大都市，有什么不好！幸亏梁思成死得早，要不死，跟老头串通一气，天天瞎折腾，让京大怎么跨越式发展成为和哈佛牛津比肩的国际性大学？

按小黑的意思，京大要发展，这些不解风情的老头老太太还是早死为妙。小黑说，尽管老头反对，但根本没人拿他当回事，开工仪式照样举行。面对着狄总的推土机，老头倒是没有像梁先生那样爬上去哭天抢地，而是直接晕了过去。后来在医院里住了几天，经老太太反复劝解，身体才慢慢好转。

老太太见老头老憋在家里生闷气，便推着他去莫须有湖边散步，结果适得其反。老头突然从轮椅上冲了出去。小黑说：你想想，一个半死不活的老头，那得费多大的劲！老头双手扶着一棵老槐树，摸着斑驳的树皮，老泪纵横。

他对老太太说：就是这棵树，半个多世纪了，适之先生站在这里，一身青衫，挥舞着手臂告诉我们“争你们个人的自由，便是为国家争自由！争你们自己的人格，便是为国家争人格！自由平等的国家不是一群奴才建造得起来的！”那时候多年轻啊，可现在老师死了，我们老了！

老头还流着眼泪念了陆游的诗，如心在天山、身老沧州等等。小黑说，当时没发现什么，可回来一检查，发现老头的腰椎摔伤了。看得出，小黑很讨厌曹老的作为，对自己的生活状态也不满意。哥问他既然待着没劲，为何不换个主子？小黑长叹一声：是想过，也试过，但走了又回来了，舍不得老头老太太，现在就希望他们早点死了，再跳槽吧！说着他望了小白一眼，笑道：我怎么也得等他把腿上的毛数清楚了再走吧！

小白确实对我们的谈话置若罔闻，一直认真地数着腿上的毛。除了上卫生间，辛可大师也从未离开过为他准备的板凳，抽烟、发呆。

时间不早了，辛可大师准备离开。老太太本想留下辛可大师吃饭，但被曹老断然否决了。老太太尴尬地向辛可大师耸耸肩，表示拿老头子无可奈何。

不成想门突然被推开了，辛可大师的师弟，易中正和董浩波提着水果走了进来。易中正过来跟辛可大师打招呼，董浩波只是斜瞟了辛可大师一眼，直接去了曹老的卧室。

辛可大师、易中正、董浩波是曹老的高徒，被誉为“曹门三剑客”。当年在京大，他们可是大名鼎鼎的才子。三人中辛可大师入门最早，追随曹老时间最长，地位类似齐天大圣，所谓大师兄。

跟辛可大师、董浩波相比，易中正的长相在哥眼中惊为天人，完全可以用漂亮来形容。评价一个男人的相貌，祭出漂亮这个词，等于到了天花板。也只有宋玉、潘安、汪精卫这样的男人，才配用这个词。辛可大师就不用说了，连韩国顶级的整形大夫都无能为力。至于董浩波，人称董秃子，虽没有蒋委员长秃得彻底，但硕果仅存的几根头发丝毫不能提升他的观赏性。

据说董浩波的学问相当不错，特别是在尚书学方面，独步江湖。易中正以前跟曹老学习先秦哲学，后来弃暗投明，搞起了经典作品研究，并成为这一领域卓有成就的专家。很多权威媒体的社论，就出自易中正笔下。易中正因此颇得领导信任，加上岳父的帮助，他被破格提拔为经典研究院院长，级别相当于京大校长。

尽管易中正功成名就，但在曹家的待遇比辛可大师好不了多少。只是由滚变成了快滚，多一个字而已。同样在阳台上，有一个他专属的板凳。曹老跟董浩波话虽不多，但至少可以聊上一会。

因为是成功人士，辛可大师和易中正都很忙，难得一见。他们坐在各自的板凳上，喝着白开水，闲聊了起来。话题除了官场上的是是非非，大部分时间都在谈女人。曾有人在莫须有论坛发帖子调侃曹门三剑客，说辛可大师热衷于当婊子，董浩波醉心于立牌坊，易中正是集大成者，既当婊子又立牌坊。这话虽然有点酸葡萄心理，但也不全是乱嚼舌头。

——小易，最近又糟蹋谁家的姑娘了？

——师兄何出此言，最近实在旱得慌！

——你少糊弄我，你们院那些女研究员女博士，不就是你的三宫六院吗？当皇帝还缺女人？

——师兄，亏你还是大师协会会长，同治帝怎么样？后宫女人数不胜数，还经常跑八大胡同！

——说的也是，天天吃鲍鱼谁受得了！

——是啊，师兄，那不倒胃口吗？

说到这里，辛可大师心底一动，想起了唐娟。他笑着对易中正道：要不改天给你介绍个女博士！易中正一听乐了：还是师兄理解我，再说了，我给你介绍了多少女学生，你欠我的啊！辛可大师听了哈哈大笑：好，这个人情要还，改天吧，等我的电话！易中正听了很兴奋：那可说好了，一定是好姑娘啊！类似相互推荐女朋友这种事，以前经常有，他俩也心照不宣。易中正曾给他介绍过一个女生，在各方面的表现堪称完美，美中不足的是，她总是不停地在床上从生物学角度对辛可大师和易中正进行比较，并得出一堆让人啼笑皆非的结论。后来她去了动物学研究所，也算是学以致用了。

辛可大师和易中正本想劝劝曹老，让他别再折腾了。可人家根本不领情，示意他俩赶紧滚，易中正也只好悻悻作罢。老太太冲两人叹息道：他都快死的人了，就由他去吧。

第十一章

有了麦当娜的支持，哥开始着手解决萨克齐的问题。就此哥跟Pitt做了大量研究，进行了周密部署。我们不但重读了《三十六计》、《孙子兵法》、《官场现形记》等经典，Pitt还搞了一本马基雅维利的《君主论》以及列宁的《国家与革命》，从中汲取养分。

重点就是找到对付二货的经典案例。Pitt和哥一致认为，中国历史上最二的，当数西楚霸王项羽，二到最后被刘邦逼得抹了脖子。这件事给了我们莫大的启发：对付二货，最有效的方法就是先装蒜，让他二得晕了头，然后下刀子。为此我们深入研究了鸿门宴的故事，最终找到了对付萨克齐的办法。当然了，路易十六、查理一世这些洋霸王也给了我们很多启示。

以质疑问难的名义，Pitt把萨克齐约了出来。地点就在莫须有湖边。萨克齐躺在长椅上，微微帮他做全身按摩，哥跟Pitt谦恭地趴在地上，深情凝视着萨克齐，聆听他的教诲。为了让萨克齐更有感觉，我们尊称他为萨翁，类似莎士比亚被称作莎翁一样。

萨克齐说，他最近在思考一个重大的哲学命题，人与狗的问题。哥赶紧道：虽然我们做了半辈子狗，整天跟人混在一起，可从没有想过这个问题，也只有萨翁您这样的圣贤才关注如此深刻的问题。萨克齐得意地笑道：社会分工不同，我的专业就是搞思想嘛！萨克齐认为：

> 就生理而言，人和狗大同小异，区别是狗爬着走，人直立行走。但也不能绝对化。比如人见了领导就会弯下腰，变得像狗；狗见了主子会立起来，变得像人。根据达尔文的进化论，如果满世界都是领导，人就会慢慢进化成狗；如果主子多了，狗也会慢慢进化成人。人类之所以要搞民主自由这些玩意，本质的目的就是害怕自己最终进化成狗，变成狗的世界。其实狗的

世界并不可怕，问题是以人类目前的觉悟，还不足以接受这种模式。

萨克齐讲得唾沫横飞，动不动还拽几句苏格拉底或尼采。哥和Pitt觉着很好笑，但只能憋着不敢笑出声来，而是装出如饮醍醐、大梦初醒的样子。Pitt不停地摇着头，喃喃自语：Oh，My god！哥用万般敬仰的眼神看着萨克齐，啧啧称奇：在认识萨翁以前，真不知道什么叫智慧，朱熹说“天不生仲尼，万古如长夜”，如果没有您，别说万古了，自盘古开天辟地，根本就没有出过太阳！Pitt说得更形象：萨翁真是空前绝后的思想巨子，放屁都可以当煤气烧。

萨克齐听了有点飘飘然，认为哥和Pitt是他见过的最有慧根的公狗。像他这样有智慧的理论，有些公狗竟然无动于衷，简直岂有此理。哥和Pitt一再表示，这辈子跟定萨翁了，如果没有萨翁智慧的照耀，等同于行尸走肉，活着还有什么意思。

话到这份上，Pitt赶紧趁热打铁。他真诚地表示，为了随时聆听萨翁的教诲，柏拉图非常有必要加入狗协！萨克齐扬声道：那当然了！Pitt再接再厉：虽然有很多公狗，包括胡副校长家的库克要推荐，但晚生以为，只有像您这样德高望重的前辈推荐最合适。萨克齐前腿一挥：没问题，库克算个屁！

总之，一切都很顺利。可没过几天又出了幺蛾子。是微微出来捣乱，对萨克齐说了一堆哥的不是。但凡患有二病的雄性动物，向来在雌性面前没什么主见，何况萨克齐这种极品，枕边风一吹就变了。Pitt气得要死，扬言要抽死微微。看着Pitt束手无策的样子，哥心里自有主张。

哥让Pitt单独约萨克齐出来，除了继续聆听教诲，哥直接提出入会之事。萨克齐面露难色，说微微有意见。听了这话，哥起身用轻蔑的眼神看着萨克齐：我原以为您是空前绝后的公狗，没想到啊，竟然儿女情长，英雄气短！萨克齐一愣，没做声，哥继续道：古往今来，哪个大丈夫把女人当回事？听母狗话的公狗全被阉了，我呸！Pitt，咱们走！

说完哥拉了Pitt掉头就走，萨克齐醒过神，赶紧追了上来，拦住哥道：兄弟，老夫英雄一世，险些为小母狗所误！微微算个屁，破鞋一个，哥推你！见此光景，哥跟Pitt笑了。然后我俩继续谦恭地趴在地上，听萨克齐传经布道并装得犹如醍醐灌顶。

Pitt对哥的演出佩服之至，请哥点拨。哥笑道：这不是三十六计中的激将法嘛，对手越二越管用，碰上萨克齐这种特二的，无往而不胜！Pitt深以为然。

对哥所谓公狗被阉一事，他很郁闷，直到深夜，他还躺在阳台上仰望星空喃喃自语：我从不听母狗的话，怎么也会被阉了呢？

Pitt 被阉这件事，也许只有辛可大师能彻底讲清楚。但哥没有资格去问他，就算有，哥也不敢。

辛可大师最近被华姐搞得有点晕。华姐的照片不但数量越来越多，质量也越来越高。其中有一张很煽情，华姐穿着吊带裙，似露非露，靠在一棵枯死的大树上，眼神极其哀怨。照片上还写着一行大字：树犹如此，人何以堪？

这些照片和留言对辛可大师当然有很大的杀伤力，他恨不得明天就飞过去。为此他做了大量的准备工作，包括在健身房做有氧运动，特别是加强腰部力量训练，以便到时候能保持良好的竞技状态。

辛可大师以为年会的事差不多了，不成想华姐突然打来电话，说筹备工作遇到了麻烦。主办地东州市的领导有不同意见，需要重新调整方案。如果不是华姐，像东州市这种小领导辛可大师根本不甩。可问题是现在合同签了，通知发了，钱也收了，再更改时间根本来不及。

东州市的主要领导建议辛可大师最好来一趟，当面把相关事项谈清楚。华姐也是这个意思，并发来短信：我时刻等着款待大师！暧昧之情溢于言表。论公论私，他都有必要去一趟。

易中正也不停地打电话骚扰，要见辛可大师的女学生，辛可大师让他再扛几天，等他出差回来再说。他向飞飞姐请了假，带着助理直奔机场。行前他还去了趟医院，查了一下心率和血压。据辛可大师判断，华姐正是如狼似虎、玩命的年龄，最好有备无患，免得铸成大错，步西门大官人的后尘。

至于辛可大师在东州市的种种，是华姐养的藏獒巴托尔后来告诉哥的。巴托尔讲得不是很系统，零零碎碎。特别是有些关键的细节，他也搞不清楚。巴托尔解释说这跟智商无关，而是他正被市长家的小母狗搞得魂不守舍。哥觉着巴托尔的解释也有几分道理，如辛可大师所言，恋爱中的男女，智商都会迅速降低，甚至在短时间内变成白痴。

据巴托尔讲，辛可大师下飞机后，先跟华姐来了个礼节性拥抱。上了房车后，好像有过一些简单的接触，比如拉拉手，或者华姐摸了摸辛可大师的腮帮子等等。辛可大师也在第一时间看见了让他牵肠挂肚的美腿，并蜻蜓点水式的检查了一下它的弹性。

吃过午饭，辛可大师跟华姐躺在酒店花园的阳伞下闲聊。辛可大师大概了解了事情的原委。在他看来，也就是些微不足道的小事，比这复杂的他见多了，没什么大不了。

辛可大师明白，华姐之所以对他一往情深，不单因为他是国学大师。华姐是生意人，她拽着辛可大师在东州举办年会，是想借此搞定东州市的领导，好以最低的成本拿到市中心那块地。东州市刚换届，新领导比较注重文化软实力的建设，华姐此举也是投其所好，以求投桃报李。

辛可大师知道华姐在利用他，但他无所谓。他始终认为，人就是相互利用的工具，别人怎么想并不重要，关键是自己能得偿所愿。比如说他利用给华姐看相的契机，摸了华姐的手，进而隔着衬衣摸了她的胸部，很软很细腻，这比讨论所谓高尚要真实得多。在这一点上，他不太同意王阳明所谓“心外无物”[①]的唯心主义观点，心里怎么想顶个屁用，关键是摸到了什么。

以辛可大师的意愿，吃过晚饭就应该去屋子里苟且。乘华姐上卫生间之机，他还偷偷地吃了片伟哥。可华姐非要陪着他去看大海。满脑子意大利床，药片烧得肠子疼，辛可大师哪有心思欣赏椰风海浪。他也多次暗示华姐，比如反复吟诵一万年太久、只争朝夕，可她装傻充愣，死活不吭气。好在海风习习，有明显的散热作用，否则那片伟哥可够辛可大师受的。

辛可大师也不是一无所获，比如在海滩上，他把华姐按在一棵椰子树上，深深浅浅吻了半个小时，进而在华姐的配合下，检查了她的每一寸肌肤，并给予高度评价。华姐对辛可大师的评价也不低，特别是关键部位，华姐有点夸张地吐着舌头：大师到底是大师，各个方面都无与伦比。

但辛可大师最想要的，华姐始终不给。两人躺在床上喝红酒时，辛可大师好多次几近成功，但都被华姐一一化解。辛可大师这才知道，自己遇到了高手。但他自信，这是迟早的事，只是前奏过于冗长。华姐也一再暗示，肉都烂在锅里了，何必着急这一时半刻。

华姐的心思辛可大师也明了，她要尽可能刺激他的中枢神经，调动他的主观能动性，等摆平了东州市的领导，随便辛可大师享用，撑死了都行。如辛可大师在《逼下梁山》中所言，房地产是地皮和肚皮上的产业，华姐概莫能外。

---

① 参见王阳明《传习录》。所谓心外无物、心外无事、心外无理。

据巴托尔讲，东州市对辛可大师的到来高度重视。市府办公室的主任始终在酒店大堂候着，随时听候辛可大师调遣。

就在辛可大师到来的当晚，市长带着大队人马到酒店慰问。东州市长姓鱼，戴着无框眼镜，腰有点粗，讲一口蹩脚的普通话。鱼市长自称是商汤后裔，跟鱼朝恩也有点关系。鱼市长以前教书，后来在岳父的支持下做了市长。鱼市长岳父跟辛可大师也曾有一面之缘，以前是副省长，现在退休了。

鱼市长握着辛可大师的手道：欢迎辛大师啊，当年我也报考京大，想师从大师您，可惜少了几分，被调剂到陕师大！辛可大师淡淡一笑：陕师大也不错啊，号称是重点大学！鱼市长调侃道：也就是号称而已，至少硬件比农民讲习所好一点。辛可大师道：那也无妨，可以到京大读 MBA 或 MPA 嘛。鱼市长连连称谢。

对付基层领导辛可大师向来不温不火，始终半端着架子。鱼市长本想请辛可大师轻松一下，但他满脑子都是华姐，就婉谢了。结果事与愿违，辛可大师竹篮打水一场空，郁闷了半晚上。

翌日一大早，市办主任陪辛可大师吃完早餐，就坐着豪华大巴去开会。跟全国所有小城市一样，东州市毫无特点可言，一路上看到的不过是各种型号的大楼。唯一比较亮眼的，是市政府门前的大广场。听鱼市长介绍，面积比天安门广场还大 2 公顷（天安门广场 48 公顷）。广场上矗立着山寨版的长安街莲花灯，国旗飘扬，人很少，成群的麻雀在悠然地散步。

关于东州市，辛可大师从报纸上多少了解一些。这里以前很穷，人均 GDP 全国垫底，后来因为养王八才勉强脱贫，并被联合国授予“王八之乡”的称号。跟阳澄湖的大闸蟹一样，东州王八蜚声海内外，价格不菲。

东州市还曾闹过一个国际大笑话。在养王八前，东州一直是联合国粮农组织的重点扶助对象。粮农组织曾给东州送了几千头土耳其山羊，鼓励农民搞养殖。一年后派人来检查，发现羊圈里全是绵羊。粮农组织官员问怎么回事，当地官员解释是因为水土问题，土耳其山羊中国化了，变成了绵羊。其实那些绵羊是临时找来应付检查的。后来粮农组织官员私下问一个老农，老农说：山羊一半让市里和乡里的干部吃了，一半我们自己吃了！

东州市政府办公大楼很气派，规模不小于大会堂的两倍，造型被网民们戏称棺材。东州政府办公楼乃至广场是前市长王某的杰作。王市长之所以把办公楼建成这种规模，完全是因为在京大进修时深受任课教授的启发。当年为了造未央宫，萧何对刘邦讲的那段话[1]，让他受益匪浅。

在整体规划中，京大建筑学院的谷教授起了关键作用。之所以把办公楼做成棺材造型，深意不言而喻。考虑到王市长为木命，所谓水生木，还在办公楼后边挖了一个200多亩的大湖。王市长志在省长，由县处级到省部级需要跨过四道门槛，所以办公楼的设计以4为基数，类似天坛以9为基数一样。比如楼前台阶有32层，占地400亩，有400个房间、36个厕所、20部电梯等等。

至于广场上的巨型火炬雕塑，也是谷教授的创意，在他看来，按照阴阳五行学说，王市长木命与情妇的金命相克，所谓金克木、火克金。他认为很多官员被情妇拉下马，根本原因就是命理相克。他建议王市长在用火炬雕塑镇住情妇的同时，多找水命的女朋友，这样不但升得快，也比较安全。

事实证明谷教授不愧为京大教授，梁思成先生的再传弟子。就在工程主体基本竣工，火炬还来不及安装到位时，王市长被双规，罪行是贪污挪用了总预算的一半，相当于东州半年的财政收入。为了本工程，政府借了银行大量贷款不说，还停发了教师与医生两年工资。市政府号召公务员们也有所贡献，比如停发一年工资，但遭到激烈反对，只好不了了之。他们一致认为：修大楼改善办公条件我们举双手赞成，但要拔我们身上的毛，没门！

王市长被双规后托人给谷教授传信，深表悔恨。他后悔自己当时妇人之仁，因为考虑到老师没饭吃会到处上访，在停发工资一事上犹豫不决，影响了火炬雕塑的工期，结果被情妇举报。其实情妇之所以翻脸，是因为王市长另外找了几个水命的女朋友，打翻了醋坛子。

辛可大师说过，女人虽然嗜醋如命，但抗酸性并不强，一旦打翻了醋坛子，就跟你玩命。古往今来，这种案例比比皆是。

会议在市府大楼一层举行。就出席人员的规模，可见东州市对此事的重视程度。除了鱼市长，还有宣传部长、主管文化教育的副市长、市府办公室主任以及相关局委的领导。另一方包括辛可大师、华姐及其公司的诸多高管。

鱼市长首先代表市委市政府对辛可大师的到来表示热烈欢迎，给予大师协会无与伦比的赞誉，甚至使用了“前无古人后无来者”这样的句子，顺便也表

---

①见《资治通鉴》卷11：“萧何治未央宫，上见其壮丽，甚怒，谓何曰：‘天下匈匈，苦战数岁，成败未可知，是何治宫室过度也！’何曰：‘天下方未定，故可因以就宫室。且夫天子以四海为家，非壮丽无以重威，且无令后世有以加也。’上说。”

扬了华姐几句。辛可大师对鱼市长的美言表示感谢，认为在他去过的全世界的城市中，东州留给他的影响最为深刻，从东州领导的身上看到了实现伟大复兴的希望。辛可大师说：如果每个地方的父母官都像东州市的领导这样锐意进取，我们伟大的祖国将领袖全球，所向披靡。

客套完了，鱼市长直奔主题。鱼市长说，因为有上级领导来视察，他等会要陪着去大雄寺烧香，所以尽量抓紧时间，望辛可大师见谅。辛可大师对此给予高度肯定，认为这是值得大力推广的好作风。

关于年会一事，鱼市长提了几点建议：

第一，举行本届年会对东州的品牌塑造，实现跨越式发展具有历史性战略意义。东州自盘古开天地以来，从未有如此壮举。东州也要学习博鳌，大力发展会展经济，市委市政府将倾全力支持。哪怕是花掉一年的财政收入，也物有所值。没有文化软实力，其他的也硬不起来！

第二，文化搭台，经济唱戏，本届年会要跟东州的核心产业结合起来。目前东州最重要的产业是王八养殖，所以市委市政府建议年会跟东州国际王八文化节合二为一，名称可否叫“大师协会年会暨东州国际王八文化节”，请辛可大师斟酌。

第三，对与会嘉宾，市委市政府认为，一是领导特别是高层领导太少，地方政府办这类活动，关键还是跟领导搞关系，否则难免会七嘴八舌；二是国际化程度不够，能否请点国外高官，哪怕是退休的也行，他们不是经常来中国骗钱吗？

鱼市长讲完，辛可大师首先对东州市委市政府的高屋建瓴深表钦佩。对鱼市长所谈，他基本上同意，会后将进一步完善方案，并切实有效地加以落实，保证让市委市政府和东州几十万人民满意。只是对第二点，辛可大师以为有些不妥。因为大师协会的会员都是各行各业的精英，年会跟王八绑在一起，多少有点尴尬。

宣传部长赶紧对此加以解释：开始我们对到底是叫王八文化节还是鳖文化节很矛盾，并组织专家进行了深入研究，政府还为此投入大量科研经费。据研究，王八的本意是“忘八”,就是忘掉了“孝悌忠信礼义廉耻”八伦[1]。之所以最终选择王八这个词，一是专家们认为这八伦都是封建糟粕，现在是新社会，按照否

---

① 见赵翼《陔余丛考》。

定之否定的原理，王八实际上是代表先进文化反对封建落后文化的标杆；二是王八这个词耳熟能详，老百姓也这么叫，便于传播。另外一点是现在市场上有很多叫鳖精的产品，对我们打造自己的品牌，进行差异化市场竞争不利，比如我们开发的东州王八精、王八蛋口服液，就非常受欢迎。为此我们还成立了王八文化研究所，目前所长由我兼着，希望辛大师在王八文化研究方面给我们更多指导，也恳请辛大师担任王八文化研究所的顾问。

既然部长把话说到这份上，辛可大师也不便再坚持。其实也就是个名字而已，比这更惊天动地的名字他也见过。对于出任王八文化研究所顾问一事，他表示可以考虑。顺着部长的意思，他也反复强调，要把王八文化的研究纳入大国学的研究范畴。他有点激动地指出，如果没有搞好王八文化研究，将是文化建设，特别是国学发展的重大损失，他愿意为此贡献微薄之力。

鱼市长对辛可大师的态度极为赞赏，认为辛可大师不但著作等身，而且做事灵活、痛快，颇具英雄气概。华姐一直给辛可大师递眼色，包括在桌子下边掐他的大腿。其实华姐多虑了，辛可大师何许人也！他话里话外，对华姐给予了高度评价，反复强调有华姐这样的企业家参与，东州的硬实力和软实力将会得到突飞猛进的发展。他还巧妙地暗示与会的领导，华姐不但跟他这样的大师交情匪浅，还跟京都的很多高官有着非常密切的关系。

鱼市长自然心知肚明，对华姐也美言了几句，并暗示那块地基本上不会有什么问题。他笑着对手下的官员道：华总这次把辛可大师这座神仙请进来，可是立了大功，以后大家要跟华总好好合作啊！说完又跟辛可大师寒暄了几句，并说晚上要给辛可大师接风洗尘，然后带着手下匆匆走了。

晚宴在东州湖人工岛的惠民宫举行。东州湖很大，景色宜人。惠民宫是一座类似承德避暑山庄的宏伟建筑，如果只是路过，还以为是乾隆爷的行宫！据鱼市长介绍，惠民宫是市庆时由政府投资建设的，是当年的民生十大工程之一。很多名贵花木高价购自国外，其中有棵树花了 30 多万。装修更是富丽堂皇，雕梁画栋，关键部位还贴着金箔。里边餐饮、洗浴、KTV、麻将馆一应俱全。酒店正堂刻着一排大字：全心全意为人民服务！

晚宴的包间也不小，少说有 200 平方米，铺着厚厚的红地毯。包间里陈设着不少仿古瓷器和名人字画。由市歌舞团演员组成的乐队正在演奏《高山流水》。歌舞团以前主要是下乡演出，改制后成功转型，专门在惠民宫伴宴。

据巴托尔讲，当晚款待辛可大师的是东州最有名的“全王八宴”。所有菜肴均由王八烹制，据说已成功申请了吉尼斯世界纪录。其中最令人惊叹的一道菜是“烈火金刚”，在活王八身上浇热油食用，类似广州人的生吃猴脑。

出席晚宴的有东州市方方面面的领导。据鱼市长讲，书记原定也要来，但上级领导非要他陪着打麻将，脱不开身，特地让他转达歉意。鱼市长在宴会上发表了热情洋溢的讲话，从全球化到区域经济发展，从王八文化到大师协会年会，足足讲了两个小时，中间好几次被热烈的掌声打断。当然了，辛可大师也做了简短致辞，对全王八宴赞不绝口，并题词留念：百般鳖姿，一派人道！

按照东州的规矩，每人先来六杯，表示诚意。辛可大师虽然酒量不错，但这种玩法他有点扛不住。好在有华姐在边上帮忙，勉强应付。华姐在这方面倒是个人才，一人单挑东州诸雄，毫不怯阵。给鱼市长敬酒时，她还不小心绊倒在市长怀里，引来一阵喝彩。辛可大师看着多少有点酸，但也能理解。

至于满桌的王八大餐，辛可大师无心品尝。一是因为喝个没完没了，他喜欢盛世御凤，喝茅台有点上头；二是昨天郁闷了半晚上，几杯下肚心里烧得更厉害。好几次他偷偷地摸了摸坐在边上的华姐，表达了期待切磋的强烈愿望。华姐只是娇滴滴地扭着腰，并未给予明确的回应，这让他更加心神不宁。

好不容易干掉三箱 30 年的茅台，晚宴总算落幕。鱼市长觉着还不尽兴，建议大家去唱歌。他贴着辛可大师的耳朵道：您刚品尝了东州的王八宴，也要体会一下东州的风土人情！辛可大师谢绝了鱼市长的美意。为何？第一次见面，多少要端着点，免得飞短流长！二是华姐两颊飞红，花枝乱颤，让辛可大师燥得发慌，酒足饭饱，意乱情迷，良辰如许浪费了岂不可惜？

鱼市长见辛可大师一味推辞，也就罢了，笑道：反正您还要来，机会多的是，这次就免了，不然华总也会找我麻烦！然后跟辛可大师来个熊抱，带着其他领导走了。辛可大师和华姐随后上了房车，一上车两人就玩起柔道。司机见怪不怪，特意放了首节奏比较明快的流行歌曲助兴。

感觉一直在尘世中坠落
我放弃飞翔造了一个窝
好像过得比猪还要快乐
为什么向往灿烂的蝴蝶
我是猪我是蝴蝶

我是风我是烟火
我是梦我梦见什么
我是我永远的传说

他们的呼吸随着音乐的节奏起伏，产生了极富感染力的和声效果。这种玩法对辛可大师来说并不陌生，但玩得如此诗情画意、激情澎湃，还是第一次。

第十二章

有关辛可大师与华姐的房事，巴托尔语焉不详。因为当晚喝了太多的茅台，他实在扛不住睡着了。但巴托尔一再强调，自己睡着了不全是因为茅台，而是辛可大师和华姐的表演无聊至极，类似黄金时间播出的电视剧，简直就是特供的安眠药。

在哥反复要求下，巴托尔简单回忆了睡前所见。巴托尔认为，自进到房里，辛可大师和华姐就像两个剑客，或者两个流氓，你来我往欲做还休。也只有在琼瑶式的烂电视剧里，才有这样无聊的段子，从摸手到宽衣解带足足有 200 页，还动不动苍白的脸色。用辛可大师的话说，除了自虐狂，没人能看完琼瑶式的小说。可喜欢琼瑶小说的都是小青年，这充分说明自虐狂这种病跟人的智商有很大关系。

哥和巴托尔的成长过程类似于少年韦小宝，早就烦透了日本人那种磨磨唧唧的玩法，只听咳嗽声不见人上楼，还是洋人直接，看着也赏心悦目。

据巴托尔回忆，虽然辛可大师跟华姐在车上激情澎湃，但也仅限于搂搂抱抱。当辛可大师准备更进一步时，下边被华姐顺手紧紧抓住，并发表了系列感言，总之都是些溢美之词。据哥了解，尽管辛可大师是务虚高手，但在这方面很务实，被华姐这样摆弄，大概想死的心都有。

因为在房车上做了大量的准备工作，华姐已发表了长篇感言，一进屋子，辛可大师就想直接进入实战状态，结果被华姐浪笑着推开了，说是满身酒气需要洗洗。这个要求无可厚非，辛可大师只好躺在床上抽烟等着。好不容易洗完了，华姐又要辛可大师去洗。他提出跟华姐来个鸳鸯浴，被华姐笑着婉拒：我可不想当杨贵妃！华姐也是太自负了，就算她的皮肤和事业线不输给杨玉环，但她未必有人家惊世骇俗的才艺。

据哥的了解，辛可大师向来是浴霸，洗澡时间很长，他喜欢在洗澡时思考一些复杂的哲学问题。据说空色论的灵感，就是水龙头的功劳。但那天他用时比雷主席还短，根本没心思做任何哲学思考，连水龙头也有点拿不稳。可当他冲出卫生间时，华姐并没有让他得偿所愿，而是就“先有鸡还是先有蛋”这个困惑她多年的哲学命题，希望得到辛可大师的开示。

见此光景，他努力让自己冷静下来。辛可大师知道华姐在吊他的胃口，这让他大动肝火，有点忍无可忍。有尊严的放弃当然是个办法，但身体已不听指挥，硬来也有失大师的风度。华姐虽自命江湖高手，但要跟辛可大师过招还是嫩了点。他接下来的表演，连巴托尔都钦佩不已：大师到底是大师，谈笑间灰飞烟灭，非平庸之辈可比。

他故作平静地躺在床上，悠然地抽着烟，给华姐讲故事。第一个故事是关于曹刿论战的，所谓一鼓作气，再而衰，三而竭。意思很明白，如果你再吊我的胃口，挫伤我的锐气，我就没兴趣做了，即便做了效果也未必好。华姐听了笑道：没关系，改天可以重整旗鼓，卷土重来嘛！一招用老，辛可大师马上又出一招。他说崇祯皇帝时，让老百姓帮着维修京城，答应的补助没兑现，老百姓觉着国库紧张就没计较；不久满洲人打到北京城下，崇祯号召大家上城御敌，结果工钱又黄了，老百姓心生怨恨但不做声；后来李自成攻打北京，老百姓彻底不干了，随他妈便，甚至拿着鸡蛋开城迎闯王！结果明朝灭亡，崇祯吊死煤山。讲完故事辛可大师拧了烟，打了个长长的哈欠，倒头就睡。

华姐听完琢磨了一会，突然爬起来压在辛可大师身上，装着生气地冲他喊叫：好啊，让人家难受成这样，你还想睡觉，存心草菅人命啊！至于接下来到底发生了什么，因为巴托尔睡着了，哥无可奉告。以哥对华姐的了解，像她这样有智慧的女人，自然知道该怎么做。

听着巴托尔颠三倒四的讲述，哥总会想起小卞。比起辛可大师的沙皮脸，小卞堪称英俊，更别说年轻力壮、风华正茂。但师徒二人在情场上的斩获却判若云泥。哥以为，也许在女人看来，男女关系并不是简单的生物学问题。

小卞在自述中说，既然放弃唐娟在历史文化学院换了一张办公桌，他就不能自暴自弃，他要做给大家看看，一个乡巴佬并不比别人差。何况学生处暂时没有头头，由院办主任兼着，这也给了他无限遐想的空间。

小卞说，经过调整，他终于振作了起来。熬了半个月，他搞出了《关于加强历史文化学院学生管理工作的建议》。为了向领导展示自己的理论和政策水平，

《建议》旁征博引，从孔夫子、柏拉图讲到当下的教育政策，洋洋洒洒几千字，深入探讨了历史文化学院学生管理工作中存在的问题，并提出五点建议：

1. 净化宿舍卫生，定期检查，不合格者严厉处分。
2. 严肃打击上课时间睡觉、上网、玩游戏等行为。
3. 坚决打击在宿舍发生男女性行为，严重者开除。
4. 不得夜不归宿，不能跟社会上的人有不当交往。
5. 凡出现非法同居、怀孕、打胎行为者坚决开除。

写完后他又反复做了修改润色，交给窦院长。窦院长大概看了一下，觉着不错，就让他跟院办沟通一下，组织工作团队加以落实。

为了使这份报告更具说服力，他还做了一些前期调研。他把院学生会的骆主席叫来。骆主席是浙江义乌人，骆宾王老乡。为了登上学生会主席的宝座，没少花银子。除了给院领导送礼，他爸爸还送给相关同学每人一份水晶饰物。尽管最后院领导说了算，毕竟学生会主席还是要选举的。

小卞说骆主席很有做领导的潜质，特别是说话，政策水平很高。由于他爸爸跟院领导关系很好，对小卞这个刚上任的小头目，骆主席也不是特别恭敬，只是面子上还过得去而已。

——你觉着历史文化学院的学生工作整体上怎么样？

——以我多年担任主席的经验来看，总体上达到了领导提出的各项要求，符合新形势下青年发展、成长的需要，也符合全球化背景下……

——能说点具体的吗？比如说存在的问题……

——对此我想谈两点，一是学生素质跟建设小康社会的目标有一定距离；二是需要深化思想道德建设……

——能不能说点具体问题？？？

——好的，再具体一点就是大家对全球化的认识还不够透彻！

骆主席边说边挥舞着右手，颇有些指点江山的气势。作为一名在校大学生，修炼到这种境界确实不易。但哥以为骆主席绝对算不上最优秀的。哥曾偷听过红旗小学的班会，一位三年级班长的演讲，没把哥当场震死。也许他根本没必要在小学浪费时间了，应该直接去京大政治学系当博导，或者到某某政策研究室运筹帷幄。

在骆主席陪同下，小卞抽查了本科生宿舍。如小卞所述，宿舍里乌烟瘴气，有人躺床上睡觉，有人光膀子上网打游戏机。整个屋子就像是刚被小偷处理过的杂货铺，到处扔着衣服、袜子、饭盒等等，各类电线在地上织成了蜘蛛网，不小心就会被绊倒撞死到墙上。最可怕的是门后那一堆垃圾，从味道判断，应该有些年头了。

骆主席把睡着的学生弄醒，让他们下床站在地上。小卞问他们：今天不是周末，你们怎么不上课？！理由五花八门，有的说发烧了，有的说今天没课等等。小卞问：发烧了你还光着膀子？那家伙大大咧咧地道：这很简单，光着膀子散热啊，网上的偏方，卞老师没注意吗？小卞问屋子里怎么这么乱。那个还没睡醒的家伙揉着眼睛道：不乱啊，我们还是五好宿舍呢！那这些垃圾呢？小卞问。他挺委屈地道：这个卞老师您不能全怪我们，有些垃圾可是上一届的学长们留下的！

女生宿舍比男生更糟糕，到处挂着各色胸罩、裤头、丝袜，化妆品也是扔得满屋都是。味道就别提了，混合着香水、脂粉、脚汗的怪味，没把小卞熏死。照样有的上网，有的化妆，有的睡大觉。小卞说你们就不能收拾干净点吗？还是女孩子呢！其中一个道：床上挺干净的呀，床单三天一洗，还要怎样干净！

为了进一步掌握情况，小卞跟骆主席拜访了看门的大爷。大爷一听就上火：我年轻时看上谁家的寡妇，那得偷偷摸摸瞄上好长时间才敢下手，现在这些孩子随便得很，要么陪人家出去睡，要么直接睡宿舍里，这不成青楼了吗？小卞说如果她们回来晚了，你就别开门。老大爷叹息道：我就一臭看门的，能管得了她们？说不定惹了谁，一个电话，就没饭吃了，能在这里混的，有几个善茬！

这些事小卞当然心知肚明。每个傍晚，京大门口总停着各种豪车，接京大的女生出去玩。小卞也承认，自己在这方面曾是惯犯，他经常把唐娟带到宿舍里过夜，舍友们也熟视无睹。至于那次被逮着，只是偶然失手罢了。

在窦院长的支持下，小卞卷起袖子大干起来。据小卞自述，他首先从学生会抽调了几个干部，成立了“院学生风纪整顿小组”，简称“风整组”，由他任组长，骆主席任副组长。根据建议书的基本精神，写了倡议书，印刷一批分发给各个宿舍。要求大家认真学习，深刻体会。同时“风整组”要求各宿舍彻底进行大扫除，一周后集中检查，不合格者要严肃处理。针对女生的作风问题，“风整组”要求，自倡议书发表之日起，女生不得夜不归宿或留宿男人。

倡议书发出后，在京大一片哗然，成了莫须有论坛的热点。大部分留言是骂娘的，什么难听的话都有，比如骂他们是“四人帮”余孽，搞过去整人那一套。他们挖苦“风整组”是“疯整组”，即疯子整人小组。小卞更是大批判的靶心，甚至被人肉，连他跟唐娟的亲密照也被曝光，所谓新款来俊臣和他的马子！

好几家媒体打电话来，要采访小卞，被他一概拒绝。因为舆论压力太大，风整组有些组员开始打退堂鼓，说这样弄下去怕是没法在京大混。小卞鼓励他们：前辈曾说过，做事哪有没人骂的，我们的事业就是在骂声中进步，别理这帮孙子。窦院长也挺他：在恶语中伤面前，保持意志的坚定性至关重要。

小卞在自述中说，尽管装得凛然不惧，其实他心里很虚。特别是京大的几个老右派，公然发表文章，要大家警惕，有人又想在京大搞运动了，并把小卞跟蒯大富谭厚兰他们相提并论，暗示他只是小鬼，阎王爷藏在后边。搞得他身心交瘁，夜不能寐，担心牺牲唐娟换来的办公桌，又被人没收了。

因为院领导要亲自参与卫生考评，为了保证成绩单好看，小卞带着“风整组”全体成员预先对学生宿舍进行检查。听组员说，这几天历史文化学院的学生宿舍热闹异常，简直成了京大的热门景观。

学生宿舍楼下停着一排大巴车。每个宿舍都干得热火朝天，不过干活的全是家政公司的清洁工和保姆。他们照旧睡觉、上网、遛狗。因为是大项目，家政公司在一楼专门设立了前线指挥部，由一名副总亲自负责。副总还特别过来向小卞致谢：卞老师这个创意真是不错，希望以后能建立长效合作机制，您多支持。小卞气得要死，把几个正在上网的家伙叫到阳台上，狠狠地训了一顿。

——谁让你们找家政公司的？

——我们自己找的啊，这有什么不对吗？

——知道我们搞这次卫生大扫除的意义吗？

——嗤，不就是把宿舍弄干净点吗？

——就算是，那为什么自己不干？

——谁弄不是弄啊，卞老师，您也太教条主义了吧！

——你信不信我抽你？！

——抽我也没用，再说了，体罚学生是违法的！

——赶紧让家政公司走人，自己打扫！

——这个您说了不算，再说了，钱都交了，让他们走，损失谁补啊。

——真他妈一群废物！

——卞老师，说话干净点好不好！不跟您一般见识，我们有代沟……

——哼哼，什么代沟？

——像我们这一代人，谁干过这些活啊？现在能自己穿袜子，已经是很大的进步了，您知足吧！我妈都不管的事，您操心什么？和尚不急太监急！

——这是个思想品质的问题……

——您这样说就更扯了，亏您还是研究牛鬼蛇神的博士。社会分工不同嘛，我们到京大是来学习治国平天下的，打扫卫生这些事，本来就应该下人干！

——你说谁是下人，我们是社会主义国家，人人平等！

——嗤，卞老师您别逗了，真拿自己不当外人！

事已至此，小卞承认自己已无计可施。为了避免被莫须有论坛加码嘲讽，赶紧把家政公司副总找来，让他立马走人。副总还挺认真：我们是大公司，一定要保证质量！保证个屁，早点收拾家当，滚！小卞火了。

小卞在自述中说，尽管卫生整顿成了笑柄，但他不甘心，准备在纠风方面有所突破，怎么也要做出点成绩，给领导看看。他的办法是先抓典型，杀鸡儆猴。

根据看门大爷提供的情报，小卞很快锁定了突破对象，大四的颜姓女生。即便倡议书发表后，她依然故我，经常被一个开着保时捷的男人接走，夜不归宿。有一天晚上，他们甚至把车停在宿舍楼下，在里面苟且。

小卞决定先给她来个下马威，利用她为数不多的几次上课机会，把她直接从课堂捉到办公室。

颜姓女生穿得很清凉，肉色丝袜，高跟鞋，大咧咧推门进来，先是打量了小卞几眼，便走到中间的办公桌边，半个屁股坐在桌子上，晃着脑袋！

为了达到威慑效果，小卞尽量用锐利的眼神审视着她，沉默不语。原以为这样会给她制造心理压力，可临床效果似乎很不理想！她哼哼了几声，不耐烦地道：说呀，找我干什么？坐在凳子上！小卞严厉地道。她极不情愿地把屁股从桌子上挪下来，坐在对面特意给她准备的凳子上，继续晃着脑袋！

——知道为什么找你吗？

——想我了呗！

——怎么跟老师说话呢，有点教养好不好！倡议书你看了吗？

——不就是反对女生打胎嘛，跟我有什么关系，我又没怀上！

——你……有充分的证据证明你跟不三不四的男人存在不正当关系！

——什么是不正当关系呀？卞老师，您教教我行吗？

——你不要忘了，你还是在校学生，我们要为你的将来负责！

——谢谢啦，不当阎王爷当菩萨了？老师跟女学生搞算正当关系啊？

小卞知道她说这话的意思，是拿他跟唐娟的关系挖苦他。凭良心说，她的这个说法也不是没有道理，可现在是他在审她，不是她审小卞！

——交代你自己的问题！

——跟卞老师您一样，正常的生理与心理需要呀！

——你这样跟“失足妇女”有什么两样！

——是吗？但愿您不是“失足男人”就行了！

——你……你要考虑后果！

——能有什么后果？不就是开除嘛，还能扒光了暴尸街头？！

——你真的不在乎？……

——我怕什么？真逗！别浪费时间了好不好！

谈话没有任何进展，倒是把自己气得有点胃疼。后来，小卞在看守所跟办案的耿警官聊起这些，老耿听了亦有同感，他也经常碰见这种软硬不吃的雌雄牛二。小卞就此向窦院长做了汇报，窦院长为此很生气：这都是什么学生？绝不能纵容这种作风。遵照窦院长的指示，他给院里写了个报告，要求给颜姓女生留校察看一年的处分。

小卞在自述以及对警方的供词中，一再强调他开始并不知道颜姓女生是春哥的女朋友。尽管他不否认自己对春哥有看法，说羡慕嫉妒恨也可以，但绝对没有挟私报复的意思。如果警方非要以此作为自己作案的动机之一，他也不再否认，但必须从春哥到办公室找茬开始。

小卞在自述中对此有比较详细地描述。时间大概是翌日上午，小卞正在办公室里跟骆主席商量工作上的事，春哥突然推门进来。窗外的杨树下停着他价值 2000 头猪的保时捷。

小卞说，春哥进来时很嚣张，直接坐在小卞的办公桌上，让骆主席滚出去。

尽管曾经给春哥打工，小卞也接受所谓有过主仆关系的说法，但毕竟自己现在是京大老师，老师与学生之间应该有起码的礼节。

小卞说，直到这个时候，他才知道颜姓女生是春哥花了 200 头猪从别人手里抢过来的。在春哥看来，小卞为难颜姓女生，就是刻意跟他过不去。

——我是不是该叫您卞老师啊！

——这是办公室，你最好从桌子上下来说话。

——是吗？我看不怎么样啊，装修得还不如我舅舅的猪圈！

——我警告你，请注意跟老师说话的方式！

——小卞你他妈狂什么？你不要忘了，这几年是老子养着你……

——你！……

——我怎么了？你这是恩将仇报啊，胆子不小，敢对我的马子下手！

——学校有学校的纪律，这也是领导的意思！

听了这话，春哥彻底火了：什么他妈的纪律，老子有钱，钱就是纪律，赶紧把那个破报告撕了，否则别怪我不客气！小卞说他当时被彻底激怒了：这事我做定了，别以为有几头猪就了不起！两人在办公室吵得很厉害，春哥一度揪住小卞的衣服，准备动手。幸亏院办主任闻讯赶了过来，才把两人拉开。

小卞说，春哥离开时讲的话很刺激他：姓卞的你等着，你以为你是什么，就他妈一乡巴佬！别拿院里领导吓唬我，不就是几头猪的事！小卞冷笑着回应：有几头猪就了不起了？这是京都大学，不是你舅舅的猪圈！

小卞认为，如果他没有给春哥打过工，春哥不至于发作如此。在春哥看来，这关乎主子的尊严，更有违三纲五常的伦理。小卞也很快领教了猪的厉害。据小卞回忆，当时他正在餐馆吃饭，突然闯进三个光头，把他绑上一辆奔驰 600 轿车，带到京大附近的一家豪华会所。下了车，小卞被送到一个大包间。有个 40 多岁的男人坐在沙发上，叼着雪茄，穿着西装和布鞋。他起身跟小卞握手，介绍自己姓狄，并招呼小卞坐在右手的沙发上，笑眯眯地看着他。

——卞老师是要茶，还是咖啡？

——不用了，狄总请我到这里有事吗？

——那就给卞老师一杯摩卡，不加糖，行吗？！

——到底怎么回事！！

——没什么事，就是想跟您聊聊！

——那也不该是这个聊法，你们这样做是侵犯人权，懂吗？

——卞老师想哪里去了，我也是京大经管学院的MBA，一家人嘛！

——是啊，京大可真是出人才，培养的学生绑老师！

——卞老师，绑多难听啊，用请不行吗？再说了，学生绑老师是母校的传统啊，您没认真学习过京大校史吧？回头我给您补补！

小卞当然不用他补，在京大混过几天的谁不知道。京大很多有头有脸的教授，翻开旧账，谁没打骂过老师或同事，个个还装成是受难者，大写所谓牛棚日记。

狄总找他的麻烦，也是因为颜姓女生，狄总是春哥的大哥。小卞后来跟老耿说，对着一屋子彪形大汉，第一次见这种场面，他当时心里也有点发毛。

——卞老师，何必用这种手段对付一个女学生，过了！

——狄总也替京大想想，这样的学生是不是太出格了？

——怎么出格了？她是我兄弟的女朋友，给哥哥一个面子！

——这个我办不到！

——你看看，校友的面子也不给！

——我可不敢高攀！

——既然卞老师校友的面子都不给，阎王爷的面子总会给吧？！

——狄总真幽默！

——我哪里有您幽默？把咖啡撤了，给卞老师上点更幽默的……

说着有个满脸横肉的家伙冲上来，给了小卞两耳光！小卞顿时眼冒金星，满嘴淤血。小卞大声道：你们想干什么，想想这样做的后果？狄总哈哈大笑：后果？能有什么后果？最多就是交点医药费！

小卞把口中的血吐到地毯上：你们这么干就不怕进去？！狄总笑道：送哪里去啊？夜总会？还是京大？我还要读EMBA吗？听到这里，老耿长叹一声，以为小卞不值：其实就屁大点事，何必呢。小卞说这点他也明了，关键是春哥激怒了他，所以跟狄总杠上了。

据小卞在自述中讲，狄总随后把雪茄扔到烟缸里，道：也好，想当仁人志士是吧？师兄成全你，谁让京大培养过我呢！给卞老师收拾一下，送植物园去，找个好地方埋了。话音刚落，光头们就用尼龙绳把小卞绑了，拖下楼塞进一辆商务车。在去植物园路上，小卞听见狄总在电话里说：把坑挖深点，别让我师弟跑了。

车开到植物园后山，林子中间有一块草地。他们把小卞从车上拖下来，扔进刚挖好的坑里。狄总点了根烟，蹲在坑边上对小卞道：卞老师，那就先委屈您了，这里的条件是差了点，不过风水还不错，您也不吃亏！说完干笑几声，带着手下上了车，扬长而去！

第十三章

需要强调的是，小卞供词中关于狄总的部分，在警方的结案报告中被领导删除了。据刑警队的警犬闪电讲，领导还为此严厉批评了办案的耿警官，认为他作为一名久经考验的老公安，不应该如此缺乏政治敏锐性，而且有故意跟领导捣乱的嫌疑。老耿为此郁闷至极。从警一辈子，他最大的愿望就是换件白衬衫。看着徒弟们一个个穿着白衬衫招摇过市，他感觉无地自容。

他也不是不努力，老耿是公认的老黄牛和技术骨干，办了不少案子，但每次都不得要领，包括名震一时的黄河投毒案。在他看来，那绝对是换取白衬衫的好机会，没想到碰了钉子，被领导臭骂一顿后不了了之。但老耿并不气馁，他对小卞信誓旦旦地表示：穿不上白衬衫，老子绝不退休，八格牙路！

在审讯室里，小卞对老耿的遭遇深表同情，并希望能为老耿早日换上白衬衫有所贡献。关于在植物园的这一段，小卞在自述中写道：

我被反绑着手，吃力地斜卧在坑底。新翻的泥土散发出别样的气味，很像小时候家乡的泥土，想起远方的母亲，我哭了。

以前跟唐娟谈恋爱时，常到这里瞎逛，或者找个僻静的地方，跟唐娟亲热一下，也省了开房的钱。我曾开玩笑说死了要埋在这里！唐娟还挖苦我：那你得好好混，不是谁都有这个资格。

所谓造化弄人，当年遥不可及的梦想，竟如此简单地实现了。想起这些，我突然想笑。也许我笑了，只是看不见自己的笑容是否灿烂。那晚的月亮很圆、很亮，是我离开家乡后，见过的最圆最亮的月亮。

想起小时候，走十里山路去上学，山里很静，抬头是漫天星斗，群山连绵，感觉在天上行走。站在山顶遥望远方，想着山的后边会是什么？为此我一路跋涉走到今天。也许山的后边就是一个坑，掉进去把自己埋了。

小卞说，他原本以为读了京大的博士就会扬眉吐气，结果天天给老师和春哥做苦力；后来他认为留在京都可以改变命运，却差点被活埋了。被绑着躺在潮湿的坑里，他彻底醒悟了，自己并不比樊总的猪更值钱。生命的空虚与仇恨在他的心里发酵，并且变得越来越强烈！他很后悔，他应该用极端的方式找回自尊，对象也许是春哥，也许是狄总或者唐娟，甚至辛可大师。

小卞曾告诉老耿，京大关于此事的处理，更让他倍感绝望。老耿对其中的细节并不陌生。因为小卞被护林员发现后报警，当时值班的警察就是他。领导认为这种行为极端恶劣，要严惩不贷。老耿带着闪电和兄弟们忙活了一阵子，很快锁定了犯罪嫌疑人，准备实施抓捕。老耿很兴奋，似乎看到白衬衫正横空而来。没想到材料报上去后，却被领导叫到办公室训了一通，让他马上结案。闪电说当晚老耿喝得酩酊大醉，从柜子里拿出山寨版的白衬衫，穿在身上，老泪纵横！

据小卞在自述中讲，豹哥在电话中还训斥了他几句：X 长在别人身上，你操那么多心干什么！你胆子不小啊，敢在太岁头上动土！ 我手下几百条兄弟，见了人家还点头哈腰，就怕舔不上！

即便如此，狄总还不依不饶，打电话给窦院长，并威胁要找校长理论。院里为此召开大会，一致认为小卞犯了“左倾”盲动主义错误，必须做出深刻检讨！“风整组”被撤销，相关事项一概废止。窦院长给狄总打电话反复解释，并派院办主任带着礼物，登门向狄总致歉。

有人幸灾乐祸，把小卞鼻青脸肿的照片发到莫须有论坛上，下边写着：公理战胜邪恶，乡巴佬被报废！春哥更是变本加厉，让他的小兄弟从农贸市场弄了一个砍下来不久的猪头，扔到小卞住的地下室里。小卞并没有把鲜血淋漓的猪头扔出去，而是挂在对面墙上，冷笑着躺在床上，在上面练飞镖。

辛可大师和小卞都很忙，哥也没闲着。有了萨克齐的强力推荐，尽管议论纷纷，入会的事也有了眉目，当然了，关键还要看亚历山大会长的态度。更为可喜的是，哥有了京都户口，为入会加分不少。必须承认，萨克齐确实有大丈夫气概，非西楚霸王可比。那次被哥奚落后，回去就抽了微微几个耳光，让她滚。据说微微准备投湖自尽，结果被成书记家的小香猪香香英雄救美。

微微之所以寻短见，也不全是因为萨克齐。她对萨克齐的二多少有点心理准备。据说微微被救后，不但痛哭流涕地向香香控诉了萨克齐的种种罪行，还痛骂了主子张峰奇。前几日张峰奇因为豪宅被媒体曝光，郁闷至极，就拿微微撒气，险些要了她的命！男人和公狗都他妈不是东西！微微抹着眼泪道。香香怯生生地问：包括像哥这样的小公猪吗？结果被微微啐了一脸。

其实在京大，或者经济学界，张峰奇家有许多豪宅，根本不算新闻。经管学院老板云集，张峰奇执其牛耳，收的香火钱能少吗？这还不包括讲课费和出台费。至于张峰奇担任若干上市公司独立董事、替大老板摇旗呐喊的酬佣，数目更是惊人。本来大家心照不宣，可经过网络炒作，便引来网民围观，鞭挞之词不绝于耳，搞得张峰奇很被动。张峰奇正在为副校长的宝座努力，在这个节骨眼上岂能横生枝节。网上还特别曝光了微微脖子上的翡翠项链，让草根们更加暴怒不已，要求张峰奇剖腹自尽，以谢国人。据张峰奇分析，这肯定是窦卫国和欧阳仑捣的鬼，因为他们也是副校长职位的热门人选。

这是闲话，还是说正事。哥得到京都户口有点偶然，一次哥陪可可在外边玩耍，不成想被学校保卫处的徐干事盯上了，一路追杀到家里。当时飞飞姐在家，徐干事告诉飞飞姐，要么把哥扔了，要么赶紧办个京都户口。京大有规定，杜绝一切没有京都户口的狗，这也符合落雁区政府的相关政策。

自从制伏 Pitt 后，飞飞姐对哥的态度好了很多。特别是哥跟可可的亲密关系，有力提升了哥在飞飞姐眼中的地位。有一次可可在院子里玩，被牛博士家的流氓狗花生和几只混混撕扯，抢夺可可手里的蛋糕。可可吓得哇哇直叫。结果哥挺身而出，力战这群流氓，虽寡不敌众，但总算保护可可全身而退。哥为此屁股上缝了好几针，但这几针缝得也值，飞飞姐为此对哥感激不尽。

花生随后多次放出狠话，扬言要对哥下手。麦当娜为此很担心，要哥倍加小心。据麦当娜介绍，花生是有点混血的拉布拉多猎犬，不但在京大，在整个落雁区宠物界都是出了名的臭流氓，尽量少招惹。就连萨克齐也躲着他，我们更惹不起。可有一点麦当娜没说，当年她还给花生做过几天女朋友，至于有没有跟花生苟且过，哥当时并不知道，也不想知道。哥让麦当娜放心，哥也是落雁桥下滚过来的，像花生这样的流氓，哥见得多了。

飞飞姐带着哥去附近的派出所办户口，结果碰了一鼻子灰。办事的女警察对哥不屑一顾：长成这德行，也要办京都户口，当京都是索马里伊拉克多米尼加和多巴哥了！飞飞姐听了很上火，跟人家大吵了一回。可人家软硬不吃，意思很明白，现在狗的户口控制很严，除非领导批条子，否则没门。

飞飞姐没办法，只好打了一圈电话，大家都说有难度，推个一干二净。最后她只能把这个难题扔给在东州出差的辛可大师。辛可大师让飞飞姐找文学院的办公室主任，请他帮帮忙，顺便送点钱。主任收钱后给飞飞姐一个电话号码，让她找一个学生家长。学生家长倒是很热情，帮飞飞姐联系了教育局的朋友；飞飞姐请教育局的人吃饭并送了礼，他帮飞飞姐联系了街道办的副主任。街道办副主任是个中年女人，很喜欢飞飞姐送的高级化妆品，直接打了电话，让飞飞姐去所长办公室，并一再叮嘱不要送现金，最好是银行卡或者高级百货店的购物卡。所长挺着大肚皮，为人豪爽，当飞飞姐掏出购物卡后，二话没说就批了条子。

望着京都户口证，哥强忍着，但还是哭了。哥想起在落雁桥下的京漂岁月，想起被打狗队围剿的龙哥兄弟、被韩国老板涮了火锅的丽丽以及因为没有京都户口身首异处的同胞，无限的辛酸和悲凉涌上心头。无论如何，哥终于可以合法地在这个城市中存在，至少不会被四处追杀、亡命天涯了。

如果没有辛可大师，哥不会有这些。尽管哥并不完全认同他的所作所为，他开始也不喜欢哥，但哥这辈子都感激他，感激他给哥新生的机会。当然了，还有 Pitt、飞飞姐、可爱的小主人可可。

Pitt 和麦当娜为哥在莫须有湖边举办了简单的庆祝仪式。Pitt 认为，哥拿到京都户口，为夺取会长宝座迈出了坚实一步，接下来就要加快进度，毕竟狗协换届的时间点越来越近。麦当娜没有 Pitt 那么壮怀激烈，她只是替哥高兴，也替我们高兴。至少我们有了在这座城市里长相厮守的基本条件。

哥也发现麦当娜变了，不像以前那样大大咧咧。她变得细腻，或者说有点患得患失。也许辛可大师是对的，爱可以改变一个人，但仅限于女人，如果一个女人相信爱可以改变男人，她可能会万劫不复。辛可大师认为这是动物本能，而非伦理或价值观使然。公狗与母狗，又何尝不是。

拿到京都户口后，哥决定去落雁桥下看看。龙哥似乎很着急，多次派手下的小弟来催，前天派来的一个被京大保卫处的徐干事活捉，直接送到了韩国老板开的餐馆。为了避免无谓的牺牲，哥必须去一趟。

辛可大师也给飞飞姐打来电话，说工作忙得差不多了，累得要死，近日将回京。其实辛可大师急着回来是因为易中正。易正中天天催着要见辛可大师的女博士，看来旱情非同一般。否则他希望再待上几天，帮华姐把“先生鸡还是先生蛋”这个哲学问题彻底搞清楚。利用辛可大师回来前这个间隙，哥抓紧赴龙哥之约。

落雁桥下还是旧日模样，农民工兄弟换了一茬，但型号都差不多。流浪的青年歌手还在，只是长发换成了光瓢。据说这是得了八大处某高僧的指点，代价是半年的演出费。高僧也是国学大师，给他排了八字，认为他之所以迟迟不红，是命中水太旺。所谓水克火，能火吗？高僧提出两项建议，一是长发变光瓢，光瓢类似地瓜，属土，水来土掩嘛！二是不能再唱《京都，京都》，而是换成《冬天里的一把火》或者《好大一棵树》。如果按这个办法做，半年内不红便退还全部咨询费，而且三倍补偿。

哥到桥下的时候，流浪歌手正弹着吉他，模仿费翔的样子，边唱边跳烤鸭舞。路人对这种上个世纪类似马戏表演的舞蹈并不感冒，有人还以为他疯了，特别为此打了110。至于那些免费的成人片，据说比以前还火爆，但哥当时并未一饱眼福。好在免费的丝袜美腿很多，而且有的内衣外穿，非常别致。

龙哥的气色相当不错，落雁桥下的兄弟似乎比以前多了不少。至于龙哥讲过的性感的办公室主任，并没有出现，哥也没问。自从有了麦当娜，哥好像得了王阳明病，对类似的东西失去了往日的敏感，有点麻木不仁。

龙哥对哥的到来非常兴奋，见了哥便扬声大叫：咱们的军师终于来了。哥无话可说，只是尴尬地笑笑。刚见面，龙哥就端出他的雄伟计划与哥交流，也许用交流不太准确，应该是龙哥发表了激情澎湃的演说。哥为此发现一个真理，斗争之于男人或公狗，真的就像春药。龙哥胸无点墨，也不善言辞，可现在俨然是杰出的演说家，让哥刮目相看，甚至想送上龙大炮的尊号。

龙哥说，经过紧张的准备，抗争条件已经成熟，只等合适的机会举起义旗，杀向打狗队。据龙哥讲，目前已经组织起来的队伍，数目已高达5000只，还有很多有志公狗正在陆续加入，他对突破10000完全有信心。公狗们正在抓紧秘密训练，也配备了一定的武器。最为可贵的是，目前大家情绪高昂，好几个小分队的司令向龙哥请战，迫不及待要投入战斗。为此，龙哥还特别引用了高尔基的名句：让暴风雨来得更猛烈些吧！龙哥讲完，大家齐声高呼：东风吹，战鼓擂，现在的时代谁怕谁！可谓气势如虹壮怀激烈！

对于龙哥口中的五千之众，哥根本不信。类似历史上所谓的经典之战，动辄号称携百万之众，其实都是虚张声势，吓唬别人，也是给自己的兄弟强烈的心理暗示，别紧张，我们人多，胜券在握。

根本未经讨论，也没跟哥商量，龙哥直接任命哥为第一副总司令兼参谋总长，相当于第二把手。哥非常感念龙哥的信任，但这个大帽子哥不想戴。不仅如此，哥还劝龙哥别再瞎折腾，他的抗争根本没有成功的可能，只会白白葬送兄弟们的性命。哥以为，人与狗之间的矛盾，可以通过协商的方式解决，尽管这需要时间，或者几代，或者几百年，但终归有达成共识的一天。哥是改良主义者，这一点哥无疑是胡适先生的信徒。本来哥想以自己获得京都户口为例，告诉龙哥一切皆有可能，不一定非要抗争，但怕讲出来太刺激他，进而被他的兄弟撕了，只好免了。

龙哥听完哥的发言，愣了好一会，有点皮笑肉不笑地看着哥。

——兄弟，玩笑可不是这样开的！

——龙哥，我没有开玩笑，我是实话实说！

——都到这份上了，你还说这种话！

——我从开始就反对，不只是现在！

——现在已经这样，你让我怎么办？

——赶紧解散队伍，另想办法，不要再胡闹！

没等哥说完，龙哥扑过来掐住哥的脖子，瞪着哥，眼中似乎要喷出火来：你信不信我弄死你！哥被掐得呼吸困难，但还是坚定地道：你是我大哥，想弄死我随便，但即便死，我也反对你胡来！龙哥道：这叫胡来吗？这叫抗争！你忘了我们吃屎的日子？哥回答道：我没有忘也忘不掉吃屎的日子，但我始终不相信你所谓的抗争，在我看来连屎都不如，我宁愿再吃几天屎，也不想看着兄弟们白白送死！

奴才！龙哥大叫着推开哥。他的小兄弟扑过来把哥摁在地上，大呼：总司令，处死这个叛徒！一只老狗，俨然是龙哥的高级幕僚劝龙哥干掉哥。他还特别讲了战国时魏惠王与商鞅的例子①，认为留着哥是个祸害。龙哥背身站着，肩膀因激动在颤抖。沉寂了片刻，他突然大喊一声：让他走！

虽然很不情愿，既然总司令说了，他们只好放开哥。有只公狗实在气愤难平，顺势咬了哥一口。哥起身后并没有乘机逃走，而是走到龙哥跟前，诚恳地对他说：龙哥，我求你了，别这样了，好吗？龙哥踢了哥一脚：你马上给我消失，滚！你个奴才，你也就配当个奴才！哥想继续劝他但被打断：别再叫我龙哥，我他妈的没有你这样的兄弟，你他妈的给我滚，马上！

---

① 参见《史记·商君列传》。

哥就这样一步三回头离开了落雁桥，哥不怪龙哥，哥只是心痛。哥知道，一场杀戮将在所难免。哥看见龙哥落泪了，身体在风中机械地摇摆，哥以前从没见过龙哥落泪，这是第一次。

回到京大后，哥经常梦见龙哥他们一个个被送上法国大革命时发明的断头台，脑袋像西瓜一样掉下来，散落在地上；或者梦见龙哥他们被扒光了皮，密密匝匝足有几千条，挂在韩国老板开的餐馆四周，餐馆里有人在跳阿里郎，食客们谈笑风生吃着狗肉火锅。每次从梦中惊醒，哥都感到无边的恐惧和生命的虚无。有一次，哥半夜惊醒，看见可可站在面前，他用迷惑的眼神看着哥：柏拉图，你怎么了？是别人欺负你了？哥听了摇摇头，他又说：柏拉图，那你一定是饿了！然后过去拿饼干给哥吃。

哥忍不住哭了，觉着自己比可可更像个小孩。可可跪在地上，抚摸着哥：柏拉图，你别哭，有我保护你哩，有一天等我长大了，我要给你买最好的饼干。说着就躺在了哥的身边。早上哥醒来时，发现身边有一张胖乎乎正在酣睡的脸，手里还拿着一块饼干。

Pitt 和麦当娜对哥的消沉也很不理解，但哥什么都不想说。有一次哥在莫须有湖边打了个盹，梦见湖水变成血一般的颜色，龙哥在里边扑腾。哥从惊恐中大叫着醒来，把麦当娜吓了一大跳。

Pitt 认为哥这种情况非常罕见，建议找阴阳先生看看。Pitt 所谓的阴阳先生，是保卫处长家的老狗，整天摆弄周易八卦。但被哥婉拒了。Pitt 不甘心，还是找人家讨了几张符咒，烧成灰放在水里让哥喝掉。Pitt 同时也认为，大凡先知都在发达前神经过，哥这次发病，也许是个伟大的先兆。Pitt 还特别问哥，听说洪天王神经时梦见上帝说他是耶稣的弟弟，上帝有没有在梦中告诉哥跟耶稣是什么关系？哥苦笑道：上帝也够悲催的，被天朝包了。对哥那段时间梦中的胡言乱语，Pitt 也认真做了记录，准备以后出先知启示录。

尽管哥无能为力，但生活还得继续。辛可大师回来后，日子又变得忙碌起来。他刚下飞机，就被易中正拽到夜巴黎。

夜巴黎是京都著名的西餐厅，总店在巴黎塞纳河畔，距离卢浮宫不远。京都的夜巴黎是它在中国的唯一分店。这里最大的特点就是贵。正因为贵，有钱有势的人才趋之若鹜。很多大老板请客多选此店，因为在这里吃的不是菜，而是面子。

辛可大师是这里的常客。对辛可大师而言，大概不只是面子那么简单，还有文化。餐厅装修完全是太阳王时代的宫廷风格，精美的马赛克，典雅的灯具，各种古典主义油画。单是餐厅中央那架特制的施坦威三角钢琴，少说也值数百万元。

易中正订了名叫伏尔泰的包间。当天的食客不少，大多是温州和山西口音。起先山西人不大光临（因为这里不提供刀削面和老陈醋），这几年他们挖煤发达了，自然就多了起来。京都人老拿夜巴黎吹牛，其实这里很少听见正宗的京都口音。道理很简单，宫里从来就没住过当地人，像 Pitt 这样的除外。

易中正急着找辛可大师，首当其冲是女学生的事。易中正说，最近确实旱得厉害，为了缓解旱情，他不惜找以前的女朋友重温旧梦。尽管前女友为得到院长临幸兴奋不已，也拿出了吃饭的绝活，但不能彻底解决易中正的旱情。辛可大师原本想介绍一下东州之行的情况，可易中正根本没兴趣听，哪怕是一分钟。

在易中正的强烈要求下，辛可大师给唐娟打了电话。因为辛可大师经常去夜巴黎，哥闲得无聊，顺便勾搭上了夜巴黎法国老板的爱犬布兰尼，小名妮妮。妮妮是绝对纯种的蝴蝶犬，身形跟豆豆差不多，但比豆豆更性感一些。妮妮的祖宗在法国可谓大名鼎鼎，被誉为义犬。路易十六的老婆玛丽·安托瓦尼特被送上断头台后，其蝴蝶爱犬殉主自杀，妮妮就是他的后裔。

辛可大师说（这也是不少西方学者的观点），法国大革命处死玛丽王后是个败笔。革命是男人的事，为何总是让女人买单。马嵬坡前吊死的杨玉环，亦可作如是观。玛丽活着时穷奢极欲，名声不好，人民没面包，她建议“何不去吃蛋糕”，类似中国晋惠帝的“何不食肉糜”，听了让人晕倒。但她死得倒是很从容，在断头台上不小心踩了刽子手的脚，她说：请原谅，先生。什么叫贵族，这就是贵族！[①] 哪像当下自命为贵族的东西，规定时间到规定地点谈次话，就吓得魂不守舍、小便淋漓。

哥需要澄清的是，尽管哥跟妮妮的关系一度很亲密，这可能有温故知新的意思在里边，看见妮妮哥难免会想起豆豆，但只是发乎情止乎礼而已，亲过摸过这哥承认，但绝对没有更亲密的生物学意义上的关系。我们在一起大部分时间都是谈论法国的存在主义哲学，哥承认，在这方面妮妮有相当不错的造诣。

---

① 据卢梭《忏悔录》，本故事的版权另有其人。

妮妮对哥的感觉也很不错。因为妮妮是纯种的法国狗，有着完全不同的审美标准，在她看来，哥很 Sexy，或者说是她认识的公狗中最 Sexy 的。这让哥倍感欣慰，从来还没有一个母狗这样赞美过哥，包括麦当娜。哥也从中体会出一个道理，那些看不起哥的海归，是用了很中国的眼光，或者说中国标准，类似鲁迅先生笔下的假洋鬼子。喝点洋水、吃点洋面包，就以为自己是 Western Dog。其实不是那么回事，根本就跟哥这样的土鳖一个操行。

妮妮说，唐娟来得很快。毕竟这几天辛可大师不在，她也憋得慌，比易中正遭遇的旱情轻不了多少。

关于唐娟第一次看见易中正的情形，妮妮从旁观者的角度，或者说从精神分析学的角度，谈了点自己的看法。她认为唐娟见到易中正时身体猛然一颤，这说明易中正的外表触动了她的潜意识。唐娟之所以有如此强烈反应，也跟边上辛可大师的沙皮脸有很大关系，两者形成了鲜明对照，更凸显出易中正的光彩照人。

因为有辛可大师前期的铺垫，易中正看唐娟的眼神有点放火。据经典研究院的女研究员们说，易中正的眼神有一种魔力，随便可以把女人放倒。

辛可大师是江湖老手，自然也发现了这一点，心情有点复杂。一方面毕竟是自己睡过的女人；另一方面他也期待这样的效果。他替两人做了介绍。特别是向唐娟隆重推出易中正。辛可大师不但详细讲述了易中正的学术成就，而且反复强调易中正官运亨通，必将成为一代枭雄。辛可大师笑道：在文化教育界，没有易老师摆不平的事，像户口、就业、职称等等根本是小菜一碟。辛可大师还举例说明，有个 30 岁左右的女博士，就因为易老师欣赏，被破格提拔到副局级的位子。

易中正很感激辛可大师的美言，他给辛可大师介绍姑娘时，也经常做类似的广告。按照惯例，当辛可大师做推广时，易中正总会一再表示言过其实、受之有愧等等，俨然是谦谦君子。这对女人更具杀伤力，唐娟概莫能外。她仰视着易中正：像您这样的大领导，还如此虚怀若谷，真是我们青年人学习的榜样。易中正笑道：鄙人不算什么，要学就学辛大师，学富五车，为人正派，我也是他的粉丝啊。

据妮妮讲，易中正讲话的时候有点心不在焉，一直盯着唐娟的事业线。唐娟好久没见辛可大师，所以能省则省，穿得极为清凉，事业线也做得非常饱满。

特别是网格状的红色丝袜，虽然让妮妮很不屑，但很对易中正的胃口。

总之大家聊得很投机。辛可大师让唐娟多跟易中正联系，多请教，以便有更多被破格的机会。易中正谦虚了几句，一再表示唐娟非常优秀，或者说秀外慧中，是个好苗子，他非常乐意帮助她成长为参天大树。

吃完饭，在辛可大师建议下，两人交换了名片。据妮妮观察，两人交换名片时眼神都很暧昧，易中正还装作不经意在唐娟手背上抠了一下。辛可大师抽着烟，皮笑肉不笑地看着，一言不发。

后来，辛可大师带着唐娟去了京大宾馆。一路上辛可大师侃侃而谈，但唐娟刻意回避提及易中正。辛可大师了解女人，知道这事差不多了。到了宾馆，两人玩了一会，但感觉并不痛快！辛可大师被华姐修理得腰膝酸软，只能勉强对付，唐娟也有点心猿意马，志不在此。

如辛可大师所言，女人就是这样，无法像男人，把灵与肉分得那么开。所以出轨之于男人，就像打的，下车买单走人，但出轨的女人以为上了私家车，经常会把自己连同别人一起弄得死去活来。

第十四章

据妮妮讲，在唐娟到来之前，易中正还跟辛可大师谈了另外一件事。用易中正的话说，董浩波这次摊上了大麻烦。

对于同门师弟董浩波，辛可大师的态度一向是敬鬼神而远之。既然人家清高，自诩为周敦颐笔下的荷花，所谓卿本佳人、奈何从贼！他也要知趣点，免得误了人家的清白。

董浩波这次惹的祸，被网络定义为抄袭门。其实抄袭门根本不算新鲜事，每年被曝光的少说有几百桩。在学术界内部，大家更是心照不宣。大家都忙着赚钱玩女人，如果不抄袭的话，文化大繁荣不更是一句空话吗？

至于谁是深喉，众说纷纭，甚至有人过度联想，以为是辛可大师的门生所为。因为前几日董浩波还发表了一篇文章，把辛可大师与芙蓉姐姐相提并论，话说得很刻薄甚至有点恶心。其实这都是胡扯，辛可大师当时正在东州一边吃着王八，一边跟华姐讨论“先有鸡还是先有蛋”的哲学问题。

被曝光抄袭的文章，董浩波并不是第一作者。第一作者是他的学生，天庐市环保局的涂局长。有小道消息说，董浩波之所以收涂局长做门生，完全是为了方便他小舅子卖涂料。董浩波对此义愤填膺，特别著文加以驳斥，大讲所谓“君子喻于义，小人喻于利”等等。但不能否认，天庐市的很多公共建筑，都使用了董浩波小舅子的涂料，而且比其他产品贵很多。

按说平常一桩“抄袭门”，嚷嚷几天就过去了，没人拿它当回事。很多人连专著都照本全抄，也不过被骂上几天就不了了之，教授照当，票子照赚，何况董浩波并不是第一作者。这次董浩波之所以栽了大跟头，是因为窦院长拿这事大做文章。他向来对董浩波很厌烦，时刻都想把董浩波赶出院领导班子。

为了选拔副校长，前段时间人事部门来院里摸底，大家当然齐声说好，只有董浩波说了很多窦院长的不是。特别就窦院长的作风问题，提出了严厉批评。

他不但认为窦院长在历史文化学院搞法西斯家长制，而且很不干净，并要求校纪检部门立案调查窦院长那些价值不菲的红色收藏。他还为此洋洋得意，自诩为海瑞上书，只可惜京大的专家型领导，未必有嘉靖皇帝的胸怀。

按照规定，私下摸底谈话都是保密的，但也就是说说而已，这种事从来就无密可保。窦院长在校办的卧底很快把消息透露给了窦院长，并说有些领导对董浩波反映的问题很重视。窦院长为此忿恨不已，掐死董浩波的心都有。但他始终一言不发隐忍了很久，等待合适的时机再整治董秃子。

现在董秃子自投罗网，他岂能手下留情。窦院长马上召开院党政联席会议，勒令董浩波停职检查，上报校党委并得到了批准。董浩波向来清高，这时候大家除了落井下石，不会有人替他说话。接着窦院长召开全院师生大会，通报了董浩波的错误行为，并一再表示自己为此痛心疾首。在会上窦院长还做了检讨，如作为班长他没有带好班子云云。为了保护历史文化学院的名誉，窦院长要求会议内容必须保密，谁向媒体透漏消息就开除谁，严惩不贷！

第二天，这个消息就出现在各大网站，引来很多网民围观。辛可大师心里明了，消息根本就是窦院长找人偷偷放出去的。读者或网民在痛斥董浩波的同时，对窦院长不护短的做法表示肯定。窦院长一箭双雕，董浩波成了过街老鼠。

据易中正讲，董浩波最近整天窝在家里写检查，情绪很不稳定，好几次都表示要追随王观堂先生，以死明志。但考虑到水温不太合适，始终没有付诸行动。在易中正看来，老董自杀倒不至于，但官帽子肯定没了，如果窦院长继续下重手，饭碗怕也难保。老董头上为数不多的几根毛，至少为此掉了一半。

辛可大师听了觉着很遗憾。他也同意易中正的分析，让易中正想办法帮帮老董。

——小易你不是领导吗？老董弄成这样，你路子广，帮帮他！

——我不是不想帮他，只是我现在处在关键阶段，想再往上升一升，这时候卷进这种事情，很容易授人以柄，官场上人心险恶，师兄您很清楚。要不师兄您帮帮老董，毕竟咱们是同门兄弟。

——你这么大的领导都不愿出手，我帮得了吗？就算我愿意帮，老董自诩清高，不屑与我等庸俗之辈同流合污！

——老董清高个屁！他妈的真拿自己当老夫子！凡上他课的，必须买他编的教材，不买就不让人及格。最近在法国当了文学院院士的那家伙，学问真好，当年就因为不买他的书，老董硬不让人家及格，最后从京大辍学。一本200页的破书定价 48 元，就这还他妈自命为柳下惠！

——你那本《大国之道》不是还定价 50 多吗？

——那能相提并论吗？我的书 300 多页，序言是大领导写的，里边还有不少跟领导的合影照片！

辛可大师听了哈哈大笑，抽着烟想了会，道：那这样吧，我再想想，看有没有办法，就算是看在曹老的面子上，帮帮他，老头子不死，这个兄弟咱还要认！

诚如易中正所言，董浩波的情形不是一般的悲摧。头上的毛确实已所剩无几，横跨秃顶，类似斜拉大桥。每次见到辛可大师时射出的不屑眼神，似乎也杳无踪影。原来周敦颐笔下的荷花，也有凋谢的时候。

辛可大师主动约了董浩波在成贤会所附近的川菜馆见面。因为怕碰见熟人，特别要了二楼的一个包间。董浩波情绪极为沮丧，一见辛可大师就唠叨个没完。核心思想就是窦院长不是个东西，自己在政治上太幼稚。

辛可大师听完安慰了他几句，帮他做了简单的分析。辛可大师当时所言，基本上也是他在《逼下梁山》里讲过的观点：

> 在权力黑洞效应的作用下，政治权力向特定的利益集团高度集中，并产生了严重的挤出效应。在整个政治体系中，中间的生存空间极度变小，要么成为走狗，要么就是敌人。走狗可以分享相应的骨头，敌人只能等着被消灭。清高是绝对不容许的。既然你要清高，不愿意当走狗，那对不起，你得把占着的位置让出来给那些愿意当走狗的人。

辛可大师进一步分析道，在当下的中国，学界即官场，即便是假清高，也是不行的。假清高势必会凸显出领导的真堕落。只有你变得比领导更堕落，才会得到领导的信任，因为你的堕落，可以衬托出领导的高尚。推而广之，在领导面前越无知就越容易被提拔，没有你的无知怎么能展现出领导的睿智。辛可大师的意思很明白，像董浩波这样自命不凡、假清高，在京大根本吃不开，必须真堕落才行。

辛可大师原本以为董浩波会痛斥他这些俗不可耐的话，没想到董浩波如梦初醒，拉着他的手道：师兄，这些话您怎么不早说，我现在真堕落还来得及吗？辛可大师听着笑了。他知道董浩波之所以幡然悔悟，绝不是因为他的几句话，而是现实的震撼教育。佛教中有所谓棒喝一说，大概就是这个意思。

对于师弟的觉悟，辛可大师倍感欣慰。他认为董浩波现在过于消极，需要鼓励：咱现在不是要堕落，而是要以其人之道还治其人之身！你以为真堕落那么容易？那也是个循序渐进的过程。就算副院长不当了，教授还能保得住吗？董浩波怯生生地道。辛可大师挥挥手大声道：谁说保不住？！我看保得住，荀子讲人定胜天，事在人为，窦卫国难道比天还生猛？！董浩波听了，深受鼓舞，连连给辛可大师敬酒，并一再表示自己以前糊涂，今后一定追随师兄，堕落到底，而且不会有一点水分。

辛可大师心里清楚，话虽说得气壮山河，但这事要办得圆满，没那么容易。窦院长既是学霸，又是院长，盘踞学术教育界多年，不是随便就能制伏的。哥想也是，就为了制伏一个死太监 Pitt，哥没少操心费力。

辛可大师知道，要办成这件事，非一人不可，那就是豹哥。

他在餐厅里给豹哥打了电话，简单说了说，让他过来议议。豹哥的态度非常消极，因为跟辛可大师熟了，说话也很随便：董秃子他妈活该，让他天天装清高，这下不玩死了吗？玩死了好！辛可大师道：都是兄弟，冯总何出此言？豹哥道：辛大师，要不是看在您的面子上，我早把他的大腿卸了，就他妈一没人尿的副院长、破教授，连个片儿警都不如，有什么了不起！

豹哥之所以发飙，是因为当年他见张峰奇在经管学院开班赚了很多钱，就找人策划了一下，准备和历史文化学院办个班。本来已经跟主管的副院长说好了，也送了不少钱，后来因为董浩波极力反对，把这事给搅黄了。豹哥还托辛可大师找董浩波说情，结果碰了一鼻子灰。董浩波信誓旦旦地道：大学者，传道授业解惑的地方，岂能搞得满地铜臭，像经管学院那样的坏榜样，我们要学吗？豹哥气得要死，如果不是辛可大师在中间和稀泥，董浩波恐怕早就缺胳膊断腿了。

辛可大师当然明白豹哥心里有气，但也知道豹哥不会驳他的面子。再三恳请下，豹哥还是极不情愿地来了。

豹哥对辛可大师向来恭敬，看见董浩波根本不搭理。董浩波赶紧起身为豹哥倒了杯水。豹哥把水杯推到一边，从包里拿出他的高档紫砂壶。要是以往，董浩波早就祭出一番正人君子的大道理，可现在他明白，自己没有清高的资本，只好任由豹哥奚落。

这种场面辛可大师见多了，知道怎么应付。他先提议大家碰了一杯，然后讲了他跟董浩波早年师从曹老求学的经历。这等于告诉豹哥，虽然董浩波现在不是个东西，但以前是个东西，就算他在豹哥眼中不是东西，在他心中依然是同门兄弟；接着他给董浩波讲了豹哥的种种伟大业绩。这是提醒董浩波，豹哥绝对有能力摆平这件事，但豹哥是生意人，不会白干。做完铺垫，看着大家气都顺了，他才把董浩波的事详细讲了一遍。

豹哥听完道：董教授不是挺能耐吗？这点小事算个屁！董浩波神色尴尬，手足无措。辛可大师给他递个眼色，他赶紧道：过去的事实在抱歉，都是书生之见，冯总多担待，这在冯总眼中是小事，可对我来说是饭碗啊，要是有丁点办法，就不麻烦您这样日理万机的企业家了！既然董浩波话说得如此诚恳，豹哥也不好再发作。只是对董浩波之请，迟迟不表态。

凡此种种辛可大师看在眼里，想得明白。他知道豹哥是生意人，不做亏本的买卖。但他有办法，在约董浩波出来之前，他已经构思好了。

辛可大师说，老子在《道德经》里说："祸兮福之所倚，福兮祸之所伏"，事物的好坏总是相对的。这件事猛一看是件坏事，但仔细想想，也未尝不是一件好事。窦院长是准备埋董教授，可坑挖好了，下去的说不定是谁？这就看我们怎么操作，操作得当，坏事也会向好的方向逆转，这种辩证关系在《矛盾论》里讲得很透彻。

说具体点，我们如果采取灵活的战略战术，就有可能利用这件事，把窦卫国推到坑里去。整体上分两步走，第一步是替老董解套；第二步反其道而行之，借这件事搞臭窦卫国；第三步就是顺势而上，让老董取代窦院长，一举收复历史文化学院。

董浩波听了辛可大师这番话，激动地双手直哆嗦，夸赞师兄就是姜太公下凡、诸葛孔明再世，悔恨自己醒悟得太晚，要是早点追随师兄，大概校长的帽子也非他莫属。豹哥对辛可大师的话反应平淡，感觉跟自己没多大关系。

辛可大师对此了如指掌，他接着诚恳地道：老董，咱当这官为啥？就那么点工资，每天累死累活，还让校办的小屁孩像孙子一样训！要当官，我早当了，而且是大官。这次你当了院长，一定要解放思想，狠抓经济建设，利用好历史文化学院这个平台。冯总那个计划非常好，于公于私都受益，对不对？当然了，我们还要在旧案的基础上，更 Open 一点，搞得更大一点。张峰奇凭什么在京大这么狂，不就是有钱吗？不但自己有钱，也给京大赚了不少钱，领导能不喜欢吗？什么是王道，赚钱就是王道！

听了这话，豹哥就没法再气定神闲了，辛可大师讲话时，他好几次激动地想插上几句。董浩波也斩钉截铁地表示，如果他当了院长，一定按师兄制定的方针办，不会打一点折扣，跟冯总的合作将是无缝隙、全方位、立体交融、不分你我的！董浩波还提议，如果冯总不嫌弃的话，他会考虑在历史文化学院给冯总搞一个办公室。

话说到这份上，豹哥当然举两手赞成，摇着头啧啧称奇，认为辛可大师真是生不逢时，如果生在古代，一定是张良刘伯温那样的大丈夫！辛可大师听了只是笑，因为跟刘伯温相比，他可能更想做西门庆。豹哥提议大家干了一杯，甚至跟董浩波来了个拥抱，热情地道：以后你就是我哥，董哥！

辛可大师笑着道：前途固然光明，但道路总是曲折的，剩下就看冯总的了，如果老董不能上位，一切都是空谈。豹哥豪爽地道：这个大家放心，有辛大师这样的高参，屁大一点事，没有办不成的道理！

在辛可大师提议下，成立了“拨乱反正行动小组”，计划代号“春雷行动”。行动小组主要成员就是他们三人，具体工作人员包括朴总等等，核心是辛可大师。他为此制定了周密的计划，并与豹哥反复磋商，列出需要公关的人员名单。至于经费由豹哥全部承担，朴总为此简单做了个预算。随后行动小组在成贤会所召开第一次会议，对整个计划进行深入分析和严密部署。

就在辛可大师积极实施“春雷行动”的时候，哥也在为加入京大狗协做最后的努力。为此哥特意拜访了狗协现任会长亚历山大。据 Pitt 分析，尽管狗协有几十个副会长，实行所谓的集体负责制，其实就是亚历山大说了算，或者说他的态度具有决定性作用。

亚历山大是一只高地牧羊犬，长长的眉毛和胡须，时常耷拉着三角眼，类似神话中的南极仙翁。关于这种型号的老家伙，辛可大师在《唐僧写给观音的 36 封信》中有过生动地分析：

> 孔夫子说，老而不死，是为贼也。一个人活得太长而不自知，对自己是负担，对世界是祸害。以南极仙翁为首的老家伙，整天下棋养狐狸琢磨别人，可是把大家害苦了。

尽管哥同意孔夫子的话，但在亚历山大面前，哥说的是另一套。哥特别引用了孟夫子见梁惠王时讲的话：夫故国者，非有大树也，因有老臣也[1]。Pitt 也反复表示：家有一老，如有一宝。总之，就是强调亚历山大对京大狗协的重要价值。这些话亚历山大听着当然很爽。对于他老而不休，会员中一直非议不断。哥跟 Pitt 严词痛斥了持这种观点的会员，认为他们鼠目寸光、心怀不轨，如果没有亚历山大不顾衰老之身，鞠躬尽瘁，京大狗协不知道会乱成什么样！为此哥还极为愤慨地吟诵了杜甫的名句：尔曹身与名俱灭，不废江河万古流！亚历山大听了感慨不已，直呼：孺子可教，孺子可教！

可话说回来，亚历山大盘踞在京大狗协会长的位子上，确实也太久了。亚历山大是前校长的爱犬，靠着主子的背景，爬上会长的宝座，在上面一待就是很多年，都能跟十全老人乾隆皇帝相媲美了。很多会员，特别是副会长们对此意见很大。各种小动作时常有，但始终扳不倒他。毕竟亚历山大后边有条大腿，而且在狗协内部培植了不可小觑的势力。前年校长调走，大家准备把亚历山大赶下台，可惜他的主子并不是退休，而是升为部领导。亚历山大曾堂而皇之地表示要让位于后辈，结果此言一出，马上有会员跳出来起哄，哭天抢地如丧考妣，说狗协不能没有亚历山大会长，并扬言要仿效晚清名臣吴大嫖[2]，以死明志。反对者明知这是亚历山大在捣鬼，也无可奈何。

尽管亚历山大想继续干下去，死而后已，但毕竟有违章程，在协会某些副会长的鼓动下，反对者越来越多，压力非常大。无论如何，他必须在这次年会上隐退。至于谁来接这个班，大家正在地下较劲。虽然有几只公狗被普遍看好，但亚历山大始终不表态。他还在看，在琢磨，不到最后关头，他不会下这个决心。

哥也读过一些书，对亚历山大心中所想，能揣测出一二。亚历山大在等什么，他在等一个合适的继任者。就狗协的发展而言，目前有几个副会长非常适合——出身好，毕业于国际名牌狗校，担任副会长多年，工作能力强，也有自己的团队。但那不是亚历山大想要的，他真正想要的是一只走狗，可以保证退下来后还是自己说了算，类似慈禧老佛爷。

对哥而言，这也许是个机会，因为跟那些副会长相比，哥有独特的优势。

---

① 参见《孟子·梁惠王章句下》："所谓故国者，非谓有乔木之谓也，有世臣之谓也。"

② 参见清孙静庵《栖霞阁野乘》。

哥的优势是出身不好、形象糟糕、土鳖一个，没有丝毫行政经验，工作能力更谈不上，也缺乏自己的团队。哥一无是处，但一无是处就是价值。诚如李大耳朵在《道德经》中说的：天下莫柔弱于水，而攻坚强者莫之能先。也许在亚历山大看来，一张白纸最好，可以由着自己的想法随便涂抹。

朝见亚历山大这样德高望重的前辈，哥有点诚惶诚恐。昨晚一夜未眠，跟 Pitt 分析了有可能发生的各种情况，特别做了预案，比如亚历山大有可能问到的一些问题。鉴于亚历山大毕业于英国皇家狗校，哥还在 Pitt 辅导下，恶补了几句常用的英语，眼珠子都快累抽筋了。

看见亚历山大哥跟 Pitt 赶紧趴在地上，耷拉着舌头，装得极为恭顺，然后讲了一堆拍马屁的话，比如前无古人后无来者、天不生仲尼万古如长夜等等。反正能想起来的跟赞美有关的形容词，我们都说了一遍，或者不止一遍。比如类似伟大、高尚、光荣、无与伦比这些词，几乎每句都有。

但亚历山大的态度让哥跟 Pitt 颇感意外，诚如孔夫子所言：望之俨然，即之也温。他的态度极为温和慈善，说话慢条斯理，像只小母狗。他对我们俩很客气，完全不像有的副会长，对谁都不屑一顾。总之，亚历山大一点都不像位高权重的大领导。特别是他称哥跟 Pitt 为小兄弟的时候，哥几乎要哭了。

更让哥意外的是，昨晚准备的东西，亚历山大一句没问。尽管是英国通，亚历山大的牛津腔跟钱锺书先生有一拼，但他在谈话中没有一句 English。他只是问了问哥的家庭情况，喜欢吃什么，有没有女朋友等等鸡毛蒜皮的小事，然后就答应了哥的入会请求。面对如此诚恳的长者，哥只能实话实说。

很显然，亚历山大对哥的回答很满意，频频点头。他有意无意地道：年轻就是资本，态度决定一切，入会只是第一步，你们赶上了好时候，我老了，狗协的明天就靠你们了！听了这话哥心里有点冲动，但不能确定他到底是什么意思。如果把你们换成你，哥听着可能会更爽一点。

哥也注意到，亚历山大对 Pitt 更感兴趣，看 Pitt 的眼神有点特别。中间有一次，他说自己老胳膊老腿，有点不舒服。机会难得，哥赶紧冲了上去，要给他揉揉，结果他微笑着让 Pitt 来。Pitt 给他揉腰的时候，他闭着眼睛，似乎非常享受。

第十五章

按照辛可大师的计划，第一步是为董浩波平反昭雪。为此他和豹哥两面出击。辛可大师找了老同学胡副校长，老同学让他写份报告，由他递给校长和成书记。辛可大师的报告旁征博引，气象万千，特别就董浩波事件可能会给京大名誉造成的损失做了深刻剖析。在胡副校长的建议下，校长下令搞一个专家小组，彻查董浩波和涂局长论文的真伪，人员由胡来定。辛可大师跟老同学商量了一个名单，由辛可大师牵头，其他成员基本都是自己圈子里的人。总之，这事由辛可大师来主导。

与此同时，豹哥让朴总把写曝光文章的杂志社倪主编捉到办公室。倪主编被捉来后，豹哥屏退左右，斜靠着办公椅，脚搭在桌面上，抽着烟一言不发。倪主编有点惊恐不安，用胆怯的目光盯着豹哥。豹哥从抽屉里抽出 10 万元钞票，扔在桌上，接着又拿出一把菜刀，跟钞票放在一起，照旧沉默不语。

——你……你把我弄到这里干什么？！

——想你了呗！

——你这样做是犯法，侵犯人权……

——是吗？这个我不懂，要不你抽时间给我补补课？！

——你到底想干什么？

——还用我说吗？这两样东西，你自己选！

——别想用这些威胁拉拢我，我不吃这一套。

豹哥说着笑了，把烟头吐到倪主编面前的地上，起身围着他转圈，盯着他皮笑肉不笑地道：你觉着万华公墓怎么样？倪主编一怔，并未做声。豹哥继续道：我前几天去了一趟，觉着风水还不错，就是一平米 5 万多块，有点贵，不过你好歹也是个主编，相当于县处级，太寒碜了也不行！豹哥虽然说得云淡风轻，但倪主编明白是什么意思，这个意思他有点扛不住。

接下来豹哥又坐回办公椅，点了根烟，看似无聊地玩着手机。主编坐在沙发上，一根又一根地抽着烟，脸色极其难看。就这样过了很久，他突然拧掉手中的香烟，对豹哥道：那冯总您想怎么办？豹哥笑了笑，道：我只要把董浩波的事情翻过来，至于具体怎么弄，你们自己看着办，这种事你们经常干，有的是经验！

倪主编长出了一口气，抹了抹额头的汗：那好吧，我去安排一下！说完就起身往外走。刚到门口，就被豹哥叫住了。豹哥用下巴指指桌上的钱，倪主编赶紧摆手说小事一件，没必要那么客气，钱就不必了。豹哥道：一码归一码，我冯豹做事，从不欠人情，钱，你拿走，事，给咱办好！倪主编又推辞了几句，便慢慢走过来，颤颤悠悠挪开菜刀，把那堆红票子装到皮包里。

这件事是豹哥家的佐罗告诉哥的。佐罗说，老大干这种事，气场非常强，不要说一可怜巴巴的书生，就是街上的牛二，也未必招架得了。豹哥这招叫不战而屈人之兵，同样是老大，受过高等教育的绝非胡同串子可比。

专家小组就文章的真伪，在成贤会所召开评审会。豹哥为此特意做了安排，选了最高档的一个房间，服务员也是会所里最漂亮的姑娘。会议开始前，豹哥为尽地主之谊，请大家吃了一顿便饭。说是便饭，光鲍鱼每只就 1000 多元，更别说干掉了好几瓶盛世御凤。豹哥还让朴总给每个人买了台最新款的苹果电脑。这也是豹哥一贯的做事方式，一旦瞅准了，就把本钱下足。

大家对豹哥的盛情感佩不已，直夸江大不愧为名校，培养出豹哥这样的杰出人才。有位教授是研究传统美食文化的，还特别让服务员把剩菜打了包，说回去跟老婆一起研究。

会议开始前，辛可大师先给大家定了调。当时哥也在现场，对辛可大师的手腕佩服得五体投地。辛可大师对董浩波和涂局长论文的内容只字不提，而是就与文章相关的事瞎掰了一大堆。

首先他强调校领导对这件事非常重视。话里话外暗示，因为这件事有损京大的声誉，校领导非常不认可窦院长的做法，希望拨乱反正。之所以选大家来做这件事，校领导有着很深的考虑，完全是对大家的信任。

接着他就讲了一堆窦院长的不是，并指出窦院长之所以这样做，就是为了当副校长，拿鸡毛当令箭，树个人权威，如果这种政客得偿所愿，大家都没好日子过。

最后辛可大师把豹哥好好吹捧了一番，说豹哥手下有几百个公司，手里有大把的钱，而且是个儒商，在文化产业方面有很大的建树，准备拿出 100 多亿资助文化与科研事业，正为找不到合适的项目而烦恼。

豹哥在边上连连点头，恳请各位教授如果有好的项目，一定要推荐给他。豹哥非常真诚地说：对我而言，钱不是问题，赚不赚钱也不是问题，我现在还缺钱吗？只要项目对国家对人民有利，我就投，只要不超过 10 个亿，我都没问题！毕竟我也是国家培养的大学生，回馈桑梓是应该的，实业报国嘛。

这一通表演完了，辛可大师如老僧入定，再也一言不发，让大家谈。这还谈个屁，大家都是聪明人，知道该说什么。与会的专家一致认为，虽然董教授和弟子的文章有瑕疵，有些内容跟别人有重叠，但不能就此简单定性为抄袭，这不是实事求是的治学态度，也很不公平。何为治学，就是要发扬鲁迅先生的拿来主义嘛，借鉴利用，推陈出新，何罪之有？虽然现在学术界抄袭成风，但也不能因此冤枉一个踏踏实实做学问的人。如胡适之先生所言，一个自由民主的社会，必须保护少数人的权利，不能混淆是非、人云亦云！

大家一致认为，为了京大百年老店的名誉，更为了学术的尊严，必须纠正某些宵小之徒借社会舆论兴风作浪的恶劣风气。这也是弘扬陈寅恪先生倡导的“自由的学术，独立的人格”的伟大精神。惟其如此，我们的学术研究和文化建设才能卓然于世界，才能实现民族文化的伟大复兴。

大家都讲得很激动，但哥注意到，没有人哪怕是一句谈到文章的具体内容。也许他们根本就没翻过，当然这只是哥随便猜测而已。辛可大师等大家发言结束，便做了简单的总结，然后让助手把大家的发言整理一下，打印出来。辛可大师改动了几处字句，让大家再审议一下。大家异口同声：还有什么好审的？辛教授觉着没问题，还能有什么问题！一个个大笔一挥签上自己的名字。

等各位专家走了，豹哥笑着问辛可大师：听了专家们的发言，我觉着是不是董浩波真的被冤枉了？听得我都有点义愤填膺！辛可大师拍着手中的报告笑道：冤枉个屁，有一半是抄别人的，连标点符号都没错！

后来听辛可大师讲，他这几招，都是在国学研究中体会出来的。中国文化博大精深，类似威逼利诱、软硬兼施这样的成语，只要琢磨透了，就可以横行天下，对付几个老秀才何足道哉！

倪主编回去后，很快按照豹哥的意思，发表了一篇声明。声明很长，核心内容就是作为媒体工作者，在没有核实内容真伪的情况下，就发表了这篇新闻稿，给论文作者造成了极大的损害，铸成大错，心中不安至极。杂志社同时公布了几条处理意见：一是向作者特别是董浩波教授深表歉意；二是开除负责本版的责任编辑；三是恳请社会大众不计前嫌，继续关心并监督本杂志。

声明发表后，反应并非如辛可大师的预想。有些人根本不信，因为类似的声明太多了，都是瞒天过海、为虎作伥。辛可大师观察了几天形势，经校领导同意，接着发表了专家委员会审查报告的要点。辛可大师原本以为，抛出这个重磅炸弹，基本上可以平息舆论。没想到有些人还是不信，并在网上发帖，质疑京大刻意护短，欲盖弥彰。这也不能全怪网民，每次发生抄袭门，作者所在单位都会玩这招。开始大家信，可老玩就没人信了，甚至非常讨厌！

这下董浩波和豹哥有点扛不住了。特别是董浩波，一天好几个电话，感觉天要塌了下来，并向辛可大师一再表示，他现在已经顾不得水温合适与否，随时有可能追随王观堂先生。豹哥觉着花了不少钱弄成这样，心里也很郁闷。当然了，作为行动小组的核心，辛可大师的压力更大。

哥看见他好几天泡在浴缸里，茶饭不思，就连华姐发来的照片也懒得看。辛可大师从东州回来后，哥发现华姐发来的照片发生了质的转变，衣服能省则省，甚至只挂点线头布条。不是哥菲薄华姐，跟哥的偶像苍井空比，华姐的艳照太残酷了——不是对自己残酷，而是对哥这样的观众太残酷了。

但哥相信，辛可大师博通古今，总会想到办法。果不其然，热水打通了他的任督二脉，他终于想明白了怎么回事。辛可大师以为，现在的民众，特别是网民根本不相信体制或体制内的人，喜欢跟着体制外的所谓公知起哄。辛可大师说，公知们的生意和价值也在于此。网上还有著名的“四句诀”，挖苦现在的社会精英个个“替穷人说话，给富人办事，帮衙门鼓吹，跟网友起哄”。另一个版本说得更形象，所谓精英们“喝国家的血，挤小姐的奶，说圣人的话，做强盗的事”。

简而言之，尽管公知们扬言与体制或体制内的人汉贼不两立，但这样的体制正好是他们的生意与价值所在。他们很好地利用了这一点，从而获取生存的空间和丰厚的利益。

想到这一点，辛可大师苦笑着拍拍自己的脑袋，光屁股从浴缸里跳了出来。所谓苦笑并不是对体制或公知们的作为抱憾，而是笑自己堂堂大师，怎么连如此简单的道理都想不明白。

辛可大师在屁股下垫了本书，坐在马桶上，给牛博士打了个电话。牛博士是数学大师郎惠中的弟子，在MIT取得数学博士学位，专业是微积分，曾被认为是将给数学科学带来革命性发展的人物。回国后在京大理学院做教授，现在除了给大一的学生带点基础课，主要的工作是做公知。牛博士曾因《强奸论》一文爆得大名，风头一度盖过芙蓉姐姐，据说粉丝有几百万，被称为中国知识界的良心之一。只是最近不知怎么了，比较沉寂，粉丝也外流了不少。

关于名震天下的《强奸论》，哥在网上见过，抄一段与诸位分享：

> 以前我们被权力强奸，后来我们被权力和金钱轮奸，现在我们嫌轮奸还不够，我们相互通奸。开始我们不愿意，但被强奸的次数多了，我们爱上了被强奸，也努力去强奸别人；我们曾怨恨强奸我们的人，慢慢地我们容忍强奸我们的人，接着我们爱上了强奸我们的人，后来我们学会了歌颂强奸我们的人，现在我们不怕被他们强奸，就怕他们不强奸我们。强奸变成了我们的生活方式，我们在被强奸和强奸别人中快乐地活着。

牛博士也是大师协会会员，虽然在博客上经常鞭挞辛可大师，但私下两人关系不错。有时候牛博士写了骂辛可大师的文章，在发表前还传给他看看，让辛可大师提点意见。哥必须承认，辛可大师在这方面很有风度，比如说那篇骂辛可大师禽兽不如的文章，他看完后只字未动。

辛可大师常给人说：这就是个游戏，或者生意，何必太当真！当小人是生意，做君子也是生意；革命是生意，反革命也是生意；骂人是生意，被骂也是生意；标榜爱国是生意，做汉奸也是生意；衣冠楚楚是生意，袒胸露乳其实也是生意。牛博士骂我，是为了炒作，我挨了骂，难道不是炒作？牛博士尺度拿捏得很准，感觉把别人骂得狗血喷头，其实一点干货都没有。他怎么不骂冯总呢？因为他不想少只胳膊。牛博士敢骂公安部长，但他敢骂派出所所长吗？牛博士如此，其他的公知不也是一丘之貉？

特别是辛可大师关于革命也是生意的论述，因为龙哥的教训，哥深以为然。辛可大师曾为此写过一篇很长的论文，其中有些观点比较有趣，抄来与诸位分享，如图：

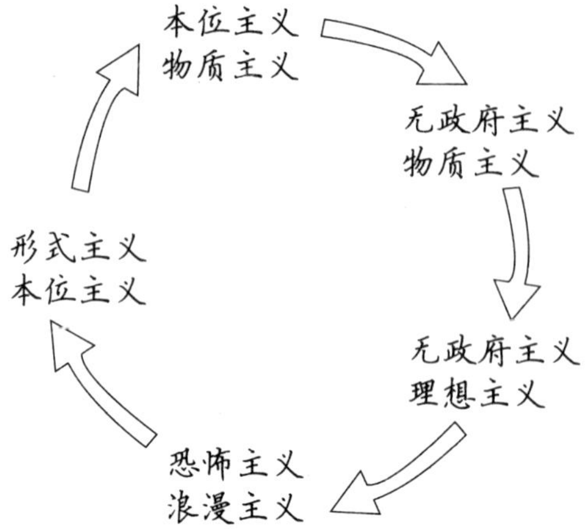

辛可大师认为，在革命的酝酿阶段，社会的主流是无政府主义和物质主义；在革命的前夜，社会的主流变成无政府主义加理想主义，所谓理想主义就是有人提出一些类似乌托邦的蛊惑人心的口号；在革命进行过程中，社会的主流是恐怖主义加革命的浪漫主义，法国大革命就是典型；革命成功后，大家忙着分割社会权力，也有了新的主子，社会的主流演变为形式主义加本位主义；搞上一阵子，进取心丧失，思想严重僵化，个个吃喝玩乐、人人唯利是图，社会主流就成了本位主义加物质主义；接着因为社会利益进一步固化，政治控制能力削弱，无政府主义就开始泛起，人人唯恐天下不乱，从而为下一次革命聚集能量。在辛可大师看来，人类的命运大概如此，翻来覆去地玩，了无新意。

辛可大师找牛博士，是希望利用他在网络上的知名度和公信力，把窦院长因为董浩波说真话而挟私报复，拿子虚乌有的抄袭事件整人的事捅出去。牛博士听了道：这个话题倒是具有可炒性，大学里狗咬狗的黑幕很容易成为舆论焦点，但这个忙我帮不了。辛可大师听了很不高兴，牛博士赶紧解释道：辛大师，鄙人真的有难言之隐，如果能炒，我为什么不炒？最近由于找不到劲爆的题目，你看我的粉丝流失了多少，再这样下去我都没生意做了。牛博士告诉辛可大师，因为这事牵扯到窦院长，如果自己还想在京大混，这种太岁还是少惹，至少面子上要过得去！牛博士的顾虑辛可大师理解，毕竟在一个单位，明着搞这种事不太体面。

辛可大师之所以找牛博士，也不是非他不可，而是牛博士作为朋友，可以免费使用。其实在他心中，干这事有更合适的人选，圆周率。圆周率当然是他的网名，因为它在网上太火，大家也就忘了他的真名。这就像有位大明星在电视上问鲁迅是不是周树人舅舅，被人骂成蠢货，其实不是她蠢，而是鲁迅太火了，以致大家忘了世上还有周树人这三个字。

关于圆周率，尽管是道听途说，哥也了解一些，类似于当年的王海，被称为当代钟馗，学术打假第一人。因为论文或学历造假，被圆周率扳倒的名人教授不胜枚举。圆周率原本是加州理工的天文学博士，回国后教过几天书，感觉坐在冷板凳上仰望星空太寂寞，便效仿班超投笔从戎，干起了学术打假。圆周率自己的解释是为了重建中国的学术道德，但辛可大师不以为然。

辛可大师的看法还是老三样，认为圆周率的打假实际上也是生意，所谓做小鬼是生意，当钟馗也是生意。哥以为辛可大师这样说，多少有点挟私报复的意思。因为圆周率曾曝光了辛可大师的母校，西太平洋大学。尽管辛可大师也承认那是个野鸡大学，但这不能证明凡毕业于西太平洋大学的，类似他和IT才俊唐俊，都是野鸡。再退一步说，就算大家都是野鸡，圆周率怎么不找那些有权有势的野鸡开枪，专找唐俊这种看着毛发光亮其实毫无招架之力的下手。这不明摆着柿子捡软的捏，算什么大丈夫？

按说以辛可大师的学问，实在没必要弄个野鸡大学的文凭，所谓卿本佳人、奈何从贼？这件事也是辛可大师一生的污点。其实辛可大师如此下作，也跟小下一样，是被京大逼的。当年为能在京大搞牛鬼蛇神学，只好落草为鸡。好在当时圆周率正在仰望星空，也没人当他们是野鸡，而是正儿八经的洋凤凰。

圆周率是个很固执的人，这一点辛可大师心知肚明。当年因为曝光了某位教授的论文造假，被人打掉了门牙，但他不依不饶，非把别人弄下台才鸣金收兵。跟其他打假英雄不同，圆周率从不收钱，所以在打假界，他也是个不受欢迎的人，被认为破坏了行业规矩。圆周率的这个特点，对很多人来说确实是个麻烦，但辛可大师知道如何擒获他。

作为国学大师，辛可大师洞悉中国社会的本质。在他看来，中国千百年来就是个人情社会，人情后边的本质也是利益，或者说所谓人情不过是利益交换的特殊形式。中国人之所以重人情轻法治，所谓天理人情国法，其实跟道德没多大关系。辛可大师进而指出，中国礼乐文明的本质就是功利主义，以道貌岸然的名义，干着偷鸡摸狗的事。

在辛可大师看来，圆周率并没有他标榜、网民们吹捧的那么纯净。在这个大泥潭里，但凡混得有点人模狗样的，谁也不是周敦颐笔下的荷花。圆周率是不收钱，但也不是不食人间烟火，比如人情这一关，他就过不去。当然了，人情也是生意。如果不是把通过打假累积的名气与人情转换为经济效益，圆周率喝西北风啊。圆周率终归不是钟馗，钟馗是拿阎王爷工资的。

辛可大师知道他请不动圆周率这个判官，但有人请得动，那就是法学院的院长欧阳仑。欧阳仑是国内行政法的权威，桃李满天下，在法学界是个相当有影响力的人物。

虽然同在京大教书，但辛可大师跟欧阳仑并无交情，说严重点，就是谁也不尿谁。当年成立大师协会时，辛可大师曾邀请欧阳仑担任常务副会长，但被他断然拒绝。非但如此，欧阳仑还发表文章，对辛可大师冷嘲热讽。所谓道不同者不相与谋，一个槽上拴不下两头叫驴。

至于欧阳仑跟圆周率的关系，被网民们称作是正义双雄。上次圆周率被人打掉门牙，就是欧阳仑仗义执言并免费担任辩护律师，为圆周率伸张正义，引来舆论一片赞誉。其实欧阳仑对圆周率的所作所为，从来讨厌得要死。作为圈子里的人，欧阳仑的很多著作也是抄别人的，他担心这个二百五哪天神经了，说不定会大义灭亲。他之所以帮圆周率，不单单是伸张正义，尽所谓法律人的责任，也有借圆周率的名气捞取粉丝的意思。

圆周率欠了欧阳仑的人情，这个人情他得还。他也听说京大法学院的教授出场辩护一般不会低于50万元，何况是堂堂院长大人。再说了，辛可大师手里这件事，也属于圆周率的业务范畴。问题是以辛可大师与欧阳仑的交情，欧阳仑凭什么要帮这个忙？除非他有病！可如果他真的有病，能盘踞在法学院院长宝座上那么多年吗？

跟辛可大师的麻烦相比，哥的事要顺利得多。经过京大狗协会长办公会议研究，批准哥成为新的会员。

会议整体上还算顺利，除了个别会员对哥的资历提出质疑，无非就是出身、学历等等。其中冷副会长提请大家注意，在京大狗协的历史上，从来没有出现过土狗会员。尽管他并没有明确表示反对，但提出这个问题就是态度。大家为此交头接耳，认为对这种新事物，应该谨慎从事。冷副会长是一只京巴，据说他的祖宗曾在宫里伺候过慈禧老佛爷。

有位资深母狗会员马大姐（一只喜乐蒂犬）也对此深表忧虑，她说：如果批准土狗加入狗协，会不会影响京大狗协的整体形象，据我了解，其他大学的狗协目前没有这种情况，落雁区宠物联合会怎么看，说得更大一些，中国宠物界会怎么看，毕竟我们是京大，是学界的标杆，触一发而动全局。我们要从更高的角度来看这个问题。这个问题的本质涉及狗协根本的制度，所以必须慎之又慎。她建议暂时不讨论哥入会的问题，而是在狗协内部就这个问题展开大辩论，然后召开全体会员大会，就这个议题进行表决。

哥就在会场后边跟麦当娜趴在一起。马大姐讲完后，会场上一片骚动，很多会员包括冷副会长表示同意马大姐的观点。亚历山大耷拉着三角眼，躺在那里一声不吭。等大家都议论完了，他给萨克齐递了个眼色。

萨克齐正忙着给边上的小母狗讲段子，赶紧立起身来，扬声道：我就不同意马大姐的观点，屁大一点事，何必要上纲上线，有点智慧好不好？！他说这句话的时候，全场都笑了，有的还窃窃私语：二也属于智慧的范畴啊！萨克齐可不管那些，继续道：难道别的大学没有，我们也应该没有吗？我们是 No.1，凭什么要跟他们一样？至于宠物界怎么看，爱怎么看怎么看，我们是狗，不是阿猫阿猪！这种事有什么好辩论的，辩论点有智慧的东西好不好，比如说哲学问题！

显然萨克齐非常有兴趣就哲学问题发表演说，至少讲几个段子，但被亚历山大会长制止了。亚历山大干咳了一声，慢条斯理地道：大家都谈得非常好，小萨、马大姐都从不同的侧面谈了自己的看法，很好。我现在谈点自己的看法，宋朝的王安石讲过一句话，所谓“天命不足畏，祖宗不足法，人言不足恤”，意思是要用发展的眼光看问题，要用发展的手段解决问题，龚自珍也讲不拘一格降人才嘛！京大狗协要发展，就必须与时俱进，不能因循守旧，我看就拿柏拉图入会这件事，作为一个突破口，一个试金石，试试我们每一个会员，有没有创新的精神、包容的胸怀。就我个人而言，虽然比诸位都老，但绝不会端着老本唱旧戏！

亚历山大讲完，会场安静了片刻，随之就议论纷纷。亚历山大又耷拉着三角眼躺在地上，老神在在。哥听见边上的两只公狗嘀嘀咕咕：老头以前不是天天讲克己复礼吗？今天怎么了？其中一只道：管他妈的，随大流吧，这事跟咱有什么关系，又多不了少不了一块饼干！

最后表决的结果还算满意，尽管有不少会员反对，但还是多数通过。哥注意到，冷副会长和马大姐竟然投了赞成票。其实这也不奇怪，作为资深会员，狗协高层，他们得顾大局。麦当娜说表决时她心跳加速。表决后 Pitt 直接冲了过来，激动地跟哥拥抱。

说来奇怪，哥就在现场，心里却极度淡定。哥无法解释为何如此，但潜意识里哥能感觉到一种莫名其妙的东西，它告诉哥这事没一点问题！是对亚历山大的信任，抑或其他的因素？似乎自己渐渐进入了一盘莫名其妙的棋局。如果哥有辛可大师的智慧，可能会看得更透彻一些。

第十六章

哥必须承认，辛可大师绝对是个有大智慧的人，他没去做官是世界政治舞台的重大损失。他如果愿意写一本《辛可大师日记》，一定比《曾国藩日记》更火，至少精英们会人手一本，何止是洛阳纸贵。哥不是说辛可大师比曾国藩更高明，而是辛可大师比曾国藩纯粹，不会整天为做圣贤还是做禽兽纠结！

辛可大师并没有给欧阳仑打电话，而是直接带着哥去了他的办公室。欧阳仑正在跟石家庄来的房地产老板聊天。话题大概是该老板跟区政府合作，在当地建了一个商业综合体，后来地价和房价涨了，政府勒令他退出。老板要求按合同办，结果被关了十五天，物业也被政府没收。他向地方法院起诉，法院拒绝立案，莫奈何托人找到欧阳仑，希望他能够伸张正义。

欧阳仑听了该老板的讲述，说自己会认真考虑一下，并没有当即表态。老板见有客人来，便起身告辞。哥注意到，他把一个牛皮纸袋留在了茶几上，透过纸袋缝隙，哥判断里边是美元。欧阳仑一边招呼辛可大师坐，一边把纸袋子放到抽屉里，锁了起来。

哥能感觉得到，欧阳仑对辛可大师很冷淡，也就是面上应付而已。辛可大师心里明白，他也不在乎这些。两人握握手，坐下喝茶闲聊。

——欧阳兄最近忙什么？

——还能忙什么，讲课，做点演讲！

——您最近那个节目，《人间正道》，收视率很高啊。

——那都是瞎胡闹，辛兄见笑了。

——听说您要高升副校长，老弟先祝贺了！

——不会吧，我怎么不知道，听谁说的？

——欧阳兄连我也瞒啊，窦卫国的秘书早告诉我了！

听了这话，欧阳仑有点不淡定了。辛可大师之所以抛出这个题目，就是要挑拨他的神经。他问辛可大师：那他还说了什么？辛可大师笑道：也没什么，就是说欧阳兄这次是志在必得！对辛可大师这番美言，欧阳仑这种老油条，一定会做更深层的解读。他认为窦卫国的秘书这是话里有话，等于向欧阳仑宣战。再说了，人事问题向来很复杂，谁曝光越早，就有可能提前出局。这个道理辛可大师当然明白，他故意编这些话刺激欧阳仑。

接下来辛可大师讲了一通窦卫国的不是，认为窦如果当选京大副校长，简直是一场灾难。与此同时，对欧阳仑进行了全方位的赞美，旁征博引，分析了欧阳仑的各种优点，认为欧阳仑是副校长的不二人选，他甚至强调如果这次欧阳仑不能当选，他觉着京大根本不值得继续待下去，自己准备移民或归隐江湖。欧阳仑听了当然很感激，频频向辛可大师致谢。

但话锋一转，他同样旁征博引，就资历、学术地位、特别是跟校领导和部里的关系进行全面分析，从而得出结论：如果不出意外，副校长宝座非窦卫国莫属。辛可大师还特别暗示，他通过小道消息得知，这事基本上已内定了。欧阳仑听着额头上直冒汗，神情极为尴尬。听完沉默了好一会，突然问：辛大哥，那您说怎么办？

辛可大师道：还能怎么办？趁生米没煮成熟饭，先发制人！欧阳仑连连称是。到了这份上，辛可大师就端出自己的计划，欧阳仑深表赞同。欧阳仑当即表示，如果能扳倒窦卫国，让他干什么都行，圆周率的事包在他身上。

辛可大师知道欧阳仑是只老狐狸，一会我们走后，他脑子清醒了，又要开始瞎琢磨。因为从逻辑上讲，以他跟辛可大师的交情，人家没必要帮他啊，一定是辛可大师拿自己当枪使。欧阳仑是何等人物，天天玩别人，岂有被别人当枪使唤的道理。

作为法律专家，逻辑推理是欧阳仑的长项，但在厚黑学方面哪能玩过国学大师。当欧阳仑向他致谢时，辛可大师长叹一声：欧阳兄，实话实说，您不用谢我，我也不是帮您，我这样做有公有私，从公处讲我是希望京大有个好领导，从私处讲我一直跟窦卫国合不来，如果他上去难保不会给我小鞋穿！

听了这话欧阳仑彻底释然了，因为从逻辑上讲，这才合情合理。后来哥也从中琢磨出一些道理。诚如辛可大师所言，中国人，特别是知识分子天生是阴谋论者。中国几千年的文化就建立在阴谋论的基础上，无论四书五经或二十四史，精髓莫不如此。尽管大家天天讲无私，可谁也不相信这种鬼话。所谓人人为我、我为人人，必须是先图利自己才会为别人，如果把这个逻辑颠倒过来，他就会认为你是个骗子，尽管你毫无私心，真的就是为了他好。辛可大师说，要在中国混，必须坚持一条原则：立足于做个坏人，争取做个好人！在文化教育界更应如此。

圆周率的网文发表后，形势马上出现了大逆转。网民们齐声讨伐窦卫国这个挟私报复的衣冠禽兽，董浩波不但得到了普遍的同情，甚至有网民把他跟海瑞相提并论。社会舆论一边倒，要求京大本着公平公正的原则，严惩窦卫国，不但要给董浩波平反昭雪，而且要重用他这种老实人，否则大家决不罢休。有人还扬言要去京大历史文化学院丢臭狗屎。

网民们如此愤怒，是因为他们认为被京大和窦卫国耍了。中国人都以为自己是诸葛再世，最有资格耍别人或者耍别人天经地义，平白无故被人当猴耍，公然藐视大家的智商，是可忍孰不可忍！

董浩波兴奋得要死，还特别让老婆做了红烧肉，亲自送到辛可大师的办公室。董浩波当着辛可大师的面潸然泪下，一再表示师兄对自己有再造之恩。辛可大师倒很无所谓，顺便安慰了他几句。在他看来，这是预料中的事。他太了解中国的国民性了，自先秦到现在，5000 多年一以贯之。

为了达到火上浇油的效果，辛可大师让董浩波在网上发了个声明。董浩波在声明中强调，尽管自己受了委屈，但他还是呼吁广大网民不要攻击窦院长，更不能攻击京大。京大依然是伟大的学府，校领导在这件事上是公正的、英明的、讲政策的！虽然他不是第一作者，但也要为文章中的小瑕疵道歉。他愿意继续支持窦院长，把历史文化学院搞好。声明发布后，网上掀起新一轮讨伐窦卫国的高潮，网民认为，董浩波不计前嫌、高风亮节，充分体现了知识分子的高尚情操，更衬托出窦卫国是一个多么卑鄙猥琐的小人。

处在舆论漩涡、被万夫所指的窦卫国，心境可想而知。听麦当娜说，那几天窦卫国情绪极不稳定，血压一度突破 200。或者把自己关在书房里生闷气，或者在客厅里转圈。动不动就冲窦夫人和麦当娜大喊大叫，甚至动粗。在麦当娜的记忆中，窦卫国向来温文尔雅、气定神闲，从未如此躁动不安。

窦家也不再有美妙的歌声，窦夫人的情绪似乎比窦院长好不了多少。好几天不吃不喝，躺在床上或沙发上唉声叹气。她建议窦卫国应该出面澄清一下，但被窦卫国拒绝了。

董浩波和弟子的文章就是抄别人的，虽然董不是第一作者，但作为导师也必须承担责任，窦卫国对此确信无疑。但他知道，弄到这种地步，真相已不重要，他出面澄清只能火上浇油。虽然窦卫国“文革”时还只是懵懂少年，但耳闻目染，他太清楚一旦群众的热情被调动起来，根本就无是非可言。指鹿为马的事，他见得太多了，自己也不是没干过。

他心里明白，董浩波没有这样的智商，一切都是辛可这个王八蛋干的。他很懊悔，自己大意了，当辛可搞所谓专家组的时候，他就应该意识到后边的利害关系，未雨绸缪，采取适当的措施，比如掺沙子等等。可当时他太自信了，以为铁证如山，谁也翻不过来。没想到辛可大师硬是指鹿为马，置他于死地。哥也听辛可大师讲过，“文革”是中国阴谋诡计学的百科全书，厚黑学的伟大实践。

面对这种境遇，以窦卫国的经验，最好的办法就是以静制动：先不吭声，等风头过了，网民们有了新的起哄对象他再出手。窦卫国的表哥也是这个意思，让他少安毋躁。窦卫国认为，辛可他们的目的不过是保住董浩波，把自己搞臭，虽然这有伤他的面子，但不会有实质性损失。窦卫国很清楚，在民众心中，教授早就成叫兽了，既然根本不香，又何必在乎臭或者不臭！

事实上窦卫国又误判了形势。辛可大师的终极目的不是把他搞臭，而是让他下台。如果他当时意识到这一点，哪怕搞得鱼死网破，也绝对会放手一搏。问题是他太刚愎自用，以静制动的结果只能是贻误战机，正好中了辛可大师的圈套。

面对汹汹舆论，京大必须有所交代。这点辛可大师很清楚。以他的分析，在舆论压力下，校领导班子近期肯定会就此做出处理决定。

行动小组在成贤会所召开第二次会议。辛可大师首先总结了前一阶段的工作，整体上还算满意，认为豹哥在处理倪主编的问题上，手段非常得力。就下一阶段的工作，辛可大师也做了部署。据他的分析，既然窦卫国、欧阳仑、张峰奇三人在争夺副校长的位子，这就说明他们在领导层各有背景。窦院长在部里有表哥的支持，而成书记跟张峰奇交情匪浅。校长刚从其他单位空降过来，态度模糊，还在观望。辛可大师认为，校长最终的态度取决于到底是西风压倒东风还是东风压倒西风，哪边风大他就站那边。

张峰奇与成书记的关系，京大人尽皆知。成书记的儿子做生意，张峰奇没少帮忙。据说经管学院的很多培训班，就是张峰奇跟成书记儿子合办的。虽然欧阳仑跟班子里谁关系好目前尚不明朗，但辛可大师确信，他一定上边有人。道理很简单，如果上边没人，他不敢有非分之想！谁都知道，京大所谓德才兼备的选拔机制根本就是个童话，关键是后边的大腿要粗！

辛可大师说：目前欧阳仑已被拿下，他的人肯定会支持干掉窦院长，为欧阳仑的升迁清除障碍。但这还不够，因为校长态度模糊，何况搁着窦院长表哥的面子，关键时候下什么棋很难说。所以为了保险起见，必须跟张峰奇结成统一战线。拿下张峰奇就等于拿下了成书记。特别是在人事安排上，成书记的分量自然不轻。惟其如此，才会在领导班子内部形成绝对多数，让窦院长在劫难逃。

豹哥和董浩波听了，深表赞同，自然又把辛可大师吹捧一通。辛可大师冷静地道：万里长征这只是第一步，希望大家务必保持谦虚谨慎、戒骄戒躁的作风，万不可疏忽大意。他认为有必要让圆周率再发个东西，透露董浩波为了避免给京大造成更大的困扰，考虑从京大辞职。同时辛可大师让豹哥花点钱，安排倪主编发一篇赞扬董浩波学术成就与人品的文章。

董浩波听了有点担心：那要弄巧成拙，真把饭碗丢了怎么办？辛可大师笑道：老董，亏你还读过那么多书，苦肉计你懂不懂？咱要继续煽风点火啊，舆论闹得越凶，京大的压力就越大，逼着他们赶紧表态，否则夜长梦多啊，可不能让窦卫国缓过气，所谓“宜将剩勇追穷寇，不可沽名学霸王”啊，老兄！

两人说行，立刻展开行动。至于说服张峰奇的事，辛可大师只能亲自出马。他跟张峰奇向来关系不错，经管学院办的好些培训班，也请辛可大师去讲授国学。辛可大师没少赚讲课费。张峰奇还经常介绍一些爱好周易八卦的漂亮女学员，特别是富婆，让辛可大师私下辅导，两人的关系可见一斑。

说实话，因为微微的关系，哥对张峰奇的印象一直不怎么样。据 Pitt 说，张峰奇是经济学元老级人物边宁的门生，沃顿商学院的博士。毕业后在高盛混过几天，帮洋鬼子赚了不少国企的钱，自己也因此荷包鼓鼓，后来因为爱国心切就回京大教书了。在边宁的提携下，做了经管学院院长，被誉为胡适之第二。辛可大师对此颇不以为然，认为除了同样少年得志，张峰奇唯一比胡先生强的不过是会赚钱，胡先生到底是一介书生，在这方面智商有限！

在张峰奇的领导下，经管学院确实搞得风生水起，至少创收方面，在京大文科院系中独占鳌头。张峰奇也因此颇得校领导赏识，被看好是京大新一代掌门人。而能否顺利当选副校长，是他夺取校长宝座的关键一战。为此他做了大量工作，比如跟成书记儿子捆绑，把成书记彻底拿下。他最担心的是校长的态度，特别是送给校长老婆的翡翠首饰被退回后，他更加惶恐不安。

辛可大师在办公室给张峰奇打了电话。张峰奇说他正在参加达沃斯年会，有几十位国家元首和政府总理参加，比尔·盖茨和索罗斯也在，会议还特别安排了他在大会上发言，实在走不开。辛可大师只好在电话里说了个大概，张峰奇听完想了会，让辛可大师等他的电话。

第二天中午，张峰奇就乘飞机赶回了京都。显然，张峰奇深知“攘外必先安内”的道理，在达沃斯的发言远没有搞掉窦卫国重要。刚下飞机，他就给辛可大师打电话，约了在夜巴黎见面。

虽然每次京大新年晚会，张峰奇必唱《我的中国心》并保证潸然泪下，但作风非常洋派——穿国际大牌，抽古巴雪茄。据说他家的别墅，也是照着凡尔赛宫的标准装修的。微微之所以对哥如此不屑一顾，大概也跟张峰奇的言传身教有关。

夜巴黎跟往日一般热闹，唯一有所不同的是，几把提琴代替了施坦威三角钢琴。一个小乐队正在演奏《梁祝》。据妮妮讲，小乐队刚签约，成员来自中央乐团，其中还有享受政府特殊津贴的国家一级演奏家。

张峰奇坐在最里边靠窗的位子，西服革履，戴金边眼镜，叼着古巴雪茄。关于张峰奇，哥后来也经常见，型号不是很大，头梳得油光，说每句话都要耸耸肩。这种洋派其实在京大算不了什么，连 Pitt 亦复如是。唯一有点新意的是，他的左脸蛋上有根很长的黑毛。据说因为有碍观瞻，张峰奇一度想把它干掉，但诚空法师认为它攸关张峰奇仕途，那根毛才幸免于难。那根毛之于张峰奇的价值，类似雷主席脸上的那颗大黑痣。

辛可大师刚坐下，张峰奇就递给他一根雪茄，辛可大师抽不惯这个，婉谢了。张峰奇指着雪茄道：这可是行货啊，施瓦辛格抽的牌子，一根几百美刀呢！随之他耸耸肩，指着乐队道：听这曲子多好，正在化蝴蝶呢！辛可大师听了开玩笑道：其实化成猪，不见得比蝴蝶差，最好是扬言要特立独行的那种！

——你不是在达沃斯开会吗，怎么今天就回来了？

——老兄，您这不是明知故问嘛！

——达沃斯是很重要的会议啊，全世界人民都在等待你们传出的福音！

——哈哈……瞧您说的……是重要，可也没您说的事重要啊，达沃斯会议年年有，可咱这事过了这村就没这店！

——也是，如果老弟这次没上去，对京大来说是个重大损失！

——老兄过奖了，小弟能不能上去，就看老兄的了！

辛可大师知道，张峰奇跟欧阳仑不同，无需多费口舌。张峰奇听了辛可大师的分析，痛快地道：这是好事啊，成书记那里的工作我做，这次一定要把姓窦的摁下去。接着追问道：那把姓窦的搞掉了，谁来做历史文化学院的院长？

辛可大师道：谁来做，谁对老弟威胁最小就让谁来做，这个你要给成书记讲清楚，就目前来说，还有比老董更合适的吗？张峰奇听了，抽着烟琢磨。辛可大师笑道：这还用琢磨吗？老董这个人，又酸又臭，能力又差，没几个人待见，上边也没人，如果他做了院长，敢跟您叫板吗？张峰奇听了大笑道：老兄说得对，老董是有点迂腐，不过这样也好！说完端起咖啡，跟辛可大师碰了一杯。

两人又闲聊了一会达沃斯的事。张峰奇说组委会里有他沃顿商学院的同学，下次一定邀请辛可大师。辛可大师说达沃斯都是讨论经济问题，他去干什么？张峰奇道：老兄啊，现在不是都在谈软实力吗，您是国学大师，就算是胡扯，那也应该您去扯啊！说着突然愣了一下，问：那干掉窦卫国后，欧阳仑怎么办？辛可大师听了笑道：老弟，罗马城不是一天修成的，敌人也要一个一个消灭，你也太着急了吧，等干掉窦卫国，再收拾欧阳仑不迟吧！张峰奇点点头：那到时候老兄可要继续帮忙啊。辛可大师道：咱是一个壕沟里的战友，说帮忙太客气了！

辛可大师志在干掉窦院长，至于欧阳仑跟张峰奇之间的事，他想都没想过。他之所以这样说，不过是调动张峰奇的积极性而已。所谓借刀杀人，至于杀完人刀怎么办，丢垃圾桶或粪坑，这他管不着。

哥最近发现一个问题，自从见过易中正后，唐娟似乎从京大蒸发，就连辛可大师的课，也没见过她的影子。以往她总是没完没了粘着辛可大师，包括动不动去辛可大师的办公室亲热。

对这种事，作为前男主角的辛可大师当然比哥更敏感。虽然他心里多少有些失落，但也明白怎么回事，只好顺水推舟。易中正前几天给他发过一个短信：很棒，谢谢！意思很明白，他们俩已经好上了。唐娟不知背后的底细，大概觉着心里有愧，刻意躲着辛可大师。

哥以为，辛可大师能全身而退，也该满意了。没想到他还特意打电话给唐娟，说非常想她，约她到京大宾馆见面。结果如他所料，唐娟以大姨妈来了为借口，婉拒了。辛可大师在电话里装得很气愤，话没说完就挂掉电话，然后皮笑肉不笑地躺在办公椅上哼着小曲。

哥后来参透了，觉着辛可大师这招特别绝。在《我为君狂》中，唐娟还为此进行了深刻的忏悔，说她辜负或者说伤害了恩师辛可大师。至于那些辛可大师为此要死要活的情节，哥负责任地说，完全是唐娟的虚构。她根本是虚荣心作祟，故意制造两个成功男人为她死去活来的戏剧效果。

辛可大师曾对豹哥说过，什么叫情圣？女人眼中的极品男人，就是免费睡了女人，还让女人一辈子觉着欠他的。这一招辛可大师玩得炉火纯青，唯一玩砸的一次，就是跟飞飞姐——睡是免费睡了，可一辈子被人收拾。

关于这段生活，唐娟在《我为君狂》中有细致的描绘。唐娟说，她跟易中正是一见钟情，她把易中正形容成一个具有魔鬼般诱惑力的男人。唐娟承认，她第一次见到易中正时，心跳陡然加速，尽管当着辛可大师的面尽力掩饰，但身体有点把持不住。至于餐后她跟辛可大师开房的事，她故意忽略不叙。当然了，单从观赏性而言，哥也觉着没有必要浪费笔墨。

据唐娟回忆，就在认识易中正的当晚，她一夜春梦，梦见跟他有不伦之举。唐娟说，尽管她交过很多男人，但出现这种情况十分罕见。从梦中惊醒后，她感觉口干舌燥，体内水分实在流失太过。唐娟关于这一段的描写非常细腻，但哥认为多少有些夸张。哥曾就此求证过麦当娜，问她认识哥的当晚可否梦见这些，结果被麦当娜啐了一身。

唐娟在书中信誓旦旦地表示，她跟易中正在一起，只是因为单纯的爱。唐娟的原话是：女人一生中最大的幸福，就是等一个自己深爱的男人来睡她，易中正就是我要等的男人。尽管哥不否认唐娟对易中正的爱，但问题没那么简单。至少在唐娟献身前，易中正确实表示过要安排唐娟读博士后，并取得京都户口。哥这样想可能有点庸俗，也许真的如唐娟所言，她只是把这些东西理解为易中正对她的爱。

关于唐娟和易中正的第一次，有两种说法。一是唐娟在《我为君狂》中的描述。唐娟说易中正约她到夜巴黎共进晚餐，喝了一瓶拉菲后，易中正带她回家。对此唐娟不惜笔墨，渲染得极其浪漫。唐娟特别指出，在进餐时，应易中正的要求，她脱下内裤相送。哥始终觉着这事有点牵强，有抄袭《闻香识女人》的嫌疑。易中正是有收藏女人内衣的癖好，但主要是想弄没弄到手的女人。

唐娟在书中对辛可大师和易中正进行了比较。她认为跟辛可大师相比，易中正在床上表现得更绅士。比方说，易中正在预热阶段，会把她的全身吻一遍，并且对关键部位重复作业。最让唐娟感动的是，易中正用小梳子把她的下边修理整齐，用镜子照着给她看。就具体技战术而言，如果唐娟所言属实，哥必须承认，易中正要比辛可大师略胜一筹，特别是在节奏把握上独具匠心。如《玉房秘诀》讲的“八浅二深”，易中正做得很到位。哥以为，如果易中正改行专攻《素女经》、《玉房秘诀》等国学精典的话，他一定会成为这个领域最杰出的专家。

二是易中正女助手的说法。《我为君狂》发表后，社会舆论一片哗然，易中正成为众矢之的。他的女助手救主心切，对唐娟书中的描述一一进行了严正批驳。她认为唐娟是蜀犬吠日，恶意诽谤德高望重的易教授。她举证说明，易教授和唐娟第一次根本不在易家，而是在办公室。两人先是在沙发上讨论《黑格尔法哲学批判》，后来唐娟就坐在了易教授腿上。女助理认为，易教授笃信佛教、拜火教、道教、基督教，家里摆满了各路神仙，他不可能跟女学生在众神目睹下苟且。女助理义正词严地指出，易教授是正人君子，事实绝非唐娟所言，是易教授脱掉了她的衣服。而是唐娟强迫易教授打开下边的拉链……

女助理赌咒发誓地说，尽管易教授办公室的套间里有床，但他们绝非唐娟所言在床上苟且，而是在沙发上——开始唐娟骑在易教授身上，后来唐娟趴在沙发上。她之所以这样确定，因为当时送急件，她不慎推门而入，亲眼目睹。为了彻底揭穿唐娟的骗子嘴脸，女助手的叙述务求细致，甚至连（在唐娟威逼利诱下）易教授学狗叫的细节，也纤毫无遗。总之，女助理认为唐娟是个满嘴谎言的婊子，恶意中伤德才兼备、前途无量的易教授。她甚至认为，唐娟这样做可能包藏更大的祸心，有关部门应该彻查一下，看她跟海外的反华势力有没有关系。

据哥了解，尽管女助手护主心切，文章写得可歌可泣，但对易中正的帮助并不理想。她也被很多大学的文秘专业列为反面案例。后来跟唐娟一样，她也成为一名非常优秀的网络作家，代表作就是为易中正所作的辩护词。诚可谓失之东隅，收之桑榆！

第十七章

圆周率关于董浩波准备辞职的网文发表后，立刻引起各大媒体，特别是网民的高度关注。在讨伐、谩骂窦卫国的同时，京大校长也未能幸免于难。网民们纷纷发帖，表示如果不严惩窦卫国，为董浩波平反昭雪，京大校长应立刻引咎辞职。有些网站甚至发起罢免京大校长的签名活动。

戏演到这份上，借鉴“文革”的经验，辛可大师以为火候够了，无需再加码，只等瓜熟蒂落。对此他充满信心。辛可大师明白，就算窦卫国跟他表哥现在绝地反击，也已经覆水难收。在辛可大师看来，一旦民众的盲目性被彻底调动起来，就等同于洪水猛兽，势不可挡。所谓人民是创造历史的伟大动力，大概仅此而已。在极端缺乏信任感的网络时代，这一点表现得尤为明显。

辛可大师说过，在网络时代，每个人更像是孤儿，充满焦虑感和人生的虚无体验，也更容易被误导，人云亦云跟着起哄。

对辛可大师而言，跟搞掉窦院长同等重要的，还有大师协会的年会。钱大姐不止一次到办公室找过他，说年会的赞助商出了问题。

每届大师协会年会所需经费，除了主办地政府和承办单位的投入，其余依靠商业赞助。比如高峰论坛，往年都由爽爱诗独家冠名。爽爱诗是著名的保险套制造商，号称总部在法国巴黎，其实就在武汉郊县。跟其他厂家不同，爽爱诗主要走高端路线，为精英人士提供产品服务。

爽爱诗的老总原本是中大生物系一个郁郁不得志的教师，后来和史玉柱一样，受到三株口服液成功的启发，以胡萝卜汁为基础搞了个养血口服液，成功完成了原始积累。有一次和搞病毒学的老同事喝茶，聊到艾滋病日益蔓延，他顿生豪情想投入巨资来攻克艾滋病毒疫苗。老同事以为不可，比他富裕不止百倍的比尔·盖茨和巴菲特，投了很多亿美金最后打了水漂，不如逆向思维生产安全套，因为艾滋病越蔓延，安全套的需求就越大，属于典型的暴利型朝阳产业。

老同事这番话让他茅塞顿开，立即转型推出了爽爱诗安全套，靠着做保健品的套路很快把爽爱诗做成了知名品牌，并让国人一直以为是来自巴黎的洋品牌。

同样是螺丝纹套套，爽爱诗因为使用了纳米技术，价格比别人高几十倍。为此，爽爱诗公司与好几所著名大学（包括京大、江大）联合成立了生命纳米技术研究所，专门进行高端保险套科研攻关。至于根据客户要求定制的产品（类似辛可大师使用的套套），更是堪与LV包包和劳力士手表媲美的奢侈品。是否使用爽爱诗产品被认为是成功人士的重要标志，这一点从辛可大师为其策划的电视广告就可见一斑：

> 一位全身名牌、戴白金老鹰戒指和劳力士手表、开顶级跑车的中年男人，自喜马拉雅山奔驰而来，穿过高楼林立的城市，停在六星级酒店门口。在一群太监的引领下，走进奢华的总统套间。红色大床上躺着半裸的克利奥帕特纳，眼中充满仰慕与渴望。中年男人在她的深情呼唤中爬上床，从公文包里拿出安全套。她一见安全套，脸色突然变得极为不屑，一脚把男人踹下床。男人惨叫着破窗而出，从几百米高空落下，伴随着她的怒吼：连爽爱诗安全套都没有，装什么成功男人！

爽爱诗之所以赞助大师协会年会，就是看重大师协会的品牌和高端用户群。他们做过测算，大师协会的会员高端保险套的消费能力惊人。因为会员们都是各行各业的精英，对高端消费市场的带动效应也不可小觑。比如秋蝉先生透露他经常使用爽爱诗定制产品后，在高级失足妇女的强烈建议下，很多高档会所也纷纷为客人提供类似的定制服务。

本来大家合作得如鱼得水，爽爱诗对广告效应也很满意。突然提出放弃冠名权，完全是因为王八的问题。对大师协会来说，爽爱诗的退出将是一笔重大损失。辛可大师赶紧把钱大姐叫到办公室商议对策。

钱大姐50岁左右，体型相当彪悍。一进门她就气呼呼数落个没完：辛大师您说说，爽爱诗靠着咱，赚了多少钱，说翻脸就翻脸，有什么了不起，不就是个做保险套的，我家老头就从来不用！这个辛可大师当然相信，以钱大姐的年龄，除非脑子被驴踢了，他老公才会多此一举。

辛可大师给钱大姐倒杯水，安慰了她几句。据钱大姐讲，爽爱诗之所以临时退出，倒不是钱的问题，而是认为他们的客户都是高端人士，不想跟王八搅和到一起，有损企业或产品形象。辛可大师听了钱大姐的介绍，琢磨片刻，给爽爱诗的总裁打了电话。

——郑总，听说贵公司不赞助本届年会了？

——辛会长，也不能说是不赞助，而是没法赞助！

——怎么了？我们合作一向很愉快嘛。

——是很愉快，可现在跟王八搞在一起……

——王八怎么了？又不是王八用你们的产品。

——话是这么说，您没注意网络吧，有些同行拿这个奚落我们！

——可现在年会快开了，搞得我们很被动啊，要不您再想想！

——就算我没意见，可爽爱诗是上市公司，股东们不同意啊，辛会长！

郑总的意思很明白，只要不跟王八搞到一起，钱不是问题。这话说了等于没说，如果不跟王八搞在一起，东州市的领导能答应吗？辛可大师是聪明人，也不再跟郑总纠缠。可问题是时间紧迫，到哪里弄这笔钱呢？

他给华姐打了电话，让她想想办法。辛可大师的言外之意是让华姐公司把赞助费掏了。华姐心里当然明白，照旧装傻充愣打情骂俏，表示自己找不到合适的赞助商。辛可大师问能不能找市长协调一下，华姐听了气呼呼地道：这帮王八蛋，话说得很痛快，关键时候总是抠抠索索！华姐撒手不管，辛可大师开始有点后悔，如果不是自己把年会时间提前，即便出现这种问题，也不至于如此被动。所谓万恶淫为首，男人为了一时痛快，经常给自己挖个坑爬不出来。

就在辛可大师犯难之际，倒是钱大姐想了个办法。她说要不找找春哥的舅舅，让他救救火。尽管辛可大师对春哥欺负小卞的行为很不满，但他认为道德跟生意是两回事。他想了想，让钱大姐打电话把春哥叫到办公室。

春哥一听是辛可大师叫他，立马开着价值 2000 头猪的保时捷赶到。辛可大师并未向春哥提赞助的事，而是就春哥舅舅入会事宜谈了一大堆。辛可大师表示，几个副会长对此有点看法，如果樊总方便的话，可否来京一叙。春哥听完给舅舅打了电话，樊总说有一批猪要屠宰，等杀完了他马上赶过来。

樊总约了辛可大师在落雁桥附近的鲍鱼王国见面。司机还特别带了哥同行。辛可大师跟樊总在酒楼里谈事，司机跟服务员瞎聊，哥趁机去落雁桥下溜了一圈。青年歌手继续在那里扭着屁股卖力地演出，几个农民工围在一起斗地主，可始终没有龙哥和手下兄弟的影子。站在落雁桥下，哥突然有一种不祥的预感。

关于辛可大师与樊总聚餐的详情，随后辛可大师给钱大姐介绍过，哥也听了个大概。辛可大师认为樊总是个痛快人。所谓相由心生，以哥的观察，樊总整体上像一个大号的菠萝，两只笑眯眯的老鼠眼，感觉很和善。

跟樊总一起来的，还有当地的几个公安。据樊总介绍，最近有位记者写了一篇关于樊总做注水猪肉的报道，惹得樊总和当地领导很生气，这次顺便带了几个人准备把闹事的记者绑回去劳教。辛可大师听了很担心，问这样会不会出事？公安满不在乎地笑道：没事，又不是第一回，我们有经验。

辛可大师告诉樊总，尽管他非常欣赏樊总这样的企业家，大师协会也欢迎樊总加入，但最近有人突然跳出来捣乱，让他有点压力。樊总听了道：不是已经给他们准备了小金猪嘛，还想怎么样？辛可大师听了笑道：人多嘴杂，这也难免！公安插话道：实在不行绑回去劳教几天，看他们还嘴硬！说完大家都笑了。

辛可大师表示，尽管某些人有意见，但他坚决支持樊总，作为会长，他会竭尽全力。樊总赶紧起身敬了辛可大师一杯，表示感谢。辛可大师接着又把樊总夸了一通，干这事他最内行，认为樊总是堪与乔布斯媲美的民族企业家。被辛可大师如此美言，樊总脸上的肥肉激动得直哆嗦。

夸完樊总，辛可大师突然半开玩笑地问：樊总平时用什么牌子的套套？樊总听了笑道：我从来都不用那玩意，不舒服！辛可大师听了哈哈大笑，接着就把话题引到爽爱诗。辛可大师说，爽爱诗原本是个小企业，由于借助大师协会这个平台，打造出独特的品牌，很快就做强做大并成为上市公司。樊总说他看过爽爱诗的广告，但没用过。辛可大师笑道：没关系，回头你们把各自的数据发给我，我让他们给你们定制一些。

辛可大师又吹嘘了一番爽爱诗如何强大，说完长叹一声：可惜啊，这么好的平台，扶持的却是合资企业，钱都让洋人赚了！樊总听了赶紧道：我们可是纯种的民族企业，辛大师您应该帮我们啊！辛可大师笑道：可已经跟人家合作了，不好弄啊！听了这话，樊总更是不依不饶，非取而代之不可。

——辛大师，帮洋鬼子营销避孕套，多可惜啊！

——也是，可人家已经付了赞助费，突然撕毁合同不好吧！

——在中国，合同算个屁，您让他们退出，钱我出！

——樊总不是开玩笑吧，尽管我个人确实很想帮您……

——没开玩笑，您让他们滚蛋，我马上交定金！

辛可大师一再表示很为难，劝樊总下次有机会再合作。如此樊总反倒是铁了心，非干不可。辛可大师想了想，苦笑道：既然樊总这么有诚意，那我就做一回恶人，跟他们谈谈！樊总听了很激动，频频向辛可大师致谢。辛可大师依然装得很委屈，长吁短叹。樊总还特别承诺，如果能以樊胖子有机猪冠名的话，他愿意比爽爱诗多付一倍的赞助费。

自那次聚餐后，辛可大师故意拖了几天，然后打电话给樊总，说自己磨破嘴皮子，总算做通了爽爱诗的工作，答应把这次机会让给樊总。樊总很兴奋，马上命令财务总监打了定金过来。就在第二天，樊胖子生物科技集团的市场总监飞到京都，就具体方案与钱大姐进行沟通。

总监提出的回报事项如下：

1. 年会的主题论坛命名为“樊胖子有机猪中华文化国际高峰论坛”。
2. 樊胖子的商标与大师协会的商标并列展示。
3. 每个嘉宾面前放置一座樊胖子有机猪模型。
4. 为樊胖子有机猪制作电视片并在年会和论坛上播放。
5. 樊胖子有机猪肉为年会和论坛唯一指定猪肉。
6. 安排樊总在论坛上做主题发言。
7. 开幕式会长致辞时要特别感谢樊胖子生物科技集团的赞助。

对总监提出的这些要求，辛可大师自然没有意见，这比爽爱诗的要求要好看一些。至少没有与会代表必须使用爽爱诗安全套这样的霸王条款，比起每次放在桌面上的爽爱诗产品模型，樊胖子有机猪也要可爱得多。

樊总对爽爱诗的广告形象深刻，感觉非常震撼，希望辛可大师帮忙策划一个。总监反复强调不会让辛可大师白干。樊总的意思是，可否在爽爱诗的广告片上做点加工，比如说中年男人冲进总统套房，红色大床上躺着一头樊胖子有机母猪，它深情地问中年男人：你跑这么远，就是为了吃我吗？

辛可大师听了大笑，说这个创意很不错，但总觉着文化气息不够。总监说也是，那就指望辛可大师了，毕竟玩文化创意是辛可大师的强项。

签了合同，辛可大师打电话给华姐。华姐听了不以为然，觉着跟猪搞到一起品味太低。关键是如果整天想着一堆猪，会不会影响他们之间的罗曼蒂克。辛可大师笑道：连王八你都不嫌弃，还怕猪吗？王八跟猪，不是相得益彰、珠联璧合嘛！

自落雁桥回来后，哥一直心绪不定，有点惶惶不可终日。Pitt 也发现了这一点，问哥怎么回事，哥简单地给他说了说。Pitt 认为，哥大概是想多了，龙哥不至于蠢到以卵击石的地步。哥没法跟他解释，但哥心里明白，龙哥正好就是那样的蠢货，做事从来不计后果。

Pitt 说，最近狗协内部很热闹。因为亚历山大马上要退休，每个副会长都在四处活动，跃跃欲试。据 Pitt 分析，每个副会长都有自己的小圈子，目前处于势均力敌的状态。表面上看，萨克齐最有优势，作为现任校长家的狗，他理应接替亚历山大。可问题是萨克齐太二了，从来不跟下边搞关系，除了自己的几个小兄弟，没谁会支持他。依 Pitt 的意思，萨克齐可能是第一个出局者。

就此他从侧面问过亚历山大，亚历山大虽没有表态，但对萨克齐表现出明显地不屑。萨克齐仗着主子是现任校长，向来对亚历山大很不客气。如果让萨克齐上去，亚历山大也不会有好日子过，这点他很清楚。至于别的副会长，亚历山大没有流露出到底要支持谁。

据 Pitt 说，亚历山大最近有点特别，老是派办公室主任来找他，让他去陪亚历山大聊天，或者帮亚历山大按摩。有时候亚历山大还情不自禁地摸摸 Pitt。哥听了跟 Pitt 开玩笑道：他不会是想跟你好吧。Pitt 道：老大何出此言，这绝对不可能，亚历山大都老成那样了，还有这心思，再说了，小弟是公狗啊！哥笑道：公狗怎么了？说不定亚历山大也想玩断背呢！ Pitt 苦笑道：就算老大说的是，可兄弟是太监啊！兄弟做如此牺牲，不都是为了老大您的宏图大业吗？

哥知道说到了 Pitt 的难堪处，赶紧安慰他几句。Pitt 说，前天他陪亚历山大聊天，亚历山大说狗协秘书长死了，位子一直空着，他半开玩笑地对 Pitt 说：要不你来干，怎么样？尽管 Pitt 以为亚历山大八成是开玩笑，但觉着就算有两成机会，也应该努力一把。便向亚历山大推荐了哥，并吹捧哥多老实，对亚历山大崇拜到了迷信的程度。亚历山大听完随便回了一句：柏拉图倒是个好苗子！

哥也以为亚历山大是开玩笑，按照狗协的升迁规矩，这种事不可能轮到哥。但 Pitt 不死心，说回头再问问。如果哥真的当了秘书长，等于进入了狗协中枢，将为夺取会长宝座创造极为有利的条件。哥让 Pitt 试试看，说不定天上真掉下个馅儿饼，砸到哥的头上。

Pitt 的好消息并不能减轻哥内心的恐慌。好几个晚上哥都睡不着，围着莫须有湖转圈，想着与龙哥过往的种种。深夜的莫须有湖很安静，风有点凉，月色下的湖水很平静，只有湖边的小树林里人影晃动，那是一些现代版的张生与崔莺莺。最有力的证据是，天明后会在草丛中发现不少人造蘑菇。有位落魄的校园诗人曾写过一首极为悲凉的诗，诗云：

半夜惊起一根烟，梦里云雨醒后残；
羡煞湖边风流客，日出蘑菇依旧膻。

尽管与龙哥已分道扬镳，但在哥的心里，始终抹不掉他的影子。总觉着在哥经历的故事中，龙哥可能是最悲情的一部分。在莫须有湖边，想起妈妈的话，哥心里很绝望，不知道何去何从。

哥的担心正在一步步变成现实。

有一天，哥跟飞飞姐去红旗一小接可可。为了可可排座位的事，飞飞姐最近很郁闷。按理说可可个子小，应该坐在前面，结果却被安排在后边。飞飞姐为此打电话质问班主任，人家根本就不搭理她。飞飞姐从侧面了解到，原来排座位也有规矩。一般来说，以家长的地位为标准，最靠前的自然是大领导的孩子，其次是老板与各级领导的孩子，其他的被排到最后。飞飞姐为此跟班主任吵了起来：可可他爸怎么说也是京大的教授，可可的位置排在街道办副主任儿子后边，这公平吗？班主任听了很不屑：我还以为是谁，原来是京大的教授啊，教授现在几斤几两，这你还不知道啊？！如果我告诉你，村主任的儿子也排在可可前面，你不会气死吧！飞飞姐是没气死，但也差不多了。

即便如此，飞飞姐还得厚着脸皮去找班主任。因为可可每天上课只能看见别人的后脑勺。虽然这些后脑勺非富即贵，但跟飞飞姐的计划还是有一定的差距，这样下去难保不输在起跑线上。尽管在班主任眼中，京大教授不比村主任，但私下做点工作，情况就大为不同。比如好几个老板的儿子，就因为他爸爸慷慨解囊，跟大领导的孩子成了同桌。

哥很同情可可的遭遇，但这种事哥见得多了，也就见怪不怪。辛可大师尚且如此，一般的教授就不用提了。飞飞姐进去找可可的班主任送礼，哥在校门口闲逛，突然从小卖部的电视上，看到了让哥震惊的一幕。

电视上正在播放新闻，说是有一群来路不明的野狗，深夜冲进了落雁桥附近的一家超市，把超市的食品洗劫一空，并咬伤了超市的值班人员，然后悄然离开，不知所踪。目前落雁警方和打狗队正在调集人马，四处寻找这帮作案的野狗。受伤的值班人员正在落雁医院抢救，目前没有生命危险。电视台还发布了公告，提醒市民要谨慎出行，遇到野狗立马打 110，或向打狗队报案。

电视上还反复播出超市摄像头拍摄的画面，一群成年公狗在超市里肆无忌惮，现场一片狼藉。尽管镜头有点模糊，但哥还是认出了带头的那只公狗，他就是龙哥。

看到这一幕，哥的双腿不停打颤，几乎不能站立。龙哥到底不听哥的劝告，付诸行动了。哥知道，这只是前奏，等吃饱喝足了，他们就会向打狗队发起进攻，更为血腥的一幕即将上演。

第十八章

噩梦终于兑现，血腥的画面不但震惊了京都，也引起 BBC、CNN 等国际媒体的关注。《纽约时报》、《泰晤士报》还在头版做了重点报道。大家一致认为，这是人类历史上极其罕见的一幕。哈佛大学的人类学专家系统梳理了几千年来人与动物冲突的历史，结论是尽管这类案例并不鲜见，但从未发生过如此有组织有计划的事件，特别是在京都这样的国际化大都市。甚至有人断言，人与动物界的矛盾已高度激化，人类必须做好应对一切可能的准备。

哥得知这个消息时，正好跟辛可大师在成贤会所。如辛可大师所料，在社会舆论的持续压力下，京大领导班子开会研究，经过激烈地争吵，做出了两项决定：一是为董浩波平反昭雪，由校长办公室发布文告，向社会大众道歉；二是免去窦卫国的院长职务，由董浩波暂代历史文化学院院长一职。

据辛可大师讲，在有关院长的人事安排上，领导们展开了激烈交锋。窦卫国表哥还特别打来电话，表示高度关注。由董浩波代替窦卫国的动议，是成书记提出的。校长见班子里大部分人支持成书记的动议，只好顺水推舟。但为了安抚窦卫国的表哥，校长提出让窦卫国担任历史文化学院党委书记，现任书记调到校办，另行安排。对此大家并无异议，成书记还表示会大力支持窦卫国在新的岗位上搞好党务工作。

董浩波因祸得福，激动得手舞足蹈，险些心脏病都犯了。豹哥在成贤会所大摆筵席，以资庆贺。为了助兴，豹哥特别从戏剧学院弄了几个小姑娘，陪大家唱歌跳舞。董浩波戴着心脏起搏器喝了不少，连连向辛可大师和豹哥称谢，甚至一度涕泪横流。董浩波反复表示，他这个院长只是代理，不是代理京大，而是代理辛可大师和豹哥，一定替大家经营好历史文化学院这个平台。

豹哥对董浩波的态度大为赞赏，希望董浩波一上台，就力行改革，狠抓经济建设，重点当然是推行豹哥早就策划好的方案。就豹哥的方案，辛可大师提议做些修改，要跟经管学院和文学院的有所区别，所谓差异化竞争。辛可大师建议由豹哥出资，利用历史文化学院这个平台，成立“应用文化研究中心”，核心业务是举办各类高级培训班，盈利创收。至于具体的分成比例，辛可大师说回头再议，原则是给院里象征性地留一点，剩下的他们三人瓜分。

说完辛可大师问大家行不行，董浩波第一个起来表态：师兄，您说了算，有什么行不行的，哪怕是不给院里留一分钱，我也没意见！豹哥自然举两手赞成，说回头让财务总监做个预算。按照辛可大师的提议，具体的事以后让朴总和钱大姐牵头落实，院里给他们提供一个像样的办公室，董浩波满口答应。

就在辛可大师他们摆酒庆功时，哥跟豹哥家的藏獒佐罗在隔壁包间里聊天。佐罗神情沮丧，原因是跟他相好的一只小母狗，最近因为主人挂职锻炼，跟着去了外地。听佐罗说，他跟小母狗约定好了，准备过几天私奔的，没想到被人家提前下手了。佐罗哀叹道：下辈子做猪，哪怕是苍蝇，也别做狗了。据佐罗介绍，他的原籍在林芝，豹哥花了几百万把他弄到京都。对佐罗的话哥不以为然，猪和苍蝇脖子上能戴那么粗的金链子吗？

哥本想好好开导一下佐罗，干这活也是哥的长项。但电视上突然出现的镜头让哥傻了，愣在那里一句话也说不出来。

新闻主播神情严肃，据报道，昨天清晨，有一群，估摸不少于 500 只野狗突然袭击了打狗队大院。由现场摄像头拍摄的画面的确很壮观，一群野狗呼啸而来，冲进打狗队大院，向各个办公室发动进攻，打狗队队员惊慌失措，惨叫着四处逃窜。据主播讲，截至报道之时，打狗队大院完全被野狗占领，侥幸逃出的伤员正在医院抢救，已有两人不治身亡。

前线记者还采访了逃脱的打狗队队员。那个打狗队队员哥也认识，脸上扎着绷带，神情极为惊恐，对着镜头结结巴巴地描述当时的情景。他认为这是一次有预谋有组织的行动，最有力的证据是每只狗的脖子上都系着一根白布条，冲进来的时候还喝着口号。至于口号的内容，他不得而知。

新闻主播反复强调，事件发生后，各级领导第一时间赶到现场，正在组织反击和营救伤员。前线记者还特别采访了前线总指挥。他对着镜头坚定地道：希望市民们不要恐慌，我们正在召开紧急会议，制定切实可行的计划，在这种时候，大家一定要镇定，要团结，要相信政府！大批武警和特警正在全副武装，从各处赶来。据总指挥讲，特警还派出了两辆装甲车，并配备了最新型的榴弹炮和机关枪。

接着就是一系列关于医院如何救死扶伤，领导如何指挥若定的画面。记者还随机采访了几个市民，可谓群情激愤、众志成城。有位卖菜的大姐手里拎着一只老母鸡，对着镜头激动地讲：任何艰难都打不垮伟大的中华民族，我们打败了小日本，推翻了三座大山，只要全国人民团结一致，相信政府，就一定会取得最后的胜利。甚至连韩国老板也来凑热闹，他表示正义不分国界，为了支持政府和中国人民大无畏的斗争，他决定免费为大家提供狗肉火锅一周。哥在画面上也看见了老耿，他正在带领战友维持秩序。

新闻主播反复提醒大家：在此关键时刻，我们一定要提高警惕，防止被别有用心的人利用，大家不要忘了，有些人亡我之心不死，随时都可能跳出来兴风作浪，利用这件事大做文章。

佐罗虽然深受震撼，但表现比较平静，或者说对电视直播有点不以为然：至于吗，屁大点事，不就是几条狗，搞得那么紧张！哥做不到佐罗那样淡定，哥知道是怎么回事。哥清楚地看见，冲在最前面的，就是豹哥和落雁桥下的那些兄弟。

同样感到不安的，还有飞飞姐。她看到新闻后，立刻给辛可大师打来电话，说自己正在西山饭店打麻将，让辛可大师赶紧把可可接回家。政府也临时做出动议，要求全体市民谨慎出行，并全面封锁打狗队大院附近的区域，全市中小学临时放假，至于什么时候复课，静候通知。

辛可大师带着哥去接可可，红旗一小门口乱成了一锅粥。有两辆宝马撞在一起，车主在大街上大打出手，很多人在围观。交警赶过来处理，结果被其中一位光头的胖子来了一拳：你他妈给我滚远点，小心我找你们所长，砸了你的饭碗。交警一看这光景，索性站在边上看热闹。就最终的战果而言，胖子似乎并没有占多少便宜，他的裤子被撕了下来，露出白色的爱马仕内裤，在阳光下有点刺眼。

刚把可可接回家，辛可大师就被叫到万年讲堂开会。校长接到市里通知，让京大组织专家紧急攻关，研究为何会发生如此骇人听闻的事件。哥看见几条狗被带进生命科学学院的实验室，正在提取血液样本。有传言说，由于大气污染或者吃多了三聚氰胺和地沟油等原因，狗可能得了某种怪病，基因发生了突变，因此性格变得极为狂躁。如果真是这样，那情况就复杂了。京大必须在最短时间内拿出一份报告，为领导下一步决策提供参考。

因为这事极为罕见，京大狗协在莫须有湖边召开紧急会议。哥看得出，大家都很紧张。京都宠物界流言四起，据说政府正在研究，有可能出台屠城政策，灭绝市里所有的狗，连有京都户口者概莫能外。有的传言更邪乎，说这次连香香这样的宠物猪也很难幸免。总之，整个京都宠物界，特别是宠物狗个个惶恐不安。会议刚开始，就听见下边有许多母狗在失声痛哭。

亚历山大到底见过世面，尽管他心里也很恐慌，但面上表现得还算镇定。他在会上发表了长篇讲话，要求大家不要过于惊慌，一切尚在发展过程中，相信结果不会太坏。亚历山大要求大家务必要讲团结，顾大局，不捣乱，不要轻信谣言，要相信政府，毕竟他们还是需要我们的。就算是政府有屠城计划，也不能不考虑动物保护组织的抗议。

为了应付当前的复杂形势，由亚历山大提议，狗协通过了几条临时决议：

1. 绝不容许狗协会员参与类似的抗争活动。
2. 狗协会员尽量避免在公共场所活动，免得授人以柄。
3. 狗协会员要配合政府，在京大宠物界多做思想工作。
4. 在此关键时刻，狗协会员要表现得比以往更为恭顺。

狗协还成立了“应对突发事件行动小组”，亚历山大提议哥担任组长。本来以哥的资历，根本不可能担任如此重要的职务。可大家都觉着这是个苦差事，谁也不想干。哥也在会上表示自己恐怕无力胜任，但大家一致起哄通过。亚历山大特别鼓励了哥几句：后生可畏嘛，也只有在大风大浪中才能锻炼成才。

在整个会场上，表现最为淡定的是萨克齐。他还是往日本色，根本不以为然，甚至有兴趣给大家讲刚听到的充满智慧的黄段子，结果引来一阵嘘声。马大姐更是跳起来怒斥萨克齐：小萨，以前别人说你二，我还以为是开玩笑，现在我觉着你不是二的问题，根本就是没心没肺！萨克齐听了也不生气，笑着环顾四周：我二吗？你们真的觉着我很二吗？二能这样有智慧吗？

所谓“应对突发事件行动小组”根本就无事可干。但哥也不能浪费这个出风头的机会。会后哥把小组成员召集起来，装模作样讲了一大通，尽管哥讲得很激情，其实都是屁话。哥就下一步的工作做了几点部署，比如让他们去给猪啊猫啊做工作。大家都心不在焉，喊了几句口号溜之大吉。Pitt 对哥的第一次表演非常赞赏，他说哥的讲话高屋建瓴，特别有领导范儿。

随后，哥跟 Pitt 赶紧去找亚历山大汇报，这当然是最关键的。亚历山大对此非常满意。不是说对哥的工作满意，而是对哥在第一时间请示他深感欣慰。他说：Pitt 说你笨，我看你不笨嘛，在关键问题上脑子很清楚嘛！哥赶紧说这都是在亚历山大的指引下，边学边干！亚历山大又鼓励了哥几句，留下 Pitt 陪他聊天，让哥放手去工作，他对哥是高度信任的。亚历山大还笑着说：好好干，我把你放在这么重要的位置，是有深远考虑的。至于到底怎样考虑的，他没说，哥也没问。

会后，麦当娜一直在莫须有湖边等哥。哥跟亚历山大聊完，赶紧跑过去找她。她正在听萨克齐讲段子，笑得眼泪快流出来了。萨克齐见哥过来，等把段子讲完，吹着口哨晃晃悠悠地走了。临走时还特别问哥：柏拉图，你也觉着我很二吗？哥笑道：您那不叫二，那是智慧，燕雀安知鸿鹄之志！麦当娜听着直笑，萨克齐过来拍拍哥，深情地道：兄弟，还是你理解我，生我者我妈，知我者柏拉图也！

阳光明媚，蔷薇花在静静地开放。但哥很对不起这美好景致，心里极度不安和压抑。哥的心脏老在剧烈地跳动，手脚有点麻木。是的，哥很沮丧，麦当娜看出了这一点，她陪着哥在莫须有湖边散步，反复安慰哥。

哥给麦当娜讲起与龙哥的往事，除了吃屎的细节。麦当娜非常理解哥对龙哥的感情，她也不认为龙哥这样做有什么价值。哥给她说起妈妈讲过的话，麦当娜哭了。其实哥也想哭，只是强忍着泪水。

麦当娜说，尽管发生了很多不幸，但她始终相信生活是美好的，比如说现在，至少我们还在一起，还有阳光和盛开的蔷薇花。哥知道，麦当娜出身名门，对生死不可能有哥这样深刻的体会。当然了，她也没必要体会这些，但愿在她的生命中，永远只有灿烂的阳光和盛开的蔷薇花。

但哥做不到，也许哥的心里藏不下太多阳光，所以也就不能像麦当娜一样，会看见那么多阳光。这有点像王阳明的观点，但不全是。哥也不承认哥的心里只有黑暗，而是黑暗与阳光总是在哥的生活中激烈转换，哥来不及把两者区别开来。哥是这样，也许龙哥亦复如是。

麦当娜还谈到了窦卫国，她为此有点沮丧，毕竟窦卫国是她的主人。据麦当娜讲，尽管窦卫国有心理准备，但校领导班子的决定还是出乎他的预料。他从没想过院长的帽子被人拿掉，而且是发给董浩波！他为此给表哥打电话，表哥也气得火冒三丈。但他安慰窦卫国别气馁，至少还保留了行政级别。这就意味着窦卫国并没有出局，还有东山再起的本钱和机会。问题是要吸取教训，不能再被别人牵着鼻子转圈圈。

这些道理窦卫国当然懂，但心里依旧很郁闷。据说连给研究生的课暂时也停了，整天关在家里生闷气。不是咒骂董浩波，就是数落辛可大师。窦卫国对着夫人起誓，要不弄死这几个王八蛋，誓不为人。其实打击最大的是窦夫人，好几天都不去蹦擦擦，以前的舞伴，似乎也刻意躲着她。据说他们个个摩拳擦掌，正准备报名参加附近的瑜伽培训班，原因是董浩波的老婆喜欢练瑜伽。董夫人好像还师从过一位印度的高僧，得过什么奖。窦夫人想起这事就心如刀绞，吐着口水大骂：真是一帮猪狗不如的势利东西！

麦当娜说，窦夫人最近对她的态度特别好，看见萨克齐比爹还亲。这点哥非常理解，窦夫人对麦当娜给予厚望，希望在关键时刻能助窦卫国一臂之力。至于萨克齐的心思，她当然一无所知。如麦当娜所言，萨克齐对小母狗并不感兴趣，他只对二感兴趣。每次看见麦当娜跟萨克齐在一起，窦夫人都很激动，只是对他们始终没有结出果实，多少有点失望。

对麦当娜讲的种种，哥只是姑妄听之。哥心里始终挂念着龙哥。哥想知道结果，哥也怕知道结果。

依麦当娜的意思，几天不见了，她很想跟哥亲热一下。但哥真的提不起一点兴趣，为此麦当娜多少有些失望：哥，不管怎么，生活还得继续！哥明白她的意思，把她带到小食堂后边，搂在一起。

小食堂后边有一棵枣树，枣树下有一片草坪。这里人比较少，以往都是哥与麦当娜幽会的地方。当然了，经常也会有男女同学在此陪着我们。大家各忙各的，和平相处、互不干涉。他们虽青葱少年，但也没玩出什么新鲜花样。唯一值得说说的是，一次哥发现两个食堂的胖师傅也在这里凑热闹，其中一个长着硕大的脑袋，上边没有一根毛，或者有一两根，哥没注意。

就在哥跟麦当娜亲热时，哥突然透过食堂的窗户，看见电视上滚动播出的新闻，镜头非常血腥，还配着极为雄壮的进行曲。

全副武装的特警端着冲锋枪冲了进去，到处扫射。楼上的狗一个个如流星般坠落。院子里的狗狂叫着反扑，但在冲锋枪下一排排倒在血泊中。狗的尸体堆满了整个院子，包括楼道，鲜血满地横流，场面残忍恐怖至极！为了行动方便，装甲车还推倒了临街的一面墙壁。

新闻主播情绪激愤，用几近颤抖的声音播送事件的经过。据他讲，在总指挥部的英明领导下，英勇的特警战士冒着巨大的危险，向占领打狗队大院的敌人发动了总攻。这些凶残的敌人进行了激烈抵抗，战斗极其惨烈，很多战士光荣负伤。前线记者还采访了一位负伤的战士，他表示已做好了牺牲的准备，并含着眼泪向自己的父母和妻子问好，让他们保重！应记者的要求，他还朗诵了已经写好的遗书，内容类似林觉民的《与妻书》。记者一再表示，所有参战的战士都写好了遗书，誓与疯狗血战到底。

新闻主播还宣读了社会各界的慰问电，特别是网民们的感人留言。在宣读这些慰问电时，主播一度声音哽咽，潸然泪下。据主播讲，目前特警已经全面占领了打狗队大院，除了为数不多几只逃脱外，其他的都被击毙。主播表示，特警在人民群众的大力支持下，正在以秋风扫落叶之势追剿残敌。为此前线记者采访了总指挥，他让市民放心，有领导的英明指挥，他们会继续战斗，一定不会放过一个敌人。记者还让总指挥与家人做了连线，看着儿子稚气的笑脸，他泪流满面，表示忠孝不能两全，嘱托老婆带好孩子，等待他的凯旋。

这一幕彻底让哥崩溃了，瘫倒在地。麦当娜见状，傻乎乎地看着哥，一时不知所措。哥的心脏几近爆裂，脑子里一片空白。但在哥的心里，多少还有最后的一丝希望，因为在被击毙者中，至少哥在镜头里没有发现龙哥。也许是哥眼花了，没看清楚，龙哥已经死了。

麦当娜扶着哥站了起来，哥再走近了一些，突然看见龙哥在镜头上一闪，就消失得无影无踪。那些堆放在院子里的尸体，似乎没有一个外形与龙哥相似。麦当娜说，哥这是自我安慰，也许龙哥早就死了。

哥想起上次自己被追杀，龙哥说他始终不相信哥已经死了。这次哥也抱着同样的侥幸，但这份侥幸是如此虚无渺茫，不堪一击。

第十九章

鲁迅先生说过，绝望之于虚妄，正与希望相同[①]！哥就这样被各种虚妄的念头蹂躏着，惶惶不可终日。唯一给哥希望的，是新闻上说有几只公狗还在逃窜。哥不能证明龙哥活着，就像不能证明他死了一样。

电视上每天播放着相关的消息，除了些许血腥的镜头，主要是宣传所谓打狗精神。连其貌不扬的胖打狗队员，似乎也成了这个城市的英雄，按照惯例，各种荣誉称号铺天盖地。与此同时，政府调集大量的人力物力，在全市开展百日严打行动，主要对象是流浪狗，也包括其他的流浪动物。单是上一周，就有几百只野猫被处决。

凡被逮捕的流浪动物，都被拉到京都西郊的某个垃圾处理厂处死。因为考虑到存在狂犬病隐患，流浪狗被区别对待，处死后焚尸扬灰。政府号召广大市民，大力发扬五十年代“除四害”的精神，打一场流浪狗歼灭战。报纸上每天都会通报灭狗的新数据，看得哥心惊肉跳。

除此之外，在统一部署下，各大媒体积极报道了各种型号的灭狗英雄以及他们的英勇事迹。其中有位小英雄是小学三年级的学生，用自制的武器，一天灭狗 11 只。他还亲自向记者展示了杀狗的过程，刀法娴熟，堪与庖丁大师媲美。京大、师大等著名学府纷纷表示，有意特招该少年英雄将来就读本校的动物学专业，并提供优厚的奖学金。

京大师生也积极响应政府号召，投身于剿灭流浪狗的战斗。跟普通市民不同，京大充分展示出高等学府的文化科技优势。比如法学院召开流浪狗管理立法研讨会，文学院排演了灭狗话剧《大刀向狗头上砍去》，物理系在法国断头台的基础上创造了大力神灭狗器，化学系研制出比砒霜还毒一万倍的 777 灭狗丸

① 参见鲁迅《野草》，原为匈牙利诗人裴多菲致友人信中语。

等等。京大学生会更是不甘人后，展开全校学生灭狗大比武活动，莫须有论坛每天都有各院系灭狗数目统计，蔚为壮观。

有的院系为力争上游，甚至偷偷对京大的宠物狗下手。这件事在京大宠物界引起巨大恐慌，大家吓得不敢出门，大小便失禁者比比皆是。好在由于法学院的学生偷杀了校长丈母娘的巴儿狗，引起老太太盛怒，这种不法行为才被及时制止。校办为此发出通告，强调京大内部宠物不在绞杀之列。如果学生私自猎杀，将严肃处理甚至开除学籍。

通告发布后，狗协会员们激动地抱头痛哭，庆幸总算逃过一劫。就连向来从容不迫的亚历山大，也老泪纵横。他给哥和 Pitt 说：你们年轻，可不知道，群众运动一旦搞起来有多可怕，当年连麻雀都快灭绝了！狗跟麻雀能比吗？人家长着翅膀，数量也比我们多得多！

辛可大师对此却很淡定。他以为这不过是集体起哄。据辛可大师讲，他哥哥小时候参加过“除四害”的战斗，而且是学校消灭麻雀的先进个人。据说他一天就歼灭一口袋麻雀，外加一书包苍蝇，被誉为麻雀杀手。为此他还深入虎穴，经常睡在树上，类似卡尔维诺笔下的柯希莫男爵[①]。总之，辛可大师是见过世面的人，当下这点事对他而言，只是小儿科罢了。

但以他的经验，这类运动就其本质，也是生意。看着冠冕堂皇，其实各有所图。世上最荒诞的事情后边总是隐藏着残酷或者肮脏不堪的真实。可惜这次生命科学学院的韦操教授比他反应还敏锐，下手更快。

京大开完动员会后，韦操连夜组织生命科学学院的技术骨干，起草了一个研究报告，主题是“关于狗攻击人类的分子生物学机理研究”。报告指出，有必要通过基因等方面的系统研究，找出狗有组织有计划地攻击人类的根源。就本项目的重要性，韦操除了强调可有效制止狗的攻击和维护社会安定，还认为如果取得重大突破，非常有可能获得诺贝尔生理学或医学奖。

韦操的项目得到了校学术委员会的高度肯定，准备申报国家级科研专项，至少是部级科研专项。一听到这个消息，辛可大师有点坐不住了。他立刻让钱大姐把董浩波叫到办公室商议对策。

——董大院长，现在大家都在灭狗，我们院也该有所表现吧！

——师兄，咱是搞文科的，跟这沾不上边啊。

① 参见伊塔洛·卡尔维诺《树上的男爵》(1957)。

——那也不能让韦操这孙子吃独食啊。

——是这个理，可人家搞生物学研究，专业对口！

——老董你就不能解放思想吗？怎么不对口了，硬对不就对上了吗？

——能对上当然好，那就看师兄您的了。

辛可大师看着董浩波一脸无奈的样子，只好亲自动手。好在处于互联网时代，他跟小卞等几个学生又是百度又是谷歌，熬了一通宵搞出个项目报告。报告的主题是“新时期狗的伦理控制系统研究”。报告认为，社会生物学、动物行为学、社会心理学和环境伦理学的最新成果业已证实，动物和人类的群体行为差异远没有想象的那么大，动物同样具有高度的智力和丰富的情感。不少哺乳动物（特别是宠物）群体中也有道德规范与爱恨情仇。人类对动物的驯化机理就是用人类的伦理规范对它们进行有效的伦理控制。

作为人类长期驯化的产物，人与狗的关系堪称协作进化的典范。报告指出，为何几千年来从未发生类似已经被驯化的狗对人类疯狂攻击的事件，说明传统道德伦理规范对狗产生了潜移默化的影响。现在狗之所以疯狂攻击人类，是人与狗互动失范的结果，不完全是生理原因，也有社会心理原因。任何有组织有计划的行为不可能是盲目的生物冲动。当下的祸端与不重视传统伦理有很大关系。只有运用21世纪的最新科研成果，以东方价值体系为准绳，通过系统的伦理控制训练，切实解决狗的道德伦理问题，实现狗的交互利他行为，才是避免再次发生类似恶性事件的根本措施。因此，关于新时期狗的伦理控制的研究，社会效益和经济效益极为显著，作为填补重大空白的跨学科研究，在国际上处于学术前沿，不但很必要，而且极为紧迫。

董浩波看了报告有点担心，问辛可大师这样说是不是太邪乎。辛可大师听了很不高兴：你是院长，你说了算！董浩波听了赶紧道：师兄，我这院长不是替您和豹哥当的吗？你说行就行！立刻安排院办报了上去。

校学术委员会对辛可大师的报告意见不一。有人认为该项目缺乏科学依据，对狗进行伦理控制研究，没有先例，也很荒诞！跟马戏团训练狗钻铁圈能有多大区别？！但辛可大师的老同学、胡副校长不以为然：科学总是要探索未知领域，搞有先例的东西还能叫科研？布鲁诺提出太阳中心说，大家都认为他是胡扯，结果呢？训练狗钻铁圈和让狗具备东方道德伦理意识，怎么可能同日而语？这种跨学科研究很能体现京大综合性大学的学科优势嘛，说不定能产生一批既有中国特色、又在国际上叫得响的学术成果。建议列为校级重大创新研究专项，并申报部级、国家级重点专项，希望由历史文化学院牵头，吸纳生命科学学院和心理学系的教师参加，共同攻关，争取在最短的时间内拿出成果。见胡副校长这么说，大家也就姑妄听之。反正这事跟自己无关，只要上面愿意立项，弄点钱没什么不好。

在项目申报方面，辛可大师是行家里手。他认为，要成功申报项目，必须把握好天时、地利、人和三个环节。所谓天时就是看领导最近关注什么，或想干什么，项目要契合领导的意图。所谓地利就是必须有一个好的平台，哪怕是拉虎皮唱大戏。人和是三者中最为关键的，就是要搞定主管领导和评审专家，而前者是关键中的关键，一般来说专家都听主管领导的，如果不听，他也有办法把他换掉。具体操作办法很简单，就是让他们有利可图。

至于项目真正的价值，是非常次要的问题。很多利国利民具有重大科学价值的项目之所以无法申报成功，就是没有处理好这三方面的问题，特别是没有跟主管领导或专家们结成利益共同体。所谓无利不起早，没便宜可占的事情谁也不愿帮忙，除非主管领导或专家是你亲爹。

按照这个标准，辛可大师对自己申报的项目很有信心。天时自不必说，现在满大街都在打狗，领导们对此高度重视；京大历史文化学院的牌子不可谓不亮；辛可大师只需在人和上加把劲，就可以把钱弄到手。

报告递上去后，辛可大师马不停蹄展开活动。他首先让豹哥约了主管领导齐司长见面。齐司长是豹哥多年好友，他家的柜子里堆满了豹哥的考古成果，据豹哥说，有一件还是春秋时的青铜器。齐司长平常送礼的古玩字画，也由豹哥帮忙料理。

齐司长说他正在参加一个重要会议，中午有点时间，可以临时见一面。豹哥本来想请齐司长吃饭，可齐司长说时间紧张，并强调会开得腰疼，要不就在附近的高级保健会所见，顺便放松一下。

豹哥说行，开车跟辛可大师提前赶到齐司长指定的、四季桥附近的高级保健会所。豹哥是这里的常客，要了最大的一间包房，点了两个身材不错的技师，一边做按摩，一边抽着烟跟辛可大师看电视、聊天。其中一个有点小胡子的是豹哥的老乡。豹哥跟她用胶东土话插科打诨，两姑娘被逗得花枝乱颤。

豹哥开玩笑说要深入研究一下老乡的 D 罩杯，看是不是真家伙。豹哥老乡很大方：哥想怎么研究都行，俺这可是正品行货！豹哥听了，侧过头自豪地对辛可大师道：看见了吧，还是我们山东人实在！辛可大师笑道：毕竟是孔孟之乡，西北蛮夷没法比啊！

电视上正在播放著名的《交锋》节目。也算凑巧，这一期嘉宾正好是京大的张峰奇和牛博士。场面很热闹，唯一美中不足的是，女主持人的胸有点小。据豹哥老乡判断，最多也就是B罩杯，而且极有可能里边垫了水袋或橡胶。辛可大师问为何？豹哥老乡哼哼道：这还不简单，你看她的事业线，做得多假啊。

讨论的焦点依然是国企改革。就为这玩意，两人在各种媒体上缠斗了半年，各有一堆粉丝跟着起哄，不相上下。张峰奇显得很自然，牛博士跟往常一样，依然一副愤青模样。当然，这副模样对塑造他正义公知的品牌形象具有非常重要的价值。屈原、鲁迅、格瓦拉，大概都是这个样子吧！

两人多次交手，又同为京大的教授，可谓知己知彼。节目一开始，马上就对上了火，一个绵里藏针，一个义愤填膺，搞得火花四溢，好不热闹。《交锋》节目收视率一直很高，两位实在是功莫大焉。

——张教授的理论就是把国家的鲍鱼以白菜的价格卖给私人！

——那得看这些企业是不是鲍鱼。就算是鲍鱼，如果是烂鲍鱼，能卖个白菜价就不错了，总比彻底烂掉喂狗强。

——可据我了解，很多鲍鱼以白菜的价格卖给私人后，结果以鲍鱼的价格转手他人！这怎么理解呢？

——这不简单吗？人家体制灵活，经营得好，提升价值，变腐朽为神奇啊！

——是吗，厨艺高到把白菜做成了鲍鱼？在座的各位信吗？

下边的观众齐声道：不信！

——牛博士，恕我直言，您这是完全不懂现代经济学！

——别拿这吓唬我，我MIT的老师说过，如果你什么都不会，就去做经济学家，扯淡你总会吧！

——这话打击面也太大了吧，简直是污蔑！

——我污蔑了吗？损公肥私也算经济学？强盗学吧！现在有些人完全成了权贵的帮凶，失去了知识分子的良知！

——哼哼，还真没看出牛博士的良知！

——我只是代表普罗大众说话，绝不会为了几个臭钱，出卖原则和良心。

显然，牛博士的言辞更具煽动性，掌声如潮。牛博士像只正义的公鸡，滔滔不绝没完没了。张峰奇被弄得脸红脖子粗，想辩驳几句根本插不上话。最难堪的是主持人，看着场面有点失控，只好祭出最后一招，进广告。

辛可大师跟豹哥躺在按摩椅上看热闹。豹哥老乡哼哼了一声，道：就他那个德行，还能代表谁！豹哥听了，故作严肃地道：你这样说就不对了，有些人生到世上，就是来代表别人的！那我也不需要他代表！豹哥老乡不甘示弱。辛可大师大笑道：被人代表是荣幸，别身在福中不知福！

给辛可大师按摩的小姑娘一直沉默不语，辛可大师问她有什么高见。她说自己能有什么高见，字都认不全。辛可大师让她说说看，别尽让山东人显摆了。她想了会道：俺倒无所谓谁代表俺，就是觉着说鲍鱼挺好玩的！辛可大师问怎么好玩啊？她说：这个，不好说，你问俺姐好了！没等辛可大师问，豹哥老乡抢答道：不就那玩意嘛！现在真的跟白菜一样便宜了！

辛可大师跟豹哥听了哈哈大笑，豹哥道：那就请张峰奇出点招，提升一下价值，看能不能卖到鲍鱼的价格！

过了大概一小时，齐司长推门进来，顺便跟豹哥打了个招呼。豹哥介绍辛可大师给齐司长认识，齐司长只是淡淡一笑。齐司长的态度辛可大师一点都不奇怪，至少比他们司里那些小处长客气多了。别看辛可大师是名满天下的大教授，可在他们眼中，也就是个微不足道的小老百姓。

齐司长刚躺下，豹哥老乡就笑着冲他道：齐哥，好久不见，把妹子忘了！齐司长翻身而起，怒气冲冲指着豹哥老乡道：你叫谁哥，庸俗！我认识你吗？我根本不认识你！豹哥老乡撅着嘴道：还不认识？齐哥你就装吧，上次没把人家舔死！齐司长彻底怒了：你胡说什么？！你这是侮辱我，你给我滚！豹哥一看这情况，赶紧打圆场：领导，人家就是个小孩，胡说两句，你大人不计小人过。然后摆手让她们出去！

豹哥老乡极不情愿地起身往外走，走到门口甩了一句：真他妈能装！齐司长这下彻底火了，大叫：给我站住，你骂谁呢？一点素质都没有，把你们经理叫来！豹哥赶紧让她走，笑着安抚齐司长：领导，别跟她们一般见识，毕竟她们是坐台的，不是坐台上的，这样吧，再给你找一个！齐司长听了，很不高兴地冲豹哥道：冯总，我可是人民公仆，怎么能这样胡闹！

辛可大师一直笑着没做声，他知道，齐司长之所以发作如此，都是因为有外人在场！如果只是豹哥和他，早口不遮掩了。在这方面，跟别的男人不同，齐司长凡事亲力亲为，勤劳得就像小蜜蜂，姑娘们倒是省事了，只需躺在床上或特制的沙发上嚼口香糖好了。

豹哥又给齐司长找了一个技师，跟齐司长躺着闲聊了几句。因为齐司长下午还有会，豹哥赶紧转入正题。齐司长把辛可大师的报告翻了两页，说这个想法不错，然后就闭目养神，没有后话。

辛可大师知道怎么回事，给豹哥递了个眼色。豹哥心领神会，对齐司长道：事情是好事情，又有辛教授这么强有力的学术团队，关键是您要挂帅啊，领导。齐司长慢悠悠地睁开眼：现在上边三令五申，要建设服务型政府，我们就是为辛教授服务的，何必客气！说完又闭上眼睛不吭声。

豹哥赶紧道：那是，您在教授中间的口碑没得说，说句不客气的话，还很少见过像您这样文化素养高的领导！辛可大师接了话题道：我拜读过司长的文章，那真是生花妙笔，京大的教授根本没法比。齐司长听了终于睁开眼，冲辛可大师谦虚地摆摆手。其实齐司长到底写过什么，辛可大师根本不知道。他只知道齐司长以前是小学老师，专业好像是体育。

以豹哥对齐司长的了解，他是给辛可大师摆谱。其实他愿意出来，这事就差不多了，剩下的只是条件问题。干这个是辛可大师的长项，他反复强调，如果齐司长能够运作项目立项，他恳请司长能在百忙之中抽出时间担任顾问。至于参与本项目的人员，除了辛可大师的团队，其他的由齐司长来定。辛可大师还特别指出，自己非常钦佩司长夫人的才华，希望借司长的光，请夫人参与本项目。

其实大家都明白，辛可大师话里话外就是说项目经费齐司长占一头，而且不小。所谓由司长介绍别人参与项目，不过是分钱的一种方式。毕竟项目资金的使用有一套程序，不能直接把回扣打到司长的账上。至于司长夫人，根本就是教育局的小职员，比白丁强不了多少。上次辛可大师申报了一个项目，连领导家的保姆也是项目组成员。当然了，保姆长什么样，项目做完了他也没见过。

听辛可大师说完，齐司长抽着烟想了想，道：这么好的项目，当然要支持，这倒不全是因为冯总的关系，关键是这个项目利国利民，非常有价值。至于其他的嘛，我们是人民公仆，当然要廉洁自律，否则对不起组织的培养，对不对？豹哥和辛可大师赶紧点头称是。齐司长接着道：这事我再研究研究，不过你们该走程序走程序，别耽误了，至于评审委员那里，冯总还要做点工作！

说完这番话，齐司长因为要开会，起身离开。辛可大师跟豹哥把齐司长送到门口。齐司长上车前对豹哥道：冯总，最近有位领导的司机的外公的儿子的小姨子的女儿要过生日，能不能给找个好玩意，这次冯总决不能再客气，钱我自己出！豹哥让他放心，回头让自己的司机送过去。

司长离开后，豹哥冲着马路啐了一口，比划了一下中指。辛可大师只是笑笑，没做声。不一会，豹哥就收到齐司长的短信息，内容简单，四个字：至少四成！豹哥把手机拿给辛可大师看，两人都笑了。

齐司长既然都开了价，应该没多大问题了。但评审委员会的几个老家伙这一关还要过。一般来说，如果不把这些头发稀疏慈眉善目类似太白金星的家伙搞定，就算你的课题多重要，弄好了能得诺贝尔奖，也别想过关。

辛可大师把董浩波叫到成贤会所，三人合计了一下。辛可大师认为，给每个评委送礼是必需的，这件事由豹哥操办，最好是购物卡。至于社科项目的评委会主任霍老，除了送礼还要约出来做点工作。霍老是学部委员，历史学界的权威，据说不但听过陈寅恪先生的课，还吃过陈寅恪老婆做的韭菜炒鸡蛋。

辛可大师对霍老并不陌生，他跟辛可大师的恩师曹老是校友。霍老是学术圈子里出了名的评审专业户。至少在社科领域，大部分项目评审都有霍老的身影。至于他做过什么学问，写过哪些文章，大家所知甚少。类似霍老这样的大师，评审专业户，在学术界委实不少。靠着做评委，他们建立了自己在学术界的地位，当然也先富了起来。

要搞定霍老，辛可大师认为最好的办法是美人计。类似乾隆皇帝自诩十全老人，霍老也被称为十多老人，其中女人之多在文化教育界人尽皆知。具体如下：

老婆多：谁也搞不清楚霍老到底结了几次婚。这都是新婚姻法的恶果，否则如康有为等先贤三妻四妾，何必麻烦如此。

女人多：除了明媒正娶的各种型号的老婆，霍老还跟很多女人留下无数风流韵事，具体数目连他自己也搞不清楚。

帽子多：有人开玩笑说，如果把霍老担任的各种官方或非官方职务详细罗列，怕是能出一本书，而且绝对不薄。

著作多：尽管霍老没认真做过几天学问，但写着他名字的各类著作，何止汗牛充栋，一卡车都装不下。

票子多：霍老是评审专业户，每天在各处传经布道，每年的讲课费和香火钱相当可观。

老师多：搜索霍老师承，足足有几万条，凡近代著名学者，从章疯子到陈寅恪，莫不是霍老恩师，每家的韭菜炒鸡蛋他都吃过。

学生多：因为霍老的江湖地位，自称门生者遍布寰宇，大部分霍老连名字都没听说过。孔圣人弟子3000，跟霍老比算个屁啊。

朋友多：想变成学术江湖的大佬，独坐寒窗肯定不行，霍老广交天下英雄，不避鸡鸣狗盗之徒，堪称当代的孟尝君。

交际多：有门生统计过，为了中国的学术进步，霍老呕心沥血，一辈子几乎天天有饭局，可谓鞠躬尽瘁死而后已，刘伯伦何足道哉。

墨迹多：国人中题字最多者当属乾隆皇帝，肉乎乎的乾隆体遍布神州，霍老排名老二，特别是见了漂亮姑娘，拦都拦不住，非题不可。

据辛可大师讲，所谓十多绝非霍老独美，除了曹老，其他的学术界大佬，基本上大同小异。以女人为例，理学院的郎惠中虽然从数量上无法与霍老媲美，但也有过人之处，比如以72岁高龄娶了27岁的女学生，可谓技惊四座。孔夫子要是地下有知，一定死不瞑目！为何？他爸爸的作为跟郎惠中比，根本就不值一提，可他背着“野合”[①]的污名，郁闷了一辈子！

辛可大师说，尽管自己现在名满天下，但跟霍老比还有相当的差距，需要加倍努力。在他看来，霍老就是当代学人奋斗的终极目的，如果胡适、鲁迅诸先生活着，大概也不过如此，要不只能是湮没无闻郁郁而终。

听了辛可大师的介绍，豹哥说：这好办啊，我这里各种型号的小姑娘应有尽有，咱可是做肚脐眼以下生意的专业户。辛可大师笑道：冯总有所不知，霍老可是周敦颐笔下的荷花，只喜欢良家妇女，特别是年轻的女知识分子，大学教师最好。董浩波听辛可大师这么说，想了想道：要不就让程程老师一块去，回头把她也拉进项目组，相信她也愿意。

辛可大师说行，让董浩波给程程老师说说。本来豹哥主动请缨要请霍老，辛可大师说还是让董浩波请。董浩波现在是院长，手里有大笔的公款，不花白

① 见《史记·孔子世家》：“纥与颜氏女野合而生孔子。”野合者，两人年龄相距太大，不合礼制。

不花，既然是白花，何必让豹哥破费。董浩波欣然应允。

董浩波说，原来签单的感觉真的很棒。他当了多年的副院长，还没有如此过瘾。历史文化学院向来是一支笔，连书记报销几块钱也要看院长的脸色。现在这个尴尬的角色，换成窦卫国了。董浩波说窦卫国真不是个东西，连他孙子的尿布，也拿到院里报销。辛可大师笑道：这有什么，以后你也可以把尊夫人的内衣拿到院里报销啊。说完惹得哄堂大笑。

请霍老的地方原本订在禅浴天堂，霍老也同意，他非常喜欢会所的鸳鸯浴。对禅浴天堂的装修风格，霍老也赞赏有加，认为颇具古风，充满着高雅的文化气息。可到了跟前，他的女秘书打来电话，说霍老要在夜巴黎见个外地大学的校长，也是因为项目审批的事，时间上可能有点紧张。为了就霍老的方便，请客临时改到了夜巴黎。

当时哥也在夜巴黎。哥去夜巴黎当然不是赴宴，而是找妮妮打听龙哥的消息。夜巴黎人来人往，三教九流无所不包，消息比较灵通。哥在去夜巴黎的路上，发现很多通缉逃亡疯狗的告示，内容极为混乱，很难说就是龙哥，至于上面的肖像，画得很卡通，类似迪斯尼动画里的史努比。

据妮妮介绍，最近这件事确实是客人们谈论的热点话题，至于哥要找的龙哥，她搞不清楚，只是听人说，逃窜的疯狗有几只被逮捕处死，但有一只还在逃。打狗队已布下天罗地网，估计最近几天就能捉拿归案。

哥听了心情很复杂。但愿那个侥幸逃脱的，会是龙哥。本来妮妮很有兴趣跟哥谈谈她对存在主义的新思考，但见哥心慌意乱，只好不了了之。妮妮说，其实哥没必要郁闷如此，跟法国大革命相比，这实在算不了什么。

至于辛可大师与霍老他们聚餐的详情，也是妮妮后来告诉哥的。哥当时有事，提前走了。哥约了行动小组的几个骨干见面。无论如何，作为组长，哥得利用这个机会作作秀。听 Pitt 说，亚历山大对哥的工作还算满意，并暗示等这段风潮过后，极有可能提升哥为狗协的秘书长。尽管这只是 Pitt 的猜想，但哥也需要未雨绸缪。

据妮妮讲，董浩波请客的包间很大，是这里最奢华的，英国女王、法国总统、意大利总理访华时，都在这间屋子用过餐。客人除了辛可大师、董浩波、霍老，还有院办主任和程程老师。妮妮对程程老师印象不佳，认为程程老师属于那种质感很差的女人。据妮妮讲，当时程程老师上身穿着透视装，事业线历历在目，唯一的看点是水蛇腰，但肚脐眼很丑。

当然了，妮妮完全是法国式的审美标准。在哥看来，程程老师的肚脐眼虽然是典型的倒三角，但没她说的那么丑。对程程的水蛇腰，哥跟窦卫国一样，持高度肯定的态度。程程老师在历史文化学院教伦理学，据说就是在水蛇腰的帮助下，被破格提拔为副教授。为此曾引起仇欢的极大不满，恨不得把她撕成碎片。当然了，自从仇欢红了以后，何止是副教授，直接破格为教授了。

哥没见过霍老，据妮妮描述是个头发稀疏的老头子，穿着唐装，很有些仙风道骨的味道。因为曹老的关系，辛可大师向来对霍老执弟子礼。霍老也很关心老学长，问曹老最近如何？辛可大师回答道：身体不怎么好，毕竟老了。听了这话，霍老扭头冲程程道：美女，你看我老吗？程程娇滴滴推了霍老一把：谁说您老啊，跟大小伙子一样！霍老听了哈哈大笑：对，男人嘛，只要美女说不老就不老，关键不是年龄，关键是美女怎么看！院办主任在边上帮腔：霍老真要老了，像程程这样的知性美女怎么办？没有您老的关照，她们能茁壮成长吗？董浩波赶紧端起酒杯，大声道：为了霍老永远年轻，大家干一杯！

辛可大师注意到，霍老的右手一直放在程程大腿上。后来辛可大师开玩笑说，霍老的行为完全属于生物学的研究范畴，跟历史学关系不大，程程老师如果多参与这种跨学科的研究，一定有机会在学术界大放光彩。

程程老师原本是窦卫国的人，但董浩波上任后，她审时度势，赶紧弃暗投明。这点哥也理解，程程老师在学术上实在太弱，如果不发挥水蛇腰的优势，在京大根本没法混。当董浩波找程程老师陪霍老时，她痛快地答应了：为了我院的事业，董院长一把年龄还这样奋不顾身，作为年轻人，我们责无旁贷。

程程当天的表现确实令人敬佩，不但跟霍老进行跨学科的研究，还不停地向霍老敬酒，甚至在霍老建议下大喝交杯酒。程程老师喝得满脸涨红，不时给董浩波递眼色，意思很明白：董院长，为了您，为了历史文化学院的事业，我豁出去了。董浩波频频点头表示肯定。

据妮妮说，大部分时间大家在谈论女人，霍老似乎对这个课题最感兴趣。也许是喝高了，霍老竟然讲起他的艳史，包括因为经常结婚离婚，跟落雁区婚姻登记处的女同志搞得很熟，其中一位成了他第十一届老婆。程程听了装得有点吃醋，霍老赶紧拍拍程程的肩膀：Sorry，在美女面前怎么能说这个，我自罚一杯！

关于辛可大师的报告，霍老评价很高。他认为这个创意跟他多年来的研究不谋而合。霍老说，中国圣贤讲人与自然的和谐，所谓天人合一，就是强调动物也有情感，也讲政治和道德。所以对狗进行道德伦理教育很有必要。辛可大师听了深表谢意：立项的事那就仰仗霍老了！霍老听了没做声，看了程程一眼：老朽何足道哉，一切都要看程程老师的了，程程老师，你说这事怎么办，我听你的！程程推了霍老一把，娇滴滴地道：讨厌！

辛可大师当然明白霍老的意思，不再多问。程程也确实很给力，在辛可大师的鼓励下，在霍老的脸上亲了一下，让霍老开心不已，大家也跟着哈哈大笑，祝霍老寿比南山、青春永驻！酒足饭饱，院办主任招呼霍老去唱歌，霍老欣然应允，说要特别为程程献上一首《山丹丹花开红艳艳》。

据妮妮回忆，霍老确实喝多了，出门时像半扇猪肉，搭在程程肩上。好像还吟诵了朱自清先生的名句“但得夕阳无限好，何须惆怅近黄昏”。半扇猪肉压在身上，程程当然有点吃不消，大口喘着气。董浩波不时用眼神鼓励她，意思很明白，为了历史文化学院的事业，这点牺牲是必要的。

后来的事，哥不得而知，妮妮没说，哥也不想问。但以哥的经验，程程跟霍老倒不至于做更深入的生物学交流。尽管霍老常常以曹孟德的诗自诩，所谓“老骥伏枥，志在千里；烈士暮年，壮心不已”，哥也相信霍老的不老豪情，但毕竟有些事是力气活，不认怂不行。

第二十章

哥四处打听，但始终没有龙哥的消息。Pitt 以为，即便龙哥从打狗队大院成功逃脱，在如此严密地搜捕下，龙哥可能早死于非命。随着时间的流逝，哥也渐渐接受了这个事实：龙哥不在了。

但哥的生活还得继续，至少哥还有麦当娜。麦当娜大概是受了哥的影响，最近也情绪不佳。好几次哥约她出来，原本想干点什么，但死活提不起兴致。Pitt 照旧去陪亚历山大，吹点枕边风，或搞点情报。据 Pitt 讲，让哥做行动小组组长，亚历山大颇有深意，他特意给哥这样的机会，希望哥能好好表现。

向亚历山大请示后，哥以行动小组的名义，把京大闲得无聊的宠物狗集合起来，组织他们在莫须有湖边的小树林里学习。为了扩大影响，哥还邀请了猪协、猫协的部分会员参加，比如成书记家的香香。尽管其他协会跟狗协不能相提并论，但这样做会有效扩大哥在宠物界的影响力。

作为非官方的民间社团，宠物协会的管理比较松散。为了吸引更多的宠物狗参加学习，Pitt 不但准备了一堆饼干，还特别安排了抽奖的环节。对于向来自由散漫惯了的那些公狗，Pitt 对症下药，邀请了京大最性感的母狗参加。性感母狗的号召力确实超群，公狗们蜂拥而至。为了哥的事业，麦当娜也做出了巨大牺牲，比如当着公狗们装模作样、搔首弄姿。尽管哥对麦当娜的品质很有信心，但不得不承认，在这方面她是专家。

学习的内容主要有两部分。一是亚历山大过去的重要讲话，或者说指示，这部分内容由哥来讲，哥不会放过任何拍马溜须的机会；二是学习政府特别是街道办的最新文件，由马大姐宣读。马大姐在这方面确实功力非凡，把枯燥的文件也能念得像莎士比亚的十四行诗一般动听。马大姐曾对哥哀叹过：姐要不是狗，至少也是翰林学士的人选。对此哥深信不疑。

为了调节气氛，除了穿插抽奖环节，哥还请萨克齐给大家讲点幽默的段子开心开心。萨克齐认为真正的哲人不但要思想深邃，还必须具备特别的幽默感。事实也是如此，萨克齐不但创造了屁话论，而且精通各种段子，自诩为亚伯拉罕第二！与亚伯拉罕最大的区别是，萨克齐的幽默感始终位于肚脐眼以下。

会前哥找萨克齐谈过，哥以为在如此正规的场合，最好讲点有教育意义至少肚脐眼以上的段子。但萨克齐的表现多少让哥有点失望，除了第一个段子是亚伯拉罕曾在国会讲过的，其他的都在肚脐眼以下。其中一个跟樊总有关：

> 春哥的舅舅樊总发明了一个机器，得意洋洋地向儿子展示：你知道这机器多厉害吗？在这头把猪放进去，那头直接出来的是香肠。儿子听了很兴奋，问樊总：那有没有一种机器，这头把香肠放进去，那头直接有猪出来。樊总听了很郁闷，叹息道：你妈！

就因为这个段子，成书记家的香香跟萨克齐冷战了很长时间。在香香看来，萨克齐分明是搞物种歧视！也有好事者对此做了过度解读，认为这是京大领导班子严重不团结的有力证据。其实这都是胡扯，京大领导班子什么时候团结过？现任的校长和书记势如水火，原因很复杂，但跟狗没有多大关系。

学习活动总体上还算成功，在京大甚至落雁区宠物界产生了热烈反响。落雁区宠物联合会会长还为此表扬了京大狗协，号召其他宠物协会向我们学习。唯一让哥不爽的是，麦当娜的前男友、牛博士家的花生跳出来捣乱。他那天正好喝了点酒，便借着酒劲在会上耍流氓。哥以为，酒精只是催化剂，更深层的原因是花生妒忌哥全面接管了他的前女友，故意给哥难堪。

他吐着口水大声道：学他妈什么学，就一土鳖，有什么可学的。要是往常，哥肯定会回击他，但屁股指挥大脑，哥现在大小是个领导，按照当家人不闹事的原则，哥忍了。花生还不依不饶：怎么一个屁也不敢放啊？吴家坟的瘪三！马大姐见状，严词斥责花生，让他闭嘴。但花生照旧满口脏话，骂个不停。他的小兄弟也跟着起哄。Pitt 过去跟花生理论，被他一脚踢翻在地：就丫一太监，滚！经花生这么一闹，场面变得极为混乱！

就在此时，哥看见麦当娜突然冲到花生面前，照脸就是一脚。花生应声倒地。突如其来的情况确实把花生弄懵了，躺在地上不知所措。他怎么都料想不到，前女友会对自己动手。麦当娜怒气冲冲地道：花生，我草你妈！你再闹事，小心老娘撕了你。被前女友当众羞辱，花生颜面扫地，神情沮丧地从地上爬起来，带着他的小兄弟走了。随之会场上爆发出一片欢呼声。大家都觉着非常解恨，因为平时花生没少欺负他们!

后来哥问过麦当娜：没看出来，你还这么生猛啊。麦当娜笑道：不是生猛，是看见花生欺负你，血往上涌，就顾不了那么多！麦当娜的话很让哥感动，为了感谢麦当娜的真情义，哥把她紧紧地搂在怀里。

辛可大师比哥要忙得多。年会马上要召开，各项筹备工作到了关键时刻。因为邀请的领导级别没达到鱼市长的要求，他好像很不高兴，钱给得也不像以往痛快。辛可大师只好拜托豹哥再找人疏通一下，并请易中正务必出席，哪怕是打个照面，毕竟易中正有顶规格不低的乌纱帽。

华姐的电话整天没完没了，让辛可大师干这干那。虽然很烦，但他也理解，毕竟华姐和手下在这方面缺乏经验。至于艳照，华姐最近很少发，大概因为既然每一寸皮肤都熟悉了，再发实在没什么味道，还是真人秀比较痛快。辛可大师完全理解华姐的想法，好几个晚上都梦见那张意大利进口大床。

接到大师协会的通知后，大师协会的会员从各地整装待发。爽爱诗的总裁还特别打来电话，表示虽然爽爱诗这次不冠名年会，但为了下一步更好地合作，特别为大师年会免费定制了一批高品质的安全套，已经装箱起运。总裁特别指出，这批安全套是他们跟京大合作推出的最新纳米产品，戴上后最大的感受就是感觉什么都没有戴。

哥见过该产品的广告，很有意思：一番云雨后，女人惊慌失措，大叫：你怎么不戴套套？我老公知道了咋办？！男人笑道：我戴了啊！女人道：你个大骗子，戴没戴我还感觉不到？！男人道：我戴的是爽爱诗最新纳米技术套套，戴上它跟没戴完全一样！后来哥在辛可大师的书房里见过这款产品，可惜型号完全不搭调，否则哥也想偷一只跟麦当娜试试。

虽然有些磕磕绊绊，但筹备工作基本上还算顺利，除了仇欢跳出来给辛可大师添堵。前几天钱大姐到他的办公室，大吐苦水，显然被仇欢折磨得够呛。

据小卞讲，本届年会的食宿交通由华姐公司统一安排。但仇欢提出非要房车和总统套，否则就拒绝参加。以仇欢现在的知名度，不参加势必会引起东州市领导的不快。据华姐说，包括市长书记，东州市有很多领导是仇欢的粉丝。特别是财政局长，威胁如果仇欢不来，尾款就麻烦了。华姐在电话里还被仇欢挖苦了一通，只好把这个难题推给钱大姐。钱大姐给仇欢打电话解释，结果很糟糕。

——小仇，听说你……

——老钱我告诉你，没有房车、总统套我不去！

——他们安排了奥迪 A6，这还不行吗？

——奥迪 A6，你以为我是乡长还是村主任？还好意思说，连人家煤老板都不如，我可是有身份的人，丢不起那人！

——可参会的大师都坐奥迪 A6，包括你的老师辛可大师！

——那……那我不管，别拿辛老师吓唬人！你知道我现在出场费多少钱吗？这次我看在辛老师面子上，免费出场，你们好意思拿个破车糊弄我！

——可……小仇，房子是早定好了的！

——这个我不管，反正没有总统套我不去，平时我出去演讲，这是最低标准！

——问题是东州市没有总统套间啊。

——没有总统套还他妈举办活动？既然这样我就不去了！我不想给文化人丢脸！

仇欢说着就把电话挂了，把钱大姐气得要死。她对着辛可大师大发牢骚：她算什么啊，红了有什么了不起，以前整天擦桌子，见谁都跟狗一样点头哈腰，人家程程至少还有个水蛇腰，就她那油桶样，真不要脸。钱大姐还翻了一堆仇欢的旧账，比如仇欢为了评副教授，见了副校长的司机也哥长哥短，还亲自做了包子往司机家里送，结果被人家的狗咬伤了屁股，等等。

辛可大师打断钱大姐的唠叨，笑着道：她不是天天在电视上张口闭口讲文化吗？既然奥迪 A6 太俗，你就告诉她，给她在河间找头驴，那多风雅啊！钱大姐吐吐舌头：我哪敢说啊，再说把驴从河间运过来太费事了，进京通行证也不好办。辛可大师笑道：民国十四年国父中山先生进京，坐的还是火车，她算什么东西！鲁迅先生说过，孔雀开屏、后窍自现，仅此而已。

钱大姐听了直说好，建议就别邀请这只难伺候的孔雀了。辛可大师说不邀请不行，东州市的领导和人民群众就等着看孔雀开屏哩，我们不能扫别人的兴！钱大姐很为难，问辛可大师怎么办？辛可大师向躺在地上的哥努努嘴。钱大姐不知所以，一脸迷惑地看着哥！

辛可大师让钱大姐别着急。他给部领导的司机，他以前学生的弟弟打了电话，简单介绍了一下情况。司机听了道：她算个屁，还他妈反了，辛老师您等等，我给她说。说着挂了电话。钱大姐说仇欢现在这么牛，一个司机她会放在眼里？辛可大师只是笑笑，没做声！

不久司机打来电话，说事情摆平了。司机气呼呼地道：我们领导出差最多住个五星级酒店的商务套间，她算哪根葱，还他妈要总统套？我在电话里给她说了，这次会议很重要，领导很重视，说不定也要参加，一听这个她就毛顺了！司机似乎颇为得意：我问仇欢，如果实在不方便，要不要部里安排一下，让国航给您安排专机，让国安局再派几个保镖？结果把仇欢搞得很难堪，在电话里直告饶！仇欢说既然部领导这么重视，即便是住地下室，坐牛车，她也欣然前往。

打完电话，钱大姐一直咂吧着嘴，夸辛可大师手段高明。辛可大师指着哥笑道：谁养的，谁给骨头，就听谁的，这是千古不破的真理，不信你问柏拉图，他能不听我的话吗？哥承认辛可大师说的是事实，可听起来还是很刺耳，还他妈国学大师呢，就不能说得委婉一点吗？

给辛可大师添乱的，除了仇欢，还有易中正和豹哥。

易中正给辛可大师打来电话，说要带唐娟一起去。对辛可大师而言，安排唐娟的食宿不是问题，问题是因为他们以前的关系，见面多少有些尴尬。唐娟和辛可大师没有说破，易中正当然被蒙在鼓里。

据唐娟在《我为君狂》中说，其实当时她也很矛盾，怕见辛可大师。但易中正态度坚决，毕竟在京都有老婆盯着，玩不痛快。易中正还向唐娟谈了他的一系列设想，比如在沙滩上探索天人合一。为此易中正还以刘伶自况。所谓行无辙迹，居无室庐，幕天席地，纵意所如。唯色是务，焉知其余？[①]刘伶醉酒而死，易中正似乎也有效仿先贤，死在石榴裙下的勇气。据说易中正的座右铭是“醉卧美人膝，醒握天下权”，这是日本首相伊藤博文的句子，气魄果然不小。

辛可大师在电话里劝易中正道：你现在也是重要领导，带个女学生影响不好吧？到东州后我让他们给你安排一个。易中正笑道：师兄您这话就不对了，您不是写过《官牛论》吗？要自食其言啊？易中正此言一出，辛可大师只好闭嘴。

《官牛论》哥也看过，被网民称为辛可大师的代表作之一，完全有资格入选新版《古文观止》。辛可大师们《官牛论》发表后，在官场引起不小的震动，很

① 参见魏晋刘伶《酒德颂》。

多走仕途的朋友给他打电话表示感谢，认为辛可大师总算说了句公道话，不但为他们正名，也为全国的二奶小三平反昭雪了。

《官牛论》洋洋洒洒近万字，行文既有孔夫子的春秋笔法，更有梁任公大气磅礴之气势，在此抄一段与诸位奇文共享：

> 人皆有牛牛，官是人，官岂无牛牛哉？二奶乎，小三乎，皆牛牛之好也！民牛可为所欲为，官牛何辜为众矢之的。诚所谓牛牛强则肾强，肾强则体壮，体壮则神爽，神爽则治国平天下可也。官牛横行，社稷之福，岂可以腐败论之！诚小人之所谓也！

豹哥的事就不是《官牛论》那么简单。整天跟着辛可大师忙活，可豹哥心里并不踏实。豹哥是生意人，眼看着光打雷不下雨，没银子入账，他能不着急吗？

——辛大师，董秃子已经登基，项目也差不多了，可看不见效益啊！

——你着急什么，这不才开始嘛？

——我能不着急吗？几百条兄弟要养活！

——等年会开完不行吗？

——行是行，可没吃到嘴里，心里难受啊！

——老董不是在教学楼给你准备了办公室了？

——我要赚钱，辛大师，办公室有什么用！

辛可大师能理解豹哥现在的心情。他跟董浩波商量了一下，决定先把培训班搞起来。董浩波一直对生源比较担心，辛可大师替他做了分析，认为市场没问题。再说了，经管学院的张峰奇那里很火，让他介绍些学员过来，先把牌子撑起来。董浩波说大家是竞争对手，张峰奇哪会帮这种忙。辛可大师有点不耐烦，觉着董浩波实在是榆木脑袋：这有什么，关键是项目设计，我们要别出心裁，搞差异化竞争，别抢人家饭碗啊。董浩波说这种事他反正不懂，全听辛可大师的，他只负责干活就行了。

豹哥在电话里问辛可大师有没有时间，最好见面谈谈，有一件很紧迫的事。辛可大师处理完手头的工作，去了成贤会所。

在成贤会所等辛可大师的，除了豹哥，还有地质学院的皮亮教授，春哥的导师。皮亮身形干瘦，脖子很长，估计是一般人的两倍，经常被学生嘲笑为长颈鹿。哥觉着这样说多少有点夸张，跟长颈鹿比，皮亮还是有一定差距。

皮亮跟辛可大师是老熟人，也是豹哥的合作伙伴。前几年三人串通起来，以皮亮为科研带头人，申报了一个项目，所谓在辽西地区寻找中国鸟类祖先的化石。通过辛可大师与豹哥的运作，该项目被列入重点科研专项，从政府弄了一大笔项目资金。

钱花得很痛快，项目起初进展还算顺利。据皮亮讲，项目刚进行了一半，经费已所剩无几。辛可大师还就此问过皮亮：老皮你也太黑了吧，除了我们糟蹋的那些，别的钱都干什么了？皮亮苦笑道：老辛何出此言？经费是不少，可你算过没有，领导拿了多少？塞进一堆人，那可都是要分钱的啊，就连领导司机家孩子的尿布，也拿来报销！至于他到底弄了多少，皮亮没说，但辛可大师心里有数。起码皮亮出了好几本书，装帧都很精美，费用就是由项目经费支付的。当然了，他跟冯总也没少从中渔利。

项目启动后皮亮和弟子确实在辽西忙活了一段时候，但没有找到所谓的鸟类祖先化石，主要是给冯总打工。冯总卖出去的那些化石，都是他们帮着挖出来的。话说回来，即便是花了钱没做出成果，其实也无所谓，大部分科研项目莫不如此，随便糊弄个研究报告就可以交差。后来在辛可大师的策划下，豹哥花了 1000 块钱找人做了一块距今 1.3 亿年的鸟类老祖宗化石，命名为黄帝鸟。皮亮组织门生熬了几个通宵，写了一篇相当有震撼力的科研报告。

黄帝鸟的发现震惊了中国乃至世界地质考古学界，据说填补了鸟类早期进化的空白，完善了鸟类进化过程的重要链条。皮亮掏钱请了一批国内的专家教授，对黄帝鸟化石进行了鉴定，大家一致认为这是 21 世纪最激动人心的科学发现。皮亮及黄帝鸟成了各大媒体追捧的明星，经常占领报刊头版头条的位置，并顺理成章成为年度十大科技成果。皮亮带领门生艰苦奋斗发现黄帝鸟的事迹，成了最畅销的励志读物。皮亮也为此获得了各类荣誉称号，有人甚至把他与陈景润先生相提并论。在感动中国人物的网络投票中，皮亮一度占据头名的位置。当时学界普遍认为，即便发给皮亮院士的帽子，也不足以表彰他对中国学术的巨大贡献。

皮亮、豹哥、辛可大师为此非常振奋。豹哥同时心里也有点酸，他觉着既然 1000 块钱就能达到如此效果，自己何必要劳心费力做生意，倒不如投身学术研究。让皮亮成为院士，也是豹哥与辛可大师计划的一部分。皮亮变成皮院士，就可以堂而皇之弄到大笔的科研经费，等于成了他们稳定的小金库。皮亮一再表示，这个小金库完全由辛可大师和豹哥说了算。他是两位捧红的，两位就是他的老板。

本来一切都很顺利，但突然有个日本人跳出来捣乱。黄帝鸟化石不但热遍中国，而且烧到了国外，上了《朝日新闻》的头版。结果引来了日本学界的质疑，为首的就是早稻田大学的山口一郎教授。他撰文指出，皮亮的黄帝鸟根本就是个水货，这种玩意在日本的古玩市场多的是。他提出鸟类祖先的化石就在日本，他全面掌握相关的资料，之所以一直隐而不发，是因为人所尽知的政治原因。他威胁说如果不处理皮亮的学术造假行为，他将发表相关论文以正视听。

山口一郎的发言引起轩然大波。媒体纷纷炒作这个话题，皮亮再次登上头版头条。但他的心情迥然不同，因为做贼心虚，有点惶惶不可终日。最可怕的是连领导也开始关注此事，让秘书打电话询问皮亮到底怎么回事。在领导看来，如果山口一郎所言属实，那将是严重的政治问题。皮亮是过来人，知道“严重的政治问题”这句话的含义。

皮亮被吓得六神无主，据说经常大小便失禁，一听见与化石、鸟有关的词就抽风。他养了好多年的金刚鹦鹉，也被老婆宰了。因为每次看见金刚鹦鹉，皮亮就会禁不住全身哆嗦。据豹哥说，皮亮一度想自杀，但因为后事安排不周才作罢。他对老婆说，在确定死后能不能按正局级干部对待以前，他不想铤而走险。他老婆也担心，他们现在住的是小产权房，如果皮亮死了，房子会不会被京大没收。皮夫人建议，如果皮亮非死不可，也不着急一天两天，等把这些事情搞清楚了再说。

既然马上死条件不成熟，皮亮赶紧过来找豹哥商议对策。结果豹哥也是两眼一抹黑，无计可施，只好请辛可大师出出主意。尽管哥非常相信辛可大师的智慧，但这事确实非常难办。但不办又不行，毕竟他也从中拿了不少钱。用一句专业的话说，这是共犯结构，谁也跑不了。

三人面面相觑，坐困愁城。皮亮说实在不行，他也豁出去了，让豹哥就着他最要命的地方来一下。辛可大师听了只是苦笑。他觉着这样也不是办法，就跟他俩一起去了禅浴天堂。哥知道，这是辛可大师惯用的招数，希望热水能打通任督二脉，给他灵感。可即便泡得后窍发红，脑子发晕，辛可大师丝毫得不到一点启示。皮亮更是神情沮丧，感觉到了世界末日。他嫌池子里水热，索性赤条条趴在浴池边上，耷拉着脑袋。

看着皮亮的样子，哥觉着很可笑，特别是那根细长的脖子摆在大理石上，感觉像一段烤糊了的香肠。哥一直在边上瞎想，如果横空一刀，那根香肠会不会动，或者脑袋像皮球一样弹到顶棚上。

类似的境况，在皮亮身上并不多见。据哥了解，在国内的地质考古学界，皮亮绝非池中之物，说著作等身都有点侮辱他。在下届院士选举中，除了烟草、石油、白酒等行业的企业老总，皮亮据说是最有希望的一个。

关于皮亮，哥还要啰唆几句。其实很多人并不知道，哥也是听辛可大师无意中聊起，皮亮跟春哥妈妈的情人郭杰是老同学。当年他们在一个地质队工作，也一同去了喜马拉雅山进行地质考察。皮亮的成名作，或者说奠定皮亮学术地位的作品，就是有关喜马拉雅山地质考古的研究论文。这篇论文发表后震动了世界地质考古学界，皮亮为此获得政府嘉奖，并被提升为地质学系副主任。

对这件事，在地质考古学界，包括辛可大师等京大教授还有不同的解读。尽管都是传言，但绝非空穴来风。很多人认为皮亮的成名作，原本就是不幸遇难的老同学郭杰的研究成果，至少皮亮是抄袭了郭杰的科研数据。但质疑归质疑，到底死无对证。因为当时一路考察的，只有皮亮和郭杰两人。

但哥并不认为这些都是传言。因为皮亮家的藏獒跟哥关系不错，他向哥透露了不少信息。比如说皮亮经常会从噩梦中惊醒，拉着老婆的手说他梦见了老同学郭杰。据哥的判断，如果心里无愧，梦见老同学有什么了不起，哥还经常梦见斯大林和希特勒呢。

据皮亮家的藏獒讲，皮亮一直珍藏着一件地质队员的旧外套，已破烂不堪。听皮亮老婆说那是郭杰的遗物。对此哥跟 Pitt 在一起探讨过，结合皮亮家藏獒的一些说法，我们认为有两种可能：

第一种可能是当时天气确实极端严寒，郭杰把自己的衣服送给皮亮，皮亮得以幸存，他死了。哥之所以这样想，是受了《唐僧写给观音的 36 封信》的启发。辛可大师在书中讲了一个《吕氏春秋》里的故事，说圣人戎夷和弟子到鲁国去，可赶到鲁国时城门已关闭，只能露宿城外。晚上冰天雪地，眼看俩人都要冻死，戎夷脱下衣服给弟子，自己冻成了冰棍。

第二种可能哥每每想起就不寒而栗。哥觉着作为有修养的知识分子，皮亮不至于如此丧心病狂。特别是想起春哥的妈妈，那个在村口翘首企盼的女人，哥心里很难受。但愿哥是狗眼看人低，对人性的观察过于消极。也许皮亮本质上就是个有情有义的君子，他之所以让春哥读他的研究生，也不全是猪的原因，还因为埋身喜马拉雅山的老同学，以及那个在绝望中等待的女人。

哥之所以愿意接受第一种可能，只是因为当时哥对生命依然抱持着某种美好的愿望，或者说不想面对更为可怕的东西，类似恐怖片中的情节。尽管哥知道，人类为了名利富贵，弑父杀子者比比皆是。但除非铁证如山，哥并不想把别人想得太坏。如果主子都是些丧尽天良的东西，身为宠物的我辈，又能好到哪里去？

第二十一章

尽管哥不想妖魔化皮亮教授，但也绝不接受某些孙子的解释：那是一个富于牺牲精神的纯洁年代，或者说童话般的年代。因为在哥所知的童话中，没有弟子尿先生的情节。就像哥始终不愿承认，夏娃被赶出伊甸园，只是因为受了蛇的蛊惑！辛可大师当然也不会。他认为这是《圣经》中仅次于圣子诞生的烂故事。辛可大师说，这两个故事只说明了一个道理，纯粹的恶与纯粹的善从根上就是谎言。哥也同意辛可大师的另外一句话：扬言要把每个人变成正人君子的人本身就是小人，或者包藏祸心的骗子！

哥在落雁桥下鬼混时，经常看见一堆堆激情飞扬的怪物，扭动着并不灵活的屁股高唱让人瘙痒难耐的歌曲，歌颂那些抗痒能力超群的英雄。如果瘙痒不是他们与生俱来的秉性，那只能证明弗洛伊德的论断（关于自虐狂）何其正确。或者如哲人所言：无知是人类最不可饶恕的罪孽！

也许龙哥也相信有童话般的世界，他有机会成为童话的主角。但是他死了，世界依然遵照打狗队员的庸俗哲学存在。如果他愿意恪守做狗的本分，至少他可以苟活着，哥也不会悲伤如此。

辛可大师未必从内心深处瞧得起皮亮，但活着就是生意，他并不拒绝跟皮亮狼狈为奸。辛可大师说，狼狈为奸其实是中性词，它只是客观描述了某种生存的状态，跟志同道合差不多。狼狈为奸至少比狼和天鹅为奸更合理一些！关键不是谁跟谁为奸，而是能奸出什么结果。

既然想不到有效的解决办法，辛可大师建议不如先放两天，等开完年会再说。说不定在弹性十足的意大利床上，借由华姐的帮助，他会打通任督二脉，想出绝妙的招数。辛可大师劝皮亮不必过于绝望，畏罪自杀实为下下策。无论是精雕细琢，还是粗制滥造，只要有心，牌坊总会维修好的。

年会召开在即，辛可大师忙得日不暇给。即便如此，他还抽空到健身房做有氧运动，并在京大附属医院做了全面体检。辛可大师的身体一向很好，之所以如此谨慎，完全是忌惮华姐超群的战斗力。上次的强度已经很大，但华姐一再表示，这只是预赛，她保留了相当的实力。辛可大师无法想象，在即将开始的决赛上，华姐会有如何惊天动地的表演，作为对手，他不想一败涂地。

由于客观原因，辛可大师没有带哥同行。对哥而言这是好事，因为能不能戴上秘书长帽子，现在是关键时刻。让辛可大师为难的是飞飞姐，她提出要与他同行。飞飞姐当然不适合出现在这类赛场上，这种比赛也不需要裁判，特别是飞飞姐这种型号的。如果不是老婆，这事还可以商量。据Pitt讲，京大好几个教授都有返祖群聚的癖好，曾经还有人被媒体曝光。以前大家认为，知识把人从动物界解放出来，看来事实并非如此，或者说正好相反——越是有知识的人越容易被动物本能支配。京大教授的实践有力地佐证了西方有些牧师的观点，达尔文的进化论并非放之四海皆准的真理。

辛可大师好言相劝，结果引起飞飞姐极大的不快，甚至挥舞着菜刀，准备动手。幸亏可可及时递给妈妈一根黄瓜，辛可大师才幸免于难。飞飞姐认为，辛可大师这次刻意不带她去，肯定包藏祸心，不是瞄上了与会的某个女教师，就是要跟一帮狐朋狗友去夜总会鬼混。

辛可大师被弄得烧心上火，甚至对着Pitt哀叹：我他妈还不如跟你一样，落个清净。Pitt为此郁闷了很久，觉着辛可大师的话有挖苦弱势群体的嫌疑，很失水准。哥以为，如果飞飞姐真的去了，稍有不慎，辛可大师就可能得偿所愿，成为Pitt第二。最残酷的斯大林格勒保卫战也就半年多，辛可大师为了保护下边幸免于难，大概要耗费整整一生。

眼看着主子整天抱着马桶生不如死，我辈岂能袖手旁观。哥决定帮帮深陷绝境的辛可大师。办法很简单，哥把飞飞姐的身份证和银行卡藏了起来。飞飞姐需要补办新卡，东州之行只能不了了之，辛可大师总算逃过一劫。辛可大师为此激动不已，躺在沙发上直呼菩萨保佑。作为无神论者，如果不是情况非比寻常，辛可大师绝对不会把菩萨搬出来。哥听了很不以为然，菩萨的法相千变万化，但没听说过其中还包括狗。

关于年会的具体情况，都是巴托尔告诉哥的。说实话，哥满脑子都是狗协秘书长的帽子，对此兴味索然。巴托尔对本届年会的评价不低，所谓这是一次创新的大会，胜利的大会等等。

尽管巴托尔对哥不薄，但哥必须说，巴托尔有着严重的逻辑障碍，说话总是颠三倒四。怪不得市长家的小母狗踹了他，话都说不利索，还想傍富婆！辛可大师在《逼下梁山》中讲过，舌头是征服女人的第一利器。巴托尔告诉哥的是一堆碎片，哥简单梳理了一下，认为其中亮点有三：

第一个亮点是王八文化。

据巴托尔讲，各路媒体云集东州，包括前段时间被樊总绑回去的记者，应樊总的邀请，就樊胖子有机猪做专题报道。东州市针对王八的宣传推广工作也做到了极致。不但所有的会议文件上印着王八标志，就连会议主席台的背板上，也爬满了各种型号的王八。接待酒会当然是东州最负盛名的全王八宴。因为一日三餐全是王八，弄得会员们个个烧心上火，这就为爽爱诗的高科技产品提供了展示机会。起先赞助的套套很快被消耗殆尽，辛可大师赶紧致电爽爱诗总裁，又空运了一批应急。有人开玩笑说，这届年会爽爱诗才是最大的赢家，没掏一分钱赞助费，却达到了最佳的广告效果。如果王八也有此需要的话，爽爱诗公司真应该终生免费提供，以示感谢。

本届论坛的主题是“全球化背景下中国传统文化的前途”。可巴托尔说，年会一开始就完全跑了调，基本上围绕着王八展开。仇欢还把国学研究与王八文化相结合，发表了专题演讲。仇欢强调，王八文化博大精深，是中国传统文化的有机组成。王八又称甲鱼，古人讲六十甲子，说明王八为众鱼之首；王八走路四平八稳，这完全符合孔夫子的中庸之道。所谓千年的王八万年的龟，这说明王八是践行持久发展理念的楷模。仇欢认为，要把国学特别是儒学的精髓与王八养殖结合起来，创建具有中国特色的王八文化体系。她建议，如果条件许可的话，很有必要组织王八系统地学习四书五经，至少应该让王八看一看她的电视节目。

辛可大师的演讲主要是为王八平反昭雪。他认为王八完全被污名化，它原本是世上最伟大的动物。秦汉以前，王八跟龙、凤、麟合称“四灵”。最直接的证据是，像李龟年、陆龟蒙等大师皆以王八自居。王八被污名化完全因为某些八婆，非要把嫖客跟王八绑在一起。乃至以讹传讹，搞成冤假错案，类似小姐的蔑称。辛可大师提议，东州市有必要在全社会发动一场为王八正名的活动，他只是抛砖引玉。比如东州的王八羔子（把王八与羊羔肉炖在一起）、绿豆王八汤、王八蛋口服液等，既营养健康，又非常有文化内涵。为此他提出要用文化的方式养王八，也要站在王八的角度看文化。辛可大师认为，以前我们都是红旗下的蛋，现在我们要成为王八蛋，惟其如此，才能重建周秦汉唐的光荣！辛可大师的理论让大家很振奋，纷纷表示，仅仅作为社会精英或大师是不够的，还要与时俱进，成为经得起历史考验的王八蛋。

第二个亮点是春哥的舅舅樊总。

除了王八，樊胖子有机猪也在年会上大放光彩。不但樊胖子有机猪跟王八同时出现在各类展示平台，而且在开幕式上播放了由辛可大师策划、崔导拍摄的广告片，可谓盛况空前。会员们对樊胖子有机猪赞不绝口。巴托尔说这要感谢铺天盖地的王八，就算会员们都是王八的天敌，顿顿吃它也烦得要死。

辛可大师策划的广告片后来在电视上频繁播放，哥以为确实很有创意：

在一所极为奢华的餐厅里，一群珠光宝气的男女对着满桌的鱿鱼海参直摇头。突然出现一只装成服务生的樊胖子有机猪，端上一盘红烧猪头。客人们起先用疑惑的目光看着红烧猪头，吃了几口便大惊失色，竖起大拇指，大呼人间绝品。有机猪得意地笑道：知道为什么好吃吗？因为我有文化！接着推出字幕，樊胖子有机猪，大师年会的选择！

按照约定，樊总还在年会上做了主题演讲。从樊胖子有机猪的育种讲到猪下水的处理，巴托尔说简直就是一场养猪科普报告。樊总在讲演中指出，之所以赞助本届年会，是因为他强烈意识到养猪产业需要改革创新，必须提升猪饲料的文化营养。只有提高了猪的文化素质，肉质才能更鲜美，更有市场竞争力。秋蝉对此大为赞赏，他认为樊总的报告完全契合他倡导的“大文化”概念和“交叉敢染”理论。秋蝉激动地指出，人没有文化何以为人，猪没有文化还是猪吗？只有从文化着手，才算抓住了养猪的三寸！秋蝉认为，所谓猪狗不如，就是因为连猪狗也有文化，而有些人却是白丁。推而广之，天地万物的繁衍莫不如此。他建议樊总马上创建猪文化研究中心，打造一批优质的文化猪，为国争光。

第三个亮点是易中正的前妻林音。

本书中前妻甚多，绝非哥刻意杜撰，只是因为书中人物多为成功男士。成功男士虽然型号各异，但基本上具备三样东西：前妻、情妇和私生子，这也是大国崛起最有力的证明。辛可大师说，前妻们无须自惭形秽，至少她们通过艰苦奋斗，为社会培养了一大批精英。她们功成身退、舍身取义的精神，值得全社会学习。虽然大师协会没有明确规定有前妻是入会的必要条件，但没有一位男会员让大家失望，有的人还前妻成群，堪称楷模。

易中正的前妻叫林音，是京大物理系教授。林音出身世家，曾祖父是前清举人，在曾国藩幕下工作过。祖父跟胡适先生是哥伦比亚大学同窗好友。林音博士毕业于普林斯顿大学，研究方向是爱因斯坦的统一场论。

爱因斯坦的东西哥搞不清楚，听说他老人家晚年痴迷于统一场论而不能自拔。林音回国后在京大任教，每每以爱因斯坦门下走狗自居，张口闭口我的老师爱因斯坦，类似当年流行的“我的朋友胡适之”。可据哥了解，因为阴阳两隔，林音并没有吃过爱因斯坦老婆的韭菜炒鸡蛋，最多就是在爱因斯坦的书房里照了张相。

但林音在年会上讲的并不是爱因斯坦的统一场论。在辛可大师的帮助下，她早已彻底解决了困扰爱因斯坦后半生的问题，并创立了新的应用性学科，所谓林氏模型。林氏模型就是把微积分、非线性科学与阴阳五行学说相结合，建立了一整套方程式。通过这些方程式不但可以预测祸福吉凶，还能计算出各种经济走势。林氏模型是第一次结合古老的阴阳五行学说把社会问题数学模型化，被誉为科学史上的创举。

林氏模型在年会上引起轰动，会员们纷纷请林教授算命。诉求也五花八门，比如能赚多少钱、当多大的官、娶几个老婆等等。对此林音表现得很淡定，希望大家不要把林氏模式与阴阳风水相提并论，它是建立在现代数学发展成就基础上的科学模式，不是袁天罡他们玩的江湖术数。

据巴托尔说，在本届年会上，林音的知名度仅次于东州王八和樊胖子有机猪。东州市的领导对林教授更是奉若神灵。鱼市长还特别邀请林音到府上做客，帮他测算官运。林音经过精密计算，认为如果鱼市长把马桶挪个位置，并在门口请一尊关公，至少会官拜侍郎级。

林音私下还告诉鱼市长，她做过计算，其实前市长被关进去，并不是情妇的问题，而是采用了错误的基数。林音认为，如果有门子，达到前市长的目的，根本不需要四个阶段。四者死也，前市长能保住小命也算洪福齐天了。鱼市长听完如梦初醒，拉着林音的手感激涕零：明天我就让城建局把多余的台阶拆掉！

林音在年会上呼风唤雨让有些人食不甘味、眼球爆红，特别是易中正和仇欢。尽管前夫们都扬言，希望前妻过得幸福，其实都是违心之论。在这方面，前夫的胸怀未必更胜前妻，男人向来是吃独食的动物。看见会员们特别是地方领导对林音比对副部级的自己还殷勤，易中正胃里酸得厉害。即便唐娟这样的水蜜桃也不能让酸性中和一些。

仇欢更是如此。女人向来喜欢吃醋，特别是女知识分子，基本上跟房玄龄老婆一个型号，所谓“妾宁妒而死”[①]。自从作为荧屏学者火了以后，仇欢走到哪里都是焦点，受欢迎度有时盖过大领导，没想到这次被林音抢了风头。用高科技算命显然比国学心灵鸡汤更受领导和老板们欢迎，颇让仇欢感到失落。尽管她面上表现得很大度，还动不动抬举林音几句，但心里瘙痒难耐，随时想扑上去把这个女人撕成碎片，然后啐上几口。但仇欢心里也明了，她玩的心灵鸡汤只是佐餐的小点心，而林音端上来的全是事关名利富贵的干货。

巴托尔说，大师年会整体上还算和谐，这从爽爱诗的消费量就可见一斑。会员们一边喝着王八蛋口服液，一边疯狂地消灭爽爱诗。唯一不太和谐的，是关于修改会员章程的部分。巴托尔说，如果入会标准再调整一下，他当时也想加入大师协会。之所以有此欲望，主要是想体验一下爽爱诗的纳米产品。

辛可大师在年会上提出，为了开拓进取，有必要对新会员的入会标准进行调整。他建议把目前网络上比较火的如芙蓉姐姐、凤姐等也吸引进来。结果辛可大师话音未落，会场上就炸了锅。反对的主要是文化教育界的会员，比如秋蝉、仇欢等等。秋蝉认为，文化分俗文化和雅文化，只有从事雅文化的人才配称大师。所谓网络红人，完全是媒体炒作出来的不入流的东西，怎么能跟大师相提并论！仇欢对辛可大师的话更是不屑一顾，表示如果芙蓉姐姐、凤姐入选大师协会，她不堪与如此丑类为伍，将退会以示抗议，所谓“耻与鸡并食，长与凤为群”[②]。仇欢认为，芙蓉姐姐、凤姐根本就是中国文化的败类，全民讨伐还来不及，怎么可以加入类似大师协会这样的权威组织。她最后把一口浓痰吐到对面的桌子上，结束了自己的讲话。

当然，也有人支持辛可大师，比如榆林的煤老板叶总，能源委员会理事长。叶总认为仇欢和秋蝉这种文人的臭清高根本一文不值。他认为有必要把尺度放得更宽一些，更百花齐放一些，比如说类似露露等性感车模、苍井空等 AV 明星，都可以吸收到大师协会。叶总说：谁不是出来卖啊，卖煤卖房卖艺卖 X 包

① 参见唐人刘餗《隋唐嘉话》中房玄龄夫人旧事。

② 见李白《赠郭季鹰》。

括卖学问，卖得好就是大师，难道卖学问就一定比卖 X 的高明？我看不见得！将心比心，如果他们加入，一定会吸引更多的社会精英。人的口味不同，即便是凤姐，说不定也有人喜欢，不能因为秋蝉讨厌，全世界的男人都要嫌人家臭吧！

最可贵的是，辛可大师得到了牛博士的支持。牛博士作为 MIT 的博士和著名公知，说话当然比叶总更有分量。牛博士叼着烟斗，慢条斯理讲了一大堆，核心是在网络时代，衡量一个人的标准有很多，但拥有粉丝的数量至为关键。从这个意义上讲，芙蓉姐姐、凤姐等网络红人完全有资格成为大师，或者说，在某些新领域，他们的成就堪称大师。有人说他们恶心，可恶心到名满天下、说话有人跟着起哄，也是到了极致，做到极致难道不就是大师吗？所以，我们不能自以为是，要用客观的、发展的眼光看问题。在 1949 年之前，能想象唱歌的、演戏的、说相声的、打快板的，会被誉为艺术家、大师吗？大家既然能认可王八蛋精神，就不能重新定义大师的含义？牛博士这段话说得义正词严，实际上是在制造话题，一是讨好芙蓉姐姐和凤姐的粉丝；二是引起更多网民的不快。无论如何，都会起到炒作的效果。要哗众取宠，就必须剑走偏锋出奇制胜，这是牛博士的经验。

顺着牛博士的意思，辛可大师就这个议题做了深入解读。他认为，大师协会必须与时俱进，既然现在是互联网时代，或者说网民至上的时代，大师协会就不能抱残守缺，而是要及时调整策略，否则就会被时代抛弃。他这样做，完全是为了大师协会的前途考虑，诚如孙中山先生所言：天下大势，浩浩荡荡；顺之者昌，逆之者亡！特别是对于新行业出现的热点人物，更应该加以关注。

辛可大师说：说句不客气的话，在座的各位，尽管都是各行各业的精英，可若干年后，谁敢说自己就能名留青史？至少我不敢。但我相信芙蓉姐姐、凤姐、苍井空等等一定会在历史上留下一笔，且不说好或者坏。大师协会的宗旨是从不进行道德审判，我们不是中世纪的神父，也不是孔夫子。帮助始皇帝一统天下的李斯在《谏逐客书》中讲：泰山不拒细壤，故能成其高；江海不择细流，故能就其深。我们作为 21 世纪的大师，难道连 2000 年前古人的智慧都没有？

辛可大师还以最近特火的郭美丽为例展开剖析。辛可大师说，郭美丽最大的特点就是二，也许是迄今为止最二的女人。世界上二货多了，但二到人神共愤、举国沸腾的，除郭美丽还有几人？郭美丽不但二得令人咋舌，而且二出了效益，这跟纯二有着本质的区别。试问，她推动社会进步的力度我们有几人能赶上？即便在座的全部大师合伙，能扳倒那种巨无霸吗？根本不可能。如果仅以二为标准，送给郭美丽大师的冠冕也尚欠不足。辛可大师认为，跟芙蓉姐姐、凤姐一样，郭美丽必将以中国历史上最二的女人之一载入史册，这跟她是不是节妇没有多大关系！

辛可大师讲完后，全体会员进行表决，勉强通过了这一动议。秋蝉闷在那里不做声，仇欢直接气呼呼地呼啸而去。辛可大师后来说，对仇欢的表现他很不以为然，以他的专业水准判断，仇欢虽自命不凡，但论学术素养跟凤姐也就在伯仲之间，至少算不上李太白笔下的凤凰。同样比较郁闷的还有春哥的舅舅樊总。如果连芙蓉姐姐、凤姐都可以免费加入，他何必浪费那么多小金猪。唯一让他略感慰藉的是，在辛可大师提议下，樊总当选为大师协会常务副会长，并兼任新成立的养猪委员会理事长。也算樊总命好，正好有一位做房地产的常务副会长前几天被情妇杀了，腾出了个位子。

巴托尔对这些东西津津有味，哥却兴味索然。所谓物以稀为贵，这些玩意哥见得多了，在京大每天都会有类似的闹剧上演，实在不值一提。

哥感兴趣的是比较八卦的情节，特别是辛可大师和华姐的决赛。据巴托尔讲，辛可大师与华姐的表现让他很失望。听了他的讲述，哥亦有同感。事实上并没有出现辛可大师期待的激情四射的场面，或者说华姐连预赛的热情和技战术水平都没有表现出来。基本上还是传统的一些招数。巴托尔说，仅就两人所耗费的时间，也不能跟预赛相提并论。唯一值得一提的是，两人在海滩上有过一次。因为正在退潮时间，有很多小乌龟爬在他们周围，观摩了本次演出，其中还有一只爬到辛可大师屁股上撒了泡尿。小乌龟天天在海滩上混，个个见多识广，对辛可大师和华姐的表现根本嗤之以鼻。

之所以出现这种情况，哥分析可能有两个原因。一是事情已办妥了，作为商人，已经没有太多的东西可以调动华姐的主观能动性，同样是沙皮脸，对华姐而言，预赛和决赛的观感完全不同；二是因为唐娟，虽然是辛可大师主动转让了唐娟，但毕竟是自己的前女友，看着唐娟整天跟易中正亲热，让他心里有点酸，这可能对他在决赛中的状态产生了不小的影响。

巴托尔对易中正的表现非常钦佩。易中正就住在辛可大师的隔壁，酒店里最豪华的套间。巴托尔说，易中正在床上表现出的细腻确实非比寻常。比如说就唐娟的脚趾头，他含了足足半个小时。哥向巴托尔咨询易中正梳理唐娟下边的情节，巴托尔说确有其事。易中正梳理整齐后，用剃须刀认真地收拾干净。这也佐证了唐娟在《我为君狂》中的描述，她说易中正特别享受这种游戏。

至于唐娟书中关于易中正边剃边吟诵唐诗宋词的描写，巴托尔说至少当时并非如此。易中正嘴里是说个不停，但不是唐诗宋词，而是一些名言警句。这点哥能理解，也许是考虑到过于敏感，网站的小编们特别做了处理。巴托尔认为，易中正最值得称道的是他的耐力，堪与骆驼媲美，他能从黄昏坚持到清晨，还不喘粗气。对此哥的理解是，易中正对节奏掌握的比较合理，有张有弛，深谙瑜伽的吐纳之道。哥也从中受益匪浅，并在实践中得到了麦当娜的高度肯定。

从巴托尔的讲述中，哥发现了一件很有意思的事。虽然华姐对决赛的热情不高，但跟牛博士倒是处得很热乎。特别是牛博士在年会上叼着烟斗发表演讲后，她动不动就到牛博士的房间执经问难。至于请教什么问题，巴托尔不得而知。华姐认为，有件事深深触动了她的灵魂。

有一天牛博士跟华姐在酒店的西餐厅聊天。牛博士抽着烟斗，穿着背带裤，向华姐讲述了他在 MIT 的生活，比如他的学业如何优异、巴菲特的女儿如何死皮赖脸纠缠他、毕业论文如何震得洋鬼子鬼哭狼嚎等等，牛博士特别指出，他还没毕业，美法德英等列强都哭着喊着要他，工资至少是国内的十倍。法国总统还特别乘专机到 MIT 找他。华姐听了惋惜地道：这么好的条件，那您还回国干什么？牛博士深情地道：你没留过学不太了解，我是爱国啊，想把学到的知识贡献给亲爱的祖国母亲！梁园虽好，终非久留之地！

牛排上来后，牛博士吃了几口，放下刀叉，感慨地道：烤得好啊，跟我当年在 MIT 吃的一个味道！华姐笑着问：MIT 吃的是什么味道呀！牛博士道：一次在波士顿郊外，到德克萨斯人开的酒馆跟巴菲特的女儿用餐，牛排做得真好，刚吃了一口，我就哭了！哭什么？华姐问。牛博士若有所思地道：我一口下去，就吃出了京都羊肉串的味道，马上想到了亲爱的祖国！牛博士还特别吟诵了艾青的诗：为什么我的眼中常含着泪水，因为我对这土地爱得深沉！

接着，牛博士又讲了一通他回国的奇幻经历，堪比当年的钱学森先生。比如他拒绝了美国科学院、微软等牛 X 单位，洋人如何软硬兼施、用左轮手枪逼着他接受美国绿卡（认为他的价值超过太平洋舰队，而钱学森的价值当时只值五个师！）等等。几次他都想跳进大西洋，让灵魂随着大西洋暖流，经过印度洋，跨过南中国海，回到祖国。华姐听完后感动得痛哭失声，牛博士轻轻地为她拭去眼角的泪水，伤感地道：现在的年轻人根本不理解我们这代人对祖国的感情！

据巴托尔讲，可能就因为那一次，华姐的心彻底被打动了。尽管她晚上照常跟辛可大师在一起苟且，但心里想的也许是牛博士。至于具体的发展，巴托尔认为不过是“发乎情，止乎礼”而已。

第二十二章

总之，本届大师年会开得还算成功，关键是领导们比较满意，大师协会也赚了一些钱。在庆功酒会上，鱼市长一再对华姐表示感谢，说他会尽快协调有关部门把那块地批给华姐。辛可大师、秋蝉也应鱼市长盛情相邀，出任王八文化研究所的顾问。樊总本想就樊胖子有机猪的文化培育问题跟辛可大师聊聊，但由于时间紧张未能如愿，两人相约改日在樊胖子生物科技集团促膝深谈。

巴托尔说，唯一美中不足的是，年会召开期间，会场外聚集了不少王八养殖户和拆迁户。这些刁民（副市长语）想借大师年会捣乱。毕竟在这里闹比上访要廉价一些。拆迁户当然是因为抗议政府强拆，特别是华姐看中的那片地，政府动用社会人员把住户的房子夷为平地。就为这事，很多闹事者以“阻碍东州的跨越式发展”被劳教。即便如此，依然有不少包藏祸心的人继续跟政府过不去。

王八养殖户主要是抗议政府的税收政策。前文已叙，为了修办公楼和广场，政府欠了银行一屁股债，既然公务员们拒绝节流，只好从老百姓身上开源。除了拆房子卖地，就是加大征税力度。据巴托尔讲，东州的王八是按个征税，甚至生了王八羔子，也要纳税。王八养殖户们不堪重负，就在年会召开期间，好几个王八养殖场因负担太重被迫关闭，王八及王八羔子也被大规模处死。

听说年会后要征王八文化培育税，养殖户们闻之心惊肉跳。这件事让东州的领导很伤面子，尽管采取了一些措施，比如劳教了首恶分子，但依然有人不依不饶，所谓民不畏死，奈何以死惧之！据鱼市长解释，这也是东州的传统，一年 365 天，天天有人在市政府门前下跪，甚至抹脖子。他们也没办法，只要上边不关注，就视而不见听而不闻，随便他们闹。

在秋蝉看来，这种事实在算不了什么，世界元首峰会，哪次没有各种型号的刁民胡闹？这是现代文明社会的一部分，或者说文明病，那种皇帝万岁、小民有罪的美好时代一去不复返了。大家都要适应这种现代文明。至于与会的媒体，因为拿了额外的补助，对此也置若罔闻，所有的报道都是溢美之词。被樊总绑回去的那位记者，表现得尤为积极，得到了大家的一致好评。领导们认为广大媒体，特别是网络媒体就应该向人家学习，讲原则、顾大局。

辛可大师本想在东州再待几天，顺便去一趟花果山市。花果山孙市长也应邀参加了本次年会，会议期间跟辛可大师进行了深入交流。孙市长最近有点郁闷，因为在跟水帘洞市争夺齐天大圣故乡的战斗中，花果山市明显处于下风。其中的关键是水帘洞市请了一堆专家，包括京大四皓之一的宋达人，开了好几次研讨会，系统论证了孙悟空的老家在水帘洞市。水帘洞也因此大兴土木，围绕齐天大圣发展旅游文化产业，如建设齐天大圣文化园。孙市长之所以为此愤愤不平，除了担心花果山的旅游文化产业受到冲击，从而影响自己的仕途，另外跟他的家族也有很大的关系。

孙市长说，孙悟空其实就是他的祖宗。作为齐天大圣的直系后裔，花果山市孙家保存着完整的家谱，一世祖是花岗岩，二世祖就是齐天大圣。每年春节，孙家都要举办盛大的祭祀仪式，悼念先祖齐天大圣。在花果山市，还有一个特别的节日，叫大闹天宫节。让孙市长始料不及的是，在社科院某专家的指点下，水帘洞市也弄了一本齐天大圣家谱。专家们诋毁孙市长的家谱是伪造的。说到这里，孙市长悲愤地道：这他妈连祖宗都让人抢了，是可忍孰不可忍！

孙市长之所以找辛可大师，是因为他知道辛可大师是孙悟空研究专家，翻译出版了《唐僧写给观音的 36 封信》一书。书中明确指出，孙悟空的老家就在花果山，而水帘洞只是齐天大圣在花果山的办公室。对此孙市长深表感激，并恳请辛可大师能仗义相助、拨乱反正，并愿意提供资金支持。辛可大师也为孙市长的真诚所打动，答应了他的请求。孙市长邀请辛可大师先去花果山市考察一下，辛可大师也认为很有必要。

让辛可大师中断行程匆忙回京的，是飞飞姐。飞飞姐打来电话，说儿子可可最近在玩绝食，好几天水米未进，情况非常糟糕。其实飞飞姐这样说有点夸张。这件事哥最清楚，可可只是当着飞飞姐的面一口不吃，但背过飞飞姐，照旧吃喝得不亦乐乎。哥真没看出来，这小子从小就跟哥一样聪明，精通暗度陈仓的招数。甚至有好几次，他还吃了哥的饼干。他一边吃饼干一边摸着哥道：柏拉图，原来你的饼干比我妈买的蛋糕好吃啊，我还不如做狗算了！听了这话哥哭笑不得，Pitt 更是怨气冲天：我他妈倒是想吃蛋糕呢，谁给我啊！ Pitt 如此发作哥也理解，因为他曾忍不住偷吃了可可的蛋糕，被飞飞姐揍个半死！

可可之所以绝食，完全是因为竞选班干部的事。就此他私下里给哥叨叨过，他说自己并不是官迷，非要当班干部，而是隔壁的文文已经是学习委员，经常在他面前显摆，这让他很没面子，怎么说他也算个男人，此其一；其二是鼻涕流得半尺长、说话结结巴巴的王一做了体育委员，他为此很不舒服。哥能体会得到，可可在这方面跟哥很像，从小就自命不凡。事实上可可无论长相和学习都很优异，每次考试他都名列前茅。这件事哥就不再啰唆了，飞飞姐逢人就讲，估计全京都城无人不晓。但跟当年阉藏獒的副市长的公子相比，可可还有很大的差距。如果有一天他敢把哥阉了，才能真正说明他是人中龙凤。当然了，哥并不希望这种事发生。如果他阉的是牛博士家的花生，哥也不反对。

听可可讲，班主任说了，班干部选举要坚持公正、公平、透明的原则。按照班主任提出的标准，可可认为自己完全有资格当班长。首先因为他期中考试各科都是第一，其次是他从没有跟同学打过架。为了追求进步，他还主动帮阿姨打扫过几次厕所，而且是女厕所。班主任说，班长必须“德才兼备”，可可把自己跟全班同学做了比较，认为自己最符合这两条。据可可讲，为了争取同学的支持，他还经常买了糖果讨好他们，在班里人缘很不错。

让可可始料不及的是，他不但没当上班长，而且连班领导班子都没进。更可气的是，类似课代表这种中层干部的位子，也没有他的份。这让他沮丧至极，觉着受到了莫大的侮辱，生不如死。为此他经常对着哥倾诉，除了控诉万恶的班主任，也一再表示不想读书了。在可可看来，韩寒哥哥笃信读书无用论，说话颠三倒四像个白痴，整天玩汽车，不也成了著名作家？如果他从现在就开始玩汽车，说不定有一天会获诺贝尔文学奖哩！

哥以为可可这样想很幼稚，毕竟洋人跟中国的 80 后不是一个品种，人家不会而立之年还垫着尿不湿。再说了，可可一定要找个类似的偶像，也没必要飙上韩寒哥哥，张铁生叔叔比他还优秀呢，人家可是因为数学考了零蛋才飞黄腾达的。从李大耳朵到刘邦到张铁生到韩寒，读书无用论诚可谓香火不绝、一以贯之。

可可的绝食行动让飞飞姐极度恐慌，怕闹出毛病。飞飞姐对可可落选班长也大为恼火，她认为自己的儿子天下无双，才华堪比唐宗宋祖，岂能输在起跑线上。飞飞姐为此找班主任理论。班主任觉着飞飞姐很可笑，并为她做了简单的结构分析。班主任说，她之所以这样做，完全是讲政治的结果，其他班级也差不多。在班干部的安排上，她只能这样考虑：家长官位最高的自然是班长，次之为副班长、班长助理，那些掏了大钱的阔少爷至少也要进领导班子，担任学习委员、体育委员等职务。类似派出所所长、街道办主任家的孩子也要有个交代，只好瓜分了各科的课代表，否则家长就会给学校穿小鞋。像可可这样的孩子，尽管家长是京大教授，但毕竟在社会上无权无势，只能这样。

班主任接着叹息道：你看，就为了安排班里的干部，我的头发又白了很多，天天有人打电话，谁也惹不起啊，为了搞平衡，现在副班长已经有 7 个，班长助理也有 8 个了，本来学习委员只有一个，可现在不得不安排两个副委员，机构臃肿，实在没办法啊！飞飞姐听了也理解，京大的校级领导数额比这还多一倍，但她反复强调辛可大师也相当于司局级干部，至少应该让可可当个副班长吧。班主任听了笑道：您说话真逗，相当于司局级，正儿八经的司局级以上干部一大堆呢，有位司长的儿子实在安排不下，我还特别设立了一个职位，纪律检查委员！飞飞姐说相当于司局级虽然比不上正装的司局级，可总比街道办主任强吧，人家的孩子都当了数学课代表。班主任听了大笑：您真是不懂行情啊，京大的教授有什么实权？街道办主任真办事啊！

任飞飞姐磨破嘴皮子，软硬兼施，班主任就是不干。她说现在一半以上同学都是班干部了，再增加机构实在太臃肿，不符合精兵简政的要求。飞飞姐没丁点脾气，只好把辛可大师从东州调回来，勒令他限期解决这个问题。如果不能让可可成为班干部，至少让他结束绝食。

辛可大师把儿子叫到书房，给他做思想工作。

——可可乖宝宝，咱非要做班干部吗？又不发工资！

——那为啥王一是班干部？说话都结结巴巴！

——他结结巴巴跟你有什么关系？

——我看着心里难过，爸爸，凭什么我不能当班干部？

——那不怪你，那是因为爸爸没出息！

——王一他爸爸就是个挖煤的！连文文都是学习委员了！

——要不爸爸给老师再说说，让你当个课代表？

——我不当，我要进班里的领导班子！

——没看出来，儿子还是个官迷啊。

——反正我不管，不进班子我就不吃饭！

辛可大师被儿子弄得哭笑不得。他觉着时代真的变了，他开始做官梦，那是高中以后的事，没想到现在的小学生官瘾都这么重。飞飞姐还在边上火上浇油：你不是讲“学而优则仕”吗？咱儿子学习好，又想做官，这是好事啊，至少将来比你强一万倍，一把年龄才混成相当于司局级的水货，我儿子将来至少是司局级以上的行货，所谓从小看老，这小子绝对比你个老东西有出息，说不定有一天老娘还过把一品诰命夫人的瘾。

可可寸步不让，威胁或绝食到底，或辍学跟隔壁的文文私奔，飞飞姐也在边上不依不饶，搞得辛可大师无路可退、郁闷不已。他知道，为了让儿子成为班里的特权阶层，他必须再一次厚着脸皮去找周倩。想起上次被周倩羞辱的情景，他至今心有余悸。

辛可大师给周倩打电话，起初无人接听。大概隔了足足一天，周倩才回过来，很冷淡地问辛可大师想干什么，辛可大师说好久不见，想跟她聊聊。周倩想了一会，说最近区里要组织卫生大检查，过两天再说就把电话挂了。辛可大师对着电话愣了半天，感觉脸上的温度确实不低。

豹哥听说辛可大师从东州回来了，立刻让朴总开车把他接到成贤会所。据佐罗讲，豹哥急着找辛可大师，还是为先前的两件事，一是跟历史文化学院合作办班；二是为皮亮解套。对于后者，辛可大师原本希望在东州能想出一个好办法，但由于公务繁忙，彻底忘了，至今没有找到行之有效的好办法。

关于第一件事，辛可大师给董浩波打了电话，让他到成贤会所来一趟。董浩波在电话里说，自己正在主持开班子生活会，学习有关的重要文件，一时走不开。辛可大师听了不以为然：那种会有什么可开的？都是些屁话，让窦卫国念念不就行了，快点过来，有要紧事商量！说完就挂断电话。

佐罗说，没过半小时，董浩波气喘吁吁地跑了进来。一见辛可大师就唠叨个没完：师兄，你这可是要我的命啊，窦卫国这个王八蛋最近小动作不断，我得时刻防着他啊。董浩波这样讲哥也理解。听麦当娜讲，在摔碎家里好几个花瓶，揍了麦当娜和窦夫人几顿后，窦卫国已经从失败的阴霾中走了出来，重燃斗志。他重读了一些经典作品，从中找到了新的斗争策略，形象地说就是润物细无声。一方面是走上层路线，在表哥的协助下，给相关领导汇报工作兼送礼；一方面是走群众路线，找历史文化学院的教职工谈话，收拾人心，甚至包括打扫厕所的阿姨。窦卫国的目标依然是副校长，等当上副校长，再回头收拾董浩波和辛可大师。当然了，窦卫国收拾人心这件事，早有人报告给了董浩波，在这方面，历史文化学院的教师具有高度的觉悟和政治敏锐性。

据麦当娜讲，因为窦卫国心情不好，经常拿窦夫人出气，类似抽耳光，或抓住窦夫人的头发在墙上撞等等是家常便饭。即便如此，窦夫人也毫无怨言，她认为作为一个大有为的男人，打老婆是天经地义的。或者说被老公打，让老公出气，就是对老公事业的最大支持。有一次窦夫人被窦卫国打得半死，连带麦当娜也受了重伤，窦夫人抱着麦当娜道：我们作为女人，被男人打是本分，与其找个天天挨女人打的窝囊废，还不如找个天天打女人的成功人士，这是我们的福气。为了支持窦卫国的事业，即便被打得鼻青脸肿，一旦萨克齐出现，窦夫人依然会裹着车臣黑寡妇的头巾，带着麦当娜冲下楼去。

麦当娜没有窦夫人的觉悟，对窦卫国拿自己撒气恨得咬牙切齿，好几次想在窦卫国的大衣里拉屎。她质问哥有一天会不会跟窦卫国一样？哥听了笑道：你看看哥的主子，辛可大师，就知道哥是什么德行，不被您弄死就算洪福齐天了！麦当娜说：那我要是打你，你会不会还手？哥赶紧道：哥高兴还来不及，何打之有，在这方面妹子你尽管放心，哥跟窦夫人一样，都是弗洛伊德理论的信徒！麦当娜说这还差不多，不过改天她要认真读读，看到底弗洛伊德说了些什么。

窦卫国的蓄意反扑，早在辛可大师的预料之中。换了他自己，被人家如此羞辱，也不会善罢甘休。但他认为，至少在短期内，窦卫国不会威胁到董浩波的位子，原因有二：一是舆论刚刚平息，校领导不想再生事端，再说了，虽然窦卫国暂时被击败，但欧阳仑和张峰奇也会预防他反扑，他们在班子里的后台不会轻易给他死鱼翻身的机会；二是窦卫国的群众路线未必有效，大家也就是面子上勉强对付。以他的观察，谁在位子上舔谁，现在老董是院长，他们主要还是会以老董为主舔对象，就算有一天窦卫国东山再起，他们再调转舌头也来得及。套用某位将军的战术，这叫舔一个、看一个、挤兑一个。在大多数人看来，现在是对窦卫国落井下石的黄金阶段，怎么可能听他瞎掰？

听了师兄的分析，董浩波总算释然了。豹哥也认为窦卫国奈何不了老董，但这不是他关心的重点，他关心的是赚钱。他对董浩波极不客气地说：老董，兄弟们费了九牛二虎之力，把你弄上去，可到现在连个屁都没闻见，你可不能过河拆桥啊！董浩波赶紧赔罪，说他全力支持豹哥的工作，一切听从辛可大师的吩咐。

关于他们协商的部分，哥就不啰嗦了。总之这是一次卓有成效的会议。佐罗告诉哥，董浩波最后表态，一定倾全院之力支持辛可大师提出的方案。同时在豹哥的一再邀请下，董浩波第一次跟会所的姑娘敦伦[①]了一下。董浩波对此赞不绝口，很后悔做了几十年书呆子，为先人所误，所谓老妇肉香。其实不然，家中老妇岂能跟青葱少女相提并论哉！

在董浩波的强力支持下，“应用文化研究中心”挂牌成立，中心主要业务是举办各类高级培训班。辛可大师建议，首个项目为“国学与易理总裁高级研修班”，简称“国易班”。虽然辛可大师百般推辞，还是被豹哥和董浩波推举为班主任，他两人出任副班主任。国易班前期所需经费要豹哥筹措，具体的教学管理由历史文化学院负责。历史文化学院的很多青年才俊响应院长号召，毛遂自荐，表示愿为该项目肝脑涂地。辛可大师还特意安排小卞参与其中。自从成功转让唐娟后，他也不再刻意躲着小卞。小卞在自述中说，对于辛可大师这样的安排，他也很感激。因为他确实等钱应急。

前几日小卞曾找辛可大师借钱，理由是自己正在读奥尔丁大学的博士，开支比较大。辛可大师知道小卞在扯淡，奥尔丁大学跟他的母校西太平洋大学是一丘之貉，只是没被曝光而已。但他理解小卞的处境，不但如数给了小卞，而且安排他在国易班开一份工资。

参照经管学院的成功经验，辛可大师为国易班制定了具体计划。每个班招生限额 100 名，培训周期为一年，学费 10 万，培训计划包括：（1）每周授课一次；（2）每月在成贤会所安排一次聚餐；（3）由辛可大师和建筑学院的谷教授为每个学员提供一次命理和风水咨询。招生对象主要是领导、大老板、大老板老婆或小三以及想认识大老板的中小老板。培训结束后，经考试合格，学员可获得历史学相关学位，至少会得到历史文化学院颁发的结业证。

财务做过估算，以单个培训班计算，学费收入为 1000 万，除去成本（主要包括管理费和授课费），纯利润大概是 600 万。如果开三个班，每年纯利润应该在 1800 万左右。虽然跟经管学院的赢利能力没法比，但在历史文化学院的历史上堪称旷古未有。

至于分成比例，经豹哥、辛可大师、董浩波商议，提出了所谓 5311 的原则，

① 见清袁枚《答杨笠湖书》，李塨主日记云：“昨夜与老婆‘敦伦’一次。”

即豹哥拿走纯利润的50%，其中包括了辛可大师、董浩波的部分；30% 的利润被管理团队瓜分，其中也包括辛可大师三人，所谓落实现代激励机制；利润的 10% 上交历史文化学院；剩下的 10% 留做发展基金，用于进一步拓展相关业务。

关于生源问题，豹哥和董浩波都很担心，毕竟现在各大学和研究所都在办培训班，类似在职读研读博等等，市场竞争非常激烈。对此辛可大师认为可从三方面着手：一是跟经管学院的张峰奇合作，所谓借台唱戏；二是在培训内容上下功夫，所谓差异化竞争；三是尽量动员已有资源，先把台子支起来。

辛可大师为此找张峰奇商议。张峰奇认为这是跟他抢生意，开始并不积极。辛可大师深知张峰奇心里的小九九。他向张峰奇表示，国易班跟经管学院的总裁班内容迥异，不存在恶性竞争，也有助于学员素质的全面提高。如果张峰奇介绍他的学员到国易班，辛可大师承诺每位学员学费的 20% 给张峰奇个人。辛可大师顺便表示，窦卫国还在蠢蠢欲动，支持董浩波就是打击窦卫国。他将动员所有力量为张峰奇助选。一听这些，张峰奇就痛快地答应了，并强调钱必须打在他老婆的账户上，他回头把卡号发给辛可大师。

干这种事辛可大师轻车熟路，没多少压力。唯一让他头疼的是飞飞姐和可可。在她们母子的胁迫下，辛可大师不得不又给周倩打了电话。这次她的态度好了很多。为了玩感情炸弹，辛可大师特别约了周倩在当年约会的老地方见面，就是他彻底征服周倩，墨玉河边的一个露天茶馆。辛可大师还特别带了哥同行，或许是为了给自己壮壮胆。

让辛可大师始料未及的是，周倩那天还化了妆。在他的印象中，周倩向来是素面朝天的。当然了，在他们年轻的时候，化妆会被某些人认为有反革命的嫌疑。以辛可大师的经验，所谓女为悦己者容，周倩似乎也未能免俗。尽管如此，哥依然看见她脸色憔悴，身体似乎疲惫不堪。辛可大师也注意到了这一点，问她怎么了，周倩只是摇摇头，没做任何解释。

周倩当时很安静，没有像上次那样发作。她围着一个紫色的披肩，跟辛可大师随意聊着天。听小贝后来说，周倩为了见辛可大师，整整折腾了半天，把衣橱里翻了个遍，总算翻出了这件披肩。据小贝讲，这是两人结婚后，辛可大师唯一买给周倩的衣服。这点哥非常理解，大多数男人结婚后，主要是给情人或女朋友买东西，老婆除外。

哥想起在小卞的自述中，曾写过一件与此有关的趣事。一次他去西单给唐娟买生日礼物，可不知道买什么好。买件衣服当然最理想，但他不知道唐娟三围的确切尺寸。买大了，她肯定要训斥：你以为我是老母猪啊！买小了更惨，会被认为是故意羞辱她。须知女人经常会把这玩意上纲上线到爱的高度。最好的办法是买个无需量化的东西。在某知名化妆品柜台，小卞让售货员挑个口红。售货员是个小姑娘，对小卞很热情。

——先生，这个品牌的口红有很多，您要哪一种？

——这个……我真不知道……有区别吗？

——关键是您送谁，领导老婆、女上司、女朋友、情妇，还是老婆？

——这个……价格有区别……

——给领导老婆的最贵，情妇也不便宜，最便宜的是送老婆……

——是这样啊，卖得好吗？

——送情妇的经常断货，送老婆的很少有人要，这还是去年上的货！

——那我就买送情妇的吧，你帮我挑一个……

——你包的情妇多大年龄？

——不是，是女朋友，我觉着这个好看一些。

售货员笑了笑，帮他挑了一个。她把包好的口红递给小卞道：你对女朋友真好，舍得花给情妇才花的钱！哥以为，如果顾客都是辛可大师这种男人，恐怕那些送老婆的，早就下架了。闲话聊供一笑，还是说正经事。

尽管这个地方已面目全非，但哥看得出周倩的心情很不平静。好几次哥注意到，她凝视着墨玉河，几近落泪。辛可大师似乎也很伤感，三角眼有点湿润。但以哥的经验，其中有作秀的成分。辛可大师还朗诵了泰戈尔的诗："在梦里我们是陌生人，醒来后才发现我们彼此相爱"，周倩听着终于忍不住落下泪来。可哥觉着辛可大师这样做很恶心，因为在周倩擦眼泪时，这个王八蛋还吐了一下舌头，露出一丝得意的笑容，如果那也算笑容的话。

周倩拿出一张照片和一封信，交给他。照片上面是辛可大师的女儿田田，拿着一个奖杯，在开心地笑着。信不长，用中文写的：

老沙皮：

你好吗？我的论文刚刚获得了哈佛大学的奖励。拿到奖杯的时候，除了妈妈，我就想告诉你！告诉你我很努力，也很坚强，我没有让你失望！感谢你曾经给我的鼓励，还有你送的娃娃，我一直放在床头。看见它，就像看见了妈妈，包括你，老沙皮！

上次你来哈佛大学看我，我的室友把你赶了出去，那是我的阴谋，我向你道歉！你会原谅我的，对吗，老沙皮？你从来都会原谅我，不管我做了什么！

谢谢你，老沙皮，等你下次再来，我带你去看大海，那里风和日丽，就像小时候的落燕公园。妈妈老了，在京都没有亲人，替我照顾她吧，老沙皮！

爱笑的田田

读完田田的信，辛可大师趴在桌子上泣不成声。在那一刻哥突然觉着，这个长着沙皮脸的男人其实很脆弱。诚如他在《唐僧写给观音的36封信》中所言：再强悍的人，心里都有一块软肉，其实比普通人更脆弱，我们经常看见的是一种表象，至于哪块肉最软，一碰就痛，只有他自己知道。

大概这些话就是他写给自己的，女儿永远是他心头那块最软的肉，也许还包括周倩以及那些流逝在岁月中拾不起放不下的故事。

第二十三章

自见过周倩后，哥发现辛可大师的情绪一直很糟糕。Pitt就此问过哥，哥只是敷衍了几句。只要飞飞姐不在，他就躺在床上，反复看着女儿的信，默默地流泪。他从书房里翻出一个小木箱，里边全是女儿小时候用过的文具。哥无法想象，多少年来，对着这些东西，他到底偷偷地哭过多少回。木箱里有个拨浪鼓，他一边摇一边抹着眼泪。那清脆的声音让哥心碎，哥想起了妈妈，哥不知道她现在活得怎么样，或者说她是否还活着。

在哥小的时候，妈妈也曾给哥很多玩具，包括从垃圾堆里捡回来的拨浪鼓。那时候哥不喜欢这种玩具，哥讨厌梆梆梆单调的声音。现在这声音听起来如此悦耳，也如此让哥肝肠寸断。

可可也要玩那个拨浪鼓，但被辛可大师拒绝了。他把拨浪鼓擦洗干净，放回了箱子里。他爱他的儿子，之所以这样做，哥的理解是，他想为女儿完整地保存这份记忆——如她所愿，他只是她的爸爸。

由于周倩打了招呼，可可终于得偿所愿，成为领导班子成员。班长的姥爷是大领导，自然连校长也动他不得。本来计划让可可替代另一位同学出任副班长，可当晚家长就打电话把周倩臭骂一顿，并威胁要拿掉她的乌纱帽。思来想去，她只好建议副班长再增加一位。让可可最高兴的是，他不但成了副班长，而且是常务副班长，主管体育委员和生活委员。就在他上任的当天，王一送给他一个大苹果，这让他非常有成就感。隔壁的文文也破例让可可在她的小床上玩耍，算是对常务副班长的犒赏。

当然了，哥的仕途也顺风顺水。经过一番周折，哥被任命为京大狗协的秘书长。据Pitt讲，亚历山大亲口告诉他，狗协开会研究时，有几位副会长表示强烈反对，包括马大姐。亚历山大之所以力排众议，任命哥为秘书长，跟哥担任行动小组组长这件事有很大关系。其实哥什么都没干，但在亚历山大看来，干不干并不重要，只要有借口就好，这就是政治。亚历山大在会上就哥担任组长期间的表现赞不绝口，特别指出这次活动得到落雁区宠物联合会的嘉奖，十分难得。他说：这充分说明柏拉图是一个想干事、敢干事、会干事的干才，不提拔这种青年才俊，狗协以后还怎么发展？尽管他讲了一大堆，大家还是不同意，认为一个土狗加入狗协已经骇人听闻，怎么能进入狗协领导层！有的副会长还威胁要退出狗协。亚历山大一般情况下都是和稀泥，这次他却表现得极为强硬。不管其他副会长如何反对，强行任命哥为秘书长，而且要求所有的公狗最好在这件事上闭嘴，否则别怪他不客气。

Pitt 说，亚历山大的表现的确让他钦佩不已，关键时刻绝不手软。会后亚历山大把 Pitt 带到莫须有湖边，找了个阳光灿烂的地方，让 Pitt 帮他按摩老胳膊老腿，并笑着说，他这样做完全是因为 Pitt！ Pitt 赶紧道谢，顺便把哥夸了一通，认为亚历山大就是当代乔玄。这个典故是哥给 Pitt 讲的，乔玄有识人之明，曾在曹操低微时欣赏并提携过他。哥当时是以曹孟德的遭遇自况，并无他意。亚历山大听了，慢条斯理地笑道：曹操可是想篡位的！ Pitt 说他当时抽死自己的心都有。哥也提醒 Pitt：在领导面前，用典一定要注意，他们可都是超级阴谋论者，特别是亚历山大这样的老江湖。

Pitt 反复强调，亚历山大摸他的样子有点奇怪，眼神好像很 sexy。这让他很不是滋味，回来后躺在阳台上胃里直犯恶心。哥听了赶紧安慰道：都是哥不好，让你受委屈了。Pitt 信誓旦旦地道：老大，你怎么能这样说？！为了您的事业，别说被亚历山大揩油，就是跟他断袖，兄弟也认了！ Pitt 的话的确让哥很感动，这样好的兄弟，或者说战友到哪里找啊？

在被任命为秘书长的当天，哥特别拜访了亚历山大，一见面哥就哭了。哥必须承认，为了能在亚历山大面前痛哭流涕，哥费了很大劲酝酿情绪。亚历山大对哥的表现很满意，并表示他会支持哥搞好工作，他说：年轻就是资本，不要有什么顾虑，好好干，好事还在后头。特别是后边这句话，让哥很振奋，亚历山大所谓的好事，到底是什么呢？

也许诸位会说，哥怎么老不谈小卞，净讲些成功人士。或者说哥当了秘书长，就狗眼看人低。好吧，为了证明哥不是趋炎附势之徒，哥谈谈小卞。

自发生绑架事件后，哥跟小卞接触很少。只是偶然在教学楼前匆匆打个照面。从气色上判断，他的状态似乎很不好。“风整组”解散后，他彻底变成了闲人，成天混吃等死。当然了，历史文化学院像他这样混日子的行政干部多的是。特别是董浩波刚上台，很多人不明就里，以为他是窦卫国的人，更是不待见他。就连院里过节分点苹果，也把剩下的垃圾给他。

上次他来向辛可大师借钱，跟哥聊了几句，还给哥带了点干粮。至于借钱何用，绝非他告诉辛可大师的那样。但他想搞个洋文凭，倒是千真万确。看着做行政工作没什么前途，他还是想教书，障碍依然是没有洋文凭。为此他向国外有名的大学寄出了几份读博申请，也收到了一些回信。

小卞在自述中说，回信的内容大同小异，总而言之，一句话，到我们这里读博士没门。因为自中世纪创建大学以来，没听说过有类似牛鬼蛇神这样的专业，如果中国政府愿意掏钱，像办孔子学院一样，建设牛鬼蛇神东方文化研究中心，他们举双手欢迎。他还抄录了其中一份让他哭笑不得的回信。

回信来自哈佛大学东亚研究中心，署名“五道口”。“五道口”以前在京大文学院混过几年，为了显摆，回信是手写中文稿。信很长，大概有几万字。开头跟其他几封大致相仿，不过是吹吹本大学如何牛 X，然后就拒绝了他的申请，并邀请他带着银子参加各类培训班。个个吹嘘自己的培训水平独步江湖，绝非野鸡培训班可比。同时要求小卞提前准备好学费，否则他会成为不受欢迎的人！

哈佛来信还特别强调本中心是全世界东亚研究特别是中国研究的大本营，出了费正清、杜维明等超牛 X 的专家，是新儒学的重镇。最不着调的是如下内容，简直就是拿小卞穷开心：

> 哥们，哥也是京大的高才（材）生，哥姓五，大名五道口，叫哥老五好了。哥现在哈佛大学东亚研究中心叫床（教书），哥是这里的骨干！哥在京大读书时，你困怕（恐怕）还穿开当（裆）裤呢！哥是中美文化的结果（结晶），哥的中文牛皮（逼）大了。看了哥的信，你小子是不是被哥的文笔震住了？
>
> 中国是个牛皮的地方，京大也是个牛皮的地方。我在那里度过了最爽的时光。只是当时还有点不开放，让弟弟委屈了。尽管也泡了一些妹妹，质量都不怎么样！特别是胸太小，大（达）不到哥的要求。
>
> 二食堂那个很操旦（操蛋）的胖师傅还在吗？如果不是考虑到中美关系，好几次哥都想扁他！还有，莫须有湖边的小树林，每天还有那么多小磨谷（蘑菇）吗？在那里有很多哥美丽的鸡艺（记忆），特别是从日本来的

那个小表子（婊子），没把哥高（搞）死！想念五道口的夜店，想念京大西门的驴肉火&（烧）、全&（聚）德的烤鸭。我做梦都想回去。中国是世上最爽的地方！

我实在不能理解，你丫脑子被驴剔（踢）了，要到美国这个操旦的地方，特别是哈佛大学更操旦，一点也玩不好！哥回国后鸡莫（寂寞）的蛋疼，天天想去中国。那里太他妈刺激了！哪像我们这里，除了上班，就是上教堂。

哥正在申请到住（驻）华使馆工作。哥归心死见（似箭）。可白宫现在的老板是民主党的白吃（痴），国务院这帮杂种也未必会同意哥的申请。实在不行，以哥的中文水平，哥自己到中国创（闯）天下去。哥是哈大中文学会的副会长。想到这些，哥很鸡动（激动）！你不要来了，在京大等着哥！

信后还特别留了他的地址、信箱、电话以及 MSN 号。小卞说，他看完后哭笑不得，弄死这个王八蛋的心都有。其实他的文笔如何，跟小卞无关，关键是他的洋博士梦破碎了。好在有位学友跟他建议，让他弄个奥尔丁大学的博士学位。鉴于西太平洋大学事件，他起初对此颇不以为然。学友骂他死心眼，当年被曝光的西太平洋大学毕业的野鸡，也没人为此丢掉官帽子或者教授帽子，IT才俊依然是吃香喝辣啊，何况奥尔丁大学还没有引起圆周率的注意，他正在为牛黄解毒丸是否致癌跟别人厮杀呢。

小卞想想也是，就给奥尔丁大学驻京办事处打了电话，他们在南郊的瓦胡同村办公。接电话的是驻京办的主任，一个中年女人。由于叙述起来太麻烦，哥直接把小卞在自述中的部分内容贴在下边：

——我咨询一下到贵校攻读博士学位的事。

——欢迎欢迎，是您自己还是帮老婆办？

——是我自己。攻读贵校的博士学位，需要哪些手续？

——奥大办学很人性化，只需把学费打到账户上，告诉您的名字就行了。

——您说的是交份个人简历，对吗？

——不是，把您的名字发个手机短信给我就 OK 了！

——请问奥大在美国什么地方?

——抱歉，这个我还真不清楚，可能到处都有吧，我们是国际化综合大学!

——是吗，那我能申请什么专业的博士学位?

——那就看您的需要了!

——请问奥大都有哪些专业?

——这个我说不清楚，总之还是以人为本，你想要什么专业就有什么专业，前几天我们接了一单活，发了一个养猪学博士学位!

——我的专业是牛鬼蛇神……

——那行，你的博士学位证书就写牛鬼蛇神学博士!

——这个我再考虑一下，多少钱?

——3000美元。

——能打折吗?

——您是自己掏钱，还是公款报销?

——这有什么区别吗?

——如果是您自己掏钱，不开咨询费发票，可以打个8.5折。

小卞在自述中说，就一个电话，梦寐以求的洋博士学位到手，这让他难以置信。他怀疑是马路上留号办证的骗子公司，问她能不能抽空见个面，沟通一下。主任说，现在国内要攻读奥大学位的人很多，忙得要死，并劝小卞道：你就别折腾了，把钱汇到账上，用手机把名字和专业发给我行了!

为了进一步确证不是骗子，小卞问她认不认识他的同学。主任反问小卞：这家伙最近没影了，上次的提成还在我这里呢。小卞开玩笑说他不取你就没收了呗!主任听了很不高兴，严肃地道：您这话我可不爱听，办学，特别是办国际化的综合大学，最重要是诚信，孔夫子讲民无信不立，对不对?小卞夸赞她懂得真多!主任谦虚地道：毕竟也在京大历史文化学院混过几天嘛!

小卞筹了钱寄给办事处。没想到奥大的办事效率挺高，大概三个工作日，他就收到了快递的奥大博士文凭。虽然没有京大的博士文凭做得精致，但也过得去。文凭上有奥大的钢印，以及小卞用手机发给他们的标准照。

小卞买文凭的钱是从同学处借的。他之所以向辛可大师借钱，其实是为了他妹妹。前文已述，为了供小卞读书，他妹妹 17 岁就嫁给了邻村的一个瘸子。大概是去年吧，县里说要搞高新开发区，把他们的土地以极低的价格没收了。因为生活没有着落，小卞妹夫到处上访，结果被抓回去劳教了数月。原本他只有一条腿瘸着，现在另一条腿也被打得出了点问题。小卞妹妹和妹夫这次到京都，也是来上访。小卞劝他们别再折腾，不小心被专营截访业务的公司发现，关进郊区的黑屋子，怕是两条腿非折不可。

既然回去也没饭吃，小卞就让妹妹妹夫暂时留在京都打工。他向辛可大师借钱，是想在附近的城中村给他们租个地下室。那个地下室后来哥跟着小卞去过，根本不见一丝日光，还有点渗水，待一会就感觉掉进了冰窟窿。地下室里塞满了人，有附近工地上的农民工，也有不少是访民。小卞之所以不告诉辛可大师这些，哥想还是因为面子的问题吧。

小卞的妹妹是个长相俊秀的农村妇女，看着很聪明也很有礼数。后来哥又见过一次，是在京大附近，哥记得可可也在。当时她做了一些布娃娃摆在地上卖。小卞妹妹问可可喜不喜欢布娃娃，可可说：喜欢，可是阿姨我没有钱！小卞妹妹摸了摸可可的脸，递给他一个布娃娃：阿姨不要你的钱，阿姨的儿子也跟你一般大！说着就哭了。回家后飞飞姐嫌这个布娃娃太丑，不够档次，要扔了，只是因为可可死活不干，才悻悻作罢。在哥的记忆中，可可睡觉时总抱着那个布娃娃。他还跟哥说：有一天我有钱了，就还给那个阿姨，阿姨是世上最好的人！

小卞托人在工地上给妹夫找了个活。工地就是正建的京都大厦，承建方是狄总下属的建筑公司。前文已述，就因为这个破楼，辛可大师的恩师曹老险些被气死。哥发现小卞确实变了，如他在自述中所言，他经常去帮妹妹干点活，或者拿出工资的一部分交给妹妹聊补家用。他说，自己这辈子欠妹妹的太多。当然了，每次他都是偷偷摸摸去看妹妹，他害怕别人知道。至少在公开场合，他从来不承认他们是自己的亲人。小卞的妹妹也不想让别人知道这些，她知道弟弟并不容易，她爱他，希望他好。

哥承认，做了狗协秘书长后哥有点飘飘然。哥能感觉得到，京大的宠物们看哥的眼神跟以往也有了很大不同。尽管他们私下里骂哥是暴发户，但见了面还是满脸堆笑。对哥而言这就够了。辛可大师说，权力会改变人的生理结构和生理反应机制，比如说，见了领导，尽管你努力想让自己不亢不卑，但你的身体不听指挥，不由自主会屈下膝盖，露出谄媚的笑容。辛可大师进一步强调：好奴才就是对领导的阿谀奉承变成了生理机能，类似巴普洛夫的条件反射（conditioned reflex），单是心理上的顺从是不够的，这只是做个好奴才的第一步。

最让哥得意的，是微微的态度。微微正在跟成书记家的香香热恋。在哥成为秘书长之前，微微宁愿跟猪一起招摇过市，也不愿搭理哥。但就在哥当选秘书长的第二天，在京大图书馆的后边，微微主动跑过来跟哥打了招呼，并送给哥一朵蓝色郁金香。Pitt 对此很不屑，但哥的感觉确实不错。哥这才明白，一旦你当了官或者发了财，其实出身和学历并不重要。诚如辛可大师在《逼下梁山》中所言，暴发户比老贵族还要吃香一些。

哥的飘飘然自然逃不过亚历山大锐利的双眼。他通过 Pitt 给哥传话，让哥悠着点。这句话犹如当头棒喝，突然敲醒了哥。哥赶紧做了调整，见了谁哪怕是阿猫阿猪都谦恭备至，装成谦谦君子。哥知道，真到了关键时候，即便有亚历山大撑腰，如果其他会员对哥态度消极，亚历山大也束手无策。

为此哥跟 Pitt 进行了系统分析。Pitt 认为，目前的 Situation 对哥非常有利，关键是要争取更多会员的支持。我们把所有的会员罗列出来，利用排除法确定了工作对象。据哥跟 Pitt 分析，狗协会员大概可分为四类：

一是顽固派，某些副会长的坚定走狗，这类根本不可能支持哥；

二是当权派，亚历山大的亲信，他们最终要看老大的态度；

三是骑墙派，他们总是在观望，谁势力大就支持谁；

四是实惠派，对谁当选都无所谓，谁给的实惠多就选谁。

由此我们得出结论，第一二类根本没有做工作的必要。从目前的形势判断，亚历山大极有可能在关键时刻支持哥（除非哥的表现太让他失望），否则他不会力排众议把哥弄到秘书长的位置上。工作重点应该是后两类，而他们都属于一个个小圈子，关键要搞定小圈子的头头。比如说花生，京大的小流氓都唯他马首是瞻。Pitt 指出，萨克齐也是可利用的对象。因为萨克齐很自大，以皇储自居，结果肯定要完蛋。好在萨克齐从来不拿哥当回事，当他发现被其他副会长挤兑并落选时，可能会两害相权取其轻，转而支持哥。敌人的敌人就是朋友，如果我们运作得力，就会把萨克齐的人拉过来。

Pitt 认为，哥也是这样想，首先必须拿下的是花生。因为花生的态度对观望派很重要。本来大家都无所谓，但如果花生跳出来捣乱，所谓有了出头鸟，大家就会跟着起哄。出现这种情况我们就很被动，也会给亚历山大制造不小的心理压力，有可能把哥平衡掉。以哥目前跟花生的关系，特别是上次花生被麦当娜当众羞辱，他到时候不捣乱几乎不可能。

跟花生过招哥多少有点心虚，麦当娜也很担心，怕花生修理哥。但为了爬上会长的宝座，哥只能铤而走险。Pitt 约了花生跟哥见面，原本约在莫须有湖边哥办公的地方，但被花生拒绝：姥姥，他算什么鸟，让爷去找他！无奈，哥只好带着 Pitt 去了花生经常活动的图书馆后的小树林。

花生傲慢地躺在草坪上，嘴里还嚼着一根小树枝，类似《英雄本色》中的小马哥。两只小母狗趴在边上给他做按摩。在花生身后，立着一排公狗，有苏格兰牧羊犬、德国黑贝、藏獒等等，个个神情肃穆，目光凶狠！

Pitt 见此光景，腿肚子有点哆嗦。哥见过世面，倒也无所谓。哥一声不吭，对视着花生。哥知道，对付流氓的办法就是比他更会耍流氓。这时候绝对不能示弱，否则花生会更加肆无忌惮。

很显然，哥的表现跟花生预想的大相径庭。他愣了一会，吐掉小树枝，流里流气地问哥：找爷有什么事？哥笑了笑：没什么紧要事，有点小事想跟花兄沟通一下！花生指着哥大笑：就你这操行，还跟爷称兄道弟，可笑，太可笑了！花生说完，后边那排公狗跟着大笑，不过笑得很假，显然这只是他们的工作。

哥笑道：不是四海之内皆兄弟吗？花兄纵横江湖多年，难道不知道这个道理？花生不屑地道：江湖上讲的是快意恩仇，不是比谁更会舔屁股。说完全体公狗都笑了，这次倒是笑得很真实。哥知道他是讽刺哥拍亚历山大的马屁，哥不生气，笑着道：舌头也好，屁股也罢，关键是临床效果，花兄不会为舔不着或技不如人郁闷吧？哥刚说完，花生就立起身，蹬了蹬前腿，后边的公狗马上扑了过来。花生大吼一声：你们想干什么？其中一只藏獒怯怯地道：老大，您不是让我们扁他吗？花生唾了他一口：混账东西，我是那意思吗？我是想换条腿按摩！

见此情景，哥笑道：花兄能否让这几个僵尸回避一下？兄弟有话要说！花生冲哥伸出中指：有屁就放，何必神神秘秘！哥说好吧，看来花兄一点不在乎在手下眼中的形象。一听这话花生眼珠子转了好几圈，示意手下滚一边去。哥贴着花生的耳朵道：不知道花兄跟南霸天前辈熟悉否？话音未落，哥感觉花生全身哆嗦了一下，有点惊诧地看着哥：那是我师父，怎么了？

哥淡淡地笑道：多年前，南霸天前辈和花兄的大师兄被投毒致死，震惊了京大宠物圈，至今凶手逍遥法外，南霸天师徒沉冤未雪。这一恶性事件被狗协会员认为堪比医学院的黄河投毒案。青葱少年几成植物人，凶手依然招摇过市。其中阴谋，可谓司马昭之心路人皆知。当下舆论汹汹，要求重启调查，给黄河以公道。很多狗协会员也受此启发，要求重查南霸天前辈一案，让死者安息。兄弟就是受亚历山大会长之托，秘密调查此事。

花生头上开始冒汗，这是哥想要的效果。他言不由衷地道：不是没有任何证据吗？哥笑道：花兄不要紧张，如果没有发现新证据，今天兄弟就不会出现在这里。试想，南霸天是花兄的恩师，帮派老大，南霸天师徒死后，谁是最大受益者，或者说他们不死，花兄能成为老大吗？这么简单的逻辑，谁心里不明白？花生干笑了两声，道：你的意思是我害死了师父师兄？哥笑道：我可没有这样说，这是很多会员的看法，而且就我掌握的证据，对花兄很不利！

花生听了激动地道：既然这样，你还来找我干什么？爱鸡巴怎么办就鸡巴怎么办。哥压低声音道：小弟之所以来找花兄，因为敬重花兄是条汉子，并不想毁掉一条好汉，死者不能复生，何必再添麻烦……哥话未说完，花生竟然扑通一声跪在地上，眼含热泪道：柏拉图哥哥，小弟一时糊涂，怠慢了哥哥，望哥哥恕罪，小弟愿听哥哥吩咐，赴汤蹈火在所不辞。哥赶紧扶起花生：没那么严重，此事到此为止，我自有安排，花兄大可放心。结果花生闻言又跪了下去，除了感谢，还一再恳请要跟哥义结金兰，成为生死兄弟。哥答应了，Pitt 在一边狂笑，差点没把胃从下边笑出来。

接着花生喝令众兄弟过来，依次跟哥与 Pitt 深情拥抱，请哥以后多多关照，只是表情依然很严肃，感觉有点怪。据 Pitt 说，这是他们内部的规定。除非为了配合大哥笑一笑，其他时间必须表情冷峻。对哥的表演，Pitt 佩服得五体投地，问哥如何想到这种邪招，制服了大流氓花生。哥说其实很简单，翻翻《水浒传》和《逼下梁山》就行了，里边全是流氓对付流氓的故事。

应花生之邀，哥还跟花生举办了隆重的结拜仪式，类似当年的桃园三结义。结拜仪式在京大附近的雪积寺举行。

据雪积寺住持诚空法师家的小公狗凡心讲，在张峰奇的精心策划下，雪积寺去年成立了雪积寺文化产业集团，诚空法师为董事长。随之进行了股份制改造，雪积寺相对控股，其他股份被诚空法师和和尚中的管理人员瓜分，其中诚空法师占大头。诚空法师此举还得到经济学界的盛赞，认为这是市场经济探索的又一重大成果。据说诚空法师正在跟张峰奇策划雪积寺的股权改革，目的是让诚空法师堂而皇之成为大股东，然后通过资本运作在国内外上市，张峰奇等经济学家作为董事也可以从中大捞一笔。

哥从网上也了解到，诚空法师为了响应文化产业大发展的号召，在张峰奇等经济学家的策划下，计划对雪积寺进行彻底的改造，全面实现产业化或者现代化。也就是跟地方政府、投资商合作，建设阿弥陀佛文化产业园区。按照规划，除了保存大雄宝殿等主要建筑，其他部分一概拆除，进行文化产业和商业地产开发。据说相关部门对诚空法师的规划非常认可。至少在他们看来，雪积寺的拆迁工作比较简单，不会有刁民闹事。等开发完成后，和尚们要么分流到其他寺庙，要么在园区管委会安排合适的工作。

结拜仪式相当正规，类似当年的青红帮。哥以为，当年逸仙先生在旧金山加入洪门时，流程也未必如此复杂。整个流程大概有几十个步骤，哥就不一一罗列了。关键是喝血和对着神像发誓。按照黑帮的规矩，应该是把鸡血撒在酒里，但狗没有这样的条件。我们的办法是由主持仪式的老狗在花生一个兄弟的屁股上砍几刀，哥和花生爬上去各舔三口。第一次吃狗血，味道真的有点怪，甚至有点恶心。Pitt 说如果在上边撒点盐或胡椒粉，Taste 可能会好一点。

然后哥和花生跪在神像前，在主持老狗的引领下进行宣誓仪式。这部分内容有点啰嗦，哥抄录如下：

雪积寺某大殿，播放着运动员进行曲。

哥和花生并肩在众狗的注视下缓缓走过，欢声如潮。

哥和花生立在老狗主持面前，他慈祥地摸着我俩的头顶。

老狗道：柏拉图，你愿意跟花生成为好兄弟吗？

哥认真地道：我愿意！

老狗又问：花生，你愿意做柏拉图最好的兄弟吗？

花生道：我愿意！

老狗问：柏拉图，你能保证结拜后，跟花生赴汤蹈火、患难与共吗？

哥坚定地道：我保证！

老狗又问：花生，你能保证结拜后，为柏拉图上刀山下火海在所不辞吗？

花生道：我保证！

老狗微笑着点点头，让全场跟他一起朗诵：不求同年同月同日生，但求同年同月同日死，在天愿为比翼鸟，在地愿为连理枝！

诵读完，老狗宣布仪式结束。

自结拜为兄弟，哥跟花生的关系变得非常亲密。即便是谈及麦当娜，花生也很释然，他认为肉总算烂在自己锅里，没什么可遗憾的。只是有时候他不经意间谈及当年跟麦当娜的苟且之事，多少让哥有些不快。我们跟麦当娜还在莫须有湖边聚会过一次，他很热情地称麦当娜为“大嫂”。麦当娜为上次的事向花生道歉，花生半开玩笑地道：没事，兄弟扛得住，不过大嫂要是下手再重点，兄弟怕就成 Pitt 了！说完大家都笑了，包括 Pitt，只是笑得比哭还难看。

跟花生结盟对哥夺取会长宝座很关键。花生一再表示，在京大狗协，有谁胆敢反对哥，他就立刻让他残废或者消失。哥知道，在某个特殊的阶段，流氓的作用不可低估。诚如前辈高人所示，勇敢分子也要利用一下嘛！我们开始打仗，就靠那些流氓分子，他们不怕死。哥想做点简单的修正，其实流氓也怕死，从根上都靠不住，流氓真正的优势是无法无天、豁得出去，关键在利用二字。

为了利用好花生这个大流氓和他手下的小流氓，哥经常去牛博士家找他，在牛博士的阳台上商量灭不灭谁的问题。哥在牛博士家也有意外的收获。哥发现牛博士家藏有各种型号（包括国产与进口）的充气娃娃。哥原本以为牛博士或他老婆在开网店，可花生对此嗤之以鼻：开个屁网店，都是自己用！

起初哥觉着花生是胡扯。在哥的印象中，牛博士作为著名公知，向来是自由、民主、科学的斗士，虽然张峰奇自诩为胡适之第二，但很多人认为真正得其衣钵的是牛博士，或者说牛博士是胡适与鲁迅精神的合体，甚至有过之而无不及。也许哥孤陋寡闻，没听说过胡适先生或鲁迅先生家里有一堆充气娃娃。

直到有一天哥亲眼目睹，才算信了。牛博士老婆在天津上班，平常不太回来。尽管他有时也会跟女粉丝切磋一二，但总觉着档次不够。有一天晚上，哥发现牛博士拿出充气娃娃摆了一客厅，足有几十个，然后给每个充气娃娃穿上各类后宫女人的衣服，在充气娃娃脸上贴上类似苍井空等走红女明星的照片，按照皇后、皇贵妃、贵妃、淑妃、贤妃、德妃、妃、昭仪、昭容、昭媛、修仪、修容等等依次排好。

牛博士洗完澡穿着龙纹丝绸睡袍，躺在按摩椅上舒服地抽着烟斗。这时候花生用嘴叼着盘子走了过来，盘子里放着一张张小木片，木片上写着每个充气娃娃的名字，比如：苍井空，一品，皇贵妃。牛博士不耐烦地叹息一声，随意拿起一个小木片，再叹息一声，熄灭烟斗，起身找到木片上对应的充气娃娃，扛在肩上走进卧室。充气娃娃安装了牛博士特别制作的芯片，在牛博士作业时，充气娃娃就会呻吟并说个不停：皇上好棒，本宫好爽，如此下去，非要了本宫小命不可！噢，皇上，My baby！牛博士嘴里也没闲着，说什么看寡人不弄死你个小婊子，等等！

临幸完了，牛博士休息一会，又把充气娃娃扛在肩上，放回原处。然后躺在按摩椅上，继续抽着烟斗，边抽边叹息：所谓普天之下，莫非王土；率土之滨，莫非王臣！花生，你可知寡人的烦恼，绝非"寡人有疾，寡人好色"[①]，天下女人都等着寡人临幸，寡人如何应付过来？说完起身把每个充气娃娃的气放了，折叠好装在收纳袋里，分批藏到书房的柜子里，前面摆上中华书局出版的精装四书五经！

原谅哥不是李白，没有生花妙笔，无法描绘出牛博士的精彩表演，只能浮光掠影讲个大概。花生对此深恶痛绝，一度有趁牛博士睡着时阉了他的冲动。花生忿忿不平地道：这根本就是李莲英和 Pitt 的差事！谁听说过令狐冲和楚留香也干这个？！ Pitt 说虽然他跟李莲英差不多，但整天玩这个也会发疯。记得某位先贤说过，中国人都有当皇帝的瘾，清以前不论，单是民国以来，想做皇帝的不止袁世凯。辛可大师说，民国以来的中国社会之所以有点扭曲，就是有人前赴后继想做皇帝。就算他们都是做皇帝的好材料，可毕竟时代变了，在现代社会的架构下挖空心思想乾纲独断，只能弄成个四不像。

对此牛博士也在博客中讲过。他说，千百年来，中国之所以奴才多，不是大家天生就想当奴才，而是每个人都想做皇帝（哪怕是乞丐），皇帝做不成了才去当奴才。胡适先生所谓的自由人格是第三选项，但以中国人的文化基因，大家从根本上不相信或者拒绝这种东西。牛博士虽然说得义正词严，说完了照旧玩充气娃娃。据花生说，牛博士也有着同治皇帝一样的苦恼，玩腻了三宫六院，就去夜总会换换口味。同治皇帝因此龙驭宾天，牛寡人幸免于难，实在要感谢爽爱诗的巨大贡献！如果同治时代就有爽爱诗，恐怕整个中国近代史要重新改写。这是闲话。

---

① 参见《孟子·梁惠王下》："王曰：'寡人有疾，寡人好色。'"

比做了秘书长更让哥高兴的是，龙哥竟然还活着。

那是一个下午，辛可大师带着可可出去玩，在可可的强烈要求下，哥与Pitt同行。辛可大师跟可可在冷饮店休息，哥跟Pitt窜到附近的小树林里，商议如何拿下萨克齐。哥的意思是现在不要打草惊蛇，绝对不能让萨克齐意识到哥想做会长，最好是坐山观虎斗。Pitt也同意哥的看法。但哥认为也不能完全不作为，而是索性向萨克齐表明态度，哥跟Pitt坚决支持他当会长，反正萨克齐铁定落选。至于马大姐，虽然她反对哥做秘书长，但哥认为，母狗都比较情绪化，如果我们找到合适的感情炸弹，未必攻不破她。Pitt对此有点担心，他说马大姐跟冷副会长关系很好，想拉过来恐怕不容易。对此哥也清楚，但哥认为还是要努力一下，毕竟马大姐也有自己的小圈子，会员数量不少。

就在哥跟Pitt聊得正起劲时，突然听见几声非常熟悉的叫声。顺着声音传来的方向，哥看见在一个隐秘的树洞里，趴着一只遍体鳞伤的公狗，他竟然是龙哥。

第二十四章

看见龙哥的时候哥惊呆了，脑子里一片空白。因为在哥的记忆中，龙哥已经死了。他竟然还活着，哥有点像见到了鬼。

是的，龙哥还活着，也只是活着而已。他遍体鳞伤，饿得皮包骨头，完全没有了往日的老大风采。最糟糕的是他的一只后腿被打断了，屁股上有一条长长的口子，上面落满苍蝇，还有蛆。他的眼神空洞而迷惘，看着哥，很勉强地笑了笑，哥哭了。

哥扑到龙哥的身上，从没有哭得如此伤心。龙哥也潸然泪下，泪水落在哥的身上。尽管他努力装得很平静，但哥能感觉到他的身体在微微发颤。他吃力地抬起前腿，摸了摸哥的头，没有做声。过了很久，他用低沉的声音告诉哥：有吃的吗？我有点饿！

哥赶紧调整了一下情绪，跟 Pitt 跑到附近的小百货店，乘老板不注意，偷了一包方便面。哥相信，如果不是哥多次提醒，他也许会连包装袋一起吃下去。看着他饥不择食的样子，哥心如刀绞。

吃完方便面，龙哥舔了舔下巴上的胡须，笑着对哥道：好啦，总算不用做个饿死鬼，谢谢，你走吧！哥当然不能走，哥想把他扶起来，但被他拒绝了。他说这样挺好，并开玩笑说阎王爷不会讨厌他这副尊容。说完笑了笑，让哥和 Pitt 赶紧离开，别挡着他晒太阳。

远处可可在叫哥的名字，哥不能逗留太久。哥帮他把伤口上的苍蝇赶走，并在伤口上盖了一层土，然后让他先在这里好好待着，回头哥再来看他。他摇摇头说不用了。哥离开时，发现他突然变得情绪很激动，反复念叨一个词：兄弟！

关于要不要救龙哥，哥跟 Pitt 产生了巨大分歧。Pitt 认为，以龙哥目前的状况，根本扛不了几天，想救也救不了。即便是暂时救活了，以后怎么办，龙哥没有京都户口，随时都有可能被京大的保安发现，更别说他是打狗队的第一号通缉犯。救龙哥意味着我们要承担巨大的风险，弄不好连自己的饭碗也砸了。如果这个消息传出去，会长的位子根本就不用想了，而且极有可能取消哥的会员资格。Pitt 说：能走到这一步，我们容易吗？我就差给亚历山大做小了！

尽管最近哥一直对 Pitt 很客气，也知道他说得没错，但在那一瞬间，哥彻底火了。哥还抽了 Pitt 一耳光：Pitt 我告诉你，龙哥是我的朋友，我不可能见死不救，去他妈的会长位子，老子吃屎的事都干过，还在乎这个？ Pitt 捂着脸傻乎乎地看着哥。哥大声喝斥道：你给我滚，以后我的事不用你管！

说完哥躺在地板上喘着气。过了一会，Pitt 爬了过来，对哥说：老大……其实我不是无情无义的小人……我是说……也许你是对的，我们先把龙哥接回来，以后的事再说，即便是死，小弟也要跟你在一起，去他妈的会长，Fuck！ Pitt 说完哥笑了。后来 Pitt 跟哥聊起这件事，他说自己当时有点糊涂，但很快他发现了一个真理，自己跟对了老大，哪怕为了哥被扫地出门，他也认了！

关键时候 Pitt 还真帮忙。他说这里的住户每家都有个地下室，以前主要是装咸菜，现在塞满了学生家长送的各种礼物，辛可大师家也是如此。辛可大师那间地下室很少有人进去，至少短期内可以把龙哥藏在那里，也方便照顾。等龙哥养好伤，我们再从长计议。

哥跟着 Pitt 先去地下室看了看，感觉条件还不错，里边堆满土特产，以及茅台、盛世御凤、中华等名酒名烟。据 Pitt 讲，类似的地下室他参观过很多，内容大同小异。Pitt 说别看这帮人整天“君子喻于义，小人喻于利”，其实都是他妈装蒜，他们抽的烟，有一根是自己买的吗？辛可大师尚且如此，更别说学校各级领导了。据说京大的领导、教授就是附近烟酒商店的供货商（附近商店大多在门口竖一大牌子，上面写着回收名烟名酒、冬虫夏草），仅此一项，他们每年的收益相当可观。Pitt 说每次看见他们在电视上哭穷，他都想吐！

半夜时分，等辛可大师他们睡了，哥和 Pitt 偷偷从阳台上溜出去，一路小跑到龙哥待的小树林。可龙哥不见了！哥一时着急，不知所措。Pitt 让哥淡定，他分析以龙哥的身体，要么被附近的打狗队弄死了，如果还活着，应该走不远。哥这才冷静下来，赶紧起身跟 Pitt 四处寻找。

那一夜的月亮很圆，龙哥拖着被打瘸的后腿，吃力地往前方爬着。

哥和 Pitt 冲过去拦住他，扶他坐了起来。他挣扎着，歇斯底里地道：你给我滚，我不要你管！哥赶紧劝他：龙哥，你不要这样好不好？我们回去吧！他用力推开哥：我哪儿都不去，你赶紧走，我不想看见你！听了这话，哥火了：龙哥，我知道你是条汉子，可现在已经这样了，就别再跟自己过不去好不好？我们要活下去，活下去才有希望！龙哥听了道：你他妈少给我讲这些大道理，滚！

还是 Pitt 有办法，他冲过去给龙哥一个耳光：你以为自己很了不起是吗？京都比你牛逼的公狗多的是，又能怎么样？你想死是不是？想死你早点死啊，你的几百条兄弟都死了，你还活着干什么？去死啊，你不敢死是吧！哼，既不敢死，又不敢活，你他妈算什么东西！

听了 Pitt 的话，龙哥嚎叫着立起身，竭尽全力撞到对面的树上，鲜血从他的脑门涌了出来。他瘫倒在树下，如孩子般哭了起来：我的几百个兄弟，我的兄弟，就这样没了，我有罪啊！哭了一会，他平静了下来，对哥说：你走吧，好兄弟，我不想连累你，好好活着，时间长了，去落雁桥下看看。提起落雁桥，哥伤感地流下了眼泪：龙哥，如果你还当我是兄弟的话，我们就回去，等养好了伤，随便你去哪里，我都不会阻挡。

经过苦口婆心的规劝，龙哥总算答应了。麻烦又来了，龙哥的腿被打折了，根本走不动，只好让他趴在我和 Pitt 的背上，走走停停，约摸天快亮了，才到地下室。路上还要躲避打狗队和各种型号的保安，简直要了命。Pitt 说自己的腰子都快累下来了，哥跟他开玩笑道：太监还有腰子吗？

为了以防万一，哥和 Pitt 把龙哥放在最里边的墙角，前面摆了许多中华烟盒，中间有个小洞，方便进进出出。收拾停当，Pitt 窜回家给龙哥拿了袋干粮，然后说困得要死，上楼睡去了。龙哥也劝哥去睡会。哥怕飞飞姐他们看不见哥瞎嚷嚷，特别是可可，每天上学前都要跟哥打个招呼，便上楼溜了一圈。等他们走了，哥偷了一瓶云南白药，又窜回地下室。

龙哥的伤口严重腐烂，散发着恶臭，特别是一堆堆的蛆，简直恶心死了，如果不及时处理，估计龙哥扛不了几天。哥让龙哥趴着，长出了几口气，用舌头帮龙哥把伤口舔干净。哥刚舔了一下，龙哥就翻过身来，看着哥。哥看见他的眼泪就像水龙头，奔涌而下。哥笑了笑，他摇着头说太脏了，也许有毒，阻止哥这样做。哥笑道：龙哥，咱一起连屎都吃过，还嫌脏？！

在哥的坚持下，龙哥这才爬过去，让哥把他的伤口舔干净。整个过程足足有两小时，舔完敷上云南白药。龙哥趴着嘤嘤抽泣，实在不像曾叱咤江湖的老大。哥的舌头也有点麻，说实话，好几次哥都快被熏晕了。此后大概有一周的时间，哥看见吃的东西就想吐，辛可大师还带哥看过医生。医生说哥可能是植物神经紊乱，听了哥哭笑不得，弄死他的心都有，如果条件许可的话。

尽管哥恶心得要死，但临床效果相当不错。龙哥的伤口开始愈合，加上哥的精心照顾，身体也好了很多。只是面对那条被打折的腿，哥无能为力。哥开玩笑说龙哥以后可能没法冲锋陷阵了，龙哥笑了笑没有做声。关于那场暴乱以及暴乱后逃亡的日子，哥问过一次，他只是摇头，钳口不言。无论如何，龙哥还活着，这已经足够了。辛可大师说，人老了会经不起生离死别，尽管哥还年轻，但面对龙哥亦有同感。

除了照顾龙哥，哥还要为竞选会长的事忙活。Pitt 约过萨克齐，说萨克齐最近有点神经，突然玩起了闭关静修，扬言要把世间万物的生死问题彻底搞清楚。Pitt 说，他去见萨克齐的时候，萨克齐正对着一个塑料地球仪沉思。萨克齐表情凝重，盯着 Pitt 问：万物方生方死、方死方生，何为生死，你想过吗？No，No，No，你当然可以不想，但我必须想，我要为全世界生灵的命运负责。萨克齐说，在完成这个思考以前，他谁也不见，哪怕是京大最性感的母狗！

显然，辛可大师没有萨克齐那么博大深远的胸怀，他一门心思扑在国易班上。尽管张峰奇介绍了一些学员过来，但数量远远不够。辛可大师知道，张峰奇是在观望，看会不会有真金白银打到他老婆账上。这也符合辛可大师的理论，知识分子是彻底的怀疑论者。为了国易班能顺利开学，辛可大师和豹哥还给自己熟悉的领导和老板打了电话，虽然鱼市长、樊总很给面子，但也是杯水车薪。豹哥为此很失落，有时难免会抱怨辛可大师几句，这让他很不是滋味。

为此辛可大师找经管学院内部的人偷偷做了一些调研。他开始意识到，还是要按市场经济的模式解决问题。他找豹哥和董浩波商量了一下，决定在招生广告上下点功夫。据辛可大师分析，这些人之所以参加各种培训班，表面上是冲着著名专家教授来的，其实就是为了换名片。也就是说，能跟大领导、大老板拉上关系，甚至成为同学。现在很多人号称是某某大领导或者大老板的同学，其实就是在培训班或者驾校见过几面。经管学院的培训之所以搞得风生水起，就是把握住了这个灵魂。

辛可大师认为，必须动员一切力量，弄几个大领导或者大老板来参加国易班，条件是学费全免、车接车送，并且送给成贤会所的金卡，免单一年。政策一旦确定，关键在行动。董浩波没什么社会关系，豹哥和辛可大师给认识的人打电话四处动员。辛可大师跟总行的刘行长比较熟，就给他打了电话，邀请他参加，或者说莅临指导。刘行长说他最近比较忙，要去美国跟国务卿吃饭，顺便跟高盛谈点收购华尔街的小事。辛可大师急了：那就让尊夫人来吧。刘行长笑道：哪个夫人啊？哈哈，刚又离了！辛可大师赶紧向刘行长表示祝贺，说哪怕是女朋友参加也行。刘行长想了一会，道：这样吧，我的女朋友比较多，我问一问，看谁有兴趣。过了一会，刘行长打电话过来，说他最近交了个乌兹别克斯坦的女朋友，对中国文化很感兴趣，就让她代表自己去。辛可大师赶紧致谢。

经过一番折腾，招生通讯终于弄了出来。辛可大师跟某高端财经杂志的主编联系了一下，通过他掌握的人力资源数据库，用 Email 发了出去。当然，主编也得到了不菲的报酬。招生通讯是辛可大师亲自拟定的，主要突出了两点：一是主管财政、交通、人事的几个司局级以上干部（或老婆及女朋友）、中央企业的高管特别是刘行长最亲密的女朋友（有可能成为她第七任老婆）、房地产和 IT 等行业大佬的情妇等将参加本届培训班。二是列出了超豪华的教师队伍，如下：

辛可大师：大师协会会长、国学泰斗、著名周易命理大师、博士生导师；
易中正大师：经典研究院院长、哲学泰斗、博士生导师；
张峰奇大师：京大经管学院院长、经济学权威、博士生导师；
林音大师：爱因斯坦传人、林氏模型创立者、博士生导师；
董浩波大师：京大历史文化学院院长、国学泰斗、博士生导师；
牛建波大师：著名公知、MIT 博士、被誉为文化界良心；
冯豹大师：收藏协会副会长、文保协会副会长、收藏与文物研究权威；
诚空法师：雪积寺主持兼首席行政官、佛学权威、宗教改革家；
谷梵天大师：京大建筑学院教授、著名建筑学家、堪舆大师、博士生导师。

通讯发出很快得到了热烈反响，很多人从全国各地打来电话，询问相关事宜。要不是小卞临时过来帮忙，钱大姐非累死不可。据钱大姐对辛可大师讲，来电咨询的问题比较雷同，一是要确认通讯中讲的大领导或者大老板以及他们的老婆、女朋友到底来不来，二是免费的命理与风水咨询如何兑现。有位宁夏的老板（也许是处长）天天打电话，把钱大姐烦得要死，反复求证刘行长女朋友的情况，包括她到底来不来，她跟刘行长关系发展到了什么程度，通讯中说的她有可能成为刘行长第七任妻子具体什么意思，难道她已经给刘行长生了儿子等等。

有位河南人更逗，他说：如果大佬的小三真参加，10 万块钱不是问题，问题是以我的经验，我就 1000 多万资产也有好几个小三，大佬的那就太多了，到底是排名靠前的还是靠后的或者说即将下岗的，如果是即将下岗的，那就一毛钱也不值了。他还抱怨上次被经管学院骗了，说好了某大佬的老婆来，结果是被他开除多年的前妻。他本来想去消费者协会投诉，但考虑到母校的面子才手下留情！总之，都是些让钱大姐头疼的问题，按照辛可大师的部署，她只能打马虎眼，反复强调以京大的牌子，不会欺骗消费者云云。

尽管质疑者不少，但报名者非常踊跃，远远超过了 100 人。豹哥乐得喜出望外，建议既然学员这么多，可以多开几个班。结果这个建议被辛可大师断然否绝，理由是越是人多，就越要端着点，类似女人的矜持——其实我很想跟你苟且，但我就是不跟你来，痒着！惟其如此，才能最终卖个好价钱。辛可大师说：所谓痒比疼更让人忍无可忍！他们不是痒吗？就让他们继续痒着，等他们痒得实在受不了了，我们再出手，那时候拿出的即便是狗屎，他们也会当是灵丹妙药。豹哥深以为然，董浩波也认为这样好。

据唐娟在《我为君狂》中讲，易中正本来不想担任国易班的授课老师，他正在忙一篇重要的论文。经过反复揣摩领导的意思，他终于想到一个可能讨领导喜欢的题目：实现伟大复兴的第一要义是纯洁公民的灵魂。易中正告诉唐娟，如果这篇文章直中靶心，极有可能把副字拿掉。但在辛可大师死缠硬磨下，特别是祭出两倍于别人的授课费，他才勉强答应。他也理解师兄的难处，授课教师中，怎么也得弄个像样的领导，否则会严重挫伤学员们的积极性。

唐娟在书中说，那段时间对她来说特别煎熬。易中正两头忙，根本没时间搭理她，她还用了“荒草萋萋白鹭洲”这样伤感的句子。确实，易中正好久没修剪杂草丛生的花圃了。有时候实在扛不住，唐娟就冲进他的办公室，为了不影响他干事业，只好在易中正写作的同时，在办公桌下自娱自乐一番。即便偶然苟且一次，易中正也没了往日的细腻。他安慰唐娟道：自古家国难两全，等哥把副字去掉了，再好好补偿宝贝儿！这个唐娟也理解，既然跟了易中正这样事业心强的大有为男人，忍受寂寞是必要的牺牲。

在唐娟看来，易中正不但玉树临风、工作细腻，其他方面也不错。至少在易中正的协调下，她顺利地成为经典研究院的博士后。在接到入学通知后，她鼓足勇气，约辛可大师见了一面。关于这一段，唐娟在书中写得很煽情，哥认为如果不是唐娟刻意渲染，就是辛可大师表演得实在有些过了。

唐娟在书中写道：

我忐忑不安地走进那间熟悉的办公室，熟悉的办公桌、熟悉的沙发、熟悉的饱经沧桑的男人的脸。

他是我的老师，我的情人。曾在熟悉的办公桌或者沙发上，他无数次拥有了我。但一切如烟火散去，我已经属于别的男人，熟悉了新的办公桌、新的沙发、新的俊朗的面孔！

他静静地看着我，流下了眼泪。他曾说过，男人可以流血，但绝不流泪。可今天他流泪了，为我！他的眼泪比热血更让我心碎。

我告诉他，之所以离开，不是因为他不好，他永远是我的老师，男人中的男人。但另一个男人捕获了我的灵魂，我不能自拔，只能离开。

我乞求他忘掉我，去找一个更爱他的女学生！他一言不发，只是摇着头悲伤地抽泣。我确信他依然爱着我，但我已无法选择，我的老师，我的宝贝！

我带着几近破碎的心离开了那间办公室，没有勇气再看他一眼，我害怕他绝望的眼神把我融化！我已是易的女人，我走了！

至少有一点，哥认为唐娟是胡扯。她并没有在辛可大师绝望的眼神中离开，而是在沙发上跟辛可大师最后苟且了一次。即便如唐娟所言，辛可大师曾潸然泪下，哥以为他更多是表演，不过是为了达到占了女人便宜还让她心中有愧的目的。至于唐娟有没有流泪，哥不得而知，但哥更倾向于她流了，女人总会在自编的剧情里享受肝肠寸断的快感。

给易中正添乱的，还有曹老。董浩波给他打电话，告诉曹老最近身体情况很不好，约易中正和辛可大师一起去看看。听医生说，曹老来日无多。特别是给他出文集这件事，不能再耽误了。

自上次去过曹家后，哥跟小黑成了朋友。本来哥想跟小白也搞搞关系，可他除了数腿上的毛，对别的毫无兴趣，类似萨克齐只对二感兴趣一样。

辛可大师他们下班后约了在曹老楼下见面，然后一起上楼。小黑正在睡觉，小白依然在数腿上的毛。听小黑说，小白最近有了重大变化，他开始换了另一条腿数。至于以前那条是否数清楚了，小白没说，他也懒得问。

曹老的气色看上去非常糟糕，连咳嗽的声音都很微弱。这次他倒是没有再说滚或者快滚，只是静静地躺着，默然无语。

董浩波把替曹老出文集的事说了个大概。他反复强调：现在连秋蝉、仇欢这些连繁体字都不认识的也出文集或者全集了，您是国学泰斗，再不出实在说不过去。其实为这件事他们多次找曹老谈过。曹老大概有几百万字的作品依然躺在书柜里，未付梓出版。不是出版社不同意，他们三个已经表示承担所有的经费，而是曹老不干。即便老太太为此劝过他好几次，也于事无补。

曹老听了，总算张开嘴：别人爱出什么是别人的事，跟我有什么关系？辛可大师赶紧道：可您的作品对国学特别是牛鬼蛇神学具有重要价值，如果不出版，将是学术界重大的损失！听了这话，曹老突然坐了起来，指着他们三个大声道：出了有什么用？你们会读吗？连你们都不读，何必多此一举！我不反对你们去挣钱做官，可你们也别勉强我！有一天我死了，如果世道干净点了，你们可以出，如果还是这么脏，那就火其书、人其人[①]，也没什么了不起，滚！说完便大声地咳嗽，单薄的身体因激动而剧烈颤抖。

曹老祭出滚字，辛可大师和易中正也很知趣，按照惯例，坐回属于他们俩的小板凳，长吁短叹。易中正抱怨道：曹老不会是疯了吧，掏钱给他出文集，他还这样，狗咬吕……辛可大师打断他的话，劝他别抱怨了。

其实在跟小黑的聊天中，哥知道曹老并非如他表现得那么冷漠。小黑说：这老东西看着一根筋，其实就是根面条。据小黑讲，就连辛可大师他们三个的生日，老头也记得很清楚。每逢他们的生日，老头都会买个小蛋糕，上面写个小卡片，并破例跟老太太喝上一杯。特别是辛可大师的生日，老头还会让老太太多准备一套餐具，一边喝酒，一边给老太太唠叨辛可大师过去的琐事，就连辛可大师第一次到他家，鞋上有个洞，他也记忆犹新。尽管每年讲的内容大致雷同，但两人依然很激动，特别是这几年，大概是觉着日子不多了，每每都会老泪纵横。

据小黑讲，曹老一直珍藏着辛可大师他们三个写的作业，主要是论文的手稿，整整齐齐放在书房的抽屉里。小黑说，他经常见曹老把那些作业拿出来，

① 参见韩愈《原道》："人其人，火其书，庐其居。"

戴着老花镜认真地翻阅，并改正其中的错误。有时候看到让自己满意的段落，还会欣慰地笑一笑。小黑开玩笑说，老头在这方面跟小白一样变态，每次看见这些段落，他都会笑，就像从未见过一样。最让哥感动的是，曹老始终把一张旧照片放在上衣口袋里，整整几十年。那张照片哥后来见过，是曹老师徒四人在西山梁启超墓前照的，时间久了，画面有些模糊。哥问小黑，既然这样，曹老为何不放大一张挂在墙上？小黑听了笑道：如果那样做，就不是曹老头了，这个问题跟小白为什么要天天数腿上的毛一样可笑！

因为易中正太忙，那天他们没有在曹老家逗留太久。后来听小黑说，他们三个离开后，曹老躺在床上泪如雨下，久久不能平静。小黑认为，老头大概心里明白，自己的日子不多了。

第二十五章

每每听小黑谈及曹老的事，哥心里总有点伤感。哥觉着辛可大师的阴谋论，用在曹老这样的老知识分子身上，很值得商榷。小黑说他的心情可能更复杂一些，毕竟一起生活了这么久，一方面他不想老头死，另一方面又盼望老头赶紧拉倒，自己便了无牵挂，好早点跳槽。

曹老每况愈下，龙哥的身体却一天天康复，只是后腿依然瘸着，走路不大方便。在此期间，飞飞姐去过地下室，但有惊无险。只是有一次，吓得哥差点小便失禁。哥当时拿了饼干去找龙哥，刚一进门就惊呆了——可可抱着小卞妹妹送的布娃娃，傻站着跟龙哥在对视。

见此状况，哥的腿都软了。哥并不担心可可欺负龙哥，他没有那本事，哥担心如果可可向飞飞姐告密，哥和龙哥会死得很惨。但出乎意料的是，可可并没有这样做。他一声不吭回到楼上，关起门神秘兮兮地对哥说：柏拉图，我知道那是你的朋友，你把他藏在那里，我是你的朋友，那我跟他也是朋友，我不会告诉老巫婆的！说着得意地拍拍哥的脑袋。哥听了确实很感动，哥想说，这小子不但够朋友，还他妈很聪明，是个人精。

如可可所言，他跟龙哥成为了好朋友，经常帮着哥照顾龙哥。有一次龙哥当着他的面对哥说：如果打狗队那帮东西都跟可可一样，也许几百条兄弟就不用死了！哥笑着安慰他：那都是因为恨，恨是很消极的东西，只会折磨死自己，其实没多大价值。龙哥听了很茫然，不再言语。

整天待在地下室里，日子长了谁都会发疯。白天不敢出去，如果条件许可，只有晚上哥带他到莫须有湖边溜达。有时候也会约麦当娜出来，Pitt 负责站岗放哨。龙哥很喜欢麦当娜，他给麦当娜讲了许多我们闯荡江湖的故事，这当然有助于提升哥在麦当娜心中的大丈夫形象。只是类似我们一起吃屎的情节，实在没必要讲出来，有点画蛇添足。

有一晚月色很好，我们坐在莫须有湖边的石坊上闲聊。龙哥说：我这辈子完了，希望你们能幸福！麦当娜劝龙哥别这样想，等身体彻底康复了，她给他在京大找一个好母狗。龙哥笑着摇摇头：这个恐怕用不着了！柏拉图虽然形象有点磕碜，但绝对是个有情有义的好公狗，你跟着他绝对没错。为了向麦当娜论证哥如何有情有义，龙哥讲了许多哥的往事。不过有些话实在太多余，比如说哥跟那几个小寡妇的事！哥不停地给他递眼色，让他别讲了，他还不依不饶：兄弟你别谦虚，哥说的都是实话，后来你走了，小寡妇们还经常提起你，说你不但很强壮，品行也不错！我呸，龙哥不是脑子也残废了吧，有这样帮忙的吗？

后来因为这件事，哥被麦当娜修理过无数次，动不动骂哥是头连小寡妇都欺负的叫驴。哥只能低头认罪，反复强调当时哥自甘堕落，可自从认识麦当娜后，已经洗心革面重做狗了。

其实哥心里并不踏实，Pitt 更是惴惴不安。龙哥的身体日渐康复，问题是以后怎么办，他可是打狗队头号通缉要犯。哥也试过辛可大师的招数，但即便在浴缸里泡得肛门发红，也始终打不通任督二脉。既如此，只好听天由命了。

所谓世事无常，哥怎么也想不到，会在京大重逢豆豆和潇湘别馆的女主人元元。豆豆比以前瘦了许多，这点在脸蛋上表现得尤为明显，苍蝇头也变成蓬松卷毛，染成了紫红色。元元还是老样子，只是脸上的粉比以前厚了许多。

能在京大碰见哥，豆豆很兴奋，说煽情点叫百感交集，哥也是。豆豆还特别念了晏殊的词，所谓“无可奈何花落去，似曾相识燕归来”。其实燕归来未必是一件幸事，说不定巢早被麻雀占了，直落得往事如风，空留余恨！

听豆豆说，她早已离开了婉儿，现在她的主人是元元。婉儿之所以下岗，是因为一时糊涂，跟潇湘别馆的保安好上了，不幸被焦局长捉奸在床。豆豆认为，其实这件事不能全怪婉儿姐，焦局长被老婆管制得太严，老不来或者来了勉强对付，人家可是如狼似虎的年龄。哥听了有点哭笑不得，潇湘别馆的男人虽然深谋远虑，阉了所有的公狗，却忽略了更危险的保安。所谓智者千虑，必有一失，螳螂捕蝉，黄雀在后。也许他们没这么蠢，早就磨刀霍霍，只可惜没有南汉皇帝刘铱的福分，想阉谁就能阉谁[①]。

---

① 见《新五代史·南汉世家第五》：刘铱“谓群臣皆自有家室，顾子孙，不能尽忠，惟宦者亲近可任，遂委其政于宦者龚澄枢、陈延寿等，至其群臣有欲用者，皆阉然后用。”

据豆豆讲，婉儿被赶走后，焦局长顺便钓上了元元。尽管焦局长公务繁忙，根本没工夫料理情妇，可作为成功人士，没有这个面子上如何挂得住？元元也不是非要良禽择木而栖，实在是受不了雷主席的疯狂。豆豆说，起初雷主席是借此发泄情绪，后来竟然玩上了瘾。贴在元元脸上的照片，不再只是焦局长的老婆，几乎囊括了所有领导的老婆或小姨子。就这还嫌不过瘾，有时候在元元的脸蛋上一面贴一个。至于在元元肚子上练书法，从王羲之到赵孟頫，无所不包。元元自己也数不清去了附属医院多少次，连大夫也烦得要死，建议雷主席最好去看看神经科。

据豆豆讲，元元成了焦局长的情妇后，雷主席虽然气得要死，表面上却装得很淡定。毕竟焦局长现在是他的主管领导。有一次在小区里碰上，他还哈着腰跟焦局长和元元打招呼，一再嘱咐元元，首长是全市人民的宝贵财富，一定要照顾好，否则连他也不会答应。豆豆说焦局长真不是个东西，婉儿被赶走后，连她也准备扔掉。幸亏元元收留了她，否则早被涮了火锅。

豆豆说，元元这次来京大上国易班，完全是因为焦局长老婆。婉儿被开除后，就把焦局长在潇湘别馆的事捅给了他老婆。他老婆立马带着自己的姐妹杀了过来，把元元扒光揍了一顿。焦局长只好把元元转移到某高级公寓。就此他还不放心，因为他老婆扬言要到纪委投诉。为防万一，焦局长就让元元来京学习，躲过风头再回去。为了让元元在京大安心向学，焦局长给她租了一套高级公寓，并买了一辆由郭美丽代言的玛莎拉蒂。

豆豆跟着元元一并而来。豆豆特别表示，自哥走后，她一直保持着清白之身，并暗示自己之所以有如此耐力，跟哥有很大关系，所谓衣不如新、狗不如旧等等。对此哥深信不疑，以潇湘别馆里的客观条件，豆豆想不保持清白之身也难，除非保安对豆豆也感兴趣。也许哥孤陋寡闻，但哥始终不敢设想，一米八的大汉对着巴掌大的豆豆，会下得去手！唯一让哥有点失落的是，豆豆昨天来，今天就有了京都户口，看来鲁褒兄的《钱神论》绝非妄言，比四书五经更具真理的光辉。

哥问豆豆是否还在研究文学？豆豆叹息了一声，道：自哥走后，特别是险些被扫地出门，偶哪还有心思研究这些，文学太伤感了，总是才下眉头、又上心头，怎一个愁字了得！偶现在主要是看一些叔本华、卢梭、陀思妥耶夫斯基的东东。见豆豆的眼神满是幽怨，哥赶紧打住，不再多问。不过哥心里很高兴，只是不晓得这事被麦当娜知道了，会作何感想。

至于哥的东家，据豆豆讲，他后来认识了一个大他30多岁的富婆，好像是某煤老板的结发妻子，后来被扫地出门，当然也分了不少钱。两人的婚礼搞得很排场，据说单悍马就有几十辆。原先乐队的成员都赶来祝贺，东家也第一次得到了爸爸的肯定，认为他是个可造之材。结婚后东家陪着老婆到处瞎逛，有时候也玩玩音乐，不过是掏点钱找人过过瘾而已。哥听了不胜唏嘘，似乎也无话可说。郎惠中可以娶27的女学生，哥的东家为何就不能嫁给60多岁的老太婆？

国易班的开学典礼终于在京大万年讲堂隆重举行。京大万年讲堂建于光绪年间，很气派，典型的罗马风格。后来好像翻修过一次，是京大的标志性建筑。跟岳麓书院、白鹿洞书院一样，京大万年讲堂被誉为学术圣殿。有很多大师曾在此演讲，以前如梁启超、胡适之、鲁迅、罗素、泰戈尔等，当下如周杰伦、李连杰、叶玉卿、唐俊、苍井空等等，皆为一时之选。

会场布置得很特别。主席台背板上印着京大的校徽和阴阳八卦图。易中正、辛可大师等诸导师坐在台上。来自全国各地的学员集聚一堂，包括鱼市长、樊总、孙市长等等。开学典礼由董浩波主持，他代表历史文化学院致欢迎辞，并宣读了来自京大校办、各院系、兄弟大学和研究机构以及雪积寺发来的贺电。接着由班主任辛可大师发表演讲。据哥了解，辛可大师对本次演讲非常重视，为此特别研究了当年胡适、蒋梦麟等前辈的演说辞，并做了反复修改。后来这篇演说的部分内容被上传到莫须有论坛，得到了京大师生的一致好评。

辛可大师的演讲激情飞扬，他着重指出，这期国易班相当于黄埔一期，学员都是人中龙凤，相信通过国易班的锤炼，一定会成为各行各业的精英，他个人对此充满期待。辛可大师还亲笔书写了“亲爱精诚”的黄埔校训。辛可大师的演讲博得了热烈的掌声。但跟刘行长的女朋友米娜相比，所获掌声的热度还是要低一些。

米娜穿着迷你短裙，代表学员上台致辞。致辞内容乏善可陈，根本就是小卞临时瞎编的，不认识的字还特别标注了拼音。接着易中正等各位导师依次做了简约发言。易中正话里有话，暗示国易班得到了上级领导的高度肯定。学员们都是人精，对易中正的暗示了然于胸。

致辞结束后，董浩波宣布了本届国易班的班委会——米娜担任班长，鱼市长、孙市长、樊总等15人担任副班长，其中樊总为常务副班长。米娜当班长这件事大家以为理所应当，只是对樊总有些非议。大家觉着让一个养猪的进班委会，似乎格调太低了些，鱼市长更是愤愤不平。其实樊总进班子是辛可大师的意见，为此樊总付出了 200 头猪的代价。后来樊总觉着还不过瘾，又添了 100 头猪，加上常务二字。樊总为此踌躇满志，对春哥讲：这可是黄埔一期啊，将来要名留青史的，几百头猪算什么，总算给咱老樊家光宗耀祖了！

除了由班长和副班长组成 16 人的班委会，还任命了 30 多个中层干部，比如学习委员、交际委员、娱乐委员、伙食委员、安全委员等等。至于每个人的业务分工，会前已印刷成文本发给了大家。跟上述流程相比，大家更关心的是学员通讯录，里边详细写着每个学员的地址、职务、电话、QQ 以及其他信息。

有人看了通讯录很不满意，甚至在会上跳出来捣乱。他说自己就是冲着某领导的老婆来的，结果通讯录查无此人，京大这是公开欺诈。此话一出，董浩波他们面面相觑，场面极其尴尬。

辛可大师倒是气定神闲，笑道：这位同学，我想这是误会，当时她确实报名了，可就在前几天，她跟领导离婚了，还把领导告到纪委，请问您愿意跟这种觉悟的女人做同学吗？为了保证学员质量，我们全部退还学费，还做了两倍赔付！所为者何，不就是为大家负责嘛！我们教书育人一辈子，岂能不懂孟母三迁的道理？现在全国申请参加本届国易班的有几千人，我们只收 100 名，是为钱吗？如果您想退学，可参照领导老婆的模式！说完掌声雷动，豹哥直冲他竖起大拇指。辛可大师一通胡扯，真把学员唬住了，庆幸自己争取到了千载难逢的机会。

会后按照人均 1000 元的标准，在成贤会所举办了盛大酒会。这笔钱当然含在学费里，但不包括学员付给失足妇女的小费。为了应付庞大的需求量，朴总紧急从附近的夜总会借调了一批。当天晚上豹哥喝得有点多，他对辛可大师说：这不单是钱的问题，还特别有成就感，黄埔一期，哈哈，以后咱就是蒋委员长了。豹哥说如果按这个劲头发展下去，一个成贤会所怎么能够，得找地方开几个分所，并让朴总抓紧去趟东北，招一批女员工过来。

自东州回来后，辛可大师一直没见到皮亮。本来计划请皮亮给国易班捧捧场，可死活联系不上。只有春哥知道恩师皮亮的去处。据春哥讲，为了躲避四处埋伏的记者，皮亮带着老婆乘夜色逃进了太行山深处，并让春哥给辛可大师捎话，如果不能自证清白，他们将仿效广田弘毅居士一了百了。但皮夫人对成为静子第二的热情好像不高，这让他很纠结[1]。皮亮说，如果内人不愿向静子学习，结果可能是另一种——若干年后，在太行山发现有野人活动的踪迹，类似湖北的神农架。

辛可大师听了哭笑不得。哥倒是很理解皮亮的选择，也许皮亮前辈子就是一条狗。因为只有狗将死之时，会找个安静的地方把自己处理掉。如果他老婆愿意配合，的确也是一段人间佳话。哥也准备在狗协的学习会上讲讲，说明经过进化，人开始向狗转化，或者说具有了更多狗性。

辛可大师让春哥给皮亮捎个话，最好早点滚回来。辛可大师的意思是神农架的野人还没搞清楚，太行山就别添乱了。效仿广田弘毅亦非不可，但菜刀临床效果太差，也缺乏观赏性。如果皮亮非要杀身成仁，至少应该去旧货市场弄一把武士刀。话说回来，既然想死，国内可资借鉴者众多，比如上世纪中叶前赴后继的诸位先贤，死法千态万状，何必崇洋媚外效仿一个战犯。

皮亮潜逃一事也突然打通了辛可大师的任督二脉。他开始意识到，皮亮非但不用追随广田弘毅，还可能因此绝处逢生。据辛可大师了解，广田弘毅是策动侵华战争的甲级战犯，山口一郎祖上跟他好像有点关系。如果把两人捆绑起来，就可以达到转移焦点、指鹿为马的效果。

辛可大师知道，在国人心中，日本人是天字一号的王八蛋；尽管在近现代史上，俄国人对中国做得可能更绝。国人之所以厚此薄彼，跟春哥收拾小卞的心理有点相似，晚清以前，我们曾经一直是他们的主子，所谓宗藩体制。日本换了新老大，必须得到中国皇帝爸爸的批准才是正品行货。辛可大师认为，国人之所以不放过日本人，原因有二：

一是日本人确实是王八蛋；

二是我们需要这个王八蛋。

前者很容易理解，翻开中国近现代史，相关证据比比皆是。至于后者，辛可大师认为，国家是人类创造的怪物之一，它要存在就必须树立一个敌人（所谓忘战必危），这有助于凝聚共识，或者转移矛盾。美国人动不动对所谓流氓国家动武，绝非军火商操弄那么简单。山姆大叔需要国家的敌人，我们也未能免俗。如果非要找个王八蛋，没有比日本人更合适的了，不大不小不强不弱还有

---

① 广田弘毅，日本第 32 任首相，后被处以绞刑，其妻静子提前殉情自杀，可谓死给你看的模范。

原罪，正好合适——太强的我们惹不起，太弱的我们丢不起人！

关于这一点哥再啰唆几句。总听见有人四处骂娘，说国内抗日剧如何泛滥成灾，粗制滥造。辛可大师曾为编剧导演仗义执言，认为这不是他们的错。除过瘙痒患者，老百姓大多喜欢看骂娘的东西，可除了骂日本人，骂谁都有风险。但日本人被骂了几十年，想骂出点新意确实很难。推而广之，有人批评现在的文章太肤浅，骂得没错，可问题是冒着成为司马迁第二的危险，深刻得了吗？

辛可大师熟读经史，他深知在国家这玩意灭亡之前，民族主义是屡试不爽的灵丹妙药。许多国家的统治者一旦遇到统治危机，往往祭出民族主义的大旗，从而转危为安，化险为夷。凡事一旦上升到民族大义的高度，一切是非真假就无关紧要。幸亏跟皮亮做对的是山口一郎，如果是友好邻邦或其他国家的什么人，这事怕就无解了。

春哥把辛可大师的意思告知皮亮后，他马上偕夫人潜回京都。为了躲避记者的追踪，豹哥安排他们偷偷住进成贤会所。

皮亮看上去气色不错。据他自己讲，这都是因为山里空气好，天天吃有机食品，晚上望着天空数星星。皮亮还特别给辛可大师捎了几只土鸡，并建议辛可大师和豹哥有空去那里养养身子。辛可大师听了气得要死：你不是去自杀的吗？皮亮扭动着长脖子，不以为然地道：自杀前也要养好精神啊，身体是革命的本钱，否则到了阎王爷那里，哪有精力做研究。

辛可大师不想跟他废话，赶紧讨论正经事。他认为，但凡有点专业知识的人，谁都一眼能看出所谓黄帝鸟的真假，就花了1000块钱，活做得太糙了。唯一的办法就是把水搅浑，达到指鹿为马的效果。豹哥和皮亮赞同辛可大师的分析。

辛可大师认为，现在对皮亮最有利的条件是，跳出来打假的人是山口一郎，有原罪的日本人，更可喜的是他跟战犯广田弘毅有着说不清的关系。辛可大师强调：说不定我们有机可乘，至少给山口一郎戴上包藏祸心的帽子，就会扭转局势——举起民族大义的旗帜，无论官方和民间，都会跟着起哄。

目前最紧迫的任务是找个研究中日关系史的专家。皮亮推荐了京大政治与公共管理学院的孔教授。孔教授以孔夫子的后裔自居，精于夷夏之辨，主张汉贼不两立，被网民们尊奉为抗日勇士，据说粉丝有几十万。孔教授哥也见过，如果不是基因突变，哥对孔夫子的智商和相貌实在不敢恭维。

辛可大师认为孔教授并不合适，他属意的人选是童子岗，中日关系史专家，长期致力于中日友好事业。皮亮听了哭笑不得：老辛，童子岗可是网民眼中天字一号的汉奸，请汉奸出来帮忙，亏你想得出。辛可大师笑道：这个我比你清楚，我们就是要找汉奸当枪手，让汉奸站出来批判山口一郎，不是更有说服力吗？苦肉计难道你不懂？皮亮和豹哥想了一会，认为这样也行，只是担心童子岗有可能不接这单活。辛可大师说：不管他接不接，不努力怎么能知道？我看所谓友好不友好都是生意，只要有得赚，不怕他不上船。

辛可大师毛遂自荐，说服童子岗的事由他来做。豹哥负责准备礼物，据辛可大师了解，童子岗喜欢收藏日本的古玩。豹哥听了很不爽，他觉着这事跟项目有关，应该从项目经费中出。皮亮听了叫苦连天：冯总，你这不是要我的命吗？项目经费早被大家糟蹋完了！并暗示冯总自己也没少花。辛可大师笑着劝豹哥就别计较了，还是以大局为重，如果真出了事，谁都跑不了，大家是共犯结构。这点豹哥当然清楚。他表示手上有我军当年在太行山缴获的一些东西，可以送给童子岗。

商议妥当后，辛可大师找人约了童子岗在夜巴黎见面。据妮妮后来讲，辛可大师来时，钢琴师正在演奏肖邦著名的《夜曲》，辛可大师注意到在靠近门口的包厢里，法国经理正在跟客人吵架，客人操着地道的京都土话。

——丫他妈连个疙瘩汤都没有，开什么酒店！

——先生，我们这是高档的西餐厅，主要经营法式大餐。

——还他妈法式大餐，肯德基都卖盖浇饭了，你牛什么？

——这个，我们的口味在哪里都不变！

——你丫没学习街道办的文件啊，中国特色，懂吗？

——我是法国人……

——法国人怎么了？不就是个拿破仑吗？碰见我们的孙悟空，不把丫卸了！

——请注意您的修辞！

——不爱听是吧？这是京都，不爱听滚回去，你以为现在是老佛爷那会，还想横行霸道啊？告诉丫的，我们崛起了！

——这是两回事……

——你丫牛逼的时候烧我们的圆明园，我们崛起了，吃一碗疙瘩汤不行吗？

不管他如何胡搅蛮缠，法国佬就是两个字：没有。胖老板索性把欧美列强骂个遍，核心就是我们崛起了，我们要喝疙瘩汤，如果不给喝，崛起的中国人绝不会善罢甘休！他的秘书也在边上帮腔：要是不给我们老板疙瘩汤喝，小心我们杀过去烧了丫的白金汉宫！

餐厅的食客被胖老板的民族气节感染，还不时跟着叫几声好。吵了很久，他提出如果没有疙瘩汤，餐费打个八折。法国佬也是被弄急了，死活不同意。大家这才明白，祭出民族大义也不过如此！就打折的问题，两人又吵个没完。

酒店的服务员打了110，来了两个警察才摆平。胖老板离开时还骂骂咧咧：汉奸，小心我找你们所长，端了你的饭碗，什么他妈法兰西，不就是有个华尔街吗？臭大街！秘书赶紧提醒：老板，华尔街是英国的。胖老板一边下楼一边扬声道：管他妈哪里的，就算是黑龙江的，老子也不尿他，毕竟我们崛起了！

童子岗跟一个日本女人坐在靠窗的位置。他跟辛可大师寒暄几句，就开始大发牢骚，神情极为不屑：辛老师你看看，这就是纯粹的义和团病，狭隘的民族主义，真他妈丢中国人的脸！辛可大师笑道：至于这样上纲上线吗？人家不就想吃碗疙瘩汤！童子岗挥舞着手道：这是一碗疙瘩汤的问题吗？这是国民性的问题！

童子岗毕业于东京大学，说话与做派都很像日本人，被誉为国内学术界知日派的代表。特别是他被网民们深恶痛绝的小胡子，颇有些明治维新时代的味道。有些愤青甚至骂他是日本右翼的走狗。坐在边上的日本女人叫松下菜菜子，在日本算是小有名气的AV女优。哥也看过她的作品，叫得确实比苍井空要脆一些。松下菜菜子之所以来中国进修中文，是受了童子岗的指点。童子岗认为中国已经成为AV片最大的消费市场，如果松下菜菜子懂中文，就有可能取苍井空而代之。再说了，有童子岗这样的良师益友，她的老本行也不会因为学习而荒废。

当着日本女人讨论如此敏感的题目，辛可大师多少有点尴尬。好在童子岗向他暗示，松下菜菜子刚来，中文水平非常有限，只会说我要或者舒服死了为数不多的几个词语。辛可大师这才释然了。其实有松下菜菜子作陪也不错，毕竟她的事业线观赏性很强。

——不知道童教授对靖国神社问题怎么看？

——这个，谁没有祖宗？孔夫子讲推己及人，何必要强人所难。

——可现在网民们群情激奋……

——无知！义和团病，狭隘的民族主义！

——可日本人……

——日本人怎么了？不能因为有一点瑕疵，就骂人家是荡妇！

——您这样说，就不怕被人骂成汉奸？

——这根本就是污蔑！我不是成心替日本人说话，我只是坚持“独立的精神，自由的人格”而已，虽千万人吾往矣，说真话讲原则总要付出代价的。

辛可大师跟童子岗闲谈时，松下菜菜子一直笑着点头。辛可大师低声问童子岗她是否听懂了，童子岗摆摆手：这是日本人的生活习惯，传说他们的祖先是金刚鹦鹉变成的，别理她！童子岗说完松下菜菜子又咧着嘴点点头，辛可大师这才放心了，就当她是个白痴。

——童教授可否知道山口一郎？

——曾在大阪一起喝过酒，学问很好，人也正直。

——关于黄帝鸟的事，童教授关注过吗？

——那当然了，我就是搞中日关系研究的嘛！

——那您怎么看呢？

童子岗听了大笑道：还能怎么看？皮亮搞的那玩意，根本就是水货嘛！不瞒老兄，山口一郎手头的资料我见过，铁证如山，没任何问题，我看皮亮还是早点缴械投降算了，何必硬扛。辛可大师听完没做任何辩解，只是给司机打了个电话，让他把豹哥准备的东西拿上来，请童子岗鉴赏一下。

童子岗不愧是日本文化专家，一眼就认出这是奈良时期的值钱玩意，并就这几个古玩的背景和艺术风格讲了一大堆，爱不释手。松下菜菜子也很兴奋，不停地用蹩脚的中文说好。辛可大师只是微笑着，不吭声。等童子岗鉴赏完了，辛可大师道：童教授要是喜欢，就拿去吧。童子岗听了一怔，皮笑肉不笑地道：谢谢老兄，有事直说吧，能帮上忙的本人在所不辞。

辛可大师一看童子岗是明白人，就把皮亮的事端了出来，求童子岗帮忙。童子岗听了苦笑道：老兄，我是个局外人，怎么能掺和地质考古学界的事！辛可大师笑道：没说要让你掺和地质考古学界的事，只要你写篇文章，或接受采访，揭露山口一郎是广田弘毅的余孽，一贯反动的右翼分子就行了！童子岗听了有点难为情：可据我了解，山口一郎就是个书呆子，向来不过问政治的，再说我一直搞中日友好，这样做欠妥吧！辛可大师叹息一声：既然这样，就不麻烦童教授了。回头吩咐司机把古玩拿走。

司机装模作样收拾古玩，童子岗皱着眉头想了想，冲辛可大师道：要不我试试看，不过采访的事，由你们安排一下，如果要写论文的话，可否再增加一些费用。辛可大师听了直夸童子岗是个痛快人，并开玩笑道：童教授这是一箭双雕啊，借此还可以洗刷汉奸的污名。童子岗听了不以为然：汉奸怎么了？做汉奸有人关注啊，这年头，谁还怕人骂，骂我的人就是我的粉丝，衣食父母，哈哈！辛可大师这才明白，原来童子岗甘做汉奸，跟秦桧汪精卫他们完全不一样，还有更深层次的考虑，做汉奸也是生意啊。

第二十六章

豹哥给了倪主编一笔钱，让他组织一些媒体，包括报刊、电视、网络等等，对童子岗进行专访，并安排专访内容在各门户网站的首页发表。

倪主编不愧是资深媒体人，很会办事。为了达到最佳的传播效果，他把专访地安排在卢沟桥抗日纪念馆。正式采访前，倪主编还放了一段日本人在东北胡作非为的影片，包括 731 部队那些禽兽不如的镜头，帮记者们酝酿情绪。采访伊始，童子岗就反复强调，他并不是地质考古方面的专家，对皮亮与山口一郎之间的学术争论毫无兴趣。他只是就自己的专业领域，站在旁观者的立场上，本着客观公正的学术良心，抛砖引玉，谈点不成熟的看法。

童子岗哪里是抛砖引玉，抛出的根本就是板砖。童子岗首先披露了广田弘毅作为侵华战争的总设计师，对中国人民犯下的种种罪行，包括从中国掠取了大量珍贵文物，其中有可能包括最早的鸟类化石。但他承认，自己对此缺乏直接证据，秉承胡适先生“有几分证据，说几句话”的学术精神，不敢妄言。接着他以详实的资料，揭露了山口一郎与广田弘毅的关系。他认为，山口一郎有着广田家族的基因。进而举证说明，山口一郎根本就是日本右翼分子、军国主义思想的鼓吹者，他在大阪与之交往时对此感受颇深。结论是以山口一郎为首的日本右翼文人，始终亡我之心不死，值得国人高度警惕。最后他再次重申，作为毕生致力于中日友好的学者，他坚持特立独行的人文精神，不想介入任何有关黄帝鸟的争论。

采访非常成功，童子岗旁征博引，展露了他在这方面的知识厚度。最为可贵的是，松下菜菜子一直在边上微笑着点头。这等于给记者们强大的心理暗示，连日本女优都非常肯定童子岗的言论。

第二天，经倪主编安排，这一专访出现在各大媒体的显著位置。题目虽然五花八门，但都聚焦在日本女优和右翼分子。编辑们很清楚，关于日本，中国的读者向来只关心这两点。在中国最有名的日本人，除了苍井空，就是石原慎太郎。由于拿了红包，门户网站的小编更给力，不但编排出“中国鸟祖先岂能出自日本性感女优半裸笑了”、“日本女优性感抗日只为中国鸟”、“日女优弃暗投明军国主义尿了”等劲爆标题，还专门设计了网页，搞了一大堆链接，全是与日本侵华战争相关的各种资料，包括影视剧。

传播效果也非常好，很快得到了国人，特别是网民的积极响应。有些门户网站还为此创造了不菲的点击率。网民留言更是踊跃，全体义愤填膺，声援皮亮，讨伐山口一郎。大家一致认为，山口一郎作为日本军国主义余孽，类似三岛由纪夫，根本就是包藏祸心，应该人人得而诛之，纷纷表示所谓犯强汉者，虽远必诛！网民们通过投票，强烈要求山口一郎甚至日本政府必须就此做出解释。如果皮亮的黄帝鸟化石是假的，请把真的拿出来！如果拿不出来，就证明山口一郎是栽赃陷害，立马剖腹自尽向13亿中国人民谢罪。很多网民愿意自掏腰包远赴日本当介错人[①]。类似抵制日货等怒吼，更是喊得气壮山河。

网民们本着实事求是、恩怨分明的态度，给予松下菜菜子高度评价，认为松下菜菜子是中国人民的朋友，以后只看松下菜菜子主演的AV作品等等。由松下菜菜子代言的充气娃娃，被网民抢购一空。甚至有的网民留言，尽管冒着被老婆抽死的危险，他也要扛着松下菜菜子代言的充气娃娃回家。所谓“苟利国家生死以，岂因祸福避趋之”。为了国家尊严我辈不惜杀身成仁，还怕老婆的淫威。

消息很快传到日本，引起了《读卖新闻》、NHK等权威媒体的高度关注。日本民众也呼吁山口一郎出面澄清。可这玩意怎么澄清？类似被日本人偷走的北京猿人头盖骨。拿出来吧，中国必然要讨回赃物，如果不拿出来，就等于承认自己在栽赃陷害。弄到这份上，除非拿出实物，写多少论文都没用。而要不要拿出来，山口一郎说了不算，也许剖腹自杀是个不错的选择。特别是中国的文物管理部门也准备介入此事，让日本政府和学界尴尬至极。

面对中国网民的举国讨伐和日本国民的质疑，山口一郎自知惹了大祸，惶惶不可终日。辛可大师和皮亮对这种局面相当满意。特别是皮亮，重新找回了往日的风采，被网民，特别是愤青们追捧为民族英雄。孔教授更是称之为戚继光第二，呼吁粉丝们捐款在钓鱼岛上给皮亮修一座生祠。最令皮亮惊喜的是，

---

① 剖腹自杀时，找来作为切腹者助手在最痛苦一刻替其斩首的人。

领导专门打来电话，对他给予高度的肯定。据辛可大师分析，借着这股东风，皮亮梦寐以求的院士帽子，八成也到手了。

豹哥的意思是宜将神勇追穷寇，但辛可大师以为不可。在办公室里，他给豹哥讲了见好就收、穷寇莫追的道理。如果继续群追猛打，山口一郎实在扛不住真的成为三岛由纪夫第二，这将引起世界地质学界，特别是美国人的关注。尽管我们口口声声说美帝国主义是纸老虎，但凡事我们就怕纸老虎关注。如果他们也强势介入调查，就有可能弄巧成拙，没法收场了。毕竟东西就是个水货嘛！既然山口一郎已经百口莫辩，不如退一步海阔天空。

经三人反复商议后，由倪主编精心安排，皮亮接受了各路媒体的专访。皮亮在专访中表现得非常大度。他指出，尽管山口一郎不负责任的言论给他，乃至整个中国学术界造成了很大的伤害，但科学从来就是在争论中去伪存真。抱着中国先贤以德报怨的精神，他呼吁广大网民不要过于谴责山口一郎，而是要给他改过自新的机会。这只是学术问题，网民们不要上纲上线，要从中日友好的大局出发，保持克制。他在采访中真诚地指出，山口一郎的质疑正好说明了他发现黄帝鸟的重大价值，从这种意义上讲，他要感谢山口一郎，使更多的人认识了自己，认识了黄帝鸟。如果有机会的话，他愿意与山口一郎合作，共同推动亚洲地质考古事业的发展，等等。

皮亮的话惹得网民们激愤不已。很多网民留言，说皮亮以德报怨，显示了我泱泱大国的博大胸襟，更比照出日本鬼子的狭隘与龌龊。京大的学生甚至举着横幅，到皮亮办公室前表示声援。京大校长办公室发表声明，高度肯定了皮亮的学术品质，号召京大师生向皮亮学习，如胡适先生所言：踏踏实实做事，老老实实做人！皮亮无可置疑是这方面的典范。

对于这件事，哥不想做太多道德上的评判。日本人向来只讲输赢不讲对错，辛可大师这样做也算是以毒攻毒。前文已述，辛可大师深知民众的劣根性，他只是巧妙地利用了这一点，达到了自己的目的。在整个过程中，是非曲直已不重要。哥相信他之所以精于此道，不只是因为他的学识，也跟他早年的经历有很大关系，他不过是与时俱进活学活用而已。

哥必须承认，如果没有辛可大师，哥不可能懂得这些。在狗的世界里，不会有如此精彩的玩法。后来哥照猫画虎，每每都取得满意的效果。让哥不解的是，在《逼下梁山》中口口声声强调“是非是正义前提”的辛可大师，竟然会心安理得地玩着指鹿为马的游戏。既然没有人真正能做到知行合一，到底知难行易和知易行难，哪一个更贴近人类的本质？

当然了，类似的问题是萨克齐的兴趣所在，哥不愿意为此太伤脑筋。哥关心的是如何早日戴上会长的帽子。据 Pitt 讲，萨克齐终于结束闭关，我们可以去找他谈谈，公关一番。

萨克齐对哥跟 Pitt 的造访非常高兴。他说我们是他闭关结束后接待的第一波兄弟。哥跟 Pitt 首先对萨克齐胜利闭关表示祝贺，恳请他不吝赐教。萨克齐也不客气，他郑重指出，经过半个月的闭关深思，他总算找到了有关万物生死的真谛。萨克齐颠三倒四、喋喋不休地讲了一大堆，比较有趣的是跟人有关的部分，抄一段与诸位分享：

> 人生的意义就是活着。什么是活着，活着就是你作为一颗受精卵最后死掉了。为什么要活着，不是因为活着有什么意义，而是你不敢死！为什么有人不怕死，因为他害怕活着。人为什么害怕活着，因为生不如死。所以，人人怕死的社会是好社会，如果人人都不怕死，结果只有同归于尽。为什么要抗争，根源就是害怕活着的人越来越多。如果你来硬的，他都不敢活了，还在乎这个。只有让他们怕死，有勇气活着，才不至于胡作非为。

哥跟 Pitt 始终保持着如饮醍醐的样子，含泪感谢萨克齐给予我们如此深刻的启示。Pitt 说：有了萨翁这句话，以后就不会被生死困扰，因为怕死天天尿床了。其实以 Pitt 的条件，不尿床也难，哪有太监小便完全正常的？

萨克齐对哥和 Pitt 的表现非常满意。提及竞选会长的事，萨克齐满不在乎。他认为这根本不是个问题：其实我对做会长没多大兴趣，我更喜欢做哲学思考，苏格拉底跟拿破仑，谁更伟大，当然是小苏嘛！如果非要我接下这个担子，实在有点勉为其难！哥赶紧劝道：像您这样有智慧的公狗，做会长确实太委屈了，可如果您不干，那狗协怎么办？您不能为一己之私，置我等于水深火热中啊，孔夫子还做过大司寇呢！萨克齐听了笑道：孔丘算个屁！那我就牺牲一下，干！萨克齐刚说完，哥跟 Pitt 马上挤出了几滴眼泪。Pitt 哽咽着道：萨翁，我代表京大的全体公狗母狗谢谢您，您真是救苦救难的活菩萨。萨克齐一再表示，他做了会长后，马上成立宇宙真理研究院，并考虑任命哥为常务副院长。听了这话，哥不得不又哭了。

总之，那天的表演非常成功。Pitt 说，开始他是假哭，后来就变成真的了。这个哥理解，凡事玩得太过，就会把自己玩进去，弄假成真。据哥分析，只要让萨克齐随时找到二的感觉，关键时刻他就会支持哥，包括他那帮兄弟。比较棘手的是马大姐，哥实在想不出制造个什么型号的情感炸弹，摧毁她的心理防线。如果拿下马大姐，根据哥和 Pitt 的估算，当选应该不成问题。

所谓吉人自有天相，没想到辛可大师突然给哥帮了个大忙，让哥在争取会长宝座的博弈中，有了非常给力的一张牌。

这张牌跟辛可大师申请的项目有关。在齐司长和霍老的帮助下，辛可大师的项目得到评委们的一致认可，并很快批准立项。拿到批复后，辛可大师赶紧组织科研团队，成员有不少是齐司长和霍老推荐的，干什么的都有，包括齐司长的老婆和秘书。其他就是辛可大师和董浩波的学生（包括小卞），并在生命科学学院和心理学系各找了一个镀金回来的洋博士加盟。

至于豹哥的收益，主要是用项目资金在成贤会所消费，比如一根黄瓜 50 块钱。为了避嫌，董浩波除了找些发票在项目组报销，并没有直接领取报酬，这部分从豹哥的利润中按比例分成。作为项目负责人，辛可大师自不必说，钱由着他随便糟蹋。辛可大师原本想拿出一些为曹老出书，可被曹老断然拒绝。

对这种分赃行为，哥亦深有体会。表面上看，京大的狗由主人养着，其实为他们真正买单的是国家。后来对狗协会员进行爱国主义教育时，哥反复强调这一点。虽说现在中国已是世界老二，但很多老百姓并不富裕，所谓生不起、养不起、住不起、吃不起、病不起、死不起等等。他们省吃俭用，让我们有房甚至有豪宅住、享受国际化教育、吃进口狗粮、穿名牌衣服、看最贵的宠物医院、死了安葬在最好的宠物墓地。试问，为此花费的每一分钱，有多少不是公款（项目经费）报销的？

如果让主人自己掏腰包，他会让你穿 LV 的背心？不要笑话郭美丽卢美丽，我们跟她们一样，也是既得利益者。从这种意义上讲，我们不是一般的私狗，而是公狗，是老百姓勒紧裤腰带用血汗钱养活了我们。如果不是活在京大，怎么可能过上这样的好日子？虽然我们锦衣玉食天经地义，但也不能熟视无睹，一点不懂得知恩图报。

分钱计划落实后，在校学术委员会的督促下，辛可大师装模作样展开科研活动。董浩波特别为此拿出历史文化学院一楼的两间办公室供项目组使用。辛可大师吩咐门下弟子抓紧整理资料，撰写论文草稿。有位刚入门的弟子对此很不解：辛老师，这还没开始研究，怎么就能写论文？辛可大师道：研不研究有什么区别？不都是抄来抄去吗？早点着手，免得耽误时间。弟子说，搞狗的伦理控制是新课题，到哪里找资料啊？辛可大师听了直骂这帮家伙是榆木脑袋，不耐烦地道：上谷歌百度，输入狗、伦理和控制等关键词就行了！

小卞负责前期的筹备和教学工作。按辛可大师的计划，就是找几只狗作为白老鼠，分步骤进行。既如此，小卞首先找的是哥和Pitt。对Pitt小卞多少有点疑虑，他向辛可大师请教，被阉掉的狗会不会心理有点变态，不具备实验价值？辛可大师听了笑道：没阉的就不变态啊？历史上的皇帝，有阉过的吗？可有几个是正常的？小卞想想也是。

哥觉着这是个搞关系的机会，就让Pitt赶紧联系了马大姐。说是凭着哥的关系，为她争取到这个机会。至于哥的兄弟花生等，当然也在其中。哥本来也邀请了萨克齐，但他对此不屑一顾。他认为在京大，还没有谁有种给他做老师，所谓圣人无师，何况他这样的先知。萨克齐的表现让哥想起了当年不可一世的钱锺书先生，所谓清华园里无一个人可做钱某人的老师云云。尽管麦当娜对所谓伦理控制兴味索然，但考虑到能跟哥厮守，也欣然而往。

诸位要问，哥是怎样做到这一点的？都是因为哥反应快，就在小卞为这事忙活时，哥直接带了大家去找小卞。尽管没说什么，小卞大概也能体会到哥的意思，再说了，弄几条狗搞实验也不容易，他顺手牵羊，何乐而不为。

在具体实验活动展开前，还举办了简单的开营典礼。典礼在历史文化学院的会议室举行。在运动员进行曲的伴奏下，哥跟十几只狗学员精神抖擞迈着整齐的方步走进会议室，排列整齐趴在地上，每位学员面前都有个盘子，盛着进口饼干和果汁。主席台很简单，坐着辛可大师、董浩波、林音等各位导师，豹哥作为嘉宾列席。

典礼由小卞主持，他首先宣读了兄弟院系发来的贺电，接着向学员们详细介绍了导师们的情况，对辛可大师的介绍尤其详细，毕竟他是项目负责人嘛！接着董浩波代表院领导班子发表了讲话，他认为这个项目是历史文化学院跨学科、跨领域研究的又一里程碑，既有高度的学术价值，也有重要的现实意义。

董浩波讲完后，辛可大师对学员们发表了演讲。他语重心长地指出：你们是动物历史上第一批系统接受东方伦理文化培育的狗，这是莫大的光荣，也必将载入史册，希望诸位能够好好学习，认真体会，一起完成这项必将影响人狗社会关系的伟大创举。林音也发表了简单讲话，她说这个项目跟她的老师爱因斯坦的相对论比较，就其科学价值毫不逊色。

按照惯例，凡有集体者必须有领导班子，我等也未能免俗。小卞宣布，哥出任首届狗伦理训练营营长，副营长有马大姐、花生、Pitt 等，其中 Pitt 兼任秘书长。Pitt 对此很兴奋，毕竟这是他第一次步入仕途。小卞起初提议麦当娜为副营长，但遭到董浩波断然否决。因为麦当娜的主人是窦卫国，窦卫国已落水，她的境遇可想而知。

按照辛可大师的安排，整个实验遵照循序渐进的原则。开始几天主要是讲一些启蒙读物，比如《三字经》、《弟子规》等等，这部分内容由小卞负责讲授。

每次授课前，按照研究流程，都要对会员们进行体检，比如望闻问切以及抽血化验、做心电图等等。授课完毕后，再重复做一次。主要目的是通过前后数据对比，来观察道德伦理对狗的心理和生理机能的影响。按照辛可大师的理论，只有把思维和意识转化为生理机能，才能真正解决问题，让狗变得知书达理，至少不会搞暴力、胡作非为。

辛可大师对实验工作提出两个"务必"的原则，即务必人狗结合，务必形象生动。小卞不愧为辛可大师的高徒，对这两条原则贯彻得很彻底。下面是他讲授《三字经》的部分记录：

> "人之初，性本善"，就是说无论人和狗，从娘胎里爬出来都本性善良。"性相近，习相远"，钱老师的解释是性欲相近，但做爱习惯迥异。这种理解是错误的。正确的理解是，尽管大家本性纯良，但由于主客观条件差异，有的吃屎有的不吃屎。各位别笑，现在大家吃进口饼干，但诸位的祖宗或乡下的同胞，经常吃屎。狗吃不吃屎，并非本性使然，而是后天养成的习惯，或不同条件下的反应。
>
> "苟不教，性乃迁。教之道，贵以专。"钱老师的解释是狗如果不教育，性趣就会异化，类似成人片里的色情狂。通过教育，就是要避免性趣不专，胡作非为。其实苟非狗，连词也。在这方面，人和狗相近，教育会影响性格和生活方式。如果诸位专心听讲，就不会发生这种情况。

小卞每次授课都非常认真，讲得抑扬顿挫、神采飞扬。据哥了解，他倒不是对这群狗特别感兴趣，而是他曾受过莫大的刺激。

小卞花钱买了张奥尔丁大学的野鸡博士文凭后，终于得偿所愿，在历史文化学院上台讲课。其实关键也不是野鸡文凭，而是现在董浩波掌权，自然会罩着自家人。

小卞在自述中说，他非常珍惜这样的机会，教案做得很细致。可当他意气风发走进教室时，他傻了，或者说几近疯了。

教室里坐满了学生，这在京大极为罕见。更骇人听闻的是，每个人脸上都戴着一个恐怖的面具，类似每年万圣节夜店里大家戴的玩意，感觉到了阴曹地府。教室里回荡着鬼片中的音乐，整个气氛极其阴森恐怖。

小卞说他自己愣在那里，一时不知所措。过了很久，他才缓过劲来，问班长这是怎么回事。一个带着伏地魔面具的男生站了起来，笑道：这门课不是讲牛鬼蛇神吗？我们这是寓教于乐，制造良好的学习气氛。小卞听了哭笑不得，让他们把面具拿下来。很多人还不干，说戴着面具听课更有感觉，效果更好。直到小卞威胁要扣学分，这帮人才露出真容。即便如此，整堂课就像是农贸市场，大家都在尽情讨论着面具的款式。扛到下课，小卞汗流浃背，生不如死。他特别警告大家，如果下次谁再戴面具，考试成绩按零分处理。

第二堂课倒是没人戴面具，但学生们的表现更让他崩溃。动不动就有人声嘶力竭地大叫，还装着全身发抖，说是好害怕。小卞说至于吗，这是课堂。有个女生道：卞老师真不懂得怜香惜玉，说这种话，偶什么时候听过阎王爷呀，能不怕怕吗？小卞说你们天天看鬼片怎么就不怕了？女生不屑地道：鬼片里有明星呀，哪像您讲的，纯种的牛鬼蛇神。说完全体又惊叫了一声。由于声音太大，惊动了隔壁班级，大家还以为小卞是本·拉登，正在指导基地分子学习如何搞恐怖袭击呢。

据小卞讲，每次上课，他们都变着戏法折磨他。比如提一堆让他发疯的问题：阎王爷有二奶吗？牛头马面是正科级还是副处级？玉皇大帝上厕所吗？如果上，是站着还是蹲着？为什么孙悟空要到处小便，是前列腺发炎了吗？为什么夜总会都供着关二爷，而不是西门庆？请问卞老师，这是否可以理解为当了婊子还要立牌坊，或者后边当婊子前边立牌坊？我是个屌丝，死了会进天堂还是下地狱？……

小卞在自述中说，开始他以为出现这种闹剧，不过是学生太调皮，后来他发现事情没那么简单，是春哥在后边玩阴的。比如说为了制造第一场闹剧，春哥答应每人的酬劳价值一头猪，面具也由他购置；那些在课堂上大呼小叫的，春哥也按照贡献发给相应的报酬。小卞知道，他要在这个课堂上混下去，就必须跟猪战斗到底。就目前的情况判断，他几乎没有任何取胜的希望。春哥扬言，他准备用1000头猪把姓卞的王八蛋赶出历史文化学院，除非他愿意爬过来舔爷的屁股。小卞在自述中也对天起誓：即便是死，我绝对不会舔这个王八蛋的屁股，总有一天，我要让他为今天的所作所为付出代价，这将不只是几头猪的问题。

因为总是在课堂上受辱，小卞非常珍惜给狗授课的机会。虽然花生在课堂上常做鬼脸，马大姐经常打瞌睡，有的公狗憋不住了会放个屁什么的，但整体上还算和谐。小卞在自述中说，在他过往的人生中，最幸福的就是那段给狗教书的日子，尽管面对的是一群狗，但他感觉自己的人格得到了尊重。小卞说，在穷人的眼中，世界上有两种人，穷人和富人；但在富人的眼中，世上只有一种人，穷人从来就不是人。

对哥而言，重要的不是这件事有多大的社会价值，而是能给哥的仕途加分多少。辛可大师的科研项目在京大狗协乃至整个宠物界引起了巨大震动。大家一致认为，这将是人与动物关系史上最具里程碑意义的大事。人类第一次以平等的眼光看待动物，共同分享世界的文明成果，并携手创建新的文明。尽管这只是开始，类似阿姆斯特朗在月球上的一小步，却是动物进化史上的一大步。

京大狗协为此召开全体会员大会。哥第一次作为秘书长主持了大会，并在亚历山大的提议下作了专题报告。这让哥感到无限荣光。哥发言时，很多母狗都流下了激动的眼泪。这倒不是因为哥的演说如何动人，而是这件事本身让她们激动不已。亚历山大在大会上对哥赞赏有加：之所以能有如此成就，首先要感谢柏拉图秘书长，因为辛可大师正是受了他的启发，才提出了这个科学命题，或者说，如果没有柏拉图的贡献，就不会有今天的成果，让我们用最热烈的掌声向柏拉图秘书长表示崇高的敬意。第一次哥得到了所谓雷鸣般的掌声，忍不住潸然泪下，Pitt跟麦当娜早就哭成了泪人，他们也为哥感到高兴。

萨克齐对此根本不屑一顾，但考虑到兄弟之情，没有当场发作。在哥的提议下，马大姐现身说法，也谈了自己参加训练营的感受。马大姐讲得声情并茂，建议组织全体会员认真学习《三字经》等启蒙读物，若不嫌弃，她愿意作为主讲。哥之所以推荐马大姐发言，完全是出于政治上的考虑。自从介绍马大姐参加训练营后，她对哥的好感与日俱增，甚至关心起哥的终身大事：柏拉图兄弟，年纪不小了，别再拖了，跟麦当娜要个孩子吧。哥连连称谢，并表示如果有了孩子，一定请马大姐做干妈。马大姐说好啊，接着叹息了一句：可惜没个干爹。据马大姐讲，她原本谈过几只公狗，但最后因为性格不合都不了了之。Pitt 开玩笑说，马大姐耐痒性特别强，到现在还是个冰清玉洁的老姑娘。

也就是在这次会议上，经亚历山大提议，哥被增选为副会长。因为借着辛可大师科研项目的东风，这个提议倒是没几个会员跳出来反对。会后花生说，谁要是敢反对，看老子不卸了他的大腿。

哥回到地下室后，把这个消息告诉了龙哥。龙哥只是笑笑，并没有说什么。哥对龙哥讲，其实通过和平的方式，也可以改变自己的命运，没必要搞暴力反抗。等哥做了会长，一定要做出一番事业，也会给龙哥找一个合适的位子。龙哥听了表情淡漠，只是心不在焉地讲了句：希望你成功。然后没有下文。哥能体会得到，他过得很压抑。整天困在地下室，搁谁都受不了，何况是曾纵横江湖、震惊世界的龙哥。只有当可可来的时候，他才会开心一些，跟可可抱着在地上打滚！

与辛可大师正好相反，生命科学学院韦操教授的“关于狗攻击人类的分子生物学机理研究”项目，虽然拿到了可观的科研经费，但进展并不理想，而且在京大狗协内部，乃至整个宠物界，引起了巨大的争议。甚至有公狗提议组织敢死队，一举摧毁韦操的实验室。

第二十七章

韦操之所以引起整个宠物界的公愤，是因为他的科研方式过于极端。好在一切都在北郊基地秘密进行，否则动物保护组织会要了他的小命。

韦操项目的核心是对狗的基因进行改造。据哥所知，基因科学是当下的显学，任何课题一扯上基因、分子生物学，就显得很前沿，可以拿到大把的科研经费。韦操的一位同事，搞转基因食品（让西红柿带有鸡蛋味）研究，一次就拿到两千万元的经费，让美国同行艳羡不已。历史文化学院有位教授曾上书政府，要求把埋在地下的皇帝全挖出来，进行基因比对研究。在他看来，惟其如此才能真正解开诸多历史之谜。比如秦始皇大搞焚书坑儒、武则天喜欢杀儿子、明熹宗热衷于做木匠、同治皇帝爱逛窑子，可能都是基因出了问题。但由于这个课题有悖中国的纲常伦理，才不了了之。

韦操操作项目的办法跟辛可大师大同小异，也是塞进一堆人，搞一堆发票来报销，或者买一些没用的进口仪器拿点回扣。大部分钱就这样糟蹋了，真正用于科研者微乎其微。所谓科研，就是找几个品质纯良的狗跟流浪狗配种，生出小狗进行基因检测。不管实验怎么做，结论早已确定了，就是通过基因改造，可以把流氓狗的后代打造成谦谦君子。

为此韦操跟打狗队签订了合作协议，以科研的名义，由打狗队提供流浪狗。至于配种的良狗，为了省钱，韦操项目小组决定从京大宠物狗中选择。就连花生这样的流氓，竟然也赫然入列。花生听说是配种，起初很兴奋，但进去玩了几次，就跟哥抱怨说实在悔不当初。哥能幸免于难，是因为辛可大师对韦操的项目根本不屑一顾。

据花生讲，打狗队送来的母狗根本不堪入目，有的甚至一辈子没洗过澡，全身都是虱子，散发着恶臭。花生说：就这操行，让兄弟们怎么下得去手！花生是江湖上的混混，其他的同行更是呕吐不止，想死的心都有。花生说建筑学院谷教授家的德国黑贝见了那些母狗，直接口吐鲜血，昏死过去。

既然兄弟们生不如死，实验效果可想而知。尽管韦操的科研团队机关算尽，包括用食物引诱或者把花生他们按在母狗身上，也无济于事。花生说：牛牛根本不硬，怎么弄？韦操真他妈变态！哥想也是，对着满身虱子的母狗牛牛还能硬，确实非寻常之物，或者是特种恋物癖。

实验根本搞不下去，韦操很着急，就约了生命科学学院的一些专家会诊。其中有位刚从剑桥大学毕业的博士提了个办法。他一针见血地指出，实验之所以受挫，问题不在母狗，关键是公狗牛牛的主观能动性不够。所以必须拿出切实可行的科学手段，解决这个问题。博士说：以我的经验，不怕笑话，我有时候也会出现这种情况，我的办法是看成人片，刺激荷尔蒙的分泌，往往效果很好。韦操认为博士的建议非常有启发性，真不愧是剑桥大学的高材生。

为此项目小组从网上或街边小摊上弄了一大堆成人片，把花生他们关在实验室里，组织24小时观看。韦操的研究人员则通过摄像头，进行细致地追踪观察。花生说，韦操这一招太他妈缺德了，成人片看得公狗们亢奋不已，母狗们也是如此，盯着花生他们想生吞活剥。见此光景，韦操他们欢呼雀跃，有的女教授还激动得潸然泪下。

花生说，实在忍无可忍，好几次，不只是他自己，所有公狗都冲到母狗跟前，想痛痛快快发泄一次，可每次闻见母狗们身上的味道，咬着牙还是下不了手。有的公狗还为此咬破了嘴唇，鼻血四处奔流。他们就这样在狭小的空间里冲上去，撤下来，被折磨得死去活来。

对此韦操非但无丝毫怜悯之心，还勃然大怒：就这样，不要停，我看他们能顽抗到什么时候！花生说，韦操故意在实验室四面都安装了显示器，同时播放四部风格迥异的成人片，更要命的是，韦操让科研人员把音响开到最大！

讲起这一段，花生一直心有余悸。他说自己纵横江湖多少年，还没有被如此整治过。花生感叹道：人啊，特别是知识分子，做事真他妈绝。据花生讲，韦操走后，实验室马上人去楼空，原因很简单，研究人员也生不如死啊。据说中途有几个博士生被弄得精神恍惚，看见任何柱状物就呕吐不止，只好退出了项目组。

花生他们难受得要死，竟然对自己的兄弟下手。据花生讲，试验结束后，凡参加实验的公狗和母狗，都成了性变态。哥开玩笑说：那你呢？花生说他的情况不是特别严重，但现在看见Pitt，多少会有些冲动。

哥的遭遇自然要比花生好得多。有件事特别要与诸位分享一下。哥要做爸爸了。在上一次体检时，麦当娜被检查出有了身孕。听闻这个消息后哥当场哭了。哥以前碰见这种情况，心情都很复杂，但这一次，哥感觉到一种单纯的快乐。

麦当娜比哥还兴奋。她说自己一直有个愿望，给哥生个宝宝，总算如愿以偿了。她说完扑到哥的怀里，嘤嘤抽泣。哥知道，这种眼泪的温度很高。随后麦当娜问哥，到底是什么时候怀上的，她怎么一点都没感觉到？哥回想了一下，觉着应该是上一次在莫须有湖边的小树林里。好几天不见，大家都很激动，玩得也比较疯。哥开玩笑道：要是哥早当了爸爸，就不用浪费那么多功夫了！麦当娜听了啐哥一口：原来你跟我就是为这个啊，我成生娃的机器了！哥赶紧赔不是：哥不是那个意思，哥跟你在一起是因为爱！麦当娜笑着踢了哥一脚。当时哥有点兴奋，但被麦当娜无情地拒绝了。麦当娜说现在是关键时候，不能动了胎气。好吧，为了儿子，哥忍了。麦当娜质问哥能忍多久，哥对天发誓：在你身体恢复以前，哥就当自己是Pitt。

晚上回家，哥把这个消息告诉了Pitt和龙哥，他们都为哥感到高兴。Pitt说不管生出来是公狗母狗，他都要当干爹。哥开玩笑道：别说干爹了，就是当亲家，我也愿意，求之不得！ Pitt吐了口唾沫，再不吭声。哥让龙哥给起个名，龙哥说他是大老粗，干不了这个。Pitt想了想，说要不就叫亚里士多德，跟哥的名字也有渊源。哥说这个名字也行，就是有点长。哥的意思是就叫龙儿。话刚说完，哥看见龙哥的眼圈湿了。

Pitt有点诧异地看着龙哥。他不懂其中的含义，可龙哥懂，他比谁都清楚哥心底的意思，哥这样做只跟“朋友”这个词相关。

既然麦当娜怀孕了，哥应该好好表现一下。哥计划多陪她在莫须有湖边转转，听马大姐说，多晒太阳对胎儿的发育有好处。哥再次恳请马大姐将来做孩子的干妈，马大姐听了很高兴。如果她知道干爹是Pitt，一个太监，不晓得会不会抽风。没想到哥的儿子还在他妈肚子里游泳，就开始帮哥搞公关了。

但始料不及的是，辛可大师突然要出差，而且要带哥一起去。年会上辛可大师曾答应去樊总公司促膝长谈，樊总也催过好几次，但由于太忙始终未能成行。樊总来京参加国易班，特别拜访了辛可大师，对辛可大师正在进行的项目很感兴趣，非常希望把这个项目跟他正在进行的实验结合起来。

樊总说，他上次回去后，因为受了秋蝉和辛可大师的启发，在养猪过程中强化了文化因素。万丈高楼平地起，养猪当然要从最基本的配种开始。据樊总介绍，年会结束后，在当地文联主席的协助下，经常让饲养员给公猪母猪朗诵秋蝉老师的大作，听类似《广陵散》《十面埋伏》等古典音乐，结果公猪和母猪的主观能动性空前提高。樊总乘胜追击，组织公猪和母猪收看《百家讲坛》等节目，没想到效果出奇的好，其中有头母猪一胎生了30多个崽，在当地引起轰动。樊总说他随后杀了几头，发现被文化熏陶过的猪肉，就是比普通的香很多。

这件事也引起了领导的关注，省里的相关部门还特别派了专家组来调研，说如果切实可行，将向全省的养猪场推广。专家组对樊总的技术创新表示高度肯定，认为这将给世界养猪产业带来革命性变革。樊总表现得很谦逊，他认为这只是开始，距离他一胎生100个的目标，还有很大差距。有位经济学家做过估算，如果樊总的实验成果成功推广，仅此一项，就有可能帮助当地的GDP翻一番。

樊总找辛可大师，也与此有关。在樊总心中，秋蝉、仇欢、钱文忠岂能跟辛可大师相提并论？樊总知道，辛可大师不但是国学泰斗，而且是策划大师，想要把文化养猪产业真正做强做大，非辛可大师出山不可。听说弄养猪的事，辛可大师的积极性并不高，推辞道：樊总你也知道，我正在忙着辅导狗，猪的事放一放再说。樊总一听就急了：辛可大师您可不能厚狗薄猪啊，再说了，猪狗不分家，我旗下也有生产狗肉罐头的公司啊！狗的事您先让徒弟弄着，猪的问题很着急，实在麻烦您大驾光临帮帮忙！

辛可大师之所以最后答应了樊总，并不是遵从有教无类的圣训，或者被樊总的真诚打动，而是他觉着这里边有生意可做。樊总真正的意思是通过这个项目，从省里搞一笔扶持农业产业化的专项补贴。辛可大师认为樊总这样想就对了，并建议为了更具说服力，樊总应该跟历史文化学院合作，弄一个国际性的生命文化研究中心。当然了，钱全部由樊总出。樊总说钱不是问题，关键是京大干不干，毕竟京大是顶级学府。辛可大师说这事不用担心，他出面就能摆平。

辛可大师敢大包大揽，因为这事董浩波说了算，董浩波得听他的。樊总说不知道需要多少头猪才能把生命文化研究中心搞起来。辛可大师说这个不着急，等他跟领导们协调好了，请人做个预算再说。辛可大师顺便恭维了樊总几句：在中国最牛的大学里，有樊总赞助的一个科研机构，这是怎样的功德和面子啊！樊总连连点头称是。

约好时间，樊总派了一辆房车来接我们，一路陪同的是樊胖子生物科技集团的司马副总。司马副总以前在农科院工作，专门研究在饲料中添加各种化学成分来促进猪的快速生长且多长瘦肉，后来投奔了樊总。房车很豪华，吃喝玩乐应有尽有。樊总怕辛可大师旅途寂寞，还特别派了两个女员工作陪。哥看得出辛可大师对她们兴趣不大，她们胸部的规模实在太吓人了。

其实辛可大师答应去樊总公司，还有另一层意思，就是顺便去一趟花果山市。孙市长确实很给面子，不但参加了国易班，还给辛可大师送了几盒极品虫草。孙市长恳请辛可大师务必去趟花果山市，帮他这个忙。孙市长说，如果孙悟空被水帘洞市抢去了，他如何对得起全市 100 多万人民群众，更对不起列祖列宗。就在前段时间，水帘洞市扬言要举办齐天大圣文化国际峰会，据说将斥巨资请克林顿和莱温斯基参加。凡此种种，让他食不甘味、夜不能寐。

因为走得比较急，哥没机会跟麦当娜打招呼，就请 Pitt 回头解释一下。让哥始料不及的是，在离开京都时，辛可大师让司机绕道去了一趟周倩的家。为此他还让小卞去附近的一家老蛋糕店，买了一些点心。

后来据哥了解，辛可大师之所以抽空去看周倩，是因为他听京大某位老同事讲，最近在西山公园看见田田跟周倩在一起。也许女儿回来了，他很想她。他给周倩打电话但关机，就让小卞在食品店买了些女儿最喜欢的点心，直接去了周倩的家。

这次辛可大师倒不是特别紧张，他带着哥爬上二楼，掏出钥匙打开门。结果家里空无一人。辛可大师走过去拿起放在电视柜上女儿的照片，坐在沙发上抽了根烟。尽管很多年过去了，他依然熟悉这里的一切，或者说他经常会梦见这里。辛可大师轻轻抚摸着女儿的照片，发出长长的叹息。

抽完烟，他起身在屋子里溜达，从客厅到阳台、厨房、卫生间等等。周倩是个很爱干净的人，屋子里一尘不染，这一点跟飞飞姐有很大不同。在女儿的小书房里，他到处摸摸、翻翻，床上有不少玩具，其中几个是他当年给女儿买的。他躺在床上，拿起小时候给女儿买的、有点破旧的毛毛熊，眼圈湿了。哥也注意到，小时候的田田有着圆圆的脸，跟可可一样可爱。屋子里有很多照片，照片上有女儿和周倩，但没有辛可大师。他对着那些照片喃喃自语：我的田田从心里没有原谅我，爸爸对不起你！

在床上躺了一会，他起身找了个抹布，把女儿的书桌、衣柜、相框仔细地擦了一遍。大概是好久没住人，上面有些浮土。然后轻轻地拉上女儿房间的门，到了周倩的卧室，或者说他以前的卧室。卧室里的家具还是老样子，衣柜的面板甚至有点开裂。唯一的变化是墙上少了他们的结婚照。他拉开每一个抽屉，仔细地看了又看。当他打开衣柜最里边的那扇门时，哥看见他的身体突然变得僵硬，沙皮脸因紧张而扭曲，眼神中充满迷惘与悔恨。

原来在衣柜里，整整齐齐挂着或摆着他当年没有带走的衣服，包括几双袜子和几件破旧的内裤、背心。它们跟以前一样，安静地躺在柜子里，但却像尖刀戳在辛可大师的心上。他倒在床上，用被子捂住脸，只听见急促的呼吸或者抽泣。

原以为转一圈就走，司马副总也等得着急，但辛可大师在周倩家逗留了很久。等心情稍微平静了些，他把点心放在茶几上，带着哥离开。

樊总的府邸就在市政府广场的斜对面，那里全是大院子。据司马副总介绍，樊总本想把府邸做成故宫第二，为此还特意请建筑设计师到故宫考察。可没等他下手，旁边的刘老板先照着故宫的样子盖了起来。刘老板以前是倒煤的，后来发了。这让樊总很生气。毕竟作为本地农业产业化龙头企业的老板，他比刘老板更有名、更有钱，而且还是委员。可中国建筑最气派的就数故宫了，要压过刘老板谈何容易。好在他身边高人不少，建议他独辟蹊径，搞一个洋玩意出来。

为此，樊总带着设计师跑遍了全世界，考察了美国的白宫、俄罗斯的克里姆林宫、英国的白金汉宫、法国的凡尔赛宫等等。经过反复论证，决定以凡尔赛宫为模型。樊总之所以这么给法兰西面子，另一个重要原因是，听说凡尔赛宫是路易十四建的，这让他倍感亲切。因为他每天要就着葱爆猪腰花喝几杯路易十四。

据司马副总介绍，为了显示贵族气派，富人区的仆人也国际化。刘家门口站着几个黑人，听说是专门从中非弄来的。樊总当然不能落伍，索性从印度搞了几个高大威猛的锡克小伙，不但英语一级棒，还精通梵语。瑜伽更是拿手好戏，好多贵妇是他们的学生。有一年还闹出了乱子。某贵妇生了小孩，怎么看都不像他爸爸，结果到中州医院做了 DNA，发现是瑜伽老师的功劳。这家伙还辩解说，他教的瑜伽本来就是密宗式，男女双修是密宗的不二功法。

樊总跟公司高层老早在路口迎候，然后带着辛可大师参观了他的凡尔赛宫。

辛可大师一路上赞不绝口，认为樊总不愧为儒商。可他心里未必如此想，后来他对飞飞姐提及此事，根本不屑一顾，骂樊总是暴发户。

哥以为樊总和路易十四的凡尔赛宫各具特色。比如说樊总凡尔赛宫的前庭，有一个巨大的喷水池，里边养着体型肥大的草鱼，四围是仿圆明园十二生肖混凝土雕塑，中间矗立着不锈钢维纳斯像——肚脐、乳头都装了喷头。檐下是精美的爱奥尼亚大柱子，挂满南瓜葫芦红辣椒。哥读过伏尔泰的《路易十四时代》，太阳王似乎没有这样的情趣与品位，毕竟路易十四的专业是杀人，而不是杀猪。

转了一圈，樊总请辛可大师到书房稍憩。一起作陪的还有当地的文联和书协主席。樊总的书房确实让哥大开眼界，足足有 200 平米，四围是高大的巴西红木书架，装满各种装修版经典名著，如《诸子集成》、《二十四史》等等。挤在这些皇皇巨著之间的，是类似《屠夫守则》、《猪不是一夜吃肥的》等工具书，包括那本轰动一时的励志书《谁动了我的猪下水》。

书房的陈设也很考究，如明式红木家具，伯利克里时期的雕塑，西周青铜器，裸体美女油画，石涛的山水等等。书房茶几上摆着一个体型肥大、笑容可掬的金猪。猪背上还有一层发光的铜钱，上书“开元通宝”。书房左边供着关二爷，右边供着观世音菩萨，中间是圣母子的琉璃造像。

在书房正中央有一巨幅油画，作者是美术学院油画系主任，号称徐悲鸿先生的再传弟子。画上的樊总穿着考究的 LV 背带裤和布鞋，叼着在巴黎老佛爷买的高级烟斗。据司马副总介绍，樊总原本抽旱烟，之所以成了烟斗客，完全是受了国学大师范曾的影响。范曾对世界美术最伟大的贡献是，承继了徐悲鸿先生开创的道路，把现代流水线生产全面引进到绘画领域。他的典型标志就是烟斗，或者说烟斗对于他成为艺术大师居功至伟。樊总自从玩上文化后，也仿效范大师烟斗不离手了。

房子里回荡着沁人心脾的文化气味，文联主席和作协主席一个劲围着辛可大师拍马屁，特别是对辛可大师的《空色论》赞不绝口。文联主席说，当年读了《空色论》，大有孔夫子“闻韶乐，三月不知肉味”的感觉。

辛可大师自然又是一番高谈阔论。书协主席非要辛可大师留幅墨宝。辛可大师推辞再三，只好答应。但他提议先欣赏一下樊总的表演。樊总倒是痛快，起身拿起笔，在宣纸上写了一排大字：樊胖子有机猪。两位主席看着赞叹不已。

——你瞧瞧，樊总这个猪，所谓猪龙猪龙，真的是龙腾虎跃、气象万千，特别是猪的下边，得了黄庭坚的真传！

——我认为樊总这个猪字更多是王铎的笔法！就算王铎再生，也未必能写到这种水平！

——也是，我写了几十年的字，怎么就写不出樊总这种神韵呢？

——书法讲究手腕的力道，你想想，樊总年轻时多肥的猪一把撂在地上，一刀拿下，这是何等的腕力。所以写起字来力透纸背，铁画银钩。

——哈哈，你这个说法挺有道理。杀猪和写字真的有异曲同工之妙。看来以后我们练书法，要先从杀猪学起，练好基本功。

辛可大师只是笑，默不作声。后来他跟飞飞姐说，樊总杀猪天下无敌他信，至于书法也就是群魔乱舞的水平。康老如此评价郭老的字：我用脚趾夹根木棍都比郭沫若写得强。[1] 他只能把康老的话转赠给樊总，而且是左脚！

樊总被拍得有点飘飘然，又写了一幅送给书协主席。书协主席连连称谢，说要作为传家宝。樊总写完把毛笔递给辛可大师。辛可大师说献丑了，就在宣纸上写了两句关于养猪的唐诗：小池聊养鹤，闲田且牧猪。文联主席看着大呼小叫：天哪，这不就是米芾再世吗？樊总听了不以为然：米芾算个屁，我看辛大师这字跟贾平凹、赵本山等书法大师有一拼。文联主席听了赶紧解释：樊总真是方家，火眼金睛，贾大师也没法跟辛大师比。辛可大师听了哭笑不得，但也不好驳别人的面子，只是笑着点头。

据司马副总讲，文联主席和作协主席整天哈着樊总，不过是为了钱，类似《金瓶梅》里的应伯爵。他们出去吃喝玩乐一向都由樊总买单。樊总在这方面倒也痛快，这几年特别喜欢交结文化界的朋友，哪怕一掷千金在所不惜。

樊总摆在桌子上的几方印章倒是真家伙，一看就是上好的田黄和鸡血石，每个最少也值几万、几十万甚至几百万，具体就要看温州人最近炒什么了。辛可大师拿起一方章料赞不绝口，并表示最近也想买一方。樊总是生意人，自然明白辛可大师的意思，就把那方章料送给他。辛可大师说君子不夺人所爱，死活不要，但在樊总一再恳请下才勉强接受。

樊总在约克夏宫为辛可大师举办了盛大的接风晚宴。尽管刘总占了先机，但樊总在府邸的规划中，还是参考了故宫的格局。樊府也分前朝后宫，樊总的办公区域为前朝，类似故宫的三大殿；樊总的生活区为后宫，类似三宫六院。每

① 康生书信：“比目鱼同志：若论书法，我用脚趾夹根木棍都比郭沫若写得强。康生”。

个屋子都请当地领导和书法家题写殿名或宫名，与故宫不同的是，名称都以猪的品种为据。比如樊总的会议室被命名为有机殿，类似故宫的太和殿；老婆们居住的屋子，被命名为长白宫、宁乡宫、汉普夏宫、明尼苏达宫等等。其中长白宫地位最高，为樊总大老婆的居所。所谓长白者，长白山猪也，它是樊总养猪场的主力军。汉普夏等是樊总后来引进的洋猪品种。

樊总招待辛可大师的是“全猪宴”，所有菜品以猪肉为主料。特别是用猪腰子跟鲍鱼、龙虾一起烹制的“龙游二宝”最为特别。据司马副总讲，当晚招待辛可大师的猪肉，都是他们特别养殖的。养猪场的猪肉自己从来不吃，只供给各大超市。当晚喝的酒当然也是上品，所谓“盛世御凤”的限量版。关于这种酒的渊源，辛可大师在《逼下梁山》里讲过。辛可大师在酒桌上特别告诉樊总，这种酒不但味道醇厚，经常饮用还能有效提高精子的活力。宋徽宗之所以成为天下第一爸爸，就是常饮此酒的结果。樊总立马表示请辛可大师牵线，让酒厂定制一批，作为樊总公司的接待用酒和公关礼品，自己也要天天喝。

让辛可大师大开眼界的不止是各种用猪下水烹制的佳肴，还有樊总的老婆，陪他共进晚餐的一堆女人。樊总的后宫可谓妻妾成群，而且个个丰乳肥臀，充分体现了樊总的审美趋向和职业特点。辛可大师原以为是樊总从夜总会叫来的作陪女。当樊总介绍这都是他老婆时，辛可大师根本不信，说樊总真会开玩笑，现在可是新社会，实行一夫一妻，须知婚姻法可是开国第一法。樊总看着辛可大师疑惑的眼神，笑道：这还不是兄弟的全部家眷，有几位还出国了，这算什么，连有些村支书都比不上！樊总见辛可大师死活不信，就让司马副总拿来一个包，打开一看，里边全是结婚证。

辛可大师翻了翻结婚证，足足有几十个。辛可大师开玩笑说不会是找人办的假证吧。樊总听了脸色有些难堪，又吩咐司马副总拿来一个提包，打开后辛可大师总算信了。包里是一堆身份证和户口本！辛可大师说樊总真厉害，竟然会有这么多证件。樊总谦虚地道：辛大师这话是挖苦我吧，现在但凡做点官有点钱的，谁没有一堆这玩意？如果只有一个，还好意思说自己是成功人士吗？中国就这点好，只要你花钱，什么事都好办！

辛可大师与樊总及众老婆碰了一杯，开玩笑道：这么多老婆，樊总管得了吗？我只有一个都快天下大乱了，您这可是……樊总打断了辛可大师的话，得意地道：其实也不难，完全是参考企业管理模式，具体由大老婆全权负责，职务是 CWO，享受公司副总待遇，其他依次类推，实行扁平化管理，皇后一人掌管几万个女人，我这点事算个屁！辛可大师听了，起身向樊总大老婆敬了一杯，夸赞她是女中豪杰。她听了谦虚地道：这都仰仗老樊的信任，姐妹们的支持，我只是做了点微不足道的工作，不值一提。据司马副总介绍，樊总的老婆中，有几个还是大学生甚至博士。因为不断有新人补充进来，屋子有点紧张，王府二期工程正在紧锣密鼓地建设之中。樊总还是当地著名的行孝模范，他为数目可观的丈母娘专门办了养老院，得到政府的嘉奖。在当地编辑出版，供中小学生进行道德教育的《新二十四孝》一书中，樊总供养丈母娘的感人事迹替代了王祥卧冰求鲤的故事。

饭后，老婆们向樊总道完万福，各自回宫休息。其他陪客走后，樊总陪着辛可大师，继续就着火爆腰花喝酒。辛可大师主动提出由他牵线，让张峰奇教授帮助引进高盛、网易等对养猪感兴趣的知名企业入股，迅速做大樊总的公司，然后运作到华尔街上市。樊总很兴奋，加上喝得有点多，除了跟辛可大师探讨文化养猪努力做神州第一猪王的事，还跟辛可大师说了很多掏心窝子的话，包括藏在他心底从来没有给别人讲过的，关于他姐姐的故事。樊总边讲边喝边哭，弄得辛可大师也黯然神伤，几近落泪。

关于这部分内容，哥在前面已经讲过，就不再啰唆。辛可大师扶着樊总的肩，说了很多安慰的话。但有些话他始终没讲，就是皮亮跟老同学郭杰的关系。辛可大师大概以为，如果樊总知道了这一节，或者说被春哥知道了，难免会生是非。毕竟春哥现在是皮亮的门生。如泰戈尔所言，旧的夜过尽了吗？那就让它过尽了吧！不过尽又能怎么样呢？

第二十八章

辛可大师当晚下榻在伊比利亚宫。伊比利亚猪是西班牙著名的品种。哥也偷偷喝了点盛世御凤，头有点晕，一夜无梦。至于辛可大师躺在伊比利亚宫的龙床上做了什么梦，哥不得而知。

第二天吃过早饭，樊总召集樊胖子生物科技集团中层以上干部在有机殿开会，主要是聆听辛可大师关于文化养猪的讲话。早餐时，樊总提出一个不情之请，他说既然公猪母猪看了秋蝉、仇欢他们的电视节目一胎生了三十多个，可否安排它们旁听辛可大师的讲话，以辛可大师的文化造诣，效果应该更好。辛可大师听了多少有点别扭，但考虑到已经拿了樊总的钱，只好客随主便。

那是哥见过的最别致的会场，樊总公司的管理人员个个西装革履打着领带正襟危坐，几十头公猪和母猪在屋子里转来转去，鼻子里还哼哼唧唧。尽管辛可大师见多识广，但对着公猪母猪讲话还是破天荒第一次，他努力调整着自己的情绪，包括嚼了一会口香糖。樊总做了简单的开场白，请辛可大师讲话，有机殿爆发出热烈的掌声，当然也夹杂着猪哼哼。

辛可大师的讲话包括两部分。首先他分析了国际国内的形势，认为文化已成为全球经济转型的驱动力。任何产业忽略文化因素只能是死路一条，养猪概莫能外。辛可大师提议樊胖子有机猪应该更名为樊胖子有机文化猪。接着从市场细分入手，他认为樊胖子有机文化猪要针对不同的消费群体进行产品研发。比如说针对高考学生，研发吃了有助于提高成绩的金榜题名猪；针对公务员，研发吃了会仕途通畅的飞黄腾达猪等等。办法很简单，除了特制的猪饲料，还要让饲养员给猪诵读各类经典读物，播放精心挑选的音乐。如图：

产品名称	特殊功能	文化养殖内容
金榜提名猪	食用可大幅度提高高考成绩	各类高考教学辅导丛书+喜洋洋音乐
飞黄腾达猪	食用可提升升职的速度和力度	资治通鉴、官场现形记+步步高音乐
红日中天猪	食用可迅速走红或红得发紫	炒作秘笈、一脱成名+打击乐
富可敌国猪	食用可迅速暴富甚至富可敌国	一夜暴富等成功学专著+财神到音乐
无坚不摧猪	食用可天天桃花运夜夜做新郎	素女经、金瓶梅、成人片+RAP
龙子龙孙猪	食用可提高精子质量生出好儿女	好爸爸胜过好老师等书+儿歌

当然了，哥这里列举的只是辛可大师提出的文化猪种的极少部分。辛可大师开出的产品名单足有几页纸。比如他提出研发药用文化猪系列产品，具体方法是：在饲料中添加中药，食用后可治疗癌症的猪要认真学习《把吃出来的病吃回去》；食用后可治疗神经病的猪需研习《手到病自除》；食用后可治便秘的猪要以《不上火的生活》等经典为主要读物。辛可大师强调，《黄帝内经》作为基础读物，所有的药用文化猪都要在饲养员的帮助下认真学习、深刻体会。

辛可大师讲的另一部分就是如何跟京大联合成立国际生命文化研究中心，占领猪文化研发的学术高地，为产品不断创新提供源源不绝的思想和技术动力。

辛可大师的讲话引起阵阵热烈的掌声，樊总，包括所有高管都说深受启发，打开了思路。更让他们折服的是，就在辛可大师讲话的同时，几头公猪爬到母猪背上，激情澎湃地做了起来。看着这一幕，樊总跟高管们向辛可大师竖起大拇指，感慨辛可大师学问的深度和厚度，以及文化的力量。樊总说：只是听了辛可大师一段话，它们就这样冲动，如果我们全面系统地加强传统文化培育，任何奇迹都可以创造出来。辛可大师谦虚地摆摆手：我这是抛砖引玉，到底能取得什么样的成果，还有待时间的检验，关键还要看各位的智慧以及公猪母猪们自身的努力，师傅引进门，修行靠个人嘛！

樊总希望辛可大师多待几天，除了向辛可大师请教，他还一再表示，本地的姑娘皮肤特别好。对辛可大师而言，樊总的提议可谓雪中送炭。唐娟归了易中正，自年会结束后，华姐也没了影子。辛可大师有时候憋得难受，就给华姐打电话，恳请华姐来京一叙，但总被华姐以工作忙为由婉拒。

其实华姐没少来京都，只是躲着辛可大师而已。据花生讲，华姐至少来过京都三次，其中一次就住在牛博士家。两人在一起除了讨论哲学问题，也对彼此的身体进行了深入地研究。华姐认为，牛博士不但是伟大的思想家，大脑发达，在其他方面也毫不逊色。牛博士告诉华姐，这跟他长期从事哲学思考有很大的关系，所谓沉淀，沉淀的多了，全堆在下边，就会从量变到质变。在牛博士看来，异化也分好坏，他这种情况属于优质异化。

华姐对牛博士的溢美之词，花生颇不以为然。尽管牛博士和华姐的表现可圈可点，比如说牛博士把华姐绑起来或者在身上涂抹芝麻酱，但跟牛博士和充气娃娃的表演相比，还是欠一些火候。哥认为这可能跟弗洛伊德讲的潜意识决定论有很大关系，也许在牛博士的潜意识里，华姐不过是个地产老板，而充气娃娃则是皇后或者皇贵妃，甚至太皇太后。

当然了，辛可大师也不至于断顿，地主家总会有点余粮，至少他还有飞飞姐。但哥以为，与其吃飞飞姐这一口，倒不如饿死拉倒。尽管成功人士都害怕跟老婆敦伦，也不至于像辛可大师这样，每次都生不如死。也许哥这样说有点夸张，但如果换了哥，有这样的老婆哥早就亡命天涯了。

就在离京之前，辛可大师还跟飞飞姐有过一次，上一次大概是去年的事了。飞飞姐之所以突然来了兴致，是因为她在辛可大师书房里发现了周倩留下的东西，可能是一块手表。这件事让飞飞姐勃然大怒。一般来说，飞飞姐只有不小心打翻了醋坛子，为了惩罚辛可大师，才会出此下策。

飞飞姐认为，辛可大师这是旧情不绝、包藏祸心。尽管辛可大师跪在地上解释了很久，飞飞姐依然没有放过他。她喝令辛可大师抱她上床。以前完成这项工作对辛可大师来说并不困难，可结婚以后，飞飞姐的体重已发生了天翻地覆的变化，尽管他始终以赵飞燕姐姐来赞誉她。

辛可大师费了九牛二虎之力总算把她弄上床，然后按照她的命令完成脱衣、按摩等一系列规定动作。在脱衣的环节辛可大师被训斥三次，其中一次是因为她让辛可大师脱掉她的上衣，他情急之下脱了自己的底裤，飞飞姐挖苦辛可大师给她显摆他的破玩意！飞飞姐还不停地抱怨辛可大师按摩的穴位不准确，效果很差。哥以为飞飞姐完全是无理取闹，就她那几个破穴，辛可大师闭着眼睛也百发百中。

一个回合下来，辛可大师瘫在床上，生不如死。没想到飞飞姐喝了几杯饮料，休息片刻，命令他继续。辛可大师赶紧告饶：老婆饶命，我又不是西门庆！

飞飞姐用鄙夷的目光看着他：我倒希望你是西门庆呢，可是你配吗？少废话，开工！辛可大师本想辩驳几句，但飞飞姐一句话封死了他：你跟周倩一晚6回，就想这样糊弄我，看来你还是爱她啊！辛可大师在飞飞姐的威逼利诱下，曾经交代过跟周倩的情事。可毕竟已过盛年，不复当年之勇。但为了平息飞飞姐的妒火，更为了证明他更爱她，只好拼上老命了。

如此强度，辛可大师几乎散了架。但飞飞姐依然不放过他，说是口渴想吃西瓜。家里没有，辛可大师只好爬起来，穿着睡衣带着哥跑了二里地，总算找到一个大半夜还卖西瓜的摊子。哥困得要死，一路上咒骂飞飞姐真他妈不是个东西。结果西瓜买回来了，她竟然睡着了！

总之，跟飞飞姐上床辛可大师毫无乐趣可言。既然樊总盛情难却，他似乎没理由拒绝。之所以想办完事早点回去，只是听说女儿回来了，他很想见见，毕竟一别多年了。哥更不想待在这里，除了想念麦当娜和哥正在成形的儿子，哥也极端厌恶这里的生活，顿顿吃猪腰子，谁他妈受得了！好几次哥忍无可忍，想把樊总家的小母狗处理了，但念及麦当娜正为哥做爸爸艰苦奋斗，哥忍了。但到底能忍多久，哥心里没一点把握。如果辛可大师再磨蹭几天，别说小母狗，看见后宫这群佳丽哥眼里都要冒火。

樊总见辛可大师执意要走，就跟辛可大师约定过几日京都再见，具体议定成立生命文化研究中心的事，并派房车送我们去花果山市。

花果山市距离樊总这里并不远，辛可大师跟哥在车上睡了一会，差不多就到了。孙市长派市府办何主任在两市交界处候着。何主任圆圆的脸，对辛可大师很殷勤，他说孙市长正在主持一个会议，会议结束后马上赶过来。

一路颠簸，确实有点累，洗过澡后，辛可大师躺在床上休息了一会。他原本想给周倩打个电话，但拿出手机犹豫再三，又放到一边。哥也顺便在洗手间冲了个凉，这几天里外火热，弄得哥有点死去活来。

大概下午三四点钟，孙市长急匆匆赶了过来，一进门先不停地向辛可大师道歉，说应该去亲自迎接，但上面安排了电视电话会议，实在走不开。辛可大师笑笑说没事。孙市长说如果不是特别累，他想带着辛可大师到处转转，有个直观的印象。

花果山市区面积不大，山围水绕，风景秀丽。至于建筑，跟中国所有的城市一个模样，了无新意。唯一有所不同的是，在通往市中心广场的马路两边，排列着奇形怪状的雕塑，全是《西游记》中的人物，比如牛魔王、白骨精、阎王爷、银角大王、狐狸精、托塔李天王等等。市中心广场很大，面积不会小于50公顷。在广场的中央，竖立着一尊巨大的镀金齐天大圣雕塑，形状跟电视剧里“大闹天宫”时的美猴王大同小异。最大的区别是，齐天大圣雕塑赤身裸体，下边规模不小且喷着水。据何主任介绍，开始设计的齐天大圣是穿着外衣，但总觉着没有创新，又翻来覆去修改了很多次，比如只穿裤头等等，最终还是仿效米开朗基罗大师的大卫雕像，让齐天大圣赤裸着健美的身体。

孙市长半开玩笑地说，齐天大圣雕塑之所以搞成这种规模，是受了辛可大师的启发。辛可大师听了很诧异，他没参与这个项目的策划啊。经孙市长稍微一点，他总算明白怎么回事。在《唐僧写给观音的36封信》里，他曾描述过天竺国宏大的国王雕塑。孙市长说，在修建齐天大圣雕塑时，他们参考了这部分内容，比如在齐天大圣的耳朵里，大概可以藏下一辆甲壳虫。

辛可大师对孙悟空家乡人民的深情厚意表示感谢，并认为在孙市长领导下，花果山市对弘扬齐天大圣文化所作的努力让人感佩。孙市长听了叹息道：我们确实做了最大努力，就为了修这个雕塑，全市职工10年没涨过一分钱工资，很多危房也得不到及时改造，即便这样，为了造福子孙后代，我们也要勒紧裤带把齐天大圣这个文化品牌树起来，可没想到被水帘洞玩得这么惨！如果守不住齐天大圣故里这个牌子，我这个市长只好在先祖雕塑下剖腹自尽了。辛可大师笑着拍拍他的肩膀，说天无绝人之路，没那么严重。孙市长拉着辛可大师的手道：那就看辛大师的了！

按照惯例，孙市长自然要为辛可大师设宴接风。跟其他地方不同，孙市长的晚宴安排在政府食堂。听孙市长介绍，他们这样做，就是为了全面贯彻艰苦奋斗、改进作风的方针。关于花果山市在这方面的成绩，哥在权威报纸上见过，表扬花果山市是改进作风的表率。报纸上说，经调查，花果山市的领导近三年内没有一次在外公款吃喝，这在全国极为罕见。省里还多次在花果山市召开现场办公会，积极推广花果山市廉洁朴素的先进经验，或者组织兄弟市县来花果山市取经。省领导特别指出：到底是齐天大圣的故乡人民，觉悟高啊，没给他们伟大的祖先丢脸。

食堂外边确实很朴素，挂着不少有关艰苦奋斗勤俭节约的讲话，还有一些名人格言，类似奥斯特洛夫斯基、高尔基等等。可从食堂的侧门进去，类似西游记中描写的水帘洞，可谓别有洞天。供领导用餐或接待的餐厅至少有 200 多平方米，雕梁画栋，一水的红木家具还包着金边。据孙市长介绍，这些家具全部来自巴西，哪怕一个小板凳，都价值几千块钱。孙市长特别向辛可大师介绍了餐具，他说这些餐具全是在景德镇定制的高仿毛瓷。餐厅边上还有几个小房子，里边摆着豪华大床，包括一系列高档的按摩用具和爽爱诗。据说这是为了方便领导用餐完，随时可以休息或放松一下。

辛可大师对餐厅的装潢赞不绝口，这让孙市长很受用。辛可大师指出，花果山市确实把原则性和灵活性完美地结合了起来，达到了非常好的效果——让群众看着满意，让领导过得舒服！孙市长听了直点头，赶紧让秘书记下来，说要在干部培训时写进他的讲话稿。

菜品同样很丰富，各类山珍海味应有尽有。据孙市长介绍，很多食材都是从欧洲和日本进口的，比如鲍鱼，均来自北海道，据说只有天皇才有资格经常享用。孙市长特别介绍了这里的厨师。厨师有十几个，其中还有洋人。孙市长说，这些厨师都是从五星级酒店聘请来的，其中还有国际烹调大师。有个洋厨子用蹩脚的中文自我介绍，说他曾经在白金汉宫给伊丽莎白女王做过早餐。

参加欢迎晚宴的有几十人，分坐三大桌，几乎囊括了花果山市各部门的头头。孙市长的老婆倒不是来凑热闹的，而是因为她天天在这里吃，对别处的东西难以下咽。孙市长首先发表了欢迎词，他代表齐天大圣故乡 100 多万乡亲对孙悟空研究专家辛可大师表示热烈欢迎，他还特别提到了哥，说哥神似齐天大圣的结拜兄弟二郎神的哮天犬。接着辛可大师也简单讲了几句，除了感谢孙市长的盛情款待，他特别指出能来到齐天大圣的故乡他如何激动，并提议为齐天大圣干杯！

菜品中西结合，极其丰盛。何主任私下告诉辛可大师，这一桌在外边少说也要几万块，还不包括一瓶一万多的盛世御凤，当晚干掉了好几箱。最让哥叹为观止的是“活吃猴脑”。这原本是广东人的最爱，粤菜中的名品，后来被花果山市的领导特别复制过来。领导们认为，既然是齐天大圣的故乡，如果没有点跟猴子有关的菜，怎么也说不过去。花果山市餐饮业的广告词是：游齐天大圣故里，吃猴子猴孙盛宴。除了活吃猴脑，他们还开发了一系列菜品，如烧烤猴筋、清炖猴三宝等等。

关于活吃猴脑哥就不细说了，诸位上百度或者谷歌搜搜便一目了然——把活猴的脑壳打开，在里边浇上热油食用之。屋子里回荡着猴子惨痛的叫声。孙市长特别给辛可大师盛了一勺，顺便介绍道：毕竟这是齐天大圣的故乡，我们这里的猴子比广东的不知鲜美多少倍，而且富含各种维生素、氨基酸，吃了绝对可以延年益寿。辛可大师听了笑道：怪不得孙市长气色这么好！至于那勺猴脑，辛可大师始终没有动。他还借口去了趟卫生间，趴在马桶上吐了半天。

除了生吃活猴，有一味菜也非常罕见，孙市长特别做了推荐，即清炖野鸭。孙市长给辛可大师盛菜时谦卑地道：我们这里是小地方，不比京都，没什么好吃的，弄了几只野鸭，但不是普通的野鸭，叫中华秋沙鸭，被称为会上树的鸭子和鸟类中的大熊猫，是国家一级保护动物，给辛可大师尝尝鲜！辛可大师听了问道：国家一级保护动物也吃啊……孙市长打断辛可大师的话，认真地道：严格说这是保护！以前农民都抓了吃，几乎濒临灭绝。我们痛下决心，严禁滥杀滥吃，吃一只就关起来。经过艰苦努力，数量明显增多，还被上边表彰过呢！我们吃一点，不让大家乱吃，不就是保护吗？再说了，如果不让领导吃，就没有保护的积极性，无法实现可持续发展。

辛可大师听了笑道：这个办法确实挺科学的，应该在全国推广……孙市长听了谦虚地摆摆手：辛大师过誉了，其实这也是从兄弟县市取经学来的，比如说那个国家一级保护动物中华鲟，就是这样保护的，积累了不少成功经验。一定要让领导有危机感，如果真的灭绝或数量太少，大家吃什么？

据何主任介绍，在外边的黑市上，一只中华秋沙鸭被炒到了几千元。辛可大师后来给飞飞姐讲过中华秋沙鸭的味道，说有点柴，不怎么可口，但比起活吃猴脑要强得多。辛可大师吃着中华秋沙鸭客气地赞美了几句。孙市长马上道：既然辛大师喜欢，回去的时候带上几只！并吩咐他的秘书明天一早就去准备。秘书站起来道：孙市长，前几天给农科院教授抓的几只，还在冰箱里哩，要不先给辛可大师，随后让环保局的同志再抓点。孙市长说行，并特别叮嘱找没交配过的，味道更鲜美。辛可大师客气了几句，便欣然接受。

餐后孙市长一再邀请辛可大师去唱歌放松一下。辛可大师喝得有点多，胃里也一直为活吃猴脑犯恶心，想回去休息。但孙市长心意已决，说吃了齐天大圣故乡的猴脑，岂能不跟齐天大圣的家乡人民交流一下。既如此，辛可大师也就勉强答应了。辛可大师发现，各行各业中，就数公务员、老板酷爱到 KTV 飙歌，再五音不全也乐此不疲。

歌厅就在餐厅边上，据孙市长介绍，歌厅完全是按照国家大剧院的标准装修的，光音响设备就花了二百多万。歌厅面积很大，电视屏幕足足占了一面墙。

何主任说，之所以弄这么大的银幕，是为了方便领导在这里看大片。孙市长跟辛可大师坐下不久，何主任就带了几个姑娘进来。姑娘们长得还算漂亮，听说是市艺术学校的学生。孙市长指着胸部最大的一个道：刹刹，今晚可要好好陪辛可大师，他可是京都来的大人物，不要给齐天大圣故乡的人民丢脸啊。刹刹笑着扭了扭腰：老板您真逗，我啥时候不尽心了？刹刹说着就跟其他两个姑娘坐在辛可大师边上，为孙市长、辛可大师等客人倒了拉菲，频频劝酒。

孙市长首先代表齐天大圣故乡100多万人民，演唱了《西游记》的主题曲《敢问路在何方》，说是向辛可大师致敬。尽管电脑显示得分不高，但演唱博得了阵阵喝彩，他们一致认为，即便是帕瓦罗蒂，唱成这样也就到头了。孙市长确实唱得不错，只是最后的高音部分有点鬼哭狼嚎。

在孙市长他们一再要求下，辛可大师演唱了《恋爱的季节已经过去了》：

人已走远
和谁相约黄昏后
街上的灯光依旧
没有我等待的双眸
走别人的路吧
让自己喋喋不休
请干掉这杯酒，老朋友
恋爱的季节已经过去了

辛可大师唱完后自然掌声如潮。孙市长指着刹刹开玩笑道：恋爱才开始，怎么就结束了？生命不息，恋爱不止，刹刹，今晚就让辛可大师好好再恋爱一次。刹刹听了娇滴滴地道：老板您不吃醋啊？说完大家都笑了。

那晚辛可大师并没有回酒店休息，他喝醉了。孙市长安排他住在歌厅边上的豪华套间里。歌厅边上有好几个类似的套间，房名也很特别，均来自《西游记》，比如盘丝洞、琵琶洞、破儿洞等等。当晚辛可大师就睡在盘丝洞里，陪他的除了刹刹，还有金鼻白毛鼠精。至于在盘丝洞里到底发生了什么，哥不得而知，但第二天辛可大师面色苍白、腰腿酸软，哥能推测出一二。

哥当晚住在芭蕉洞。躺在松软的粉红色水床上，想起辛可大师在《唐僧写给观音的36封信》里写过的孙悟空与刹刹的桥段，有一种乾坤颠倒的感觉。一千多年前，齐天大圣在芭蕉洞被刹刹修理得灰头土脸，而现在就在哥隔壁的盘丝洞里，辛可大师跟刹刹、金鼻白毛鼠精上演着完全不同的故事。哥想再高明的穿越故事写手，也编不出如此绝妙的段子。

孙市长请辛可大师出山，主要是帮两个忙，一是帮忙打倒水帘洞市，为花果山市正名；二是围绕齐天大圣故里这一品牌，请辛可大师就如何发展旅游文化产业指点迷津。

孙市长为此在政府礼堂召开大会。会上孙市长系统介绍了花果山市的情况，并向与会的领导干部隆重推荐了辛可大师。他特别强调，要保住并光大齐天大圣故里这个品牌，非辛可大师这样的高人不可，他还恳请辛可大师以后出《唐僧写给观音的36封信》修订版时，一定要在书中系统论证花果山是孙悟空唯一的老家。至于他说辛可大师是国家或好几个省的文化产业首席顾问，就有点扯淡，连辛可大师自己也没听过。孙市长大概也知道与会干部在这方面都很白痴，借机给自己上点粉。

关于第一个问题，辛可大师只是表态一定尽力而为，并没有提出具体的办法。他向大家暗示，这种事只能在桌子下面用功，见光即死。大家为政多年，自然明了一个道理：潜规则永远比显规则管用。

关于第二个问题，辛可大师讲得非常全面。哥得承认，在这方面辛可大师绝对是个天才，驴粪蛋都能让他讲成老佛爷嘴里的夜明珠[①]，何况他还是牛鬼蛇神专家。辛可大师讲这种东西之所以能引起领导的共鸣，就是因为他有的放矢，永远围绕一个钱字。跟所谓文化建设相比，辛可大师深知领导们更关心GDP的增长。前者是脸面上的事，后者则关乎升官发财。

辛可大师首先高度肯定了花果山市在弘扬齐天大圣文化方面所作的积极努力和卓越贡献。接着他旁征博引，论证了齐天大圣巨大的文化和经济价值。他说现在很多地方为潘金莲、西门庆、贾宝玉、灯草和尚、阎王爷故里争得头破血流，就是看到了其中潜在的经济价值。就连秋蝉、仇欢等名人，家乡人民等不到他们逝世，就已提前建起了故居。试问，潘金莲、西门庆、秋蝉、仇欢岂能跟齐天大圣相提并论哉？在全世界，得到最广泛认知的中国符号，不外乎汉

---

① 据《孙殿英投敌经过》记载，孙殿英曾回忆：“慈禧口里含的一颗夜明珠，分开是两块，合拢是一个圆球，分开透明无光，合拢则透出一道绿色的寒光，夜间在百步之内可照见头发。”

字、长城、孔子、孙悟空、武术、筷子这六样，而孙悟空荣列六分之一，既是花果山市人民的荣耀，也是座金山，其资源价值不低于澳洲的铁矿石和中东的石油！千百年来花果山人民让巨额财富沉睡如此，实在可惜之至！然后就如何开发齐天大圣文化，辛可大师提出了一些具体意见：

1. 齐天大圣文化园。园区中央建设规模宏大的齐天大圣纪念馆，周围建立世界猴图腾文化博物馆、猪八戒纪念馆、唐僧纪念馆、牛魔王纪念馆、白骨精纪念馆、蜘蛛精纪念馆等几十个纪念场馆，形成国内最大的西游纪念馆群。

2. 齐天大圣产业园。围绕齐天大圣和西游记的故事，建设影视、动漫基地，以及类似迪斯尼乐园的西游宫，开发一系列旅游、娱乐产品。可邀请六小龄童、周星驰等担任产业园顾问。

3. 系列产品开发。围绕齐天大圣这一品牌，开发系列产品。如齐天大圣跑鞋、唐僧牌火腿、猪八戒减肥茶、白骨精性感内衣、南海观音矿泉水、大闹天宫功能饮料、玉帝牌高档白酒、王母娘娘洗面奶、悟空牌电动车等等。

4. 系列文化活动。可每年举办齐天大圣文化国际峰会、齐天大圣国际文化节、大闹天宫节、中国妖精国际文化节。与电视台合作举办美猴王争霸赛，或者结合全球小姐选美，举办全球最性感妖精评选活动。亦可模仿“寻找最美的潘金莲”，打造“寻找最美的狐狸精”品牌栏目。

辛可大师讲了很多，这里列举的只是沧海一粟。辛可大师的讲话引起了经久不息的掌声。财政局长特别激动，当场表示如果能真正落实这些项目，花果山市的GDP翻十倍也没问题。孙市长更是感慨万千：真是听君一席话胜读十年书啊，开始请辛可大师来，有些人还有意见，跟这些真知灼见相比，几十万咨询费算什么，可见花果山市要大发展，就必须加大思想解放的力度！辛可大师听了谦虚地摆摆手，说自己只是一孔之见，望同志们多多批评指正。

辛可大师的讲话经整理后，全文发表在《花果山日报》上。据说经市领导班子决定，讲话被印成单行本，要求全市干部职工包括中小学生人手一本，认真学习。宣传部长小舅子的印刷厂为此忙得底朝天。哥有点纳闷的是，辛可大师讲了一大堆概念，可到底怎么做、谁来做他却不置一词，更吊诡的是花果山市的领导也没问。也许在辛可大师看来，他拿了钱就是出出馊主意，至于能不能干或者效果如何，完全跟他没有关系。

辛可大师原计划在花果山市多待几天。一是到花果山游玩一番。花果山是国家级森林公园，珍稀候鸟保护区，松林云海流水潺潺，风景异常秀丽。辛可大师曾到孙市长家做客。孙市长的别墅就在花果山里，山谷中别墅星罗棋布，据说市里的大小干部和先富起来的老板们人各一栋。应孙市长之请，辛可大师很想去花果山深处看看，顺便跟孙市长一起打几只珍禽。孙市长说如果运气好，还可以打到猕猴，跟齐天大圣一个品种。孙市长让公安局长特别准备了两支德国进口的双管猎枪。

二是辛可大师对盘丝洞之夜印象深刻，他想进一步体验一下其他几个“洞穴”，据说每个“洞穴”各具特色，比如有的准备了满清十大酷刑，有的被装修成牙科诊所等等。在牙科诊所里，蜘蛛精穿着护士装，手执拔牙的老虎钳，非常有趣。白骨精特别向辛可大师推荐了琵琶洞的蝎子精，说她有特异功能，其弹性绝非开瓶盖者可比。萨特大师在造访美国时曾说，了解一个地方的最好方式就是跟这个地方的女人上床。辛可大师对此深以为然。

辛可大师的愿望也契合哥的心意。虽然为了麦当娜，哥一直强忍着，但最终本能冲破了道德的藩篱，哥忍无可忍。孙市长家的小母狗，一只贵妃犬的出现，让情况变得更糟糕。她说虽然花果山追她的公狗很多，但她对哥一见钟情，被哥身上独特的气质所吸引。她深情地说：皇城根下的公狗，特别是整天在京大饱受文化熏陶的知识公狗就是不一样，看着爽心悦目。哥一直使劲咬牙控制情绪，但于事无补，只好冲过去把她扑倒在地。如果不是辛可大师突然出现，哥应该全解决了。就剩下最后一个环节，哥实在不忍半途而废。

但一切都被董浩波的电话给毁了。董浩波告诉辛可大师一个坏消息，周倩病了，而且很严重，田田也是为此匆匆回国。据董浩波讲，他已经去过医院，听主治医生讲，周倩已被确诊为肝癌晚期。在辛可大师离京前，周倩已经住进了医院。

起初辛可大师还以为董浩波在开玩笑，反复问过几次，他才确认了这个噩耗。哥看见辛可大师接电话的时候面如土色，手不停地在哆嗦。他打完电话，瘫坐在地板上。刹刹吓得大喊了一声，何主任很快赶了过来，问辛可大师要不要去医院。他向何主任摆摆手，说想一个人待会。

他坐在地板上，靠着床，目光呆滞盯着天花板。哥趴在他边上，不知所措。

屋子里安静得可怕，哥能听得见他激烈的心跳。突然，他抱着脑袋，放声大哭，哥从来没见过一个男人如此撕心裂肺的哭声。大概是何主任打了电话，孙市长也赶了过来，他在门外不停地问辛可大师怎么了，要不要帮忙！辛可大师始终一语不发。眼泪能在沙皮脸上留下道道沟壑，可见流量之大。哥虽然没有哭，但也被辛可大师弄得极其伤感。

后来他冷静下来，请孙市长他们进来并表示歉意。孙市长问到底发生了什么事，辛可大师说家里出了点事，他必须马上赶回去。说着就开始收拾东西，打电话让房车司机过来。孙市长吩咐秘书赶紧把冰箱里那几只野鸭拿来，但被辛可大师婉拒了，说等以后有机会再拿不迟。

房车离开时，哥透过车窗，看见孙市长家的小母狗站在路边，眼神里充满哀怨。哥也有点伤感，对着她喃喃自语，如果有缘，未完成的部分哥下次来补上，如果无缘，就等下辈子再说了。

房车到京都后，辛可大师直接去了和平医院，然后把哥独自送回家。

家里只有 Pitt。Pitt 说，飞飞姐带着可可去上钢琴课了。对此哥要啰嗦几句。飞飞姐为了可可不输在起跑线上，给可可报了一堆培训班，比如钢琴班、舞蹈班、书法班、绘画班、英语班甚至少林武术班。每个周末，哥都看见可可被飞飞姐扛了回来，像一堆烂泥瘫在床上。可可对此深恶痛绝，他经常向哥痛诉，有时候甚至一把鼻涕一把泪，扬言要从阳台上跳下去。

为此可可认定飞飞姐是他后妈，否则不会如此恶毒。哥虽然很同情可可的遭遇，但对此很不以为然，如果以可可的标准来定义后妈，那全中国就没一个亲妈了。从逻辑上讲，所有亲妈的孩子都是爸爸跟后妈弄出来的，这根本就是个悖论嘛！他多次表示要离家出走浪迹天涯，但由于文文不配合才暂时搁浅。可可曾咬牙切齿地对哥和 Pitt 说：总有一天，我会离开这个老巫婆，你俩跟我一起走好吗？哥听了哭笑不得，Pitt 很不屑地冲可可啐了一口：跟你走？我呸！老巫婆有饼干，我他妈的跟着你饿死啊。

Pitt 神色沮丧，告诉哥一个坏消息，龙哥走了。Pitt 说龙哥大概是昨晚走的，因为昨天中午他还下去送过干粮，他在京大找了一圈，没见龙哥的影子。Pitt 问哥要不要继续四处找找，或者发动兄弟们帮帮忙，哥说不必了。

哥趴在地板上，也说不上多痛苦，心里五味杂陈。哥知道龙哥去哪里了，也许哥早应该意识到这一点。龙哥不愿意苟活着，与其在地下室里苟且偷生，倒不如死了更痛快。他很清楚自己的结局，他没有勇气继续在这个世上活下去，但他有勇气去死。

不管龙哥现在何处，或者正在发生怎样的故事，哥心里清楚，结果只有一个，就是他永远地离开了哥。

哥在地上躺了很久，爬起来走到地下室。地下室已是人去楼空，但哥依然能感受到龙哥的气息。屋子里的东西又恢复到龙哥住进来以前的样子，龙哥藏身的那个小洞，也被中华烟的盒子填得严严实实。在靠左边的墙角，画着一些杂乱的线条。Pitt 看不明白，但哥懂，哥哭了。

那就是落雁桥，哥和龙哥永远魂牵梦绕的地方。尽管在那里我们饥肠辘辘甚至吃过屎，但它承载了太多让我们刻骨铭心的东西，也许是希望，也许是梦，也许是破灭了的希望和梦，也许是一个让我们在魍魉世界上生或者死的理由。

哥见到了麦当娜，但哥没有把这个坏消息告诉她。哥知道，她现在最不该听到的就是坏消息。她的肚子又大了许多，这让哥感到些许的安慰。在她的肚子里，装着哥的好消息，也是龙哥希望的好消息。

第二十九章

关于辛可大师在和平医院的情况，哥当时不得而知，后来翻阅辛可大师藏在抽屉里的文章，才略知一二。如果可以重来一次，哥宁愿选择不看，哥不想总被伤感的东西折磨得神经衰弱。

据辛可大师在文中讲，他下车后照着董浩波提供的地址，直接去了周倩的病房。在病房门口，他看见了日思夜想的女儿田田。田田趴在走廊的窗户上，傻傻地望着熙熙攘攘的大街，当时正好是下班时分。

看着女儿有些陌生的身形与面孔，辛可大师心头一阵发酸。他轻轻地走过去，田田看见了他，用同样略带陌生的目光看着辛可大师。田田的眼睛有些浮肿，但跟小时候一样明亮，至少在辛可大师看来就是这样。

——田田，你回来了?

——嗯!

——妈妈呢?

——……

田田没有回答辛可大师的问话，只是指了指半开着的病房的门。辛可大师推门进去，看见在靠近窗户的病床上，躺着面容憔悴的周倩，有个护士正在给她量血压。辛可大师靠墙角站着，周倩看见了他和田田，冲辛可大师微微一笑。等护士忙完了，他走过去，坐在病床边的凳子上。田田就站在他的身边。

就在那一瞬间，辛可大师和周倩禁不住泪眼朦胧，而且是一样的表情。他们突然意识到，已经想不起多少年前，他们一家三口这样待在一起。想起这些，两人的心底泛起无限的酸楚。

辛可大师只是摸了摸眼角，默然无语。田田俯下身，替妈妈擦掉脸上的泪水。周倩勉强笑了笑，道：田田，去给你爸爸倒杯水。辛可大师客气地站了起来：谢谢，我不渴。说完后他突然意识到，在女儿的面前，他成了陌生人，或者说他让自己变成了尴尬的多余人。

周倩显然也发现了这一点，只是苦涩地笑笑，让田田去倒水。辛可大师这才定下神来，问周倩的病情，周倩简单说了几句。辛可大师强作笑脸，安慰她没什么要紧，好好治病，过段日子就好了。周倩苦笑道：我还敢信你的话？你个大骗子！辛可大师听了难堪至极，只是瘪着嘴苦笑。周倩道：你骗了我一辈子，我现在活明白了，不再信了！辛可大师咬了咬嘴唇，带着责备的口吻道：难道你就不是骗子了？既然知道自己病了，为什么不早点告诉我？！周倩听了情绪有点激动，咳了几声道：告诉你有什么用？你能管什么？你管过什么？周倩的质问让辛可大师无地自容，僵在那里不再言语。

周倩轻轻叹息了一声，道：其实你也没骗我，都怪我自己，骗了自己一辈子，我的病我自己清楚，我的日子不多了，我不想死，我想看着我的女儿成家、生子……周倩说着就泣不成声。田田拉着妈妈的手，头埋在被子里嘤嘤地哭。辛可大师感到心里一阵阵抽搐，周倩的话像匕首捅在他的心上，很疼，但不知道该怎么办。他努力让自己平静下来，劝周倩不要胡思乱想，问题没那么严重。周倩苦笑着摇摇头，不再言语。

辛可大师在文章中说，他知道自己是杀害周倩的凶手，这是他一生无法饶恕的罪孽。医生曾告诉他，既然没有家族病史，周倩患肝癌极有可能跟长期的心情抑郁有关。辛可大师明了医生的话，周倩面上是很要强的人，其实她很脆弱，婚姻的破裂彻底击溃了她。她原本可以放下这些开始新的生活，辛可大师曾经以为她做到了，可事实无情地告诉他，周倩选择了煎熬，选择了等待，选择了死亡。不管这个男人如何龌龊，但她依然选择为这份爱付出全部的代价。也许这是她唯一能够惩罚辛可大师的方式，但这个方式太残酷了。

据辛可大师在文章中讲，因为病房里有陪护，不需要家属照顾，周倩就让辛可大师和田田回去休息，并叮嘱辛可大师把女儿送回家。田田离开前亲了亲妈妈，周倩尽量控制着自己的情绪，但还是流下了眼泪。当辛可大师跟田田出门时，她望着他们的背影，把头埋在被子里抽泣。她想活下去，活下去的理由很简单，就是可以见到自己的女儿，还有这个男人。她无法想象死后的黑暗，在那里她是否还能看得见他们。

离开医院后父女俩一路无语。辛可大师原本想带田田去一家老京都餐馆，但田田说她想在家里吃，两人便搭了一辆出租回家。

据小贝后来回忆，也许这是有生第一次，辛可大师给女儿做饭。田田在边上帮忙，辛可大师炒了几样菜。因为很少下厨，手艺可真不怎么样。田田以前爱吃的西红柿炒鸡蛋，被搞得像一堆浆糊。尽管如此，辛可大师在文章中说，他感到某种从未有过的幸福，特别是当他看到女儿在身边帮着拣菜时，他的鼻子很酸。他真的希望，在边上帮忙的，还有另一个人。他从没有给周倩正儿八经做过一次饭，他知道也许此生不会再有这样的机会。

据小贝回忆，父女俩始终没有太多交流。在饭桌上，辛可大师还为自己的手艺有点不好意思，让女儿别嫌弃凑合着吃。田田倒是吃得很香，她说还是家里的饭好吃，她在美国天天都想吃妈妈做的饭。说到这里，两人突然僵住了。辛可大师手中的筷子有点发抖，田田趴在饭桌上低声抽泣。女儿的哭声让他心碎。田田哭着问辛可大师：妈妈真的会死吗？辛可大师在文章中说，女儿的问题他无法回答，尽管他知道答案，但他不想要这个答案，女儿更不想。

辛可大师说，吃完后他计划当晚就住在周倩家，他记得女儿小时候怕黑，经常半夜醒来哭着到处找他。他想陪女儿住一晚上。但他的好意被田田婉拒了，她说自己已习惯了一个人生活，上上网就睡了，辛可大师最好还是回去。辛可大师理解女儿的意思，他感觉孩子真的长大了。田田不想因为他住在这里惹别人不高兴，毕竟他现在属于另一个家，另一个女人。

辛可大师收拾停当，叮嘱了田田几句就离开了。田田始终没有叫他爸爸，临走时也没说再见。辛可大师下楼后蹲在楼下抽了一根烟。据小贝讲，其实辛可大师关上房门时，田田哭了，她一直爬在阳台上看着辛可大师，看着他抽烟，看着他在路灯下消失。田田抹着眼泪喃喃自语，小贝说自己听得很清楚，她在重复着两个字：爸爸！

那天辛可大师回来得很晚，Pitt 早就睡了，哥心情不好，在阳台上发呆。辛可大师回来时哥到门口迎了迎他。他拍了拍哥的头，随后半躺在沙发上，抽着烟望着天花板发呆。

飞飞姐突然穿着睡衣冲了出来，指着辛可大师破口大骂。尽管飞飞姐经常发飙，但当晚的表现至少在哥看来，有点不可理喻。豹哥说过，蛮不讲理骂男人和被男人蛮不讲理骂还不以为然时的女人最丑，哥想飞飞姐当时的形象大概就是这样。

——大半夜才回来，你他妈死哪去了？

——跟几个同事说了点工作上的事……

——老东西你敢骗我，真他妈不要脸！

——我怎么不要脸了，你大半夜抽什么风？

——我抽风，你不就是找那个老婊子和小婊子去了……

没等飞飞姐说完，辛可大师突然立起身，给飞飞姐一个耳光。飞飞姐打了个趔趄，倒在地上。当时哥跟Pitt都被突如其来的情况吓傻了。可可不知什么时候也醒了，赤脚抱着布娃娃，靠在门框上哇哇大哭。

哥原本以为，飞飞姐向来飞扬跋扈，突然受此侮辱，非起身把辛可大师揍扁不可。Pitt也是神色惊恐地看着飞飞姐，估计弄不好今晚要发生血案。但大家都错了，飞飞姐一改往日的英雄本色，坐在地上，抱着头哭天抢地。自哥来到辛家，还是第一次看见飞飞姐落泪。哥必须承认，飞飞姐到底是练武出身，哭声的分贝和眼泪的浓度非一般人可比。

哥想就算辛可大师首战告捷，但迫于实力对比，一定会见好就收，过去跪着向飞飞姐赔罪，至少说点软话。但辛可大师当晚的表现确实让哥刮目相看，用Pitt的话说就是非常Man！辛可大师对飞飞姐熟视无睹，打开门扬长而去。

哥陪着辛可大师在莫须有湖边坐了一夜。据Pitt讲，飞飞姐确实是识时务的女中豪杰。辛可大师一走，她马上停止哭声，到卫生间照着镜子在脸上抹了点高级化妆品，揉了又揉，然后喝了瓶果汁，坐在沙发上看了会电视剧，睡了！根据她打呼噜的分贝分析，Pitt认为飞飞姐当晚的睡眠质量应该不错。

哥原本以为辛可大师忍气吞声，是因为怕飞飞姐。看来哥错了，飞飞姐不过是虚张声势，辛可大师一味忍让只为息事宁人而已。唯一合理的解释是，根据阴阳五行学说，飞飞姐注定是辛可大师的克星，就像辛可大师克周倩一样。如果周倩也能达到飞飞姐呼噜声的分贝，也许她的人生会是另一番模样。但命中注定她就是凡事较真的女人，正好碰见了让她死去活来的男人。

辛可大师一大早就去接女儿，一起去和平医院探望周倩。飞飞姐把可可送到学校后，约了几个朋友，到一家会所打麻将。她是那里的金卡会员，辛可大师为此每年都要支付大笔费用。

哥一夜未眠，回去睡了会，起来后看见Pitt正在看动画片。哥吃了点早餐，跟Pitt一起去历史文化学院参加训练营，毕竟哥是营长，最近出差耽误了许多，影响很不好。路过报亭哥极为忐忑，最终忍不住过去看了几眼，总算没有龙哥的消息，心里才平静了一些。

训练营的授课老师换了人，从今天开始由林音主讲。关于林音的情况，前面哥已经讲过一些，这里哥再啰唆几句。年会上林音出尽风头，其实她以前过得很惨。毫不夸张地说，是辛可大师改变了她的命运。如果不是欠了辛可大师天大的人情，以她现在的声望，犯不着给狗来上课。据说目前她的出场费已经不低于仇欢，很多高官和老板排队等着她接待，其中就包括前夫易中正。

尽管是经典作品研究权威，但易中正也是牛鬼蛇神的虔诚信徒。关于这一点，唐娟在《我为君狂》着墨很多。唐娟说，易中正的办公室或家里，摆满了各种佛菩萨或道教神仙的雕塑。在这方面易中正确实有海纳百川、不拒细流的胸怀，但凡是跟神仙有关的东西，他都顶礼膜拜，包括民间的各种小神小鬼。有一次易中正去印度出差，还请了一尊湿婆回来，跟太上老君摆在一起享受香火。

每次易中正去外地讲学或开会，都会寻访寺庙道观，烧香叩拜。唐娟说，她起初还不相信，易中正竟然是个在家的和尚。易中正曾在雪积寺秘密出家，师从诚空法师，法号无为。易中正曾亲口告诉唐娟，当年出家时确实很纠结，怕自己受不了清规戒律。好在诚空法师玩的是人间佛教，酒色财气都算修行，特别是色，诚空法师认为男女双修是成佛成仙的不二法门，这当然很对易中正的胃口。易中正对唐娟讲，他之所以出家，还有一个重要原因，可以跟很多领导成为同门师兄弟。所以但凡碰见有名的寺庙或法师，他都会出家一次。有一次辛可大师开玩笑说：樊总有一堆结婚证，但跟易中正的出家证相比，可谓沧海一粟。

至于易中正沉迷于此的原因，唐娟认为易中正并非笃信这些玩意，而是希望得到大小神仙的保佑，能够飞黄腾达。易中正常以张良诸葛亮自诩，颇有些指点江山之志。唐娟曾就易中正这种滥神信仰表示质疑，易中正笑道：这你就不懂了，上边多几个罩着，有什么不好。他还为此讲了道光重臣曹振镛的故事，所谓少说话、多磕头[①]。凡庙就进、逢神就拜，就会提高中签的几率。后来这些内容被唐娟写进书里，发表后引起社会舆论一片哗然。

易中正不但逢神必拜，而且对卜卦看相这一套非常着迷。他当年改弦易辙去搞经典作品研究，就是因为八大处有位高人给他摸骨，认为他有宰辅之资，诚乃柱国之臣。易中正闻言极为振奋，特别请人写了李中堂的豪言壮语挂在宿

---

① 见清人朱克敬《暝庵二识》。

舍里，所谓“一万年来谁著史，八千里外觅封侯”。据说易中正跟林音离婚，也是受了某高僧的影响。当时他正在为要不要离开林音跟领导的女儿结婚犹豫不决。经人隆重推荐，他请某高僧指点迷津。高僧研究了易中正的八字，认为他想飞黄腾达，非贵人相助不可，根据八字的阴阳结构，此贵人必是阴人。易中正赶紧写了领导女儿的八字，高僧看完立马跪倒在地，诚惶诚恐地道：得此贵人，阁下必为万户侯，他年发达之日，切莫忘了贫僧！高僧的话让易中正铁了心，回家后就毅然决然跟林音闹离婚。即便林音以死相逼，他也岿然不动。

易中正最终如愿以偿，成了东床驸马，在老泰山的帮助下，一路爬上了院长的宝座。正当他踌躇满志准备一飞冲天时，老泰山突然暴病而亡。没有了靠山，易中正就失去了上升的原动力，在院长的位置上一待多年，郁闷得要死。至于那位高僧，现在还关在监狱里。他原本是驻马店的农民，装成高僧混迹于达官贵人之中，骗钱骗色。后来由于内部分赃不均，被同伙举报关了进去。尽管他犯的是诈骗罪，但法院最终以非法经营罪论处，因为如果认定是前者，将会牵扯太广，很多人特别是领导面子上有点挂不住。

经过艰苦努力，易中正终于看到了升迁的曙光。唐娟在《我为君狂》中说，这份希望一方面让易中正精神振奋，同时也让他焦躁不安。易中正整天就这件事分析来分析去，让唐娟烦得要死。最近只要有空，易中正就撅着屁股对着各种型号的神仙拜了又拜，嘴里还念念有词，活像民间的神婆。唐娟说，易中正经常半夜从梦中惊醒，或因为梦见新款乌纱帽手舞足蹈，或梦见旧款乌纱帽被没收而神情沮丧。无论好梦坏梦，他都会爬起来，光着屁股磕一圈头才继续睡觉。在唐娟看来最可恨的是，一贯在床上表现细腻的易中正，竟然会中途停下来喃喃自语：领导这话是什么意思？唐娟说，她当时的郁闷无以言表，要么掐死趴在身上的这个男人，要么把自己弄死，一了百了。

如果不是被折磨得死去活来，易中正绝不会去找前妻林音。尽管易中正找许多高人看过，包括诚空法师和五台山的高僧，大家一致认为他这次没任何问题，五台山的高僧还特别送给他一张符，让他随身携带，确保他换个新款乌纱帽。可由于驻马店那家伙的事，易中正对传统预测学多少有些担心，以为不是特别保险。思前想后，觉着还是前妻林音的办法比较科学，毕竟林音是普林斯顿大学的博士。既然林氏模型广受追捧，自然有其过人之处。

易中正不敢直接去找林音，便给辛可大师打了电话，求他先去通融一下。

结果被辛可大师断然拒绝。辛可大师之所以不愿帮忙，是因为面对林音，实在开不了这个口。

关于林音与易中正的旧事，京大员工都曾耳闻目睹。当年在莫须有湖边，经常看见一个目光呆滞、蓬头垢面的女人，她就是林音。很多人认为林音得了严重的精神病，随时都有可能投湖自尽。校领导对此也很重视，特别做了安排。于是有人在莫须有论坛上调侃，京大又添一景：林音像个幽灵一样在莫须有湖边徘徊，后边跟着两个保安，穿着泳裤，肩上扛着色彩斑斓的游泳圈。

京大员工一致认定，是易中正把林音弄成这样。其实对林音伤害最大的，倒不是失去易中正，以易中正为人处世的方式，林音迟早也会跟他离婚。让林音最痛不欲生的是，在易中正的威逼利诱下，她做掉了肚子里已三个月大的孩子。为此她经常一个人在家里哭得死去活来。据医生介绍，由于手术不是特别成功，林音这辈子已经失去了生育的可能。林音一度想找人砍死易中正，但由于出不起高额的出场费，易中正才幸免于难。

据辛可大师分析，林音变成疯婆子，乃综合原因所致。据辛可大师讲，林音的学问很不错，博士论文曾在当年美国博士论文评比中名列前茅。以林音当年的学业水平，留在美国应该混得不错。她之所以回国，大概是受了祖父的影响。她爸爸从始至终反对到底，甚至不惜与她断绝父女关系。有人分析林父觉悟如此低的原因，可能跟当年关在牛棚里被驴踢坏了脑子有关，或者好几次脑袋被红卫兵夹在门缝里，植物神经系统遭到了极大的破坏。林父在弥留之际还冥顽不化，不停地说胡话：快跑，祖国来了！[①]

林音回国后想继续从事统一场的研究，并扬言要最终完成爱因斯坦的未竟之业。事实上在回国之前，她已经发表了几篇相关的论文，引起了不错的反响。京大为了引进林音这样的人才，也开出了慷慨的条件，比如赠送住房、科研经费管够等等。但回国后林音发现根本不是那么回事。国内所谓引进人才，只是弄上船而已，领导为此戴上爱才好士的高帽子，至于上船后是死是活，就没人管了。

在当下的学术界，林音的研究方向实在太冷门，加上她不懂学术界的潜规则，根本拿不到科研经费。她为此到部里投诉过，结果被撅了回来。在没有组

---

① 英国历史学家霍布斯鲍姆“十九世纪三部曲”引用意大利农妇语“快跑，祖国来了”，成为流传至今的名言。

织同意下就去上访，自然引起了校领导的震怒，亚历山大的主子一度威胁要开除她。尽管在辛可大师等人努力下林音保住了饭碗，但从此变得极为消沉。有人开玩笑说，林音回国后唯一的收获是易中正。当时的易中正玉树临风，屁股后边跟着很多女人，包括后来成了窦院长第二任老婆的齐琪。易中正之所以选择林音，大概是因为林音出身世家，而且刚回国，头上顶着普林斯顿博士的光环。如果是后来这般境况，打死他也不干。

正是这归国后唯一的收获，给了林音致命一击。就连麦当娜也说，她小时候曾有好几次看见林音在测试莫须有湖的水温。科学家真跟凡人不一样，即便死也如此严谨。至于林音最终为何没有投湖而死，谁也说不清楚。但不可否认，辛可大师从中起了很重要的作用。

在辛可大师的启发下，林音终于认识到自己混到这种地步，不全是别人的罪过，关键是自己觉悟太低。辛可大师认为，林音的研究方向或方法深受西方学者如爱因斯坦等的毒害，不能适应市场经济的要求。科学的最终目的是为人民服务，人民现在需要娱乐，你板着脸做学究肯定不行。林音深以为然。在辛可大师启发下，林音认真研究了国学经典，把阴阳五行与爱因斯坦的学说、非线性科学有机地结合起来，彻底解决了统一场论，在国内学术界引起巨大轰动，特别是得到了领导的高度肯定。领导认为，林音的研究成果有力地表明：凡适用中国的一定适用于全世界，凡适用于全世界的，尽管中国是世界的一部分，但不一定适用于中国，科学是这样，其他领域更是如此！林音还为此被邀请到大会堂作了报告，风光一时。

作为一名有担当有理想的科学家，林音并没有躺在功劳簿上享清福，而是再接再厉，结合市场经济条件下人民群众特别是社会精英的需求，提出林氏模型。很多科学界同仁认为，仅以其中任何一项，林音可当之无愧地获得诺贝尔物理学奖，成为居里夫人第二。诺贝尔评奖委员会之所以视而不见，完全是政治原因，是反华势力在恶意操弄。这件事充分证明巴斯德的箴言，科学是没有国界的，但科学家有自己的祖国。为了抗议西方世界的倒行逆施，林音毅然选择加入组织，给那帮反华走狗一记响亮的耳光。

易中正来找林音的时候，林音正从道德的层面，给我们讲授她提出的新统一场论。林音认为，无论做人，或者做狗，都要坚持内在与外在的统一，而不是分裂和对立。事实上林音的授课趣味性很差，大家都耷拉着头半醒半睡。哥也打了个盹，无意间抬眼即看见易中正探着脑袋，透过窗户东张西望，有时候还吐吐舌头，很像一只偷东西的公狗。

易中正出事后，曾向辛可大师讲过这一段，并为此懊悔不已，认为自己中了林音的圈套。具体情况是，在京大西门附近的咖啡馆里，林音应易中正之请，帮他做官运测算。在整个过程中，易中正被修理得灰头土脸。因为测算需要把很多数据写进方程式，这给了林音戏弄易中正的机会。

——易院长，您的出生年月日？

——这你还不知道啊！

——少废话，我还忙着呢！

易中正叹息一声，摇摇头，把数据写在纸条上，递给林音。

——身高、体重、臂长、腰围、舌头的长度……

——舌头的长度也需要啊？

——你怎么这么事儿妈？你认为走仕途，舌头的长度、弹性、温度不重要吗？对了，还有鼻子和下边的数据……

——林大师，您这是……

——闭嘴！不想测我走了！亏你还是曹老的门生，祖国传统相术中，判断一个人能不能做官，做多大的官，关键看鼻子和下边。如果鼻子长得像门钉，还想做官？！看大门都没人要！

易中正想想也是，可问题是他不知道那玩意的数据。林音见他面有难色，便从口袋里掏出一个尺子，让他去卫生间自己量。林音强调说，一定要勃起后的数据。易中正听了哭笑不得，如此境遇怎么起得来！林音笑着从另一个口袋里掏出一本未删节版《废都》，递给易中正。易中正难堪至极，但考虑到没有新款乌纱帽更生不如死，两害相权取其轻，他忍了，带着尺子和《废都》去了卫生间。

至于在卫生间里发生了什么，易中正没说，哥也不得而知。听说有人上卫生间，出来后大骂：见过变态的，没见过变态成这怂样的。易中正出来时满头大汗，走路也有点瘸。他把写着数据的纸条递给林音，林音看了看，笑道：数据比以前好多了，怪不得官越做越大。易中正听了脸红得像猴屁股。

林音把这些数据写进方程式，认真地演算起来。易中正神色紧张，忐忑不安地看着林音笔下那张印着太极图的纸。过了很久，林音放下笔，冲易中正道：恭喜你，易院长，从计算结果看，应该没多大问题！易中正听了很激动，连连向林音道谢。林音突然叹息了一声，道：但从方程式的演算过程看，还是有一些不好的因素，有可能导致前功尽弃。林音的话让易中正心里一紧，追问究竟。林音道：问题主要是阴阳平衡有点失调，尽管总数没问题，但方程式中的偶数太多，偶数者，阴性物质也，所谓阴性物质就是女人，如果某些不稳定的偶数突然变大，或者出现次序挪移，就会出现非线性复杂系统临界条件的扰动效应，导致最后的结果完全不同。

易中正听了满头冒虚汗，心里直哆嗦。就在林音进行数理分析的时候，他立马想到了唐娟。他可怜巴巴地向林音恳求化解之法。林音道：其实我也没有太好的办法，你自己看看方程式，有些偶数是必要的，比如你的妈妈、老婆等等，但有些偶数却是不速之客，它们的数理特性极不稳定，随时都可能发生分叉现象，产生可怕的后果，你的具体情况我不清楚，我只是就方程式表现出来的问题做科学的分析。说到这里，林音很玩味地看着易中正：至于怎么办，易院长，你这么聪明的人，还需要我多嘴吗？

易中正确实不笨，也不需要林音支招。他坐在那里定了定神，喝了杯咖啡，向林音致谢后起身离开。林音指着桌子上的尺子和《废都》道：这个就送给你做礼物！易中正尴尬地道：这是您的科研用品，我……林音打断他的话：这种东西都是一次性使用，太脏，还是你自己带走。易中正只好把那俩玩意装进皮包，转身就走。刚走到门口就被林音叫住了：易院长，有件事您忘了吧，开始没说是免费的啊！

后来唐娟在《我为君狂》一书中把易中正抛弃她归罪于易的女秘书，确实是冤假错案。也许唐娟永远不会知道，真正让她生不如死的，是易中正前妻的命理方程式。要说林音这么干是针对唐娟，也有点牵强附会。也许在林音看来，这只是戏弄易中正的游戏。但这个游戏最终引起了轩然大波，改变了易中正和唐娟的命运，不亚于蝴蝶效应。辛可大师也被牵连，在积水潭医院住了很长时间。这件事是易中正倒霉后告诉辛可大师的，他始终认为自己一时糊涂，中了前妻林音的圈套。

因为好久不见，林音授课结束后，哥跟大家又聊了一会。马大姐作为准干妈，对麦当娜的情况至为关切。她一再叮嘱哥，母狗怀孕在这个阶段，保胎非常关键，她建议哥有条件的话，给麦当娜每天吃些类似维 E、孕酮片等保胎药。这点马大姐尽管放心，窦夫人不但每天给麦当娜吃各种进口的保胎药，还定期带她到最好的宠物医院体检，医生说胎儿的发育很正常。马大姐还反复强调，怀孕母狗的心情对胎儿的发育也很重要，这个阶段哥决不能欺负麦当娜。马大姐严肃地道：如果我干儿子出了问题，看我不收拾你！

花生的情况看上去很糟糕，他全身浮肿，特别是双眼变得有点像金鱼。哥问怎么了？花生咬牙切齿地道：韦操真他妈不是个东西！据花生介绍，尽管成人片把公狗们折磨得死去活来，但韦操并没有如愿以偿，或者说正好适得其反。花生特别向哥展示了他被撕伤的括约肌，确实缝了很多针。

哥问既如此，那韦操以后怎么办？花生气呼呼地道：管他妈怎么办，我这还是轻的，好几个兄弟直接被抬了出去。韦操一看傻眼了，只好把我们放了，据说要弄什么试管婴儿，反正已经采集了大家的精子样本，爱鸡巴怎么着就怎么着吧！看得出，花生无论身体和心灵都受到莫大的摧残。哥安慰他几句，叫Pitt先送他回去。

没想到，豆豆也成了训练营的学员。她说自己之所以能参加这个项目，完全是因为卞老师。哥作为营长兼老情人，对豆豆的参加表示欢迎。豆豆说，卞老师让她来参加训练营，她激动得好几晚都情思如潮、夜不能寐。豆豆把脸在哥的胸前蹭了一下，幽幽地道：这跟学什么没关系，都是因为哥，偶就想跟哥在一起，哪怕是一天，一小时，一分钟，一秒……！

第三十章

以哥跟豆豆的关系，做点什么并不为过。毕竟我们对彼此的身体非常熟悉，她还为哥做过流产。所谓重温旧梦，十有八九都抱着类似的目的，如果没做什么，只可能因为岁月沧桑实在下不去手。类似分手了做朋友的童话，至少哥不信。有些地方只要你去过一次，就不可能装得跟没去过一样，再保持某种距离。

哥不是非要美化前女友，豆豆真的比以往更风骚动人，至少在哥看来就是这样。每次当她发出想重温旧梦的暗示，哥都很冲动。如果麦当娜没有怀孕，或者说怀孕了不影响作业，情况可能会好一些。哥曾向麦当娜保证过，在她怀孕期间绝不跟其他母狗胡来。哥的保证是真诚的，但哥现在想跟豆豆胡来同样很真诚。如果不是董浩波的电话，哥在花果山早把对麦当娜的保证报废了。

哥知道，跟豆豆作业是迟早的事，只是现在不行。最多就是不小心蹭一蹭，不留心说点暧昧的话。据豆豆讲，小卞之所以介绍她参加训练营，是因为最近小卞跟元元搞到了一起。至于是谁勾搭的谁，她说不清楚。小卞后来在自述中讲了很多，唯独忽略了这一节。据说老耿曾就此盘问过小卞多次，但他始终拒绝回应。

从积极的方面想，小卞这样做是不愿意把元元牵扯进来；如果说的消极点，可能他认为这种事根本不值一提。如果他讲了，元元不至于被送进去，但可能会丢掉情妇这份工作，房子和车子一并被没收。可除了做情妇，她还能干什么，只好去夜总会上班，也许这不是小卞心中所愿。哥的想法也许有点幼稚，哥以为小卞这样做，可能是基于某种朴素的阶级感情。

尽管说不清楚，但有一点豆豆很肯定，就是元元当时很需要男人，而小卞很缺钱。焦局长被老婆管制，只是开会时来过一次，而且表现极其糟糕，以元元现在的年龄，如何受得了。小卞不但能为她提供一流的服务，而且比雷主席他们要斯文得多。至于小卞的表现，豆豆评价很高，她的原话是：卞老师实力不凡，仅次于哥。这个结论哥听着当然很舒服。

据豆豆讲，元元确实送给小卞不少钱，包括名牌的衣服。小卞除了自己的开销，还要补贴妹妹一家人的开销，缺钱可想而知。京都毕竟不是乡下，一斤大白菜也要几块钱。为了妹妹，他把小外甥接到京都来。给小外甥找学校快要了他的命，但看尽白眼也无济于事。有一次他提着几瓶酒直接冲进某校长的办公室，说明来意后，校长极为不屑：京都的孩子都安排不了，哪还顾得上农民工。小卞随口道：可领导在电视上说了，要保证农民工子女的上学……话音未落，校长就火了：那你找电视上的领导去啊，我这里就是这政策，滚！

小卞气得要死，冲上去揪住他的衣服，结果被冲上来的保安按倒在地。保安准备揍小卞一顿，但校长不想惹事，只是冲小卞吐了一口浓痰：快点滚，我这可是老佛爷买的名牌衬衫，撕坏了你赔得起吗？小卞束手无策，只好找了一所农民工自办的小学，临时凑合着。

更雪上加霜的是，据豆豆讲，小卞妹夫在京都大厦工地做工，经常被拖欠工资，好不容易发一次，扣除各种费用后所剩无几。小卞为此找过工程负责人，人家根本不甩他，说如果小卞妹夫不想干，请赶紧走人，他这里可不是福利院。即便小卞亮出京大老师的身份，人家也不屑一顾，建议小卞最好去找校长，或者去部里上访也行。小卞气得发抖，但只能忍了。小卞知道，以妹夫的身体条件，找份活干并不容易。

听完豆豆的讲述，哥义愤填膺地道：即便如此，哥并不认为小卞陪元元就是为了钱。在有钱人看来，穷人都穷疯了，为了钱可以不要任何尊严！有钱人口口声声穷鬼，就算穷人都是鬼，那富人未必都是神。辛可大师说过，上天堂还是下地狱，钱多钱少并不是标准。上帝也说有钱人想进天堂比骆驼钻过针眼都难。难道上帝疯了吗？钱只跟面子有关，跟尊严无关，穷人也有穷人的尊严。（哥以为小卞在看守所写的自述也是为了证明自己的尊严！）就这哥觉着还不解恨，背了一段特蕾莎修女在诺贝尔颁奖典礼上的讲话。[①]

哥一口气说了这么多，有点上气不接下气。在这方面，哥确实不能跟京都

---

① 参见《特蕾莎修女在诺贝尔和平奖颁奖大会上的演讲稿》。

的泼妇相提并论，据说她们骂人不换气可以持续半个小时而且每句话保证带脏字。其实哥没必要这样，哥现在一点都不穷，吃进口干粮、住大房子、坐房车、有京都户口、找京大最性感的母狗、担任狗协的副会长等等，怎么也算是既得利益者。哥之所以突然发飙，是小卞的遭遇勾起了哥辛酸的往事，心里有点怨气，更重要的原因是哥想给豆豆展示一下大丈夫正义凛然的气度。

事实证明哥的演出效果非常好，豆豆深受震撼。哥明白，像豆豆这种文艺女青年就吃这一套。豆豆仰视着哥深情地道：哥，你太酷、太有范了！看来偶这辈子没看走眼，哥！哥谦虚地笑了笑：一般酷，跟切·格瓦拉比还有很大的差距！豆豆确实有语言天赋，没来几天京都土话就说得这么溜。

以豆豆的意思，既然大家搞得这么激情澎湃，如果再不找个地方重温旧梦，简直天理难容。其实哥亦有此愿，连脊椎骨都一阵阵发烧，但哥忍了。哥必须去看一眼麦当娜，然后赶紧回家，免得飞飞姐趁机发飙。

豆豆对哥的回应非常不满。毫不夸张地说，她有点悲愤，眼含泪光质问哥：你是不是有了别的母狗，不喜欢偶了？哥本想撒个谎，又觉着没有必要，就向她承认了哥跟麦当娜的事：豆豆，哥现在已经有了老婆孩子，尽管哥还喜欢你，但哥已身不由己，你还是找个更好的公狗吧！说实话，哥说得很言不由衷。至少在哥重温旧梦前，哥不想就此罢手。

豆豆听了似乎很伤感，沉默了一会，低声对哥道：其实这也没什么，只要你喜欢偶就行了，这都是命运的安排！哥赶紧装着表示歉意，豆豆问哥：你真的像以前那样喜欢偶吗？哥眼含热泪频频点头。豆豆长叹一声：反正偶已经是哥的了，偶喜欢哥，哥想怎样都行，只是哥不要当偶是小三……哥赶紧打断她的话：豆豆，你怎么能说这种话？哥是那么庸俗的公狗吗？豆豆永远都是哥的红颜知己！豆豆听着笑了。哥心里也很舒服，因为豆豆已经明确表示，哥可以为所欲为，她照单全收。

送走豆豆后，哥赶紧窜到窦院长家，爬进他们家的阳台。麦当娜正在阳台上听音乐，好像是《红色娘子军》的钢琴曲。据麦当娜讲，这是窦夫人的安排，所谓胎教。窦夫人正在厨房里忙活，说是求了个秘方，在保胎方面有奇效。窦夫人之所以如此殷勤，完全是因为尚蒙在鼓里，她以为麦当娜怀的是萨克齐的孩子。如果她知道孩子他爸是哥，怕是菜刀早挥了过来。

本来哥想帮麦当娜按摩一下，可麦当娜让哥赶紧走，因为窦夫人一会要给她进行胎教的第二部分，朗诵唐诗宋词，今天准备的是《将进酒》。哥开玩笑道：哥没准备把儿子培养成李白啊。麦当娜吐了哥一口：那也比培养成你这样的流氓强！反正哥高兴，随便骂。哥听见客厅里有脚步声，想必是窦夫人过来了，赶紧亲了一下麦当娜，逃之夭夭。

家里很冷清，只有Pitt。据Pitt讲，辛可大师去了医院，飞飞姐这几天准备跟麻友们玩通宵，可可交给了姥姥带，暂时不会回来。飞飞姐这样做显然是跟辛可大师赌气，但哥相信这一招根本不灵，辛可大师压根就没心思理会飞飞姐，要死要活随便。

接下来几天，辛可大师和飞飞姐都没有回家。期间飞飞姐曾派妹妹来侦察过，给哥和Pitt留下点干粮，转身就走了。辛可大师彻底没了人影。他除了去医院陪周倩、为女儿做饭、给学生上课，还要应付一堆杂事。

辛可大师回京后，孙市长电话不断，恳请辛可大师赶紧想想办法，否则齐天大圣真被水帘洞市抢去了。让辛可大师没想到的是，孙市长竟然开夜车赶到京都，带着几只中华秋沙鸭到医院找他。孙市长说，水帘洞市太他妈不是东西，竟然要拿齐天大圣申请非物质文化遗产，报告已递上去，如果上边批了，就再没有回旋的余地了。假如辛可大师还不出手，他只好从京都饭店跳下去。孙市长住在京都饭店最高级的套房里，据说当年张学良长期在那里住过。如果真跳下去，小命肯定没了。

尽管辛可大师不相信孙市长会如此决绝，但也觉着这事确实不能再拖。他让孙市长先回酒店休息，自己直接打车去了成贤会所。这几天他也反复琢磨过，认为关键还是宋达人。只要宋达人推翻以前的看法，局势就会逆转。但以宋达人现在的江湖地位，送钱、拍马屁这些软招肯定不行，只能来硬的，可谁来做这个枪手呢？他想来想去，想到了秋蝉，宋达人先生的高徒。问题是如何让如日中天的秋蝉就范，他实在想不出好办法。

豹哥一听帮忙又没有生意做，态度非常消极。豹哥说：孙悟空是谁家的关我屁事，除非他能给哥生意做，花果山能让哥免费开发吗？辛可大师知道豹哥就这副德行，根本不接他的话茬。他喝了口茶问豹哥，有没有手里抓着秋蝉把柄的朋友。豹哥想了一会，突然道：好像听崔导说过，有个姓柳的报社主编，崔导以前的情夫，手里好像有一些秋蝉的黑材料。豹哥说的这些黑材料跟秋蝉参与倒卖国有股权有关。当年秋蝉凭此空手套白狼，据说赚了上亿。尽管这件事曾引起各种非议，但因为缺乏证据不了了之。如果真把这些黑材料抛出来，秋蝉不但声名扫地，恐怕还难逃牢狱之灾。

辛可大师一听极为振奋，赶紧让豹哥给崔导打电话。崔导说确有其事，当年她的情夫柳主编准备把这些资料发表，结果因为得了秋蝉一笔钱就放弃了。辛可大师让豹哥把电话给他。他问崔导能不能说服柳主编用这些黑材料再威胁一下秋蝉。崔导在电话里有点难为情：这个不太好办吧，我们很多年都没联系了，情夫这种关系您是知道的，虽说不是一次性用品，但保质期都很短，分开了就形同陌路！辛可大师赶紧道：那如果给钱呢？崔导道：就我的了解，他这人倒是个财迷，看见钱就不分青红皂白了，如果数量可观，我想他会干的，除非他又投了一回胎！听得出，提起前情夫崔导多少还有些怨气。

放下电话后，辛可大师长出了一口气。他说这事八成有戏，豹哥不以为然：听说秋蝉跟宋达人情同父子，秋蝉还写过一本书，被称为是升级版的《师门辱教记》[①]，他怎么会整自己的老师呢？辛可大师笑道：冯总有所不知，秋蝉在"文革"的时候，可是整人出了名的，是四人帮的马前卒，不但诅咒过胡适等前辈，宋先生被打倒后，他翻脸不认人，不但写了很多宋先生的黑材料，还打过老师呢。"文革"后宋先生咸鱼翻身、发达了，他又狗一样跑回去低头认罪。宋先生起初是不接受他的，结果这小子不愧是造反精英，硬是跪在宋先生门口不起来，不停地抽自己耳光。后来他在书中说自己是"程门立雪"[②]，宋先生被感动了。其实宋先生是一介书生，没见过这种流氓玩法，不是感动，是害怕，怕闹出人命。

豹哥听了笑道：听您这样说，秋蝉还真是刘邦一样的人物，走仕途可能会更有作为，改天好好切磋一下。辛可大师劝他还是别去了，演戏玩心眼，他不是秋蝉的对手。豹哥说那要跟您比呢？辛可大师笑道：我俩论脸皮的厚度在伯仲之间，论心黑我不如他，论学问他连我的小拇指都不是！豹哥听完哈哈大笑：您跟秋蝉确实各有千秋，秋蝉主要靠卖 X 混世界，而您是靠装 X！话有点粗，辛大师别见怪啊。辛可大师听完向豹哥竖起大拇指，认为豹哥火眼金睛、一剑封喉。

让豹哥担心的是，宋达人一向为士林表率，几于圣贤，一辈子只说真话，他会有什么把柄可抓。辛可大师听了笑道：宋先生的确不说假话，这在今天的学

---

① 罗尔纲著《师门辱教记》，后胡适先生改名为《师门五年记》。

② 见《宋史·杨时传》："至是，杨时见程颐于洛，时盖年四十矣。一日见颐，颐偶瞑坐，时与游酢侍立不去。颐既觉，则门外雪深一尺矣。"

术界也算难得，但宋先生跟鲁迅、胡适等讲真话的前辈比，根本不值一提！为何？因为宋先生讲的都是很讨巧、正好是领导喜欢的不痛不痒的真话，得罪人特别是得罪领导的真话他一句也不说，这种真话有什么意义？有时候，真话不见得就是人话，人话难免要得罪别人的，但不是人话的真话则会皆大欢喜。其实孔夫子也经常骂娘，要不怎么会混得惶惶如丧家之犬。

辛可大师进一步分析道，宋先生现在不说假话，不能证明他以前没有说过假话。据他所知，在五六十年代，宋先生不但讲了很多假话，而且还干了很多见不得人的事，那是宋先生一生的梦魇。当然了，宋先生所谓见不得人的事放在我辈身上，实在算不了什么，在那个时代，没几个知识分子是周敦颐笔下的荷花，问题是宋先生太在乎自己的羽毛，想做圣贤，如果把这些事抖搂出来，他会生不如死。秋蝉是宋先生最亲近的门生，有关宋先生不堪之事的黑材料就在他手上。他甚至怀疑，宋先生之所以原谅秋蝉，与此也有很大的关系。秋蝉这种人，为达目的什么事都干得出来。

豹哥说这样做有点太黑了吧，其实宋先生还算个好人，毁了人家有点过分。辛可大师笑道：我们不是要毁他，也不要求秋蝉把这些材料真抖出来，只是吓唬一下老头子，让他帮孙市长这个忙。其实作为学术泰斗，宋先生在这件事上做的也不地道，他明知道所谓齐天大圣故里根本就是很扯淡的事，偏要强出头，晚节不保。我不是怀疑宋先生收了别人的钱，他不是那种人，他这样做是囿于人情，水帘洞市是他老婆的家乡。

听辛可大师这样一说，豹哥总算安心了。辛可大师跟豹哥开玩笑道：看来冯总不全是奸商，也有些仁者之心啊。豹哥回应道：钱要挣，但也不能没一点良知，对不对？辛可大师笑道：其实冯总心里明白，公关费当然是孙市长出，这里边你还没点赚头？替人消灾又发财，何乐而不为？

随后辛可大师给孙市长打了个电话，让他赶到成贤会所。孙市长正在新光天地给领导老婆挑几个 LV 的包，接了辛可大师的电话，就带着何主任匆匆赶了过来。

大家闲聊了几句，辛可大师就把策划的方案端了出来。辛可大师把这个方案总结为“威逼利诱”四个字，为了让大家了解得更透彻，他特意找了一个黑板，在上面画了一个图。

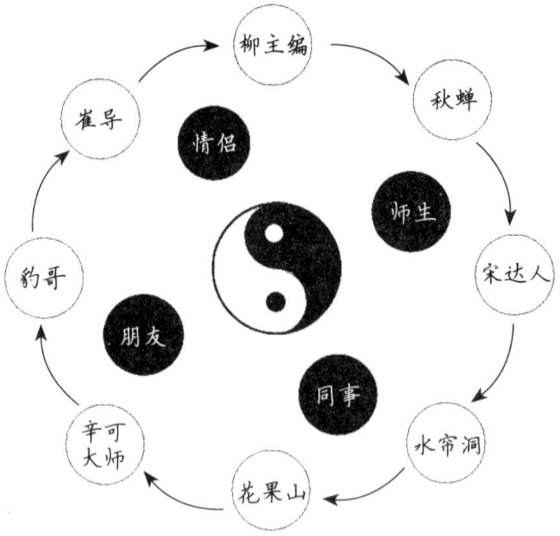

就着这个图，辛可大师分析道：我们这个方案的灵感来自于太极八卦图，杜甫曾有“功盖三分国，名成八阵图”的诗句。所谓无极生有极，有极生两仪，两仪生四象，四象生八卦。

何谓无极？客观地讲，齐天大圣作为神话人物，到底有没有不可考，其实到现在，连我们的祖宗黄帝也搞不清是谁；何谓有极？就是我们无中生有，创造出齐天大圣故里这个概念。

何谓有极生两仪？这包括两层意思，一是两家相争，二是解决问题的办法分两个步骤，即威逼与利诱。这里的威逼与利诱当然是中性词，只是方法论的用语，请不要做道德层面上的解读。

何谓两仪生四象？天下事的本质就是人际关系，除去血缘关系，最基本的人际关系分四种，即朋友、同事、情侣、师生，仅以本方案而论，水帘洞与花果山是同事、豹哥与在下是朋友、崔导与柳主编是情侣、秋蝉与宋先生是师生。

何谓四象生八卦？就是每种关系对应两个关键角色，从而形成八卦格局。

辛可大师进一步解释道：根据阴阳五行学说，万事万物都相生相克，上图显示的各事物之间也是如此。具体而论，从花果山到辛可大师、豹哥、崔导、柳主编是相生的关系，从柳主编开始发生逆转，至秋蝉、宋先生、水帘洞等都是相克的关系，这一点看阴阳太极图就一目了然。

那么如何生呢？无非是义利二字，义者情意，利说白了就是钱。因为有这份情意做基础，孙市长提供活动经费，由在下找到豹哥，豹哥找崔导，崔导找柳主编，柳主编得到钱后，便会用手中的黑材料威胁秋蝉，秋蝉扛不住就会去威胁他老师，宋先生权衡利害，走投无路只好出卖水帘洞，或者说背弃水帘洞。这样水帘洞就会自动退出，成全花果山。克的本质含义就是恐怖效应。如果我们按照老祖先的智慧去做，将无往而不胜。

辛可大师讲完，孙市长和何主任差点激动得跳了起来，对辛可大师的分析赞叹不已，认为周公、诸葛再世也不过如此，国学就是博大精深。如果美国人也精通这个，或者请辛可大师担任白宫安全顾问，就不会发生911这种事，或者陷在中东的泥潭里不能自拔。辛可大师谦虚地表示过奖了，并就讲话中对孙市长祖先的不恭深表歉意。孙市长大咧咧地道：其实就那么回事，可这个故事还得讲下去，关起门来没必要客气。

孙市长表示，他完全同意辛可大师的安排，让辛可大师和豹哥商量个数，他马上让相关部门把钱打过来，至于发票的名头，开咨询费或宣传费都行。为了感谢辛可大师，孙市长提出请辛可大师和豹哥到京都饭店喝酒，但被辛可大师婉拒了。他急着赶回去照看周倩，给女儿做饭。

周倩的状况越来越差。据辛可大师在文章中回忆，主治医生告诉他，周倩肝上的癌细胞已经转移到全身，就算华佗再世也无力回天。他问大概还能撑多长时间，主治医生说这个很难断定，但不会太长，一切都要看病人的意志力，药物只能减少疼痛，对病情基本无用。

他听了很悲痛，但也知道木已成舟，他必须接受。周倩大概也意识到了这一点。她的身体已极度虚弱，剧烈的疼痛把她折磨得生不如死。她强忍着一声不吭，额头上全是汗，形似枯木。辛可大师抓着她的手，告诉她如果疼的话就叫出来。周倩苦笑着摇摇头，她用低沉的声音告诉辛可大师：我想回家，我们回家吧！他劝她别胡思乱想，好好在医院里治疗。周倩突然紧紧抓住他的手，几乎在乞求他：帮帮我，带我回家，我知道我的情况，我想跟女儿在家里待几天，行吗？

辛可大师在文章中说，他明白周倩的心意，心里一阵阵抽搐，起身去卫生间哭了一鼻子。等心情稍微平静了些，他去办公室找主治医生，向他转述了周倩的意愿。主治医生犹豫片刻道：这样也不是不可以，可为了减少病人的痛苦，最好带些药物和设备，找个大夫在家里专门照顾，当然了，这样做花费比较多。到这种地步，辛可大师当然不会考虑钱的问题，他恳请主治医生帮忙安排一下，顺便在他的办公桌上放了一张百货公司的购物卡。

主治医生很尽责，马上打电话做了安排。随后让他去办理出院手续。手续办得还算顺利，现在床位紧张，医院巴不得病人赶紧走，如果无药可救，早点送太平间也不失为一个好办法，应该把更多的机会留给别人嘛！只是当他准备签字时，被办事员拒绝了。

——这个字必须家属来签！

——我是她前夫……

——前夫也算是家属？你这人真逗！

——毕竟我们曾经是夫妻……

——照您这么说，我们都应该红屁股，毕竟以前是猴子！

辛可大师说，他当时被办事员噎得哑口无言，心上就像被捅了几刀。他突然意识到自己像个陌路人，如此微不足道。要是平常，他一定会理论一番，可当下这种境况，他忍了。他去病房把田田叫来，签字办了手续。

他与医生陪护周倩回到家里，让他始料不及的是，周倩一进门情绪变得非常激动，几乎休克过去。经过医生的抢救，她才缓了过来，情绪也慢慢平静下来。吃了药，吊了瓶子，周倩让医生先回去，有情况再打电话叫她。

提起当时的情形，小贝也极为伤感。她的描述让哥感同身受。小贝说周倩躺在床上，认真地端详着屋子里的一切。田田把头扎进周倩怀里，她轻轻摸着女儿的头发，对坐在边上的辛可大师说：你们都饿了吧，去吃点饭。辛可大师问周倩想吃点什么，周倩说自己吃不下去。辛可大师劝她还是稍微吃点，周倩说她想喝口豆汁。

辛可大师让田田到附近的餐厅买豆汁，自己去厨房里做饭。周倩让他把厨房的门开着，她看见辛可大师系着围裙在灶台上忙活，泪水从眼角涌出，流过她干瘦蜡黄的双颊。小贝伤感地说，也许那就是周倩一生向往的美好生活——系着围裙在厨房里忙碌的男人，在客厅里蹦蹦跳跳的女儿。她努力过，但她没有得到。

女儿买来的豆汁周倩只喝了一小口，她说京都所有的东西都变了，只有豆汁还是以前的味道。说这话的时候她看着辛可大师，他明白她的意思。当年他们经常会去京大西门外喝一碗豆汁。是的，只是一碗，他俩一人一口消灭干净。尽管那时候没钱，但现在想起来很幸福。

小贝说，周倩确实是个很要强的女人，她还有心思跟辛可大师开玩笑：不知道那地方还有没有豆汁，如果有，我买一碗，就买一碗，等着你来一起喝，好不好？辛可大师听了苦笑道：好，你等着，我陪你每天去喝，不过我可能是个穷光蛋，钱还是你掏，再来几个焦圈……周倩听了流着眼泪笑笑：我发现你对所有的人都大方，就对我一个人抠门，太抠门了，抠门了一辈子，下辈子……说着就剧烈地咳嗽起来。

小贝说，那一晚周倩始终不能入眠。医生建议打一针安定，但被她拒绝了。辛可大师和田田也没睡，陪着她。田田钻在被子里，紧紧地依偎着周倩。辛可大师在文中说，这一幕他并不陌生，在女儿小的时候，他们一家三口经常这样——田田跟妈妈躺在被子里，他在边上讲各种乱七八糟的故事。

后来周倩把田田叫起来，拉着女儿的手对辛可大师说：女儿我给你养大了，可能没达到你的愿望，你不要见怪，现在我把女儿还给你。说着她把女儿的手递到辛可大师手里，对女儿道：田田，叫爸爸！田田愣了一下，冲辛可大师喊了一声爸爸。辛可大师紧紧拉着女儿的手，哽咽泪下。他原本计划向周倩忏悔自己的过错，但话到嘴边讲不出口。

周倩替女儿抹去脸上的眼泪，劝她别哭。她回过头，强打精神对辛可大师道：我一辈子省吃俭用，加上当校长这几年学生家长送的钱，大概有几百万，都存在田田的折子上，够她这辈子用了，这间房子是我们俩的，连同所有的东西，包括那一包购物卡，你看着处理。我用学生家长送的钱还买了一栋别墅，装修好了，但没住过一天，因为……因为我想在这老屋子等你回来，尽管我知道你不会回来了，但我已经习惯了等你回家！别墅的钥匙和房产证在电视柜的第三个抽屉里，你回头拿走吧！

小贝说，辛可大师始终泪眼朦胧，默默无语。也许他根本不知道该说什么，或者如何面对周倩所讲的一切。他无法想象在过往的日子里，每一个黄昏，每一个夜晚，这个女人内心的煎熬。而这一切的始作俑者就是自己。

关于小贝，周倩的意思是送给她的一位女同事，她相信她会照顾好小贝。她让田田把小贝抱过来，摸了摸她的头，长叹了一声：我这辈子，就你对我最好，陪我的时间最长！小贝说周倩的话让她当时伤心不已，因为在她过往的生活里，也是周倩陪她的时间最长。

安排完家里的大小事情，包括煤气灶的电池应该换了、阳台上的花过几天需要浇点水等等，周倩让辛可大师打开床头柜的第二个抽屉，取出一个边上镶嵌着黄铜的红木盒子。她让辛可大师打开它。就在辛可大师打开盒子的一瞬间，他整个人僵在了那里，像一具干尸。盒子里只有一个空的火柴盒！他知道那是什么，或者说那意味着什么！

周倩拿起火柴盒放在手心，轻轻地摸了又摸，苦笑着对辛可大师说：所有的我都还给你了，只有这个我带走了！

第三十一章

在一个下着小雨的清晨，周倩被埋葬在京都西郊一个简朴的墓地里，那里躺着不少文化教育界的人。连同骨灰一起被埋葬的，还有那个空火柴盒。

仪式非常简单，既没有花圈，也没有哀乐悼词。参加葬礼的有辛可大师、董浩波、易中正、田田、林音、小卞、小贝和我，以及周倩的亲戚、同事。教育局副局长原本准备了发言稿，准备代表组织上给周倩盖棺定论，比如周倩的死是我区我校我个人及夫人的重大损失等等，但被辛可大师拒绝了。很多学生家长计划要来，但由于代理校长女儿过生日只好放弃。至于周倩曾带过的学生，因为下雨怕感冒，遗憾不能送恩师一程。

辛可大师和田田亲手把周倩的骨灰盒放进了小小的墓室里，填了些辛可大师从墨玉河边挖来的泥土，然后合上了墓石。田田哭得很伤心，但辛可大师没有，他的眼神木讷而空洞，感觉被埋葬的是他自己。按照家乡的风俗，他给周倩烧了些纸钱。纸钱不多，他了解她是个省吃俭用的人，这点钱足够了。哥当时想，如果里边躺的是飞飞姐，辛可大师至少得烧一麻袋，而且币值不能太低，否则一麻袋还不够飞飞姐一晚上打麻将输的。

仪式结束后，按照京都当地的风俗，应该请来宾们喝顿酒，但辛可大师跟大家打个招呼，就带着田田匆匆离去。有位周倩的同事对此牢骚满腹：还他妈京大的教授呢，这么抠门，早知道这样谁还来，新买的鞋子都弄脏了。董浩波听了赶紧过去解释，并恳请大家到高新区的湘鄂情喝几杯，寄托对周倩的哀思。

每年在周倩的生日和忌日，辛可大师总会带一碗豆汁到她的坟前，自己喝一半，把另一半倒在墓石上，然后抽着烟一个人发呆，从日出坐到日暮。他原本黑密的头发，也变得稀疏斑白。

辛可大师说过，人不是一天天老掉的，而是在某一天某一刻老掉了。哥想，他就是在前妻死去的那一刻老掉了。

推而广之，人不是一天一天变成流氓的，而是在某一天某一刻变成了流氓，圣贤亦复如是。就女人而言，也不是一天天堕落为荡妇，而只是在某个特定的场合特定的时间，她不愿再遵守道德伦常。这有点像禅宗讲的顿悟成佛，但不完全是。关键是在你的心里，是否真正做到了放下，或者放弃，或者坚持。辛可大师说，从某种意义上讲，坚持与放下其实是一种东西。也许是吧，反正哥不懂。

小卞把哥带回家，依然不见飞飞姐的影子。听 Pitt 说，飞飞姐昨天回来一趟，大概是玩通宵搞得颈椎不舒服，来拿狗皮膏药，随后就走了。Pitt 说他有事要跟哥商量。据 Pitt 讲，因为换届大会马上要召开，当下各路人马正在或明或暗地恶斗，我们不可掉以轻心。

据 Pitt 分析，目前有意角逐会长宝座的，大概有萨克齐和七位副会长，当然也包括假装淡泊名利的哥。Pitt 和哥一致认为萨克齐肯定没戏，第一轮就会被毙掉，最后真正有实力对决的，可能是哥跟冷副会长。冷副会长最近公关力度很大，除了到处送东西，还封官许愿。据说冷副会长已经跟马大姐谈过，如果马大姐支持他，一旦当选就任命马大姐做常务副会长。更可气的是，冷副会长大肆挖哥的墙角，在他的威逼利诱下，萨克齐和花生的很多兄弟已秘密投靠了他，甚至包括亚历山大最亲信的几只公狗。如果继续被冷副会长这样挖下去，哥就有土崩瓦解的危险。

哥也同意 Pitt 的分析，认为现在必须采取非常措施。这时候想起前辈关于利用流氓的箴言，哥知道必须祭出花生这个棋子了。哥让 Pitt 赶紧通知花生，到莫须有湖边的小树林里商议对策。

休息了一段时间，花生的身体已无大碍。哥一见花生，赶紧递上一瓶果汁，Pitt 也殷勤地询问花生的身体状况，帮花生按摩。

哥向花生谈了对换届选举的看法，并告诉花生，哥根本无意竞选会长，哥现在最大的心愿就是跟麦当娜过小日子，再说了，哥的儿子要出生了，哪有心思关心这些无聊的事。可亚历山大非要哥竞选，认为哥作为副会长兼秘书长，必须要以狗协全体会员的利益为重，不能光顾小家不顾大家。亚历山大还为此严厉批评了哥。尽管如此，哥还是不想干，实在是郁闷至极，所以找花兄来商议。

花生听了，冲着哥大声道：干！为什么不干？！您干了，这京大就是咱的。

哥苦笑着摇摇头：问题是……花生打断哥的话：柏拉图兄弟，不会是怕选不上丢人吧？哥听了笑道：花兄何出此言？有亚历山大支持，加上哥在秘书长位置上培植的人脉，只要哥愿意，根本不用选会长的帽子就是哥的，亚历山大向哥保证过，如果选出来的不是哥，他就不交班！Pitt 在边上补充道：就目前我掌握的情况，有意支持柏拉图的会员，至少已经达到 80%，而且是铁票！

花生听了扬声道：那你还客气什么？哥叹息了一声，道：打江山容易，坐天下难哪，就算哥当了会长，可要管理京大狗协，需要大量干部，到哪里找？花生赶紧道：找兄弟们啊……哥打断花生的话，假装激动地拍拍花生：花兄，这可是你自己说的啊，如果我当了会长，任命你做负责安全工作的副会长，你可不能甩手不干啊！花生听了很亢奋，斩钉截铁地道：干！柏拉图会长让我干啥我就干啥！哥和 Pitt 跟花生击掌表示一言为定。

接着 Pitt 漫不经心地说最近有点烦。花生问为何？Pitt 就把冷副会长挖墙脚的事说了。但 Pitt 说得非常委婉，他告诉花生，他们这样干丝毫不会影响哥当选，根本就是螳螂挡车不自量力，问题是无事生非，对哥的威信多少有点影响。花生听了破口大骂：这帮王八蛋，有组织无纪律，把我这个老大放哪了？看我不弄死他们！柏拉图会长，你说怎么办？哥笑笑让他别太冲动。哥的办法是从叛徒中找出领头的几个，杀鸡给猴看，威慑他们，让他们迷途知返回到正确的道路上来。

花生说行，他好久没打架了，正好手痒着呢。特别是被韦操弄得一肚子怨气，非常需要找几个王八蛋发泄一下。哥见花生的主观能动性完全被调动了起来，又怕他出手太狠，引出乱子，再三强调他要有礼有节，点到为止。花生让哥放心，他纵横江湖多年，当老大这么久，这点分寸拿捏得住。

其实这都是哥跟 Pitt 提前预谋好的，首先哥告诉花生这会长哥当定了，帮他解决顾虑，然后封官许愿，让他有出手的动力。哥玩的这一套，既是偷师于辛可大师，也跟哥自学国学经典有莫大的关系。

花生还在闲聊中讲了些牛博士的事。最近牛博士跟华姐打得火热，为了方便跟牛博士切磋，华姐特意在京大附近买了一套公寓。在牛博士的充气娃娃后宫中，也有了华姐的位置。因为华姐让龙心大悦，刚入宫就被牛博士册封为皇贵妃。牛博士告诉花生，如果华姐继续努力，极有可能晋升为皇后。但在牛博士看来，更换皇后乃非常之举，关系到江山社稷，他不得不谨慎从事。

尽管如此，牛博士最近也有点郁郁寡欢。毕竟牛博士毕业于MIT，是以天下为己任的大丈夫，不是隋炀帝或南唐后主。看着粉丝大幅流失，知名度日趋降低，他心里能不郁闷？之所以如此，根本问题是找不到劲爆的题目进行炒作。特别是看着跟他一样的网络红人个个生龙活虎，更让他食不甘味。

圆周率正在跟全世界最大的驴奶集团对簿公堂，他认为驴奶喝多了会出现骡子的性症；凤姐决意要嫁给美国总统，并向第一夫人下达了战书；秋蝉突然传出跟某剧团女演员有私生子，正在进行DNA比对；张峰奇把矛头对准了比尔·盖茨，怀疑他偷税漏税；更可气的是东方不败，扬言要组织国际纵队，去非洲拯救企鹅……个个都炒得不亦乐乎，长期趴在门户网站的头版上，粉丝哗哗往上涨，看得牛博士心惊肉跳，眼睛也红得厉害，用了好几瓶红霉素眼膏都无济于事。好几家网站编辑给牛博士打电话，如果牛博士再不弄点劲爆的题目，广告商可能就不干了。广告商是衣食父母，牛博士可不想没爹没妈成为网络孤儿。

他左思右想，头发白了不少，依然想不出什么绝妙的办法。所谓病急抱佛脚，尽管牛博士是彻底的无神论者，但到这份上，也只好找牛鬼蛇神帮忙。他偷偷去了趟雪积寺，卜了一卦，卦辞是：司马相如与卓文君。他一下子恍然大悟，打通了任督二脉，脑子里闪出两个字：私奔。

可跟谁私奔呢？他把自己认识特别是好过的女人排查了一遍，认为最理想的就是华姐，他的皇贵妃。著名公知、京大教授与杰出女企业家私奔应该是个不错的噱头，会引起网民们的关注，可炒性比较高。回家后他给华姐打电话，邀请她私奔。华姐听了有点诧异。

——私奔……听着多不好，感觉像奸夫淫妇……

——此话差矣，司马相如与卓文君不也是一段佳话，名留青史吗？

——可问题是我是个生意人，低调点好。

——生意人怎么了？生意人从来就不低调，西门庆低调吗？潘石屹、任大炮低调吗？潘石屹专业搞炒作，省了多少广告费？潘石屹连诗集都敢出，你还怕私奔吗？

——那倒是，正好我有个楼盘要开售……

两人又磋商了一会，总算取得共识。华姐说她在私奔方面没有经验，就全靠牛博士带路了。牛博士让华姐放心，他会找些私奔的材料好好研究一下。华姐听了道：那就辛苦博士了，好不容易私奔一回，一定要办得风风光光的，别让人笑话。牛博士表示绝不会让华姐失望，一定会打造成当代最经典的私奔案例。

花生一边讲，哥跟Pitt一边乐。花生说：更他妈扯淡的是，牛博士后来竟然给他老婆打电话，讲了他要私奔的事，牛夫人听了非但没发飙，还表态全力支持。花生说，牛夫人真是贤内助，放下电话，就坐动车匆匆赶回京都，帮牛博士收拾私奔的行李。

据花生讲，牛夫人一边收拾行李还一边跟牛博士交流私奔的细节，并给出了很多有建设性的意见，比如私奔最好选择比较浪漫的地方，马尔代夫当然最理想，但太花钱，可以考虑海南岛等等。牛博士非常感谢夫人的真知灼见，认为在这方面，还是女人比较细腻，想得全面。牛夫人笑道：咱毕竟是夫妻，你有什么毛病我还不知道？牛夫人之所以如此贤惠，是因为她也认为炒作很有必要，这意味着她不但能享受名夫人的福利，还可以创造经济价值。如果牛博士的知名度再这样下滑，她面子上也挂不住，特别是看着存折上的数字日渐萎缩，她比牛博士更焦躁不安。

花生说虽然牛夫人有着大海般广阔的胸怀，但作为女人，心里难免有些酸。牛博士安慰她：古有杨凤姑送夫赶考、王宝钏送夫从军，但几千年来送夫私奔的，夫人是第一人，必将名留青史。话虽这样说，牛夫人还是有点不放心。

——你不会假戏真做吧？

——我发誓，只是私奔，什么都不会发生！

——可孤男寡女在一起，忍得住吗？

——忍得住要忍，忍不住也要忍！

——哎，你有这心我就知足了，如果实在忍不住，记着戴上套套！

——夫人……

牛博士彻底被夫人的深明大义感动了，哽咽着说不出话来。牛夫人从抽屉里拿出一盒安全套，装到包里，并叮嘱他用的时候仔细检查一下，看有没有漏洞。牛夫人说：现在国产的东西，没几个靠得住！

花生讲得绘声绘色，哥跟Pitt听得快笑出尿来。大家一致认为，娶老婆一定要娶牛夫人这个品种的。哥是没机会了，Pitt似乎也多此一举，花生需要加倍努力。哥想如果麦当娜也是这样的贤妻良母那该多好。

花生的工作效率确实很高，跟哥见面后，他马上找了几个彪悍的手下，所谓八大金刚，准备了点家伙，开始行动。需要修理的叛徒名单是Pitt提供的，哥简单做了修改。让哥始料不及的是，花生的任务完成得太他妈出色了，出色得几乎误了哥的大事。

哥原本让他按名单作业，绝对不能搞扩大化。可花生和他的八大金刚杀得兴起，打击对象远远超出了哥的计划，甚至超额三倍之多。哥的意思是惩治叛首，杀鸡儆猴，可花生连人家的马仔、情妇都不放过，就差株连九族。

哥原本让他点到为止，也许是花生憋得太久了，根本就是盖世太保和红卫兵的做法，不是弄折了人家的腿，就是咬掉人家的耳朵。更有甚者，把一个小母狗打到流产。哥实在想不明白，这事跟怀孕的母狗有什么关系。

效果似乎达到了，叛徒们个个归队，向花生宣誓效忠。可问题是这件事震动了京大宠物界，特别是狗协的领导层。很多会员认为，这件事肯定跟换届选举有关。一到换届，总会出现各种光怪陆离的事。亚历山大为此特意把哥叫去，质问是不是哥干的，哥听了对天发誓，表示要是自己干的就断子绝孙天打五雷轰。哥还丢下狠话，如果亚历山大认为是哥干的，可以立马撤掉哥的副会长和秘书长职务，哥毫无怨言。亚历山大说没必要这么激动，他是相信哥的，现在是特殊阶段，务必要战战兢兢、如履薄冰。

哥对亚历山大的信任感激涕零，但在哥离开时，他突然在后边扔了一句：就算是你干的，也不要承认！哥听了心里一怔，装作没听见，赶紧溜了。

为此京大狗协召开高层会议，冷副会长提出一定要查清真相，严惩凶手。哥也当场表示对此种恶行决不能手软。经冷副会长提议，成立专案小组彻查此事，大家都投了赞成票。亚历山大在最后讲了几句，警示大家要有大局观，讲团结、讲原则，一方面要彻查真相，一方面也要注意方式方法，不能上纲上线，把这事闹大。亚历山大说：在换届的关键时刻，谁破坏稳定，谁就要负历史责任！亚历山大这些话摆明了是在警告冷副会长。亚历山大提名马大姐为专案小组组长，态度更是不言而喻。

花生虽然是个大流氓，但对马大姐一向比较尊敬，或者说有点怕马大姐。再厉害的流氓如果碰见京都的八婆，也会俯首称臣。哥不是说马大姐就是八婆，而是说她嘴上的功夫太厉害了，花生受不了这个。再说了，大家刚在训练营混过一段时间，也混出了感情。让马大姐来调查花生，不是明摆着要和稀泥吗？

哥本想好好训斥花生一顿，但怕把这家伙惹毛了，会把哥供出去，导致全盘皆输。所以哥强忍怒火，还把花生表扬了一番，Pitt 亦复如是。哥和 Pitt 一致表示，绝对跟花生兄弟患难到底。花生听了很感动，他说为了这份兄弟情义，让他去死也心甘情愿。事实证明他确实很够哥们义气，几次过堂，他都说是自己干的，跟其他公狗无关。至于作案的动机，他说：我他妈手痒，你他妈管得着吗？虽然在马大姐呵斥下他收敛了一些，但依然一副死猪不怕开水烫的样子，让专案小组束手无策。这事就这样一拖再拖，没有下文了。当然了，花生为此受点皮肉之苦也在所难免，但他始终没有出卖哥，这让哥很感动。

飞飞姐总算回来了，两个眼窝发黑，心情似乎也很糟糕。她在电话里跟牌友直抱怨：最近手气实在太臭，打了几个通宵，输了好几万。辛可大师一直未露面。后来据小贝讲，辛可大师那几天关了手机，带着女儿去了很多地方，比如动物园、西郊植物园等等。那都是田田小时候最爱去的地方。

田田的假期快结束了。辛可大师领着女儿去看了周倩，父女俩在周倩的墓前坐了很久。随后他回家来，带着哥跟可可送田田去京都国际机场。

一路上辛可大师只是呆呆地望着窗外，很少说话。可可却兴高采烈，跟田田唠叨个没完。

——田田姐姐，你也带我走吧！

——为什么？

——我烦死那个老巫婆了，上学也没意思。

——可可想去哪里啊？

——去哪儿都行，只要没人管，电视里说美国的小朋友都有枪？

——对啊，那你不怕啊？

——那我也有枪呀，谁欺负我，我就拿枪嘟嘟他！

看着可可的表情，似乎煞有其事，稚气的脸上挂满渴望。田田一边挠他的痒痒，一边逗他玩。她的心里也许还有一丝酸楚，可可现在深恶痛绝的，正是她跟妈妈梦寐以求的东西。可可告诉田田，下次回来就住他们家，陪他一起玩。他多次强调，等他攒够了钱，就跟隔壁的文文私奔，去美国找姐姐。听着两个孩子开心的笑声，辛可大师的沙皮脸多少舒展了一些。

京都机场永远都像农贸市场，熙熙攘攘。大概是因为航班晚点了，一群西装革履的男人正在围攻一名穿着紫色制服的空姐。自从国人把驴换成飞机、穿上西装后，这种场面比比皆是。空姐反复解释飞机因为机械故障，起飞有危险，正在紧张抢修。乘客们也明了，谁都不希望从几千米的地方掉下来变成焦炭，但为了显示自己是上等人，不闹不行。在世界的各个角落，国人都喜欢用这种方式向世界宣告自己的崛起。

有位大腹便便的中年男人冲空姐大吼大叫：你知道俺是谁吗？俺是有身份的人，耽误了俺的大事你要负责任！不过从他一身地摊名牌货判断，哥不认为他要赶着去参加联合国大会，除非母猪打架也值得召开安理会讨论。为了表达愤怒，他竟然当着空姐的面脱下裤子，左右屁股上文着两只鹌鹑。他的举动引来乘客一阵欢呼，仿佛他是大无畏的勇士，纷纷对着他的下边拍照留念。有几个东北口音的中年妇女还扑上去跟秃头合影，大呼：大兄弟，够爷们！中年男人正想表现得更爷们一些，却被冲过来的警察带走了。哥必须承认，中年男人非常有职业精神，警察帮他提起裤子，他马上再脱掉。显然是追在后边拍照的中年妇女严重提升了他的成就感。警察只好把他按在地上，用皮带捆了。

由于京都机场目前还不接待哥，辛可大师也要回去给学生上课，就在候机楼门口跟田田话别。辛可大师帮着田田检查东西，包括身份证、机票等等。田田抱着可可转了几圈，让他听爸爸的话，听话就带他去美国。田田还抱了抱哥，想起周倩，哥突然鼻子里很酸。

田田推着行李车往里走，回过身笑着跟我们招手。哥看见辛可大师在努力地控制情绪，强忍着眼泪。走到自动门口，田田突然停下行李车，大步跑了过来，扑进辛可大师的怀里。辛可大师紧紧地抱住女儿，田田贴着他的耳朵说：爸爸，你买的点心很好吃！眼泪从他的眼角涌出，落在女儿的头发上，落在他的心上。

哥知道辛可大师心里有很多话要说，好几次欲言又忍。在回城的路上，可可睡着了，哥百无聊赖玩着一本旧杂志。车上的广播正在播放新闻，无非是某某国家或地区发生了天灾人祸、政府草菅人命；我国的各项经济文化建设取得了新的伟大成就；或者某某明星生了三胞胎，其中有一个可能跟某某老板有关，另两个的生父尚在调查之中等等。

突然播音主持提高了声调，激动地道：下边插播一条本台刚刚收到的消息，就在今天下午，上次袭击打狗队大院的首恶分子，一只穷凶极恶的公狗被缉拿归案，消息传来，全市人民倍感振奋，打狗队的英雄们用他们的热血和青春书写了新的历史。

主播还跟苟队长现场做了连线。苟队长泣不成声，连线多次中断。

——作为打狗队的队长，请问您此时此刻的感受？

——我……非常激动……我，抱歉，我有点……

——您的激动我们完全理解，请问您如何评价这次行动？

——这是在各级领导的精心指挥下，战友们艰苦奋斗取得的伟大成就。

——听说您心脏有点问题，情况怎么样，听众们都很关心？

——谢谢听众的关心，为了胜利完成领导交给的任务，我和我的战友们都付出了很大的代价，直到现在很多战友还在便秘！

——我想本次节目结束后，你们会收到很多热心市民送来的牛黄解毒片。

——谢谢热心的市民，谢谢主持人。大家吃了几天菊花炒龙虾，情况已经大为好转，至少大便的颜色正常多了。

——那就好，您不想跟广大市民说点什么？

——亲爱的市民朋友，没有你们的支持，我们不可能取得最后的胜利！光荣属于伟大的你们。希望大家一如既往听政府的话，让我们携手从胜利走向胜利！

——我想您的心声一定会得到广大市民的共鸣。您现在成为举世瞩目特别是网民心中的英雄，您怎么看待这一切？

——谢谢网民的厚爱，其实我只是个普通人。如果说自己取得了一些成就，那也是领导的培养，大家的支持。

——你们下来会有一些庆祝活动吗？

——这个我现在还来不及想……可能会举办公示大会和颁奖晚会，我现在很累，只想回去看看女儿……

——向您的女儿和妻子问好，感谢她们也为本次行动作出的巨大牺牲！

说到女儿和老婆，苟队长哽咽着几不成声。辛可大师听了很不耐烦，让司机把广播关了。哥的脑子里一片空白，哥明白这意味着什么——龙哥真的死了。后来哥从报纸上了解到，据警方展示的一系列监控资料，龙哥离开京大后先去了处死流浪狗并焚尸扬灰的垃圾场，在那里靠垃圾充饥待了一段时间，把四处丢弃的尸骨一个个认真掩埋。接着去了落雁桥，在桥下住了一晚。翌日下午他出现在打狗队大院。他拖着残疾的后腿，直接从打狗队大院正门进去，躺在院子中央的石桌上，等着打狗队把他处决掉。

哥坐在车上，看着向后飞逝的风景，心里堵得慌，但没有感觉到太多的痛苦，也没有眼泪。对哥而言，这不算是个坏消息，或者连个消息也算不上。哥只是觉着很孤独，身体的每一部分都被孤独缠绕着、折磨着，无法平静。

第三十二章

哥回来后心里一直堵得要命，就连参加训练营也魂不守舍，不知道自己在想什么。Pitt 问哥是否抑郁了，哥只是笑笑没做解释。哥原本想找麦当娜说说，可现在她快临产了，说了难免会引起情绪波动，影响肚子里的胎儿。马大姐一见哥就反复叮咛这个，说现在是关键时刻，一点不能疏忽大意。马大姐虽然是老姑娘，对生孩子倒是很专业。

今天是训练营的最后一课，讲的内容跟道德礼仪有关。对授课的内容，哥死活提不起兴趣。下课后哥约了豆豆去莫须有湖边的树林里闲聊，开始也没做他想，就是发泄发泄情绪而已。豆豆不知道哥的心思，以为哥要兑现承诺，一直向哥放电，包括不时扭动她性感的屁股。跟当年的表演相比，这种诱惑当然效果更好。这说明豆豆真的熟了，会玩“犹抱琵琶半遮面”的花招了，像华姐一样。

但龙哥刚死，哥就跟豆豆苟且，似乎有点说不过去。中国号称礼仪之邦，哥也学习过《礼记》等经典，要求亲人死了，必须做到：哭得要惨、做得要繁、戒得要严，如此才算得上孝子。在孔夫子看来，前者更重要，哪怕是假哭，也要搞得惊天动地。丧礼也务必盛大周全，不能像洋人，唱首歌就不了了之，甚至纸钱也不烧，真禽兽也。难怪地狱里中国人称王称霸，我们有钱嘛，有钱能使鬼推磨。国人不但烧钱，还烧别墅和美女，真是把孝道贯彻到了极致。

想起这事哥很纠结——眼泪一滴未流，纸钱没来得及烧，连最后一条也守不住了。好在大家与时俱进，对孔夫子的忌日不乐有了更人道主义的解释。不但要大摆筵席，而且请明星或乐队助阵。色戒更没有必要，平常老百姓何足论哉，即便贵为苍生楷模的天子，有人竟然靠着爸爸的棺材板跟后妈厮混，比如杨广。孔夫子说“食色，性也”，仇欢解释为要把性爱当做食物。既如此，“身体发肤，受之父母”，饿坏了也说不过去。

想到这一节，哥总算卸下了思想包袱。如果实在过意不去，哥回头给龙哥多烧点金元宝或者美女，乞求他的宽恕。至少现在，哥又憋又堵，豆豆又熟成这样，叫哥如何做柳下惠？苹果熟了掉下来打在头上，一般会产生两种结果，一是受到启示发现万有引力定律，一是大口吃掉。哥跟西门庆属于后者，哥一点都不想做牛顿第二，哥只想吃了再说。就算哥整天抱着苹果，严格按照朱夫子“格物致知”的办法，格上一万年，也未必会格出个万有引力定律。或者走火入魔，格成了白痴，甚至说难听点叫二逼。

萨克齐倒是这样干过。据 Pitt 讲，文怀沙用“正清和”三个字把中国文化全覆盖后，萨克齐很不服气，扬言要找出一句话，把宇宙的规律全概括了。为此他坐在莫须有湖边的一棵苹果树下，让小兄弟爬到树上往下扔苹果，个个砸在他脑袋上。结果非常不理想，萨克齐因为轻微脑震荡送进了医院，时至今日，也没找到那条伟大的真理。

哥不是萨克齐，哥更不是白痴。哥是只烟火气很重的公狗。事实证明，格豆豆要比格苹果有趣得多。豆豆也被哥格得很舒服。其实有件事萨克齐并不知道，据说朱夫子不但格苹果，还抽空格过尼姑呢[①]。圣人不器，此之谓也！

尽管很久没有跟豆豆苟且过，但我们配合得依旧很娴熟。有些东西就像开车，只要学会了就永不能忘。孔夫子讲温故知新，哥深以为然。哥跟豆豆除了温故，当然也要知新。至少分手后哥没闲着，所谓博采众长，在这方面有了长足的进步。豆豆因为条件所限，没有实践的机会，但通过观摩不同人物的表演，也有了很多新的体会，所谓他山之石、可以攻玉。更重要的是，随着年龄与阅历的增长，她熟透了。熟透了包括很多内容，其中至为重要的一条就是懂得充分调动主观能动性，让自己和别人更舒服。

关于温故哥就不讲了，前文已述，还是以前的套路。至于知新，最为称道者有两条，一是豆豆叫得比以前更加沁人心脾，对旋律的把握非常到位，高音如断金裂帛，低音似溪水潺潺，间或叫几声老公，更有画龙点睛的效果，造诣丝毫不输给元元；二是对节奏的把握更加从容自若，颇得庖丁解牛之妙，完全达到了知退先生所谓“既恣情而乍疾乍徐，亦下顾而看出看人”[②]的效果。哪像以

① 见《宋史》卷 37，沈继祖弹劾朱熹“诱引尼姑二人以为宠妾”。

② 见唐白行简《天地交欢阴阳大乐赋》。

前，或一个动作折腾半天，或翻来覆去折腾个没完。虽说刺激有了，但审美价值并不高。

一番云雨后，哥和豆豆都搞得大汗淋漓。豆豆对哥的表现给予了高度肯定。她说：没想到哥的威风不减当年。哥拍了拍她的脸蛋，故作生气地道：有你这样表扬的吗？豆豆真是知音，一点就通，笑道：偶错了，哥是威风更胜当年。哥说这还差不多。休息片刻，我们又苟且了一回，直到哥腰软得像面条，实在抬不起来。

豆豆原本想让哥陪她聊天，讨论一下叔本华关于爱情的几点思考，比如“所有的爱恋激情，都只是植根于性欲之中”等等。但哥借故溜了，哥得去看看麦当娜。说起这事哥脸上有点发烧，只能唾面自干。好在辛可大师说过，在外边偷女人还能回家伺候老婆的男人，也算好男人。就算是吧，哥只能聊以自慰。

麦当娜已经完全变成了大肚婆。麦当娜说，这几天儿子在里边胡乱折腾，看来是迫不及待要出来了。哥听了兴奋至极，赶紧帮她按摩了一会。据麦当娜讲，窦夫人带她去看过医生，医生认为临产期就在最近。这几天窦夫人老给她吃各种营养品，搞得她有点恶心。哥说你要恶心就吐哥身上吧，这是做爸爸必须付出的代价。麦当娜踢了一脚，笑着骂道：流氓。

麦当娜让哥尽管忙自己的事，这里有窦夫人，不用担心。哥笑着说，不担心怎么可能，但也帮不上什么忙。麦当娜说如果哥有时间的话，陪她去趟雪积寺。哥笑着问：你要出家早点啊，现在我儿子都快出来了，不能没有妈啊！麦当娜啐了哥一口，让哥滚！哥翻了个跟头，滚了！

哼着小曲回到家，见 Pitt 正在阳台上打盹。飞飞姐不在，哥原本想跟 Pitt 一起去找花生。现在是关键时刻，花生那里可不能出纰漏。哥清楚，虽然知识分子都是滑头，但流氓更靠不住。以前的诸位领袖，向忠发这样的流氓无产者叛变得最快，就是血的教训。可 Pitt 说困得要死，哥只能独自前往。

花生这几天老被过堂，心情似乎很不爽，正在牛博士家楼下的槐树下乘凉。看见哥，花生苦笑着摇摇头。哥赶紧过去安慰他几句，无非还是赴汤蹈火之类的废话。据花生讲，昨天晚上牛博士跟华姐终于私奔了。牛夫人还特别驾车把两人送到京都机场，跟牛博士及情妇依依惜别，场面非常感人。牛夫人叮嘱牛博士，实在不行一次戴上两个，这样会更保险一些。牛博士拥抱了夫人，泪满双襟。

哥说花生你不是瞎掰吧。花生听了，起身带着哥从阳台上窜进牛博士的书房。牛博士的电脑开着，花生点了一下鼠标，出现牛博士跟华姐在印尼巴厘岛海滩鬼混的照片。两人穿着泳衣，戴着墨镜，惬意地躺在太阳伞下，嘴上还吮吸着椰子，或者相类似的圆不溜秋的玩意。

这一消息经过很多网络名人，特别是有地产界苏格拉底、柏拉图之美誉的老潘、老任等人的强力推荐，很快变成了舆论焦点。其实这都是牛博士提前安排好的。他在私奔前，就跟大家约定好了，等他私奔到巴厘岛，就让他们把消息先透露出来，然后他再出来证实，并由他们进行转发。当然了，门户网站的编辑更是推波助澜，或者说是幕后推手。

在很短的时间内，牛博士私奔的消息被转发了几千万次，立刻爬上了点击率的头名，粉丝数增加了一倍有余。很多报刊也把牛博士私奔的消息发在娱乐版的头条，电视台的新闻节目更是滚动播出。一些公知和学者也跟着起哄，从不同侧面发表评论。私奔成为一时最热门的话题，很多网民扬言要追随牛博士的脚步，即便囊中羞涩，哪怕是到北郊的水库，也要玩一把新式私奔。

牛夫人更是激动，拿着电话跟牛博士没完没了讨论了三个小时。牛夫人表示，时刻等待牛博士凯旋，为他摆酒接风。牛博士对夫人的深明大义感激不尽，并保证牢记夫人的嘱托，清清白白地去，清清白白地归。

最为网民称道的，是牛博士写的一首诗，很多模仿之作充斥网络，所谓私奔体。牛博士的诗很长，名字叫《我们私奔吧》，其中有几句：

从来就没有什么救世主，也不靠神仙皇帝。
要创造幸福的生活，全靠我们自己！
我们要争取爱的自由，让灵魂冲破牢笼。
快把黄脸婆扔到一边，趁热打铁才算男人！
这是最后的机会，一起私奔到海边！

事实并非如牛博士所言，据巴托尔后来讲，牛博士非但跟华姐翻江倒海，而且没用过一个套套。最有力的证据是，华姐回来后去医院做了人流。因为华姐突然成了名人，医院以此为荣，经常拿华姐做宣传材料。后来牛夫人也知道了，质问牛博士。牛博士装得很委屈，把责任全部推给了避孕套。牛夫人为此很气愤，要到法院告生产厂家，结果被牛博士劝阻。他给夫人晓以民族大义，甚至祭出当年梁启超先生被摘肾[①]的故事，牛夫人这才悻悻作罢。

跟牛夫人一样心里发酸的，还有辛可大师。这倒不是因为牛博士睡了华姐，而是觉着自己被华姐耍了。他终于明白华姐为何躲着不见他。好几天他都拒绝上网看报纸，大概是怕胃酸分泌太甚，影响血压的稳定。

好在项目进展还算顺利。训练营所有课业已经结束，并为此举办了热闹的结业仪式。仪式在历史文化学院会议室举行，哥及所有营员获颁结业证书。辛可大师、董浩波、豹哥等出席了结业典礼。典礼照例由董浩波主持。董浩波对本次训练营的成果给予高度评价，并代表历史文化学院向辛可大师等导师颁发了模范教师和先进工作者的荣誉证书。

随后辛可大师做了总结发言。他从人与狗的关系入手，讲到了整个自然和谐体系的建立。辛可大师认为，人与狗的合作，是实现天人合一的坚实一步。通过实验充分证明，赵州和尚、白云禅师的理论非常有道理，狗不但有佛性，而且跟人一样，有恻隐之心、羞恶之心、恭敬之心、是非之心，对狗进行道德伦理教育是必要的，也是卓有成效的。辛可大师正在指导学生整理测量数据，与各种传统道德理论和红头文件相结合，撰写科研报告。

辛可大师还顺便挖苦了韦操几句，认为韦操完全是作茧自缚。辛可大师说，他自己并不反对基因改良，但韦操的科研方法根本是群魔乱舞，是反科学的，最终不会有好结果。

事实上韦操的日子很不好过。前文已述，因为花生他们死活不配合，甚至搞出公狗们相互蹂躏的闹剧，成为京大乃至整个学术界的笑话。有人在网上建议，以后生命科学学院、农学院都不用办了，直接改建为成人片放映厅，请苍井空担任首席科学顾问。至于不得已采取的试管培育，也被一场横祸搞得狼狈不堪。

据花生讲，一天晚上，有一群公狗冲进韦操的实验室，摧毁了实验室的所有设备，包括那些装着受精卵的试管。公狗们还到处大小便，搞得实验室里臭气熏天。老耿接到报案后立刻赶了过来，很可惜，或者说极其吊诡的是，当晚实验室所在楼层的监控探头全坏了。老耿提取了公狗们留在现场的一些指纹、

① 西医刚传入中国，梁启超先生在协和医院做手术，结果因医误摘除健康的肾脏，三年后死去，终不愿追究医生责任，怕影响西医在中国的传播，真国士也！

毛发和粪便后，一走了之。

关于这件事的原委，京大师生和宠物界众说纷纭，但都是猜测，并没有直接的证据。其中相对集中的看法有三：

一是捣毁实验室的凶手是流浪狗。韦操以科研的名义，与打狗队合作到处缉拿流浪狗，然后卖给经营狗肉的餐厅或狗肉加工厂谋取暴利，其中就包括西门外的韩国老板。整个宰杀、处理的流程都在生命科学学院的北郊实验基地进行。韦操一度想利用大量的狗鞭，研发一种特效壮阳药。参照伟哥之父曾获得诺贝尔医学奖的先例，韦操认为如果狗宝研发成功，自己也有可能折此桂冠。据不完全统计，被韦操等缉拿贩卖的流浪狗达几千只，所获收益韦操与打狗队平分。仅此一项，韦操就赚得钵满盆满。堂堂京大生命科学学院变成了屠宰场，韦操教授俨然是非法狗肉贩子。据说因为供不应求，有些宠物狗也被打狗队秘密处死。

韦操的暴行激起了流浪狗的极大愤慨，发誓与韦操不共戴天、血债血偿。所谓同气连枝、血浓于水，京大的宠物狗也对韦操极为不齿。本来大家想游行集会，但考虑到社会影响才不了了之。有不少会员扬言要给韦操还以颜色，但被亚历山大镇压了，所谓要帮忙，不要添乱云云。因此，捣毁实验室极有可能是附近流浪狗的报复行为。至少在哥看来，如果龙哥活着，他一定会这样做。尽管龙哥死后本地的流浪狗群龙无首、实力大减，但进行小股奇袭还是有可能的。

二是花生他们的报复行为。关于花生等公狗在实验室的遭遇，哥在前面已讲过很多。这种实验方法只有日本人的 731 部队可与之媲美。参与实验的公狗无论身体和心灵都受到了极大的摧残。有的公狗还得了严重的神经功能综合症。在随后的日子里，好几只公狗在莫须有湖自溺而亡。花生倒是个例外，他走向了另一个极端，因为强奸和轮奸（或轮流发生性关系）了京大不少小公狗，被以严重违反宠物公共道德罪凌迟处死。

哥曾问过花生，实验室被摧毁是否他们所为，被花生断然否认。哥也认为，尽管花生他们有作案的动机，但当时他们个个被折磨得几近崩溃，根本没有作案的能力。在狗协随后组织的调查中，也没有发现跟花生他们有关的作案证据或者说蛛丝马迹。

三是项目组内部人员所为。表面上看，这是最不靠谱的一种猜测。但辛可大师认为，也许这是最接近事实的一种判断。根据后来媒体披露的资料，贩卖流浪狗的收益，除了打狗队拿去的部分，剩下的全部为韦操所得。韦操吃独食的行为引起了项目小组成员的不满，包括他的学生。后来向纪委检举韦操的深喉，被认为就是韦操的学生，其他人不可能知道那么多内幕。辛可大师说，很多中国人的办事方法是，要么狼狈为奸、利益均沾，要么势如水火、同归于尽。

从作案的动机和作案的能力判断，项目小组成员具有重大嫌疑。老耿也进行了大胆推测，认为犯罪嫌疑人组织部分流浪狗袭击了实验室，为了消灭证据，他提前破坏了实验室所在楼层的监控系统。尽管这种推测最为合理，但始终没有实质性进展，最后只能不了了之。

与韦操项目有关的丑事被媒体曝光，引起了社会舆论的高度关注，特别是动物保护主义者的强烈抗议。有人甚至给韦操寄来子弹和狗屎，扬言要取他的狗头以谢苍生。在巨大的社会压力下，京大被迫辞退了韦操，并关闭了生命科学学院在北郊的实验基地。大量韦操来不及贩卖的动物，终于重获自由。

这一天被认为是动物发展史上的里程碑。动物保护主义者还在实验室原址修建了一座纪念碑，碑文由辛可大师草拟。希望以此警醒世人，要善待所有的动物，但成千上万的小白鼠不在此列。这里边有个极其荒诞的逻辑：所有的动物都应该得到保护，小白鼠是动物，但他们可以被肆意虐待。类似的逻辑还有：有些基本价值适用于全人类，中国人是人类的一部分，但不适用于中国人。

后来哥曾在报纸上看到过韦操。他坐在主席台上，大概是在参加一个关于动物保护的会议。AB 网的马总依然激情飞扬，呼吁大家行动起来，充分利用特异功能等高科技手段来拯救地球。对此辛可大师颇不以为然，他认为扬言要拯救地球的人不是自不量力，就是吃多了被门板夹过的核桃。地球不需要拯救，它会按照自己的规律存在下去，真正需要拯救的只是人类自己。上帝从未说过，地球非要是个什么样子，即便有一天 pm2.5 变成 10000，地球还是地球。

等而下之，辛可大师说，旧时代所有的统治者同样可笑。他们自诩朕即天下，没有朕或者徒子徒孙的朝廷就等于亡国，其实不过是自欺欺人的鬼把戏。百代王朝朝暮暮，江风吹倒前朝树，换了谁太阳都照常升起，普照着芸芸众生。其实上进也好，堕落也罢，只关乎你自己的命运。别总拿同归于尽吓唬大家，这根本就是个伪命题。

花生还说，马大姐最近病了，似乎病得不轻，胸部长了个东西。哥听了觉着这是送温暖的绝好机会，赶紧从牛博士家出来去找马大姐。本来花生要陪哥一起去，但被哥婉拒了。现在是非常时刻，对花生这种嫌疑犯，在公开场合尽量要保持距离。

结果马大姐不在，邻居家的小母狗说马大姐被亚历山大叫去了。哥听了很高兴，马大姐现在是哥的人，肯定会在亚历山大面前替哥美言，为哥加分。没想到刚从马大姐楼下转过来，就碰见了微微和成书记家的香香。

微微挺着个大肚子，跟香香肩并肩慢悠悠地散步，俨然是恩爱夫妻。哥笑着问她：几天不见，都怀上了？微微幸福地努努嘴，用下巴指着香香：你问他啊！香香有点尴尬地道：一不小心就做了爸爸。微微得意地晃着脑袋，说到时候请哥给孩子当干爹，然后跟香香贴在一起，走了。

看着微微和香香远去的身影，哥脑子有点晕。这到底算什么？一只母狗被一头猪弄大了肚子，还他妈挺得意！哥理解微微为何得意，不就是因为香香的主子是京大书记？既便如此，可毕竟是一头猪啊！在京大狗协，为此抽风的不只是哥，很多会员也觉着不可思议。微微对此根本不以为然，在她看来，只要是成书记家的，哪怕是猫弄大了她的肚子，那也是嫁入豪门。

关于微微的故事，哥认为最好到此为止，免得诸位听了发疯。试想，猪和狗的受精卵，会制造出什么惊世骇俗的东西。据说在纳米比亚曾发现过脑袋像狗、身体像猪的怪物，被认为是老魔法师的宠物。反正哥既不想做魔法师，也不想有这种干儿子。如果张峰奇知道了，也不会特别乐意做这个姥爷吧。

因为国易班的事，张峰奇跟辛可大师有点不愉快。按照约定，凡张峰奇介绍的学员，学费的 20% 归他。辛可大师也说话算数。两人的分歧是有些学员慕名而来，因为在张峰奇的培训班混过，他也想分 20% 的学费，结果被辛可大师拒绝。辛可大师觉着他们自愿上钩，跟张峰奇没关系。两人还为此吵了一架。张峰奇认为辛可大师是过河拆桥，辛可大师不以为然：这种事张院长干得少吗？按照狼狈为奸的原则，张峰奇虽然心里很不痛快，但还是选择跟辛可大师继续合作。

辛可大师只是让张峰奇不痛快，还有人整得他生不如死。在跟驴奶集团打官司的间隙，圆周率突然盯上了张峰奇。圆周率在博客中爆料，张峰奇的成名作《软硬经济学》，根本就是抄袭美国一位不知名经济学教授的作品。根据圆周率披露的材料，张峰奇只是做了翻译整理而已。可张峰奇能有今天的地位，完全拜软硬经济学理论所赐，被誉为市场经济理论的扛鼎之作。果真如圆周率所言，张峰奇岂不是欺世盗名的宵小之徒？这不但关系到张峰奇的名誉，甚至威胁到他的饭碗和乌纱帽。

据辛可大师讲，他看过张峰奇那本书和美国教授的原著，说抄袭都有点冤枉了他，应该是复制。这点张峰奇心里最清楚，可他还觉着万般委屈，因为大家都在抄，为何倒霉的偏偏是他？现在的学术作品，有几本是自己写的？辛可大师不也是抄袭高手吗？他的好些专著其实就是曹老当年的讲稿。

在《伪知识界与伪知识精英》一文中，曹老把这种现象概括为“剽客化”，并列举了主要的几种形式。哥抄来与诸位分享：

> 一是抄袭别人的作品，或在原作基础上重新演绎一番，或直接抄来为我所用，把鲁迅先生的“拿来主义”发挥到了极致。
>
> 二是雇人写作，然后署上自己的大名，俨然是某某行业的专家和权威，被雇佣的人良莠不齐，水平总是有限，其作品价值可知。
>
> 三是找个题目从政府弄到钱，指挥学生干活，以第一作者自居，象牙塔里的学术带头人不少就是这种货色，有点像电影里的黑社会老大。
>
> 四是七拉八凑，搞出一堆皇皇巨著。以前编套辞书或通史，成百上千的学者要干好多年，现在几个学生几台电脑半年就完成了。

曹老认为，当下的中国之所以剽客遍地，原因无他，大家都不愿坐冷板凳，不学无术，不做剽客又能如何？再说精英们乐于蝇营狗苟，没时间打理学问，但为了升官发财、装点门面，又需要学术作品，剽客横行也就在所难免。虽然做剽客多少要承担些道德压力，可跟名利地位相比，这点压力又算得了什么！

面对网民的讨伐和同行们幸灾乐祸的挖苦，张峰奇有点惶惶不可终日，躲在郊区的别墅里度日如年。如果不是成书记在上边替他扛着，经管学院院长的帽子也未必保得住。张峰奇知道，这事肯定是有人故意黑他，否则圆周率不会搞到这些材料。他思来想去，认定在后边搞他的人，非欧阳仑莫属。原因有二：一是欧阳仑跟圆周率交情匪浅，有作案的能力；二是欧阳仑跟他正在争副校长的位子，有作案的动机。想起欧阳仑张峰奇就咬牙切齿，他觉着自己不能束手待毙，而是要反戈一击。

张峰奇自以为很聪明，但这次他判断错了。这事哥心里最清楚。哥去看麦当娜时，无意间提及此事，麦当娜听完后狂笑不止。让哥惊诧的是，据麦当娜讲，真正的幕后黑手竟然是窦卫国。

麦当娜说，虽然窦卫国被辛可大师玩了，丢掉了院长的乌纱帽，但作为老革命，他并没有自暴自弃。为了鞭策自己，窦卫国特意在床头挂了一个猪的苦胆，起床后或睡觉前总要舔上几口，所谓卧薪尝胆。他以越王勾践自期，力图东山再起。他的目的不是夺回失去的乌纱帽，而是坐上副校长的位子。等做了副校长，再来收拾历史文化学院以董浩波为首的这帮势利小人。

窦卫国的表哥也帮着他四处活动，包括帮校长的小姨子安排工作。在窦卫国看来，董秃子根本不足为道，辛可大师无意仕途，他的对手依然是张峰奇和欧阳仑，尤以张峰奇为甚。经过长期的研究，他总算找到了张峰奇的把柄。之所以托人找圆周率帮忙，就是要一箭双雕，嫁祸于欧阳仑，达到鹬蚌相争、渔翁得利的目的。就目前的情况看，他想要的效果达到了。

本来这种事跟哥没一点关系，可因为麦当娜，哥也被搅和进去。如果不是为了配合窦卫国夺取副校长宝座，窦夫人不可能整天拿麦当娜当祖宗供着。尽管哥从不怀疑麦当娜怀的是哥的种，可窦夫人天天这么絮絮叨叨，让哥心里很不痛快。哥担心的是，如果有一天窦夫人发现麦当娜跟萨克齐没关系，会不会找麦当娜的麻烦。哥就生个娃，非要跟政治搅和到一起，能他妈不烦吗？也许辛可大师说得对，中国就是个泛政治化的国家，连放屁都跟政治有关。

麦当娜说这种事只能走一步看一步，现在想太多也没有用。话虽这么说，但哥感觉得到，她其实比哥还担心。可担心有什么用呢？麦当娜说估计过几天就要生了，她想去趟雪积寺。这是她第二次向哥提这个要求了，哥答应她改天就去。至于去干什么，她没说，哥也没问。

第三十三章

一个阳光灿烂的下午，哥抽时间陪麦当娜去雪积寺。尽管雪积寺不远，但由于麦当娜身体不便，哥让 Pitt 同去，一路上好有个照应。在西门附近，一座摩天大楼正拔地而起，据 Pitt 讲，这就是让曹老咬牙切齿的京都大厦。与胡适、傅斯年诸先生有关的故事，已经被深深地埋葬在钢筋与混凝土下边。

雪积寺现在是个大工地，原有建筑几乎都被夷为平地。狄总的很多推土机正在作业，满耳是机器的轰鸣声，没有了往日的清净，更别提所谓晨钟暮鼓、木鱼声声了。路人从工地上的横幅就一目了然，这里正在改建为一个工业园区，所谓阿弥陀佛文化产业园区，标志是一尊释迦牟尼佛，目光如炬，斜靠在一辆加长林肯车上，左手执钵，正在打手机。

据网上的消息，也曾有人对诚空法师的种种做法提出质疑，认为佛门乃清净之地，何必搞得这样乌烟瘴气。但这种观点遭到了以张峰奇为首的经济学家和秋蝉、仇欢等知名学者的严词驳斥，认为这是对市场经济和文化多元化的污蔑。同时也有佛学界的大佬出来发声，强调佛教也要与时俱进，他们现在搞的是人间佛教，诚空法师就是人间佛教的伟大践行者。

在政府内部，特别是文物局也有人很反感诚空法师所作所为，一度准备采取措施。但诚空法师组织和尚在网上发帖进行讨伐，并扬言要在政府门口示威游行，经媒体炒作后引起上层的关注。最后出于维稳的大局考虑，这件事被冷处理，文物局闹事的几个办事人员也被撤职。

其实这并不算什么创举。哪个寺庙不搞经营？拿神仙卖钱，就是中国独有的神仙经济。所谓宗教也要实现四个现代化，即寺庙企业化、主持老板化、和尚白领化、神仙货币化。据某机构研究显示，神仙经济不但养肥了一批官员和老板，也让和尚成为先富起来的人群之一。一次某电视记者访问诚空法师，认为雪积寺的做法有悖佛教的基本伦理，影响世道人心，结果把诚空法师彻底惹火了。

他指着镜头骂道：你是哪个单位的？你们领导是谁？你不要忘了，我是有身份的人！我研究了半辈子佛学，还要你来教吗？神仙经济怎么了？发展才是硬道理，在建设宇宙强国的伟大征途中，和尚能缺席吗？佛教讲普度众生，把神仙转化为生产力，实现跨越式发展，有什么不好？你知道你这种行为的严重性吗？你这是跟政府和神仙过不去，跟政府过不去你这辈子不好过，跟神仙过不去你下辈子能好过吗？ 把两辈子都搭进去，值吗？

趁人不注意，我们三个溜进庙里。因为正在搞建设，僧人们被安排到拉斯维加斯去修行，寺庙也暂停营业。只有个看门的老头，在一棵古柏下打盹。雪积寺曾引以为荣的森森古柏，大多也为跨越式发展牺牲了。它们扛得起数百年岁月的沧桑，但扛不起诚空法师们心底的欲望。

进到庙里，哥跟 Pitt 陪着麦当娜转了一圈。Pitt 认为还是大雄宝殿比较靠谱。Pitt 说：这间 Office 面积最大，里边办公的肯定是一把手。哥拍了拍 Pitt 的脑袋，开玩笑道：Pitt 你脑子有屎啊，没见着乡长的办公室比部长大好几倍吗？ Pitt 道：可他们毕竟不是一个单位的，right ？看着 Pitt 自以为是的样子，哥跟麦当娜笑了。

其实 Pitt 说得没错，这里供奉的是释迦牟尼佛、药师佛、阿弥陀佛。他们分别是中央娑婆世界、东方净琉璃世界、西方极乐世界的头头。虽然一把手的说法有些欠妥，但他们确实都是佛教世界中的关键角色。

麦当娜拉着哥一起跪下。哥原本以为接下来要玩点类似赌咒发誓什么的，可麦当娜只是凝视着佛陀，一言不发。但哥能感觉得到，她的内心并不平静。麦当娜说，她只是向佛陀许个愿而已。至于她许的是什么愿，她没说，哥也没问。也许是受辛可大师的影响，哥基本上算个无神论者。像哥跟辛可大师这样的，只能是无神论者，如果是有神论者，那压力就太大了。尽管哥不相信因果报应这套玩意，但哥还是对着佛陀做了检讨，也许了愿。哥许的愿无关天下兴亡，只跟麦当娜和哥将要出生的儿子有关。

很多年后，哥反复想起这一幕，心里总黯然神伤、唏嘘不已。哥渐渐体会到，麦当娜之所以找佛陀帮忙，大概不只是许个愿那么简单。尽管她没说，但她已经意识到了什么，她的心里充满恐惧，对将要发生的，或者未来的恐惧。辛可大师说过，一切宗教存在的基础就是恐惧，只有在最无助的时候我们才会相信各种型号的牛鬼蛇神。

事实证明，佛陀并不比村长更管用。他没有给麦当娜，或者我们带来好运气。这不是佛陀的错，他唯一的责任就是坐在上边俯视众生、享受香火。有些结果从开始就已经注定，谁也无法改变。比如说当哥认识麦当娜时，故事的结局已经写好，我们只是微不足道的演员，按照大纲演绎一遍而已。

从大雄宝殿出来，哥看见一个熟悉的影子，像一片落叶，飘了过来。她是唐娟，或者说哥的干妈。好久不见，唐娟的气色似乎很糟糕。她的眼神似乎也有点恍惚，没有注意到哥，径直走进了大雄宝殿。以唐娟的秉性，如果没有特别的事找佛陀帮忙，她是不会来这种地方的。

发生了很多事后，哥才明白，那天唐娟来拜访佛陀并不寻常。

据哥了解，不管林音是否有意给易中正下套，但他确实深陷其中不能自拔。也许辛可大师是对的，他认为易中正只是中了自己的圈套，所谓作茧自缚、走火入魔。圈住他的是自己无法遏制的欲望，以及欲望带来的巨大恐惧。许多成功人士，看着风光，其实都被无尽的恐惧缠绕着，恐惧成了他们的生活方式。

跟林音见面后不久，易中正来找辛可大师。他有点萎靡不振，像只斗败了的公鸡。易中正说，唐娟根本不可理喻，彻底疯了。他提出跟她分手，她索要200万分手费，否则绝不善罢甘休。也许是被逼急了，易中正的逻辑有点混乱。他认为唐娟是辛可大师介绍给他的，所以辛可大师必须帮他这个忙，要么劝说唐娟自动撤出，放弃无理要求，要么帮他凑足200万。

辛可大师听了有点哭笑不得。易中正睡了他的女人，竟然打上门来兴师问罪，天理何在？就算辛可大师看在师兄弟的情分上愿意帮忙，但也心有余而力不足。让他去劝说唐娟，尽管他的沙皮脸有足够的厚度，但也不是铜墙铁壁；200万可不是小数目，问题不是他有没有这个钱，而是钱控制在飞飞姐手里。而且这事跟唐娟有关，弄不好就会引火烧身。

对易中正这种风月场上的老油条而言，出现这种事的确骇人听闻。尽管以前睡完女人也遇到过麻烦，但他总会有办法解决，可唐娟是个例外。

易中正认为唐娟根本就是个坏女人，哈着他就是为了达到敲诈勒索的险恶目的。但唐娟并不接受这样的指控。在《我为君狂》一书中，唐娟认为自己跟易中正在一起，只是因为爱；最后修理易中正，也是为了爱。她之所以提出200万分手费，不过是为了逼易中正就范，回到她身边来。尽管唐娟的说法为很多男人不齿，但获得了大多数女性读者的同情和支持。她们认为，唐娟是受害者，易中正就是个衣冠禽兽。

哥以为，唐娟跟易中正的冲突开始就充满误会。易中正决意与唐娟分手，是受了林音的诱导，害怕跟唐娟在一起会影响仕途，不存在所谓感情问题。但唐娟并不知道这些。即便尘埃落定后，她在书中依然认定易中正是移情别恋，背叛了他们的感情。唐娟眼中的罪魁祸首就是易中正的女助理。唐娟在书中咬牙切齿地道：至今想起那个婊子，都想把她撕成碎片。

关于易中正女助手的情况，哥介绍过一些。尽管她的胸很大，腿很长，但脸的面积是正常人的好几倍，这似乎不符合易中正的审美标准。问题是她还有一个致命的特点，就是有点二。易中正之所以选她做助手，也是看上了这一点。这种女人一旦被驯服，就会成为原教旨主义者，对主子绝对忠诚。要说苟且，易中正曾经尝试过，但跟花生他们一样，对着那张脸实在下不了手。这反倒更加提升了他在女助手心目中谦谦君子的形象。后来她跳出来为易中正辩护，就非常自然了。

据唐娟在书中讲，易中正起初是对她的态度越来越冷淡。每次见了她或长吁短叹，或者面如冰霜，这让她很受伤。更让她受伤的是，对房事易中正要么刻意躲避，要么就敷衍了事。唐娟痛诉道，好不容易跟易中正躺在一起，他显得很不耐烦，不再像以前那样生龙活虎，细腻得像个绅士。最让唐娟起疑的是，易中正以前从来不用爽爱诗，现在一次戴两个。以女人的敏感，她认定易中正开始对自己不忠，另有新欢了。

唐娟说，她始终爱着这个男人，爱得都没有了自己。为了挽回易中正的心，她花费了很多心思，包括找佛陀帮忙。唐娟说，她曾希望用身体留住易中正，为此她几乎用尽了花招。比如说穿上各种制服、洒上各种香水。一度她还想去趟韩国，把胸部放大一倍。在那段时间，她还阅读了大量类似《查泰莱夫人的情人》这样的小说，并请教了协和医院的性心理专家。尽管如此，她没有留住易中正，她成了用身体写作的大师。

在《逼下梁山》一书中，辛可大师讲到了热暴力和冷暴力。这个理论用在易中正和唐娟身上，再恰当不过。易中正想冷处理，逼唐娟退出，理由是作为有妇之夫，唐娟的领导和老师，再这样下去道德有亏。唐娟对此不以为然，她认为只要有爱，谁跟谁都天经地义。如果怕缺德，以前怎么不说，占完便宜想做老夫子，没那么便宜。她既然认定了易中正，就不会放弃，更不能便宜了办公室那个狐狸精。她的办法就是死缠硬磨，或者软硬兼施。

软的方面，据唐娟说，她把自己弄得很卑微，甚至像个妓女。办法不过是一哭二闹三上吊而已。对此易中正愤恨不已，认为唐娟就是个不要脸的婊子。辛可大师听了不以为然，把易中正痛斥一通——不应该这样羞辱自己睡过的女人。让易中正愤恨的事，不外乎唐娟每天没完没了地打电话发短信、满世界找他。甚至有时候他跟领导谈话或开会，她也在门口等着。见了面总是哭哭啼啼说个没完。唐娟好几次扬言要自杀，易中正认为这完全是做戏。可唐娟在书中说，她的确尝试过几次，但都失败了。一次她参考三毛的成功经验，用丝袜把自己吊在卫生间里，没想到天花板掉了下来，运气实在太坏。

硬的方面，唐娟在书中讲得很简单，但易中正的感受却最强烈，要点如下：

一是唐娟有一次冲进办公室，指着他的女助手破口大骂，然后两人扭打在一起，然后倒在地上，然后把彼此的衣服撕得粉碎。特别是女助手的两个大南瓜，被唐娟狠狠地抓了两把。在唐娟看来，易中正之所以背叛她，那俩玩意罪莫大焉！

二是唐娟动不动扬言要去上边闹。唐娟在书中说，她这样做只是吓唬易中正。尽管现在情妇反腐很时髦，但她并不想这样做，她认为自己跟易中正之间是伟大的爱情。为了效果更逼真，她还写了检举信故意拿给易中正看。这一招确实吓着了易中正，好几晚都尿到床上。在这个节骨眼上，发生这种事会让上边有想法，等于自投罗网。毕竟竞争者众多，大家都在到处找对手的黑材料。

三是唐娟提出 200 万分手费。易中正对此非常不齿，认为唐娟口口声声伟大的爱情，其实庸俗不堪。推而广之，女人都是很物质的动物，不可理喻。可唐娟在书中并不这样认为，她说自己并不是爱钱，如果爱钱的话，她早就委身于家乡的煤老板，人家开出的价码是陪一年送房送玛莎拉蒂。唐娟说，她跟易中正在一起，除了一条 50 块钱的丝巾，易中正从未送过她任何东西，但她无怨无悔。她不是为了钱，她也知道易中正没什么钱，但她爱这个男人。她想用 200 万做砝码把他留在身边。

《我为君狂》发表后，有人说唐娟是当了婊子想立牌坊，也有人认为唐娟是个好女人，等而下之，至少是个好情妇。最令某些正在养情妇的读者感动的是，唐娟说自己从来没有想过要名分，替代易中正老婆的位置，或者跟易中正用另一个身份证结婚生子。她只想跟他在一起，她爱他。

这事越说越乱，哥也搞不清楚谁是谁非，也许根本就没有是非。易中正告诉辛可大师，他确实也矛盾过，看着唐娟可怜巴巴的样子，人非草木、孰能无情，可林音的话如芒刺背，为了前途他只能决绝到底。问题是他根本拿不出200万。这点辛可大师也理解，财色两关，易中正向来对前者比较淡。仅此一点，在官场上他也是凤毛麟角。至于平时吃点喝点，也不用自己掏腰包。如果早知道有些事非钱不可，易中正叹息道：还他妈不如去做个乡长。

辛可大师听了哭笑不得，表示自己也无能为力，钱都在飞飞姐那里，有种易中正自己去要。易中正当然知道飞飞姐是哪路神仙，除了打麻将，在别的方面从来一毛不拔。可易中正无计可施，非要辛可大师帮忙，否则他将追随王观堂先生，去跳昆明湖。在易中正看来，没有200万唐娟肯定不干，如果非要去上边闹，不幸被别人拿来做文章，势必会威胁到他的升迁，甚至丢掉乌纱帽。果真如此的话，活着如同行尸走肉，对他来说已了无生趣。

见易中正这般光景，辛可大师只好给董浩波打电话，让他过来商量一下，看有没有办法帮助易中正解燃眉之急。

董浩波给研究生上完课，就赶了过来。一进门看见易中正耷拉着脑袋，脸色很难看，便开玩笑道：小易，怎么回事？最近老不见你，领导当成这副模样。易中正只是翻了个白眼，默不作声。

辛可大师给董浩波递了根烟，把易中正的麻烦讲了，问董浩波能不能给凑点。董浩波一听是借钱，脸色马上变了，说话都有点结结巴巴。

——师兄你知道，我教了半辈子书，哪里有什么钱！

——你不是当院长了吗，也没捞点？

——我这才当了几天，不瞒二位，礼倒是收了一些，可都是烟酒和购物卡，钱也就是几万块，还被老婆没收了。

——这次搞国易班分的钱总可以拿出来点吧……

——师兄你真逗，你怎么不拿出来啊，不都被老婆管着吗？

见易中正可怜兮兮的样子，作为师兄，董浩波也不能袖手旁观：小易，要不送你几张购物卡行不行？易中正听了又气又恨，真想把董浩波头上剩下的几根也给废了：还他妈同门兄弟，关键时刻就掉链子，我呸！董浩波听了很委屈：小易你可不能这样说，你当官这么多年，我们沾了你什么光？对不对，师兄？再说了，我们也不是不帮啊，这不正在想办法吗？

辛可大师只是苦笑着抽烟。他知道董浩波确实没多少钱。即便有，他也未必会拿出来，天天逼着学生买书的人，大方得了？京大曾有个笑话，一次董浩波找学生给他搬家，累了一天，董浩波竟然拿方便面招待大家。更可笑的是，有的学生想往碗里多搁点醋，董浩波马上冲了过来，只给每个碗里滴了一滴，解释说吃多了不利于大脑发育。大家开玩笑说，董浩波不但坚持“君子固穷”，而且是君子装穷的典范。

一时想不出好办法，辛可大师就请两位去餐厅用餐。为了给易中正压惊，辛可大师特别要了普通装的盛世御凤。易中正倒是不客气，自个先干下去半瓶。辛可大师跟董浩波边喝边聊，董浩波半开玩笑地道：师兄，你说这次选副校长，我会不会有戏？听了这话，辛可大师一口饭直接喷到了桌子上：老董，你没病吧？当了几天院长就不知道自己姓谁了！董浩波自干一杯，老神在在地道：你还别小看人，一切皆有可能。

董浩波自知是癞蛤蟆，想吃天鹅肉不容易。他之所以突然有了非分之想，完全是因为有资格吃天鹅肉的都出了问题。如果继续这样折腾下去，癞蛤蟆也不是一点机会都没有。

据董浩波讲，张峰奇抄袭的事还没消停，欧阳仑又踩了狗屎，翻到阴沟里。这个辛可大师倒是闻所未闻，让董浩波详细讲讲。董浩波说他也是听院办主任讲的。院办主任说这些是在暗示董浩波，院长大人也有机会。

董浩波说欧阳仑的事比张峰奇严重多了。这件事跟当年轰动一时的黄河投毒案有关。当时舆论普遍认为，杀死黄河的凶手就是她的室友王小茜。作为重大嫌疑人，王小茜被逮捕并提起公诉。老耿就是黄河案的办案警察。老耿一度认为办完这个案子，他应该可以换件白衬衫。尽管他工作很努力，也掌握了确凿无疑的证据，但事与愿违，他为此被领导狠狠敲打了一顿。领导的意思很明确，让老耿“收手闭嘴”。为此老耿郁闷了很久，经常把自己关起来借酒浇愁。黄河案也是他心头的一个结，等于替人背了黑锅。每每想起来这件事他就很窝火，也很无奈。

欧阳仑就是王小茜的辩护人。辛可大师说这事不是已经结案了吗？王小茜被无罪释放，最终不了了之。董浩波笑道：师兄你说得没错。问题是十几年来，黄河的家人和同学不干啊，尽管没人理，但一直在闹，认为警察和法官徇私枉法，让凶手逍遥法外。辛可大师知道，不单是黄河父母，其实京大的师生都认为凶手非王小茜莫属。当时辛可大师本想写篇文章声援一下，但碍于欧阳仑的面子就放弃了。辛可大师不解地问董浩波：就算是冤案，跟欧阳仑有什么关系？为当事人做无罪辩护，是律师的职责所在啊！

据董浩波讲，问题没那么简单。最近有媒体披露了一堆黑材料，矛头直指欧阳仑。通过这些材料，大家认为在这桩冤案中，欧阳仑才是真正的幕后黑手。辛可大师疑惑地问：这些材料媒体怎么会得到？董浩波笑着解释：这还用问吗？肯定是内部人搞的，有人竟然破解了欧阳仑的信箱，把欧阳仑与办案检察官、法官、王小茜父亲的通信全部曝光了，有人还把信中的内容梳理了一番，明确显示欧阳仑就处于核心位置——他既是幕后策划者，也是利益输送的纽带。

辛可大师听了大吃一惊：那欧阳仑收钱了？董浩波道：尽管没有直接说钱的事，但话里话外就是这个意思，欧阳仑是法学家，他会那么蠢吗？辛可大师说那倒是，知识分子犯法，一般都玩得比较精致，不会轻易给别人留下把柄。那欧阳仑现在怎么办？董浩波得意地道：他还能怎么办？现在全世界都在讨伐他，社会舆论要求重审此案，给死者以公道。欧阳仑还假惺惺发了个通告，说自己绝对清白，并向黄河的家属表示慰问，但对案情本身不作任何回应，而是扬言要严惩黑客，所谓保护公民的隐私权，真他妈不要脸！

辛可大师听完默不作声，他在想谁是幕后黑手，这是他的习惯。董浩波跟易中正碰了一杯，问辛可大师：欧阳仑会进去吗？辛可大师肯定地道：怎么会呢？欧阳仑在司法界有着盘根错节的关系，门生故旧满天下，加上后边也有更深背景，关键是王小茜爸爸是大老板，手里有大把的钱，想翻案根本不可能！董浩波以为现在被舆论炒成这样，翻案还是有可能的。辛可大师解释道：老董，你别天真了好不好？他们会出来讲几句官话，暂时平息一下公众的愤怒，最后还是找个借口不了了之。第一这攸关很多机构的面子，他们会自抽嘴巴？第二大家都是一伙的，真要翻案一个也跑不了，既然在一条船上，只能一条道走到黑。

易中正听了也点点头。辛可大师接着道：在目前的司法环境下，这事根本就是个伪命题，我一直在想，这事到底是谁干的呢？董浩波蛮有把握地道：还能是谁干的？肯定是黄河父母找人干的，没有人比他们更想翻案，干掉欧阳仑！辛可大师听了直摇头，他认为事情没那么简单，黄河父母为了女儿的事已经倾家荡产，根本没能力干这种事。如果他们真想干，也不用等到今天！

第三十四章

辛可大师说，这事肯定是张峰奇干的。

董浩波以为不可能：张峰奇一个搞经济学的，怎么可能去破解别人的信箱。辛可大师啐了他一口：老董，你是不是被门板夹过的核桃吃多了？张峰奇有钱，有钱什么人找不到？简直不可理喻！董浩波被辛可大师数落得很尴尬。易中正也趁机挖苦了两句：老董不是核桃吃多了，而是跟核桃一起被夹过！

辛可大师认为，张峰奇不但有作案能力，而且有作案动机。张峰奇肯定是把抄袭门这笔账算到了欧阳仑身上。说到这里，他叹息道：这都是他妈乌纱帽惹的祸，诚所谓眼前道路无经纬，皮里春秋空黑黄[①]！

辛可大师这一番感慨，搞得易中正更是如坐针毡。他换位思考，现在自己不就是准欧阳仑吗？时刻面临着被黑的危险。尽管跟欧阳仑也熟悉，但他无所谓欧阳仑的生死，他关心的只是自己。他冲辛可大师道：张峰奇和欧阳仑关我屁事，别浪费时间了，关键是我，你们得救我啊，哥哥！难得见易中正这么怂，辛可大师和董浩波被逗得哈哈大笑。

三个人又挖空心思想钱的事。董浩波建议：师兄，实在不行就把你前妻留下的钱先捐出来吧，怎么说小易也是她兄弟。辛可大师说那可不行，这钱都是留给田田的，自己够对不起前妻了，不能让人家在下边也不安心。一听这个董浩波两手一摊：那我是没辙了，就算咱兄弟三个去当鸭子，也来不及了！易中正听了冷笑道：老董，不怕惹你生气，就你这条件，也只能当嫖客，还想当鸭子，也太拿自己当回事了。易中正的话让董浩波很难堪，起身要走，被辛可大师赶紧拦下，劝他别跟易中正一般见识。

辛可大师突然想起一件事，神经一下子兴奋起来。他问董浩波：老董，上次

① 见《红楼梦》薛宝钗吟螃蟹诗。

给你说的，樊总赞助成立生命文化研究中心的事，现在办得怎么样了？董浩波有一搭没一搭地道：这不让办公室正在办嘛！辛可大师道：你赶紧啊，怎么干啥都磨磨唧唧的。一看辛可大师和董浩波聊工作上的事，易中正彻底火了，起身就走：行，不打扰两位，我走了！

辛可大师让他站住，然后走过去把易中正按在凳子上：小易，这不都为你吗，你抽什么风？易中正听了一脸茫然。辛可大师笑道：我的意思呢，赶紧把樊总这事落实了，让他把钱打过来，然后我找个策划机构，先打给人家一笔前期策划费，让他们拿出 100 万给小易，行不行？董浩波虽然小气，但只要不花自己的钱，他向来很大方，满口答应。易中正一听马上多云转晴，连连称好。

不过董浩波提出两个条件，一是樊总的钱由辛可大师来落实，他负责项目报批，因为这事归胡副校长管，应该没多大问题，只要出钱，京大啥事都愿意干，除了让校长和成书记去做鸭子；二是如果小易上去了，捞到钱，一定要把这笔钱还上！辛可大师知道董浩波的小九九，回扣怎么还，不就是他也想从中分点吗？有这样的领导，真是历史文化学院之福！易中正多聪明的人，能听不懂董浩波的言外之意，可他现在等米下锅，顾不了那么多。

董浩波顺便说，曹老最近情况很糟糕，他们三个应该改天去看看。实在不行就赶紧送医院，在家里就一个老太太、两只猫，出了事也没人管。辛可大师说行，约个合适的时间一起去。

其实哥比易中正还焦躁不安，整夜睡不着觉。Pitt 给哥弄了些安眠药，似乎也无济于事。有一天在莫须有湖边碰见豆豆，她想跟哥交流一下，但哥没有一点心思，找个借口溜了。豆豆为此很郁闷，她说自己刚研究了一遍白行简的经典名著，热切盼望跟哥交流，哥却不解风情如此。

哥不是不解风情，而是心急上火。一是京大狗协的换届大会马上要召开，哥已经被提名为会长候选人，其他如萨克齐、冷副会长等等。最让哥感到意外的是，马大姐也被提名。不过哥没多想，以为亚历山大也就是拿马大姐做做样子，搞点平衡而已。二是麦当娜要生了。为了安全起见，窦夫人已经把麦当娜送进了落雁区宠物医院高级病房。哥帮不上什么忙，只能忐忑不安地等待消息。

大概是一个午后，哥等待的好消息终于来了。麦当娜给哥生了个儿子，母子平安。窦夫人怕麦当娜生第一胎没经验，决定采用剖腹产。后来听麦当娜抱怨，其实她顺产根本没任何问题，窦夫人实在多此一举，还害得她肚子上拉了一刀。据麦当娜讲，龙儿出生后，窦夫人激动得泣不成声，抱着龙儿喃喃自语：校长，你看见了吗？你的萨克齐有后了。

想起这件事哥心里跟吃屎一样。明明是哥辛苦耕耘的结果，跟他妈萨克齐有什么关系？窦夫人还给哥的儿子起了个名字，奇奇，俨然表示是萨克齐的种。麦当娜后来劝过哥，说反正儿子是咱的，窦夫人爱叫什么是她的事。他永远都是龙儿，哥跟麦当娜的龙儿，龙哥的龙儿。

对窦卫国来说，这同样是个好消息，他以为这是冥冥之中有神力助他东山再起。张峰奇的抄袭门、欧阳仑的黑案，再加上跟校长成了亲戚，他踌躇满志，感觉胜券在握。麦当娜说，她跟窦夫人回来后，窦卫国第一次亲吻了麦当娜和龙儿，随之大喊一声，拿出毛笔，写下一排大字：仰天大笑出门去，我辈岂是蓬蒿人！并在窦夫人一根手指伴奏下，激情演唱《智取威虎山》片段。

窦夫人有点按捺不住，要打电话把这个喜报通知校长夫人。窦卫国建议窦夫人要淡定，等等再看。他表情严肃地对窦夫人说：夫人，虽然我们胜利在望，张峰奇、欧阳仑等敌人正在土崩瓦解，但是夫人，越是这种时候，我们务必要保持谦虚谨慎戒骄戒操的作风，务必小心谨慎提防反动派的殊死挣扎！窦夫人点头称是。麦当娜说窦卫国确实心情不错，他罕见地当晚跟窦夫人敦伦一次，敦伦完窦夫人哭了。她说如果窦院长不能东山再起，她已经做好了守一辈子活寡的准备。

基辛格说过，权力是强烈的催情剂。对窦卫国而言，权力简直就是他的荷尔蒙，离了那玩意，他的生殖系统根本就不能正常运转。

第一次看见龙儿，哥的心情相当复杂。也许第一次为人父者莫不如此。一方面是惊喜，充满着成就感；另一方面是莫名的恐惧，这种恐惧来自于沉重的责任，以及对未来无数的不确定性的担忧。也许哥的爸爸就地蒸发，就是因为没有勇气去面对这种恐惧，以及随之而来命运的改变。

一颗精子创造出一个生命，世间的奇迹莫过如此。萨克齐认为，宇宙就根源于一个受精卵，但人类始终找不到精子与卵子的供主。萨克齐说，这将是他最后需要完成的课题。起初哥以为萨克齐是胡扯，但看到龙儿的一瞬间，哥确信萨克齐二得很有道理。既然哥的精子有如此奇效，有什么理由可以怀疑，更伟大的精子创造了全世界。

龙儿依偎在麦当娜的怀里，跟哥小时候一样。哥过去轻轻地摸了摸他。他用诧异的眼神看着哥。但很快血液中的成分起了作用，他开始意识到，这只有点陌生的公狗跟他有着至为紧密的关系。当麦当娜把他递给哥时，他在哥的怀里很安静，但哥哭了，眼泪落在他细嫩的毛发上。哥感觉到从未有过的幸福。

很难说龙儿长得更像谁。麦当娜说他的眼睛像哥一样贼。哥的眼睛真的很贼吗？也许这只是一个玩笑。哥觉着他更像麦当娜，哥希望也是如此。如果像哥，在这个出身论弥漫的世界里，难免会遭受很多诘难。只要他的血管中流淌着哥的血液，这就足够了。

但窦夫人并不这样认为，她把龙儿的照片发到博客上，特意指出龙儿的爸爸是伯恩山犬。哥很费解，即便龙儿长得不像哥，但跟伯恩山犬实在是风马牛不相及，窦夫人这不是鬼迷心窍说胡话吗？窦夫人的举动也引来网民们的嘲笑，有人讽刺窦夫人是色盲，如果龙儿是伯恩山犬的种，他也可以堂而皇之地认为奥特曼是自己的祖宗。

不管窦夫人如何折腾，丝毫不能减损哥跟麦当娜的幸福，我们对新生活的期待。毕竟龙儿生在京大，出来就有京都户口，至少不像哥，从小就是个没人待见的小混混，甚至还吃过屎。看着龙儿，哥以为自己的付出，也许是值得的。

辛可大师曾开玩笑说，做爸爸也是生意。这话其实也不全是玩笑，以庆贺龙儿出生的名义，哥邀请马大姐、萨克齐、花生他们在莫须有湖边聚会，除了让大家分享哥的喜悦，也为了联络一下感情，为随后举行的会长选举做铺垫。大家对龙儿赞不绝口，大致都是聪明、漂亮等溢美之词。只有萨克齐是个例外。

萨克齐审视着龙儿，就像审视着地球仪，思考了很久。他对大家的吹捧不屑一顾，为了显示自己的深刻，他讲了鲁迅先生在《立论》一文中的话，比如这个孩子将来是要死的等等。结果引来马大姐的痛斥：小萨，嘴再这么臭，你信不信我撕了你！萨克齐无奈地摇摇头，叹息道：唯女子与小人为难养也！麦当娜听了也很不高兴，准备联合马大姐给萨克齐一点颜色看看。哥倒无所谓，哥了解萨克齐，他只是二并没有恶意。

花生对哥当爸爸多少有点伤感。他说这孩子还真有点像他，当年如果麦当娜不去打胎，现在谁当爸爸还不一定。本来是一句玩笑话，但此时此刻，讲出来很不合时宜。特别是麦当娜被臊得满脸通红，冲上去要抽花生耳光。尽管这话哥听着也很刺耳，但考虑到花生只是无意间说了实话，劝麦当娜别太在意。花生也知道说错了话，赶紧向哥道歉：Sorry，就算麦当娜不去打胎，爸爸还是柏拉图。花生的这个道歉其实也很多余。

Pitt 对马大姐成为龙儿的干妈非常郁闷，他私下跟哥抱怨：要知道马大姐这个老八婆做干妈，我就不当干爹了，传出去会被大家笑话。哥劝他就别矫情了，以他的条件，能跟马大姐挂一起就不错了，至少人家的零件是全的！Pitt 啐了哥一口，说找时间再跟哥理论。

这当然都是一些有趣的小插曲，丝毫不会减损喜悦的气氛。大家不但围着龙儿跳起了踢踏舞，而且都发表了美好的祝词。花生还特别朗诵了一首诗，并扬言是自己花了整整一晚上创作的。Pitt 挖苦道：世道真变了，连流氓老大都成诗人了！花生的诗写得如何暂且不论，就满嘴的错别字没把大家笑死。

聚会上哥乘机向马大姐摸了摸她的底牌。哥祝贺马大姐被提名为会长候选人，并认为马大姐是最为合适的人选。马大姐似乎对这个问题根本不在意，漫不经心地道：我就是陪太子读书，图个热闹而已，我看柏拉图兄弟最有希望。听了这话，哥心里更踏实了。

花生在聚会上说，牛博士终于完成了私奔的壮举，回到了京都。按照牛博士的安排，牛夫人带着鲜花，跟一堆记者赶赴京都机场，迎接牛博士凯旋。在出站口，面对着剧烈的镁光灯，牛博士与牛夫人深情拥抱，泪如雨下。据说两人还进行了长达半小时的热吻。为了这一幕，牛夫人做了大量的前期准备工作，研究了很多案例。比如仿效二战老兵归来在街头热吻的镜头。可惜牛夫人腰太粗，根本就下不去，因为太用力，连胸罩也撕成了碎片。

就在牛博士回来的当晚，牛夫人秘密邀请参与本次私奔项目运作的相关人员，在夜巴黎举办了盛大的答谢晚宴。包间里还悬挂着“热烈欢迎牛博士私奔凯旋”的横幅。牛博士在晚宴上动情致辞，对各位亲朋好友的热切协作深表感谢，特别是自己深明大义的夫人，所谓军功章有你的一半也有我的一半。如果没有这样的贤内助，他就不可能私奔成功，收获如此多的粉丝。牛博士再次热吻了牛夫人，这次比较圆满，没有发生胸罩爆裂的悲剧。

为了感谢牛夫人，牛博士当晚非常卖力，甚至罕见地亲吻牛夫人长达 10 分钟之久，平常他都是直来直去，从不拖泥带水。但花生认为临床效果并不理想。毕竟在上飞机前，牛博士刚跟华姐折腾过一回，算是最后的晚餐，然后洒泪相别。跟临床效果相比，牛夫人更关心其他的事。

——你跟她做了吗？

——我不想骗夫人，尽管一直在忍，但最终没有……

——我早知道你忍不住，戴了吗？

——我时刻谨遵夫人的教诲，戴了！

——一次几个？

——能戴几个就戴几个……

牛夫人听了还是有点不放心，到书房里找来放大镜，对着牛博士的身体特别是关键部位进行了严格检查，并提出了一系列有针对性的问题。比如牛博士背部怎么会有很多抓痕。牛博士解释说，自己为了不辜负夫人一直强忍着，实在忍无可忍，就用痒痒挠抓自己的背部，结果弄破了。牛夫人对牛博士的这个解释很满意，扑过去紧紧地抱住牛博士：老公，你是世上最好的男人，我爱你，永远，一生一世。以哥的经验，牛博士身上的抓痕肯定是华姐的作品，哥跟豆豆以前也出现过类似的情况。花生完全同意哥的看法。

花生说，牛博士这次私奔如此圆满，跟牛夫人的卓越表演有很大关系。牛博士私奔后，舆论一片哗然，大家除了关注牛博士和华姐，也开始把焦点对准牛夫人，等着牛夫人出来揭发控诉牛博士，毕竟她是最大的受害者。结果让大家跌破眼镜，牛夫人在媒体上发表声明，认为牛博士原本是个好男人，一切都是她的错，她的法西斯统治最终造成了牛博士带着痛苦的心私奔，她应该进行深刻反省。

牛夫人还为此召开新闻发布会，在会上痛哭流涕，足足干掉了两盒纸巾。她呼吁社会大众尊重他们的隐私，不要过分谴责牛博士，应该谴责的是自己，牛夫人。在新闻发布会上，牛夫人深情呼唤牛博士回到她的身边来，她愿意不计前嫌，跟他天荒地老。为此她还流着泪朗诵了自己创作的诗歌《回来，我的宝贝！》，诗中特别引用了泰戈尔的名句：

用所有的爱拥抱着你，
但给你享受阳光的自由！

据说听了牛夫人的朗诵，很多人被感动得泣不成声。有个刚被别人老婆撕破脸几近毁容的女白领，更是激动得休克过去。大家一致认为，以前我们很自卑，以为中国没有希拉里那样的贤妻，但牛夫人的举动完全改变了我们的看法，让我们感到作为一个中国人的自豪。牛夫人特别呼吁全天下的妇女：如果你的男人跑了，那是你的错；如果你的男人没跑，不能证明你没错！这句话后来被男人们疯狂转发，导致移动短信平台一度瘫痪。

花生不说哥心里也清楚，这都是牛博士提前策划好的，包括那首《回来，我的宝贝！》。牛夫人开完新闻发布会不久，牛博士在博客上发表声明，表达了最深切的忏悔，并上传了一张胡子拉碴、满脸泪水的照片，下边写着一句话：我的心碎了，碎在巴厘岛，请再次收留下这个破碎的男人，我的宝贝！据巴托尔后来讲，华姐曾给闺蜜聊过这一段，说牛博士的胡子根本就是在理发馆做的，至于满脸的泪水，也就浪费了一瓶眼药水。为了制造出绝望、沧桑、痛苦的表情，他们排练了很多次。由于牛博士始终不能进入角色，还特别要求华姐抽了他几个耳光。

对牛博士轰动一时的私奔壮举，辛可大师始终不以为然。哥以为，辛可大师多少有点扳倒醋瓶子的意思。他认为整个项目从设计到过程都过于煽情，类似于黄金时间播出的电视剧，有失 MIT 博士的水准。辛可大师曾就此跟牛博士交流过，牛博士也承认因为时间紧张，考虑不是特别周全，如果辛可大师也需要私奔的话，他有很多成功的经验和失败的教训可以分享。

最让辛可大师反胃的是，牛博士没完没了地炫耀他跟华姐的房事。牛博士认为，华姐在床上的表现堪称完美，这也充分说明了她为何能成为一名优秀的企业家。辛可大师特别询问华姐有没有做爱前跟他讨论哲学问题。牛博士笑道：老辛真会开玩笑，她当我是傻逼啊！辛可大师听了很想找个地方撞死，如果条件许可的话。

易中正的遭遇跟牛博士可谓是冰火九重天。他被唐娟折磨得几近崩溃，他不想私奔，他想直接逃到神农架去做野人。唐娟说，在易中正支付 200 万赎金之前，他还是她的男人，必须履行一个男人的义务，否则她随时会采取措施。这些义务包括陪她吃饭、聊天、上床等等。易中正必须 24 小时开机，不得不接电话或不回短信。凡此种种，让易中正苦不堪言，特别是晚上，经常躲到厕所里给唐娟回短信，好几次险些被老婆发现。易中正对辛可大师说，如果再这样下去，乌纱帽对他可能也没用了，因为即便不疯，他也会得上严重的抑郁症。抑郁症弄不好就会自杀，很多官员就是这样死或被死的。

其实唐娟心里也不好受，她在《我为君狂》中说，自己这样做完全是被易中正逼的，或者说被自己逼的。她爱他，她想见到他，她想拥有他的一切。没有易中正的时候，她总是被深重的恐惧感包围着，生不如死。她满脑子都是易中正，从来没有出现过钱。唐娟悲痛地写道：其实见到他更痛苦，哪怕是贴着他的身体，也感到无比的空虚与绝望。他像一扇猪肉摊在床上，任由我摆弄。有时候做着做着我会放声大哭，我觉着自己不过是个强奸犯，对象是我爱的男人，或者自己。

哥同情唐娟的遭遇，但跟很多网友一样，也认为唐娟有点贱。可问题是很多人都这样贱过。也许如辛可大师所言，对普通人而言，爱的深浅跟贱的程度是成正比的，衡量爱或者被爱的标准就是看他能有多贱。以哥跟豆豆的关系为例，哥觉着辛可大师的话也有一定的道理。哥之所以不会对豆豆像对麦当娜那样犯贱，大概是爱的程度太不够了。

为了早点把易中正解放出来，辛可大师特意给樊总打了电话，沟通了一下成立国际生命文化研究中心的事。樊总基本上同意辛可大师的意见，只是觉着回报有点少，毕竟花了上万头猪。辛可大师也理解，他问樊总想要什么？樊总似乎有点难为情，磨叽了半天，说京大能不能给他个博士学位，哪怕是荣誉的。辛可大师听了说这事有点难度，因为京大还没有给猪老板颁发荣誉博士学位的先例，但他可以帮樊总争取一下。樊总连连称谢，说如果这事办妥了，钱不是问题。辛可大师说他可否先打点预付款过来，表示大家合作的诚意。樊总满口答应。

其实辛可大师不过是吊樊总的胃口。辛可大师很清楚，京大的荣誉博士学位没有那么精贵。京大是没有给养猪的发过荣誉博士学位的帽子，但给养蛐蛐、挖煤的发过好些。蛐蛐就一定比猪更有文化吗？尽管中国人喜欢玩蛐蛐，包括皇帝，但也不能说玩蛐蛐就有资格获得博士学位。

樊总之所以痛痛快快给钱，还有另一层意思，但他没说。他的外甥春哥硕士马上毕业。樊总原本想让他回来做集团的副总，或者托人在机关里弄个一官半职，但春哥对此根本不感兴趣。原因有二，一是他在京都有一堆小妹妹需要照顾，她们都指着樊总的猪过日子呢；二是他沉迷于恐怖片，一定要读辛可大师的博士。他扬言博士毕业后一定会从美国给樊总弄一尊奥斯卡小金人回来。樊总拧不过外甥只好答应。樊总知道，以外甥的实力，考上博士根本不可能，除非辛可大师帮忙。

樊总还向辛可大师报告了一个好消息，他说辛可大师果然厉害，不愧为国学泰斗，那几十头听了辛可大师报告的公猪和母猪，主观能动性空前大爆发，叫声十里之外都能听见。效果更是出人意料，有两头母猪一胎生了 50 多个，震惊了国际养猪产业界。他正在就此申请吉尼斯世界纪录。更可喜的是，上级领导多次来樊胖子生物科技集团视察，说要在全省推广樊总的经验。樊总激动地说：不试不知道，一试吓一跳，国学果然厉害，连母猪都受不了！樊总向辛可大师郑重表态：光猪学不行啊，抽空我在京都多待一段时间，也要好好跟大师补一下国学！

辛可大师表示热烈欢迎，并叮嘱他不能只给母猪听他的报告，还要中西通贯、博采众长，至少西方的一些经典名著，如奥斯特洛夫斯基的《钢铁是怎样炼成的》、奥威尔的《动物庄园》、村上春树的《挪威的森林》等等，也应该纳入文化饲料中。

第三十五章

关于春哥读博士的事，樊总即便说了，辛可大师也未必会答应。尽管看在樊胖子有机猪的面子上，他对春哥一向比较客气，但也深知他的成色。作为舅舅，樊总曾向辛可大师抱怨过，要知道春哥如此折腾，倒不如把几千头猪的钱直接送给有关领导，给他弄个乡长当当，何必在京大丢人现眼。

前几日辛可大师见到皮亮，他也为春哥郁闷得要死。因为毕业论文答辩，春哥又给他惹了祸。论文题目是他定的，春哥根本一问三不知，索性费了几十头猪，请工大的吉副教授帮忙。吉副教授是职业剽客，据说还给张峰奇做过枪手，很快弄了一份论文交给春哥。

一般来说，评委都是哥们，答辩也就做做样子，谁也不会为难谁。皮亮照例找了几个关系户来作作秀。让他始料不及的是，被请来做摆设的米教授会突然发难。春哥的毕业论文竟然是照抄人家的。为此他把春哥叫来痛骂一顿：你抄谁的不行？非要抄评委的，而且是一根筋的老太婆！

据皮亮讲，春哥被他训斥后一肚子火，便把吉副教授约到五道口的酒吧。吉副教授起初颇不以为然，跟春哥吵了起来。他认为很多教授的论文都是找他们干的，从来没失过手，春哥是故意找茬！春哥听了二话不说，照吉的腹部就是一脚，把他撂倒在地。他的小兄弟一拥而上，拳打脚踢，要不是酒吧老板出面阻止，险些弄出人命。

吉抱着头趴在地上鬼哭狼嚎，求春哥饶命。春哥不但让他把钱全部退还，而且再加 50% 的精神补偿费！吉副教授觉着冤，不愿给补偿费，但被补充了几拳后，他认为给补偿费天经地义。据春哥对皮亮讲，吉副教授把钱扔给他时还撂了一句：你他妈真狠，有这本事怎么不去当官啊。春哥说等拿了钱，自己就去买一个。春哥讲这些时很得意，但皮亮抽死他的心都有。

从吉副教授那里要回钱，春哥计划找几个人把米教授绑了，逼她就范。幸亏被皮亮及时发现并制止。皮亮知道米教授可不是善茬，她老公是某部的领导，春哥敢动她一根毫毛，且不说他被送进去，自己的饭碗也难保！

无奈至极，他只好带着春哥去找米教授。辛可大师清楚，皮亮之所以腆着脸这样做，也是为了自己，他害怕城门失火殃及池鱼。皮亮因为黄帝鸟现在很红，院士的帽子几乎到手，这时候他最怕出幺蛾子。须知他的竞争对手可都是腰缠万贯的国企老板，特别是烟草公司的从总，据说为了当院士正在到处撒钱。

据皮亮讲，米教授起初绝不通融，给他大讲了一番所谓学术道德，一再标榜自己是有学术良心不苟且的学者，并反复强调为了写这篇论文，她花费了多大工夫，查阅了多少资料。对米教授的凛然正气，皮亮根本不以为然，因为这也是他惯用的套路。等他把一个装满现金的信封放在茶几上，米教授马上认为君子有成人之美的责任，为了学生的前程，她做点牺牲很有必要。

皮亮说米教授真他妈不是个东西。后来他在雅虎上读到一篇英文文章，看完哭笑不得。原来米的那篇论文，也是从英文杂志上抄来的，而且比吉副教授抄得更彻底，可谓善本。辛可大师听了笑道：米教授也不算过分，在当下的中国，要确定一篇论文的真正作者，确实比登天还难，换手率实在太高了。

当然，这都是闲话，那次皮亮来找辛可大师，有更要紧的事。他说自己最近掏钱买了一块更大的墓地，经家属同意，准备把老同学郭杰迁过去，搞得体面一些。他告诉辛可大师，自己之所以这样做，完全是出于兄弟情分，也想在这个物欲横流、人情淡漠的世界里，树个榜样给大家看看。皮亮激动地强调：中国是礼仪之邦，情义是立身之本，生而无情，真禽兽也！他找辛可大师，是希望他帮忙写一篇墓志铭，文中务必凸显他上述的真意。在这方面，辛可大师是国内当之无愧的专家，有韩退之第二的美誉。如果仅以润笔费而言，恐怕韩退之也自愧不如。

可据哥了解，这事绝非皮亮讲的那么简单。皮亮家的藏獒亲口告诉哥，老同学郭杰的阴魂一直纠缠在皮亮心中，最近尤甚。皮亮几乎每晚都会被噩梦惊醒，抓着老婆的手直哆嗦，大汗淋漓。皮亮说梦见老同学穿着白衣，对着他莫名其妙地大笑。樊总为此特别在门口贴了秦琼、敬德，床头贴满钟馗、尺郭[①]等

① 见《神异经·东南荒经》，传说为了吃饱肚子，尺郭早餐要吞下三千只恶鬼，晚上还要吃三百只作夜宵。

打鬼专家，也似乎于事无补。

为此他找了诚空法师，诚空法师帮他卜了一卦，认为这事并不怪皮亮，而是看着皮亮发达了，特别是有可能成为院士，郭杰在阴间得了红眼病，故意在整他。人和鬼一样，一旦得了红眼病很难治，经常会不择手段。皮亮听了吓得要死。诚空法师劝他无需惶恐，他自有良策。诚空法师的办法有二：一是他给皮亮画了一堆符咒，让他每天烧掉一张，就着50年的茅台，分早中晚三次服用；二是帮老同学重修墓冢，让郭杰占点便宜，红眼病自然会减轻一些。皮亮深以为然。据说诚空法师的符咒果然灵验，服用后皮亮至少每周总能安睡上几晚。

尽管皮亮说得情真意切，但作为牛鬼蛇神专家，辛可大师清楚其中的水分。既然自己跟皮亮正在狼狈为奸，这忙他不能不帮。皮亮的话也勾起了他的心事，决定去看看曹老。他估计，距离自己每晚梦见曹老的日子，大概也不远了。

原本他跟董浩波、易中正约好了一起去的，但被易中正一再耽误。由于被唐娟折磨得死去活来，易中正前几日独自潜入西山深处。结果屁股还没坐热，就被唐娟弄了回来。唐娟的办法很简单，见不着易中正，就去找他的领导。易中正怕唐娟把事闹大，只好回来任唐娟折磨。易中正给辛可大师打电话说，他现在被唐娟绑架了，困在一家五星级酒店里，完全失去了人身自由，除非支付200万赎金。可据唐娟在书中讲，她并没有限制易中正的自由，也没有提钱的事，她只想让易中正陪着她，尽管易中正在她面前形同僵尸。

但唐娟在书中刻意忽略了一个细节。这件事是豆豆告诉哥的。在此期间，唐娟曾找过小卞，那天元元正好不在。豆豆说，尽管唐娟当时装修得很豪华，但神色极为憔悴。唐娟一把鼻涕一把泪对着小卞控诉易中正，小卞脸色阴沉，一言不发。后来唐娟发疯一般扑上来，撕掉小卞的衣服，吻他的全身，包括关键部位。小卞沉默着，只是呆呆地望着天花板，任由唐娟发泄。就在唐娟脱掉内裤，骑到小卞身上时，她突然停了下来，抱住小卞失声痛哭。

据小卞在自述中讲，尽管当时他什么都没说，也不想说，但心里翻江倒海，痛得要命。他能体会得到，他依然爱着唐娟，他原本以为他放下了，但在那一刻他发现那根本就是自欺欺人。他也真切地感受到唐娟对易中正的爱，爱得失去了所有的尊严，像个妓女。尽管他曾无数次幻想过，再次拥有唐娟的身体，但不想用这种方式。小卞心里清楚，唐娟这样做不过是报复易中正而已。他觉着唐娟跟他一样可怜，易中正心意已绝，她这样做不过是自欺欺人，求个心理安慰。

辛可大师说过，爱情就像是屁，你夹着时它是存在的，松开后就无影无踪。关键不是屁存不存在，而是你想不想夹着。夹着时憋得难受，放开了又很空虚，就看你自己怎么选。至少对于小卞、唐娟也包括周倩，哥以为，他们选择了夹着，夹得很苦也很累，最终夹成了习惯并把自己玩得死去活来。

辛可大师带着哥去看曹老，结果大门紧闭，只有小白靠着楼下的海棠树，一边晒太阳一边数腿上的毛。据邻居讲，曹老昨晚就送到京大附属医院了。

辛可大师立马赶到医院。曹老在重症病房，鼻子上插着输氧管，看来病情相当严重。只有老太太守着曹老，尽管很疲惫，但情绪还算平静。辛可大师站在床边跟老太太聊了几句。老太太说医生刚来过，意思很清楚，曹老各种器官的功能正变得很衰弱，估计坚持不了多长时间。至于具体病症说不好，毕竟90多岁的人了，每个零件都出了问题。

也许是听见了辛可大师与老太太的谈话，曹老吃力地睁开眼睛看着辛可大师，用眼神示意他坐在床边的凳子上。辛可大师感到心头一阵发酸，泪水在眼眶中打转。他能读懂曹老的眼神，那种眼神曾让他感到父亲般的温暖，尽管很多年他不再感受过。

辛可大师本想安慰老太太几句，但他发现这有点多余，或者说应该被安慰的是自己。老太太说，老头这辈子不容易，到处颠沛流离，特别是“文革”前后，更是九死一生，能活到这把年纪，也够本了。至于自己，老太太说，能陪老头几十年，这辈子也没什么遗憾，等把老头打发了，她也快了。老头一个人走她不放心，没有她照顾，怕是生活都不能自理。

老太太的话让辛可大师很伤感。辛可大师知道，其实老太太也不容易。曹老跟她是在伦敦的地铁里认识的。当时曹老在牛津读书。经过交往，两人彼此欣赏并建立了很深的感情。她决定嫁给这个来自陌生中国、一无所有的年轻人，但遭到父亲的坚决反对。老太太家出身曼彻斯特的名门望族，她父亲是英国上院的议员。她父亲之所以反对这桩婚姻，原因很简单，当时的中国人在英国社会是二等公民。为此父女俩闹得不可开交。

但她最终嫁给了曹老，代价是断绝了父女关系。这件事曾在英国轰动一时。很多人说风凉话，也有人夸赞这是一段爱情传奇。二战爆发前，曹老应胡先生之邀回京大任教，珍妮也跟着来了。父亲曾托人劝过她，让她留在英国，至少完成剑桥大学的学业，但被她拒绝了。为此曹老一直很内疚，他认为如果不是随他来中国，她一定会成为一流的生物学家。

回国不久发生了卢沟桥事变，她跟着曹老四处漂泊，从京都到重庆，最后到了昆明。曹老在西南联合大学教书，她为了补贴家用在街上跟闻一多先生摆过地摊，也跟西南联大校长梅贻琦的老婆一起打过短工。一次躲避日机空袭时，她不幸流产，从此不再生育。老太太常说，她这辈子唯一的遗憾是没有给老头生个孩子。每每提及此事她总会哽咽落泪。

胡先生离开京都时，曾劝曹老同行，但被他婉言拒绝。他倒不是等着迎接新社会，只是不想再背井离乡。后来也有记者就此问过他，他的回答很简单，他只是个学者，他的研究跟中国有关，他认为这些研究对中国会有帮助，仅此而已。因此有人认为，跟郎惠中他们的赤子情怀相比，曹老实在太消极，或者觉悟太低。

事实证明胡先生有先见之明，他从此再也没安生过一天，做学问就更不用提了。对此他自嘲道：连陈寅恪这样的大师也度日如年，何况我辈。老太太更达观，她建议索性回曹老的安徽老家，做一回牛郎织女。他们很快如愿以偿，牛郎被送到乡下去养猪，织女也因为背景特殊，被审查个没完没了。

“文革”开始后情况变得更糟糕。京大的革命小将不但上门抄了家，还把曹老和老太太拉出去批斗。跟其他被批斗的教授不同，曹老因为有个帝国主义的老妖婆，更是享受特殊待遇。两人被绑起来打得头破血流是家常便饭。最难以忍受的是，自己的学生公然在他的身上小便。曹老这才明白，革命不但要杀头，还包括尿自己的老师。曹老不堪其辱，几次想自杀，但都被老太太拦下了。老太太认为，这种罗伯斯庇尔式的疯狂不会持续多久，再锋利的断头台总有生锈的一天。

其实老太太完全不需要跟曹老一起享这种福。他的父亲在报纸上了解到女儿的遭遇，通过外交途径要求中国政府送女儿回国。尽管嘴上跟帝国主义不共戴天，其实大家在下边一直玩得很花哨，只是不让老百姓知道就好。问题是老太太根本不愿回去，她要和老头在一起，哪怕是死，也要死一块。曹老也劝过她，但老太太就是一根筋，誓与曹老共存亡。

“文革”结束后，老太太回去过一次，因为她的父亲来日无多。历尽几十年岁月沧桑，父女俩一见面便抱头痛哭。父亲最终原谅了固执的女儿，临终前把曼彻斯特的庄园留给了她。他依然希望女儿能回到英国安度晚年。可就在葬礼后的第二天，她就上了飞往京都的班机。她拒绝了父亲的遗产，把它送给了附近的一所中学。

这件事当时被炒得很热，宣传部门认为这是进行爱国主义教育的绝好题材，比郎惠中的故事要感人几十倍。郎惠中的爱国情怀主要表现在以 72 岁高龄还鞠躬尽瘁，精心灌溉着 27 岁的祖国花朵。尽管这也很感人且催人奋进，但跟珍妮老太太比，道德教育意义还是差一些。各权威媒体确实下了不少功夫，但临床效果很不理想。不是媒体不积极，而是老太太根本烂泥扶不上墙。哥曾在电视上见过对老太太的采访，确实跟主流要求有很大差距。

> 您喜欢中国吗？——没想过这个问题。
> 您对中国的印象如何？——一般吧！
> 您想过回国吗？——没想过！
> 那您的意思是要永远留在中国？——老头在哪我在哪！
> 为什么不回去继承父亲的财产？——回去老头谁管？
> 他也可以去啊！——他不去。
> 因为他热爱祖国？——不知道，他没说过。
> 为何要放弃英国的房产？——现在住的足够了！
> 60 多年了，您后悔过吗？——后悔过！
> 是吗，比如？——上次回伦敦，没人照顾，老头摔了一跟头。
> 以后有什么打算？——等着跟老头一起死呗！
> 为一个中国男人放弃学业，您觉着值吗？——没想过！
> 如果重来一次，你会怎样选择？——到时候再说吧。

节目播出后反响平平，据说领导非常生气，把台长叫去狠狠地收拾了一顿，建议他最好换个岗位，他的智商根本不适合领导政府的喉舌。台长回来后立马把节目编导和记者开了。记者也觉得委屈，他不是不敬业，也熟悉新闻纪律，可老太太实在不配合，即便他用尽花招也无济于事。

易中正也为此很郁闷。在他看来，如果老师被炒成圣贤，对自己的仕途也有加分的效果，就像边宁的弟子们，借着老师的光一路往上蹿。结果弄得灰头土脸，让他也很没面子。甚至有领导嘲讽易中正：你老师怎么回事啊？几十年都改造不好，就这还回来干什么？存心给伟大祖国添堵啊？！

辛可大师跟老太太闲聊了一会，去医务室找主治医生，送给他两张购物卡，拜托他多费心，就告辞出来。没想到在住院部门口，碰见了宋达人的女儿。小宋说她父亲心脏病突然犯了，已经在这里住了好几天。

辛可大师听了一怔，大概明白了怎么回事。前几天宋先生发了篇文章，修正了自己关于齐天大圣故里的看法，说经过严格考证，本着实事求是的态度，发现自己以前的判断有误，齐天大圣的故乡不是水帘洞市，而是花果山市。宋先生的文章发表后，形势马上发生了逆转。水帘洞市的领导被当头棒喝，多次找宋先生理论但被拒绝。孙市长给辛可大师打来电话，代表孙悟空的 100 多万家乡人民对辛可大师的义举表示感谢，激动之情溢于言表。

过程跟辛可大师的设想完全一致。孙市长寄来钱后，豹哥把其中一部分交给崔导，崔导黑了不少，把剩下的给柳主编。柳主编在钱的鼓励下，拿着黑材料去找秋蝉。秋蝉挺生气，觉着柳主编已经收过他的钱了，怎么可以跟个小人一样出尔反尔。秋蝉激动地道：我秋蝉是君子还是小人，你柳主编不清楚吗？怎么可以去黑自己的老师，那不成禽兽了吗？

柳主编听了笑道：那您就当君子吧，我当禽兽！说完掉头就走。秋蝉赶紧冲过去拦住他。秋蝉知道，柳主编一旦把这些黑材料丢出去，等待他的不只是身败名裂。他抽了根烟，想了想，决定还是做禽兽实惠一些。然后熬了个通宵，整理出一份恩师宋达人的黑材料。

据辛可大师讲，“文革”结束后，宋达人曾检讨自己在各种压力下，说过一些违心的话做过一些违心的事，其实不过是避重就轻、瞒天过海，还为此戴上了说真话的高帽子，成为士林楷模。宋达人在当时到底干了什么？秋蝉最清楚。很多大批判文章，就出自宋达人笔下，包括对恩师胡适、顾颉刚诸先生的批判。而且每次都是毛遂自荐、主动请缨。至于那些谄媚文章或书信，肉麻绝不亚于郭先生，非一般瘙痒患者忍受得了。这些黑材料全被秋蝉保存着。这倒不是说秋蝉始终包藏祸心，而是他们这一代人经过“文革”风雨的洗礼，有收集别人黑材料的习惯。

当秋蝉把这些材料丢给恩师时，结果不言而喻。为保住自己士林楷模的面子，他只能唾面自干，背叛他老婆的故乡水帘洞市。至于被送到医院心脏病室，也在情理之中。即便换了辛可大师，被学生如此蹂躏，血压也会升到 200 以上。小卞也曾这样干过，但没恶心到这种程度，而且当时确实是自己不对，抢了人家的女朋友。宋先生没被气死，也充分体现了儒学大师的涵养功夫。

宋达人跟曹老不同，他被安排在高干病房。辛可大师心里有愧，便跟着小宋进去探望宋先生。宋先生正躺在床上看电视，见辛可大师进来，热情地跟他打招呼，两人攀谈了起来。听了曹老的情况，宋先生很伤感，说过两天身体好点就去看看，毕竟他们这一波的老朋友，已经不多了，说完几近落泪。

也是凑巧，电视上突然出现秋蝉的镜头，大概是在某论坛发表演讲后，他正跟观众进行交流互动。当着辛可大师的面，宋先生虽然脸色变得阴沉，但强忍着没吭声。

秋蝉又在讲所谓的“交叉敢染”。关于交叉敢染，哥在京大学堂也听过。秋蝉认为一个学者要想跟他一样杰出，就必须交叉敢染。能交叉尽量交叉，不能交叉也要想办法交叉，能染尽量染，哪怕脱了裤子也要染。要想在陌生的领域成为专家，关键是抓住文化这个核心，既然都是文化，打通一穴就一通百通了。只有把交叉敢染发扬光大，中国的学术才能无敌于天下。

哥记得很清楚，他当时还举了两个例子：一是他说自己曾去西交大讲高等数学，结果引起了轰动，虽然秋蝉只有小学数学水平！二是他正准备从文化特别是国学的角度，就宇宙大爆炸理论跟霍金进行探讨，如果瑞典皇家科学院的专家不戴着有色眼镜，下一届的诺贝尔物理学奖非他莫属，或者跟霍金分享。

关于秋蝉在电视上与观众互动的环节，抄一些与诸位分享。

——请问秋蝉老师如何看待伊拉克战争？

——很简单，文化问题，基督教与伊斯兰教文化的冲突。

——请问秋蝉老师如何看待国内的贫富分化？

——这是穷人文化与富人文化碰撞产生的火花！

——我是秋丝，请问秋蝉老师，我老公总打我，怎么办？

——这是中国阴阳文化的现代呈现，公母文化的对撞。

——我可喜欢秋蝉老师了，跟我家大黄一样可爱，您养狗吗？

——我不养狗，我研究狗文化，特别是狗人文化的调和！

——我刚毕业，找不到工作，秋蝉老师能帮我吗？

——当然，回头送你一本我写的《失业文化论纲》！

——秋蝉老师，有个问题难以启齿，我老公不行，怎么办？

——不要把它看做生理问题，而是文化问题，用文化唤醒它！

——有人说您上电视作秀，也就是装逼，您同意这个说法吗？

——问得好，作秀是典型的南方文化体系，装逼是典型的北方文化体系，作秀和装逼既有文化差异，也是文化的融合！作秀和装逼的水平体现了一个国家或民族的文化软实力。

辛可大师一直笑呵呵地看着电视，宋达人的脸色却越来越难看。当秋蝉讲到他有很多机会成为比尔·盖茨或拿破仑，但在恩师宋达人的教诲下主动放弃，把全部精力投身于文化事业时，宋先生突然大吼一声：禽兽！接着就晕了过去。辛可大师赶紧喊医生抢救，折腾了半天，宋先生总算活了过来。宋先生躺在床上面色苍白，目光空洞，眼角渗出两行泪水，估计温度也很低。

第三十六章

自从龙儿出生后，哥发现自己变了，变得跟飞飞姐、娄市长老婆一样虚荣，婆婆妈妈，见到谁都想显摆一下自己的儿子。如果诺贝尔奖的评选标准能够做些调整，哥以为龙儿至少可以跟李敖大师一样被提名（如果有这一项的话）。麦当娜说哥纯粹有病，可天下的父母，谁又没病呢？

龙儿一天天长大，他开始叫哥爸爸。尽管所有的小狗都会叫爸爸，但哥觉着哥的龙儿叫得更有智慧。仅以此判断，哥以为如果他将来从政，口才绝不会输给克林顿。龙儿很顽皮，喜欢在草地上奔跑，哥觉着他比任何小狗都具备运动天赋，如果参加奥运会，估计博尔特必须向刘翔学习了，否则根本没办法向赞助商交代。有一次这小子竟然摸小母狗的屁股，麦当娜说这点最像哥。也许吧，哥为此深感自豪，如果在意大利，哥说不定还能做太上皇呢。看龙儿摸小母狗时手法的优雅，贝卢斯科尼岂是他的对手！

总之，哥的龙儿天下无双。哥不是跟诸位开玩笑，哥心里就是这么想的。特别是在朗朗月色下，莫须有湖边，他跟哥一起打滚的时候，哥感觉到从未有过的幸福与满足。他有时候会对着莫须有湖发呆，那种样子简直让哥着迷，难道他想成为李白或者苏格拉底吗？只要别跟萨克齐一样二就好。

自从有了龙儿，哥开始喜欢上了黄昏和夜晚，喜欢在平静的莫须有湖边，蔷薇树下，跟龙儿漫无天际地聊天。

——爸爸，怎么天上从来没有星星呢？

——天上当然有星星！

——那我看不见呀？

——以前看得见，现在星星被二氧化碳叔叔挡住了，看不见了！

——那二氧化碳叔叔怎么挡不住太阳公公？

——要是二氧化碳叔叔再长大一些，太阳公公就看不见了。

——二氧化碳叔叔这么厉害呀，我长大了也要跟二氧化碳叔叔一样！

——是吗？那月亮婆婆怕是也看不见了！

龙儿真的有成为思想家的潜质。他问哥：太阳公公和月亮婆婆也跟爸爸妈妈一样吗？哥说这个问题还是问你妈妈吧，要是说错了爸爸会挨打。麦当娜听着笑了，对龙儿解释道：太阳公公和月亮婆婆从来不见面，哪能跟爸爸妈妈相比！龙儿道：可爸爸和妈妈也不在一起呀。听了这话，哥和麦当娜都觉着有点伤感。自从有了孩子，才深切感受到夫妻分居的苦楚。但我们没有能力让这个家庭变得更完整一些，破碎是我们命运的一部分。

看着龙儿天真无邪的样子，哥跟麦当娜除了幸福，心底都有一份莫名其妙的恐惧，只是谁也不愿讲出口。未来无数的不确定性折磨着哥，同样也折磨着麦当娜。但愿佛陀真能帮帮忙，让我们有一个幸福的未来。可窦夫人的态度，让我们对佛陀的诚意和能力始终缺乏足够的信心。

据麦当娜讲，窦夫人一直很兴奋，或者说兴奋得有点过度，甚至经常为此夜不能寐，或半夜醒来对着龙儿喃喃自语：奶奶的乖孙子，一切都看你的了！说完在客厅里转圈，活像《聊斋》里的游魂野鬼。

窦院长的情况比窦夫人好不了多少。好在安定对他的效果要比窦夫人强一些。如前所述，给窦院长打了强心针的，是张峰奇和欧阳仑都丑闻缠身，按照不能带病提拔的原则，他们俩铁定丧失了竞争副校长职位的资格。

尽管成书记竭力袒护张峰奇，但由于抄袭门被炒得太热，舆论压力让京大的领导有点扛不住。特别是欧阳仑认为张峰奇黑了他，便动员一切资源，向张峰奇火力全开。欧阳仑说：即便是死，也要跟张峰奇同归于尽。事实上欧阳仑的目的基本达到了。在巨大的社会压力下，特别是部领导对此事很恼火，京大领导班子不得不对张峰奇做出严肃处理：张峰奇留党察看一年并做出深刻检查，向社会大众公开道歉。尽管在恩师边宁的强力斡旋下，加上成书记暗中支撑，张峰奇暂时保住了经管学院院长的职位，但做副校长的梦已彻底破碎！按照惯例，他被迫交出经管学院院长的帽子，也只是时间问题。

欧阳仑的情况比较复杂。如果京大认定欧阳仑确实有罪，等于公开承认黄河案是错判，这将成为司法史上的重大丑闻。暂且不论欧阳仑将面临法律的严惩，也抽了京大和司法机构一个响亮的耳光。欧阳仑的死活并不重要，但如果牵扯面太大，将会造成无法预见的恶劣后果。必须从政治的高度谨慎处理此事。

尽管对外京大始终保持沉默，但对内也不能视而不见，只能采取灵活的手段加以处理，所谓让欧阳仑休假式治疗，院长的工作暂时由副院长代理。

辛可大师说，欧阳仑能全身而退，根本的原因就是恐怖平衡。尽管谁也不敢明着动他，但鉴于舆论汹汹，再想提升已无可能。这点欧阳仑也清楚。作为法律专家，他能掂量出其中的轻重。只要能跟张峰奇同归于尽，他也心满意足了。后来在自传《为正义而生》中，他为自己进行了辩护，并含沙射影对张峰奇口诛笔伐。他认为张峰奇根本就是文化流氓，学术界的耻辱。张峰奇也不认怂，进行了强有力地回击。当时他已不是经管学院院长，变成了跟牛博士一样的愤怒公知。有人说，也就是从那个时候开始，张峰奇学会了说人话。如辛可大师所言，人之将死其言也善的另一层意思是，一旦丢掉乌纱帽，他们也会学着说人话。

综上所述，窦卫国完全有理由相信，他将踏着张峰奇和欧阳仑的尸体登上副校长的宝座。他为这一天已望穿秋水，颇有些沧海桑田的味道。在历史文化学院，窦卫国也通过自己的狗腿子放出类似的信息，这让很多教师，特别是青年教师惶惶不可终日。如果窦卫国真的成为副校长，现在不舔恐怕为时已晚；可如果这只是传言，舔了窦卫国，难免会得罪董浩波，日子也不好过。两边都舔当然是最理想的，可操作起来有相当的技术难度。

董浩波当然也听到了这些传言，且惧且喜，为此找过辛可大师。他既害怕窦卫国死鱼翻身对自己不利，又认为既然张峰奇和欧阳仑壮烈牺牲，自己会不会有戏。辛可大师劝他别胡思乱想，首先，副校长的位子根本不可能属于他，乌纱帽没有等来的，可现在去抢，已经来不及了，别人的舌头早就伸到了前面；其次，尽管窦卫国四处活动，那也是白日做梦，不是说有病就不能提拔，那也得伤疤磨得差不多了才行，否则有碍观瞻。窦卫国以为自己是黄雀，他忘了，天上有鹰、地上还有蛇呢！

在辛可大师的劝告下，董浩波总算安生了。他也很享受院长的位子，不但天天能听到马屁精们的奉承，还能弄到不少钱，比以前当穷教授强多了。豹哥说，如果董浩波好好跟他合作，保证没多久就可以买一栋大别墅。董夫人为此兴奋不已，说自己这辈子没嫁错人——董浩波丑是丑点，但也是富贵相。

对此哥并不关心，也不觉得董浩波的骨相有过人之处，特别是他只有几根毛的秃头。让哥忧虑的是，窦卫国认为现在时机成熟，应该找机会告诉校长夫人，麦当娜生下了萨克齐的种，他跟校长家是亲戚。在窦卫国看来，关键是要有相关的科学证据。哥听了第一次有弄死窦卫国的想法，而且非常强烈。如果龙哥还活着，他的革命包括弄死窦卫国夫妇的话，哥估计自己一定会参加。

自己把握不了的，只好听天由命，自己能把握的，应该全力以赴。至少在夺取会长宝座的征途中，哥只缺最后一步。但这最后一步，突然变得波谲云诡。至少有两件事让哥心神不宁，一是亚历山大很久不召见哥，也没找 Pitt 帮他按摩，跟以前相比显得很不寻常；二是按理说亚历山大应该替哥造造势，可他始终保持沉默，即便他手下的走狗，也丝毫没有流露出支持哥的意思。

等了好久，哥实在扛不住了，就跟 Pitt 一起去找亚历山大。为了哥的事业，Pitt 还特别洒了亚历山大喜欢的香水。亚历山大依然温和可亲，并祝贺哥当了爸爸。亚历山大说：改天把小家伙领来让爷爷看看。这似乎表明我们之间的亲密关系照旧。但当哥提及会长选举一事，他有点顾左右而言他，让哥保持平常心，他会酌情处理。既然亚历山大不愿明确表态，哥也不好意思再问。回来后哥心里总是忐忑不安，问 Pitt 亚历山大会不会耍我们？ Pitt 说不至于吧，我伺候他那么长时间，总要有个交代，我想亚历山大不会太缺德吧。

一听这话哥忍不住笑了。哥想起辛可大师的理论，政治道德本身就是个伪命题。政治永远是利益的交换，似乎跟道德有点风马牛不相及。如果把自己的命运寄托于别人的政治操守，无疑是作茧自缚、自寻死路。好在亚历山大也没有对其他提名者表态，除了最近跟马大姐来往多一些，也都是为了会务组织工作而已。打死哥也不相信，亚历山大会支持马大姐。

萨克齐对马大姐被提名更是不屑一顾。他认为跟一个脑子一贫如洗的老八婆同台竞技，对他是严重的侮辱。在萨克齐看来，既然谁也不可能撼动他，搞一堆公狗母狗出来捣乱根本多余。因此，当大家都在四处活动时，他依然醉心于哲学思考。萨克齐说，如果不是大家非要他黄袍加身，特别是哥和 Pitt 轮番劝进，他根本就不想趟这道浑水。

听 Pitt 讲，萨克齐最近又有了惊人的思想发现。经过深入思考，萨克齐认为中国文化的本质不是孔夫子的“中庸”，也不是文怀沙大师的“正清和”，而是“草你妈”。草你妈是所谓国骂。萨克齐认为这三个字透露了中国文化或者中国人的本质。

一是中国宣扬以德立国，孝道是根本，只有祭出草你妈，才最恶毒，真正解恨。草你妈意味着给你爸爸戴绿帽子，按照父为子纲的伦常，惟其如此才能刨到根上，用你爸爸恶心死你。二是大家宁可草你妈也不愿草你如花似玉的妹妹，根本原因是中国人喜欢损人不利己，只要能恶心死你，就不怕恶心死自己。而洋人正好相反，他们乐于损人利己，你妈太老了，我不是慈善协会，我要“Fuck you”。

萨克齐认为，要认识中国的文化传统，必须从草你妈着手。陈寅恪先生讲，中国文化的本质是纲常伦理，这话没错，但陈先生对它的内涵认识不清。萨克齐认为中国文化传统虚伪至极，关起门来玩道德伦理，打开窗户就草你妈。说得学术一点，就是这群人从根上就没有公共道德。

尽管萨克齐自以为找到了真理，是国学大师中的大师，但他的草你妈理论知音寥寥，甚至引来骂声一片。大家一致认为，如果当年萨克齐爸爸少戴点绿帽子，他不至于二到这种地步。

哥跟Pitt听了萨克齐的高论，当着萨克齐的面，一致表示这是关于中国文化或中国人最深刻的解读，远超自以为深刻的柏杨和李敖——躲在一个小岛上，把花果山当做太阳系，自命为齐天大圣。哥特别强调，也只有辛可大师的国学造诣，勉强能跟萨翁相提并论。萨克齐听了不屑一顾：辛可算个屁，我吐口唾沫就把他淹死。

萨克齐一贯目空一切，哥就姑妄听之。至少在易中正看来，辛可大师比屁要有用得多。按照辛可大师的意见，董浩波准备了一个报告，报给辛可大师的老同学胡副校长，同时送给胡夫人几张购物卡。在胡副校长的关心与支持下，报告很快被批准。樊总也依约打来了第一笔赞助款。

100万回扣加上辛可大师三人所凑，总算把易中正从唐娟手里赎了回来。辛可大师说，易正中到底是领导，比赎杜十娘贵多了。重获自由的易中正极为振奋，特别在夜巴黎摆了一桌，感谢辛可大师与董浩波的义举。易中正一再表示，如果他这次能上去，捞个实惠的位置，一定会报答两位师兄的大恩大德。易中正向辛可大师保证，他至少会竭尽全力，帮助辛可大师的儿子可可在30岁以前干到司局级。董浩波更关心分钱的事，但易中正死活不接这个茬，说要看将来工作岗位的效益再说，如果实在弄不到钱，他也没办法。董浩波知道易中正是过河拆桥，但木已成舟，只好自认倒霉。

易中正大义凛然地说，他把钱撂给唐娟时，顺便怒斥了这个唯利是图、肮脏不堪的婊子。可唐娟在《我为君狂》中描述的情况并非如此。唐娟说，易中正把钱给她后，还把她推倒在床边，从后边狠狠地做了一次，一边做还一边叨叨：200万，我可不能便宜了你这个婊子！做完后提起裤子，甩门而去。

唐娟说，当易中正甩门离开的时候，她趴在床上，忍不住嚎啕大哭，感觉胃都快哭了出来。她感到从未有过的空白、孤独与绝望。她说自己真正想要的是这个男人，而不是200万。

她从银行提取了几十万现金，铺在床上，对着镜子化了浓妆，穿上丁字裤，把自己打扮得像个妓女，躺在上边，然后用红票子覆盖着自己赤裸的身体。这段描写曾在网民中引起轰动，被认为是炫富的扛鼎之作。有的网民为了体会这种感觉，但囊中羞涩，便弄了一麻袋冥币做道具，并拍了照片发到网上。

唐娟说，当时她感觉自己就像个妓女，躺在红色棺材里，生命正在一片一片地死去。比死亡更可怕的，是人生的虚无感以及随之而来的孤独。她想过死，但这个红色棺材让她全身酸软，连死的力量和勇气都没有。她就这样躺了很久，慢慢地让自己冷静下来。她不想就这样窒息而亡，她希望证明自己还活着，唯一的理由是她想告诉这个世界，她的孤独、爱与绝望。于是她从这具红色棺材里爬了出来，开始对着电脑倾诉她所遭遇的一切。

在唐娟看来，这就是她写作《我为君狂》的原由。很多读者也为此对唐娟深表同情。但易中正不以为然，他认为唐娟完全丧失了理智，用最下作的方式对他进行打击报复。作为《我为君狂》的受害者，辛可大师的看法要温和得多，他认为唐娟这样做目的有二，一是借着辛可大师和易中正炒作自己，类似的例子比比皆是，跟那些总是"不慎走光"露出关键部位的女明星相比，唐娟这样做算不了什么！二是唐娟只是借此发泄不满的情绪，她不单单是针对易中正，也包括辛可大师。

作为旁观者，哥不太同意他们的看法，哥以为唐娟这样做是因为她依然爱着易正中，她希望用极端的方式引起易中正的注意，至少能够在他的世界里如幽灵般存在，哪怕是一个让人恨或者厌恶的角色。对女人而言，被自己爱的人忘记是一件很残酷的事，尽管这种想法非常卑微。

唐娟在书中还谈到一件事，她把200万中的一部分给了小卞。唐娟之所以在书中强调这个，哥以为她不过是想告诉世人，自己并不是唯利是图的世俗女人。读者也对此给予了高度评价。可哥了解的情况与之有些出入。据豆豆讲，唐娟跟易中正分手后，的确找过小卞，好像也提出给小卞一笔钱，前提是小卞必须跟元元分手，但被小卞拒绝了。

也就是说，唐娟并非书中标榜的义薄云天，小卞最终也没有拿到唐娟一分钱。易中正的女助手为此斥责唐娟是个贱货，竟然用敲诈德高望重的易教授弄来的钱，去包养自己的前男友，不要脸到了极致。女助手护主心切，话有点糙，但却无意间点到了小卞的要害。尽管小卞从来不承认他跟元元在一起就是为了钱，但依照世俗的逻辑，他无法逃脱被包养的嫌疑。既如此，他为何要选择一个别人的情妇而非已单身的唐娟呢？哥的理解是小卞依然爱着唐娟，而他跟元元的关系比较简单。在那份破碎的爱情里，藏着他的尊严，或者其他比钱更珍贵的东西。

小卞在自述中讲了很多，独独忽略了这件事，也反证了哥的判断。在小卞心中，那是一个让他无法释怀的梦，他宁愿让它死在自己的心里，也不愿被涂抹上其他乱七八糟的颜色。

易中正摆脱唐娟后，除了去五台山上香，还特别发了短信向林音致谢。据他的判断，清除了仕途上最大的障碍，新款乌纱帽指日可待。领导也表扬了他前段时间写的几篇文章，认为立意高远、论证有力，有力回击了某些别有用心的知识分子对体制机制的攻击。这让他更加信心满满，踌躇满志。为了避免发生意外，他对着观世音菩萨发下毒誓，在加冕前如果找女人鬼混，就让他横死榻上，成为西门庆第二[①]。至于唐娟的死活，他早已忘得一干二净。即便有人提起，他也懒得多问一声。唐娟不过是他玩过的诸多女人中微不足道的一个。拿破仑说，男人的光荣在女人的胸部和马背上，易中正认为他就是这样的人。

易中正终于有时间跟辛可大师、董浩波去看曹老。事实上曹老已经走到了生命的尽头。他骨瘦如柴陈列在病床上，脸上盖着氧气罩。听老太太说，曹老已经无法进食，完全靠输液在维持生命，大概扛不了几天。

三人围在曹老床边，看着老师的样子，心里都很难过。曹老艰难地张开眼睛，看着他们。没有人能读懂，他的眼神所流露出的复杂涵义。过了很久，他示意老太太帮他找个东西。老太太打开挂在床边的上衣，拿出几张纸，里边夹着那张在西山梁任公墓前的合影。曹老用颤悠悠的手拿着照片，贴在眼前看了又看，泪水自干瘪的双颊落下。

对着曹老手中的照片，辛可大师三人也泪眼模糊，董浩波更是捂着脸低声

① 见《金瓶梅》，西门庆纵欲死于脱阳症。

抽泣。曹老用手示意他们不要这样，然后让他们再靠近一些，仔细端详着他们不再年轻的面孔，用干枯、颤抖的双手，一个，一个，摸了摸他们的脸颊。在摸辛可大师的脸颊时，他显得格外激动，用极其低沉的声音说：我的儿子！辛可大师抓着曹老的手，哽咽着对曹老道：对不起，老师，我让您失望了！曹老的脸上露出一丝笑容，但辛可大师感觉得到，曹老似乎在用最后的一点力气，使劲地捏了捏他的手。

关于后事，曹老已经做了安排。老太太把那几张纸递给辛可大师，说照这份遗书办就行了，她个人没有任何意见。那天晚上，辛可大师一夜未眠，书房的灯一直开着，有时还传出嘤嘤的哭声。一个中年男人的哭声在寂静的夜里显得分外凄凉。飞飞姐想进去劝劝他，但被赶了出去。直到第二天清晨，哥偷偷窜了进去，发现他斜靠在沙发上睡着了，那几页纸凌乱地摆在他的胸前，沙皮脸上留着很深的泪痕。

关于曹老的遗嘱，哥后来也看过。在哥看来，曹老应该去申请最啰唆遗嘱的吉尼斯世界纪录，足足写了十几页，事无巨细，完全可以当做总结报告。为了证明哥不是故弄玄虚，抄几段给诸位看：

死后火化，用型号 T110 骨灰盒入殓，葬平民公墓，墓地不超 1 平米。决不葬高干墓地。骨灰盒一次购两个，其一给内人。内人死后，放右边。

骨灰与故乡、牛津、莫须有湖边泥土搅拌盛入，比例为 5：3：1：1。故乡与牛津泥土在书桌第二抽屉，其他可随意。

谢绝一切悼念，包括追悼会追思会等等。若有人多此一举，亲属与学生不得参加。讣告、挽联、花圈一概谢绝，无需通知亲戚朋友学生。

房子为公物，内人死后即刻归还。藏书、手稿等给辛可之子可可。书中红笔批注乃已证观点……蓝笔批注为商榷之处，需继续论证……未梓书稿，交辛可处理。家中所存诸学生物品，送还本人。

家中所藏古籍、字画、古玩计 200 多件，送京大图书馆；若其不要，由辛可妥善处理，断不能出售牟利。凡借京大与朋友之物，已列清单于后，应如数归还。内人死后，所有存款私下送家乡小学。

墓碑仅刻人名，其他一概不要，比如某某敬立等等。字体用标准宋体，不得上色。内人是英国人，名字用英文。官方所有荣誉、称号一概谢绝，亲属与学生无须撰写纪念文章或接受采访。

……

据辛可大师后来讲，曹老所藏的古籍、字画和古玩至少价值 1 亿元以上。特别是好些宋版图书、明清字画以及民国诸先贤的书信手稿，具有极高的文化和市场价值。易中正对此唏嘘不已，说曹老随便拿几件卖了，就可以过上锦衣玉食的生活，何必如此清苦一辈子。易中正不解，但辛可大师心里明白，曹老的心思从不在这里，他所希望或看到的，最终也不过南柯一梦。

第三十七章

曹老走了。尽管他希望平静地离开这个世界，但惯于媚尸（或者说有媚尸癖）的中国媒体不会放过他。辛可大师说，中国人的革命包括两方面，对活人的革命和对死人的革命，既让你活着时生不如死，也让你在地下死不安宁。活着时你是随便拧的螺丝钉，死了你也要被弄成五花脸，成为牌坊上的一块砖。

哥注意到，曹老之死很快成为各种媒体炒作的焦点。标题照旧骇人听闻：曹老走了，一个时代结束了！等等。这种标题钱锺书、巴金诸先生走时也用过。按照这种说法，死个有名的老头或老太太，就意味着一个时代的结束，有时候一天要结束好几次。俗话说，天上一日、人间百年，中国人的时代概念，大概是按照凌霄宝殿的标准。

虽然哥是狗，难免有狗眼看人低的嫌疑，但哥始终觉着这种事有点荒诞。哥之所以这样说，只是基于自己最直观的感受，死了谁生活都会继续，马照跑舞照跳，太阳照常升起。如果说早上曹老在呼吸，这个时代就存在，中午他一蹬腿，一个时代就没了，这也太他妈胡扯了吧。

曹老之死对京大的领导来说无疑是一桩幸事，少一个不识时务的老东西皆大欢喜。但曹老毕竟是学界泰斗，面子上他们必须有所表示。就在曹老死掉的当天，京大领导班子召开会议，一致认为要大操大办曹老的葬礼。校长的原话是，各相关单位和部门要行动起来，把曹老的葬礼办成一件文化教育界的盛事。外宣办主任也认为，这样做至少比请明星来演讲宣传效果更正面，更能提升京大的品牌。

会议确定了一系列悼念活动，包括举办盛大的葬礼和追思会。为此京大召开新闻发布会，邀请各大媒体参加。校长在发布会上哽咽落泪，反复强调曹老的仙逝，不但是京大的损失，也是中国学术界的重大损失。国失重宝，能不哀痛之至。记者们提问的焦点集中在曹老留下的遗产如何处置。记者们对曹老把这些东西免费送给京大图书馆表示怀疑，因为在市场经济滥觞的今天，不会有人如此白痴。面对质疑，最好的办法当然是公开曹老的遗嘱，但由于内容实在过于消极，公开难免会影响京大的面子。既如此，双方僵持不下，记者会不欢而散。有的记者说话很不客气，认为京大见曹老膝下无子，根本就是趁火打劫。出现这种情况也很正常，如辛可大师所言，中国人天生就是阴谋论者嘛。

让京大领导更头疼的是，老太太死活不配合。她坚持按曹老的遗嘱办，否则就把老头子扔到停尸房不管了。尽管校长和成书记轮番上阵，动之以情晓之以理，但都无济于事。校长只好把辛可大师和董浩波找来，让他们明确表态，并去说服老太太。董浩波当场表态将全力以赴，而辛可大师态度暧昧，表示自己无能为力。他了解曹老，不想让他死不瞑目。

校长很无奈，只好决定照老太太的意思草草安葬。既然曹老不愿葬在高干公墓，也就听之任之。校长对外宣主任叹息道：曹老这是活着给祖国和人民捣乱，死了给祖国和人民添堵，也算一路走来始终如一。但这个方案很快被曝光，引起舆论哗然，大骂京大是无情冷血的伪君子——口口声声尊师重教，却如此对待曹老这种能把一个时代带走的国学大师，乡长他爸出殡，还有几十辆奔驰宝马！如果京大没钱，网民们愿意解囊相助。莫须有网站更热闹，一夜之间出现了几十万个“呸”字。

更让京大领导恐慌的是，领导为此打来电话，把校长和成书记臭骂了一顿：亏你们还是京大的领导，高级干部，一点政治觉悟都没有，你这不是存心给政府脸上抹黑吗？像曹老头这么好的素材，丢了岂不可惜？反动势力不是老说我们不尊重人才吗？那就把曹老头风风光光埋了，给他们一记响亮的耳光，证明我们一向尊重知识尊重人才！看问题要有高度，不能鼠目寸光、作茧自缚！一个洋老太婆的话能信吗？谁知道她安什么心？一定要大办特办！

校长和成书记被骂得全身虚汗淋漓，向领导保证马上落实。校长知道自己拿老太太没办法，只好再找来辛可大师和董浩波施加压力。校长的态度很坚决，要么按照京大班子的决定办，要么董浩波交出乌纱帽，辛可大师也要考虑由此造成的后果。两人出来后合计了一下，董浩波认为再这样执拗下去肯定没好果子吃，还是识时务者为上策。随后两人去找老太太做思想工作。老太太开始死活不干，可经不住董浩波痛哭流涕寻死觅活，只好勉强答应了，但坚决不同意葬在高干公墓。校长请示了领导，领导听了不屑地道：这样也好，那里现在也很挤，很多人还进不去呢，真是狗肉上不了台板，等开完追悼会，随便找个地方处理了！

曹老的葬礼如期举行，电视台还做了现场直播。经过精心装修，曹老的面容显得很慈祥，躺在鲜花翠柏之中。很多领导、京大师生和市民参加了曹老的葬礼，哀乐低回，不胜庄严之至。

校长代表京大宣读了悼词，认为曹老不但是学术界一代宗师，而且是我党最忠实可靠的朋友。他始终热爱祖国和人民，鞠躬尽瘁死而后已。悼词中特别讲了两件事，一是曹老当年放弃国外的优厚待遇，排除万难回到祖国，爱国之情惊天动地；二是内战结束后曹老响应号召，依然留在大陆建设祖国。在新社会温暖阳光的普照下，他专心学问，取得了伟大的学术成就。校长最后说：曹老的一生充分证明了一条真理，只有跟祖国紧紧连接在一起，才能取得无愧于时代的成就。

曹老被火化后，按照他的遗愿，被安葬在一个普通的墓地。那里也是辛可大师的伤心地，他的前妻周倩早安睡于此。安葬仪式很简单。老太太把曹老的骨灰放进墓室里，掏出手帕把墓室四周擦得干干净净。对着曹老的骨灰盒，老太太颤颤悠悠地说：你先走，别着急，回头我就来了，我不在的这段日子，要学着照顾好自己！

关于曹老的后事，哥再唠叨几句。曹老死后大概不到一个月，老太太就没了。她的骨灰被装进早已准备好的盒子里，放在曹老的右边。有人说老太太是绝食而死，自曹老死后，她不再进食。但辛可大师不同意这种看法，那段时间他经常去看老太太，尽管她吃得很少，但绝对没有绝食的意思。她总是一个人躺在床上自言自语，生命一天天消弱下去，直到终了。她也给辛可大师讲了许多曹老的往事，包括每年辛可大师的生日，曹老让她多准备一副碗筷。听着这些辛可大师唏嘘不已。老太太说：其实他心里并不恨你，他天天惦记你，当你是他的儿子！

老太太死后辛可大师收留了小黑和小白。对他们的到来，哥跟 Pitt 都很高兴，唯一有点郁闷的是，只要睁开眼小黑就唠叨个没完，烦得要死。Pitt 曾开玩笑说，想从化学实验室弄点药让他彻底闭嘴。曹老死后小白不再数腿上的毛，整天跟个白痴一样对着窗外发呆。后来他突然不见了，再后来辛可大师在曹老的墓前发现了他，他死了。他的身体已经腐烂，辛可大师在曹老的墓碑下挖了个坑，把他埋了。

小白的死对小黑打击很大，哥第一次看见他泣不成声。毕竟从小就在一起，十几年了。小白说，其实他俩原本是孤儿，是曹老从垃圾堆里抱回来的。自小白死后，小黑的话越来越少，直到整天都一语不发。更让哥和 Pitt 诧异的是，他变成了小白第二——天天躺在阳台上，数着腿上的毛。与小白不同的是，他每天都会换条腿来数。至于数的结果如何，他不说，哥也没问。

哥感觉辛可大师似乎也变了，不再像以前那样意气风发，显得沉默寡言。除了给学生上课，他经常关掉手机，窝在书房里，翻阅曹老留下的东西。他心里很清楚，曹老把书籍与文稿最后留给可可，其实就是留给自己的，希望他能够有所改变，做点该做的事。有时候他会带着我们去莫须有湖边散步，也只是走来走去，一语不发。豹哥找过辛可大师，请他帮忙鉴定刚挖出来的一些文物，但被他婉拒了。他说自己最近很烦，让豹哥找别人看一下，并向豹哥推荐了在弄虚作假方面经验丰富的几个著名专家。豹哥为此很郁闷，他让朴总给辛可大师找了几个美女，看能不能帮辛可大师振作起来，但临床效果并不理想。

更让豹哥感到意外的是，辛可大师会缺席皮亮荣升院士的庆祝酒会。酒会由豹哥负责操办，可谓群贤毕至、名流荟萃，连京大的成书记和校长也应邀出席并发表了讲话，对皮亮的学术成就大加赞扬。校长认为，皮亮当选院士，不但是京大的光荣，也极大地鼓励了全国人民。据媒体上讲，山口一郎虽没有剖腹自杀，但在舆论压力下精神已经崩溃。击溃山口一郎被网民们称作抗日斗争取得的重大胜利，比砸烂几个汽车要解恨得多。孔教授为此还创作了一首《沁园春·胜日》，文辞激越，如果错别字少一点，效果可能会更好。

皮亮在酒会上系统介绍了他发现黄帝鸟的经过，反复强调他和学生如何在辽西地区顶风冒雪、茹苦含辛、疲于奔命、艰苦奋斗，总算了却了几代学人的心愿。大禹治水也就是搞得大腿上不长毛，而他为了黄帝鸟，肚脐眼以下的毛全部掉光了。皮亮谦虚地表示，尽管自己付出了大量的心血，做出了巨大的牺牲，但跟祖国和人民特别是领导给予他的荣誉相比，实在微不足道、受之有愧。

豹哥坐在边上只是皮笑肉不笑地喝着酒，他觉着皮亮没去做演员真是文艺界的重大损失，如果皮亮去演电影，可能以后的奥斯卡奖中国全包了。不过豹哥也有点自鸣得意，很有成就感——自己花了 1000 元弄的水货，竟然搞出这么大的动静，甚至造出一个院士兼民族英雄。豹哥心里明白，皮亮今天能如此风光，除了他的运作，很大程度上要感谢辛可大师。所以对他的缺席，豹哥觉着很遗憾，皮亮也深有同感。

辛可大师从未就此做过解释。但哥以为这跟曹老的死有很大关系。说曹老的死唤醒了他的灵魂太肉麻，也有点恶心，但至少让他安静了许多，开始想一些与钱或女人无关的问题。董浩波告诉豹哥，辛可大师的低潮是暂时的，他最终会高潮起来。他说：我了解老辛，我们这一代人从小就折腾，所谓不折腾，毋宁死！我们都自命不凡、过不惯安生日子，老辛更是如此。

也许董浩波是对的，哥对此无话可说。可悲的是，哥不想折腾，却同样过不安生。哥和麦当娜最担心的事，到底发生了。为了确认龙儿是萨克齐的种，窦夫人带着龙儿去医院做了 DNA 检测。尽管结果过几天才出来，但哥和麦当娜明白，那将意味着什么。

为了弄到萨克齐的基因样本，有一天窦夫人特别拿了最好的饼干诱惑萨克齐，趁机从萨克齐的屁股上拔了几根毛。对此萨克齐很气愤，认为窦夫人为老不尊，在众目睽睽下对他搞性骚扰。哥笑着安慰他：我看也未必，窦夫人大概是仰慕萨翁，想收藏点先知的毛发。萨克齐听了大声道：可我还没死啊，我死了自然有舍利子供他们瞻仰、收藏，何必要如此着急？哥解释说，时代不同了，很多名人活得好好的，家乡人民已经堂而皇之搞所谓故居了，比如秋蝉，可秋蝉跟您这样的先知比，算个屁啊。萨克齐想想也是，并看在兄弟情义上，特别从屁股上拔了几根毛，送给哥收藏，说以后一定会价值连城。

麦当娜整天忐忑不安，哥也是。但哥是公狗，关键时刻要扛得住。哥劝她无需太忧虑，凡事都不要过于悲观。哥以为，即便窦夫人确认龙儿不是萨克齐的种，郁闷归郁闷，但不至于做得太绝。一是她不知道龙儿是哥的种，从而把对辛可大师和董浩波的仇恨发泄到麦当娜和龙儿身上；二是麦当娜从小就跟着窦卫国夫妇，窦夫人也自认为龙儿的外婆，为龙儿殚精竭虑，彼此有很深的感情，俗话说人非草木、孰能无情。话说回来，用龙儿帮窦卫国换乌纱帽，本来就很扯淡，等他们冷静下来，也就唾面自干不了了之。

麦当娜听了哥的解释，心里安稳了许多。她长叹一声：但愿如此吧。为了转移注意力，哥特别告诉她，换届大会马上召开，哥铁定会当选。麦当娜道：我倒不在乎你当不当会长，只是希望能给我们带来好运气，度过这一劫。

麦当娜曾向哥提过，如果实在不行，我们就带着龙儿浪迹天涯。哥觉着这是最后的办法，目前没必要出此下策。哥清楚浪迹天涯的味道，哥不想让自己的儿子跟哥一样吃屎。后来想起这一节，哥心里充满悔恨，也许麦当娜是对的，哪怕是天天吃屎。

京大狗协的换届大会如期举行。那天哥和 Pitt 起了个大早，吃完早餐，等飞飞姐送可可去学校，哥和 Pitt 溜了出来。一路上 Pitt 很兴奋，认为哥铁定当选，并煞有其事地说，他昨晚做了一个梦，梦见哥躺在一个雕饰精美的红木棺材里。根据《周公解梦》，棺材者，升官发财之所谓也。

类似《推背图》《周公解梦》这样的国学经典哥当然读过，但 Pitt 的梦并没有让哥多振奋，而是感到莫名其妙的不安。哥突然想起诚空法师，他曾开发了一种微型纯金棺材，跟首饰盒一般大小，开光后卖得特别好，深受官员和老板们的青睐。据说本次雪积寺改造，其中一个亮点就是建造一具豪华的红木棺材，上面刻满各种符咒，只对金卡会员开放——如果躺在棺材里辟谷修行七七四十九天，可以获得无上加持，要风得风要雨得雨。

哥让 Pitt 先去会场，哥顺便去看看龙儿和麦当娜。麦当娜正在阳台上跟龙儿玩耍，清晨的阳光洒在他们身上，显得分外的温暖。哥过去抱抱龙儿，亲了亲他的鼻子。他傻乎乎地问哥：爸爸，妈妈说，等我长大了，就带我去一个永远春暖花开可以看见星星的地方，你会不会去？哥摸着他的头笑道：那龙儿要不要带爸爸去？龙儿想了想，道：那肯定啊，还要带上太阳公公、月亮婆婆、二氧化碳叔叔一起去。哥听了笑道：二氧化碳叔叔就不用带了！龙儿疑惑地问：为什么呢，爸爸？麦当娜挠了一下他的痒痒，笑道：二氧化碳叔叔还用带吗，到处都是！

龙儿欢快地玩着皮球，哥跟麦当娜闲聊了几句。麦当娜帮哥整理了一下凌乱的头发，让哥别紧张，选上选不上都无所谓，但她对哥很有信心。哥让她放心，哥不会让她跟龙儿失望。

哥又抱着龙儿打了个滚，起身离开。刚从窗口探出身体，哥突然有一种不祥的感觉，这种感觉让哥有点窒息。哥回头看着麦当娜，她似乎也在用异样的目光看着哥，眼角挂满泪水。哥的心里有点发虚，神情恍惚。哥走过去，跟麦当娜抱在一起，问她怎么了？麦当娜说没什么，就是突然感到莫名其妙的伤感和恐惧。特别是哥爬上窗口将要离开的那一瞬间，心口一阵阵抽搐。后来，哥总想起这一幕，也许有些东西是冥冥中注定的吧。

会场就在莫须有湖边，哥是副会长兼秘书长，大会自然由哥主持。首先哥宣布了选举流程，并介绍了被提名的各位候选者。接着亚历山大发表了讲话。

在此期间，哥多次窥视亚历山大，希望从他的眼神中获得某种信息。但他始终微闭双眼，跟哥的目光没有交集，这让哥心底发虚，惴惴不安。

亚历山大的讲话很长，主要分三部分。第一部分回顾了他担任京大狗协多年的经历，突出讲了在他的带领下京大狗协取得的辉煌成绩，并就各位会员的支持表示感谢；第二部分他分析了国际国内的形势，特别是京大狗协目前存在的一些问题，并为京大狗协以后的发展确立了方向；第三部分跟选举本身有关，亚历山大强调本次换届选举意义重大，会员们必须讲团结、守纪律，按照公平公正公开的原则，把德才兼备的公狗或母狗选上来，继续带领京大狗协创造新的辉煌。

亚历山大的讲话赢得了热烈的掌声。哥以为，大部分掌声的含义是，终于等到这个老东西谢幕滚蛋了。接着进行第一轮选举。与哥跟 Pitt 预想的完全一致，萨克齐在第一轮被淘汰出局。哥原本以为萨克齐作为智者，所谓粪土当年万户侯，根本无所谓。事实并非如此，哥看见萨克齐脸色苍白，一下子瘫倒在地上。Pitt 赶紧过去扶住他。据 Pitt 会后讲，他摸过萨克齐的脉，几乎感觉不到跳动。哥这才明白，萨克齐也是志在必得，只可惜他太二了，完全错估了形势。

进入第二轮的是哥、马大姐和冷副会长。马大姐无疑是一匹黑马，让大家有点始料未及。这跟哥预想的大相径庭，哥原本以为马大姐是凑热闹的。经过第二轮投票，哥与马大姐、冷副会长谁的选票也无法达到法定的三分之二，按照规程，排名第三的冷副会长被淘汰，剩下哥跟马大姐对决。这时候哥才大梦初醒，感觉被亚历山大玩了，他真正支持的是马大姐。哥不过是被他用来搅局的。哥的任务不是成为会长，而是把其他的参选者干掉，为马大姐铺平道路。

哥扫了一眼亚历山大，他躺在草坪上，若无其事、泰然处之。跟 Pitt 一样，哥当时心里有点冲动，想冲过去把那张老脸撕成面条。后来的选举完全变成了肉搏战，经过好几轮厮杀，哥与马大姐谁也达不到法定票数。会场上一片混乱，大家认为这样搞下去，一万年也不会有结果。

看着大家在瞎嚷嚷，亚历山大照旧不吭声。突然有几个公狗跳出来，说既然选不出新会长，京大狗协又不能一日无主，那就让亚历山大继续干，直到产生新会长为止。有的会员对此嗤之以鼻，认为亚历山大又在耍花招，想赖着不走。两派争执不下，甚至大打出手，其中一位母狗会员被撕得几乎毁了容，特别是屁股上的毛所剩无几，像个大号的水母。

亚历山大这才立起身，示意大家少安毋躁。他首先表示，自己老了，绝不会继续遭这份罪，他想安度晚年，过几天清净日子。就目前的僵局，他提出一个解决办法，本届狗协设两个会长，即马大姐和柏拉图，一公一母，一老一少，这样也有利于京大狗协的发展。另外他提议由 Pitt 代替哥，出任狗协秘书长。马大姐对此没有异议，同时她认为亚历山大德高望重，他的智慧对狗协以后的发展很重要，提议亚历山大担任狗协的终身名誉会长。大部分狗协会员表示同意，方案经表决后顺利通过。

后来哥跟 Pitt 在一起分析过这件事，觉着亚历山大之所以这么干，有很多可能：一是他原本是支持哥做会长的，认为哥傻乎乎的好控制，但花生大打出手这件事可能改变了他的看法，他意识到哥也不是省油的灯，就临时用马大姐替代了哥。对于马大姐的智商和品行，他是知根知底的。二是他本来就想玩权力平衡，弄两个会长，两个会长就意味着谁说了都不算，最终还是他拍板。

尽管哥心里很不舒服，但也无话可说。如果没有亚历山大，哥一个土狗，做秘书长也望尘莫及，何况会长，他也算仁至义尽了。至少他也对 Pitt 做了不错的安排。哥向 Pitt 表示祝贺，开玩笑说这比当年做办公室主任的理想可强多了。Pitt 说能当秘书长当然高兴，但也为哥叫屈：亚历山大真他妈不是个东西，让哥这样 Great 的公狗跟一个八婆平起平坐，这么损的招，亏这个王八蛋想得出！

哥想了会，心里也平衡了，权力后边总会有各种各样的阴谋和算计。自当了爸爸后，哥对乌纱帽的热情，已没有以前强烈。再说了，马大姐对哥也不错，还是龙儿的干妈，肉也算是烂到了自家锅里。最让哥感慨的是，亚历山大可谓机关算尽，但丝毫不关心狗协的前途。但凡有一点公心或者责任感，绝不会弄出两个会长。

不管怎么说，这也算是个好消息。下午跟马大姐、新当选的副会长们谈完工作分工，哥一路小跑去看麦当娜和龙儿，想把这个好消息告诉麦当娜，让他们也高兴高兴，至少让麦当娜安心。可麦当娜和龙儿不见了，哥疯了！

第三十八章

站在窦家楼下，哥被强大的痛苦和恐惧感彻底击倒了。哥控制不住自己，整个身体在剧烈地颤抖，尿淅淅沥沥流个不停，不由自主。

找遍附近所有的地方，包括窦卫国家的地下室，哥没有见到麦当娜和龙儿。只是发现窦卫国夫妇躺在沙发上看电视，脸色阴沉。窦夫人时而拍打着胸脯哭天抢地：要知道这个婊子怀的是个杂种，老娘早宰了她！哥心里明了，他们肯定是看到基因检测结果后，因为龙儿不是萨克齐的种感到失望与愤怒。

说实话，哥当时就想宰了这两个老东西，如果条件许可的话。哥向窦卫国邻居家的小母狗打听，她给出的答案彻底摧毁了哥。窦夫人见龙儿不是萨克齐的种，恼羞成怒，直接找了个编织袋把麦当娜和龙儿装起来，让他的学生拿出去扔了。至于扔到了什么地方，或者索性卖给了经营狗肉的饭馆，她不得而知。

根据小母狗提供的非常模糊的几点线索，哥跟Pitt四处寻找，始终没有麦当娜和龙儿的半点影子，包括附近的几家狗肉馆子。尽管哥不愿接受这个事实，但哥心里清楚，麦当娜和龙儿真的没了，永远地离开了哥。

哥开始变得沉默寡言，Pitt说哥的神情就像从地狱或劳教所里出来一样。其实Pitt讲得不对，哥不是从地狱里出来，哥就在地狱里，忍受着痛彻心扉的悲愤与煎熬。哥夜夜被噩梦惊醒，发现自己尿了一地。哥梦见龙儿在星光下奔跑，哥听见他欢快的笑声;或麦当娜带着龙儿四处漂泊捡食垃圾，他们满脸污垢、骨瘦如柴；或麦当娜和龙儿被剥了皮，挂在白花花的太阳下，然后被丢进沸腾的油锅，他们在油锅中死命挣扎，喊着哥的名字。围着油锅，是一张张流着口水的男人与女人的脸，有窦卫国、窦夫人、辛可大师，甚至可可。

哥被折磨得死去活来，如萨克齐所言，哥对活着充满了恐惧，或者说活着对哥而言是一种巨大的折磨。哥想到了死，也尝试过，但哥失败了。哥曾跳到莫须有湖里，可本能驱使哥浮了上来。Pitt也及时赶到，坏了哥的事。他把哥拖上岸后抽了几个耳光。Pitt 说他理解哥的痛苦，但不能就这样自暴自弃。哥对着 Pitt 放声大哭，哥真的没有勇气再活下去。

那段日子 Pitt 如影随形，他说自己不愿意失去哥这个朋友。这不是为了哥，而是为了自己，他无法想象没有哥的日子。Pitt 说自己原本是只没有方向感的公狗，生活很空虚，跟哥相处的这段日子，尽管有很多不如意，但他活得很充实。哥理解 Pitt 的心意，但这不能成为哥继续活下去的理由，除非哥能消弭或者减轻自己内心的恐惧，还有这无边无际的孤独。

最终救了哥的是妈妈。有一天哥躺在莫须有湖边发呆，反复回想着跟麦当娜和龙儿在一起的日子。哥突然想起了妈妈，还有她说过的那句话：做了狗就要认命，任人摆布是我们的本分。也许妈妈的话帮助哥打开了一个心结，哥、麦当娜、龙儿，一切都是命中注定，无论我们怎么努力，结局只能如此。

也许鲁迅先生是对的，绝望之于虚妄，正与希望相同。既然死不了，哥就得活下去。活下去的理由有很多种，哥选择了最能说服自己的一种，那就是恨，如龙哥一样的恨。辛可大师说过，恨比爱更长久，更有生命力。大多时候，是恨而不是爱支撑着人们去面对生命中的各种苦难和诱惑。至少哥现在就是这样。

在花生和 Pitt 的帮助下，哥从化学系的实验室弄了一点铊。哥之所以这样做，是受了黄河案的启发。哥从窦卫国家的阳台爬进去，把这种无色无味的东西扔进饮水机里。结果不是很理想，窦夫人并没有死，而是变成了货真价实的白痴。老耿曾带着他的兄弟做过认真的调查，但他怎么都不会想到，凶手是一只公狗。此事跟黄河案一样，只能不了了之。在老耿看来，唯一有条件给窦夫人下毒的人，就是窦卫国，但他找不到窦卫国作案的任何动机。尽管如此，关于窦卫国谋杀夫人的流言，在京大特别是网上常有人说三道四。窦卫国耍了一辈子阴谋，最终也成为阴谋论的受害者。

哥经常在莫须有湖边看到窦夫人，蓬头垢面，两眼发直，嘴里喋喋不休，说自己是校长夫人。有时候还折一些蔷薇花，插得满头都是，问路人她像不像皇贵妃。大家都以为她疯了。她确实疯了，大小便都留在床上。窦卫国本想离婚的，但由于儿子的坚决反对，只好不了了之、勉强度日。儿子的态度很明确，窦卫国可以跟任何女人胡来，这个他不管，但不能把他妈妈扫地出门。

自窦夫人疯了以后，京大的师生发现窦卫国突然老了，原本饱满的大脑门变得色泽暗淡，油光整齐的大有为发型也有些凌乱，人确实比以往沧桑了很多。历史文化学院的老师都刻意躲着他，为他们当初选择落井下石的聪明决断沾沾自喜。董浩波认为问题没那么简单，窦卫国极有可能利用这一点玩悲情炸弹，博取别人的同情，必须时刻保持警惕。

哥原本以为，报复了窦卫国夫妇心里会舒服一些，但事实并非如此。窦夫人发疯丝毫没有带给哥成就感，缓解哥心底的阴郁，而是感到无尽的悲哀。Pitt说，哥这样想不太像个英雄，更像个诗人。也许哥本来就不是个英雄，否则哥不会拒绝龙哥在落雁桥下的邀请。英雄必须有踩在累累白骨上放声大笑的豪情，哥承认，哥做不到。哥经常会感到悲哀，以及生命的苍白与空虚。

哥想辛可大师亦复如是。尽管他很聪明，是玩阴谋诡计的高手，但他永远也成不了刘邦项羽那样的英雄，他只是一个书生——胡作非为后会产生深重的悲悯。而这足够让任何英雄死无葬身之地。只是表面上的狠是不够的，要干大事，必须狠到骨髓里，成为自己的生活方式。

对于小卞，自己的学生，他更是这样。尽管抢学生的女朋友在京大算不了什么，但他对小卞始终有一份愧疚。这份愧疚藏得很深，连唐娟也未必能意识得到。她认为当辛可大师跟她亲热时，心无旁骛，她是故事中唯一的主角，小卞微不足道。其实她错了，这只是女人的想法。

在辛可大师看来，不跟唐娟苟且时，他还是小卞的老师，他对小卞的遭遇充满同情，至于同情完了继续跟唐娟苟且，那是另一回事。特别是当小卞走到人生的悬崖边上，作为老师，他不能袖手旁观。哥以为，在老师跟学生之间，存在着一种莫名其妙的类似本能的东西，仅次于父子间的血缘关系，就像曹老对辛可大师做的那样。

小卞确实惹了大祸，他被拘押在看守所里。他杀了人，说准确点叫杀人未遂。这件事引起了社会舆论的高度关注。至少有相当长的一段时间，小卞作为焦点人物，成了人们茶余饭后的谈资。他的知名度一度超过了芙蓉姐姐、牛博士等网络名人，直到唐娟携《我为君狂》横空出世。

小卞的案子很复杂，官方与民间的说法不尽相同，很多人卷入其中，被认为是继黄河投毒案后，发生在京大最骇人听闻的案件。警方的说法是小卞蓄意杀人，但辛可大师以及大部分民众认为警方在撒谎，小卞不过是过失伤人而已。就连主持办案的老耿，心里也未必认同自己的说法。但经过前几次的磨炼，他终于学聪明了，除非他这辈子都不想穿白衬衫。

就作案的动机，警方认为小卞是因为长期跟春哥有过节，心存不满，蓄意杀人。但小卞在法庭上并不接受这一指控。他承认自己对春哥不停地侮辱与骚扰心存怨恨，但没有到蓄意杀人报复的地步，至少当时他没有这样想。他之所以找春哥、狄总理论并引发冲突，是因为他妹夫。

据小卞在自述中讲，事件的起因是京都大厦拖欠了民工工资，他妹夫跟几个工友围住承建商讨薪。起初他们只是让项目负责人给个说法，并没有任何极端的行为。后来由于项目负责人出口不逊，并打了工友一个耳光，双方才发生冲突。当时狄总正陪着京大校长检查项目进展情况，校长见民工闹事，就借故溜了。这让狄总很没面子，除了指着民工破口大骂，还给自己的小兄弟打了电话，其中就包括春哥，让他们抄家伙过来。狄总在电话中讲：能弄死几个就弄死几个，一点别客气，还他妈反了！

春哥虽然经常打架，但玩这种大场面还是第一次。为此他特别仿照《教父》中的维托·唐·柯里昂，做了个很酷的发型，然后穿上黑色风衣，腰里别了把菜刀，叼着雪茄，开着保时捷带了一群兄弟呼啸而来。为了营造气氛，春哥还特别选择了贝多芬的《命运交响曲》为兄弟们壮行。

在狄总指挥下，春哥他们一下车就把民工团团围住。有的民工一看这阵势，吓得都快尿裤子了，甚至有人下跪求饶，求狄总高抬贵手，他们一分工钱都不要了——不是现在不要，而是永远不要。狄总听了并不领情：现在当孙子晚了，给我上，弄死这几个穷鬼。狄总一声令下，春哥跟兄弟们挥舞着菜刀、棍棒、板砖扑了上去，民工也抄起家伙，双方混战一起，杀得难解难分。要不是老耿带着民警及时赶到，非砍死几个不可。

有了上次的教训，老耿对狄总特别客气。他随便跟狄总聊了几句，就得出结论：完全是民工蓄意闹事。老耿抓了其中几个带到附近的派出所审问，并就工作中的不周之处向狄总做了检讨。小卞的妹夫原本也在抓捕之列，但老耿见他两条腿快断了，趴在地上根本挪不动，带回去也是个麻烦，就饶了他。

小卞在法庭上说，见了妹夫的惨状，他一时气愤难平，便去找春哥和狄总理论。小卞原本想在法庭上多讲点妹妹妹夫的遭遇，却被法官断然喝止，认为这些东西跟本案无关，无需赘言。法官认为，他这里不是地方政府，也不是信访局，没有义务管小卞妹妹妹夫以前的那些破事。

法官认为，本案的关键是如何认定小卞找狄总、春哥的动机。双方分歧的焦点是小卞到底是蓄意杀人，还是防卫过当造成误伤。

据警方提供的资料，小卞根本就是蓄意杀人，最直接的证据是小卞去找狄总和春哥时，上衣里藏着一把菜刀。检方在法庭上向法官出示了那把血迹斑斑的作案工具。检察官的逻辑很简单，如果小卞只是找狄总、春哥理论，带把菜刀干什么，难道要给狄总和春哥做饭吗？说完引起现场一片哄笑。

小卞根本不接受这种说法。他坚持说自己带把菜刀只是为了防身，因为狄总和春哥不是善茬，他们殴打民工就是有力的证明。法官半开玩笑地问：正当自卫需要带菜刀？水果刀不行吗？或者带片板砖，穿身防弹衣什么的？照例大家都笑了。法官还晃了晃脑袋，似乎对自己的幽默感相当满意。

除了菜刀，还有一个大家争论的焦点，也是界定小卞是否蓄意杀人的关键——小卞是否在现场遭到了狄总、春哥他们的殴打。检方认为，根本不存在狄总、春哥殴打小卞的事实，而是小卞一冲进包间，就掏出菜刀对着狄总、春哥乱砍，从而造成狄总重伤，春哥由于被击中多处要害，至今还在医院抢救。据院方提供的报告，春哥虽无生命危险，但极有可能变成植物人。说到这里检方气愤地拍着桌子道：对如此穷凶极恶之徒，如不严惩，既不能彰显法律的正义，也有悖社会公德，可谓人神共愤、天理不容。

小卞认为检方的指控根本就是胡说八道。真相是他得知狄总和春哥在夜巴黎举办庆功晚宴，就带了菜刀去找他们。进去后绝非检方所言，他掏出菜刀乱砍乱杀，而是让狄总和春哥给个说法。狄总指着小卞笑道：上次没把你招待好，怎么又找上门了！不过植物园的坑还留着，你随时都可以去！说完满屋子的人狂笑不止，骂小卞是个傻逼。小卞气愤地道：姓狄的，别以为你祖宗扛过枪，就可以无法无天、为所欲为，坏事做绝总有报应的一天！狄总听了笑道：你知道这点就好，没在京大白混，我现在请你帮个忙，滚！小卞被激怒了，指着狄总大骂：我他妈就不滚，你能把我怎么着！

话音未落，春哥扑了过来，照着小卞的脸就是一拳，怒斥道：就他妈一乡巴佬，敢跟我们老大顶嘴！接着屋子里的光头全部围了上来，对着小卞拳打脚踢。狄总还在边上骂个不停：弄死这小子，真他妈活腻歪了。小卞说，当时他以为难逃一死，便掏出菜刀反抗。让他诧异的是，平时唯狄总马首是瞻的光头们，一见菜刀个个夺门而出，屋子只剩下狄总和小卞。至于结果，如检方所述，他对此没有疑义，并为此深表遗憾。

为了证明自己确实被殴打，小卞要求当庭验伤。就在辩护律师准备帮他脱掉上衣时，被法官及时制止了，认为在如此庄严的地方，袒胸露乳，有悖社会公德。法官还半开玩笑地道:以后有机会，我们会瞻仰你的胸大肌，但不是现在，小伙子，虚荣心害死人啊。

双方就此争执不下，小卞的辩护律师要求法官提取当时夜巴黎的监控录像。检方采用警方的说法，夜巴黎并没有安装类似的设备。因为在餐厅安装这类设备有侵害消费者个人隐私之嫌，夜巴黎是法国企业，法国人作为老牌的资本主义，《人权宣言》的创造者，自然明白这个道理。

可后来据豆豆讲，夜巴黎实际上在每个包间安装了摄像头，这是法国经理针对中国顾客喝多了总闹事采取的非常措施。在调查本案时，老耿也发现了这些录像并拿走了相关资料。后来按照领导的意思，老耿找法国经理谈过，要求他在这件事上必须保持沉默，否则自己也会搁进去，夜巴黎被查封自不用说。老耿警告他:中国是个法治国家，这点你很清楚，侵害个人隐私是绝对不容许的！只要你闭嘴，就跟你没任何关系，生意照做，我们还是好朋友！法国经理知道其中的利害，表态一定配合老耿的工作。

春哥的遭遇让樊总悲痛不已。他跪在姐姐坟上哭得死去活来。当年姐姐被他送上不归路，现在姐姐最爱的儿子生死不测，感到自己罪孽深重，万死难恕。在姐姐坟前，他特意立了一块价值300头猪的贺兰石碑，上书:以血还血，以牙还牙！樊总向地下的姐姐起誓:哪怕是卖掉所有的猪，再加上他的凡尔赛宫，也要把杀人凶手送上黄泉路，为春哥报仇雪恨。

樊总说到做到，带了大笔的钱到京都公关，对象包括与本案有关的各色人等。至于谁拿了樊总的钱，哥不得而知，也不好妄加揣测。据辛可大师讲，樊总至少为此花掉了几千头猪。樊总的猪加上狄总的深厚背景，小卞似乎在劫难逃。对小卞来说，最为不利的是那把血迹斑斑的菜刀，让他百口莫辩。如果法官最终认定他持刀蓄意杀人，小卞可能难逃一死。

辛可大师听闻这个消息后非常震惊，寝食难安。他不相信小卞会做这种事，在辛可大师的印象中，小卞向来窝窝囊囊，杀只鸡都会哆嗦，岂敢动手杀人?他不能接受警方的一面之词。托了不少关系，他终于在看守所见到了小卞。小卞胡子拉碴，形容憔悴。辛可大师看着他唏嘘不已，潸然泪下。他安慰了小卞几句，询问了事情的原委。辛可大师从中得出结论:小卞是有错，但绝非警方所言。

为此他特别拜访了欧阳仑。欧阳仑被处理后，情绪极为低落，正躲在西郊的一个度假山庄里疗伤。听了辛可大师的介绍，欧阳仑认为这个案子并不复杂，关键是法官如何认定。如果有监控录像当然就一目了然，如果没有，小卞自身的伤也可以作为直接证据。辛可大师请欧阳仑帮忙为小卞辩护，但被欧阳仑婉拒了。欧阳仑苦笑道：老兄啊，不是不帮你这个忙，我现在是治疗式休假，如果突然出现在法庭上，这不是抽京大的耳光吗？

辛可大师想想也是。欧阳仑说他有个学生叫斯泽，做这类案子很有经验，是有名的刑辩律师，可以代他出征。欧阳仑说作为法律人，他也同情小卞的遭遇。至于律师费，等有了结果再说。辛可大师对欧阳仑的态度很感动，他觉着欧阳仑自治疗式休假后，似乎又变成了法学家，这点跟张峰奇有点像。据说拿破仑被流放到圣赫勒拿岛后，一改往日的飞扬跋扈，而是像个慈祥的乡下老头，跟岛上的孩子玩石子。也许圣贤林肯说的没错：几乎所有的人都能经受逆境的考验，不过，你若想考验一个人的品德，那就给他权力。

欧阳仑的学生斯泽作为辩护律师，确实很卖力，开庭前做了充分的调查和准备，在法庭上也为小卞据理力争。其间欧阳仑经常打电话给辛可大师和斯泽，了解案情的发展，并从专业角度提供了一些好的建议。

但事情的发展不容乐观。尽管辩护律师向法官提交了小卞的验伤报告，但法官对此态度消极，他始终倾向于检方的说法。斯泽说：这个案子现在变得很复杂，以他的经验，里边可能掺杂了很多与法律无关的东西，比如樊胖子有机猪。单靠法律本身想翻过来确实很难，或者说希望非常渺茫。

据小卞在自述中讲，其实他也意识到了这一点。小卞不笨，法庭上的种种他多少能体会到其中蕴含的真意。那段时候他经常想到死。小卞说，他原本很怕死，但突然变得很无所谓，觉着死对他而言或许是一种解脱。他知道自己不是樊胖子有机猪的对手，但他想留下点东西，以后能自证清白。

他在看守所里向辛可大师表达了自己想法，并恳请老师无需为他的事再四处奔走，他已经做好了死的准备。至于后事，他写了几句话，让辛可大师转交给妹妹妹夫。辛可大师看了悲不自胜，他劝小卞不要自暴自弃，至少在看到最终判决前，他不会放弃努力。

至于写点东西，辛可大师觉着这样也好，至少可以转移注意力，让小卞减轻思想负担。他找了看守所的领导，做了点工作。领导考虑再三总算答应了，但提了几条要求，要求小卞必须按规矩办，否则他们没法向上边交代。

那段日子哥发现辛可大师消瘦了很多，不是给各种人打电话，就是陪着别人吃吃喝喝，或独自坐在书房里发呆。为此飞飞姐还跟他吵过几次，认为他脑子有病，为个跟自己不相干的学生劳心费力。辛可大师每次都沉默不语、置若罔闻，任飞飞姐奚落。后来飞飞姐嫌他烦，索性每天去打麻将，要么半夜回来，要么玩个通宵。

哥的状态比辛可大师更糟糕，整天身心交瘁、魂不守舍。尽管哥有时候不死心，幻想麦当娜会带着龙儿出现，但冷静下来，哥知道一切都是妄念。哥不但小便失禁，而且神经变得极其敏感脆弱，特别是每次听见开门的声音，哥就会惊恐不安。失眠变成了生活方式，噩梦总是如影随形。Pitt 为此很担心，他怕哥继续这样下去，极有可能成为窦夫人第二。

哥开始逃避很多东西，比如哥出门时，总会刻意绕开莫须有湖和窦卫国家，哥不愿接触与麦当娜和龙儿有关的一切，哪怕是听到他们的名字，哥都会抽风很久。唯一无法逃避的，是哥这副臭皮囊，以及藏在里边破碎的心。哥也曾尝试过把它扔掉，但哥失败了。哥只能背负着它，活着，直到把自己折磨至死。

对于哥的遭遇，狗协的会员们也深表同情。大家一致认为窦夫人不是个东西。亚历山大找哥谈过话，一再表示自己也很悲痛，并为此老泪纵横，但他希望哥振作起来，哥不能自暴自弃，作为会长，哥必须为狗协的前途负责。亚历山大说，但凡有点成就的，谁没有做出过牺牲，不要太过儿女情长英雄气短。哥理解亚历山大的意思，但哥无法释怀。哥向亚历山大表示，自己现在小便失禁，没有能力领导京大狗协，哥想辞职。结果遭到亚历山大的严厉批评，认为哥这是极端的自由主义。亚历山大认真地道：不但要继续干，而且一定要干好！

作为龙儿的干妈，马大姐也为此悲痛不已。每次见到哥就哭哭啼啼，搞得哥心如刀割，感觉她是存心跟哥作对。马大姐当然没有这样的意思，都是哥太神经过敏。马大姐劝哥不要太消沉，等过些日子，她给哥再介绍一个。马大姐说：以你现在的条件，屁股后边跟着多少小母狗啊。哥苦笑道：我现在小便失禁，还会有母狗喜欢？马大姐笑道：小便失禁怎么了，至少零件没少吧，你看 Pitt，自当了秘书长，多少母狗围着他转圈，你总比 Pitt 强吧！ Pitt 在边上气得要死，想扑上去把马大姐劈成两半。Pitt 之所以没发作，除了马大姐是会长，也因为自己现在是干部，必须时刻用干部的标准来要求自己，包括唾面自干委曲求全。哥很感激马大姐的好意，可哥的问题不是有没有母狗喜欢，而是哥对一切失去了兴趣。

在就职典礼上，亚历山大特别提议，全体起立为麦当娜和龙儿默哀三分钟。亚历山大动情地说：我们失去了一位优秀的后生，这不只是柏拉图会长的不幸，也是京大所有公狗母狗的不幸，我感到非常难过。说着便潸然泪下。很多会员也跟着流下了眼泪，除过哥。哥的眼泪已经流尽，只是呆呆地坐着，望着一张张公狗与母狗的面孔，感到从未有过的陌生。那里没有哥的麦当娜，哥的龙儿。典礼由 Pitt 主持，第一次玩这么大的场面，他有点紧张，说话结结巴巴。典礼的重点当然是新任会长的致辞，但哥婉拒了。对哥而言，这一切已无足轻重，哥不知道该说什么，或者能说什么。马大姐代表新领导班子做了就职演说，跟十几年前亚历山大就职时讲的大同小异。

萨克齐没有参加哥与马大姐的就职典礼。据 Pitt 讲，萨克齐落选后心脏出了问题，一直住在宠物医院，安了好几个支架。萨克齐在宠物医院由校办主任 24 小时陪护着，并为他成立了由顶级专家组成的医疗小组。手术还算成功，但要彻底恢复，怕有一定的困难。在萨克齐住院期间，除过校领导班子成员，京大的中层干部和教授副教授大多去探望并送了果篮。据说当时宠物医院门口还出现了严重的堵车现象，引起附近居民的不满，直到交警赶来疏导才有所缓解。

有几位青年女教师在探望萨克齐时还痛哭流涕，其中一位哭得休克过去。有人玩得更邪乎，竟然赌咒发誓要替萨克齐生病，甚至去死。在 Pitt 看来，这个确实没有必要，人得了狗的心脏病，说不定会异化成狗的模样，但不一定会死。外宣办也给宠物医院送来写着华佗再世的锦旗，后勤部门正在加班加点研究适合萨克齐吃的饼干。校办主任多次表示，如果萨克齐的病情不见好转，他已经联系好了德国慕尼黑的名医（他爸爸给希特勒的爱犬 Blond 看过病），可以随时包机飞过来。

后来哥在莫须有湖边见过萨克齐，他神色憔悴，变得沉默寡言。哥希望继续聆听他的教诲与启示，他只是摇着头长吁短叹，说自己早就不从事这方面的研究，现在主要的工作是混吃等死。Pitt 对此很感慨：以前总觉着萨克齐太二，现在他倒是不二了，可感觉有点不对味，还是二一些比较可爱。哥的感受亦复如是。哥觉着最好玩的是，像萨克齐这样通透的智者，怎么会被一个微不足道的乌纱帽击溃！在哥的印象中，哲人或先知都看破名利，是不应该得心脏病的。也许哥孤陋寡闻，哲人或先知原本也很平常，跟我们一样患得患失。

第三十九章

豆豆对哥的遭遇也很难过，特别是看着哥生不如死的样子，心痛得要命。豆豆认为，要从感情的深谷或者地狱里走出来，最好的办法就是做爱。因为做爱从某种意义上也会产生类似死亡的感觉，具有以毒攻毒的效果。哥也认同豆豆的说法，哥现在太需要发泄。可不幸的是，当哥和豆豆做完前期准备工作，刚要办事时，哥尿了。哥为此很沮丧，或者说极度绝望，豆豆的感受可能更复杂，毕竟她是一只正常的母狗。如辛可大师所言：痒比痛更忍无可忍！

豆豆说，她每次见了哥，回去后都要洗上好多遍。元元还为此揍过她，扬言如果她再这样臭烘烘地回来，就把她送到馆子里涮火锅。豆豆的话让哥无地自容，建议她还是别再找哥了，免得真被元元涮了火锅。豆豆对此很不以为然，她说自己这辈子就喜欢哥，从西京到京都，既然命中注定她是哥的母狗，她就不会放弃，哪怕是被涮了火锅。豆豆说：不把哥的病治好，偶活着还有什么意思。豆豆说要么治好哥的病，要么跟哥同归于尽。

豆豆一直在努力，代价是经常被元元揍得鼻青脸肿，这让哥很感动。但临床效果很不理想。哥劝豆豆算了，豆豆哭着表示，即便这样她也会继续下去。就算哥跟豆豆的关系谈不上刻骨铭心的爱，那份爱永远只属于麦当娜，但哥承认，这是一份伟大的友谊。为了这份友谊，哥也希望自己能振作起来。

据豆豆讲，元元之所以经常揍她，不全是因为哥的尿，也跟小卞被关起来有莫大关系。小卞出事后元元去看守所看过他，给他带了些衣物。对着身陷囹圄的小卞，据说元元哭得很厉害。至少豆豆可以证明，元元回来后躺在床上哭了一夜，除了中间给焦局长打电话，强颜欢笑讲了几个肚脐眼以下的段子。但小卞对元元很冷漠，让她以后别再找他，理由是不想再看见她。

小卞之所以这么做哥也理解。他不想连累元元，他知道她做情妇这份工作很不容易。这一点也能够通过他的自述加以佐证。在自述中他对元元只字未提。

但老耿在做刑事调查时，多次提到了元元的名字，让小卞交代他俩的关系。小卞始终矢口否认，告诉老耿他们之间不过是老师与学员而已。

至于是谁把元元与小卞的关系捅给老耿，哥只能胡乱揣测。哥以为最大的嫌疑人是唐娟。唐娟在《我为君狂》中说小卞出事后她多次去看守所看过他，并且跟他抱头痛哭。这一段写得很煽情，赚了不少读者的眼泪。可据哥的了解，唐娟绝对没有去过看守所，更谈不上抱头痛哭，这从技术上也无法实现。事实上唐娟当时正躲在大连，一个面朝大海、春暖花开的别墅里写《我为君狂》。小卞杀人的事搞得沸沸扬扬，她当然也知道一二。但她为此做过的唯一的事，也许是哥恶意揣度，就是把元元与小卞的关系告诉了警方。至于她为何这样做，哥不得而知，其实也并不重要。

辛可大师明了，如果单纯靠辩护律师，根本不可能救小卞。他只能另辟蹊径。这种办法他以前经常用，百试不爽，就是制造社会舆论，给司法机构施加压力。他手中最大的资源就是大师协会，那里有一堆在各行各业能呼风唤雨的人物。

辛可大师草拟了一个声明，文中对检方的说法提出高度质疑，认为小卞只是防卫过度而已，尽管这也是犯罪，但应该轻判，给一个风华正茂的年轻人重生的机会。写完声明后他通过 Email 发给部分会员，恳请他们联署。效果似乎很不理想，没有一个人主动回复。辛可大师只好一个个打电话过去，苦口婆心做工作，总算凑了一个像样的名单。

秋蝉和仇欢断然拒绝了辛可大师的请求。他们认为作为文化学者，这种事跟他们毫无干系。辛可大师说难道搞文化的最终目的不是建立一个公正公平的社会环境？秋蝉不耐烦地道：什么公平公正？我只是个文化学者，我的任务是实现民族文化的伟大复兴，这种小事用得着我这样的人出手吗？辛可大师道：你们这些公知不是口口声声以天下为己任吗？秋蝉冷笑道：天下事关我屁事，我说过自己是公知吗？我是文化学者，我才他妈不愿当公知，你看看牛博士他们，什么公知，根本就是傻逼！

仇欢更干脆：我现在出场费是 30 万，看在辛老师的面子上，打个折也行，但免费的事我可不干！我是有身份的人，所谓刑不上大夫、礼不下庶人，做这种事不怕别人笑话？那口口声声出场费也是孔夫子所谓的君子之道？辛可大师怒斥道。自红了后，仇欢对老师说话也很不客气：君子爱财，取之有道，这有错吗？我敬爱的辛老师！

辛可大师听了很生气，扔掉电话躺在沙发上直叹息，大讲了一通所谓婊子与戏子的理论，实际上也是拾人牙慧，借此发泄情绪而已。辛可大师说，婊子跟人上床，只卖肉不卖灵魂，也不想卖一辈子，等挣了钱还想体体面面过日子；戏子则不然，尽管装得像有文化的贞洁烈妇，但时刻准备着跟人上床，肉和灵魂一起卖，而且自得其乐，准备卖一辈子。婊子无情、戏子无义，岂妄言哉！

这句话用在易中正的身上，似乎也不为过。辛可大师觉着以易中正的身份，说话当然更有分量，没想到易中正死活不干。易中正认为眼看着新款乌纱帽横空而来，他可不想现在凑这种热闹。易中正的意思很清楚，看在师兄的面子上，这个忙他可以帮，但必须等到他加冕之后。

唯一态度比较积极的，是牛博士和圆周率。张峰奇和董浩波在辛可大师的恳请下，也答应签名，但不愿意多赞一词，免得引火烧身。牛博士自成功私奔后，网络知名度空前提高，甚至超过了圆周率。据花生讲，私奔后牛博士对他的后宫进行了大刀阔斧地改造，华姐终于被册封为皇后，皇贵妃以下除了苍井空几个 AV 明星，其他的也做了调整。牛博士认为，后宫必须推陈出新，这样才能跟上时代的步伐，不少当红的嫩模车模被选入后宫。至于被牛博士用坏了的几个充气娃娃，他也从淘宝网上购买新货加以更换。据花生讲，就在新款嫔妃送来的当晚，牛博士忙了个通宵，吵得他心烦上火、一夜未眠。

牛博士认为，小卞这种事有悖社会公义，他必须仗义执言。当然了，小卞的案子也具备相当的炒作价值。这让辛可大师非常感动。圆周率愿意帮忙，是欧阳仑打了电话。欧阳仑还特别推荐了几位跟他友好的法学家参与联署，帮辛可大师壮大声势。

声明发表后，确实得到了社会大众特别是网民的积极回应。特别是牛博士与圆周率在博客中义正词严的发言，在粉丝中造成了很大的影响。很多网民痛斥警方和司法机关罔顾事实，草菅人命。更有人把这看做是权贵们对草根阶层的欺压，强烈要求相关机构介入这一案件，调查背后的黑幕，保证审判工作公平公正地进行，给社会大众一个合理的交代。

小卞一案突然被炒成舆论热点，让相关办案人员有些措手不及，感到了很大的压力。特别是几位法学家的发言，让他们觉着如芒刺背。老耿更是惶惶不可终日，非但大有希望的白衬衫可能鸡飞蛋打，弄不好还要为领导背黑锅。据警犬闪电讲，老耿一度想逃进太行山里去做野人。检方和法官在舆论压力下，被迫召开新闻发布会，向社会大众做出解释。尽管态度很好，但结论依然，即他们是以事实为依据、法律为准绳，没有丝毫徇私枉法的行为。并向社会大众保证，一定坚持“不放过一个坏人，不冤枉一个好人”的原则，把本案办成经得起人民和历史考验的铁案。

针对社会大众质疑的录像问题，老耿代表警方也给出明确的回应。老耿信誓旦旦地表示，所谓现场录像根本就是子虚乌有。他还出具了夜巴黎法国经理的亲笔证明——夜巴黎从未安装过摄像头。法国经理也应邀出席了新闻发布会，用结结巴巴的中文为警方做证。据妮妮后来讲，法国经理在出席新闻发布会前夜，一个人喝得酩酊大醉，除了拿自己的脑袋往墙上撞，还不停地跪下向耶和华忏悔，乞求他老人家的宽恕。

尽管如此，被辛可大师和公知们煽动起来的网民还是不依不饶，认为这一切都是作秀，大家串通起来欺负小卞这样的草根。樊总对此更是气愤填膺，多次打电话找辛可大师的麻烦，并威胁如果辛可大师再不收手，他将拒绝跟历史文化学院合作，剩下的赞助款一文不给，已支付的也要悉数退还！辛可大师听了冷笑着回应他：你随便！然后挂了电话。以后任樊总怎么打，他就是不接。

事实证明，辛可大师有点过于乐观了。在关键时刻，樊胖子有机猪展示出无比的威力。让辛可大师惊愕的是，原本置身事外的秋蝉和仇欢，突然跳出来以文化学者的身份大讲中国的礼教传统，认为网民这样闹就是暴民情结作祟，完全罔顾中国的纲常伦理，要求政府严惩这种无君无父的无政府主义行为。秋蝉更是信誓旦旦地表示，连刘邦都知道杀人者偿命的道理，作为现代国家的公民，有着 5000 年文明历史的炎黄子孙，怎么可以这样幼稚，这说明加强国学伦理教育势在必行，如果不对国民特别是年轻人进行彻底洗脑，这种局面将会层出不穷，最终会造成亡国亡种的恶果。

秋蝉和仇欢跳出来后，也有一些学者跟着附和，包括京大的几个教授或博士生导师。辛可大师认为，尽管他们口口声声仁义道德，其实都跟樊胖子有机猪息息相关。樊总手下的司马副总叛变后，在网上披露了相关黑幕。据司马副总讲，秋蝉和仇欢每人为此所获不少于 300 头猪，仇欢挂在脖子上规模不小的珍珠项链，就是他亲自送的，购自虹桥商场，价值 200 头猪。

各大媒体、各路学者、各种型号的名人介入其中，结果变成了一场混战。大家跟各自的粉丝们一起，口诛笔伐，互不相让。搞成这样，司法系统的压力反倒小了。因为大家似乎忘记了案件本身，而是热衷于相互揭黑、谩骂，搞得乌烟瘴气，就像是一场斗鸡比赛。很少有人再关心小卞的死活，而是借机炒作、起哄、发泄、狂欢，所谓各尽所能、各取所需。

一审小卞被判刑 5 年。这个结果让辛可大师，或者说很多人颇感意外。就连欧阳仑也认为有点不可思议。小卞在自述中说，听见这个判决结果，他有点不敢相信自己的耳朵，按照检方起初的公诉内容，就算他侥幸逃脱一死，也至少会被重判。即便如此，他心里没有丝毫的喜悦，而是感到另一种莫名的悲哀。当年他离开家乡来到京大，付出了沉重的代价，换来的或者说最终期盼的竟然是五年的牢狱生涯。

在最后的陈词里，小卞为自己的行为伤害了春哥深表忏悔。但他认为狄总是罪有应得，如果给他第二次机会，他依然会这样做。说起春哥，小卞甚至动情落泪，他认为春哥跟他一样不幸，两个不幸的人却要在这个世界上相互伤害，他为此悲痛不已。他希望春哥最终会好起来，如果有一天，他想站在他的面前，请求他的宽恕。他回过头对法庭上所有的人，包括辛可大师说：希望大家能够善待像我妹妹妹夫那样可怜的人，如果大家还是人的话，至少应该让他们有起码的做人的权利，哪怕是像蝼蚁一般活着。

小卞发表陈词时法庭内突然变得很安静，只有樊总在下边怒吼了几声，但马上被制止。后来这篇陈词被记者整理后上传到网上，引起了很多网民的共鸣。大家认为，小卞说出了他们的心声，他们从没有奢望过当家作主，但至少如小卞所言，可以带着最卑微的自尊活着。

宣判时，樊总因为不满法官的判决，当场起来大呼大叫，结果被法警轰出场外。小卞轻判的消息传出，舆论一片欢腾，大家认为这是民意的胜利，司法机关面对民众的强大压力，不得不做出让步。有位博主还特别仿照李大钊先生《庶民的胜利》，写了一篇《网民的胜利》，轰动一时。就连辛可大师、牛博士也认为，是民众最终拯救了小卞。牛博士和圆周率也斩获颇丰，赚了不少正义的粉丝。尽管樊总已向上级法院提起上诉，但没人相信法院会无惧民众的压力，把这个案子翻过来。

但哥心里清楚，真正拯救小卞的不是网民，而是耶和华，网民不过是看客或者道具而已。让哥伤感的是，妮妮跟着他的主人走了。妮妮说也许我们永远不会有再见的机会。法国经理关掉了夜巴黎，遣散了所有的员工，只带着妮妮失魂落魄地离开了中国，结束了他的中国梦。

哥闻讯去送妮妮，她第一次对着哥哭了。她说自己很高兴认识哥，在京都度过一段美好的日子。到现在她才明白，包括存在主义在内的所谓哲学都是妄言，一切都会如烟火般散去，命运的不确定让人生接近于虚无，也许只有看似虚无的梦才是真实的，我们因它而存在，因它而消亡。哥最后一次拥抱了妮妮，就像哥第一次拥抱她一样。她贴着哥的耳朵说：柏拉图，这也许是永别，但你要记着，我会想念你的，直到我死。

法国经理之所以放弃在京都的事业，是因为他无法忍受灵魂的煎熬。当他拿着《圣经》祈祷时，他的内心总会感到厚重的恐惧，这份恐惧让他生不如死。他知道，如果他不愿郁郁而终，就只能选择离开。在上飞机前，他给老耿发了一份邮件，告诉他，自己手中有当时录像的备份，至于内容老耿应该很清楚。如果对小卞一案不做出合理的判决，他将向全世界公开这些资料。他这样做只是遵从耶和华的旨意，并没有刻意为难任何人的意思。

老耿也如愿以偿，总算在退休前穿上了白衬衫。同样是耶和华给了他启发，打通了他的任督二脉。在小卞一案审结后，他参考法国经理的模式，给领导写了封信，告诉领导自己也有备份，尽管他绝对不会给领导添乱，但他不能保证孩子他妈也有如此高的觉悟。领导读完信后深受感动，认为老耿兢兢业业一辈子，于情于理，早就应该穿上白衬衫了，并一再强调，老耿任劳任怨、淡泊名利的高风亮节，是大家特别是自己学习的榜样。

第四十章

辛可大师说，生命注定是一个人的旅程，我们把自己丢了，孤独是每个人的宿命，我们为克服孤独机关算尽，但最终还是孤儿。

至少哥的感受就是这样。从西京到京都，哥一直很努力，努力让自己融入所谓的主流中去。按照世俗的标准，哥似乎成功了，哥一度为此沾沾自喜。但麦当娜和龙儿的离去让一切化为泡影。如果说行尸走肉有点夸张的话，哥不过是作为一个有生命的物体，孤独地存在着。

哥总是无法遏制对麦当娜和龙儿的思念。哥不再奢望会再一次拥有他们，但忘记真的很难。因为他们的离去，哥生命的大部分被带走了，只留下这日渐衰弱的躯体和如玻璃坠地般破碎的心灵。

哥也会想起妈妈，她曾经讲过的话时常萦绕在哥的心里。也许妈妈是对的，作为狗我们就要认命，任人摆布是我们的本分。问题是即便我们安守了做狗的本分，却未必会得到我们想要的卑微的生活。

小便失禁的毛病依然让哥痛苦不堪，也给别人增添了不少烦恼，比如辛可大师。他带哥去看过很多医生，大多不知所云。或说哥得了重度抑郁症，或说哥的前列腺已经报废。中西药吃了很多，也似乎于事无补。辛可大师好几次都想把哥做成 Pitt 第二。他的确做过类似的尝试，但他下不了手。不过哥当时确信，如果哥再不争气，辛可大师总会有下得去手的一天。

当辛可大师提着菜刀准备向哥下手时，Pitt 很紧张，但哥感觉很无所谓，连多看一眼的兴趣都没有。也许哥比辛可大师更想把它干掉，一了百了。从潇湘别馆到京大，被阉过的公狗哥见得多了。以前哥觉着没那玩意生命了无生趣，可当生命已了无生趣时，也就无所谓有没有那玩意。

辛可大师最终没有把哥弄成 Pitt 第二，不是他开始喜欢上哥小便淋漓的表演，而是哥莫名其妙成了英雄，让他意识到一刀下去可能成本太高。尽管辛可大师不再口口声声把生意挂在嘴上，但亏本的事他不会干。

但豆豆要比哥乐观得多。当知道辛可大师准备阉哥时，她说自己气得肺都要炸了，想撕碎那张沙皮脸。豆豆说如果辛可大师真敢这么做，她一定会让他成为窦夫人第二。哥听了开玩笑道：现在生命科学学院和化学系的实验室都管得很严，只怕你弄不到那么稀罕的玩意。豆豆说实在有困难，搞点砒霜也行，现在砒霜是营养品，连猪都在吃，应该不难搞到！

看着豆豆信誓旦旦的样子哥觉着很好笑，文艺青年怎么也开始抗争了？豆豆的乐观也不是毫无根据。比如说经过艰苦的努力，至少有几次哥几乎要成功。豆豆说，她不指望哥能够恢复当年之勇，但星星之火总给她希望。只要有一天哥能微笑着完成全部的规定动作，且不说完成的质量如何，她就知足了。

豆豆的话让哥感到些许的安慰。作为狗协会长，哥的这点隐私根本无密可保，连落雁区宠物界联合会会长也为此向哥表示慰问。尽管如此，哥屁股后边总是跟着不少母狗。这个哥能理解，微微傍上成书记家的猪都自鸣得意，哥至少比香香要体面一些。即便哥成了 Pitt 第二，那也是会长，在母狗们的眼中依然气度非凡。Pitt 就是个典型，自从他做了秘书长，俨然是小母狗眼中的潘安宋玉。

其实哥这个会长只是挂名。按照分工，马大姐负责日常管理，哥负责制定政策。但哥对此了无兴趣，也就是参加一下例会，胡扯上几句。所谓政策，哥强调萧规曹随[①]。这不是说哥完全认同亚历山大以前的路线，而是哥根本没心思、也没精力去想这些事。至于具体的工作，一般都由 Pitt 处理。开始他还向哥请示一下，时间久了，见哥无心于此，他也懒得多问一句。

对于母狗下属的殷勤，哥不能完全无动于衷。有时候哥也会跟比较性感的几个亲昵一下，类似当年亚历山大使唤 Pitt 一样。豆豆也知道这些事，对此她非但不发飙，而且很支持。豆豆说，这等同于当下流行的中西医结合治疗，多找几个母狗，可能会对哥的恢复有好处。豆豆的意思哥理解，只要哥能够重新振作起来，不管用什么方法，或者说承受多少委屈她都愿意。

再说了，她也不可能每天都陪着哥，她还要伺候女主人元元。据豆豆讲，元元正在读京大的 MBA。哥听了很意外，在哥的印象中，元元除了做情妇，似

① 见《史记·曹相国世家》："参代何为汉相国，举事无所变更，一遵萧何约束。"

乎什么都不会做，或者说什么也不想做。豆豆说，元元之所以去读MBA，大概跟两件事有关：一是小卞一案让她很受刺激；二是焦局长老婆竟然带人杀到京都，把她揍了一顿，为此元元在医院住了很长时间。在老婆的淫威下，焦局长似乎有放弃包养元元的意思。这让元元意识到，其实做情妇也不是特别稳定的工作，至少跟国有单位的职工不能比，她得未雨绸缪。元元的计划是能当情妇尽量当一天，如果实在在这个行业混不下去，至少有个京人的文凭，可以找份工作混口饭吃。

哥完全同意元元的看法。哥始终以为，情妇这口饭并不好吃，特别是受到各种客观条件的制约，比如说年龄。表面上情妇这个行业现在很繁荣，其实内部竞争很激烈，整体上处于供过于求的局面。最明显的例证是情妇反腐这种情况层出不穷。这不是说情妇们突然觉悟提高了，而是这个行业竞争太激烈了，中国人只有没饭吃了才会抗争，情妇亦复如是。

哥这个故事讲得太长了，想必大家都烦了，哥也烦了。豆豆说，如果哥经常像个老太太一样絮絮叨叨，肯定对身体的恢复有害无益。豆豆的意思是尽管她很有耐心，但还是希望哥能够把一切放下，安心静养，至少在她还年轻的时候，能跟哥痛快淋漓地来上一次，哪怕只是一次，然后死了，她也心满意足。

好吧，哥就结束这无聊的故事。但在结束这个故事之前，关于辛可大师，哥还想再啰唆几句。

处理完小卞的事，辛可大师计划仿效欧阳仑，也来个治疗式休假。他刚在太行山深处的农村待了几天，就被飞飞姐捉拿回京。一切都因为唐娟，唐娟突然在文学网站连载了《我为君狂》，立刻引起网民的狂欢，社会舆论一片哗然。辛可大师成了大家茶余饭后的谈资。很多人认为，辛可大师的所作所为，足与清代的李渔大师相媲美。至于辛可大师与唐娟苟且的PS照片，到处都是。对此哥无话可说，唯一让哥不快的是，很多网民对辛可大师的沙皮脸很反感，纷纷留言：好女都让狗X了！这分明是搞物种歧视嘛！

飞飞姐当然注意到了相关消息，那段时间牌友们看她的眼神都不对，或者夹枪带棒地挖苦几句。飞飞姐面子严重受损，气得暴跳如雷。为此她把哥和Pitt狂揍了一顿，并驱车上千里，把辛可大师绑了回来。Pitt为此愤愤不平，认为飞飞姐就是个神经病：你老公跟别的女人搞，关我们屁事！

辛可大师被捉后自知在劫难逃。按照他当时给飞飞姐的承诺，唯一的解决办法就是成为 Pitt 第二。诚所谓螳螂捕蝉黄雀在后，他还整天惦记哥的下边，没想到自己先要杀身成仁了。

辛可大师被扒光后用尼龙绳绑起来，关在卫生间里很长时间，直到几近虚脱才被飞飞姐放了出来。在此期间，飞飞姐还多次拿着菜刀就着辛可大师下边来回比划，骂道：你不是自诩为司马迁第二吗？老娘今天就成全你！辛可大师生不如死，恳请飞飞姐赶紧行刑，免得遭此洋罪。飞飞姐说她还得观察一段时间，毕竟干这活她还是第一次。尽管她年轻时阉过青蛙，但就手术的复杂程度而言，两者不可同日而语。

事实上飞飞姐并没有阉辛可大师。其中一个重要原因是儿子可可的反对。经过在常务副班长位子上的历练，可可现在的政策水平相当高。他认为不能阉辛可大师的原因有三：一是爸爸是京大的人，没有组织上的批准，谁也无权对爸爸动刀子；二是如果拿掉了怎么处理，他对火腿肠没有一点兴趣；三是如果爸爸变成 Pitt 这个样子，那会很讨厌！可可向来不喜欢 Pitt，他认为如果辛可大师被阉后变成哥这种型号，他也不反对。

哥根本不相信飞飞姐会这么干，除非飞飞姐彻底不想要这个男人。因为在女人眼中，有货跟没货的判若云泥，哪怕是自己的私货被别人用过。哥对此相当有信心，这完全得益于哥在潇湘别馆的深刻体会。

飞飞姐把辛可大师放出卫生间后，用菜刀逼着他的脖子，把他带到客厅里。在客厅的茶几上，放着一份协议和《列宁选集》第一卷。飞飞姐把菜刀放在协议边上，指着这三样东西，让辛可大师自己选。飞飞姐的意思很明白，要么在这份协议上签字，所有财产归她，包括辛可大师以后的收入，哪怕是辛可大师身上的器官，如果要出售或捐献，也由她说了算；要么把《列宁选集》全部抄五遍，而且必须用稿纸，不能有错别字，否则要重抄；剩下的就不用说了，一刀拿下，彻底了断，成为 Pitt 第二。

辛可大师连想都不用想，就在协议上签了字。菜刀就不用说了，他实在没有魏公公那份虽千万人吾往矣的豪情。至于《列宁全集》，他以前学习过，洋洋洒洒 60 卷，2600 万字，抄五遍等于 13000 万字，以他现在的年龄，不吃不喝 24 小时干这玩意，到死也抄不完。当然了，离婚也是一种选择。以前辛可大师也跟飞飞姐提过，但结果很不理想。飞飞姐说，如果辛可大师非要离婚，她也不反对，但她将追随胡适老婆，先杀掉他们的儿子可可，然后跟辛可大师同归于尽。当年江冬秀用这一招彻底制服了胡大师，辛可大师似乎也只能认栽，悔不该当年把这个案例告诉飞飞姐！

签完字后，辛可大师被飞飞姐赶出了家门，只带了随身的几件衣物。辛可大师本想多带几条换洗的底裤，结果被飞飞姐严词拒绝：就那破玩意，还需要重点保护吗？辛可大师气得要死：难道你以后不用了？飞飞姐一脚把他踹出门去，大骂道：我他妈稀罕啊，滚！

跟辛可大师相比，易中正的境遇好不到哪里去。他可是《我为君狂》中的头号男主角。《我为君狂》走红后，易中正成为众矢之的、网民起哄的对象，社会大众纷纷要求严惩这个衣冠禽兽。始料未及的是，易中正也为此赚了不少铁杆女粉丝，特别是中年妇女，他们对易中正细腻又不乏激情的表现钦佩不已，恳请易中正举办相关的培训班，她们马上替老公或者情人报名。很多性学网站也向易中正发出邀请，聘请他担任技术顾问。

粉丝的热情并不能让易中正感到些许宽慰。眼睁睁看着煮熟的鸭子飞了，让他痛不欲生、绝望至极。因为唐娟的作品影响太大，上级迫于社会压力，认为易中正的行为有悖公职人员的基本道德，新款乌纱帽不用提了，连旧款的乌纱帽也一并没收。易中正被免去院长一职，打回原形成了一名普通研究人员。易中正好几次都想投湖自尽，但怕背上畏罪自杀的恶名，才悻悻作罢。所谓痛定思痛，易中正也进行了深刻反思。他认为自己并没有错，错在他轻信或者小看了林音和唐娟这两个女人。他的前途就毁在她们手里。林音给他下套，唐娟刺出致命一刀，女人之毒莫过于此。他多次向辛可大师忏悔，认为自己有负孔夫子的教导——所谓唯女子与小人为难养也，近之则不逊，远之则怨。

辛可大师对此倒无所谓，他觉着没有乌纱帽可以活得更痛快一些。听了这话易中正气不打一处来：痛快个屁，没了乌纱帽，根本就没人答理，连门口的警卫见了都不敬礼，特别是我老婆，天天嚷着要离婚，虽然协议还没签，那也是迟早的事！董浩波对易中正被撤职也很郁闷，他认为既然是如此结果，何必要白花两百万，倒不如哥仨分了，现在鸡飞蛋打，何苦？

辛可大师笑道：老董你就知足吧，现在总算坐稳了院长的位子，还这样贪得无厌。辛可大师这样说董浩波也认。窦卫国原本计划绝地反击，然后来个反攻倒算。特别是张峰奇和欧阳仑被消灭后，他更是信心百倍。让他意想不到的是，被提拔为副校长的，竟然是后勤集团的总经理。这虽然让京大的教授们跌破眼镜，但似乎也在情理之中。后勤集团总经理财大气粗，窦卫国那点购物卡何足道哉。窦卫国彻底消停，董浩波也就没了后顾之忧，可以放手大干了，比如说把好几个门生提拔到关键岗位上，别人连个屁也不敢放。那些原本在岸上观望的骑墙派，也跳下来跟着董浩波一起鸳鸯戏水了。

尽管哥希望讲点愉快的事结束这个故事，但很不幸，辛可大师正躺在医院里，这严重影响了哥的心情。陪着辛可大师一起躺在医院里的，还有董浩波和易中正。当年的曹门三剑客，终于有空在一个屋子里长相厮守了。

这件事被炒得很热，其实一点都不复杂。老太太死后，被放在曹老右边，两人合占了一平米，这并不超标。以曹老的地位，至少相当于高级干部，哪怕是再增加几倍谁也无屁可放。村支书的爸爸死了，还占地几千平米呢。

哥以为，如果曹老地下有知，一定会为当初的选择后悔——既然躺在这里也不安宁，倒不如去高干公墓。原因是公墓所在地乡长的妈妈死了，阴阳先生认为曹老边上那块地风水最好，绝对能保证子孙后代非富即贵。可问题是那块地也就几平米，跟乡长的面子殊不相配，也不足以弘扬传统孝道。乡长找了公墓负责人，负责人说这好办，让边上的拆迁不就行了？！其中就包括曹老夫妇。辛可大师觉着这事很荒唐，一口回绝了负责人，两人还在电话里吵得不可开交。

——辛老师，行行好，还是赶紧搬走吧！

——凭什么，死了还要给人让路？

——边上那几个都搬了，就你们一家钉子户！

——曹老可是国宝级的大师，学界泰斗，你们看着办！

——别拿这个吓唬我，学界泰斗算个屁，人家可是乡长老妈……

——难道乡长他妈比国学大师还尊贵吗？

——你不会是核桃吃多了吧？这点世理都不懂！

不管公墓负责人如何解释，辛可大师就是不干。公墓负责人说，如果辛可大师不同意搬，他们就强拆，在这方面他们经验丰富。公墓负责人真是个说一不二的大丈夫，说干就干，找了几个人准备动手。

辛可大师闻讯约了董浩波、易中正赶过去。双方互不退让，结果发生了冲突。起初双方的实力比较接近，谁也奈何不了对方。但辛可大师他们是孤军深入，而对方的援兵陆续赶到，形势发生了逆转。乡长带来的那帮年轻人经常搞拆迁，都是骁勇善战之徒，拿下三个秀才自然不在话下。在乡长的指挥下，对方很快大获全胜，曹门三剑客被送进了医院。据骨科大夫讲，残疾倒不至于，但想恢复正常行走尚需时日。

由于事情闹大了，舆论汹汹，京大也不得不出面干涉。主管领导大为震怒，不但撤免了乡长与公墓负责人的职务，而且开除党籍移交司法处理。曹老夫妇总算不用搬家了，被拆迁的邻居也沾了光，重新搬回原地安葬。

此后哥好久没有见过辛可大师，只是从飞飞姐的唠叨中略知一二。飞飞姐在打麻将之余，也会带着可可去看看辛可大师。飞飞姐认为，在彻底兑现协议之前，她并不想失去辛可大师这头能挣钱的骡子。当然了，这也是可可的意见，作为常务副班长，没有爸爸是一件很丢面子的事。

就在辛可大师养伤的那段日子，哥干了一件被社会舆论称作空前绝后的大事，并为此获得了京大的荣誉博士学位。

尽管媒体上吹得神乎其神，其实这件事没那么复杂。为哥换来荣誉博士学位帽子的，是哥那运转不灵的宝贝。这倒反证了老子在《道德经》中的预言：福兮祸之所倚，祸兮福之所伏！如果哥的身体像豆豆希望的那样，哥绝对不可能成为所谓空前绝后的英雄，想都不敢想。

至于事情的原委，哥简单说两句。因为有重要人物要来京大视察，京大师生全体动员，精心筹备，包括大人物有可能经过的马路，也让学生认真地擦洗一遍。至于有个学生擦玻璃掉下来摔成重伤，只是微不足道的小插曲。据说为了这次活动，京大所有的路灯全换成了新的。作为后勤集团总经理出身的新科副校长，搞这些玩意是他的长项。

对于如此重要的活动，京大狗协当然不能袖手旁观。马大姐表现得尤为积极。在她的提议下，京大狗协召开动员大会，要求全体会员行动起来，配合相关部门做好筹备工作，至少不能给京大添乱。马大姐要求，在视察结束前，所有会员都不能随地大小便，特别是要改变抬起后腿小便的不雅习惯。马大姐话音未落，会场上就乱成一锅粥。大家认为自盘古开天地祖祖辈辈都这样尿，不这样还他妈怎么尿？马大姐为此做了示范，但大家依然觉着那种看似文明的办法很不方便。最后哥出来和稀泥，哥提出在有人的地方按马大姐的意见办，没人的地方大家随便。这才勉强通过了动议。狗协还为此成立了纠察队，Pitt 任队长。

据 Pitt 讲，整体落实情况很不理想，即便抓了几个典型，也无济于事。京大的其他宠物也为此忿忿不平，认为狗协会员新的小便方式侵犯了他们的版权！

所谓己身正不令则行，作为会长，哥当然得率先垂范，可问题是哥的下边太不争气，尿频尿急，根本管不住。为了避免留下会长带头违规的口实，哥只好躲在犄角旮旯里解决问题。

一次哥实在憋得不行，就靠着京大万年讲堂后墙根尿了一泡，正好浇在一个破布包裹的盒子上。当时哥没注意，后来才知道那玩意是个土炸弹。在此敏感时刻，突然出现炸弹，无疑是捅了马蜂窝。警察很快封锁了京大学堂周边的区域，展开地毯式搜查。监控录像也提供了两条重大线索，一是在镜头里发现一个青年民工，走路有点瘸；二是在千钧一发之际，哥一泡尿摧毁了那颗炸弹。据警方分析，如果炸弹被引爆，不但京大万年讲堂瞬间化为废墟，还可能造成严重的人员伤亡。

校长和成书记闻讯喜极而泣，认为哥在关键时刻拯救了京都大学，也拯救了自己头上的乌纱帽。后经京大领导班子一致通过，授予哥京都大学荣誉博士学位。至于跟樊总同台演出，完全是巧合。虽然因为小卞的事樊总跟辛可大师斗得你死我活，但这不影响他们继续合作。如辛可大师所言，一切都是生意。

后记：多余的话

也许这是本书中最无聊最多余的部分，说狗尾续貂并不为过。个人以为，本书已向诸位呈现了足够丰富的内容。如果40多万字都不足以让您了解本书的主旨，还需要写篇后记加以说明，只能证明我根本不适合做这份工作，或者说像个自以为是的白痴，纯粹在浪费诸位宝贵的时间。

如果我说自己是以极其严肃的态度书写每一段文字，肯定会招来无数的口水，骂我信口雌黄，一点都不像个入流的伪君子。对此我有足够的心理准备，已出版的作品严重破坏了我在这方面的好名声，失去了道貌岸然的资格。孔夫子说“古之学者为己，今之学者为人”，看来从孔夫子开始，2000年一以贯之，装蒜作秀是读书人的本分。有负先贤的是，我在这方面修炼得并不理想。既如此，我还是想告诉诸位，尽管我的文字有点荒诞不经，但这不能证明我就是个不正经的人，喜欢用不正经的方式讲些格调不高的烂故事。

事实上对每部作品，我都像生孩子一样严肃对待，从未想过为了上都市报的头版头条，或者引起网民们的围观，制造个齐天大圣或牛魔王出来。每次面对自己选择的题目，我总是战战兢兢、如履薄冰，花大量的时间去读书和思考。尽管有些人说我的作品很搞笑，读完对便秘有极佳的治疗效果，可当我提笔为文时，并不觉着自己是内分泌方面的专家，也很少笑，而是经常感到沮丧或压抑。

如果您因为我写的东西得到快乐，我很高兴，但这并不能证明我是专业卖笑的人——即便不是大家闺秀，我也算得上良家妇女。快不快乐完全是你个人的事，跟我无关，我原本没有那样的企图，也自问力所不逮。让人笑太难了，让人哭则容易得多，一个嘴巴子就解决问题。如果用肚脐眼以上的故事惹人发笑，那是难上加难，对此我完全没有信心。

也有一些读者看了非但不笑，还写信骂我是个自大狂，信写得非常坦诚，充满了类似傻逼这样生动的词汇。其实这都是误会，那只是一种类似反讽的表达方式，目的是为了让您读得更轻松一些。尽管我配不上谦谦君子的美名，但绝对没有自大狂的毛病。至少跟那些真正的牛人相比，我自认为是个谦卑的人——既没有牛的资本，也缺乏牛的主观能动性。

即便那些货真价实让我辈高山仰止的牛人，其实也很谦恭，这是中国士君子的传统。国学大师章炳麟虽扬言他死后国学亡矣，但并不认为从此万古如长夜；台湾的李敖大师包揽了500年来中文写作的前三名，也不过500年而已，至少把4500年的魁首让给了别人；文怀沙大师用“正清和”三字囊括了中国文化，但他始终没有说这就是宇宙的终极真理；著作等身的余秋雨大师更是这方面的表率，自降身份到弼马温的地位；不世之才易中天教授确实说过“站着把钱挣了”，但对象是秦晖、茅于轼这样的穷鬼，如果面对腰缠万贯的煤老板或郭美美，他一定会大讲“君子固穷”或“君子喻于义，小人喻于利”，不失谦谦君子的风度。

古人云：“天下有道，凤凰见”。所谓道，近代中国最二的知识分子（他似乎有二的资格）辜鸿铭认为不是王道就是王八蛋道。行王八蛋道的日子早一去不返了，现在当然是王道乐土、太平盛世，所谓自汉唐以来所未有也（钱穆的口头禅）。最好的例证就是出现了如此多秀外慧中的凤凰，一个个装饰精美、和鸣锵锵。生于斯世，看着满梧桐树的百鸟之王翩翩起舞，能不既喜且惧？以他们的身份地位，站在梧桐树上尚且如此谦逊，何况混在灌木丛里资质平庸的我辈。

莫言先生说，他写作时像个皇帝。说来害臊，我的情况正好相反，经常卑微得像个太监。仿佛每个读者都是我亲爹，非挖空心思认真对待不可。即如此，也觉着因才疏学浅，辜负了亲爹们的期待。尽管我也想体会一把做皇帝的感觉，但太监就是太监，过不了皇帝的瘾，哪怕是满朝徒子徒孙的魏公公。据马尔克斯自供，他开始创作新书，总围着书桌转圈圈，惶惶不可终日，似乎也有做太监的嫌疑。所谓“二句三年得，一吟双泪流”，看来贾诗奴的效率比我还低很多，就这还好意思哭，拿自己当诗人！也许我这样想是以小人之心度君子之腹，冤枉了老马老贾——他们原本就是皇帝，只是前列腺出了点问题。

我就是抱着太监一样的心态为诸位写作，所以每本书都写得很辛苦，特别是《斯文扫地》。最难以启齿的是，为了这个立意不高、文笔粗陋的破玩意，竟四易其稿，写了很多年。这当然是客气的说法，其实就是重写了四次。莫言先生43天就弄出49万字的传世之作，同样是码方块字，效率岂可同日而语。类似玩江湖杂耍，有人玩成了一代宗师，连马教父也执弟子礼，顶礼膜拜；有人却流落街头，食不果腹。至今没读过莫言先生的大作，不是不想，是不敢也，怕读完自惭形秽，保不准情绪失控，成为我爸爸的重大损失。

这倒不是说本书立意如何高远、题材如何宏大、标准如何国际化，只因才疏学浅，特别是太监心理作祟，自信心严重不足。在此期间，不瞒诸位，我曾多次陷入极度的绝望，想追随王观堂先生一了百了，只可惜昆明湖管理太严，南京长江大桥排队的人又太多，弄个指标颇为不易。卧轨当然是不错的选择，类似诗人海子，但手气太坏，正赶上动车出了事故，不好意思再给人家添乱。

在挚友高歌的鞭策与威逼利诱下，我总算撕了写、写了撕，咬着牙完成了这部作品。为了这个格调不高的东西，虽没有像雪芹兄一样“泪尽人亡”，我也把自己搞得身心交瘁，精神恍惚。曾“念昔始读书，志欲干霸王”的韩退之先生曾哀叹:“吾年未四十，而视茫茫，而发苍苍，而齿牙动摇”，我现在的情况比他老人家好不了多少。要不是每天喝几杯三鹿奶粉，怕是连下边的毛都白了。诚如唐朝的薛昭纬兄所言，“早知文字多辛苦，悔不当初学冶银”，可现在改行还来得及吗?

为了避免提前荣升“文正公”，我计划来个治疗式休假，好好进补点地沟油和牛筋汤，看能不能根治举而不坚、坚而不久的老毛病。或者向天王天后学习，追随气功大师闭关修炼数月。如果走运的话，说不定会悟出石破天惊的真理，把宇宙间的大问题全解决了，免得大家天天坐在冷板凳上仰望星空。或者出关后办个阿里姥姥网，把阿里巴巴灭了，让马教父专心跟大师们去拯救地球。最差也学点小把戏，在北京骗一套两居室，成为地产界先知任志强眼中的富人。

说实话，不管这本书品质如何，是否合诸位的口味，能把它完成并呈现给大家，我已经心满意足。人到中年，才真正体会到所谓“完成”的涵义——年轻时怕没事做，中年后怕做不完。为此要特别感谢高歌，如果没有他，一切都无从谈起。我不敢说这是一部优秀的作品，但可以肯定的是，如果没有高歌的帮助，它只会更糟糕。也要感谢雷天兄，难得他对这部作品如此上心，并为此付出了太多心血。还有周春博士，她的认真和热情令我感动，但愿这本书能带给她，或者我们一些好运气。

拉拉杂杂乱说一通，都是些多余的废话，就权当是后记吧。读者老爷，但愿我闭关结束后，你们会带给我一些关于《斯文扫地》的好消息，对我而言，这比发现宇宙真理要重要得多。

2013.7.15 北京天宁寺